David Grossman
Stichwort: Liebe

Aus dem Hebräischen
von Judith Brüll

Carl Hanser Verlag

Titel der Originalausgabe: ›*Ayen*‹ *Erekh: Ahavà*

ISBN 3-446-14596-6

Satz: Fotosatz Reinhard Amann, Leutkirch
Druck und Bindung:
Franz Spiegel Buch GmbH, Ulm
Printed in Germany

Erster Teil
MOMIK

Das war so: einige Monate, nachdem Großmutter Henny gestorben war und man sie in der Erde begraben hatte, bekam Momik einen neuen Großvater. Dieser Großvater trat im Monat Schwat des Jahres 5317, was nach dem anderen Kalender das Jahr 1959 ist, auf den Plan, aber nicht mit Hilfe der Radiosendung »Grüße an Neueinwanderer«, die Momik sich jeden Tag beim Mittagessen zwischen eins und halb zwei aufmerksam anhören mußte für den Fall, daß einer der Namen erwähnt wurde, die der Vater ihm auf ein Blatt Papier geschrieben hatte; nein, der Großvater kam in einem blauen Magen-David-Ambulanzwagen, der eines nachmittags mitten im Regensturm vor dem Café und Lebensmittelladen von Bella Markus hielt. Ein dicker, braungebrannter Mann stieg aus, kein »Schwarzer«, sondern einer von uns, und fragte Bella, ob sie die Familie Neuman kenne, und Bella erschrak und wischte sich rasch die Hände an ihrer Schürze ab und sagte, Ja, ja, ist Gottbehüte etwas passiert? Und der Mann sagte, Kein Grund zu Aufregung, gnädige Frau, nichts ist passiert, was soll denn passiert sein, ich Ihnen nur ein Verwandten gebracht, und er zeigte mit dem Daumen nach hinten zum Ambulanzwagen, der ganz verlassen und leer aussah, und Bella wurde plötzlich weiß wie die Wand, obwohl jeder weiß, daß sie sich vor nichts fürchtet, aber sie ging trotzdem nicht zum Ambulanzwagen, sondern rückte näher an Momik heran, der an einem der kleinen Tische seine Bibelhausaufgaben machte, und sagte, *Wej is mir*, wieso plötzlich einen Verwandten? Und der Mann sagte, Nu, gnädige Frau, ich nicht viel Zeit, wenn Sie also diese Leute kennen, dann Sie mir vielleicht sagen, wo sie sind, denn bei sie zu Hause ist keiner. Er machte Fehler, obwohl er wie ein Alteingesessener aussah, und Bella meinte sofort, Natürlich ist jetzt niemand zu Hause, die Neumans sind doch keine Parasiten, das sind Leute, die hart arbeiten für ihr Brot, von morgens bis abends arbeiten sie in der Lottobude zwei Straßen weiter, und der Kleine da, der ist ihr Junge, und warten Sie einen Augenblick, mein Herr, ich geh sie schon holen. Und Bella lief davon, sie legte nicht einmal ihre Schürze ab, und dann sah der Mann zu Momik hin und zwinkerte ihm zu, und als Momik ihm kein Zeichen zurückmachte, weil er genau wußte, wie man sich bei fremden Leuten, die man nicht kennt, verhalten soll, zuckte der Mann mit den Achseln und begann in der Zeitung zu lesen, die Bella liegengelassen hatte, und sagte in die Luft, daß es trotz des Regens, der jetzt falle, ein Dürrejahr geben werde, Na, das hat uns noch gefehlt. Aber Momik, der sonst ein wohlerzogener Junge war, blieb nicht sitzen, um ihm zuzuhören, sondern lief zum Ambulanzwagen und kletterte die hintere Treppe hinauf, wischte den Regen von der kleinen runden Fensterscheibe und schaute hinein, und dort sah er den ältesten Mann der Welt wie, sagen wir mal, einen Fisch im Aquarium schwimmen. Er trug einen blau gestreiften Pyjama, und er war runzlig wie Großmutter Henny, bevor sie starb. Seine Haut war ein bißchen gelb und ein bißchen braun wie die einer Schildkröte und an Hals und Armen, die sehr dünn waren, ganz schlaff, sein Kopf war ganz kahl und seine Augen blau und leer. Er schwamm energisch durch die Luft des Ambulanzwagens, und Momik mußte plötzlich an den traurigen Schweizer Bauern von Tante Itke und Onkel Schimek denken, der in einer kleinen Glaskugel mit Schneeflocken eingesperrt war, die Momik aus Versehen zerbrochen hatte, doch jetzt öffnete er ohne viel nachzudenken die Tür, erschrak aber, als er hörte, wie der Mann mit sich selbst redete: mit einer merkwürdigen Stimme, die mal hoch und mal tief war, mal voller Begeisterung, dann plötzlich fast weinerlich, als spiele er Theater oder erzähle jemandem eine ganz unglaubliche Geschichte, und plötzlich, und das war wirklich schwer zu verstehen, war sich Momik tausend Prozent sicher, daß der alte Mann Anschel war, der kleine Bruder von Großmutter Henny, das heißt Mutters Onkel, von dem alle sagten, daß Momik ihm ähnlich sehe, besonders um Kinn, Stirn und Nase, und der Kindergeschichten für Zeitungen im Ausland schrieb, aber Anschel war doch bei den Nazis gestorben, möge-ihr-Name-ausgelöscht-werden, und der da sah sehr lebendig aus, und Momik hoffte, daß die Eltern einverstanden sein würden, ihn zu Hause großzuziehen, denn nachdem Großmutter Henny gestorben war, hatte die Mutter gesagt, sie wolle nur eines, nämlich ihr Leben in Ruhe zu Ende leben, und genau in diesem Augenblick kam sie, wirklich schade, daß Momik bei dem Alten nicht an den Messias gedacht hatte, und hinter ihr humpelte auf kranken Beinen (bei Marilyn Monroe waren die Beine ein Glück) Bella und rief der Mutter auf jiddisch zu, sie solle sich beruhigen und den Jungen nicht erschrecken, und hinter der Mutter und Bella trottete schwerfällig der Vater, der Riese, schnaufend und keuchend und rot im Gesicht, und Momik dachte, daß es wirklich eine ernste Sache sein mußte, wenn beide zusammen die Lottobude verließen. Gut, jedenfalls faltete der Fahrer der Ambulanz ganz langsam die Zeitung zusammen und fragte, ob sie die Neumans seien, die Verwandten von Henny Minz, Gott hab sie selig, und die Mutter sagte mit seltsamer Stimme, Ja, sie war meine Mutter, was ist passiert, und der dicke Fahrer sah sie mit einem breiten Lächeln an und sagte, Nichts ist passiert, was soll denn passiert sein, warum immer erwarten alle, daß etwas passiert, ich Ihnen nur den Großvater gebracht, *masel tov.* Und dann gingen sie alle zum Ambulanzwagen, und der Fahrer öffnete die hintere Tür und stieg ein und hob den Alten mühelos auf die Arme, und die Mutter sagte Oij, das kann nicht sein, es ist Anschel, und sie begann so zu schwanken, daß Bella ins Café lief und ihr gerade noch rechtzeitig einen Stuhl brachte, und der Fahrer meinte noch einmal, daß es keinen Grund zur Aufregung gebe, Wir haben Sie doch Gottbehüte nichts Schlechtes gebracht, und nachdem er den Alten auf den Boden gesetzt hatte, gab er ihm einen freundlichen Klaps auf den dünnen Rücken, der ganz krumm war, und sagte zu ihm, Nu, Herr Wasserman, da haben Sie Ihre Mischpoche, und zu Momiks Eltern meinte er, Zehn Jahre bei uns im Irrenhaus in Bat-Jam, und wir ihn nie verstanden, immer er singt und redet zu sich selbst, wie jetzt, vielleicht er betet, wer weiß, und er hört gar nicht, was man zu ihm sagt, wie ein Tauber, *nebbich*, also das ist Ihre Mischpoche! schrie er dem Großvater ins Ohr, um allen zu beweisen, daß dieser wirklich taub war, Ach, wie ein Stein, wer weiß, was sie mit ihm gemacht haben dort, möge-ihr-Name-ausgelöscht-werden, nu, wir wissen nicht mal, wo er war, in welchem Lager oder was, man hat uns Menschen in noch viel schlimmerem Zustand gebracht, das sollten Sie sehen, nein, besser nicht, aber dann, vor etwa einem Monat, da macht er plötzlich Mund auf und nennt Namen von alle mögliche Leute, und auch Namen von Frau Henny Minz, und unser Direktor, er macht kleine Untersuchung wie, sagen wir, ein Detektiv, und findet heraus, daß alle Leute, deren Namen genannt sind, schon gestorben sind, Gott hab sie selig, und er findet auch, daß Frau Henny Minz hier in Beit-Masmil in Jerusalem eingetragen ist, und auch sie schon tot ist, Gott hab sie selig, also sind Sie seine einzigen Verwandten, nu, gesünder wird er wohl nicht mehr werden, der Herr Wasserman, und er kann schon fast allein essen, und, verzeihen Sie, sein Geschäft macht er ganz gut allein, und *nebbich*, unser Staat ist nicht so reich, und die Ärzte meinen, daß man ihn in sein Zustand auch zu Hause pflegen kann, und Familie ist Familie, richtig? Hier haben Sie also die Tasche mit all seinem Sach, die Kleidern und Attesten und Dokumenten und auch die Rezepten für die Medikamenten, die er nimmt, er ist wirklich sehr bequem und still, außer diesen Bewegungen und Geräuschen, die er tut, aber das ist nichts Schlimmes, bei uns hatten alle ihn gern, er war Melawsky-Familienchor genannt, weil er die ganze Zeit singt, das ist ein Witz, verstehen Sie, Jetzt sag deinen Kindern Guten Tag! schrie er dem Alten ins Ohr, Ach, nichts, wie ein Stein, so, Herr Neuman, unterschreiben Sie da und da und da, daß Sie ihn von mir bekommen haben, vielleicht haben Sie Personalausweis bei sich? Nein? Macht nichts, ich glaub Ihnen auch so. *Nu, schoijn, masel tov,* das ist ein glücklicher Tag, glaub ich, wie wenn ein Baby geboren wird, ja ja, Sie werden sich schon an ihn gewöhnen, nu, jetzt muß ich aber wieder nach Bat Jam zurück, es gibt noch viele Arbeit dort, Gott sei Dank, Aufwiedersehen, Herr Wasserman, vergessen Sie uns nicht! Er lachte dem Alten ins Gesicht, der ihn gar nicht zu bemerken schien, stieg in den Ambulanzwagen und fuhr schnell davon.

Bella lief in den Laden und holte ein Stück Zitrone, um der Mutter zu helfen, wieder zu Kräften zu kommen. Der Vater stand reglos da und starrte in den Regen, der in das leere Beet rann, in das die Stadtverwaltung wieder keine Kiefer gepflanzt hatte. Der Regen lief der Mutter, die mit geschlossenen Augen auf dem Stuhl saß, über das Gesicht. Sie war so klein, daß ihre dicken Füße den Boden nicht berührten. Momik ging zu dem alten Mann, nahm ihn an der dünnen Hand und führte ihn behutsam unter das kleine Vordach von Bellas Café. Momik und der Alte waren fast gleich groß, weil der Alte ganz krumm war und noch dazu einen kleinen Buckel hatte. Und dann sah Momik plötzlich, daß eine Nummer auf dem Arm des neuen Großvaters geschrieben stand, wie auf Vaters und Tante Itkes und Bellas Arm, aber er sah gleich, daß es eine andere Nummer war, und er begann sofort, sie auswendig zu lernen. Inzwischen war Bella mit der Zitrone zurückgekommen und begann damit Stirn und Schläfen der Mutter einzureiben, die Luft duftete, und Momik wartete unter dem Vordach, denn er wußte, daß die Mutter nicht so schnell aufwachen würde.

Und genau da kamen Max und Moritz die Straße herunter, die in Wirklichkeit Ginzburg und Seidman hießen, obwohl sich niemand mehr daran erinnerte, außer Momik, der sich an alles erinnerte. Die beiden Alten waren unzertrennlich. Sie lebten im Lagerraum von Haus 12 und füllten ihn mit Lumpen und allem möglichen Gerümpel, das sie überall zusammensammelten. Als die Männer von der Stadtverwaltung kamen, um sie aus dem Lagerraum zu werfen, schrie Bella so laut, daß sie sich sofort wieder aus dem Staub machten. Max und Moritz redeten mit niemandem außer miteinander. Ginzburg, der schmutzig war und stank, ging die ganze Zeit herum und fragte, Wer bin ich wer bin ich, er hatte bei den Nazis sein Gedächtnis verloren, möge-ihr-Name-ausgelöscht-werden, und der Kleine, Seidman, lächelte alle Leute an, und man sagte, er sei innen leer. Der eine rührte sich nicht ohne den anderen, der dunkle Ginzburg ging immer voran, gefolgt von Seidman, der eine schwarze Aktentasche in der Hand trug, die kilometerweit stank, und in die Luft lächelte. Wann immer Momiks Mutter die beiden kommen sah, flüsterte sie schnell *Oif alle puste Felder, oif alle wiste Wälder*, möge ein Unglück kommen über alle leeren Felder und alle wüsten Wälder, und natürlich verbot sie Momik, ihnen zu nahe zu kommen, aber er wußte, daß die beiden in Ordnung waren, weil Bella nicht zuließ, daß man sie aus dem Lagerraum warf, obwohl auch sie den beiden aus Spaß alle möglichen Namen gab: Mupim und Chupim und Pat und

Patachon – Mickymäuse aus den Zeitungen von Dort, wo sie alle herkamen.

Die beiden kamen also die Straße herunter, aber diesmal schienen sie seltsamerweise vor niemandem Angst zu haben, sie kamen ganz nahe heran, stellten sich direkt vor den Großvater hin und sahen ihn sich genau an. Momik beobachtete den Großvater und sah, daß seine Nase ein wenig zuckte, als rieche er die beiden, was keine Kunst war, denn Ginzburg konnte man sogar ohne Nase riechen, aber das war etwas anderes, denn plötzlich hörte der Großvater mit seinem Singsang auf und starrte die beiden Dummköpfe an, das war noch ein Name, den die Mutter ihnen gab, und Momik sah, wie die drei Alten auf einmal ganz steif wurden, als fühlten sie etwas Gemeinsames, und dann wandte sich der neue Großvater plötzlich wütend von ihnen ab, als habe er kostbare Zeit vergeudet, die er nicht vergeuden durfte, und sang wieder seine nervtötende Melodie, schien nichts zu sehen und ruderte heftig mit den Armen, als schwimme er in der Luft oder spreche mit jemandem, der nicht da war. Max und Moritz starrten ihn an, und der Kleine, Seidman, begann die gleichen Geräusche und Bewegungen zu machen wie der Großvater, er machte den Leuten immer alles nach, und Ginzburg knurrte wütend und ging davon, und Seidman folgte ihm, und die beiden sind auch immer zusammen, wenn Momik sie für die Briefmarken des Königreichs zeichnet.

Also gut, die Mutter stand auf, sie war kreidebleich und schwankte kraftlos, und Bella umklammerte ihren Arm und sagte, Lehn dich an mich, Gisela, und die Mutter sah nicht einmal zum neuen Großvater hin und sagte zu Bella, Das wird mich umbringen, merk dir meine Worte, warum läßt uns Gott nicht in Ruhe, damit wir ein bißchen leben können, und Bella sagte, Tfu, tfu, wie redest du denn, Gisela, das ist doch keine Katze, sondern ein lebender Mensch, es ist nicht schön, so zu reden, und Mutter sagte, Nicht genug, daß ich eine Waise bin, nicht genug, daß wir in letzter Zeit so viel gelitten haben mit meiner Mutter, jetzt fängt alles wieder von vorne an, sieh nur, wie er ausschaut, er ist gekommen, um bei mir zu sterben, dazu ist er hierher gekommen, und Bella sagte, Scha, scha, und nahm ihre Hand, und die beiden gingen an dem neuen Großvater vorbei, und die Mutter sah ihn nicht einmal an, und dann hustete der Vater, Eh, nu, was stehen wir hier herum, und legte mutig seine Hand auf die Schulter des Alten und sah Momik mit leicht verlegenem Gesicht an, und dann führte er den Alten weg, und Momik, der schon beschlossen hatte, ihn Großvater zu nennen, auch wenn er nicht sein richtiger Großvater war, sagte sich, wenn der Alte nicht gestorben ist, als Papa ihn mit seinen Händen berührt hat, dann bedeutet das wohl, daß, wer von Dort kommt, unverletzbar ist.

Momik stieg noch am selben Tag in den Keller hinunter und machte sich auf die Suche. Er fürchtete sich, in den Keller zu gehen, weil es dort immer dunkel und dreckig war, aber diesmal mußte er hinunter. Zwischen den großen Eisenbetten und den Matratzen, aus denen das Stroh hervorquoll, zwischen den Kleiderbündeln und Schuhhaufen stand auch Großmutter Hennys *kifat*, eine große, gut verschnürte Kiste, in der alle Kleider und Sachen lagen, die sie von Dort mitgebracht hatte, dazu das Gebetbuch *Teitasch Chumasch*, das auch *Zenna u'Renna* hieß, und das große Brett, auf dem sie den Teig machte, und vor allem die drei Säcke mit Gänsefedern, die sie durch die halbe Welt geschleppt hatte, in Schiffen und Zügen und unter den größten Gefahren, nur damit sie in Erez Israel eine Daunendecke daraus machen konnte, um ihre Füße warmzuhalten. Als sie jedoch ankam, stellte sich heraus, daß Tante Itke und Onkel Schimek, die vor ihr ins Land gekommen und sofort reich geworden waren, bereits eine doppelte Daunendecke gekauft hatten, also blieben die Federn im Keller, wo sie ziemlich schnell von Schimmel und anderen *choleras* befallen wurden, aber bei uns wird so etwas nicht weggeworfen, doch die Hauptsache war, daß sich ganz unten in der *kifat* ein Heft befand mit allen möglichen Dingen, die die Großmutter auf jiddisch aufgeschrieben hatte, alle ihre Erinnerungen, als sie noch ihr Gedächtnis hatte, aber Momik erinnerte sich auch, daß ihm die Großmutter einmal, noch bevor er lesen konnte und bevor er ein *alter kopp* wurde, der Kopf eines klugen alten Mannes, eine Seite aus einer uralten Zeitung gezeigt hatte, auf der eine Geschichte abgedruckt war, die ihr Bruder, also Anschel, vor hundert Jahren (ungefähr) geschrieben hatte, aber die Mutter hatte sich über Großmutter Henny aufgeregt, weil sie dem

Kind den Kopf verdrehe mit Dingen, die schon vergangen seien und nicht mehr erwähnt werden sollten. Das Zeitungsblatt lag tatsächlich noch im Heft, aber als Momik es in die Hand nehmen wollte, zerbröselte ein Stück, also ließ er es zwischen den Seiten des Heftes, und sein Herz klopfte, und er setzte sich auf die *kifat*, um sie wieder zuzuschnüren, doch er war zu leicht dafür, ließ sie offen und wollte dann schnell aus dem Keller heraus, aber da hatte er plötzlich eine Idee, die so merkwürdig war, daß er auf der Stelle stehenblieb und vergaß, was er als nächstes tun wollte, aber sein Pimmel erinnerte ihn wieder daran, er schaffte es jedoch nicht mehr bis nach oben und mußte schon auf der Treppe pinkeln, das war immer so, wenn er in den Keller hinunterstieg.

Also gut, es gelang ihm, das Heft ins Haus zu bringen, ohne daß es jemand merkte. Er lief sofort in sein Zimmer, öffnete das Heft und sah, daß das Blatt unterwegs noch mehr zerfallen war, die obere Ecke war schon abgebröckelt, und Momik wußte, daß er sofort alles, was auf dem Blatt geschrieben stand, auf ein anderes Blatt abschreiben mußte, sonst war alles verloren. Er holte sein Spionageheft unter der Matratze hervor und begann sofort aufgeregt, die Geschichte auf dem zerrissenen Zeitungsblatt Wort für Wort abzuschreiben:

»DIE KINDER DES HERZENS« RETTEN DIE ROTHÄ
GESCHICHTE IN FÜNFZIG KAPITELN VON DEM POPUL
SCHRIFTSTELLER ANSCHEL WASSERMAN »SCHEHERE
KAPITEL XXVII

Oh treuer Leser! Beim vorigen Mal haben wir die Kinder des Herzens zurückgelassen, als sie sich auf den Schwingen der »Zeit-und-Raum-Maschine« pfeilschnell zum kleinen Licht, dem Mond, begaben. Die Beschaffenheit dieser wundervollen Maschine, ein Produkt der Geistesgaben des klugen Knaben Sergej, Meister der Technik und Elektrizität, wurde bereits im vorherigen Kapitel ausgiebig erörtert, auf das wir unseren treuen Leser verweisen möchten, sollte ihm dieses oder jenes Detail entfallen sein. Und an Bord der Maschine, zusammen mit den Kindern der Bande, weilten auch die Männer des Navajo-Stammes, die Rothäute waren, und an ihrer Spitze ihr stolzer König, der den Namen Rotstrumpf trug (der werte Leser wird sich sicherlich an die Vor-

liebe der Rothäute für solch phantastische Namen erinnern, die bei uns vielleicht nur ein Lächeln hervorrufen!), und alle zusammen flohen sie vor der Grausamkeit jener Übeltäter, die ihnen das Land ihrer Vorväter zu rauben gedachten und deren Anführer John Lee Stewart war, ein blutrünstiger Verbrecher und Eingeborener des Landes England. Und daher befanden sie sich nun alle auf dem Weg zum Mond, um dort in ihrer Not Zuflucht und Trost zu suchen und ein neues Blatt in dem Heft ihres unglückseligen Lebens zu schreiben. Sehet! Die wundersame Maschine zog an den Sternen vorbei, sie durchquerte die Ringe des Saturn und wurde dabei von den Strahlen der Blitze erleuchtet, und sie war so geschwinde wie das Licht! Und während sie noch dahinzogen, bemühte sich Otto Brigg, der Erste und Beste unter den Kindern des Herzens, die Gemüter der Rothäute zu beschwichtigen, die gerade erst aus des Feindes Händen errettet und in der Feuerkutsche zum Himmel emporgetragen worden waren, und er erzählte ihnen von den Kindern des Herzens und ihren wundersamen Taten, die der treue Leser bereits in allen Einzelheiten kennt und mit denen wir ihn daher nicht ermüden wollen. Und Ottos kleine Schwester, die gütige Paula mit dem goldenen Haar, bereitete den Gästen ein labendes Mahl, um ihre gemarterte Seele zu erquicken und ihre bedrückte Stimmung zu heben. Und Albert Fried, der schweigsame Knabe, saß derweil zurückgezogen im Steuerraum und kontemplierte die wichtige Frage, ob Lebewesen auf dem Boden des Mondes schreiten können, denn wie mein werter Leser sehr wohl weiß, ist Albert mit jeglicher Art von Lebewesen vertraut, von Läuse-Eiern bis zu gehörnten Büffeln, und er vermag mit jedem von ihnen in seiner eigenen Sprache zu reden, so wie König Salomon zu seiner Zeit, und er machte sich geschwind auf die Suche nach seinem kleinen Notizheft, in das er alle wissenschaftlichen Fakten eintragen wollte, die er alsbald beobachten würde, denn unser Freund liebte die Ordnung, und es würde den jungen Lesern wohl bekommen, wenn sie in allem, was sie täten, seinem Beispiel folgen würden. Und während er noch schrieb, drang ihm der süße Klang einer Flöte zu Ohren, und dies verwunderte ihn sehr, und er erhob sich und begab sich zum Passagierraum und blieb im Eingang stehen, erstaunt über den Anblick, der sich seinem Auge bot: Denn dort stand Herotion, der kleine Armenier, ein Zauberer, bewandert in allen Werken der Magie und Zauberei, und spielte der Gesellschaft auf seiner Flöte vor, und die Klänge, die er dem Instrument entlockte, linderten die Herzensangst der Rothäute und beruhigten die Furchtsamen unter ihnen. Die Flötenklänge spendeten allen

Trost, und das war nicht verwunderlich: Denn Herotion selbst war vor einigen Jahren von den Kindern des Herzens gerettet worden, als die Türken aus dem Türkenland über sein Dorf in den Bergen Armeniens herfielen, und Herotion war der einzige aus dem Dorf, der am Leben blieb, wie dem treuen Leser ausführlich in der abenteuerlichen Geschichte »Die Kinder des Herzens retten das armenische Volk« geschildert wird, und daher wußte der Knabe Herotion sehr wohl um die Gefühle der just Erretteten. Und während er auf seiner Flöte spielte, verdunkelte plötzlich eine schwere Wolke des Kummers das Gesicht des Knaben Sergej, der auf Deck Wache stand mit einem Fernglas in der Hand, das alles tausendzweihundertfach vergrößerte. Und Sergej rief: »Wehe, ein Unglück kommt über uns! Sehet den Mond!« Und sie sahen auf und wurden von Grauen gepackt. Da blickte Otto, ihr Anführer, schnell durch das Fernglas, und sein Herz stand still und sein Gesicht wurde totenbleich. Paula ergriff seine Hand und rief: »In Gottes Namen, Otto, was war es, das du gesehen hast?« Doch Ottos Zunge war schwer wie Blei und er konnte nichts erwidern, nur sein Gesicht bezeugte gleich tausend Zeugen das Böse, das sie nun heimzusuchen drohte, und vielleicht, oh welch Grauen, lauerte der Tod im Fenster.

Fortsetzung in der nächsten Wochenausgabe von »Kleine Lichter«

Das war die Geschichte, die Momik in der Zeitung fand, und in dem Augenblick, als er sie in sein Spionageheft abzuschreiben begann, wußte er, daß es die spannendste Geschichte war, die je geschrieben wurde, und das Blatt hatte den Geruch von tausend Jahren und sah genau so aus wie eine Seite aus der Bibel, und auch die Wörter sahen biblisch aus, und Momik wußte, daß er nie alles verstehen würde, auch wenn er die Geschichte tausendmal las, denn um die Geschichte zu verstehen, brauchte man Kommentare, zum Beispiel von Raschi oder so, von irgend jemand, der diese Sprache verstand, denn heute redete keiner mehr so, außer Großvater Anschel vielleicht, aber auch ohne jedes einzelne Wort zu verstehen wußte Momik, daß diese Geschichte der Anfang war von allen Dingen und von allen Büchern auf der Welt, und daß alle Bücher, die danach geschrieben wurden, nur jämmerliche Nachahmungen dieser einen Seite waren, die Momik glücklicherweise entdeckt hatte wie einen verborgenen Schatz, und ihm war klar, daß er, wenn er diese Seite erst einmal verstehen gelernt hatte, alles wissen würde, und dann müßte er nicht mehr zur Schule gehen, also machte er sich sofort daran, die Geschichte auswendig zu lernen, Köpfchen hatte er ja, Gott sei Dank, innerhalb einer Woche hatte er sie auswendig gelernt, und jedesmal vor dem Schlafengehen wiederholte er laut »Herotion, der kleine Armenier, ein Zauberer, bewandert in allen Werken der Magie und Zauberei, spielte auf seiner Flöte« usw., und auch in der Schule tat er das, bis er allmählich so gefesselt war von der Geschichte, daß er nicht aufhören konnte, darüber nachzudenken, was die furchtbare Sache war, die sie durch das Fernglas auf dem Mond gesehen hatten, und manchmal versuchte er selber, ein Ende für die Geschichte auszudenken, aber er wußte, daß nur Großvater Anschel ein wahres biblisches Ende erfinden konnte, doch Großvater Anschel tat es nicht.

Die Mutter und der Vater beschlossen, daß der Großvater in dem kleinen Zimmer wohnen sollte, das früher Großmutter Henny gehört hatte, aber das war auch das einzige, worin sie übereinstimmten. Er konnte nicht eine halbe Minute stillsitzen, plapperte sogar im Schlaf und wälzte sich und fuchtelte mit den Armen. Bald stellte sich heraus, daß man ihn nicht im Haus einsperren konnte, weil er sonst zu weinen und zu schreien anfing, deshalb ließen sie ihn frei herumgehen, soviel er wollte. Wenn die Mutter und der Vater morgens das Haus verließen und Momik zur Schule ging, wanderte Großvater Anschel die Gasse auf und ab, und wenn er müde wurde, setzte er sich auf die grüne Bank gegenüber Bellas Café und redete vor sich hin. Er wohnte genau fünf Monate bei Momik und dessen Eltern, dann verschwand er. Gleich in der ersten Woche nach Großvaters Ankunft zeichnete Momik Bilder von ihm für die Briefmarken des Königreichs und schrieb unter die Zeichnung (zu Großvaters Ehren): »Anschel Wasserman. Hebräischer Schriftsteller, im Holocaust umgekommen.« Bella erinnerte ihn sanft, *Me darf pischen*, Herr Wasserman, und führte ihn wie ein kleines Kind auf die Toilette. Bella war ein wahrer Engel des Himmels. Ihr Mann, Cheskel Markus, war vor vielen Jahren gestorben und hatte sie allein mit Jehoschua zurückgelassen, einem schwierigen Kind, das halb meschugge war, aber mit ihren beiden Händen machte Bella ohne fremde Hilfe einen hohen Offizier und Akademiker aus ihm. Außer Jehoschua hinterließ ihr Cheskel seinen Vater, den alten Herrn Markus, der – *soll er sajn gesund un stark* – krank und schwach war und nicht wußte, was mit ihm geschah, und kaum mehr aus dem Bett stieg; und Bella, die Cheskel wie eine Königin behandelt hatte – er ließ nicht einmal zu, daß sie ein Glas von hier nach dort bewegte –, saß keineswegs den ganzen Tag lang mit hochgelegten Beinen im Haus, nachdem er gestorben war, sondern ging in dem kleinen Lebensmittelladen arbeiten, um wenigstens die Stammkunden nicht zu verlieren, und erweiterte den Laden sogar, stellte zusätzlich drei kleine Tische auf, kaufte einen Sodahahn und eine Kaffeemaschine und stand von morgens bis abends auf den Beinen und spuckte Blut, nur ihr Kissen wußte, wie viele Tränen sie vergoß, aber Jehoschua mußte niemals hungrig schlafen gehen, und von schwerer Arbeit ist noch keiner gestorben.

Bella servierte in ihrem Café ein leichtes und erlesenes Frühstück und »hausgemachtes Mittagessen für Feinschmecker«. Momik erinnerte sich genau an diese Worte, denn er hatte Bella drei Mal das Menü geschrieben (es gab drei Tische) und auch Leute auf die Karte gemalt, die dick waren und lächelten, weil das Essen bei Bella so gut schmeckte. Es gab natürlich auch hausgemachte Kuchen, die frischer waren als Bella, wie sie jedem sagte, der sie danach fragte; das Problem war nur, daß sehr wenige fragten, denn es kamen außer den marokkanischen Bauarbeitern, die um zehn Uhr morgens von den neuen Wohnsiedlungen in Beit-Masmil vorbeikamen, um eine Flasche Milch und etwas Brot und Joghurt zu kaufen, und einigen Stammkunden aus der Nachbarschaft und Momik natürlich, kaum Leute ins Café. Momik kam ohne Geld. Andere Leute kauften nicht mehr bei Bella ein, seit man im Einkaufszentrum einen neuen, modernen Supermarkt gebaut hatte, und wer dort für drei Pfund einkaufte, erhielt einen Korkuntersetzer als Geschenk, als tue man sein Leben lang nichts anderes, als seinen Tee auf einem Untersetzer abzustellen wie bei der Prinzessin. Und jetzt rennen alle dorthin, als würde man Gold verteilen und nicht geräucherten Fisch und Rettich verkaufen, und außerdem bekommt dort jeder so einen Wagen aus Eisen, sollen sie ruhig alle mit diesem Wagen rumfahren, sagt Bella, ohne wirklich böse zu sein, und jedesmal, wenn sie über den Supermarkt spricht, wird Momik rot und schaut in die andere Richtung, denn manchmal geht er dorthin und sieht sich die vielen Lichter an und all die Sachen, die es dort zu kaufen gibt, und wie die Kassen klingeln und wie man die Karpfen im Fischbecken tötet, aber es macht Bella nichts aus, daß alle Kunden sie im Stich gelassen haben (sagt Bella), und auch nicht, daß sie nie mehr reich sein wird; na und, ißt Rockefeller etwa zwei Mittagessen? Schläft Rothschild in zwei Betten? Nein! Aber was ihr Sorgen macht, ist das Nichtstun und die Langeweile, und wenn das noch lange so weitergeht, wird sie sogar Fußböden schrubben gehen, nur um nicht den ganzen Tag lang einfach herumsitzen zu müssen, denn was kann sie schon machen, nach Hollywood wird sie dieses Jahr wohl nicht mehr fahren, wahrscheinlich wegen ihrer Beine, also kann Marylin Monroe beruhigt weiterschlafen mit ihrem neuen jüdischen Ehemann. Bella sitzt den ganzen Tag an einem der leeren Tische, liest die Frauenillustrierte »La-Ischa« und die Tageszeitung »Jedioth Acharonot« und raucht eine Savion-Zigarette nach der anderen. Sie hat vor nichts Angst, und sie sagt immer genau das, was sie denkt. So war es auch, als die zwei Beamten von der Stadtverwaltung kamen, um Max und Moritz aus dem Lagerraum zu werfen. Bella sagte ihnen so gehörig die Meinung, daß die beiden ihr Leben lang ein schlechtes Gewissen haben würden, sogar vor Ben-Gurion fürchtete sie sich nicht und nannte ihn »den kleinen Diktator aus Plonsk«, wenn sie über ihn sprach, aber sie redete nicht immer so, denn man darf nicht vergessen, daß auch sie, wie alle Erwachsenen, die Momik kannte, aus dem Land kam, das Land Dort hieß und über das man nie zu viel reden durfte, man durfte nur heimlich daran denken und einen langen *krechz* ausstoßen, oijoijoij, wie sie alle immer seufzten, aber Bella war irgendwie anders, und Momik hatte von ihr ein paar sehr wichtige Dinge über jenes Land gehört, und obwohl sie natürlich nichts verraten durfte, gab sie ihm trotzdem ein paar Hinweise hinsichtlich des Hauses, das ihre Eltern im Land Dort besessen hatten, und es war Bella, von der Momik zum ersten Mal etwas über die Nazi-Bestie hörte.

Na schön, um die Wahrheit zu sagen, Momik dachte zuerst, daß Bella tatsächlich irgend so ein phantastisches Ungeheuer meinte, oder einen Riesendinosaurier, der einmal auf der Erde gelebt hatte und vor dem sich alle fürchteten. Aber er traute sich nicht, nach was und wie zu fragen. Und dann, als der neue Großvater kam und es den Eltern noch elender ging und sie nachts noch mehr litten und schrien und es schon nicht mehr zum Aushalten war, beschloß Momik, Bella doch zu fragen, und Bella antwortete ihm mürrisch, daß es Gott sei Dank noch ein paar Dinge gebe, die ein neunjähriger Junge noch nicht zu wissen brauche, und sie öffnete ihm wie immer ärgerlich den obersten Knopf am Hemd und sagte, sie ersticke, wenn sie ihn so zugeknöpft sehe, aber Momik beschloß, hartnäckig zu bleiben und fragte sie ganz direkt, was für ein Tier die Nazi-Bestie sei (denn er wußte ganz genau, daß es keine phantastischen Tiere auf der Welt gab und bestimmt keine Dinosaurier), und Bella stieß den Rauch ihrer Zigarette aus und drückte sie dann im Aschenbecher aus und seufzte und sah ihn an und kniff ihre Lippen zusammen und wollte es nicht sagen, aber ihr entschlüpfte trotzdem, daß die Nazi-Bestie im Grunde genommen aus jedem Tier herauskommen könne, wenn man es nur richtig pflegte und fütterte, und dann zündete sie sich rasch eine neue Zigarette an, und ihre Finger zitterten ein wenig, und Momik sah, daß er nichts mehr aus ihr herausholen würde, und er ging nachdenklich auf die Straße, schleifte seine Schultasche auf dem nassen Bürgersteig hinter sich her und knöpfte geistesabwesend seinen obersten Hemdknopf zu, dann blieb er stehen und betrachtete seinen Großvater Anschel, der wie immer auf der grünen Bank auf der anderen Straßenseite saß, in sich versunken war und mit den Armen fuchtelte, während er mit jenem Unsichtbaren diskutierte, der ihm keinen Augenblick Ruhe gab, aber das Interessanteste war, daß der Großvater nicht mehr allein auf der Bank saß.

Es war nämlich so, daß er in den letzten Tagen, ohne es zu merken, alle möglichen Leute anzog. Und das waren ausgerechnet alle alten Leute, die man vorher in der Nachbarschaft kaum bemerkt hatte, und wenn man sie doch bemerkt hatte, sich bemühte, nicht über sie zu reden – Ginzburg und Seidman zum Beispiel, die sich vor Großvater hinstellten und ihm ins Gesicht starrten, woraufhin Seidman sofort anfing, Bewegungen wie Großvater zu machen, denn er macht immer alles nach, und dann kam Jedidja Munin, der in der leeren Synagoge zusammen mit allen ermordeten Heiligen wohnte und dort auch schlief. Jedidja Munin war derjenige, der wegen eines Leistenbruchs immer mit gespreizten Beinen ging und der zwei Paar Brillen übereinander trug, ein Paar für die Sonne und ein Paar nicht für die Sonne, Kinder durften ihm unter keinen Umständen zu nahe kommen, weil er unanständig war, aber Momik wußte, daß Munin eigentlich ein guter Mensch war, denn alles, was er im Leben wollte, war, eine Frau aus vornehmer und angesehener Familie zu lieben und mit ihr Kinder zu machen auf eine Art, die nur er kannte, und darum schnitt ihm Momik heimlich jeden Freitag aus Bellas Zeitung die Heiratsannoncen der bekannten modernen Heiratsvermittlerin Frau Esther Levin aus, der führenden Expertin des Landes für Kontakte mit Touristen aus dem Ausland, aber das durfte Gottbehüte niemand wissen. Und dann kam Herr Aaron Markus, der Vater von Bellas Cheskel, den man seit zehn Jahren nicht mehr gesehen hatte und zu dem die Nachbarn schon *kaddisch* gesagt hatten, und siehe da, er lebte und war schön und elegant gekleidet (gut, Bella wird ihn nicht wie einen Bauern auf die Straße gehen lassen), nur sein Gesicht, so helf ihm Gott, verzerrte und verzog sich die ganze Zeit zu tausend seltsamen Grimassen, die man besser nicht sehen sollte. Und dann kam Frau Chana Zitrin, deren Ehemann, der Schneider, möge-sein-Name-ausgelöscht-werden, sie verlassen hatte, da war sie nun, eine leibhaftige Witwe, die immer schrie und zeterte, und ein Glück, daß die Wiedergutmachungszahlungen kamen, sonst wäre sie Gottbehüte vor Hunger gestorben, denn der Schneider, *psiakrew,* Hundeblut, ließ ihr nicht einmal das bißchen, das er unter dem Fingernagel hatte, alles nahm er ihr, möge die Cholera ihn holen, und Frau Zitrin ist eine sehr gute Frau, aber sie ist auch eine Hure und paart sich mit den *schwarzes – a schwarz juhr ojf ir,* ein schwarzes Jahr auf sie –, wie Mama immer zu sagen pflegt, wenn sie an ihr vorbeigeht, und Frau Zitrin macht das wirklich mit Sasson Sasson, dem Verteidiger der Fußballmannschaft Hapoel Jeruschalijm, und mit Viktor Arussi, dem Taxifahrer, und auch mit Asura, der eine Metzgerei im Einkaufszentrum hat und dessen Haare immer voller Federn sind, er sieht eigentlich wie ein netter Kerl aus, der sich nicht paart, aber alle wissen, daß er es doch tut. Und am Anfang hatte Momik einen schwarzen Haß auf Chana und schwor sich, nur ein Mädchen aus vornehmer und angesehener Familie wie in Esther Levins Heiratsannoncen zu heiraten, eine, die ihn wegen seines guten Aussehens und seiner Klugheit und seiner Schüchternheit lieben und sich auf keinen Fall paaren würde, aber als er Bella einmal etwas über Chana Zitrin sagte, wurde Bella sehr wütend und erzählte ihm, was für eine arme Frau Chana sei und daß man Mitleid mit ihr haben müsse wie mit allen anderen Menschen auch, und daß Momik gar nicht wisse, was ihr Dort alles geschehen sei; als sie geboren wurde, habe sie nicht im Traum daran gedacht, daß sie so enden würde; jeder hat am Anfang Hoffnungen und Träume, sagte Bella, also begann Momik Chana mit anderen Augen zu betrachten, und er stellte fest, daß sie eigentlich eine ziemlich schöne Frau war mit ihrer großen blonden Perücke, wie die Haare von Marylin Monroe, und ihrem großen roten Gesicht mit einem netten kleinen Schnurrbart und den geschwollenen Beinen, um die immer tausend Verbände gewickelt waren, sie war eigentlich ganz in Ordnung, nur daß sie ihren Körper haßte und ihn die ganze Zeit mit ihren Fingernägeln zerkratzte und ihn Mein Ofen, mein Unglück nannte, und es war Munin, der Momik erklärte, daß sie so schreie, weil sie sich die ganze Zeit paaren müsse, da sie sonst irgendetwas verliere oder so, und darum sei ja der Schneider von ihr weggerannt, denn er sei nicht aus Eisen gewesen, und er habe auch irgend so ein Problem mit Hörnern. Momik würde Bella auch darüber ausfragen müssen, diese Geschichten machten ihm ein wenig Sorgen, denn was würde geschehen, wenn alle ihre Paarer eines Tages nicht kämen und sie Momik zufällig auf der Straße sähe? Aber das ist Gott sei Dank noch nicht passiert, aber es ist auch noch nicht alles, denn außer auf ihren Körper ist Frau Zitrin auch auf Gott böse, sie schüttelt ihre Fäuste und macht Ihm alle möglichen nicht sehr schönen Zeichen und schreit und verflucht Ihn auf polnisch, was schlimm genug ist, aber dann flucht sie auch auf jiddisch, und das versteht Er bestimmt. Und was sie die ganze Zeit will, ist, daß Er es nur ein einziges Mal wagen soll, einer einfachen Frau aus Dinov sein Gesicht zu zeigen, aber bisher hat er es nicht gewagt, und jedesmal, wenn sie zu schreien beginnt und die Gasse auf und ab rennt, rast Momik sofort ans Fenster, um die Begegnung nicht zu verpassen, denn wie lange wird sich Gott noch zurückhalten können bei all diesen Beleidigungen, noch dazu, wenn alle es hören – ist Er denn aus Eisen? Und in den letzten Tagen ist nun auch Frau Zitrin zur Bank gekommen und hat sich neben den Großvater gesetzt, aber ganz lieb, wie ein Püppchen, sie kratzt sich zwar noch immer am ganzen Körper, aber leise, ohne zu schreien oder sich mit jemandem zu zanken, denn selbst sie hat sofort gemerkt, daß Großvater in seinem Herzen ein sehr sanfter Mensch ist.

Momik schämt sich ein bißchen, direkt auf die Alten zuzugehen, also nähert er sich ihnen ganz langsam, er schleift seine Schultasche über den Bürgersteig, bis er plötzlich zufällig neben der Bank steht, wo er hören kann, was sie auf jiddisch reden, es ist ein etwas anderes Jiddisch als das von Mutter und Vater, aber er versteht trotzdem jedes Wort: Unser Rabbi, flüstert der kleine Seidman, war ein so kluger Mann, daß sogar die größten Doktoren von ihm sagten, er habe zwei Gehirne! Und Jedidja Munin sagt: Et (das ist so ein Geräusch, das sie die ganze Zeit machen), unser *Rebbele* in Neustadt, den *Januka* nannte man ihn, auch er endete *nebbich* Dort, unser *Rebbele* wollte seine Kommentare nicht in ein Buch schreiben, nu was, selbst die größten Chassiden wollten das nicht immer, aber was geschah dann? Ich werd euch sagen, was geschah: drei Dinge ereigneten sich, die der kleine *Rebbele*, gesegnet sei sein Andenken, als Zeichen von Oben anerkennen mußte! Hören Sie, Herr Wasserman? Von Oben! Und bei uns in Dinov, sagt Frau Zitrin einfach so in die Luft, bei uns stand ein Denkmal von Jagiello, das vielleicht fünfzig Meter hoch war und ganz aus Marmor! Importiertem Marmor!

Momik ist so aufgeregt, daß er vergißt, den Mund zu schließen! Weil sie hier ganz offen über das Land Dort sprechen. Es ist fast gefährlich, wie sie sich erlauben, so offen darüber zu sprechen, aber er muß die Gelegenheit nutzen und sich alles, alles merken und dann nach Hause rennen und es in sein Heft eintragen und auch Bilder davon malen, denn es gibt Dinge, die man besser malen sollte. Er kann zum Beispiel alle möglichen Plätze im Lande Dort, von denen sie erzählen, in den geheimen Atlas zeichnen, den er vorbereitet. Er kann jetzt den Berg hineinzeichnen, von dem Herr Markus immer erzählt, den gewaltigen Berg, vielleicht der zweitgrößte auf der Welt, den die Gojim dort Judenberg genannt haben, und er war wirklich ein Zauberberg, so helf uns beiden Gott, Herr Wasserman, alles, was man dort oben fand, verschwand, noch bevor man wieder zu Hause war, ein schrecklicher Anblick! Schrecklich! Und das Holz, das man auf dem Berg sammelte, fing kein Feuer! Es brannte, wurde aber nicht verzehrt! So erzählt Herr Markus und wechselt dabei die Gesichter mit unglaublicher Geschwindigkeit, Gottbewahre, aber Herr Munin zieht an Großvater Anschels Mantel wie ein Kind, das am Arm seiner Mutter zieht, und sagt, Das ist noch gar nichts, Herr Wasserman, bei uns in Neustadt gab es einen, der Schaja Weintraub hieß. Ein junger Bursche, noch ein Kind. Aber so ein Genie! Selbst in Warschau hatte man von ihm gehört! Er erhielt ein besonderes Stipendium vom Erziehungsminister! Stellen Sie sich vor, wenn ihm schon die Polen ein Stipendium gaben! Hören Sie gut zu, sagt Herr Munin, und seine Hand gräbt sich wie immer tief in die Hosentasche (er sucht dort einen Schatz, den jeder Bettler finden kann, sagt Bella), Dieser Weintraub, wenn man ihn im Sommer, sagen wir, im Monat Tamus, fragte, Sag mir bitte, Schaja, wie viele Minuten haben wir noch so Gott will bis Pessach, Minuten, hören Sie, nicht Tage, nicht Wochen – Minuten, dann gab er auf der Stelle, mögen wir beide lange genug leben, um unsere Kinder verheiratet zu sehen, Herr Wasserman, eine präzise Antwort, wie ein richtiger Roboter! Und Frau Chana Zitrin hört einen Augenblick auf, sich zu kratzen und ihr Kleid zu heben, um ihre nackten Beine bis oben hin zu kratzen, sieht Munin an und fragt ihn spöttisch, Ist das nicht zufällig jener Weintraub, der Gottbehüte einen Kopf wie ein Maiskolben hatte? Der später nach Krakau zog? Und Herr Munin, der plötzlich etwas verärgert aussieht, sagt leise, Ja, das ist der Bursche, ein nie dagewesenes Genie... Und Chana Zitrin wirft ihren Kopf zurück und stößt ein schrilles Lachen aus, das sich wie ihr Kratzen anhört, und sagt: Und was ist aus ihm geworden? Schaja Weintraub ist ein Spekulant an der Börse geworden und tiefer und tiefer gesunken. Ein Genie! Ha, wir haben von ihm gehört!

Und so reden und reden sie, ohne aufzuhören, ohne einander zuzuhören, mit einem Singsang, den Momik schon irgendwo gehört hat, er kann sich nur nicht genau erinnern wo, und sie sagen ohne jegliche Vorsicht alle Wörter des Landes Dort, die geheimsten Parolen, sie sagen Lwow-Distrikt und Bzjozov-Provinz, der alte Viehmarkt und der große Brand im *klojz*, Militärzwangsarbeit, erfolgreiche Fürsprachen, Abtrünniger aus Trotz und Faige Lea die Rote und Faige Lea die Schwarze und das Golden Bergl, der goldene Hügel vor Seidmans Stadt, auf dem der König von Schweden kleine Fässer voller Gold vergrub, als er vor der russischen Armee floh, ach, und Momik schluckt seine Spucke herunter und merkt sich alles, er hat ein ausgezeichnetes Gedächtnis für solche Dinge, er ist ein richtiger *alter kopp*, na schön, ein Roboter wie Schaja Weintraub ist er noch nicht, aber auch Momik kann einem auf der Stelle sagen, wie viele Turnstunden es noch bis zu den Sommerferien sind und wie viele Unterrichtsstunden (und -minuten) insgesamt, ganz zu schweigen von allen anderen Dingen, die er weiß, oder den Prophezeiungen, denn Momik ist fast ein Prophet, eine Art Merlin der Zauberer, er kann zum Beispiel voraussagen, wann der nächste Überraschungstest in Rechnen sein wird, und tatsächlich kam die Lehrerin Alisa in die Klasse und sagte: Bitte legt eure Hefte weg und holt Papier und Bleistift heraus. Und die Kinder sahen Momik ganz erstaunt an, aber das war ja noch eine einfache Prophezeiung, denn drei Monate vorher, als der Vater zu seiner regelmäßigen Herzuntersuchung ins Krankenhaus Bikkur Cholim mußte, hatte es ebenfalls einen Test gegeben, und Momik ist immer ein bißchen nervös, wenn sein Vater zu dieser Untersuchung geht, und darum hat er es sich gemerkt, und als der Vater das nächste Mal dorthin ging, gab es wieder einen Überraschungstest, und dann konnte Momik schon erraten, daß es am Montag in vier Wochen wieder so einen Test geben würde, aber die anderen Kinder verstehen das nicht, für sie sind vier Wochen eine viel zu lange Zeit, um solche Rechnungen aufzumachen, darum denken sie wirklich, daß Momik ein Zauberer ist, aber wer ein Spionageheft hat und sich alles aufschreibt, der weiß auch, daß alles, was einmal geschieht, noch einmal geschehen wird, und so macht Momik die Kinder verrückt mit seiner präzisen, tatsächlich spionagehaften Prophezeiung über die Panzerkolonne, die alle einundzwanzig Tage um zehn Uhr morgens in der Malcha-Straße an der Schule vorbeifährt, und er kann auch sagen (und das macht ihm selbst ein bißchen Angst), wann die seltsamen häßlichen Pickel auf dem Gesicht der Lehrerin Netta wieder auftauchen werden, aber das sind nur dumme kleine Prophezeiungen, eine Art Hokuspokus, damit die Kinder ihn ein wenig respektieren und aufhören, ihn zu beleidigen, denn die wahren, schicksalhaften Prophezeiungen, die sind nur für Momik, er kann niemandem davon erzählen, zum Beispiel, wie er heimlich seinen Eltern nachspioniert, und auch von der ganzen Spionagearbeit kann er nichts erzählen, die er macht, um das Land Dort, das verschwunden ist, wie ein Puzzle wieder zusammenzusetzen, er hat eine Menge Arbeit damit, und er ist der einzige auf der ganzen Welt, der es machen kann, nur er kann seine Eltern vor ihrer Angst retten, vor ihrem Schweigen und ihrem *krechzen* und vor dem Fluch, der noch schlimmer geworden ist, seit Großvater Anschel zu ihnen kam und sie automatisch an alles erinnerte, was sie so sehr zu vergessen und zu verschweigen versuchten.

Momik hat natürlich vor, auch Großvater Anschel zu retten, nur weiß er noch nicht genau wie. Er hat bereits mehrere Methoden ausprobiert, aber bisher hat nichts geklappt. Am Anfang, als er mit dem Großvater zusammen zu Mittag aß, klopfte er manchmal wie zufällig ein paar Mal auf den Tisch, so wie es die Häftlinge Rafael Blitz und Nachman Farkasch taten, als sie ihre Flucht aus dem Gefängnis planten. Momik wußte nicht, ob das Klopfen überhaupt etwas bedeutete, aber er hatte das Gefühl, oder richtiger die Hoffnung, daß sich irgend jemand in Großvater befand, der das Klopfen erwidern würde. Nichts geschah. Danach versuchte Momik, den geheimen Code zu entschlüsseln, der auf Großvaters Arm geschrieben stand. Er hatte das schon einmal mit den Codenummern vom Vater und von Bella und Tante Itke versucht, aber es war nichts dabei herausgekommen. Diese Nummern machten ihn wahnsinnig, denn sie waren nicht mit Tinte geschrieben und gingen weder mit Wasser noch mit Spucke ab. Momik versuchte alles, als er Großvater die Hände wusch, aber die Nummer blieb, deshalb kam Momik auf die Idee, daß die Nummer nicht von außen geschrieben war, sondern von innen, und das überzeugte ihn noch mehr, daß sich irgend jemand in Großvater befand, und vielleicht in den anderen auch, und daß der Großvater auf diese Weise um Hilfe rief, und Momik zerbrach sich den Kopf, was das sein konnte, und er schrieb Großvaters Nummer in sein Spionageheft neben die Nummern des Vaters und Bellas und Itkes und stellte alle möglichen Versuche und Rechnungen damit an, und dann lernten sie zum Glück über Gematrie in der Klasse, Momik war natürlich der erste, der es begriff, und als er nach Hause kam, versuchte er gleich, die Zahlen auf verschiedenen Wegen in Buchstaben umzusetzen, aber es kam dabei nichts heraus als ein Haufen seltsamer Wörter, die er nicht verstand. Aber er gab nicht auf, wieso denn auch, und dann hatte er einmal mitten in der Nacht eine beinah Einsteinsche Idee, er erinnerte sich nämlich, daß es Apparate gab, die Safes hießen und in denen reiche Leute ihr Geld und ihre Diamanten versteckten, und diese Safes öffneten sich nur, wenn man sieben Schlösser in einer besonderen und geheimen Reihenfolge drehte, und ihr könnt sicher sein, daß Momik die halbe Nacht mit Kombinationen und Experimenten verbrachte, und als er am nächsten Tag aus der Schule kam, holte er Großvater Anschel gleich von der Bank ab und gab ihm sein Mittagessen und setzte sich ihm gegenüber an den Tisch und begann, ihm mit ernster und wichtiger Stimme verschiedene Kombinationen der Ziffern zu sagen, die auf Großvaters Arm geschrieben standen. Er hörte sich ein bißchen an wie der Sprecher, der im Radio die Lottozahlen bekanntgab, die dreißigtausend Pfund gewonnen hatten, und er hatte das ganz starke Gefühl, daß der Großvater sich jeden Augenblick wie eine gelbe Bohne genau in der Mitte spalten und ein kleiner Kükengroßvater, ein lachender und gutherziger und kinderlieber Großvater herausspringen würde, aber das geschah nicht, und plötzlich spürte Momik eine seltsame Trauer im Herzen, und er stand auf und ging zu seinem Großvater und umarmte ihn fest und fühlte, wie warm er war, wie ein Ofen. Da hörte der Großvater auf, zu sich selbst zu reden und schwieg vielleicht eine halbe Minute lang und hielt Gesicht und Hände still, und es schien, als horche er, was in seinem Inneren vorging, aber er konnte ja bekanntlich nie allzu lange Zeit schweigen.

Dann benutzte Momik professionelle und systematische Detektivmethoden, darin war er ein richtiger Experte. Wann immer er mit dem Großvater allein im Haus war, folgte er ihm mit Heft und Kugelschreiber und schrieb sein Geschnatter mit eiserner Geduld in hebräischen Buchstaben auf. Gut, er notierte natürlich nicht jedes Wort, wieso denn auch, er ist ja nicht blöd, sondern nur das, was ihm am wichtigsten schien, alle möglichen Laute, die Großvater die ganze Zeit über von sich gab, und schon nach wenigen Tagen stellte Momik etwas Seltsames fest, und zwar, daß der Großvater nicht etwa Unsinn redete, sondern tatsächlich jemandem eine Geschichte erzählte, so wie Momik es sich eigentlich von Anfang an gedacht hatte. Er versuchte, sich zu erinnern, was ihm Großmutter Henny über Anschel erzählt hatte (aber das war vor langer Zeit gewesen, als Momik vieles noch nicht richtig verstand und noch kein *alter kopp* war und man ihm noch vom Land Dort erzählen konnte), aber er erinnerte sich nur, daß sie gesagt hatte, daß Großvater auch Gedichte für Erwachsene schreibe und Frau und eine Tochter habe, die beide Dort umgekommen seien, Momik suchte nach allen möglichen Hinweisen in der Geschichte aus der alten Zeitung, aber es kam nichts dabei heraus. Also ging er in die Schulbibliothek und fragte die Bibliothekarin, Frau Guvrin, ob sie irgendein Buch von dem Schriftsteller Anschel Wasserman habe, und sie sah ihn über den Rand ihrer Brille an und meinte, sie habe von diesem Schriftsteller noch nie gehört, und sie kenne sie alle. Gut, Momik sagte nichts, doch er lächelte im Herzen.

Er ging zu Bella und erzählte ihr von seiner Entdeckung (daß Großvater Anschel eine Geschichte erzählte), aber sie sah ihn mit einer mitleidigen Miene an, die er nicht mochte, und schüttelte den Kopf und knöpfte ihm den obersten Knopf des Hemdes auf und sagte, Sport, *jingale*, man muß sich auch ein bißchen um seinen Körper kümmern, sieh mal, wie blaß und schwach und dünn du bist, ein Viertel Huhn, wie sollen sie dich je beim Militär einziehen, sag mir das, aber Momik blieb hartnäckig und erklärte, daß Großvater Anschel eine Geschichte erzähle. Auch Großmutter Henny hatte alle möglichen Geschichten erzählt, als sie noch ihren Verstand hatte, und Momik erinnerte sich noch sehr gut an ihre besondere

Stimme, wenn sie die Geschichten erzählte, wie sie die Wörter endlos dehnte, wie ihr Bauch sich mit den Wörtern füllte und wie in seinen Handflächen und Kniehöhlen ein seltsamer Schweiß ausbrach, und genau so fühlte er sich jetzt, wenn der Großvater redete. Als er Bella das erklärte, begriff er auf einmal, daß der arme Großvater jetzt in seiner Geschichte gefangen war wie der Bauer mit dem schönen, traurigen Gesicht und dem zum Schreien geöffneten Mund, den Tante Itke und Onkel Schimek aus der Schweiz mitgebracht hatten, dieser Bauer lebte sein Leben lang in einer kleinen Glaskugel, in der Schnee fiel, wenn man sie schüttelte, die Mutter und der Vater hatten die Kugel auf das Büfett im Wohnzimmer gestellt, und Momik konnte diesen offenen Mund nicht aushalten, bis er eines Tages wie zufällig die Kugel zerbrach und den Bauern befreite, aber nun trägt er weiter Großvaters wirre Worte in sein Spionageheft ein, auf das er listig »Heimatkunde« geschrieben hat, und er beginnt langsam, deutliche Worte auszumachen, Herneigel zum Beispiel, und Scheherezade zum Beispiel, aber in der Hebräischen Enzyklopädie steht nichts darüber geschrieben, also fragt Momik Bella, scheinbar ohne Grund, was Scheherezade bedeute, und Bella, die froh ist, daß er sich auch für andere Dinge als das Land Dort interessiert, verspricht, ihren Jehoschua, den Major, zu fragen, und zwei Tage später erklärt sie Momik, daß Scheherezade eine arabische Prinzessin sei, die in Bagdad lebe, aber das hört sich ziemlich merkwürdig an, denn jeder, der Zeitung liest, weiß genau, daß es in Bagdad gar keine Prinzessin gibt, sondern nur den Prinz Kassem, *psiakrew*, der uns genauso haßt wie alle Gojim, möge-ihr-Name-ausgelöscht-werden, aber Momik weiß nicht, was es heißt, aufzugeben, er hat die Geduld eines Elefanten, und er weiß, daß sich alles, was einem heute Angst macht und unklar ist, morgen aufklären wird, denn alles ist eine Sache der Logik, und es gibt für alles eine Erklärung, so ist das im Rechnen, und so ist es mit allen anderen Dingen, aber bis sich die Wahrheit herausstellt, muß man ganz normal weitermachen, als wäre nichts geschehen; man muß jeden Morgen zur Schule gehen und dort alle Stunden absitzen, man darf sich nicht von den Kindern beleidigen lassen, die sagen, daß man wie ein Kamel geht, mit so komischen Sprüngen, was wissen die schon, und man darf nicht gekränkt sein, wenn sie einen Helen Keller nennen wegen der Brille und der Zahnspange, deretwegen er sich ein bißchen bemüht, nicht zu reden, und man darf ihnen nicht zu sehr glauben, wenn sie versuchen, sich bei einem einzuschmeicheln, damit man ihnen verrät, wann der nächste Überraschungstest in Rechnen ist, und Momik muß auch die Abmachung mit dem Verbrecher Laiser einhalten, der jeden Morgen ein Butterbrot von ihm erpreßt, und dann ist da noch der Weg von der Schule nach Hause, den er zu besiegen hat, und das kann man bekanntlich nur mit Rechnen machen; genau siebenhundertsiebenundsiebzig Schritte, nicht mehr und nicht weniger, sind es vom Schultor bis zur Lottobude, wo seine Eltern den ganzen Tag lang dicht beieinander sitzen, ohne ein Wort zu sagen, sie sehen ihn schon von weitem, in dem Augenblick, wenn er am Ende der Straße um die Ecke biegt, sie haben einen tierischen Instinkt für so etwas, und dann kommt die Mutter gleich mit den Hausschlüsseln heraus. Sie ist sehr klein und dick und sieht ein bißchen aus wie eine Tüte mit einem Kilo Mehl, sie befeuchtet ihre Finger mit Spucke, um das Haar von Motl Ben Peissi zu kämmen, dem Kantorssohn, damit er nicht so zerzaust aussieht, und sie wischt auch einen kleinen Schmutzfleck von seiner Wange und seinem Ärmel weg, obwohl Momik genau weiß, daß dort gar kein Schmutz ist, sie möchte ihn einfach nur anfassen, und er, das Waisenkind, steht still und geduldig da und läßt ihre Finger und Fingernägel über sich ergehen und sieht ihr dabei besorgt in die Augen, denn wenn sich herausstellt, daß ihre Augen krank sind, wird man ihnen vielleicht kein Zertifikat geben, um nach Amerika einzureisen, und die Mutter, die gar nicht weiß, daß sie jetzt auch die Mutter von Motl ist, flüstert schnell, daß es nicht mehr so weitergehen kann mit seinem Vater, sie kann sein *krechzen* nicht mehr aushalten, wie ein alter Mann von neunzig hört er sich an, und sie sieht sich schnell nach dem Vater um, der sich nicht rührt und in die Luft starrt, als sei nichts los, und sagt zu Momik, daß der Vater sich schon seit einer Woche nicht gewaschen habe, der Geruch halte die Kunden fern, schon seit zwei Tagen sei keiner gekommen außer den drei Stammkunden, warum solle die Lotteriegesellschaft eine Bude unterhalten, wenn keine Kunden kämen, Und woher sollen wir Geld zum Essen nehmen, frage ich dich, der einzige Grund, warum sie den ganzen Tag mit dem Vater hier sitze wie eine Sardine, sei, daß man sich in Sachen Geld nicht auf ihn verlassen könne, er bringe es noch fertig, die Lottoscheine mit Rabatt zu verkaufen, oder er könne Gottbehüte einen Herzinfarkt bekommen, bei all den schrecklichen Kerlen, Warum straft mich Gott so, warum tötet er mich nicht gleich anstatt in Raten, Stück für Stück, fragt sie, und ihr Gesicht fällt kraftlos zusammen, aber dann sieht sie einen Augenblick zu Momik auf, und plötzlich sind ihre Augen jung und schön, es ist weder Angst noch Wut in ihnen, im Gegenteil, sie macht ihm sogar *chejndalech*, damit er sie anlächelt, damit er etwas besonderes für sie ist, und ihre Augen leuchten, aber das hält nur eine halbe Minute an, und schon ist sie wieder so, wie sie war, und Momik sieht, wie sich ihre Augen verändern, und Motl flüstert ihr innerlich mit der Stimme von Bruder Elijahu zu, Genug, Mama, genug, nu, bitte weine nicht, der Doktor hat gesagt, daß das für deine Augen nicht gut ist, bitte, Mama, uns zuliebe, und Momik schwört sich im Herzen, tfu, tfu, tfu, daß er im schwarzen Grab von Hitler sterben will, wenn er nicht den grünen Stein findet, der kranke Augen und vielleicht auch andere *choleras* heilt, und Momik denkt diese Gedanken so sehr, daß es ihm fast gelingt, die Kerle aus der 7. Klasse nicht zu hören, die in sicherer Entfernung von seinem dicken Vater stehen und ihm zurufen: »Lotto groß, Lotto klein, Lotto macht aus dem Armen ein Schwein«, es ist ein Lied, das sie sich ausgedacht haben, aber Momik und seine Mutter hören nichts, und Momik sieht, daß sein Vater, der riesige, traurige Kaiser, auf seine gewaltigen Hände starrt, nein, alle drei sind taub für diese Kerle, denn sie hören nur die Worte ihrer eigenen geheimen Sprache, und die ist Jiddisch, und bald wird auch die wunderschöne Marylin Monroe mit ihnen reden können, weil sie den jüdischen Herrn Miller geheiratet hat und jeden Tag drei Wörter auf jiddisch lernt, sollen sie alle platzen, Amen, und die Mutter faßt Momik hier und da an, während er innerlich sieben Mal das Zauberwort »Chaimova« sagt, das man den Unbeschnittenen in der Schenke an der Grenze sagen muß, so steht es in Motl Ben Peissis Buch, denn wenn sie das Wort »Chaimova« hören, lassen sie auf der Stelle alles stehen und liegen und gehorchen, besonders wenn man sie darum bittet, einem über die Grenze nach Amerika zu helfen, ganz zu schweigen von einfacheren Dingen wie zum Beispiel, mit den Kerlen aus der 7. Klasse fertig zu werden, auf die Momik die Unbeschnittenen nur aus Herzensgüte nicht losläßt.

»Im Kühlschrank liegt eine *pulke* für dich und eine für ihn«, sagt die Mutter, »und paß auf die kleinen Knochen auf, daß du sie Gottbehüte nicht verschluckst, und er auch nicht. Paß auf.« »Gut.« »Und sei vorsichtig mit dem Gas, Schloimele, puste sofort das Streichholz aus, damit es Gottbehüte keinen Brand gibt.« »Gut.« »Und vergiß nicht, den Gashahn zuzudrehen, wenn du fertig bist, den hinteren auch. Der hintere ist am wichtigsten.« »Ja.« »Und trink kein Sodawasser aus dem Kühlschrank. Gestern hat mindestens ein Glas aus der Flasche gefehlt. Du hast es getrunken, und jetzt ist doch Winter. Und sobald du drinnen bist, schließt du zweimal ab. Das obere und das untere Schloß. Ein Schloß allein taugt nichts.« »Gut.« »Und achte darauf, daß er gleich nach dem Essen schlafen geht. Laß ihn nicht in den Regen hinaus. Er hat nichts zu suchen draußen. Es sagen eh schon alle von uns, daß wir ihn wie einen armen Bauern hinausgehen lassen.« »Gut.« Sie redet noch ein wenig zu sich selbst, prüft mit der Zunge, ob nicht noch ein Wort im Mund geblieben ist, denn wenn sie auch nur ein einziges vergessen hat, dann ist alles, was sie gesagt hat, wertlos, aber es ist in Ordnung, sie hat nichts vergessen, also wird Momik nichts Böses geschehen, Gottbehüte, und jetzt kann die Mutter endlich ihre letzte Rede halten, und das geht so: »Mach niemandem die Tür auf. Wir erwarten keinen Besuch. Dein Vater und ich sind wie immer um sieben Uhr zu Hause, keine Sorge. Mach deine Hausaufgaben. Zünde den Heizofen nicht an, auch wenn es kalt wird. Du kannst ein bißchen spielen, wenn du mit den Hausaufgaben fertig bist, aber tob nicht herum, und lies nicht zuviel, du verdirbst dir noch die Augen. Und streite dich mit niemandem. Wenn dich jemand schlägt, kommst du sofort zu uns.« Ihre Stimme klingt immer schwächer und ferner. »Aufwiedersehen, Schloimele, sag auch deinem Vater Aufwiedersehen. Aufwiedersehen, Schloimele. Sei vorsichtig.«

So hat sie sich bestimmt auch beim letzten Mal von ihm verabschiedet, als er noch ein Baby in der königlichen Wiege war. Sein Vater, der damals noch der Kaiser und ein Kommandokämpfer war, ließ den königlichen Jäger zu sich rufen und befahl ihm mit tränenerstickter Stimme, das Baby in den Wald zu bringen und es dort den Vögeln der Lüfte zum Fraß zu lassen, wie es heißt. Es lag eine Art Fluch auf den Kindern, die damals geboren wurden. Momik verstand das noch nicht so genau, aber zum Glück hatte der Jäger Mitleid mit ihm und zog ihn heimlich bei sich groß, und Jahre später kehrte Momik als unbekannter Knabe ins Schloß zurück und wurde sofort der geheime Berater des Königs und der Königin und auch der königliche Übersetzer, und so konnte er, ohne daß jemand es wußte, den armen Kaiser und die arme Kaiserin beschützen, die man aus dem Königreich vertrieben hatte, natürlich sind das alles nur Phantasien, Momik ist ja ein sehr wissenschaftlich und mathematisch denkender Junge, keiner in der vierten Klasse ist so gut im Rechnen wie er, aber inzwischen, bis sich die Wahrheit herausstellt, muß Momik Phantasien und Vermutungen benutzen und auf das Flüstern hören, das abbricht, sobald er ins Zimmer kommt. So war es zum Beispiel, als die Eltern mit Itke und Schimek zusammensaßen und über die Wiedergutmachungszahlungen sprachen, der Vater machte plötzlich den Mund auf und sagte wütend, Ein Mann wie ich, zum Beispiel, der Dort ein Kind verloren hat, und darum ist Momik sich gar nicht so sicher, daß seine Phantasien so phantastisch sind, und manchmal, wenn es ihm besonders schlecht geht, macht es ihm große Freude, sich vorzustellen, wie glücklich sie alle sein werden, wenn er ihnen endlich verraten kann, daß er der Junge ist, den sie dem Jäger gegeben haben, es wird genau so sein wie bei Joseph und seinen Brüdern. Aber manchmal stellt er sich auch etwas ganz anderes vor, und zwar, daß der Junge, der verloren gegangen ist, sein Zwillingsbruder ist, denn er hat stark das Gefühl, daß er einen siamesischen Zwillingsbruder gehabt hat und sie gleich nach der Geburt auseinander geschnitten wurden, wie in dem Buch »Unglaublich aber wahr. Dreihundert erstaunliche Fälle, die die Welt erschütterten«, und vielleicht werden sie sich eines Tages begegnen, und dann können sie sich wieder vereinen (wenn sie wollen.)

Und von der Lottobude macht er sich mit präzisen, wissenschaftlichen Schritten auf den Heimweg, die Kinder nennen das den Kamelgang, weil sie nicht verstehen, daß er seine Schritte durch alle geheimen Wege und Abkürzungen lenkt, die nur er kennt, es gibt auch verschiedene Bäume, die man wie zufällig berühren muß, wenn man an ihnen vorbeikommt, denn er hat das Gefühl, daß vielleicht jemand in ihnen ist, dem man zeigen muß, daß man ihn nicht vergessen hat, und dann überquert er den heruntergekommenen Hof der verlassenen Synagoge, in dem der alte Munin ganz alleine wohnt, man muß ganz schnell durchgehen wegen Munin, aber auch wegen all den ermordeten Heiligen, die ungeduldig darauf warten, daß jemand sie aus ihrer Heiligkeit und ihrer Ermordung befreit, aber von dort sind es nur noch zehn Schritte bis zum Tor von Momiks Hof, das Haus ist schon zu sehen, eine Art Betonblock, der auf vier dünnen, zittrigen Beinen steht, unter denen sich ein kleiner Keller befindet. Eigentlich hätten sie nur eine Wohnung in dem Haus bekommen sollen, nicht zwei, aber sie trugen Großmutter Henny als eigenen Haushalt ein, Onkel Schimek hatte ihnen geraten, es so zu machen, und deshalb haben sie ein ganzes Haus für sich allein, es wohnt zwar keiner in dem anderen Teil, und es geht auch niemand je dorthin, aber es gehört ihnen, sie haben genug gelitten Dort, und diese Regierung, *cholera*, verlangt ja geradezu, daß man sie betrügt, und im Hof steht eine große alte Kiefer, die die Sonne nicht durchläßt, der Vater ist schon zweimal hinuntergegangen, um sie zu fällen, aber er ist jedesmal vor sich selbst erschrocken und still in die Wohnung zurückgekommen, die Mutter hat gekocht vor Wut, weil er mit einem Baum Mitleid hat und nicht mit dem Kind, das im Dunkeln aufwachsen muß, ohne Vitamine, die von der Sonne kommen; Momik hat ein ganzes Zimmer für sich allein, mit dem Bild unseres Ministerpräsidenten David Ben-Gurion und einem Bild von den Vautours, deren Flügel wie die Flügel kühner Stahlvögel ausgebreitet sind, um den Himmel unseres Landes zu beschützen, und es ist nur schade, daß die Mutter und der Vater nicht erlauben, noch mehr Bilder aufzuhängen, weil die Nägel den Putz kaputtmachen, aber abgesehen von den Bildern (die den Putz wirklich ein bißchen kaputtmachen), ist sein Zimmer sauber und ordentlich, alles ist an seinem Platz, es ist ein Zimmer, das für andere Kinder sicher vorbildlich wäre, wenn sie, zum Beispiel, kommen würden.

Und es ist eine ruhige Straße, eigentlich eher eine kleine Gasse. Nur sechs Häuser, und es ist immer ruhig dort, außer wenn Chana Zitrin Unseren Herrn beleidigt. Momiks Haus ist auch ziemlich ruhig. Die Mutter und der Vater haben nicht viele Freunde. Eigentlich haben sie gar keine Freunde, außer Bella natürlich, die die Mutter jeden Samstagnachmittag besuchen geht, wenn der Vater im Unterhemd am Fenster sitzt und hinausstarrt, und natürlich außer Tante Itke und Onkel Schimek, die zweimal im Jahr für eine ganze Woche kommen, und dann verändert sich alles. Sie sind anders als die Eltern, eher wie Bella. Und obwohl Itke eine Nummer auf dem Arm hat, gehen sie ins Restaurant und ins Theater und zu Djigan und Schumacher und lachen so laut, daß die Mutter den Kopf abwendet und schnell ihre Fingerspitzen küßt und sie dann auf ihre Stirn legt, und Itke sagt, Was kann es schon schaden, Gisela, wenn man ein bißchen lacht, und die Mutter lächelt verlegen, als hätte man sie bei irgend etwas erwischt, und sagt: Nein, es ist gerade gut so, lacht nur, Kinder, lacht, ich mach das nur so, es kann nicht schaden. Itke und Schimek spielen auch Karten und gehen zum Strand, und Schimek kann sogar schwimmen. Einmal sind sie einen ganzen Monat lang auf dem Luxusschiff ›Jerusalem‹ gesegelt, denn Schimek hat eine große Autowerkstatt in Netania und versteht es, die Steuerbehörde, *psiakrew*, zu betrügen, und es gibt nur ein kleines Problem, und zwar, daß sie keine Kinder bekommen, denn Itke hat Dort alle möglichen wissenschaftlichen Experimente mitgemacht.

Momiks Eltern machen nie Ausflüge, nicht einmal auf dem Land, außerhalb der Stadt, nur einmal im Jahr, ein paar Tage nach Pessach, fahren sie für drei Tage in eine kleine Pension in Tiberias. Und das ist wirklich etwas merkwürdig, denn sie sind sogar bereit, Momik für diese drei Tage aus der Schule zu nehmen. In Tiberias sind sie ein bißchen anders. Nicht wirklich anders, aber irgendwie doch. Sie sitzen zum Beispiel im Café und bestellen für alle drei Brause und Kuchen. Und einmal gehen sie alle drei morgens zum Strand und sitzen unter dem gelben Schirm der Mutter, der eindeutig ein Sonnenschirm ist, und sind sehr leicht angezogen. Sie reiben sich die Beine mit Vaseline ein, damit sie nicht verbrennen, und auf der Nase tragen alle drei einen kleinen weißen Plastikschutz. Momik hat keine Badehose, weil es dumm wäre, Geld auszugeben für etwas, das man nur einmal im Jahr benutzt, die kurze Hose reicht vollkommen. Er darf am Strand entlanglaufen, aber nur bis zum Wasser, doch verlaßt euch darauf, daß er besser weiß als alle Kerle im Wasser zusammen, wie lang und wie tief und wie breit der See Genezareth ist und was für Fische dort leben. Jedes Jahr, wenn Momik und seine Eltern nach Tiberias fahren, kommt Tante Itke nach Jerusalem, um auf Großmutter Henny aufzupassen. Sie bringt jedesmal einen Stapel polnischer Zeitschriften aus Netania mit, die sie bei Bella läßt, wenn sie wieder heimfährt, und Momik schneidet daraus die Bilder der polnischen Fußballspieler aus (hauptsächlich aus *»Pschegelond«* und vor allem vom Nationaltorhüter, Schimkoviak, mit seinen katzenhaften Sprüngen); aber in dem Jahr, als Großvater Anschel zu ihnen kam, war Itke nicht bereit, mit ihm alleinzubleiben, weil er so schwierig war, also fuhren die Eltern allein und Momik blieb mit der Tante zu Hause, weil nur er mit dem Großvater fertig werden konnte.

Damals, das heißt: in jenem Jahr, fand Momik heraus, daß seine Eltern wegen des Holocaust-Gedenktages aus dem Haus und aus der Stadt flohen. Er war damals neuneinviertel Jahre alt. Bella nannte ihn den *mesinik* der Gasse, aber in Wirklichkeit war er das einzige Kind dort. Das war auch schon so, als er zum ersten Mal im Kinderwagen ankam und die Nachbarinnen sich über ihn beugten und hocherfreut gurrten: *Oij, Frau Neuman, wus far a miskeit,* was für ein häßliches Ding, und diejenigen, die noch besser wußten, was sich gehörte, wandten ihr Gesicht ab und spuckten dreimal aus, um ihn vor dem zu bewahren, was sie in ihrem Körper wie eine Krankheit trugen; seit neuneinviertel Jahren hört Momik jedesmal dasselbe Grüßen und Spucken und ist jedesmal ein sanfter und höflicher kleiner Junge, weil er genau weiß, was sie von den anderen Kindern in der Umgebung halten, die alle frech und wild und *schwarzes* sind, und man kann mit Sicherheit sagen, daß er eine große Verantwortung trägt für die Erwachsenen, die in der Gasse wohnen.

Und auch sein voller Name sollte nicht unerwähnt bleiben: Schlomo Ephraim Neuman. Im Andenken an den und den und den. Wenn es möglich gewesen wäre, hätten sie ihm hundert Namen gegeben. Großmutter Henny tat das die ganze Zeit. Sie nannte ihn Mordechai und Leibele und Schepsele und Mendel und Anschel und Scholem und Chumak und Schlomo-Chaim, und so lernte Momik sie alle kennen, Mendel, der nach Rußland ging, um, *nebbich*, Kommunist zu werden, und dort verschwand, und Scholem, der Spezialist für Jiddisch, der mit einem Schiff nach Amerika fuhr, und das Schiff versank, und Isser, der Geige spielte und bei den Nazis umkam, möge-ihr-Name-ausgelöscht-werden, und Klein Leibele und Klein Schepsele, die am Tisch keinen Platz mehr hatten, die Familie war damals so groß, daß Großmutter Hennys Vater ihnen sagte, sie sollten wie bei den Gutsherren essen, und sie ihm glaubten und auf dem Fußboden unter dem Tisch aßen, und Schlomo-Chaim, der Champion wurde, und Anschel-Ephraim, der so schöne traurige Gedichte schrieb und dann nach Warschau zog, wo er ein hebräischer Schriftsteller wurde, *nebbich*, und sie endeten alle bei den Nazis, möge-ihr-Name-ausgelöscht-werden, die eines schönen Tages über das Shtetl herfielen und alle auf einem Hof neben dem Fluß versammelten und – aijj, und Leibele und Schepsele werden ewig klein und lachend unter dem Tisch sitzen bleiben, und Schlomo-Chaim, der am halben Körper gelähmt war und durch ein Wunder gesund und ein richtiger Samson der Held wurde, er wird für immer seine Muskeln spannen auf der jüdischen Olympiade mit dem Fluß Prut im Hintergrund, und Klein Anschel, der immer der zarteste von allen war, man machte sich Sorgen, daß er den Winter nicht überstehen würde und legte ihm warme Ziegelsteine unter das Bett, damit er nicht erfriere, da ist er auf dem Bild im Matrosenanzug, mit einem lustigen Scheitel in der Mitte, so ernst schaut er drein mit seiner großen Brille, Du meine Güte, klatschte die Großmutter in die Hände, wie ähnlich du ihm bist. Sie hatte ihm vor vielen Jahren von all diesen Leuten erzählt, als sie sich noch erinnern konnte und alle dachten, daß er noch zu klein sei, um etwas zu verstehen, aber als die Mutter einmal sah, daß seine Augen keineswegs leer vor sich hinstarrten, sagte sie zu der Großmutter, sie solle sofort damit aufhören, und versteckte das Album mit den wunderbaren Fotos (wahrscheinlich gab sie es Tante Itke). Und jetzt versucht Momik, sich mit aller Kraft zu erinnern, was auf diesen Fotos und in den Geschichten war. Er schreibt sofort alles auf, was er erinnert, sogar Kleinigkeiten, die nicht wichtig scheinen. Denn das ist ein Krieg, und im Krieg benutzt man alles, was man hat. So macht es auch der Staat Israel, wenn er die Araber, *psiakrew*, bekämpft. Bella hilft ihm natürlich ab und zu, aber nicht so gerne, und den größten Teil muß er selbst machen. Er ist nicht böse auf sie, wieso auch, es ist ihm vollkommen klar, daß ihm keiner, der von Dort gekommen ist, richtige Hinweise geben und er ihn auch nicht offen und ehrlich um Hilfe bitten kann, es gab in diesem Königreich anscheinend alle möglichen geheimen Gesetze der Verschwiegenheit. Aber Momik schrickt vor diesen Schwierigkeiten und Problemen nicht zurück, er hat keine Wahl, und er muß der Sache ein für allemal ein Ende machen. In den letzten Wochen stehen viele krumme Zeilen in seinem Spionageheft, weil er im Dunkeln unter der Decke schreibt. Er weiß nicht immer genau, wie er die Wörter, die der Vater nachts im Schlaf schreit, auf hebräisch schreiben soll. Überhaupt: der Vater schien sich in den letzten Jahren ein wenig beruhigt zu haben und hatte mit dem Alpträumen fast aufgehört, aber als der Großvater kam, fing alles wieder von vorne an. Und diese Schreie sind wirklich merkwürdig, aber wozu hat man Logik und Verstand und Bella? Wenn man die Schreie bei Tageslicht untersucht, wird alles viel klarer. Das war nämlich so: es war Krieg im Königreich, und der Vater war der Kaiser, aber auch der Hauptkrieger. Ein Kommandokämpfer. Einer seiner Freunde (vielleicht sein Stellvertreter) hieß Sonder. Dieser merkwürdige Name war vielleicht sein Tarnname, wie es zur Zeit der Etzel und Lechi üblich war. Sie lebten alle in einem großen Lager mit einem komplizierten Namen. Dort trainierten sie, und von dort wurden sie auf kühne Feldzüge gesandt, die so geheim waren, daß man bis heute nichts darüber sagen darf. Es gab auch Züge in der Nähe, aber das ist nicht so klar. Vielleicht waren es Züge wie die, von denen ihm sein heimlicher Bruder Bill erzählt hat, Züge, die von wilden Indianern angegriffen wurden. Es ist alles so durcheinander. Und im Königreich des

Vaters gab es auch große, prachtvolle Feldzüge, die Aktionen hießen, und manchmal (wahrscheinlich um die Einwohner stolz zu machen) fanden auch herrliche Militärparaden statt wie hier am Unabhängigkeitstag. Links rechts, links rechts, schreit der Vater im Schlaf, links rechts, schreit er in der deutschen Sprache, die Bella Momik auf keinen Fall übersetzen will, und erst als er sie fast anschreit, erklärt sie ihm wütend, was »links rechts« auf hebräisch bedeutet. Das ist alles? wundert sich Momik, warum hat sie sich dann so gesträubt, es ihm zu übersetzen? Die Mutter erwacht von den Schreien des Vaters und fängt an, ihn zu stoßen und zu schütteln, sie weint, Nu, Tuvia, genug, scha, still, das Kind kann dich hören, Dort ist vorbei, mitten in der Nacht schreit er mir so, *a klag soll ihn treffen*, du wirst mir noch den Jungen wecken, Tuvia! Und der Vater wacht erschrocken auf und beginnt mit seinem großen *krechzen*, das sich anhört wie eine Bratpfanne, die unter dem Wasserhahn zischt. Inzwischen hat Momik in seinem Zimmer das Heft unter der Decke zugeklappt und hört noch, wie der Vater in die Hände stöhnt; jetzt versucht Momik, so genau wie Amos Chacham eine äußerst interessante Frage zu beantworten: angenommen, der Vater berührt jetzt mit den Händen seine Augen, und die Augen sehen immer noch wie früher, heißt das dann, daß kein Tod mehr in den Händen ist?

Denn er berührt ja auch manchmal die Mutter, wenn sie dicht nebeneinander in der Lottobude sitzen. Und er hat doch auch Großmutter Henny immer auf die Arme gehoben und zum Tisch und dann wieder zurück ins Bett getragen. Und jeden Donnerstag wäscht er Großvater Anschel in der Wanne mit einem Lappen, weil die Mutter sich davor ekelt.

Ja, ja, richtig, sie sind auch alle von Dort gekommen, also kann er ihnen vielleicht nichts mehr antun. Aber da ist noch etwas sehr Wichtiges, das man beachten sollte: Wenn er Lottoscheine verkauft, trägt er kleine Fingerhüte aus Gummi auf jedem einzelnen Finger!

Ganz zu schweigen von dem allerwissenschaftlichsten Beweis, der zusammenhängt mit dem, was mit den Blutegeln geschah, als Frau Miranda Bardugo kam, um den Vater, der plötzlich Ausschlag auf den Händen bekam, zu behandeln. Momik erwägt seit langer Zeit wie ein professioneller Ermittler alle Möglichkeiten: Sind die Hände zum Beispiel wie ein kochender Kessel? Wenn man sie einfach so sieht, ohne etwas zu wissen, könnte man meinen, sie seien ganz normale Hände. Oder vielleicht wie Sandpapier? Oder wie die Stacheln eines Igels? Momik schläft nur mit Mühe ein. Schon seit einiger Zeit, seit Großvater Anschel bei ihnen ist, gelingt es ihm nicht, nachts einzuschlafen. Wie trockenes Eis? Wie eine Spritze?

Am Morgen, noch vor dem Frühstück (die Eltern gehen immer vor ihm aus dem Haus), schreibt er schnell eine Vermutung auf: »Mit einem Frontalangriff stürmten die tapferen Helden aus dem Lager und überraschten Rotstrumpf und seine wilden Indianer, die den Postzug überfallen hatten. Der Kaiser galoppierte in all seiner Herrlichkeit auf seinem treuen Pferd voran und schoß mit seinem Gewehr in alle Richtungen. Sonder vom Kommando gab ihm Rückendeckung. Der riesige Kaiser rief ›Mir nach‹, und sein kühnes Brüllen war im ganzen erstarrten Land zu hören.« Momik hielt inne und las, was er geschrieben hatte. Es war ihm diesmal viel besser gelungen als sonst. Aber es reichte noch nicht. Es fehlte noch so viel. Manchmal hatte er das Gefühl, daß die Hauptsache fehlte. Aber was war die Hauptsache? Er mußte eben mit mehr biblischer Kraft und Herrlichkeit schreiben, so wie Großvater Anschel es in seiner Geschichte tat. Aber wie machte man das? Er mußte einfach kühner sein in seinen Phantasien! Denn was immer Dort geschehen war, es mußte anscheinend etwas Besonderes gewesen sein, wenn alle sich so anstrengten, nichts darüber zu sagen. Momik begann auch das, was sie in der Schule lernten, zu Hilfe zu nehmen, zum Beispiel Orde Wingate und die Nachttruppen und auch die Supermystère-Jets, die wir, so Gott will, von unseren Freunden und ewigen Verbündeten, den Franzosen, bekommen werden, und er benutzte sogar den ersten israelischen Atomreaktor für seine Phantasien, der gerade in den Dünen von Nachal Rubin gebaut wird, und nächste Woche wird in der Zeitung »Jediot Acharonot« ein sensations-irgendwas Artikel mit den ersten Aufnahmen des Schwimmbeckens veröffentlicht, in dem man tatsächlich die atomare Sache macht! Momik spürte, daß er sich der Lösung des Rätsels näherte. Er erinnerte sich daran, was Sherlock Holmes in dem »Rätsel der tanzenden Leute« sagte: daß das, was ein

Mensch erfinden kann, ein anderer herausfinden kann, und darum wußte Momik, daß es ihm gelingen würde. Er kämpfte für seine Eltern und für die anderen. Natürlich wußten sie nichts davon. Wieso denn auch. Er kämpfte ja wie ein geheimer Partisan. Ganz allein. Damit sie endlich ein bißchen vergessen, sich ein bißchen ausruhen konnten, sich nicht mehr zu fürchten brauchten. Er erfand eine Methode. Ehrlich gesagt war sie ziemlich gefährlich, aber er hatte keine Angst. Das heißt, er hatte wohl Angst, aber er hatte keine Wahl. Bella gab ihm, ohne es zu wissen, den wichtigsten Hinweis, als sie die Nazi-Bestie erwähnte. Das war vor langer Zeit gewesen, und er hatte es damals nicht so recht verstanden, aber an dem Tag, als Großvater kam und Momik in den Keller hinunterstieg, um die heilige Zeitung mit der Geschichte zu suchen, verstand er genau. Und man kann sagen, daß Momik in diesem Augenblick beschloß, die Bestie zu finden, um sie zu zähmen und gut zu machen und sie dazu zu bringen, sich zu ändern und aufzuhören, die Menschen so zu quälen, und ihm endlich zu verraten, was in dem Land Dort geschehen ist und was sie den Menschen angetan hat, und Momik ist schon ungefähr einen Monat lang, fast genau seit dem Tag, als Großvater Anschel zu ihnen kam, bis über beide Ohren damit beschäftigt, im kleinen, dunklen Keller in allergrößter Heimlichkeit die Nazi-Bestie zu züchten.

Es war ein Winter, an den man sich noch lange erinnerte. Nicht wegen des Regens, denn am Anfang regnete es gar nicht. Der Winter von Neunundfünfzig –, sagten die alten Leute von Beit-Masmil und mußten nichts weiter sagen. Momiks Vater ging abends in langen gelben Wollunterhosen, die unter der Hose hervorschauten, und mit einem riesigen Stück Watte in jedem Ohr im Haus herum und verstopfte die Schlüssellöcher mit Zeitungspapier, um den Wind abzuhalten, der sogar von Dort hereinkommen konnte. In den Nächten arbeitete die Mutter an der Nähmaschine, die Itke und Schimek ihr gekauft hatten. Bella hatte es arrangiert, daß eine Anzahl von Damen Bettbezüge zum Richten und alte Laken zum Flicken brachten, und so kamen noch ein paar Piaster ins Haus. Es war eine Singer-Maschine aus zweiter Hand, und wenn die Mutter daran arbeitete und das Rad sich drehte und knarrte, kam es Momik vor, als bringe sie mit ihrer Maschine dieses Wetter draußen in Gang. Der Lärm der Maschine machte den Vater sehr nervös, aber er konnte nichts sagen, denn auch er brauchte die paar Piaster, und außerdem wollte er sich nicht mit der Mutter und ihrem Mundwerk anlegen, also ging er seufzend im Haus herum und schaltete das Radio ein und aus und sagte die ganze Zeit, Dieser Wind und überhaupt die ganze Situation – das kommt alles von dieser Regierung, *cholera*. Er wählte immer die Religiösen, nicht, weil er religiös war, das war er überhaupt nicht, sondern weil er Ben-Gurion haßte, weil der an der Macht war, und er haßte die Allgemeinen Zionisten, weil sie gegen die Regierung waren, und Ja'ari, weil er Kommunist war, *psiakrew*. Er sagte oft, Seit die Religiösen aus der Koalition ausgetreten sind, ist dieser Winter mit den Winden und der Dürre über uns gekommen, und das ist ein Zeichen, daß Gott nicht zufrieden ist mit dem, was hier vor sich geht, so sagte der Vater, wobei er einen mutigen und vorsichtigen Blick auf die Mutter warf, die nicht einmal zu nähen aufhörte und nur mit lauter Stimme vor sich hin sagte, *Oich mir a politikacker*, Dag Hammarskjöld.

Aber Momik war ziemlich besorgt, denn er spürte, wie der heulende Wind den alten Leuten, mit denen er sich in der letzten Zeit angefreundet hatte, ein bißchen den Kopf verdrehte, und er hatte das Gefühl (nicht daß er es glaubte), daß solche Dinge tatsächlich passieren konnten, es wurde alles doch recht sonderbar und auch ein wenig beängstigend. Frau Chana Zitrin zum Beispiel. Sie bekam einen Teil ihrer Wiedergutmachungszahlungen für die Schneiderei, die die Familie ihres Mannes in der Stadt Danzig besessen hatte, und anstatt dafür Essen zu kaufen oder das Geld in einem alten Schuh auf den Speicher zu tun, gab sie es gleich für neue Kleider aus, *Asa juhr ojf mir*, ich soll das Jahr so haben, was für eine Garderobe sich diese Frau gekauft hat, meint die Mutter zu Bella, und ihre Augen brennen vor Wut, Und wie diese Hure die Straße auf und ab stolziert, wie das Schiff »Jerusalem«, was hat sie auf der Straße verloren, was? Und Bella, die reines Gold ist und sogar Chana immer ein Glas Tee umsonst gibt, lacht nur und sagt, Was geht sie dich an, Gisela, sag mir, hast du sie jetzt, mit siebzig, geboren, daß du dir solche Sorgen machst um sie? Du weißt doch, warum sich eine Frau einen Pelz kauft, damit sie sich warm hält und die Nachbarn kochen. Und Momik hört zu und weiß, daß Bella und die Mutter nicht verstehen, was hier los ist, Chana will nur schön sein, nicht, um Mama zu ärgern, und auch nicht, um sich zu paaren, sondern weil sie eine neue Idee im Kopf hat, von der nur Momik weiß, denn er hört immer genau zu, wenn sie mit den alten Leuten auf der Bank sitzt und vor sich hinredet, während sie sich kratzt. Aber Chana Zitrin ist nicht die einzige, die in letzter Zeit ein wenig übertreibt. Auch Herr Munin benimmt sich noch merkwürdiger als sonst. Eigentlich hat es bei ihm angefangen, noch bevor der Großvater kam, aber jetzt geht es wirklich zu weit. Anfang des Jahres hörte Herr Munin, daß die Russen Sputnik I zum Mond schickten, und begann sofort, sich für Raumfahrtdinge zu interessieren, und er wurde so ungeduldig, daß er Momik regelrecht zwang, sofort mit jeder Neuigkeit, die er über die Sputniks hörte, zu ihm zu kommen, er versprach sogar, ihm jedesmal zwei Piaster zu zahlen, wenn er sich für ihn die Sendung »Neues aus der Wissenschaft« anhörte, die jeden Samstagmorgen im Radio gesendet wurde, und ihm alles erzählte, was sie über Unseren Freund berichteten, so nannte er Sputnik I, als würden sie sich von irgendwo kennen. Also rennt Momik jeden Samstagmorgen nach der Sendung nach unten und kriecht durch das Loch im Zaun in den Hof der verlassenen Synagoge, in der Herr Munin als Wächter wohnt. Er erzählt ihm alles, was er in der Sendung gehört hat, und Munin gibt ihm einen Zettel, den er noch am Freitag vorbereitet hat, und darauf steht: »Im Austausch für diesen Zettel erhält der Überbringer am Ausgang des heiligen Sabbat so Gott will 2 (zwei) Piaster von mir.« Sie arbeiten nun schon seit einigen Wochen zusammen, und es gibt keine Probleme. Wenn Momik besonders gute Nachrichten über die Raumfahrt und die neuen Forschungen bringt, ist Munin richtig glücklich. Er bückt sich und zeichnet den Mond in Form einer runden Kugel mit einem Stock in den Sand und daneben die neun Planeten, deren Namen er auswendig weiß, und dann zeichnet er mit dem Stolz eines Eigentümers seinen Freund Sputnik I, der den Mond ein wenig verfehlt hat und, *nebbich*, Planet Nummer zehn wurde. Munin ist ein großer Gelehrter und erklärt Momik alles über Raketen und Flugkraft und einen Erfinder namens Tsiolkovsky, dem Munin einmal einen Brief geschrieben hat mit einer Idee, die ihm den Nobelpreis hätte einbringen können, aber dann kam der Krieg, und alles ging kaputt, und die Zeit ist noch nicht reif, darüber zu reden, aber wenn es eines Tages geschieht, wird die ganze Welt sehen, wer Munin ist, und sie werden ihn beneiden, jawohl, sie werden ihn nur beneiden können, weil sie nie wissen werden, was das gute Leben ist, das wahre Leben, das wahre Glück, ja, er schämt sich nicht, es zu sagen, Glück, Momo, das ist das Wort, es muß doch irgendwo existieren, nicht wahr? Ah, nu, was verdrehe ich dir den Kopf. Er zeichnete in den Staub, während er redete, und Momik stand neben ihm und verstand nichts und sah seine kleine Glatze, die mit einem schmutzigen schwarzen Käppchen bedeckt war, und die zwei mit einem gelben Gummi zusammengebundenen Brillen und die langen weißen Stoppeln auf seinen Wangen. An seinen Lippen klebte fast immer eine unangezündete Zigarette, von der ein seltsamer, scharfer Geruch ausging, der keinem anderen Geruch ähnelte, aber ein bißchen wie der von einem blühenden Johannisbrotbaum war. Momik hat es eigentlich ganz gern, neben Munin zu stehen und diesen Geruch zu riechen, und Munin hat nichts dagegen. Und einmal, als die Amerikaner Pioneer 4 ins Weltall schossen und Momik noch vor der Schule zu Munin lief, um es ihm zu berichten, fand er ihn wie immer im Hof auf einem alten Autositz in der Sonne sitzen und sich wie eine Katze wärmen, und neben ihm, auf einer alten Zeitung, lagen nasse Brotstücke für seine Vögel, die er immer fütterte, die Vögel kannten ihn und flogen ihm überall nach, und Herr Munin las gerade in irgendeinem heiligen Buch mit einem Bild von einer nackten Prophetin auf dem Umschlag, und es schien Momik, als habe er dieses Buch in Lipschitz' Laden im Einkaufszentrum gesehen, aber er irrte sich bestimmt, denn Herr Munin war ja nicht an solchen Dingen interessiert, Momik wußte genau, was für Damen Herr Munin in den Heiratsannoncen suchte. Munin versteckte schnell das Buch und sagte: Nu, Momo, welche Neuigkeiten sind in deinem Munde? (Er spricht immer in der Sprache Unserer Weisen selig). Und als ihm Momik über Pioneer 4 erzählte, sprang Munin von seinem Autositz und hob Momik hoch in die Luft und drückte ihn mit aller Kraft an seine piekenden Bartstoppeln und seinen kratzigen Mantel und seinen Geruch und tanzte mit ihm wild durch den Hof, einen seltsamen, beängstigenden Tanz unter dem Himmel und den Baumwipfeln und der Sonne, und Momik hatte Angst, daß jemand vorbeikommen und ihn so sehen würde, und hinter ihm flogen die zwei schwarzen Rockschöße in der Luft, und Munin ließ ihn erst herunter, als ihm die Kraft ausgegangen war, und dann holte er ein altes, zerknülltes Papier aus seiner Manteltasche und schaute sich nach allen Seiten um, ob man ihn beobachtete, und dann winkte er mit dem Finger, daß Momik näherkommen solle, und Momik, dem sich der Kopf noch arg drehte, kam näher und sah, daß es eine Art Landkarte war, auf der Namen geschrieben standen in einer Sprache, die er nicht kannte, und viele kleine Davidsterne waren überall verstreut, und Munin flüsterte ihm direkt ins Gesicht, »wie Funken hoch emporfliegen«, und dann machte er mit seinem langen, alten Arm die Bewegung eines kraftvollen Sprungs und rief »fjuuh!«, und zwar so laut und wild, daß Momik, dem sich der Kopf immer noch drehte, zurückschreckte, über einen Stein stolperte und hinfiel, und in dem Moment sah er mit seinen eigenen Augen, wie der schwarze, stinkende, lachende Munin in dem starken Wind schräg in den Himmel abhob, wie, sagen wir, der Prophet Elias in seiner Kutsche, und in diesem Augenblick, einem Augenblick, den Momik nie und nimmer – Eisenfaden! – vergessen würde, begriff er endlich, daß Munin tatsächlich ein heimlicher Zauberer war wie die Sechsunddreißig Gerechten der Welt, genau wie Chana Zitrin, die nicht nur eine Frau war, sondern auch eine Hexe, und Großvater Anschel, der eine Art umgekehrter Prophet war, der sagen konnte, was früher war, und vielleicht spielen auch Max und Moritz und Herr Markus geheime Rollen und sind nicht zufällig hier, sondern um Momik zu helfen, denn bevor er begonnen hat, für seine Eltern zu kämpfen und die Bestie zu züchten, hat er sie kaum bemerkt. Gut, das ist vielleicht etwas übertrieben, er hat sie wohl bemerkt, aber er hat nie mit ihnen gesprochen, nur mit Munin, und er hat sich immer bemüht, so viel Abstand wie möglich zu ihnen zu halten, und jetzt ist er die ganze Zeit mit ihnen zusammen, und wenn er nicht mit ihnen zusammen ist, dann denkt er über sie nach, über das, was sie von dem Land Dort erzählen, und wie dumm er gewesen ist, daß er es nicht schon früher verstanden hat, und die Wahrheit ist, daß er sie auch ein wenig verachtet hat, weil sie so komisch aussahen und rochen undsoweiter, und jetzt hofft er nur eines, daß sie es noch schaffen, ihre geheimen Hinweise an ihn weiterzugeben, damit er sie noch entschlüsseln kann, bevor dieser verrückte Wind sie erwischt.

Und wenn Momik und sein Großvater mittags nach Hause gehen, müssen sie sich so stark gegen den Wind stemmen, daß sie kaum den Weg sehen, und sie erschrecken vor den seltsamen Geräuschen in allen möglichen Sprachen, und Momik ist sicher, daß sie sich in den Baumrinden und den Ritzen der Bürgersteige versteckt haben, sie sind anscheinend lange dort gewesen, bis der Wind sie herausgeblasen hat. Momik steckt seine Hände tiefer in die Taschen, jetzt tut es ihm leid, daß er im Sommer nicht mehr gegessen hat und nicht ein bißchen schwerer geworden ist, und der Großvater benutzt seine wilden Gesten, um den Wind zu zerteilen, nur daß er plötzlich vergißt, wohin er geht, und stehenbleibt und sich umschaut und seine Hand ausstreckt wie ein Baby und wartet, daß jemand kommt, um ihn an der Hand zu nehmen, das ist wirklich ein gefährlicher Augenblick, denn was ist, wenn der Wind genau diese Gelegenheit nutzt und den Großvater wegreißt, aber zum Glück hat Momik richtige Chodorovsche Instinkte, er kommt dem Wind immer zuvor und faßt den Großvater rechtzeitig und drückt ihm kräftig die Hand, die innen so weich ist, und als sie weiter gehen, ist ganz klar, daß der Wind richtig wütend ist, er peitscht ihnen aus dem Wadi Ein-Karem und dem Malcha-Tal entgegen und schleudert ihnen nasse Zeitungen und alte Wahlplakate ins Gesicht, die an den Wänden geklebt haben, er heult wie ein Schakal, die Zypressen werden ganz verrückt von dem Heulen und beginnen sich zu krümmen und nach allen Seiten zu winden, als würde sie jemand am Nabel kitzeln, und es dauert eine lange Zeit, bis Momik und der Großvater endlich nach Hause kommen, Momik schließt die beiden Schlösser auf und schließt gleich wieder ab, auch das untere Schloß, erst dann hört der Wind auf, in den Ohren zu heulen, und man kann langsam wieder etwas hören.

Jetzt kann Momik seine Schultasche abwerfen, dem Großvater den großen alten Mantel des Vaters ausziehen, schnell ein wenig an ihm schnuppern, ihn an den Tisch setzen und das Essen aufwärmen. Großmutter Henny mußte er das Mittagessen immer aufs Zimmer bringen, weil sie nicht alleine aus dem Bett steigen konnte, aber der Großvater ißt mit ihm zusammen am Tisch, und das ist schön. Als habe man einen richtigen Großvater, mit dem man reden kann undsoweiter.

Momik hat Großmutter Henny sehr geliebt. Bis heute tut ihm das Herz weh, wenn er sich an sie erinnert. Und mit welchen Qualen sie gestorben ist. Jedenfalls hatte Großmutter Henny eine besondere Sprache, in der sie zu reden begann, als sie neunundsiebzig war und ihr Polnisch und Jiddisch und das bißchen Hebräisch, das sie hier gelernt hatte, vergaß. Wenn Momik von der Schule nach Hause kam, lief er sofort in ihr Zimmer, um zu sehen, wie es ihr ging, und sie wurde ganz aufgeregt und rot vor Freude, als sie ihn sah, und redete in ihrer besonderen Sprache zu ihm. Momik brachte ihr das Essen, setzte sich hin und schaute ihr zu. Sie pickte wie ein Vogel von ihrem Teller. Auf ihrem kleinen Gesicht lag ein ewiges Lächeln, ein fernes Lächeln, und durch dieses Lächeln sprach sie zu ihm. Es fing immer damit an, daß sie zu ihm Mendel sagte und wütend war, weil er einfach die Familie verlassen hatte und an einen Ort namens Borislav gefahren war, um dort die Arbeit von armen Leuten zu verrichten, und von dort hatte er sich nach Rußland aufgemacht, wo er verschwand, Und wie kann man so etwas machen und der Mutter und den Brüdern das Herz brechen. Und dann bat sie ihn als Scholem, daß er, auch wenn er nach Amerika fahre, wo das Gold auf der Straße liege, niemals vergessen dürfe, daß er ein Jude sei, und jeden Tag Gebetsriemen anlegen und in der Synagoge beten solle, und danach nannte sie ihn Isser und bat, ihr auf der Geige das Lied »Scherale« zu spielen, und sie schloß die Augen und man konnte sehen, daß sie tatsächlich die Geige hörte, ja, und Momik sah sie an und wagte nicht, sie zu stören. Das war noch schöner und aufregender als ein Film im Kino oder ein Buch, und manchmal kamen ihm tatsächlich die Tränen, und seine

Eltern fragten ihn jedesmal, wozu er so lange in Großmutter Hennys Zimmer sitze und sich ihr Gerede anhöre in einer Sprache, die niemand verstehe, und Momik sagte, er verstehe alles. Es ist tatsächlich so, Momik hat eine Begabung für alle möglichen Sprachen, die niemand versteht, er versteht sogar, wenn man schweigt oder nur drei Worte in seinem ganzen Leben sagt, wie Ginzburg, der »Wer bin ich wer bin ich« sagt, dann weiß er sofort, daß derjenige sein Gedächtnis verloren hat und jetzt überall sucht, wer er ist, sogar in den Mülltonnen, und Momik hat schon daran gedacht, ihm vorzuschlagen (sie verbringen in letzter Zeit ziemlich viel Zeit zusammen auf der Bank), der Radiosendung »Grüße an Neueinwanderer« zu schreiben, vielleicht würde ihn jemand wiedererkennen und ihn daran erinnern, wer er sei und wo er verloren gegangen sein könnte, oh ja, Momik kann wirklich alles übersetzen. Er ist der königliche Übersetzer. Er kann sogar etwas aus nichts übersetzen. Und das kommt daher, weil er weiß, daß es so etwas wie »nichts« nicht gibt – es gibt immer etwas, nu, und genauso ist es mit Großvater Anschel, der auch wie ein Vogel ißt, der pickt und schluckt, aber etwas ängstlicher als die Großmutter, wahrscheinlich weil sie Dort immer so schnell essen mußten wie die Juden in Ägypten am Sederabend. Und Momik ist es schließlich sogar gelungen, die Geschichte des Großvaters zu knakken, jetzt weiß er, daß der Großvater seine Geschichte die ganze Zeit einem Mann (oder einem Jungen) namens Herneigel erzählt, er wiederholt dieses Wort ständig in verschiedenen Formen, mal wütend, mal einschmeichelnd, und manchmal auch traurig, aber vor drei Tagen, als Momik angestrengt an der Tür horchte, wie der Großvater in seinem Zimmer zu sich selbst sprach, hörte er ganz genau, daß der Großvater »Fried« sagte. Momik kannte diesen Namen bereits aus der heiligen Zeitung, und seine Hände fingen vor Aufregung an zu zittern, aber er sagte sich sofort: Alte Geschichten, aber aus welchem Grund soll ein Großvater immer wieder die gleichen Geschichten erzählen, und noch dazu so aufgeregt? Natürlich beschloß Momik, auch das herauszufinden, also sagte er plötzlich und ohne Vorwarnung, nachdem er den Großvater von der grünen Bank nach Hause gebracht und an den Tisch gesetzt hatte: »Fried! Paula! Otto! Herotion!« Gut, das war ehrlich gesagt ein bißchen gefährlich, und plötzlich hatte er das Gefühl, daß der Großvater ihm etwas Böses antun würde, und der Großvater sah ihn tatsächlich mit ganz erschrockenen Augen an, aber er tat ihm nichts, und nachdem er fast eine ganze Minute lang geschwiegen hatte, sagte er mit leiser und deutlicher Stimme: »Herneigel«, und zeigte mit seinem krummen Daumen über die Schulter nach hinten, als würde dort wirklich irgend ein kleiner oder großer Herneigel stehen, und dann flüsterte er: »Nazikaputt«, aber plötzlich schenkte er Momik ein richtiges Lächeln, das Lächeln eines Menschen, der Dinge versteht, und er beugte sich über seinen Teller, bis sein Gesicht ganz dicht vor dem Momiks war, und sagte »Kasik«, und er sagte das so zärtlich, als überreiche er Momik ein Geschenk, und er formte mit seinen Händen einen kleinen Mann, einen Zwerg oder ein Baby, und wiegte ihn an seiner Brust, wie man eben ein Baby wiegt, und er sah Momik die ganze Zeit mit diesem guten Lächeln an, und plötzlich fiel Momik auf, wie sehr Großvater Anschel der Großmutter Henny ähnelte, und das ist kein Wunder, denn sie waren ja Geschwister, aber dann geschah etwas, das schon einmal geschehen war: Großvaters Gesicht verschloß sich plötzlich wieder, als würde ihm jemand in seinem Innern befehlen, draußen alles stehen und liegen zu lassen und schnell wieder hereinzukommen, weil die Zeit drängte, und dann fing alles wieder von vorne an, all das Gemurmel und die nervenaufreibende Melodie und die wilden Bewegungen und der weiße Speichel, der dem Großvater immer aus den Mundwinkeln lief, und Momik lehnte sich zurück, er war sehr stolz darauf, daß es ihm gelungen war, in einer Kommandoaktion direkt ins Herz von Großvaters Geschichte einzudringen, wie ein richtiger Meir Har-Zion *alter kopp*, und obwohl er noch sehr wenig wußte, war er sich schon ganz sicher, daß Großvater Anschel und Herneigel irgend etwas mit dem Krieg zu tun hatten, den er, Momik, seit einiger Zeit gegen die Nazi-Bestie führte, und es war sehr gut möglich, daß der Großvater, obwohl er von Dort kam, nicht bereit war, den Kampf aufzugeben; er war anscheinand der einzige von Dort, der nicht bereit war aufzugeben, und darum hatten er und Momik ein geheimes Bündnis.

Momik saß einfach da und sah den Großvater voller Bewunderung an, er kam ihm jetzt wie ein Prophet aus uralten Zeiten vor, Jesaja oder Moses, und plötzlich wußte er, daß alle seine Pläne in bezug auf das, was er einmal werden wollte, wenn er erwachsen war, ein einziger großer Fehler waren, daß es nur eine Sache gab, die zu werden sich lohnte, und das war, ein Schriftsteller zu werden wie Großvater Anschel, und dieser Gedanke füllte ihn mit so viel Luft, daß er beinahe wie ein Ballon durchs Zimmer zu schweben begann. Er rannte schnell auf die Toilette, stellte dort aber fest, daß er gar nicht pinkeln mußte, daß es diesmal anscheinend etwas ganz anderes war, und lief verwirrt in sein Zimmer und holte aus dem Versteck das Geheimheft mit den Tagebucheintragungen und den Ermittlungen, mit der wissenschaftlichsten Sammlung von allem, was es im Lande Dort gab, den Kaisern und Königen, den Kriegern und den Jiddisch-Gelehrten, den Athleten der jüdischen Olympiaden und den Briefmarken, den Geldscheinen und präzisen Zeichnungen von allen Pflanzen und Tieren, die es im Lande Dort gab, und er schrieb mit großen Buchstaben ins Heft: »Wichtiger Beschluß!!!«, und darunter schrieb er, daß er Schriftsteller werden wolle wie der Großvater, und dann betrachtete er die Buchstaben und sah, wie schön sie waren, viel schöner als das, was er sonst schrieb, und er fühlte, daß er jetzt irgendeinen feierlichen Abschluß finden mußte, der zu seiner großen Entscheidung paßte, und er dachte an einen biblischen Abschluß, aber seine Hand entschied anders, sie stürzte sich plötzlich auf das Blatt Papier und schrieb den kühnen, uralten Kriegsruf des Sportreporters Nechemia Ben Abraham: »Unsere Jungs tun alles für den Sieg!«, und sobald er diese Worte geschrieben hatte, spürte er eine große Verantwortung und Reife in sich und ging mit langsamen und ehrwürdigen Schritten in die Küche zurück und wischte dem Großvater sanft das Fett der *pulke* vom Kinn und führte ihn an der Hand auf sein Zimmer und half ihm, sich auszuziehen, und sah dabei sein Ding, obwohl er sich bemühte, nicht hinzusehen, danach kehrte er in die Küche zurück und murmelte, Keine Zeit keine Zeit.

Zuerst schaltete er das große Radio ein, auf dessen Glasscheibe die Namen aller Hauptstädte der Welt geschrieben standen, und wartete, bis sich das grüne Auge erwärmt hatte.

Den Anfang der Sendung »Grüße an Neueinwanderer und Suche nach verlorenen Verwandten« hatte er anscheinend gerade verpaßt, aber er hoffte sehr, daß inzwischen nicht einer seiner Namen durchgesagt worden war. Er nahm das Blatt Papier, auf das der Vater mit großen Buchstaben wie ein Kind aus der ersten Klasse ein paar Namen geschrieben hatte, und las mit den Lippen zusammen mit der Ansagerin, die sagte: Rochale, Tochter von Paula und Abraham Seligson aus Peschmischl, sucht ihre jüngere Schwester Lea'le, die in Warschau lebte in den Jahren... Elijahu Frumkin, Sohn von Jocheved und Herschel Frumkin aus Stryj, sucht seine Frau Elischewa, geborene Eichler, und seine beiden Söhne Jakob und Meir... Momik braucht gar nicht auf der Liste nachzusehen, er kennt seine Namen auswendig: Frau Esther Neuman, geborene Schapira, und das Kind, Mordechai Neuman, und Zwi-Hirsch Neuman und Sara-Bella Neuman, eine Menge verlorener Neumans wandern im Land Dort herum, und Momik hört nicht mehr genau zu, sondern liest die Namen laut vor wie die Frau im Radio, mit einer traurigen und monotonen und etwas verzweifelten Stimme, die er sich jeden Mittag anhört, seit er lesen kann und sie ihm die Liste mit den Namen gegeben haben, Jitzchak, Sohn von Abraham Neuman, Arie-Leib Neuman und Gitel, Tochter von Herschel Neuman, alles Neumans, Verwandte von Vater, sehr weit entfernte Verwandte, wie man ihm so oft erklärt hat, und sein Finger zeichnet Kreise auf das Blatt, das Flecken hat vom Fett tausender von Mittagessen, und in jeden Fleck ist ein anderer Name eingeschlossen, aber plötzlich erkennt Momik, ja, das ist genau die gleiche Melodie wie in dem Gerede der alten Leute auf der Bank, wenn sie ihre Geschichten vom Land Dort erzählen.

Es ist schon halb zwei, und er muß sich beeilen. Er wischt sorgfältig den Tisch ab und spült das Geschirr mit seiner besonderen Methode (einseifen, spülen, nochmal einseifen und spülen), bis die Teller und Gabeln blitzen und ihm Freude machen, weil sie ganz genau wissen, daß er schmutziges Geschirr im Spülbecken nicht leiden kann, und dann packt er sein Viertel Huhn, das er nicht angerührt hat, in eine braune Tüte und sieht im Kühlschrank nach, was er sonst noch für das Tier mitnehmen kann. Er stöbert zwischen den alten und neuen Arzneiflaschen und den Tiegeln mit rotem Meerrettich und dem Teller mit dem *galler*, dem Kalbsschenkel in Aspik, der noch vom Sabbat übriggeblieben ist, und den Töpfen voll mit Essen für das entscheidende Abendmahl, und Momik sieht zum tausendsten Mal hinter der Flasche Rosenwein nach, die sie vor ein paar Jahren von einem Unbekannten geschenkt bekommen haben, der bei ihnen einen Lottoschein kaufte und tausend Pfund gewann, den größten Preis, den irgend jemand je bei ihnen gewonnen hat, Momik schrieb in großen Buchstaben auf ein Stück Pappe: »An diesem Stand gewann Nummer soundso 1000 Pfund!!!«, und siehe da, der Mann war ein guter Mensch und kam vorbei, um sich zu bedanken, und brachte die Weinflasche mit, das war wirklich nett von ihm, Aber wer trinkt schon so ein Gebräu bei uns, und andererseits ist es aber auch nicht schön, sie wegzuwerfen, und Momik nahm einen Joghurtbecher (er konnte der Mutter ja erzählen, er habe ihn gegessen), eine Gurke und ein Ei, und nachdem er einen Augenblick an Großvaters Tür gehorcht hatte, um sich zu vergewissern, daß er schlief und dabei wie immer mit sich selbst redete, ging er aus dem Haus, schloß auch das untere Schloß ab, lief die Treppen unter den dünnen Betonpfeilern hinunter, direkt in den Wind, stieß mit all seiner Kraft die schwere, knarrende Kellertür auf, und trat, tief einatmend, auf Leben und Tod, ein. Sofort brach ihm der kalte Schweiß auf Gesicht und Rücken aus. Er stand schwer gegen die Wand gelehnt, die Faust zwischen den Zähnen, um nicht zu schreien, aber innerlich schrie er, Lauf weg, lauf weg, sonst wird es dich fressen, aber er läuft nicht weg, das darf er nicht, denn es ist Krieg, und es stinkt und ist stickig im Keller, es riecht nach Moos und Schimmel und nach Tieren und Tierscheiße, und all diese unheimlichen Geräusche im Dunkel, es raunt und raschelt und brummt, und eine große Kralle kratzt am Käfig, und ein Flügel breitet sich langsam aus, und ein Schnabel öffnet und schließt sich knarrend, Lauf weg, lauf weg, aber er tut es nicht, und durch das winzige Fenster, das mit Pappe abgedeckt ist, kommt nur wenig Licht herein, und mit Hilfe dieses Lichts beginnen sich seine Augen allmählich an die Dunkelheit zu gewöhnen, aber selbst dann kann er nur mit Mühe die Holzkisten an der Wand erkennen, und ehrlich gesagt ist nicht in allen etwas drin, die Jagd geht weiter.

Bisher kann er sich nicht beklagen. Er hat reiche Beute gemacht. Ein großer Igel, den er unten im Hof fand, mit spitzem, schwarzem Gesicht, traurig dreinschauend wie ein kleiner Mensch; eine Schildkröte, die er im Tal von Ein-Karem gefunden hat und die sich noch im Winterschlaf befindet; eine Kröte, die die Straße überqueren wollte, aber von Momik gerettet und hierhergebracht wurde, und eine Eidechse, die sich in dem Augenblick, als Momik sie fing, von ihrem Schwanz löste, er konnte der Versuchung einfach nicht widerstehen, hob den Schwanz mit einem Stück Papier auf (was ziemlich eklig war) und legte ihn mit einem Zettel, auf den er schrieb: »Ein noch unbekanntes Tier. Vielleicht giftig«, in einen separaten Käfig. Doch dann rührte sich sein wissenschaftliches Gewissen, und er fügte eine Verbesserung hinzu, die ihm ehrlicher schien: »Schwanz vielleicht giftig«, man konnte nie wissen. Und dann war noch das junge Kätzchen da, das wahrscheinlich verrückt wurde im dunklen Keller, und schließlich gab es noch – sozusagen als Krönung der Sammlung – den jungen Raben, der aus dem Nest in der Zypresse auf den kleinen Balkon gefallen war. Die Eltern des jungen Raben hatten Momik stark in Verdacht und kreisten über ihm, wenn er allein über den Hof ging, vor einigen Wochen hackten sie ihn sogar in den Rücken und in den Arm, es floß Blut und gab eine große Aufregung, aber die Raben können Momik nichts beweisen, und der junge Rabe bekommt jeden Tag die *pulke* und reißt sie mit seinen Krallen und seinem krummen Schnabel in Stücke, Momik beobachtet ihn dabei und denkt, wie grausam, vielleicht ist er die Bestie, aber man kann nie wissen, bei wem sie am Ende herauskommen wird, das wird man erst sehen, wenn alle das richtige Futter und die richtige Pflege bekommen haben.

Vor einigen Tagen hat er eine Gazelle gesehen. Als er den Pfad nach Ein-Karem hinunterging. Ein hellbrauner Fleck, der über die Felsen huschte. Sie blieb stehen und wandte ihm den Kopf zu, schön, ängstlich und wild. Eine Gazelle. Sie reckte sich, um ihn zu riechen, und Momik hielt den Atem an. Er wollte, daß ein guter Geruch von ihm ausginge, ein Geruch der Freundschaft. Sie hob ein Bein in die Luft und schnupperte. Plötzlich sprang sie zurück und sah ihn mit weit aufgerissenen

Augen an, sie sah ihn nicht liebevoll an, sondern hatte Angst vor ihm und lief davon. Momik suchte sie vielleicht eine Stunde lang zwischen den Felsen, aber er fand sie nicht. Er war wütend und wußte nicht warum. Er fragte sich, ob die Bestie auch aus ihr herauskommen könnte. Bella hatte ausdrücklich gesagt, sie kann aus jedem Tier kommen. Wirklich aus jedem Tier? Er sollte Bella noch einmal fragen.

Die Kisten mit der Aufschrift »Tnuva-Milchprodukte« und »Tempo-Soda – köstlich frisch« fand Momik hinter Bellas Lebensmittelladen. Er polsterte sie mit Lappen und alten Zeitungen aus und bastelte kleine Verriegelungen aus Draht für sie. Er schob alles Gerümpel im Keller beiseite, Großmutter Hennys *kifat*, die großen Betten von der Jewish Agency, die Strohmatratzen, die nach Pipi rochen, die vor lauter *schmattes* berstenden Koffer, die mit Seilen zugeschnürt waren, damit sie nicht aufsprangen, und die zwei großen Säcke voll mit Schuhen, weil man alte Schuhe nicht wegschmeißt, wer einmal zwanzig Kilometer barfuß im Schnee gelaufen ist, weiß das sehr gut, hat der Vater gesagt, und das war der einzige Hinweis, den Momik von seinem Vater bekam. Momik notierte ihn sofort. Der Schnee paßte ganz gut zu der Sache mit der Schneekönigin, die alle im Land Dort erstarren ließ. Und aus dem Küchenschrank stahl er ein paar alte Teller und halb zerbrochene Tassen für das Futter in den Käfigen, aber die Mutter merkte es natürlich sofort, und er schrie, daß er es nicht gewesen sei, und als er sah, daß sie ihm nicht glaubte, warf er sich auf den Boden und schlug mit Händen und Füßen um sich und sagte ihr sogar etwas sehr Gemeines: daß sie ihn in Ruhe lassen und sich nicht immer in alles einmischen solle; bevor er anfing, die Bestie zu bekämpfen, hatte er so etwas nie zu ihr gesagt, weder zu ihr noch zu irgend jemand anderem, die Mutter war richtig erschrocken und verstummte sofort, ihre Hand hielt sie zitternd vor den Mund, und ihre Augen öffneten sich so weit, daß er fürchtete, sie würden gleich platzen, nur, was konnte er machen, die Worte waren ihm herausgerutscht. Er hatte nicht gewußt, daß er solche Worte in sich hatte. Aber sie hätte ihn eben nicht stören sollen. Nicht genug, daß sie ihm nicht helfen konnte, weil sie es nicht durfte, aber ihn so zu stören?

Danach nahm er nichts mehr aus dem Haus. Es ist wirklich gefährlich, etwas von dort wegzunehmen, denn die Mutter hat Augen im Rücken, sie schläft sogar mit offenen Augen, und sie kann seine Gedanken lesen, das ist schon ein paar Mal passiert. Sie weiß über alles im Haus Bescheid. Wenn sie nach dem Abendessen die Messer und Gabeln und Löffel abtrocknet, zählt sie sie leise und summt dabei eine Melodie. Sie weiß, wie viele Fransen der Teppich im Wohnzimmer hat, und sie weiß immer genau, wie spät es ist, auch wenn sie ihre Uhr nicht trägt. Prophetie ist anscheinend vererbbar, mit Großvater Anschel fing es an, hat sich dann auf die Mutter übertragen und jetzt auf Momik. So wie sich Krankheiten übertragen.

Der Vollständigkeit halber sollte auch erwähnt werden, daß Momik nie die Prophezeiungen vernachlässigt und sich immer bemüht, ein Genie zu sein, wie Schaja Weintraub, der die Minuten bis Pessach ausrechnet. In den letzten Tagen experimentiert er viel mit Zahlen, nichts Großes, aber doch interessant, und das geht so: er zählt mit den Fingern die Buchstaben von allen möglichen Wörtern ab, die irgend jemand sagt, und eigentlich kann man sagen, daß Momik Neuman von Beit-Masmil in Jerusalem der Erfinder einer besonderen Methode des Fingerzählens ist, die so schnell wie ein Roboter ist, und niemand wird je erraten, wie sie funktioniert, denn von außen sieht es so aus, als höre Momik genau zu, wenn jemand zu ihm spricht, die Lehrerin zum Beispiel, oder die Mutter, aber in seinem Kopf und mit seinen Fingern geschehen heimlich andere Dinge. Er macht das natürlich nicht mit jedem Wort, wieso auch, er ist schließlich nicht meschugge!, er zählt nur Wörter, die einen besonderen Klang haben. Wenn er ein solches Wort hört, beginnen seine Finger sofort auf und ab zu laufen, als spielten sie Klavier, und sie zählen so schnell wie ein Supermystère, als hätten sie einen Düsenantrieb und könnten die Schallmauer durchbrechen. Wenn im Radio zum Beispiel das Wort »Infiltranten« zu hören ist, beginnen seine Finger auf der Stelle von alleine zu laufen und machen eine Faust, das sind fünf Finger, dazu noch eine Faust und zwei Finger, sind zusammen zwölf Buchstaben. Oder »Trainer unserer Nationalmannschaft«, die Finger rechnen es sofort aus, zweiunddreißig Buchstaben, oder das Zauberwort »Uranium«, die wichtigste

Sache im Atomreaktor, trrrr!, eine Faust und zwei Finger, macht sieben Buchstaben. Momik ist schon so geübt darin, daß er ganze Sätze an den Fingern abzählen kann, und ganz besonders Sätze, die er liebt, wie »Alle unsere Einheiten sind unversehrt zurückgekehrt«, neun geballte Fäuste und ein Finger, das ist wirklich ein schönes und interessantes und beruhigendes Spiel, und es stärkt natürlich auch die Muskeln in den Händen und Fingern, was sehr wichtig ist, denn Momik ist etwas kurz geraten und sogar noch dünner als kurz, aber erstens können auch kleine Leute stark sein, der Beweis ist Ernie Tyler, der englische Fußballspieler, ein Gnom (das heißt: ein Zwerg), aber er hat Manchester United gerettet, und dieses Jahr haben sie ihn verkauft, um Sunderland zu retten, und zweitens wird er durch diese Fingerübungen und eine Willenskraft wie die von Rafael Halperin so Gott will bald so stark sein wie der berühmte jüdische Boxer aus dem Land Dort, Sische Breitbart, vor dem sich sogar die Gojim fürchten, möge-ihr-Name-ausgelöscht-werden, das ist die Bedeutung von Abschreckungskraft, drei Fäuste und drei Finger, und nebenbei gesagt: nach der Regel von Momiks neuem Spiel bringt ein Wort, das mit dem Mittelfinger endet, Glück, und darum lohnt es sich manchmal, den Artikel hinzuzufügen, um bis zu diesem Finger zu kommen. Warum auch nicht? Im Krieg sind Tricks erlaubt.

Und Momik wartet noch ein wenig im dunklen Keller. Vielleicht ist das nicht lang genug für die Bestie, aber bisher fällt es ihm noch schwer, so lange unten zu bleiben, wie wirklich nötig ist, um sie herauszulocken. Aber dann kann er sich nicht mehr zurückhalten und macht in die Hose wie ein Baby und rennt schnell in die Wohnung, um sich umzuziehen. Er hat noch kein Mittel dagegen gefunden. Es reicht schon, daß der Rabe ein bißchen mit den schwarzen Flügeln schlägt – und schon ist die Hose naß. Auch das Hemd ist feucht und stinkt nach Schweiß wie nach zwei Stunden Turnunterricht, und die Katze heult die ganze Zeit lange und böse, und ihre Augen sind halb geschlossen. In der ersten Nacht konnte man sie sogar oben im Haus hören, und der Vater wollte hinuntergehen, um sie zu suchen und zum Teufel zu jagen, aber die Mutter ließ ihn nicht allein im Dunkeln hinuntergehen, und dann gewöhnten sie sich an das Geheul und hörten es gar nicht mehr, und bald wurde ihr

Heulen leiser, als heule sie in ihren Bauch hinein. Ehrlich gesagt tut es Momik leid um die Katze, und er hat sogar schon überlegt, ob er sie nicht freilassen soll, aber es gibt ein Problem: Momik hat Angst, ihr die Käfigtür zu öffnen, weil sie sich auf ihn stürzen könnte, also bleibt die Katze dort, aber Momik kommt es vor, als sei er der Gefangene der Katze, und nicht umgekehrt.

Also zwingt er sich, mit geschlossenen Augen im Keller zu stehen, sein Körper ist ganz angespannt vor lauter Kampfbereitschaft, drei feste Fäuste und zwei Finger, im Falle, daß Gotthehüte irgend etwas passiert, der Rabe und die Katze beobachten ihn die ganze Zeit, und plötzlich öffnet der Rabe seinen Schnabel und stößt ein furchtbares Krächzen aus, und schon ist Momik draußen, ohne es zu merken, und sein eines Bein ist von oben bis unten naß.

Er rennt nach oben und öffnet die Tür und macht sie wieder zu und schließt auch das untere Schloß ab und ruft »Großvater, ich bin wieder da« und zieht sich um und wäscht sich die eklige Pisse vom Bein, und dann setzt er sich hin, um seine Hausaufgaben zu machen, aber er muß warten, bis seine Hände aufhören zu zittern. So. Jetzt kann er ein gleichseitiges Dreieck zeichnen und die Wer-sagt-was-zu-wem-und-wann-Fragen in den Bibelhausaufgaben beantworten. Er ist ziemlich schnell fertig damit, denn Hausaufgaben sind nie ein Problem für ihn, und er haßt es, sie aufzuschieben, also macht er sie noch am selben Tag, denn warum soll er diese Last im Kopf haben? Dann setzt er sich hin und mißt mit seiner Uhr den Atem (einer echten Uhr, die früher Schimek gehört hat) und trainiert ein wenig, damit er eines Tages an einem Wettbewerb teilnehmen und in einem Atemzug gegen Lee Nyans singen kann, den Negersänger der Delta Rhythm Boys, die jetzt in unserem Land mit einer neuen Musik auftreten, die Jazz heißt, und genau da erinnert er sich, daß er wie immer vergessen hat, Bella nach dem Rezept für Würfelzucker zu fragen, Würfelzucker für Blacky, das Pferd seines geheimen Bruders Bill, und er beschließt, schon jetzt die Naturkunde-Hausaufgaben zu machen, die die Lehrerin Netta von jetzt ab in drei Unterrichtsstunden geben wird, die Fragen stehen ja am Ende jedes Kapitels im Buch, er will immer drei Stunden voraus sein, schade, daß er das nicht auch in den anderen Fächern machen kann, und als er mit den Hausaufgaben fertig ist, steht er auf und geht im Haus herum, was hat er jetzt vergessen, ach ja, was gibt man Igelbabys zu essen, der Igel scheint in letzter Zeit immer dicker zu werden, und vielleicht ist er überhaupt ein Weibchen, man muß auf alles vorbereitet sein, weil die Bestie überall herauskommen kann.

Er läßt seine Finger schnell über die riesigen Bände der Hebräischen Enzyklopädie laufen, die der Vater mit Rabatt und in besonderen Ratenzahlungen für die Angestellten der Nationalen Lotterie abonniert hat. Das sind die einzigen Bücher, die sie gekauft haben, in der Leihbücherei gibt es ja genug Bücher zum Lesen. Momik will Geld sparen, um sich ein paar Bücher zu kaufen, aber Bücher sind sehr teuer, und die Mutter erlaubt ihm nicht, welche zu kaufen, auch wenn es sein Geld ist. Sie sagt, daß Bücher Staub fangen. Aber Momik muß einfach Bücher haben, und jedesmal, wenn er genug Geld in seinem Versteck gespart hat von Geschenken und von dem, was er manchmal von Herrn Munin bekommt, rennt er sofort zu Lipschitz' Laden im Einkaufszentrum und kauft sich dort ein Buch, und auf dem Heimweg schreibt er mit absichtlich krummen Buchstaben in den Umschlag: »Für meinen guten Freund Momik – von Uri«. Oder er schreibt mit sicheren, erwachsen aussehenden Buchstaben wie denen von Frau Guvrin: »Eigentum der Staatlichen Grundschule Beit-Masmil, Kirjat Jovel«. Auf diese Weise hat er eine Ausrede, wenn die Mutter zufällig unter seinen Schulsachen ein neues Buch entdeckt. Aber die Enzyklopädie nützt diesmal nichts, weil sie noch nicht zum Buchstaben »S« für »schwanger« reicht, und über »Junges« ist nichts zu finden. Es gibt vieles, was die Enzyklopädie zu ignorieren versucht. Als gäbe es das gar nicht. Es sind gerade die interessanten Dinge, zum Beispiel etwas, worüber Herr Munin jetzt immer häufiger spricht – das »Glück«, die Enzyklopädie erwähnt es nicht einmal, vielleicht hat sie einen guten Grund dafür, denn im allgemeinen ist sie sehr, sehr klug. Momik liebt es, die dicken Bände in den Händen zu halten, es tut am ganzen Körper wohl, den Finger über die großen, glatten Seiten gleiten zu lassen, die mit einem Schutzfilm bedeckt zu sein scheinen, um zwischen seinem Finger und der

Seite zu trennen, denn wer bist du überhaupt im Vergleich zur Enzyklopädie mit all ihren kleinen, dichtgedrängten Buchstaben und den langen, geraden Spalten und den geheimnisvollen Abkürzungen, die sich wie die geheimen Parolen einer großen, starken, leisen Armee anhören, die kühn und furchtlos vorwärtsschreitet, um die ganze Welt zu erobern, und die alles weiß und stets im Recht ist, und Momik hat sich vor einigen Monaten geschworen, jeden Tag in alphabetischer Reihenfolge ein Stichwort in der Enzyklopädie zu lesen, denn er ist ein sehr systematischer und ordentlicher Junge, und bisher hat er keinen einzigen Tag versäumt bis auf den, als Großvater Anschel zu ihnen kam, aber dafür hat er am nächsten Tag zwei Stichwörter gelesen, und obwohl er nicht immer versteht, was da geschrieben steht, liebt er es, die Seiten anzufassen und ihre Kraft und Stille und Ernsthaftigkeit und Wissenschaftlichkeit, die alles so klar und einfach macht, im Bauch und im Herzen zu spüren, und am besten gefällt ihm Band 6, der nur von Israel handelt, von außen sieht er aus wie die anderen Bände, ernst und klug und wissenschaftlich, aber kurz vor dem Ende springen einem plötzlich zwei herrliche Seiten mit den Abbildungen von allen Briefmarken, die bisher vom Staat Israel herausgegeben wurden, in vielen wundervollen Farben ins Auge, und Momik hält jedes Mal aufgeregt den Atem an, wenn er langsam in dem Band blättert und ihm plötzlich völlig überraschend all diese herrlichen Farben entgegenspringen wie viele, viele Blumensträuße, oder wie der Schwanz eines Pfaues, der sich direkt vor ihm spreizt, zu schön, diese Bilder und Farben in all ihrer Wildheit; es gibt nur eine Sache, die ihn ein wenig an dieses aufregende Gefühl erinnert, und das ist das feuerrote Futter, das sich in der eleganten schwarzen Tasche der Mutter versteckt.

Und es gibt noch ein Geheimnis, das jetzt verraten werden kann, nämlich, daß es diese Briefmarken waren, die Momik auf die Idee brachten, Briefmarken vom Land Dort zu zeichnen. In der letzten Zeit hat er nach allem, was er von den alten Leuten über das Land Dort erfahren hat, beinah ein ganzes Album gefüllt. Davor mußte er sich mit dem begnügen, was er bereits wußte, und das war nicht so viel und auch nicht so interessant, jetzt kann es zugegeben werden, zum Beispiel zeichnete er seinen Vater damals genau so, wie unser erster Präsident Chaim Weizman auf der blauen 3-Piaster-Briefmarke abgebildet ist, und seine Mutter zeichnete er mit einer Friedenstaube in der Hand, zwei Fäuste und drei Finger, und in einem weißen Kleid wie auf der Rosch-Haschana-Briefmarke von 1952, und Bella zeichnete er als Baron Edmund de Rothschild, weil auch sie eine bekannte Philantropin ist, mit einer Weinrebe auf der einen Seite, genau wie auf der echten Briefmarke. Damals gab es nicht sehr viel mehr zu zeichnen, aber jetzt ist das alles anders. Momik zeichnet Briefmarke auf Briefmarke, Großvater Anschel Wasserman als Doktor Herzl, Visionär unseres Staates auf dem 23. Zionistischen Kongreß (denn auch Großvater Anschel ist ein Visionär und Prophet), der kleine Aaron Markus als Maimonides mit der Halskette und dem lustigen Hut auf der braunen Briefmarke, und Max und Moritz wie die beiden Männer, die zusammen einen Stock mit Trauben auf ihren Schultern tragen, Ginzburg geht vorn, mit geneigtem Kopf und einer kleinen Sprechblase, die aus seinem Mund kommt und in der seine drei Worte stehen, und hinter ihm geht Seidman, klein und rosig und höflich, in einer Hand seine stinkige Aktentasche, und auch aus seinem Mund kommen Ginzburgs drei Worte, weil er ja immer das macht, was die anderen machen. Aber die beste Idee hatte Momik mit Munin. Und das war so: Auf den Rosch-Haschana-Briefmarken von 1952 ist eine weiße Taube abgebildet, die vornehm durch die Luft fliegt, und darunter steht »Meine Taube in den Bergfelsen«; Momik saß drei Tage lang da und machte etwa zwanzig Skizzen, bis es so herauskam, wie er es wollte, ein Bild von Herrn Munin, der durch die Luft fliegt, zusammen mit vielen kleinen Vögeln, die immer hinter ihm herfliegen wegen der Brotkrümel, die er ihnen zuwirft, und Momik zeichnete Munin so, wie er wirklich im Leben war, mit seinem schwarzen Hut und seiner großen roten Kartoffelnase, nur daß Momik ihm auf dem Bild auch zwei weiße Taubenflügel verpaßte, und in die Ecke der Briefmarke malte er einen kleinen weißen Stern und schrieb darauf mit winzigen Buchstaben »Glück«, denn dort wollte Munin doch so gerne hin, nicht wahr? Natürlich gab es noch viele andere schöne und interessante Briefmarken in der Sammlung, zum Beispiel Marylin Monroe mit ihren blonden Haaren, die so schön waren wie die Perücke von Chana Zitrin, und am Rand der Briefmarke stand (Bella half Momik, es zu übersetzen): »Marylin Monroe redst jiddisch«, denn sie hatte es ja versprochen, aber Marylin hatte Momik nur zum Spaß gezeichnet, das Wichtigste in der Sammlung waren die neuen Briefmarken von dem Land Dort mit allen seinen historischen Plätzen und Dingen: dem alten *klojz* (er malte ihn wie den neuen Konzertsaal Hechal Hatarbut), dem alljährlichen Jahrmarkt in Neustadt, den der Prophet Elias, verkleidet als armer Bauer, höchstpersönlich zu besuchen pflegte, dem Galgen in der Stadt Plonsk mit dem schrecklichen Verbrecher Bobo, der an ihm hing, und er zeichnete auch die Jüdische Olympiade und sogar den Geizhals Elijahu Leib aus Chana Zitrins Stadt, von dem man erzählte, daß er seiner Frau kein Mittagessen gab (vor lauter Geiz), auf der Briefmarke konnte man ganz genau sehen, wie der Geizhals mit seinem Messer einen Davidstern in den Brotlaib kerbte, damit sich niemand ein Stück davon abschneiden konnte, wenn er nicht zu Hause war, und dann malte Momik noch eine sehr schöne Serie mit allen Tieren aus dem Land Dort. Er hatte dabei großes Glück, weil er die Figuren aller Tiere auf dem Glasbüfett in Bellas Wohnzimmer fand. Er war tausendmal dort gewesen und hatte nie verstanden, was das für Figuren waren, und erst als der Großvater zu ihnen kam und Momik zu kämpfen begann, begriff er plötzlich, daß diese kleinen bunten Glasfiguren offensichtlich genau so aussahen wie die Tiere, die es im Land Dort gab, denn von Dort hatte Bella sie ja mitgebracht! Auf dem Büfett gab es blaue Gazellen, grüne Elefanten, lilafarbene Adler, eine Menge Fische mit langen, feinen, bunten Flossen, ein Känguruh und Löwen, und alle waren zart und winzig und durchsichtig, eingesperrt in Glas, man durfte sie nicht anfassen, weil sie so zerbrechlich waren, sie sahen aus, als seien sie mitten in der Bewegung erstarrt, wie eigentlich alle, die von Dort kamen.

Und so zeichnete Momik an jenem Nachmittag ein Bild von Schaja Weintraub, mit einem Kopf, der so lang war wie ein Maiskolben, und mit einer vom vielen Denken gerunzelten Stirn, und oben in eine Ecke zeichnete er eine Flasche Wein und eine *mazza*, und dann zeichnete er auf die Briefmarke zum zehnten Jahrestag der hebräischen Fallschirmspringer seinen Motl als Fallschirmspringer, und er schnitt den neuen Briefmarken Zacken aus und klebte sie in sein Briefmarkenheft, und dann schaute er auf die Uhr und sah, daß es schon sechs war, also schaltete er das Radio ein, weil es jetzt »Die Kinderecke« gab, und es wurde von König Matia dem Ersten erzählt, und Momik hörte zu, sprang aber jeden Augenblick auf, weil er sich an irgend etwas erinnerte, das er vergessen hatte zu tun, zum Beispiel alle Bleistifte zu spitzen, bis sie so spitz wie eine Nadel waren, oder auf einem Stück Zeitung die Schuhe der Eltern und die eigenen Schuhe zu polieren, bis sie glänzten und ihm *naches* machten, oder in seinem geheimen Heimatkundeheft die Nachricht einzutragen, die er gestern in der Zeitung gelesen hatte, daß die ersten beiden Stuten auf der Hebräischen Landwirtschaftlichen Ausstellung in Beit-Dagan schwanger waren und alle auf die Fohlen warteten, und als die Sendung zu Ende war, schaltete er das Radio aus und nahm »Emil und die Detektive« in die Hand, ein Buch, das er gerne las, weil es so spannend war, aber auch, weil es fünf Druckfehler enthielt und er nichts lieber tat, als Druckfehler zu finden, und dann schaute er nach, ob die Fehler schon in seinem Heft für ›Druckfehler aus Büchern und Zeitschriften‹ eingetragen waren (er hatte schon fast hundertsiebzig Fehler gefunden), obwohl er genau wußte, daß er die Fehler aus »Emil und die Detektive« schon längst eingetragen hatte. Und jetzt ist es schon sechs Uhr dreiunddreißig, und Momik geht ins Wohnzimmer und legt sich auf das Sofa unter dem bunten Bild, das seine Eltern von Itke und Schimek bekommen haben, ein großes Ölbild mit Wald und Schnee und einem Fluß und einer Brücke, so mußten Neustadt oder Dinov ausgesehen haben, wo seine alten Freunde früher gewohnt hatten, und wenn man in einer ganz besonderen Stellung ein bißchen krumm auf dem Sofa liegt, kann man erkennen, daß zwischen den Zweigen des Baumes in der oberen Ecke das Gesicht oder fast das Gesicht eines Jungen zu sehen ist, über den nur Momik Bescheid weiß, und vielleicht ist das sein siamesischer Zwillingsbruder, aber das ist nicht sicher, Momik sieht genauer hin, aber die Wahrheit ist, daß er sich heute nicht richtig konzentrieren kann, weil ihm der Kopf schon seit ein paar Tagen sehr weh tut, und auch die Augen, aber er darf nicht müde werden, denn heute hat der Krieg noch gar nicht begonnen. Und dann erinnert sich Momik plötzlich, daß bereits mehrere Stunden vergangen sind, seit er beschlossen hat, ein Schriftsteller zu werden, und er hat bisher noch nichts geschrieben, aber nur, weil er nichts gefunden hat, worüber er hätte schreiben können. Was wußte er schon über gefährliche Verbrecher wie in »Emil und die Detektive«, oder über U-Boote wie bei Jules Verne, sein Leben war so gewöhnlich und langweilig, er war eben nur ein neunundeinviertel Jahre alter Junge, was gab es da schon groß zu erzählen. Er sah wieder auf seine große, gelbe Uhr, stand vom Sofa auf und ging ein bißchen auf und ab, wobei er sich (wie eine bestimmte Person zu einer anderen Person in diesem Haus) zum Spaß sagte, Der Kopf tut mir weh, wenn ich sehe, wie du dich so herumdrehst und *krechzt*, Tuvia, aber er fand es gar nicht lustig, doch jetzt war es wenigstens schon einundzwanzig Minuten vor sieben, als er wieder auf die Uhr schaute, und dann begann er im Kopf leise die letzten Minuten des entscheidenden Fußballspiels zu übertragen, das bald in Breslau in Polen zwischen der israelischen und der polnischen Nationalmannschaft stattfinden würde, er ließ die Polen mit fünf zu vier Toren führen, und fünf Minuten vor Spielende, als die Situation schon völlig hoffnungslos schien, hob unser Trainer Giula Mandy seine Augen verzweifelt zu den Rängen der jubelnden Polen empor, und wen sah er da? Einen Jungen! Und ein Blick genügte, um zu erkennen, daß dieser Junge ein geborener Fußballspieler war, der Spieler, der alles retten würde; wenn man ihn in der Schule hätte mitspielen lassen, hätte er es allen gezeigt, na ja, macht nichts, und Giula Mandy unterbricht das Spiel und flüstert dem Schiedsrichter etwas ins Ohr und der Schiedsrichter ist einverstanden, die Zuschauer verstummen, und Momik steigt langsam die Treppen hinunter und betritt das Spielfeld und stellt sofort Angriff und Abwehr um, wie es sich gehört (er hat ja Erfahrung darin, seit er Alex Tuchner trainiert), und innerhalb von vier Minuten hat sich das Blatt gewendet, wie man so schön sagt, und unsere Mannschaft siegt sechs zu fünf, bitte lieber Gott, Amen, und nun ist es schon vierzehn Minuten vor sieben, nu, jetzt ist es bald soweit, Momik geht ins Badezimmer und wäscht sich das Gesicht mit warmem Wasser und legt es auf den langen Sprung in der Mitte des Spiegels, und er hört den Regen, der jetzt draußen fällt, und den Polizeiwagen, der mit einer Lautsprecherdurchsage durch die Straßen fährt und die Autofahrer ermahnt, langsam zu fahren, und plötzlich erinnert sich Momik, daß er vergessen hat, dem Großvater um vier Uhr den Tee und die Tabletten gegen Verstopfung und andere *choleras* zu geben, und er hat ein bißchen ein schlechtes Gewissen, alles kann man mit diesem Großvater machen und er merkt es gar nicht, wie ein Baby, er hat großes Glück, daß Momik so gutherzig ist, andere Kinder hätten es schon längst ausgenutzt, daß der Großvater so dumm ist, und böse Dinge mit ihm angestellt, und Momik steckt seinen Kopf aus der Badezimmertür und hört, wie Großvater endlich aufwacht und wie immer vor sich hinredet, und jetzt sind es nur noch neun Minuten, und Momik nimmt seine Zahnspange aus dem Mund und putzt sich die Zähne mit der Zahnpasta »Elfenbein«, die aus ganz besonderen Elefanten gemacht ist, die in der Krankenkasse gezüchtet werden, und inzwischen übt er Wörter mit S, weil die Spange das S kaputt macht und man aufpassen muß, daß man es nicht verliert, und dann schlägt die Wanduhr im Wohnzimmer endlich sieben, und in der Ferne, vielleicht von Bellas Haus, ist das Nachrichtensignal zu hören, und Momiks Herz beginnt schneller zu schlagen, er zählt die Schritte von der Lottobude bis nach Hause, aber langsam, weil sie ja kaum gehen können, und in den Händen und Kniekehlen fängt der Schweiß an zu jucken, und (fast) genau in dem Augenblick, den er voraussagt, hört er unten die Torklinke quietschen und den Vater husten, und einen Augenblick später öffnet sich die Tür, und die Eltern stehen vor ihm und sagen leise Guten Abend, und noch im Mantel, mit Handschuhen und in Stiefeln, mit einer Nylontüte über jedem Stiefel, stehen sie da und verschlingen ihn mit den Augen, und obwohl Momik genau spürt, wie sie ihn verschlingen, steht er still da und läßt es über sich ergehen, weil er weiß, daß sie das brauchen, und dann kommt Großvater Anschel ganz verwirrt aus seinem Zimmer, in dem großen Mantel und in den alten Schuhen des Vaters, die er verkehrt herum angezogen hat, und will im Pyjama nach draußen, aber der Vater hält ihn sanft zurück und sagt, Es gibt jetzt Essen, Vater, er ist immer sehr sanft zu den armen alten Leuten, auch zu Max und Moritz ist er gut und hat Mitleid mit ihnen, und Großvater versteht nicht, was ihn zurückhält, und wehrt sich ein wenig, aber am Ende gibt er nach und läßt sich an den Tisch setzen, nur den Mantel ist er nicht bereit abzulegen.

Abendessen.

Das geht so: Zuerst decken die Mutter und Momik ganz schnell den Tisch, und die Mutter holt die großen Töpfe aus dem Kühlschrank, wärmt das Essen auf und bringt die Portionen herein. Von dem Augenblick an wird es gefährlich. Die Eltern essen mit aller Kraft. Sie fangen an zu schwitzen und ihre Augen treten hervor, und Momik tut so, als esse er, während er sie die ganze Zeit vorsichtig beobachtet und sich fragt, wie aus Großmutter Henny eine so dicke Frau wie die Mutter hat herauskommen können und die Mutter und der Vater überhaupt einen so spindeldürren Jungen wie ihn bekommen konnten. Er kostet nur von der Spitze der Gabel, das Essen bleibt ihm im Hals stecken, weil er so angespannt ist, und das ist eben so, die Eltern müssen jeden Abend sehr viel essen, um stark zu bleiben. Einmal haben sie es schon geschafft, dem Tod zu entkommen, aber beim zweiten Mal wird er bestimmt nicht auf sie verzichten. Momik zerbröckelt das Brot in kleine Kugeln und ordnet sie in der Form eines Rechtecks an. Dann macht er einen noch größeren Teigball und teilt ihn genau in zwei Hälften und dann noch einmal in zwei. Und noch einmal. Man braucht die Hände eines Herzchirurgen für diese Feinarbeit. Und noch einmal in zwei. Er weiß, daß man ihm beim Abendessen deswegen nicht böse sein wird, denn niemand achtet auf ihn. Großvater im großen Wollmantel erzählt sich und Herneigel seine Geschichte und saugt dabei an einer Brotscheibe. Die Mutter ist schon ganz rot vor lauter Anstrengung. Sie kaut so fest, daß ihr Hals unter der Kinnlade nicht mehr zu sehen ist. Auf der Stirn des Vaters steht der Schweiß. Sie wischen die Töpfe mit großen Brotstücken aus, die sie dann hinunterschlingen. Momik schluckt Spucke, seine Brille beschlägt. Die Mutter und der Vater verschwinden und tauchen wieder hinter den Töpfen und Pfannen auf. Ihre Schatten tanzen hinter ihnen an der Wand. Plötzlich scheinen sie auf dem warmen Dampf der Suppe davonzuschweben, und er schreit fast auf vor Angst, Gott hilf ihnen, bittet er innerlich auf hebräisch und übersetzt es sofort ins Jiddische, damit Gott es auch versteht, *mir soll sajn far dajne bejndelech*, mich soll es treffen und nicht deine Knochen, wie die Mutter immer zu sagen pflegt.

Und dann kommt endlich der Augenblick, in dem der Vater die Gabel beiseite legt und einen langen *krechz* ausstößt und um sich schaut, als merke er erst jetzt, daß er bei sich zu Hause ist, einen Sohn hat und da ein Großvater sitzt. Der Kampf ist zu Ende, sie haben noch einen Tag gewonnen. Da springt Momik auf und rennt zum Wasserhahn in der Küche und trinkt und trinkt. Jetzt kommen das Reden und die lästigen Fragen, aber wie kann man mit jemandem böse sein, der gerade durch ein Wunder gerettet wurde? Also erzählt ihnen Momik, daß er seine Hausaufgaben gemacht hat, morgen anfangen wird, sich auf die Bibelprüfung vorzubereiten, und der Lehrer wieder gefragt hat, warum ihm seine Eltern nicht erlauben, auf den Ausflug zum Berg Tabor mitzukommen (es ist ein neuer Lehrer, der noch nicht Bescheid weiß); inzwischen steht der Vater auf, setzt sich an den Tisch im Wohnzimmer und öffnet seinen Gürtel, plötzlich quillt sein Körper wie eine Flutwelle heraus und füllt das ganze Zimmer und drängt Momik bis zur Küche, und der Vater streckt die Hand aus und beginnt am Radio zu fummeln. Das macht er immer so: Er wartet, bis das Radio sich erwärmt hat, und beginnt dann, am Knopf zu drehen. Warschau Berlin Prag London Moskau, er hört kaum zu, dreht gleich weiter, weiter, Paris Bukarest Budapest, er hat überhaupt keine Geduld, von Land zu Land, von Stadt zu Stadt, er hört nicht auf zu drehen, und nur Momik errät, daß der Vater auf eine Mitteilung aus dem Land Dort wartet, die ihn aus seinem Exil zurückrufen wird, damit er endlich wieder der Kaiser sein kann, der er in Wirklichkeit ist, damit er nicht mehr der sein muß, der er hier ist, aber bisher hat man ihn noch nicht gerufen.

Und schließlich gibt er auf und kehrt langsam zum Sender Kol Israel zurück, hört sich die Sendung »Die Knesset und ihre Ausschüsse« an und schließt die Augen, es sieht aus, als ob er schliefe, aber er hört jedes Wort, verlaßt euch drauf, und zu allem, was dort gesagt wird, macht er eine böse Bemerkung, überhaupt ist Politik eine Sache, die ihn fuchsteufelswild und gefährlich macht, und Momik steht im Kücheneingang und hört, wie die Mutter beim Abtrocknen mit monotoner Melodie die Messer und Gabeln zählt, und beobachtet heimlich die Hände des Vaters, die zu beiden Seiten des Sessels herunterhängen. Die Finger sind leicht angeschwollen und mit grauen Haaren bewachsen, aber niemand weiß, wie es sich anfühlt, wenn sie einen berühren, denn sie tun es nicht.

Nachts liegt Momik wach im Bett und denkt nach. Das Land Dort muß ein wunderschönes kleines Land gewesen sein, mit Wäldern ringsum und blitzenden Eisenbahnschienen und schönen, bunten Waggons und Militärparaden und einem mutigen Kaiser und einem königlichen Jäger und einem *klojz* und einem Viehmarkt und durchsichtigen Tieren, die in den Bergen schimmern wie Rosinen im Kuchen. Das Problem ist nur, daß ein Fluch auf dem Land Dort liegt. Von hier an wird alles unklar. Eine Art Zauberbann ist plötzlich auf die Kinder und die Erwachsenen und die Tiere gelegt worden und hat alle erstarren lassen. Das hat die Nazi-Bestie getan. Sie ist durch das Land gezogen und hat mit ihrem Atem einfach alles erstarren lassen, so wie die Schneekönigin in der Geschichte, die Momik gelesen hat. Momik liegt im Bett und phantasiert, und die Mutter arbeitet in der Diele an ihrer Maschine. Ihr Fuß bewegt sich auf und ab. Schimek hat ihr das Pedal höher gestellt, weil sie sonst nicht drankommt. Im Land Dort sind alle mit einer ganz dünnen Glasschicht bedeckt, so daß sie sich nicht bewegen können, und man kann sie nicht anfassen, und es ist so, als würden sie leben, aber sie leben nicht, und es gibt nur einen Menschen auf der Welt, der sie retten kann, und das ist Momik. Momik ist fast wie Doktor Herzl, aber anders. Er hat sogar eine blau-weiße Fahne für das Land Dort gemacht, und zwischen die beiden blauen Streifen hat er eine große *pulke* gemalt, an deren Ende er den Rückbrenner eines Supermystére angebracht hat, und darunter steht: »Wenn ihr wollt, ist es kein Märchen«, aber er weiß trotzdem nicht, was er machen soll, und das ärgert ihn ein bißchen.

Und manchmal kommen sie nachts in sein Zimmer und stehen an seinem Bett. Sie wollen sich von ihm verabschieden, bevor sie mit den Alpträumen anfangen. Dann wird Momik ganz angespannt vor lauter Anstrengung, sich schlafend zu stellen und wie ein gesunder und glücklicher Junge auszusehen, dem es sehr, sehr gut geht und der immer lächelt, sogar im Schlaf, oij luli luli, was für lustige Träume hier geträumt werden, und manchmal hat er eine richtig Einsteinsche Idee, zum Beispiel, wenn er so tut, als spreche er im Schlaf, und sagt, Wirf mir den Ball zu, Jossi, wir werden das Spiel gewinnen, Danny, und ähnliche Dinge, um sie glücklich zu machen, und einmal, nach einem besonders schweren Tag, als der Großvater nach dem Abendessen hat hinausgehen wollen und man ihn in seinem Zimmer einsperren mußte und er zu schreien anfing und die Mutter weinte, an diesem schweren Tag hat sich Momik schlafend gestellt und für sie die Nationalhymne gesungen, und das hat ihn so mitgerissen, daß er ins Bett gemacht hat, er hat alles getan, um ihnen zu zeigen, daß sie sich um ihn keine Sorgen zu machen brauchen und ihre Ängste und Sorgen nicht an ihn verschwenden müssen, sie sollen ihre Kräfte besser für die wirklich wichtigen Dinge aufheben, für das Abendessen und für ihre Alpträume und für das viele Schweigen, und da, gerade als er endlich einschläft, hört er von weitem, aber vielleicht träumt er das schon, wie Chana Zitrin zu Gott ruft, er solle sich ihr doch endlich zeigen, und er hört auch das leise Heulen der Katze, die unten im Keller verrückt geworden ist, und Momik nimmt sich vor, sich noch mehr anzustrengen.

Er hatte zwei Brüder.

Oder fangen wir lieber so an: Einmal hatte er einen Freund.

Dieser Freund hieß Alex Tuchner. Er kam im vergangenen Jahr aus Rumänien und konnte nur ein paar Worte Hebräisch. Die Lehrerin Netta setzte ihn neben Momik, weil Momik ein gutes Beispiel geben würde und auch, weil er Klassenbester in Hebräisch war, und vielleicht auch, weil sie wußte, daß er sich nicht über Alex lustig machen würde. Als Alex sich neben Momik setzte, fing die ganze Klasse an zu lachen, weil beide Brillenschlangen waren.

Alex Tuchner war ein kleiner, aber sehr starker Junge. Jedesmal, wenn er etwas ins Heft schrieb, traten die Muskeln auf seinem Arm hervor. Er hatte borstiges, gelbes Haar, und obwohl er eine Brille trug, sah sie nicht so aus, als sei sie zum Lesen gedacht. Er zappelte die ganze Zeit auf seinem Platz herum, und er redete nicht viel. Wenn er aber doch redete, dann rollte er das »r« so komisch wie die alten Leute, zu denen die Kinder »Polacken« sagten. Momik und Alex redeten kaum ein Wort miteinander. Aber dann beschloß Momik, endlich etwas zu tun, und im Naturkundeunterricht steckte er Alex einen Zettel zu und fragte ihn, ob er Lust hätte, ihn morgen nach der Schule zu besuchen. Alex zuckte mit den Achseln und sagte, meinetwegen. Momik konnte den Rest des Tages nicht mehr stillsitzen. Nach dem Abendessen fragte er die Mutter und den Vater, ob er einen Freund nach Hause bringen dürfe, die Eltern sahen einander an und fingen an, Fragen über Fragen zu stellen, wer der Freund sei und was er von Momik wolle, und ob er einer von uns sei oder einer von ihnen, und ob er nicht so einer sei, der stehle und überall im Haus herumstöbere, und was denn seine Eltern machten. Momik erzählte ihnen alles, und als sie schließlich meinten, es sei in Ordnung, wenn er ihn unbedingt herbringen müsse, dann solle er ihnen eben herbringen, aber er dürfe ihn ja nicht aus den Augen lassen. In jener Nacht war Momik so aufgeregt, daß er kaum einschlafen konnte. Er überlegte, wie er und Alex miteinander auskommen würden, wie sie eine Zweiermannschaft aufstellen und wie sie dies und jenes tun würden, und am nächsten Morgen war er schon um halb acht in der Schule.

Nach dem Unterricht kam Alex zu ihm, und die beiden gingen zum Einkaufszentrum und kauften Falafel, Alex liebte Falafel, Momik nicht, aber es war aufregend, es zu kaufen und zu bezahlen und einmal nicht zu Hause zu essen, und am Ende gab er Alex die Hälfte seiner Portion, und der tat soviel scharfe Soße hinein, daß der Verkäufer meinte, er müßte eigentlich das Doppelte zahlen. Dann gingen sie nach Hause und machten zusammen ihre Hausaufgaben, und dann spielten sie Dame. Es war eindeutig interessanter, zu zweit zu spielen. Momik hatte noch in der Nacht beschlossen, zu schweigen wie ein Mann, wie Alex, aber er konnte sich nicht zurückhalten, denn wozu hatte man denn einen Freund? Um sich anzuschweigen wie zwei Blödmänner? Und er hörte nicht auf, Alex Fragen zu stellen über Alex und über Alex' Hausaufgaben und über den Ort, von dem Alex herkam, und Alex antwortete kurz und bündig, und Momik merkte plötzlich, daß Alex sich langweilte, und er bekam Angst, daß Alex gehen würde, also lief er schnell in die Küche, kletterte auf einen Stuhl und holte aus dem Versteck der Mutter eine Tafel Schokolade, die nicht für Gäste war, es war ein Notfall, wie man so sagt, und als er Alex die Schokolade brachte, erzählte er ihm, daß Großmutter Henny vor nicht sehr langer Zeit gestorben sei, und Alex nahm ein Stück Schokolade und dann noch ein Stück und sagte, daß sein Vater auch gestorben sei, und Momik sprang sofort auf, denn in diesen Dingen kannte er sich aus, und er fragte, ob Alex' Vater bei Denen Dort gestorben sei, und Alex verstand nicht, wer Denen Dort war und sagte, sein Vater sei bei einem Unfall gestorben, er sei Boxer gewesen und habe im Ring einen Faustschlag abbekommen, und jetzt sei er, Alex, der Mann im Haus. Momik schwieg und dachte, wie interessant Alex' Leben doch sei, und Alex sagte: »Ich war dort der beste Läufer der Klasse.«

Momik, der die Rekordzeiten aller Läufer der Olympiaden und aller Klassenchampions auswendig wußte, sagte, hier müsse man sechzig Meter in acht Komma fünf Sekunden laufen, um in die Klassenmannschaft zu kommen, und Alex meinte, daß er jetzt wahrscheinlich nicht so richtig in Form sei, aber er werde wieder trainieren und in die Mannschaft kommen. Er sprach mit Nachdruck und lächelte Momik kein einziges Mal an und aß von der Schokolade, die gewöhnlich einen ganzen Monat lang reichte, ein Stück nach dem anderen. »Sie haben mich einen jämmerlichen Aschkenasi genannt, und darum werde ich«, sagte Alex mit verschlossenem Gesicht, »in die Mannschaft kommen.« Momik sagte: »Die sind auch Aschkenasim. Nicht alle, aber die, die dich so genannt haben.«

»Niemand darf Alex einen jämmerlichen Aschkenasi nennen.«

Alex sagte das mit solcher Bestimmtheit, daß Momik ihm glaubte und vollkommen überzeugt war, daß er es schaffen werde, aber er fühlte sich trotzdem irgendwie traurig und verstand nicht warum. Alex ging noch eine Weile im Haus herum, faßte ohne jede Hemmung dies und jenes an, drehte wild am Rad der Nähmaschine, stellte Fragen, die Gäste nicht stellen sollten, und sagte dann, daß er es satt habe, im Haus zu hocken. Momik sprang auf und fragte ihn, ob er vielleicht eine gute Tasse Tee trinken wolle, weil man das immer sagt, wenn die Gäste (zum Beispiel Bella oder Itke und Schimek) meinen, daß sie jetzt gehen müssen, aber Alex sah ihn verärgert an und fragte, ob es denn nichts zu tun gebe in der Nachbarschaft, und Momik überlegte kurz und sagte, daß man in Bellas Café gehen könnte, weil Bella immer interessante Dinge zu erzählen habe, und Alex sah ihn wieder so merkwürdig an, verzog den Mund und fragte ihn, ob er immer so sei, und Momik verstand nicht und fragte, wie ›so‹, und Alex fragte, ob es keine Kinder auf der Straße gebe, und Momik antwortete, daß es keine gebe, es sei eine sehr kleine Straße. Er war überrascht, denn er hatte angenommen, daß Alex nicht gern mit anderen Kindern spiele, weil er ein Neueinwanderer war, und deswegen auch hatte Momik gehofft, daß Alex und er Freunde werden könnten, denn er war ein wohlerzogener und sanfter Junge, der nicht über andere Leute lachte und auch nicht fluchte undsoweiter, aber dann sagte er sich, daß Alex noch neu war und nicht genau Bescheid wußte und wohl eine Weile brauchte, bis er kapieren würde, daß Momik mehr Verstand in seinem kleinen Finger hatte als alle diese wilden Kerle, die einen immer auslachten und sechzig Meter in acht Komma fünf liefen. Sie gingen also auf die Straße hinunter, es war Herbst, und der alte Birnbaum in Bellas Hof hing voller halb verfaulter Früchte, und als Alex das sah, rief er: »Was?! Sowas läßt du zu!« und schlich sich in den Hof und klaute ein paar Birnen und gab auch Momik eine, und Momik, dessen Herz wie wahnsinnig klopfte, biß in die Birne und kaute, schluckte aber nicht hinunter, denn das war Diebstahl, und noch dazu bei wem! Sie gingen in Richtung Herzlberg, und Alex sagte wieder, daß er in die Mannschaft kommen werde, und plötzlich hatte Momik eine geniale Idee und sagte zu Alex, daß er sein Trainer sein werde, und Alex sagte »Du?! was verste-«, aber Momik ließ ihn nicht ausreden und erzählte ihm schnell, daß er ein ausgezeichneter Trainer sei, er habe alles über alle Trainer der Welt gelesen und sammele Sportfotos, die er aus den

Zeitungen ausschneide (er sagte: »und damit meine ich Zeitungen aus der ganzen Welt«, was ja keine Lüge war wegen der »Pschegelond«), er könne einen olympischen Trainingsplan ausarbeiten und habe eine Uhr mit Sekundenzeiger, was für einen Trainer das Wichtigste sei. Alex wollte die Uhr sehen, und Momik zeigte sie ihm, und Alex sagte, Laß mal versuchen, ich werde bis zum Mast dort rennen, und du wirst die Zeit stoppen, und Momik sagte Achtung fertig los, und Alex rannte los, und Momik stoppte mit der Uhr und sagte Zehn Komma neun, und Fuchtele nicht so mit den Armen, weil du sonst zuviel Kraft verlierst, und Alex sagte, er habe eigentlich nichts dagegen, daß Momik ihn trainiere, aber zu ihm nach Hause wolle er nicht mehr kommen. So begann ihre große Freundschaft, aber Momik erinnert sich nicht gerne daran.

Und außerdem hat er zwei Brüder.

Der ältere heißt Bill. Jeden Monat erscheint in Lipschitz' Laden im Einkaufszentrum ein neues Heft mit seinen Abenteuern. Momik stellt sich in eine Ecke und liest im Stehen, aber Lipschitz sagt nichts, weil er und Mutter aus demselben Shtetl kommen. Und die Geschichten sind spannend und lehrreich. Sein Bruder Bill ist wirklich hart. Er ist so stark, daß er sich nicht für Momik einsetzen darf, wenn der von jemandem in der Klasse geschlagen wird, denn ein Schlag von Bill kann töten, darum mußte er ihm versprechen, sich niemals für ihn einzusetzen, nicht einmal, als die Sache mit Lazer anfing, dem erpresserischen Verbrecher, und mindestens zweimal in der Woche liegt Momik schmutzig und blutend auf dem Schulhof, aber mit einem geheimnisvollen Lächeln, weil er es wieder geschafft hat, seinen Trieb zu zügeln, wie man dazu wohl sagt, und Bill nicht auf sie loszulassen.

Bill nennt Momik Johnny, und wenn die beiden miteinander reden, benutzen sie kurze Sätze mit vielen Ausrufezeichen, wie »Gib ihm einen Kinnhaken, Bill!!!« »Gut gemacht, Johnny!!«, undsoweiter. Bill hat einen Silberstern auf der Brust, das ist das Zeichen des Sheriffs. Momik hat noch keinen Stern. Die beiden haben ein Pferd, das Blacky heißt. Blacky versteht jedes Wort, und er liebt es, wild durch die Felder zu galoppieren, aber am Ende kommt er immer zurück und reibt seinen Kopf an Momiks Brust, und das ist ein wunderbares Gefühl, und genau dann fragt die Lehrerin Netta, Was soll dieses Lächeln, Schlomo Neuman, und Momik versteckt Blacky schnell. Er stiehlt Zucker aus der Küche und stellt verschiedene Experimente an, um Würfelzucker daraus zu machen, den Blacky so gerne ißt, aber es klappt nicht, und die Hebräische Enzyklopädie ist noch nicht zum Würfelzucker gekommen, und Momik ist sicher, daß sie ihn, wenn sie überhaupt soweit kommt, zum Stichwort »Zucker« schicken wird, und in der Zwischenzeit muß er einen Weg finden, sein Pferd zu füttern, nicht wahr? Mindestens dreimal die Woche galoppieren sie durch das Tal von Ein-Karem und suchen nach Kindern, die verschwunden oder den Eltern verloren gegangen sind, und sie lauern wie Orde Wingate im Hinterhalt auf Eisenbahnräuber. Manchmal, wenn Momik auf dem Bauch im Hinterhalt liegt, sieht er den langen Schornstein des neuen Gebäudes, das man gerade auf dem Herzlberg gebaut hat und das den komischen Namen »Yad Vaschem« trägt, und er stellt sich vor, das sei der Schornstein eines Schiffes, das gerade vorbeisegelt und voll ist mit illegalen Einwanderern aus dem Land Dort, die niemand aufnehmen will, wie während der britischen Mandatszeit, *psiakrew*, und auch diese Menschen wird er irgendwie retten, mit Blacky oder mit Bill oder mit seiner Vorstellungskraft oder mit seinen Tieren oder mit dem Atomreaktor oder mit Großvater Anschels Geschichte und den Kindern des Herzens, oder mit irgendetwas anderem, und als er die alten Leute fragt, wozu dieser Schornstein da sei, sehen sie sich an, und schließlich sagt Munin, daß es dort so eine Art Museum gebe, und Aaron Markus, der schon etliche Jahre nicht mehr aus dem Haus gegangen ist, fragt, ob es ein Museum für Kunst sei, und Chana Zitrin lacht schrill und sagt Kunst, oh ja, sicher, die Kunst des Menschen, diese Art von Kunst.

Und während sie im Hinterhalt lauern, muß Momik die ganze Zeit aufpassen, daß Bills Stern nicht aufblitzt, damit die Gangster sie nicht entdecken, aber Bill wird trotzdem mindestens zwanzig Mal am Tag von den Kugeln und Messern der Schurken getötet, kehrt aber am Ende immer wieder zum Leben zurück, dank Momik, der richtig Angst bekommt, wenn Bill stirbt, und vielleicht ist es diese Angst, man kann auch sagen, die Verzweiflung, die Bill wieder zum Leben erweckt. Er steht jedenfalls auf und lächelt und sagt: »Danke, Johnny, du hast mir das Leben gerettet.« Und inzwischen verschlingt Blacky Würfelzucker, der mit Schlamm und Spucke zusammengekleistert ist, und Würfelzucker, der aus Klebstoff gemacht ist, und Würfelzucker, den Momik in den Eisblöcken aus den Milchkisten von Ejser dem Milchmann einfriert, und Bill stirbt und wird wieder lebendig und stirbt und wird wieder lebendig, und das ist das Beste an dem Spiel, nur daß es gar kein Spiel ist, wieso denn ein Spiel, Momik macht es keinen Spaß, aber es fällt ihm nicht ein, damit aufzuhören, er muß sich darin üben, weil doch so viele Leute darauf warten, daß er Weltexperte wird, so wie alle darauf gewartet haben, daß Professor Jonas Salk endlich die Impfung gegen Kinderlähmung erfinden würde. Momik weiß genau, daß irgend jemand sich als erster freiwillig melden und das erstarrte Königreich betreten muß, um die Bestie zu bekämpfen und alle Leute zu retten und sie von Dort herauszuholen, man muß sich nur einen Trick ausdenken, irgend etwas, das auch Meir Har-Zion getan hätte, wenn er die Bestie hätte bekämpfen müssen, ein geniales und kühnes Bravourstück, (wie es sich nur unser Trainer Giola Mandy ausdenken kann, den wir eigens aus Ungarn hergeholt haben), um die Eltern jetzt und auch in der Vergangenheit wiederherzustellen, aber bisher war die Bestie noch nicht bereit, aus ihrer Verkleidung zu schlüpfen, und überhaupt macht er keine großen Fortschritte mit den Tieren, und er fühlt sich jedesmal elend, wenn er daran denkt, daß er die armen Tiere vielleicht ganz umsonst im dunklen Keller hält, aber dann sagt er sich, daß im Krieg auch manchmal diejenigen leiden, die unschuldig sind (das ist so ein Satz von ihm geworden), wie zum Beispiel die Hündin Leika, die sich auf dem wissenschaftlichen Altar von Sputnik II geopfert hat, also muß er sich eben noch mehr anstrengen und noch weniger schlafen und sich ein Beispiel nehmen an Großvater Anschel, der nie aufgibt und seine Geschichte immer wieder erzählt, damit er eines Tages vielleicht Herneigel besiegen und der Sache ein Ende machen kann, und manchmal hat Momik das Gefühl, daß der Großvater sich so sehr in seine Geschichte verstrickt hat, daß auch Herneigel die Geduld mit ihm verliert.

Und einmal gab es einen richtigen Skandal beim Mittagessen. Großvater fing laut an zu schreien und legte dann seine Hand ans Ohr und lauschte, und sein Gesicht wurde rot und die Hände begannen zu zittern, Momik sprang erschrocken auf und lief zur Tür, weil er plötzlich verstand, was er vorher, dumm wie er war, nicht verstanden hatte, nämlich daß Herneigel selbst der Nazikaputt war, und kaputt heißt verloren und ein Nazi ist eine Bestie, und nun war klar, daß Herneigel wegen der Geschichte wütend auf Großvater war, weil er anscheinend ganz und gar nicht damit einverstanden war, kaputt zu sein, und darum versuchte er Großvater zu zwingen, die Geschichte so zu ändern, wie er sie haben wollte, aber Großvater war kein Schwächling, ganz und gar nicht, wenn man versuchte, an seiner Geschichte zu rühren, wurde er ein anderer Mensch! Ja, Großvater nahm seine *pulke* in die Hand und fuchtelte wütend mit ihr herum und schrie in seinem altmodischen Hebräisch, er werde nicht zulassen, daß Herneigel sich in seine Geschichte einmische, weil diese Geschichte sein ganzes Leben sei, was habe er schon außer dieser Geschichte, und Momik, dem das Herz tief in die Hose rutschte, sah in Großvaters Gesicht, daß der Nazikaputt ein wenig erschrocken war und beschlossen hatte, nachzugeben, denn der Großvater sah wirklich überzeugend aus und als habe er recht, und dann wandte sich der Großvater plötzlich von der Wand ab und starrte Momik mit leeren grünen Augen an, und da wußte Momik, daß er jetzt auch ihn in seine Geschichte hineinziehen konnte, wenn er nur wollte, genau so, wie er es mit Herneigel getan hatte, und Momik wollte wegrennen, aber er konnte sich nicht von der Stelle rühren, er versuchte zu schreien, aber es kam kein Laut heraus, und dann winkte der Großvater mit seinem Finger, er solle näherkommen, und das war wie Zauberei, denn Momik näherte sich ihm langsam und wußte, daß es das Ende war, daß er in diese Geschichte hineingezogen und man ihn nie mehr finden würde, aber zum Glück wollte Großvater das gar nicht, wieso sollte er auch, Momik war doch ein lieber Junge, und auch wenn er die Tiere im Keller ein bißchen quälte, dann tat er das nur, weil Krieg war, und als er schon direkt vor dem Großvater stand, sagte dieser plötzlich mit klarer, leiser Stimme, wie ein ganz normaler Mensch: Nu, hast du diesen Goj gesehen? *Oich mir a chuchem*, noch so ein Schlaumeier, und er sah Momik mit dem normalen Lächeln eines weisen, uralten Mannes an und legte seine Hand auf Momiks Schulter wie ein richtiger Großvater und flüsterte ihm ins Ohr, daß er diesen Goj herumdrehen und nach Chelm zurückschicken werde, und Momik wollte die Gelegenheit nutzen und Großvater endlich fragen, wovon die Geschichte handele, ob er richtig geraten habe, daß die Kinder des Herzens jetzt gegen Herneigel kämpften, und wozu sie überhaupt das Baby brauchten (Momik kannte sich bei den Thrillern ein wenig aus und wußte genau, daß Babys in gefährlichen Situationen nur störten), aber dann geschah das, was immer geschah, Großvater machte einen Schritt zurück und schaute Momik an, als habe er ihn noch nie zuvor gesehen, und dann fing er wieder ganz schnell mit seinem Gerede und seinem Singsang an, und Momik war wieder ganz allein.

Und dann, während er sein Mittagessen, das er nicht angerührt hatte, für die Tiere in eine braune Tüte packte, überlegte er, ob es nicht vielleicht eine gute Idee wäre, sich mit einem Experten zu beraten, über den er manchmal in der Zeitung gelesen hatte und der in derselben Branche war wie Momik, er hieß Wiesental und lebte in der Stadt Wien, von wo aus er Jagd auf sie machte. Momik hoffte, daß der Jäger vielleicht bereit wäre, ihm ein paar wichtige Dinge über sie zu verraten, wenn er ihm einen Brief schreiben würde, zum Beispiel, wo sie sich versteckten und was ihre Gewohnheiten waren beim Jagen und Essen, und ob sie in großen Herden lebten und wie es sein könne, daß aus einer Bestie eine ganze Armee von Menschen herauskäme, und ob es überhaupt Zauberworte wie »Chaimova« oder »Uranium« gebe (Momik glaubte nicht, daß es sie gab), die man zu jemandem sage, der dann sofort gehorche und einem überall hin folge. Und vielleicht hatte der Jäger auch ein Bild von ihnen, lebend oder tot, damit Momik wußte, wonach er Ausschau halten mußte. Ein paar Tage lang war er ziemlich beschäftigt damit, sich das Haus des Jägers vorzustellen, mit großen Teppichen und Tierfellen und einem besonderen Regal für Gewehre und Pfeil und Bogen, mit Köpfen von Nazi-Bestien, die er im Dschungel gefangen hatte und die mit glasigen Augen an der Wand hingen, und er versuchte, den Brief zu schreiben, aber es gelang ihm nicht, er versuchte es vielleicht zwanzigmal, aber es wollte und wollte nicht klappen, und in derselben Woche las er in Bellas Zeitung, daß der Jäger wieder auf Jagd ging, in Südamerika, und es war auch ein Bild von ihm abgedruckt, ein Mann mit schönen, traurigen Augen und einer Glatze von der Stirn aufwärts, er war ganz und gar nicht, wie ihn sich Momik vorgestellt hatte, und so kam es, daß er wieder ganz alleine war, ohne irgend jemanden, der ihm helfen konnte, und diesmal wurde er schon ein bißchen nervös.

Aber er sagte sich, daß ihm der Jäger ohnehin nicht hätte helfen können, denn das Merkwürdigste an diesem Krieg gegen die Nazi-Bestie war, daß jeder sie allein bekämpfen mußte; sogar die Menschen, die seine Hilfe dringend brauchten, konnten ihn wegen eines geheimen Schwurs, den sie anscheinend abgelegt hatten, nicht direkt darum bitten, und Momik sagte sich immer wieder, daß er sich nicht genug anstrengte und nicht genug darüber nachdachte, und in dieser Zeit hatte er auch ein paar Jagdunfälle, es fing damit an, daß der junge Schakal ihn unter dem Knie ins Bein biß und er zwölf schmerzhafte Spritzen gegen Tollwut bekommen mußte. Und dann fiel er aus Versehen auf ein kleines Stachelschwein, das sich unter einem Strauch im Tal versteckt hatte, und sein Knie sah danach aus wie ein Nadelkissen. Momik hatte immer gern über Tiere gelesen, aber er hatte nie ein Tier anfassen müssen, bis er anfing, das Nazi-Tier zu bekämpfen und, um die Wahrheit zu sagen, ekelte es ihn ein bißchen, aber ein bißchen auch nicht. Er spürte, daß er einen guten Instinkt für Tiere hatte, und er überlegte, ob er nicht einen Hund großziehen sollte, wenn alles vorbei war. Einen ganz gewöhnlichen Hund. Nicht für den Krieg, sondern zum Vergnügen. Aber inzwischen hackte ihm eine verletzte Taube, die er im Hof fand, mit ihrem Schnabel beinahe das Auge heraus, und eine Katze, die er bei den Mülltonnen einzufangen versuchte, um sie gegen seine verrückte Katze auszutauschen, zerkratzte ihm den ganzen Arm. Er war wirklich mutig in seinem Krieg. Er hatte nie gewußt, daß er so mutig sein konnte, aber er wußte genau, daß es ein Mut aus Angst war. Denn er hatte Angst. Und er durfte auch nicht die Eltern des Raben vergessen, die jetzt sicher schon wußten, daß er ihnen ihr Kind entführt hatte; jedesmal, wenn er aus dem Haus ging, stürzten sie sich auf ihn wie die ägyptischen MIGs, und als es zum ersten Mal passierte, hackte ihm einer der Raben richtig in den Arm und in den Hals, und Momik bekam sozusagen einen hysterischen Anfall und lief zur Lottobude, um den Eltern von dem Angriff zu erzählen, aber er konnte es nicht richtig erklären und wußte auch nicht, was »Rabe« auf jiddisch hieß, die Mutter jedenfalls verstand ihn nicht richtig, sie sah das Blut und das zerrissene Hemd und lief sofort mit ihm zur Poliklinik und erklärte dort Doktor Erdreich weinend und schreiend, daß etwas Furchtbares geschehen sei, ein Adler habe versucht, den Jungen zu entführen, und die Wahrheit ist, daß sich die Leute in Beit-Masmil noch heute an Momik als den Jungen erinnern, den ein Adler in sein Nest entführen wollte.

Aber es half nichts. Der Keller wurde von Tag zu Tag schwärzer und stickiger, und Momik traute sich nicht, dort irgendetwas zu tun. Die Tiere wurden wild und hungrig und warfen sich gegen die Käfige und verletzten sich und heulten und kreischten. Die verwundete Taube starb, und er ekelte sich, ihren Leichnam aus dem Käfig zu holen, und sie begann zu stinken, und dann kamen die Ameisen, *cholera*. Momik hatte das Gefühl, daß der Keller voller großer, klebriger Spinnweben war, die nur darauf warteten, ihn einzufangen. Er hatte sich noch nie im Leben so stinkig und schmutzig gefühlt. Er spürte, daß diese kleinen Tiere viel stärker waren als er, weil sie ihn haßten und wußten, was es bedeutete, wild zu sein und sich schreiend gegen den Käfig zu werfen, er war sich gar nicht mehr so sicher, wer wessen Gefangener war, und er überlegte, ob das nicht vielleicht ein Zeichen dafür war, daß der Krieg schon angefangen hatte und das Tier gar nicht faul war und schon heimtückisch gegen ihn vorging und ihn mit einer Art Kinderlähmung lähmte, die Doktor Salk nicht mal im Traum eingefallen wäre; die ganze Sache war wirklich nicht mehr angenehm, erschreckend wäre vielleicht zuviel gesagt, aber es war sehr, sehr unangenehm, denn Momik wußte nicht, wo die Bestie herauskommen würde, und er hatte keine Ahnung, was er täte, wenn sie plötzlich beschließen würde, sich ihm zu zeigen, und vielleicht würde sie auch aus zwei Tieren gleichzeitig herauskommen, und würde er es überhaupt schaffen, so etwas wie »Chaimova« zu sagen, bevor sie sich auf ihn stürzte und ihn in Stücke riß?

Er schmierte sich die Fußsohlen mit Petroleum aus dem Heizofen ein, damit die Bestie sich wenigstens vor dem Geruch ekeln würde, und steckte Mottenkugeln in die Hemd- und Hosentaschen, aber das reichte anscheinend immer noch nicht. Also beschloß er, zum Empfang der Bestie eine Rede zu schreiben. Er schrieb mindestens eine Woche lang daran, er wußte, daß es die beste Rede der Welt sein mußte, damit sie ihre Wirkung nicht verfehlte in dem Bruchteil der Sekunde, bevor sich die Bestie auf ihn stürzte. Zuerst schrieb er, daß man immer zu den anderen Menschen gut und rücksichtsvoll sein und lernen müsse, ihnen zu vergeben wie am Versöhnungstag, aber als er laut las, was er geschrieben hatte, wußte er, daß die Bestie diese Dinge nicht glauben würde. Etwas Stärkeres war nötig. Er versuchte, über die Bestie nachzudenken, das heißt darüber, wie sie Dinge empfand und was sie beeinflußte. Er versuchte, sie zu malen, doch was herauskam, war ein einsamer Polarbär voller Wut und Haß auf die ganze Welt, und Momik begriff sofort, daß seine Rede all den Haß und die Einsamkeit mit einem Schlag ausradieren mußte, denn es gab Dinge, nach denen sich sogar ein frierender Polarbär heimlich sehnte, also schrieb Momik eine lange Rede über eine Freundschaft zwischen zwei Jungen, die einander sehr gern hatten, und über einfache und nette Gespräche zwischen einem Vater und einer Mutter und einem Vater und seinem Sohn. Er erzählte der Bestie, wie süß kleine Geschwister sein konnten, und wie schön es war, sie auf dem Arm zu halten oder in den Kinderwagen zu legen und mit ihnen im Einkaufszentrum anzugeben, und er schrieb auch noch anderes dummes Zeug, er hatte das Gefühl, daß gerade diese Dinge die Bestie locken würden, zum Beispiel ein Fußballspiel in der Schule, wenn man ein Tor schoß und alle einem zujubelten und niemand einen beschimpfte, oder ein Spaziergang mit den Eltern am Samstagmorgen, wenn sie einen an der Hand hielten und »Täubchen, Täubchen fliiieeg!« machten und in die Luft warfen, oder ein Ausflug zum Berg Tabor, wenn die ganze Klasse wandern ging und Lieder sang und nachts in der Herberge herumtobte, aber nachdem er das alles geschrieben hatte und es laut las, wußte er plötzlich, daß es eine dumme, blöde Rede war, eine saublöde Rede, er zerriß sie in Fetzen, verbrannte sie im Spülbecken in der Küche und beschloß, die Idee mit der Rede fallenzulassen und einfach ruhig dazusitzen und abzuwarten, was die Bestie machen würde, wenn sie endlich beschloß, herauszukommen. Es war ihm klar, daß sie absichtlich so lange wartete, um ihn wütend und schwach zu machen, und darum schwor er sich, daß, was auch immer kommen mochte, die Bestie das – Eisenfaden! – nie und nimmer schaffen würde.

Ungefähr zwei Wochen lang schien es tatsächlich eine Chance auf einen überraschenden Sieg zu geben, denn zu den zwei Brüdern war ein dritter hinzugekommen: Motl Ben Peissi, der Kantorssohn. Momik würde diese Zeit nie vergessen. Sie lasen diese Geschichte von Scholem Alejchem in der Schule, und Momik fühlte etwas sehr Starkes dabei und beschloß, nach dem Abendessen ganz beiläufig etwas darüber zu sagen. Nu, und da öffnete der Vater plötzlich den Mund und fing an zu reden! Er sagte ganze Sätze, und Momik hörte zu, und ihm kamen fast die Tränen vor Freude. Die Augen des Vaters, die blau waren, aber unten blutrote Ränder hatten, hellten sich etwas auf, als hätte ihn die Bestie für einen Augenblick verlassen. Momik war listig wie ein Fuchs! Wie der Fuchs in der Geschichte von dem Käse und dem Raben! Er erzählte dem Vater ganz beiläufig von Meinem Bruder Elijahu und dem Kalb Manny und dem Fluß, in den man die Kübel mit *kvass* schüttete, und er konnte mit seinen eigenen Augen sehen, wie die Bestie den Mund ein wenig öffnete und der Vater geradezu auf ihn zukam.

Nach und nach erzählte er ihm von seinem kleinen Shtetl, von den Gassen voller Schlamm und den Kastanienbäumen, die es hier nicht gab, und von den alten Fischverkäufern und der Wasserpumpe und dem blühenden Flieder und dem himmlischen Geschmack, den das Brot Dort hatte, und von dem *chejder*, dem Schulzimmer, in dem er gelernt hatte, und von dem Rabbi, der sich ein bißchen Geld nebenher verdiente, indem er zerbrochene Tonkrüge reparierte mit Hilfe von Drähten, die er um die Krüge wickelte, und wie er schon mit drei Jahren in verschneiten Nächten ganz allein aus dem *chejder* nach Hause gegangen war und den Weg mit einer besonderen Lampe ausgeleuchtet hatte, die aus einem Rettich gemacht war, in den man eine Kerze steckte, und die Mutter sagte plötzlich: Ja, tatsächlich, wir hatten Dort ein Brot, das es hier nicht gibt, jetzt, wo du es erwähnst, erinnere ich mich: Wir haben es zu Hause gebacken, wo denn sonst, und es reichte eine ganze Woche lang, ach, wenn ich nur noch einmal im Leben davon kosten könnte. Und der Vater sagte: Wo wir gewohnt haben, zwischen unserem Städtchen und Chodorov, gab es einen Wald. Einen richtigen Wald, nicht wie diese zahnlosen Kämme, die der National-Schmatzional-Fonds hier pflanzt, und in diesem Wald wuchsen *pojomkes*, die es hier nicht gibt, wie riesengroße Kirschen, und Momik war verblüfft, als er hörte, daß Chodorov nicht nur der Name des Torwarts von Hapoel Tel Aviv, sondern auch der Name eines Städtchens war, aber er wollte nicht unterbrechen und schwieg, und die Mutter stieß einen kleinen *krechz* der Erinnerung aus und meinte: Ja, aber dort, wo ich herkomme, wurden sie *jagedes* genannt, und der Vater sagte: Nein, *jagedes* sind etwas anderes, *jagedes* sind kleiner. Ach, was für Früchte es dort gab, *a mechaje*, und das Gras, erinnerst du dich an das Gras? Und die Mutter sagte: Was heißt, ob ich mich erinnere, wie kann ich das je vergessen, *oij, soll ich asoij huben koijach zu leben*, so soll ich Kraft haben zu leben, und wie ich mich daran erinnere, wie grün und kräftig das Gras Dort war, nicht wie das Gras hier, das immer halb tot aussieht, das ist doch kein Gras, das ist der Aussatz dieser Erde hier, und wenn sie dort das Korn schnitten und auf den Feldern zu Garben zusammenbanden, erinnerst du dich, Tuvia? Ach! sagte der Vater und atmete tief ein, und wie das duftete! Bei uns hatten die Leute Angst, auf einer frischen Garbe einzuschlafen, weil sie sonst Gottbehüte nicht mehr aufwachen würden …

So redeten sie miteinander und beide zu Momik. Und das war auch der Grund, warum Momik noch andere Geschichten von Scholem Alejchem (was für ein lustiger Name für einen Schriftsteller!) zu lesen begann, die in der Schule gar nicht durchgenommen wurden. Er holte sich die Geschichten von Menachem Mendel und Tuvia dem Milchmann aus der Schulbücherei und las sie Kapitel für Kapitel, wie er es immer machte, schnell und gründlich. Das Städtchen begann ihm vertraut zu werden. Erstens sah er, daß er dank seiner Freunde auf der Bank schon vieles wußte, und was er nicht verstand, erklärte ihm der Vater offen und ehrlich, und jedesmal, wenn er ihm etwas zu erklären begann, erinnerte er sich an etwas anderes und erzählte noch ein bißchen mehr, und Momik merkte sich alles und lief danach auf sein Zimmer, um es in sein Heft für Heimatkunde einzutragen (es war schon das dritte!), und auf den letzten Seiten des Heftes legte er sich sogar ein kleines Wörterbuch an, das alle Wörter aus der Sprache des Landes Dort in unsere hebräische Sprache übersetzte und erklärte, bisher waren es schon fünfundachtzig Wörter. Im Heimatkundeunterricht, wenn der Atlas geöffnet auf dem Tisch lag, machte Momik alle möglichen kleinen Experimente, er ersetzte Tel Aviv durch Bobrka und Haifa durch Katrielibka, und der Berg Karmel war nun der Judenberg, auf dem Wunder geschahen, und Jerusalem war Jehupitz, und Momik zeichnete mit seinem Bleistift kleine Linien in seine Kampfkarte ein wie ein Armeekommandant: Menachem Mendel reist von da nach da, fährt von Odessa nach Jehupitz und Samrinka, und Tuvia reitet auf seinem alten Pferd durch den Menasche-Wald, und der Jordan ist der Fluß San, von dem man glaubte, daß er jedes Jahr ein Opfer forderte, bis der Sohn des Rabbis ertrank und der Rabbi den Fluß verfluchte und dieser klein wie ein Bächlein wurde, und auf den Berg Tabor schrieb Momik Golden Bergl und zeichnete ganz klein die Goldfässer darauf, die der König von Schweden dort vergraben hatte, als er vor den Russen floh, und in den Berg Arbel zeichnete er eine kleine Höhle, wie die im Berg neben Mutters Städtchen Bolechov, von dem erzählt wurde, daß sich der furchtbare Räuber Dobusch dort eine kleine Höhle in den Felsen gehauen hatte, um sich darin zu verstecken und seine Verbrechen zu planen. Momik hatte Ideen genug.

Und im Tal von Ein-Kerem ritten die drei Brüder wild und kühn auf ihrem Pferd Blacky und hielten einander an den Hüften fest. Bill der Starke saß vorn, Momik der Verantwortliche saß in der Mitte, und hinten saß Motl mit den Schläfenlokken, die hinter die Ohren gerollt waren, und mit leuchtenden Augen und auffälligen Muskeln, die von Tag zu Tag kräftiger wurden, schon bald würde man ihn auf richtige Einsätze mitnehmen können.

Gut, natürlich mußte man ihm viele Dinge erklären, von

denen er noch nie gehört hatte. Was die Schallmauer war, die von den Flugzeugen durchbrochen wurde, die wir von unseren ewigen Freunden den Franzosen bekamen, und wer Netanel Blassberg, der religiöse Läufer von Elizur war, der mit Gottes Hilfe den Fünf-Kilometer-Rekord gebrochen hatte, und was die Suliman-Feuerbande war, und wozu man das Schwimmbecken im neuen Atomreaktor in Nachal Rubin benutzte, und daß man immer ein gut gefaltetes Stück Karton in der Brusttasche tragen mußte, um die Kugeln abzuhalten, die aufs Herz gerichtet waren, und was ein Vergeltungsschlag war, drei geballte Fäuste und zwei Finger, den Motl beinah verdorben hätte, weil er einfach nicht still im Hinterhalt lauern konnte, und was die Maschinenpistole Uzi und eine Mystère und ein A.M.X. waren, denn in seinem Shtetl hatten sie wahrscheinlich andere Namen für ihre Gewehre und Flugzeuge gehabt.

Und einmal blieb Momik absichtlich länger in der Schulbücherei und wartete, bis es draußen dunkel war und Frau Guvrin sagte, er solle nach Hause gehen, aber er wartete noch ein wenig auf dem Sportplatz, und als er sah, daß er wirklich ganz allein geblieben war, holte er das große Geheimnis aus seiner Schultasche, den Rettich, den er in zwei Hälften geschnitten und mit einem Messer ausgekerbt hatte, und er steckte eine Kerze in den Rettich und zündete sie an und ging zu Fuß nach Hause in dem feinen Nieselregen, der seine Kerze nicht ausblies, ging vorbei an hohen Schneehaufen, an Wäldern voller Kastanienbäume und Fliederbüsche und *pojomkes*, die vielleicht *jagedes* waren, aber was spielte das für eine Rolle, vorbei an dem guten Geruch des Brotes, das gerade zu Hause im Ofen gebacken wurde, und vorbei an dem großen Fluß mit den Kaulquappen und Blutegeln und an dem Viehmarkt, auf dem sie die gute, heißgeliebte Stute verkauften, weil sie kein Geld mehr für Futter hatten, so kam er daher, ein dreijähriger Junge, der vom *chejder* des Rabbi Itzle heimkehrte in ein Haus voller Jungen und Mädchen, Brüder und Schwestern, wo er unter dem Tisch essen würde wie bei den Gutsherren, und die Mutter und der Vater traten aus dem Haus, halb wahnsinnig vor Sorge um ihn, und sahen, wie er langsam und andächtig die Borochov-Straße heraufkam, mit einer Hand die Kerze schützte, damit sie nicht erlosch, und verantwortungsvoll und aufgeregt immer näher kam wie der Läufer, der die Fackel aus einem fernen Land den ganzen Weg zur Makkabiade trug, und die Mutter und der Vater standen dicht beieinander und wußten nicht, was sie machen sollten, und er sah zu ihnen auf und wollte etwas Schönes sagen, aber plötzlich verwandelte sich das Gesicht des Vaters und verzerrte sich, als ekele er sich vor irgend etwas, und er hob seine riesige Hand und versetzte der Kerze einen kräftigen Schlag (seine Finger berührten Momiks Hand nicht), die Kerze fiel in eine kleine Pfütze und erlosch sofort, und der Vater sagte mit merkwürdiger, erstickter Stimme, Genug mit dem Unsinn, es wird Zeit, daß du dich zusammenreißt und normal wirst, und danach erzählte er Momik nie wieder von seinem Shtetl und wie er dort als kleiner Junge gelebt hatte, und auch Motl kehrte nicht mehr zurück, vielleicht wollte er nicht, oder vielleicht fühlte sich Momik nicht mehr so wohl mit ihm, bei allem, was geschehen war, und so war er wieder allein mit der Bestie, und die Bestie war noch nicht bereit herauszukommen.

Und nachts beugte sich die Mutter über sein Bett und roch an seinen Füßen, die nach Petroleum stanken, und plötzlich sagte sie etwas sehr komisches auf jiddisch, Mein Gott, sagte sie, vielleicht kannst du mal mit einer anderen Familie spielen?

Und vergessen wir nicht, daß es noch andere Dinge gab außer der Suche und der Jagd und den Anstrengungen, daß es die ganz alltäglichen Dinge gab und keiner Verdacht schöpfen durfte, daß irgend etwas nicht in Ordnung war, sie sollten nicht anfangen, ihm Fragen zu stellen und sich in sein Leben einzumischen, und er mußte sich auf die Prüfungen vorbereiten und jeden Tag von acht bis eins in die Schule gehen, und das war nur auszuhalten, wenn er sich die ganze Zeit über vorstellte, daß alle in seiner Klasse in Wirklichkeit in eine Geheimschule gingen, die im Untergrund gegründet worden war, und jedesmal, wenn draußen Schritte zu hören waren, mußte man die Pistole ziehen und auf das Ende gefaßt sein, außerdem mußte er sich auch um den Großvater kümmern, der in letzter Zeit noch nervöser und wütender war, sein Nazi trachtete ihm anscheinend nach dem Leben, und damit nicht genug, Momik mußte sich jedesmal neue Taktiken und besondere Schwüre ausdenken, wenn Nasser, *psiakrew*, verkündete, daß er eines unserer Schiffe im Suezkanal aufhalten würde, und dann waren da noch die dummen Postkarten, auf die irgend jemand Momiks Namen geschrieben hatte und deretwegen er jede Woche noch und noch Postkarten verschicken mußte mit Namen von Kindern, die er gar nicht kannte, man strich den ersten Namen auf der Liste aus und fügte unten einen neuen Namen hinzu, und wenn er das nicht tat, würde ihm Gottbehüte ein Unglück zustoßen wie dem Bankier in Venezuela, der die Sache nicht ernst genommen hatte und sofort sein ganzes Geld verlor und seine Frau, die starb, der Ärmste, fragt nicht, wieviel Geld all diese Postkarten kosteten, zum Glück knauserte die Mutter diesmal nicht und gab ihm alles, was er brauchte, um die Karten zu verschicken, und außer den alltäglichen Dingen war da noch die Sache mit Laiser aus der siebenten Klasse, der schon seit drei Monaten jeden Tag ein Sandwich von Momik erpreßte. Am Anfang machte ihm das richtig Angst, denn wie konnte ein Junge, der nur drei Jahre älter war als er, so wild und so ein *schwarzer* und vielleicht so verzweifelt sein, daß er keine Angst hatte, ein so furchtbares Verbrechen zu begehen, für das man ohne jeden Zweifel ins Gefängnis kam. Aber Momik wußte, daß es, wenn die Dinge schon so standen, das beste für ihn war, nicht ständig daran zu denken, denn er mußte seine Kräfte aufsparen für wichtigere Dinge, Laiser war ohnehin stärker als er, was würde es Momik also nutzen, die ganze Zeit darüber nachzudenken und gekränkt zu sein und sterben zu wollen und zu weinen anzufangen, nicht wahr? Und weil Momik ein wissenschaftlich und systematisch denkender Junge war, der es verstand, Entscheidungen zu treffen, ging er zu Laiser und erklärte ihm auf einleuchtende Weise, daß es die Kinder sofort der Lehrerin erzählen würden, wenn sie sähen, daß er ihm Tag für Tag sein Sandwich gab, er schlage deshalb vor, das ganze auf eine viel bessere, spionagehafte Weise zu tun. Der verbrecherische Erpresser, der unten in dem Asbestbaracken-Durchgangslager wohnte und eine lange Narbe auf der Stirn hatte, wurde wütend und wollte etwas sagen, aber dann überlegte er sich, was Momik ihm vorgeschlagen hatte, und schwieg. Momik holte aus seiner rechten Hosentasche eine Liste mit sechs sicheren Verstecken in der

Schule, an denen man ein Sandwich deponieren und jemand anderes es sich gefahrlos abholen konnte. Während Momik die Liste vorlas, spürte er, daß Laiser anfing, die ganze Sache zu bereuen, aber gerade das machte ihn etwas selbstsicherer. Aus der linken Hosentasche holte er die zweite Liste, die er für Laiser vorbereitet hatte. Das ist eine Liste mit allen Tagen unseres ersten Probemonats (so sagte er zu Laiser) und mit den Angaben, wo das Sandwich Tag für Tag zu finden ist. Nun war endgültig klar, daß Laiser die Sache bereute. Er meinte, Laß den Quatsch, Helen Keller, ich hab nur Spaß gemacht, dein ekliges Sandwich will kein Mensch haben, aber Momik wollte nichts davon wissen, denn nun spürte er, daß er stärker war als der Verbrecher, und obwohl er hätte sagen können, Okay, Schluß mit dem Erpressen, wollte er gerade jetzt nicht aufhören und drückte Laiser die zwei Listen fast mit Gewalt in die Hand und sagte, Wir fangen morgen an, und am nächsten Tag legte er das Sandwich an den ausgemachten Platz und lauerte nach allen Regeln der Kunst im Hinterhalt und beobachtete, wie Laiser herankam, auf das Papier schaute, sich nach allen Seiten umsah und ruck zuck den Schatz aus dem Versteck nahm, aber Momik sah auch, daß sich Laiser gar nicht freute, im Gegenteil, er betrachtete die kleine Tüte, in der Momik das Sandwich so schön verpackt hatte, als würde er sich vor ihr ekeln, aber es war klar, daß er keine Wahl hatte: ob er wollte oder nicht, er mußte tun, was Momik ihm gesagt hatte, um den komplizierten, genialen Plan nicht zu verderben, der stärker war als er und vielleicht auch stärker als Momik.

Und außerdem hörte Momik nicht auf, die Bestie auf jede mögliche Art und Weise zu bekämpfen, die er sich Tag für Tag ausdachte, weil er jetzt immer deutlicher sah, daß er nicht versagen durfte, denn es war bereits eine Schicksalsfrage für ihn geworden, zu viele Menschen und Dinge waren darin verwikkelt und hingen davon ab, und wenn die Bestie nicht aus ihrer Verkleidung schlüpfte, dann nur, weil sie listiger war als er und größere Kampferfahrung hatte, aber wenn sie doch noch beschließen sollte herauszukommen, dann sicher nur in Gegenwart von Momik und von niemandem sonst, denn nur er wagte es, die Bestie so zu reizen, mutig und frech und mit der Hingabe von Soldaten, die voranstürmen und sich auf Stacheldraht werfen, damit die anderen über sie hinweglaufen können. Und am Ende des Winters, als der Wind den letzten Versuch machte, ganz Beit-Masmil wegzufegen, änderte Momik seine Taktik vollkommen: Um die Bestie zu bekämpfen, mußte er tun, wovor er sich am meisten fürchtete, wovor er sich die ganze Zeit gedrückt hatte, und das war, mehr über ihre Verbrechen zu erfahren, weil sonst alles, was er machte, reine Kraftverschwendung wäre, denn im Grunde genommen wußte er gar nicht, wie er sie bekämpfen sollte. Das war die Wahrheit. Also begann Momik, sich mit dem Holocaust zu beschäftigen. Er schrieb sich in aller Heimlichkeit in die Leihbücherei Beit Ha'am ein (die Eltern erlaubten ihm nicht, in zwei Büchereien eingetragen zu sein) und fuhr zweimal in der Woche am Nachmittag mit dem Achtzehner dorthin und las alles, was er darüber fand. Es gab dort einen großen Schrank, auf dem stand: »Literatur des Holocaust und des Heldentums«. Momik begann sich systematisch durchzuarbeiten, Buch für Buch. Er las wahnsinnig schnell, denn er spürte, daß ihm wenig Zeit blieb, und ehrlich gesagt verstand er fast nichts, aber wie immer wußte er, daß er eines Tages alles verstehen würde. Er las »Geheimnisse des Schicksals«, »Das Tagebuch der Anne Frank«, »Laß mich die Nacht hier schlafen«, »Fiefel«, »Das Puppenhaus«, »Die Zigarettenverkäufer vom Platz der drei Kreuze« und noch vieles andere. Er traf Kinder, die ein bißchen waren wie er. Sie sprachen Jiddisch mit ihren Eltern und mußten es nicht verheimlichen, und auch sie bekämpften die Bestie, und das war die Hauptsache.

An den Tagen, an denen er nicht in die Bücherei ging, saß er stundenlang im dunklen Keller. Er saß dort von Viertel vor zwei bis es dunkel wurde und blieb sogar noch ein paar Minuten länger auf dem kalten Fußboden sitzen vor den glänzenden Augen der Tiere und ihrem bösen Flüstern und der Gleichgültigkeit, die sie vortäuschten, aber er wußte, daß es jetzt jeden Augenblick geschehen konnte, denn es war klar, daß sogar die Bestie allmählich die Nerven verlieren würde, wenn man sie dadurch reizte, daß man ihre Verbrechen auf wissenschaftliche und systematische Weise studierte und sie Tag für Tag dermaßen ärgerte, und Momik mußte sich regelrecht zwingen, es noch eine Minute und noch eine Minute dort unten auszuhalten, er stellte seine Beine fest auf den Boden, damit sie ihm nicht wegliefen, und die ganze Zeit kamen komische Laute aus ihm heraus, wie pfeifender Atem oder wie das Winseln eines Welpens, und er kam sich mit diesen ganzen Lauten schon wie sein eigener Großvater vor. Und er blieb sogar noch unten, als das Licht im kleinen Fenster verschwand und es stockdunkel wurde, und er machte das alles, weil er einen sehr wichtigen Hinweis erhalten hatte, der listig in dem Buch »Die Geheimnisse des Schicksals« versteckt war, wo ausdrücklich geschrieben stand: »Aus tiefer Dunkelheit stürzte die Nazi-Bestie hervor.«

So ging es Tag für Tag. Momik saß in der Leihbücherei Beit Ha'am auf einem hohen Stuhl im Lesesaal der Erwachsenen, und seine Beine baumelten in der Luft. Er erzählte dem Bibliothekar Hillel, daß er eine besondere Schularbeit über den Holocaust vorbereite, und man stellte ihm keine Fragen mehr. Er las Geschichtsbücher mit langen, komplizierten Sätzen über das, was die Nazis getan hatten, und brach sich die Zunge ab bei allen möglichen Wörtern und Ausdrücken, die es nur damals gegeben hatte. Er betrachtete lange die seltsamen Fotografien und verstand gar nicht, was auf ihnen zu sehen war, was dort geschah und was wohin gehörte, aber tief im Innern fühlte er, daß ihm diese Fotografien etwas von dem Geheimnis verraten würden, das alle vor ihm verbargen. Er sah Bilder von Eltern, die zwischen zwei Kindern wählen mußten, welches bei ihnen bleiben und welches für immer weggehen sollte, und er versuchte sich vorzustellen, wie sie wählen würden und anhand von was, und da war ein Bild, auf dem ein Soldat einen alten Mann zwang, auf einem anderen alten Mann zu reiten wie auf einem Pferd, und er sah Bilder von Hinrichtungen auf verschiedene Arten, von denen er nie gewußt hatte, daß es sie gab, und er sah Bilder von Gräbern, in denen zahllose Tote in seltsamen Stellungen zusammen lagen, einer auf dem anderen, der Fuß von einem auf dem Gesicht eines anderen, und einer mit dem Kopf ganz krumm verdreht, Momik konnte seinen Kopf gar nicht so verdrehen, obwohl er es versuchte, und so begann er langsam neue Dinge zu lernen, zum Beispiel wie schwach der menschliche Körper ist und in wie viele Formen und

Richtungen er zerbrechen kann, wenn man ihn nur zerbrechen will, und wie schwach eine Familie ist, wenn man sie auseinanderreißt, ruck zuck kann das passieren, und alles ist vorbei. Momik kam um sechs Uhr abends müde und still aus der Bücherei. Im Autobus auf dem Weg nach Hause sah und hörte er nichts.

Und fast jeden Morgen schlich er sich in der großen Pause heimlich aus der Schule, machte einen Bogen um die Straße mit der Lottobude und lief zu Bellas Lebensmittelladen. Er kam ganz außer Atem dort an und zog sie an der Hand in die Ecke (wenn zufällig ein Kunde im Laden war) und begann sofort, ihr Fragen zu stellen in einem Flüsterton, der fast schon ein Brüllen war, Was sind Todeszüge, Bella? Warum haben sie auch kleine Kinder getötet? Was fühlen Menschen, wenn sie sich selbst ein Grab schaufeln müssen? Hatte Hitler eine Mutter? Haben sie sich wirklich mit Seife aus Menschen gewaschen? Wo töten sie heute Menschen? Was ist ein Jüdlein? Was sind Experimente mit Menschen? Und was und wie und wie und was und warum, warum, und Bella, die schon begriffen hatte, wie wichtig und entscheidend das alles für ihn war, antwortete ihm auf alle Fragen und verbarg nichts, nur ihr Gesicht war traurig und verzweifelt. Auch Momik war ein wenig besorgt. Nicht richtig nervös, nur besorgt, sehr besorgt. Die Situation wurde von Tag zu Tag schlimmer, die Bestie war dabei zu gewinnen, das war klar, und obwohl er schon alles darüber wußte, und auch wenn er kein kleines Dummerchen von neunundeinviertel Jahren mehr war, das glaubte, daß die Bestie aus einem Igel oder einer armen Katze oder sogar aus einem Raben herauskommen könnte, so steckte er trotzdem tief in der Klemme, er hatte tatsächlich herausgefunden, wo sie sich befand, aber er verstand nicht, wie das geschehen war, wie so etwas einfach aus Gedanken und Vorstellungen hatte kommen können, aber eines war klar, es gab diese Bestie, er konnte sie richtig in seinen Knochen fühlen, so wie Bella immer fühlte, wann es regnen würde, und es war auch klar, daß er derjenige war, der sie dummerweise aus ihrem langen Schlaf geweckt hatte, er war es, der sie provoziert hatte herauszukommen, so wie Jehuda Ken-Dror die Ägypter am Mitle-Paß provoziert hatte, um sie zum Schießen zu verleiten und sich dadurch zu verraten, wo sie sich versteckt hielten; aber Jehuda Ken-Dror hatte Freunde, die ihm Rückendeckung gaben, während Momik ganz allein war, und jetzt mußte er bis zum Ende kämpfen, niemand fragte ihn, ob er wollte oder nicht, er wußte ganz genau, daß die Bestie ihn bis ans Ende der Welt jagen würde (sie hat überall Spione und Freunde), falls er je versuchen sollte wegzurennen, und daß sie all das mit ihm machen würde, was sie mit den anderen machte, aber diesmal auf eine noch viel listigere und teuflischere Art und Weise, wer weiß, wie viele Jahre sie ihn so quälen und wie alles enden würde.

Aber dann entdeckte Momik ganz allein, ohne irgendwelche Hilfe, einen Weg, die Bestie aus den Tieren im Keller herauszulocken, und das war so einfach, daß er nicht begreifen konnte, warum er nicht schon früher darauf gekommen war, denn sogar die verschlafene Schildkröte erinnerte sich plötzlich, daß sie eine Schildkröte war, wenn sie die Schalen einer grünen Gurke roch, und der Rabe richtete alle Federn auf, wenn Momik ihm die *pulke* brachte, und es war eigentlich ganz einfach, alles, was Momik tun mußte, war, der Bestie das Futter zu zeigen, das sie am liebsten hatte, und das war ein Jude.

Also begann er mit viel Verstand und Vorsicht einen Plan zu machen. Zuerst malte er die Bilder aus den Büchern in der Bücherei in sein Heft ab und notierte sich alle möglichen Hinweise, um sich zu merken, wie ein Jude aussah, wie ein Jude einen Soldaten anschaute, wie ein Jude sich fürchtete, wie ein Jude in einer Kolonne ging und wie er sich ein Grab schaufelte. Er machte sich auch Notizen anhand seiner eigenen reichen Erfahrung mit Juden, zum Beispiel wie ein Jude *krechzte* und wie er im Schlaf schrie und wie er eine *pulke* aß, und so weiter. Momik arbeitete wie ein Wissenschaftler und Detektiv zugleich.

Der Junge auf diesem Bild zum Beispiel, der mit der Schirmmütze und den erhobenen Händen: Momik versucht alles mögliche aus den Augen des Jungen herauszulesen, zum Beispiel, wie die Bestie aussieht, die in diesem Augenblick vor ihm steht, und ob er mit zwei Fingern pfeifen kann und ob er schon gehört hat, daß Chodorov nicht nur ein Städtchen, sondern auch ein großer Torwart ist, und was seine Eltern getan haben, daß er seine Hände hochhalten muß, und wo sie sind, statt auf ihn aufzupassen, und ob er fromm ist, und ob er richtige Briefmarken aus dem Land Dort sammelt, und ob er sich je vorgestellt hat, daß es einen Jungen in Beit-Masmil im Staate Israel gibt, der Momik Neuman heißt. Man muß so viele Dinge lernen, um ein richtiger Jude zu sein, um das Gesicht eines Juden zu haben und um genau den gleichen Geruch auszuströmen wie Großvater zum Beispiel und wie Munin und Max und Moritz, und das ist ein Geruch, bei dem sich die Bestie bekanntlich nicht zurückhalten kann, und Momik sitzt Tag für Tag im dunklen Keller vor den Käfigen und tut fast nichts, starrt nur geradeaus, ohne zu sehen, und versucht, nicht einzuschlafen, denn in der letzten Zeit, er weiß gar nicht warum, ist er irgendwie immer sehr müde, es fällt ihm schwer, sich zu bewegen und zu konzentrieren, und manchmal hat er unschöne Gedanken, zum Beispiel, wozu er das alles nötig hat, und warum ausgerechnet er für alle anderen kämpfen muß, und warum sich niemand einmischt, um ihm zu helfen, warum keiner merkt, was hier geschieht, weder die Mutter und der Vater noch Bella oder die Kinder in seiner Klasse, weder die Lehrerin Netta, die ihn nur anschreit, daß er immer mehr absackt, noch Dag Hammarskjöld von den Vereinten Nationen, der gerade zu Besuch in Israel war und bis nach Sde Boker fuhr, um mit Ben Gurion zu Abend zu essen, derselbe Dag Hammarskjöld, der UNICEF für die Kinder der Welt gegründet hatte und sich darum kümmerte, die Kinder in Afrika und in Indien vor Malaria und anderen *choleras* zu retten, nur für den Krieg gegen die Bestie hatte er keine Zeit. Und ehrlich gesagt gibt es Tage, an denen Momik halb wach und halb schlafend im Keller sitzt und die Bestie beneidet. Ja, ja, er beneidet sie einfach, weil sie so stark ist und nie an Mitleid leidet und nachts fest schlafen kann trotz allem, was sie getan hat, und weil sie anscheinend sogar Freude daran hat, grausam zu sein, so wie Onkel Schimek Freude daran hat, wenn man ihm den Rücken kratzt, und vielleicht hat die Bestie recht und es ist gar nicht so schlimm, grausam, sogar richtig grausam zu sein, und, um die Wahrheit zu sagen, empfindet auch Momik in letzter Zeit manchmal eine gewisse Freude, wenn er etwas furchtbar Böses tut, das passiert ihm vor allem, wenn es dunkel wird und er sich noch mehr zu fürchten beginnt und die Bestie und die ganze Welt noch mehr haßt, dann passiert es plötzlich; er fühlt sich so, als habe er Fieber am ganzen Körper, aber vor allem in seinem Kopf und seinem Herzen, und er explodiert beinah vor lauter Kraft und Grausamkeit, und dann könnte er sich fast gegen die Käfige werfen und sie zerschlagen und alle Köpfe der Bestie ohne Erbarmen und ohne nachzudenken zerschmettern, und er könnte sich sogar von den Krallen und Zähnen der Bestie und allen ihren Schnäbeln verletzen lassen und sich dann mit aller Kraft in sie rammen, um sich mit ihr zu verknäueln, damit sie ein für allemal weiß, was Momik fühlt, aber vielleicht auch nicht, vielleicht ist es besser, die Bestie zu töten, ohne sich mit ihr zu verknäueln, sie einfach zu zerschmettern und zu zerdrücken und zu zertreten und zu quälen und zu zersprengen, jetzt kann man ihr sogar eine Atombombe ins Gesicht werfen, denn in der Zeitung ist endlich der Artikel über unseren Atomreaktor erschienen, der sich riesig und furchterregend aus den goldenen Sanddünen von Nachal Rubin bei Rischon Lezion erhebt und stolz über der Meeresküste mit ihren rauschenden, hellblauen Wellen thront, und in dessen mächtiger Kuppel die Hammer der Bauarbeiter fröhlich schlagen, so stand es in der Zeitung »Jedioth« geschrieben, und obwohl es in der Zeitung heißt, »für friedliche Zwecke«, kann Momik, wie man so schön sagt, zwischen den Zeilen lesen, und er weiß genau, was das Lächeln von Bella bedeutet, deren Sohn ein sehr hoher Major im Militär ist, für friedliche Zwecke, na klar, sollen die Araber platzen, *psiakrew*, aber er muß auch zugeben, daß die Bestie seine Drohungen nicht sehr ernst genommen hat, und manchmal schien es ihm sogar, daß, wann immer er anfing so zu sein, das heißt: wild und voller Haß, die Bestie im Dunkeln listig vor sich hin lächelte, und dann bekam er noch mehr Angst und wußte nicht, was er machen sollte, und er zwang sich, sich zu beruhigen, aber wie lange würde er noch die Kraft haben, sich ganz allein zu beruhigen, jedesmal wachte er erschrocken aus seinem Traum auf, sah sich um und roch den Gestank der Tiere, der so stark an ihm haftete, daß es ihm manchmal schien, als käme er aus seinem Mund, und er stand nicht auf, obwohl es schon stockdunkel war und die Eltern wahrscheinlich schon ganz außer sich waren vor Sorge, wo er denn stecke. Daß sie bloß nicht auf die Idee kamen, ihn hier unten zu suchen, wieso sollten sie auch, besser sie taten es nicht, und so saß er noch eine Weile auf dem kalten Fußboden und döste vor sich hin, war in Großvaters großen alten Mantel gehüllt, an den er mehrere gelbe Sterne aus Pappe geheftet hatte, und manchmal, wenn er aufwachte und sich erinnerte, streckte er seine Arme zu den Tieren aus, um ihnen zu zeigen, was er sich auf die Haut geklebt hatte, die Nummern der verfallenen Lottoscheine, die er neben der Lottobude aufgesammelt und ausgeschnitten hatte, und wenn das nicht reichte, richtete er sich auf und erfrischte sich mit einem Husten oder *krechzen*, und bevor er aufstand und wieder nach oben ging, reizte er die Bestie noch ein letztes Mal auf wirklich furchtbare Weise, indem er ihr den Rücken zukehrte und im Dunkeln ein paar Zeilen aus dem Tagebuch der Anne Frank, die sich auch vor der Bestie versteckte, in sein viertes Heimatkundeheft abschrieb, und immer wenn er einen sehr rührenden Abschnitt aus dem Buch (das er aus der Bücherei gestohlen hatte) abgeschrieben hatte, begann der Kugelschreiber leicht zu zittern, und dann mußte Momik plötzlich noch ein paar Zeilen schreiben über einen Jungen, der Momik Neuman hieß und sich ebenfalls versteckte und kämpfte und Angst hatte, und das Merkwürdigste daran war, daß er dann genau so schrieb wie sie, das heißt wie Anne.

Und manchmal, nach dem Mittagessen, wenn Momik seinen Großvater schon aus dem Weg haben und ihn schlafen legen will, um schnell in den Keller hinunterzugehen, schaut der Großvater ihn ganz seltsam an und fleht mit den Augen, eine Weile nach draußen zu gehen, und obwohl es manchmal regnet und ziemlich kalt ist, spürt Momik, wie sehr der Großvater im Haus leidet, und gibt nach, und die beiden ziehen ihre Mäntel an und gehen hinaus und schließen auch das untere Schloß ab, und Momik hält Großvaters Hand und fühlt, wie die warmen Ströme von Großvaters Geschichte in seine eigene Hand fließen und ihm in den Kopf steigen, und ohne daß Großvater es merkt, schöpft er Kraft von ihm und preßt Kraft für sich selbst heraus, bis der Großvater plötzlich aufheult und seine Hand zurückzieht und Momik ansieht, als begreife er etwas.

Sie setzen sich auf die nasse grüne Bank und schauen auf die graue Straße, die schräg zu stehen scheint wegen des Regens, und sehen, wie der Nebel die Form aller Dinge verändert. Alles sieht so anders aus, und alles ist so traurig, und aus dem Wind und den wirbelnden Blättern taucht plötzlich ein schwarzer Mantel mit zwei Rockschößen auf, oder eine blonde Perücke, oder zwei Dummköpfe, die Hand in Hand gehen und in Mülltonnen stöbern, und so versammeln sich Großvaters Freunde bei der Bank, obwohl ihnen niemand gesagt hat, daß er hier ist, und dann öffnet sich auch Bellas Tür, und der nette kleine Aaron Markus kommt heraus, obwohl Bella ihn angefleht hat, nicht hinauszugehen, und als sie sieht, daß auch Momik da ist, oh, da macht sie aber den Mund auf und sagt, er solle sofort seinen Großvater nach Hause bringen, aber Momik sieht sie nur an und antwortet nicht, und am Ende gibt sie auf und schlägt wütend die Tür zu.

Herr Aaron Markus kam und setzte sich mit einem *krechz* auf die Bank, und sie machten ihm alle Platz und stießen einen *krechz* aus, und auch Momik machte einen *krechz* und merkte, daß es ihm wohl tat. Er fürchtete sich nicht mehr vor Markus' Gesichtsverrenkungen, die ihn hundert bis hundertzwanzig Jahre alt machten. Einmal hatte Momik Bella gefragt, ob die Gesichter, die Markus zog, von irgendeiner Krankheit kämen, Gottbehüte, und Bella antwortete, daß es dem Vater von Cheskel, möge er in Frieden ruhen, nicht gebühre, so belästigt zu werden, vor allem nicht von frechen Kindern, die immer alles wissen müßten, Was wird ihnen denn noch zum Lernen übrigbleiben, wenn sie zehn sind, aber Momik gab natürlich nicht auf, wir kennen ihn ja, er ging fort und dachte gründlich darüber nach, und nach einer Weile kehrte er wieder zu Bella zurück und sagte, daß er die Antwort gefunden habe. Gut, das war ein bißchen komisch, denn Bella hatte die Frage inzwischen vergessen, aber Momik erinnerte sie daran und sagte, daß Herr Markus sein Gesicht so verziehe, weil er einst von einem gewissen Ort (Momik wollte nicht ausdrücklich Land Dort sagen) geflohen sei und nicht wolle, daß man sein wahres Gesicht erkennen und ihn fangen würde, und Bella kniff die Lippen zusammen, als sei sie wütend, aber man sah ihr genau an, daß sie ein Lächeln unterdrückte, und sie sagte zu ihm, Genau umgekehrt, du Neunmalkluger, vielleicht versucht Herr Markus auf diese Weise die Gesichter von allen Leuten in Erinnerung zu behalten, die mit ihm an einem bestimmten Ort gelebt haben, und er will gar nicht vor ihnen fliehen, sondern bei ihnen bleiben, na, was sagst du dazu, Einstein? Diese Antwort haute Momik um, wie man heute so sagt, und danach betrachtete er Herrn Markus auf ganz andere Weise, jetzt entdeckte er in Markus' Gesicht zahllose Gesichter von Leuten, die er nie gekannt hatte, Männer und Frauen, alte Menschen und Kinder und sogar Babys, überhaupt schnitten alle die ganze Zeit über Gesichter, und das war das beste Zeichen, daß Herr Markus, wie alle anderen auch, an dem geheimen Krieg teilnahm.

Der Regen fiel und die alten Leute redeten. Man konnte nie genau sagen, wann die Geräusche und das *krechzen* plötzlich ein richtiges Reden wurden. Sie erzählten sich ihre üblichen Geschichten, die Momik schon auswendig kannte, aber immer wieder gerne hörte. Sonia die Rote und Sonia die Schwarze; der hinkende Chaim Itze, der auf allen Hochzeiten »Scherale« spielte; der Meschuggene, der Hiob genannt wurde und Lavendelbonbons lutschte, die Kinder zogen ihn hinter sich her wie einen Hund, sie konnten mit ihm machen, was sie wollten, wenn sie ihm ein Bonbon versprachen; und die schöne große *mikwe*, die bei uns gebaut wurde; und wie alle abends den *chulent* in die Bäckerei brachten, wo er die ganze Nacht über kochte, das ganze Shtetl roch danach; und so konnte man zuhören und sich ein wenig ausruhen von dem Krieg und der Bestie und dem Gestank im Keller, man konnte alles vergessen und quasi nicht existieren, und ausgerechnet in diesem Augenblick, *ofzeluches*, wie man bei uns sagt, fällt einem etwas Ärgerliches und Lästiges ein, eine große fette Hand, die der Kerze einen Schlag versetzt, die Kerze fällt zu Boden, das Feuer macht tsss in der Pfütze, das Gesicht, das der Vater macht, und das Wort, das er dann sagt, Momik richtet sich plötzlich auf und hebt den Kopf von Chana Zitrins Schulter, an die er sich, ohne es zu merken, ein wenig angelehnt hat, und sagt mit harter, lauter Stimme, In dem entscheidenden Spiel, das bald in der Stadt Breslau stattfinden wird, werden wir diese Polen zehn zu null schlagen, Stellmach allein wird fünf Tore schießen, und die alten Leute verstummen und sehen ihn verständnislos an, und Chana Zitrin sagt mit klarer, trauriger Stimme, *alter kopp*, und Jedidja Munin, der auf der anderen Seite sitzt, streckt seine dünne Hand mit den vielen schwarzen Haaren nach ihm aus, doch diesmal hat er nicht vor, ihn in die Wange zu kneifen, sondern faßt ihn nur sanft am Kinn und zieht ihn langsam heran, wer hätte gedacht, daß Momik so etwas mit sich machen läßt, noch dazu in aller Öffentlichkeit, aber Momik ist jetzt ein wenig müde, und es macht ihm nichts aus, sein Gesicht an den schwarzen Mantel mit dem sonderbaren Geruch zu legen, und er denkt, daß es gut ist, daß er nicht alleine ist und alle diese geheimen Krieger bei sich hat, sie sind wie eine Gruppe von Partisanen, die schon seit sehr langer Zeit zusammen kämpfen, und jetzt sind sie kurz vor dem entscheidenden Kampf und sitzen noch ein wenig im Wald, um sich auszuruhen, und wer sie sieht, könnte meinen, sie seien nur eine Handvoll Meschuggener, aber wen kümmert das, es ist so angenehm, auf Munins Mantel zu liegen neben all seinen Freunden, und er hört das Knistern des Stoffes und das leise Ticken der Taschenuhr und die vielen Herzklopfen, die von weit her zu kommen scheinen, und es ist gut so.

Und in jener Nacht geschah etwas Schreckliches, und es fing damit an, daß sie von der Gasse her plötzlich fürchterliche Schreie hörten, und es war nach Momiks Uhr schon elf Uhr vierzehn, und die Leute zogen ihre Jalousien hoch und machten Licht, und Momik dachte, Da, jetzt kommt die Bestie aus dem Keller, und er vergrub sich unter der Decke, aber es war keine Bestie, die da schrie, sondern eine Frau, also sprang er sofort aus dem Bett, lief zum Fenster und zog die Jalousie hoch, und die Mutter und der Vater riefen aus dem anderen Zimmer, er solle wieder ins Bett gehen, aber er hörte schon längst nicht mehr auf sie und schaute aus dem Fenster und sah eine Frau ganz nackt die Gasse auf und ab rennen und fürchterlich schreien, man konnte kein einziges Wort verstehen, und obwohl der Mond fast voll war, brauchte Momik ein paar Sekunden, bis er erkannte, daß es Chana Zitrin war, denn ihre hübsche blonde Perücke war heruntergefallen, und nur ein paar wenige Haare waren auf dem Kopf, und sie hatte riesige Brüste, die nach allen Seiten schwappten, und zum Glück trug sie unten etwas Kleines, Dreieckiges, wie schwarzes Fell, und Chana Zitrin, die noch am Nachmittag wie eine gute Freundin neben ihm auf der Bank gesessen hatte, hob ihre Arme zum Himmel und schrie auf jiddisch: Gott, mein Gott, wie lange muß ich noch auf dich warten, oh Gott, und die Leute riefen, Ruhe, geh nach Hause, Verrückte, es ist mitten in der Nacht, und irgend jemand aus dem zweiten Stock des Hauses, in dem das unsympathische junge Pärchen wohnte, schüttete einen Eimer kaltes Wasser auf sie und machte sie von oben bis unten naß, aber sie hörte nicht auf, hin und her zu rennen und sich an den wenigen Haaren zu reißen, und als sie unter der Straßenlaterne vorbeilief, konnten alle sehen, daß ihre Schminke, die sie sich immer aufs Gesicht schmierte, ganz zerlaufen war, und plötzlich ging bei Bella das Licht an, und Bella kam die Treppe herunter, was denn sonst, und sie umarmte Chana mit einer großen Decke, und Chana stand still da, den Kopf gesenkt, und zitterte ein wenig vor Kälte, und Bella führte sie langsam weg, aber plötzlich blieb sie stehen und schrie mit schrecklicher Stimme: »Ihr Unmenschen!«, und als sie an dem Haus des unsympathischen Pärchens vorbeikam, rief sie: »Ihr seid schlimmer als sie es waren! Gott wird's euch doppelt und dreifach vergelten!«, und dann verschwanden Chana und sie zwischen den schwarzen Zypressen neben Chanas Haus, und die Lichter in den Häusern gingen eines nach dem anderen aus, und auch Momik ließ die Jalousie herunter und ging ins Bett zurück.

Aber er hatte noch etwas gesehen, das außer ihm niemand bemerkt hatte: Während Chana nackt herumgelaufen war, war Herr Munin aus der Synagoge neben Momiks Haus herausgekommen und dort halb im Schatten und halb im Mondlicht stehengeblieben. Er war ohne seine Brillen, und sein ganzer Körper bewegte sich nach vorne und nach hinten, und seine Augen sahen Chana Zitrin an und glänzten, und seine Hände waren unten im Dunkeln, und Momik sah, wie Munins Schultern bebten und seine Lippen sich bewegten, und er konnte nicht verstehen, was Munin sagte, aber er spürte, daß es bestimmt etwas schrecklich Wichtiges war, daß Munin ihm jetzt vielleicht das große Geheimnis über die Bestie verraten würde und wie man sie bekämpfen sollte, er wollte ihm aus dem Fenster zurufen, daß er ihn nicht hören könne, und plötzlich weiteten sich Munins Augen, sein Mund öffnete sich zusammen mit den Augen, und sein Körper wurde nach vorn und nach hinten geworfen, als schüttele ihn jemand mit aller Kraft, und dann hob er die Arme wie ein großer schwarzer Vogel und begann in die Luft zu springen und zu schreien, aber ohne Stimme, als würde ihn jemand von oben an einem Faden ziehen, aber plötzlich zerriß der Faden, und Munin klappte zusammen und fiel wie ein Lappen auf den Boden und blieb eine Weile dort liegen, und Momik hörte, wie er, als alles schon längst vorbei war, immer noch leise vor sich hin *krechzte* wie die verrückte Katze, und am nächsten Morgen lag Munin nicht mehr dort.

Aber die Bestie wußte, daß es ein Trick war, und kam nicht heraus. Momiks Taktiken nutzten nichts. Die Bestie konnte anscheinend genau unterscheiden zwischen einem richtigen Juden und Momik, der plötzlich so tat, als sei er ein Jude, und wenn Momik nur den Unterschied wüßte, täte er das richtige, aber er wußte ihn nicht. Er war bereits wie ein Schatten seiner selbst geworden, er ging mit schleppenden Füßen, und er hatte dieses neue *chejndalech*, wie Bella es nannte, er begann wie ein alter Mann zu *krechzen*, sogar in der Schule entschlüpfte es ihm, und alle lachten über ihn, und das einzig Gute, was in dieser Zeit geschah, war, daß er Fünfter im Sechzig-Meter-Lauf wurde, das war ihm noch nie passiert, warum gerade jetzt, wo er für nichts Kraft hatte und alle sagten, er sei wie die tschechische Lokomotive Zatopek gerannt, und sie lachten nur darüber, daß er fast den ganzen Weg mit geschlossenen Augen gelaufen war und dabei Gesichter gezogen hatte, als jagte ihn ein Ungeheuer, aber jetzt sahen sie wenigstens, daß er rennen konnte, wenn er wirklich wollte, und selbst Alex Tuchner, der einmal zwei Wochen lang sein Freund gewesen war und den Momik jeden Tag im Tal von Ein-Karem trainiert hatte, bis er den Klassenrekord brach und mir nichts dir nichts in die Mannschaft kam, selbst Alex kam auf ihn zu und meinte, Alle Achtung, Helen Keller, aber sogar dieses Kompliment änderte nichts für Momik.

Bill und Motl waren seit langem verschwunden, es gelang ihm nicht, sie wieder zurückzubringen. Es war, als habe die Bestie sein Gehirn eingefroren, und jetzt merkten es alle. Bella war nicht mehr bereit, ihm auch nur eine einzige Frage zu beantworten, und wenn er zu ihr ging und sie anflehte, sagte sie ihm, daß sie sich eh schon zu Tode ärgere, soviel Schaden angerichtet zu haben mit allem, was sie ihm erzählt habe, daß sie genug hätte von seinen Nachforschungen, er solle doch bitteschön mit Kindern seines Alters spielen, aber sie sagte es nicht wütend, sondern voller Mitleid, und das war noch schlimmer. Auch seine Eltern sahen ihn in letzter Zeit ganz seltsam an und schienen nur auf die Gelegenheit zu warten, seinetwegen zu explodieren. Überhaupt fingen sie an, sich merkwürdig zu benehmen, zuerst putzten sie das Haus wie verrückt, wuschen und scheuerten alles, und zwar jeden Tag, jeden Tag (auch die Fenster und die Paneele), kein Körnchen Staub blieb im Haus, aber sie putzten trotzdem weiter, und eines Nachts, als Momik aufstand, um pinkeln zu gehen, sah er, daß alle Lichter im Haus brannten und die Mutter und der Vater auf den Knien die Ritzen zwischen den Fußbodenfliesen mit Küchenmessern auskratzten, und als sie ihn sahen, lächelten sie wie kleine Kinder, die auf frischer Tat ertappt wurden. Momik sagte nichts, und am nächsten Morgen tat er so, als hätte er es vergessen. Einige Tage später, am Samstag, machte Bella zur Mutter hin eine Bemerkung, und die Mutter wurde weiß wie die Wand, und gleich am nächsten Morgen brachte sie Momik zur Poliklinik, um Doktor Erdreich zu sehen, und die Ärztin untersuchte ihn gründlich von oben bis unten und sagte zur Mutter, daß es sich auf keinen Fall um die Krankheit handele, so nannten sie damals die Kinderlähmung, an der jedes Jahr mehrere Kinder trotz Impfungen und Spritzen erkrankten, und sie verschrieb ihm Lebertran und Vitamine, die er zweimal am Tag schlucken mußte, aber nichts half, wie sollte es auch, und obwohl es jetzt zu Hause noch mehr zum Abendessen gab und die Eltern ihn zwangen, noch und noch mehr hinunterzuwürgen, wußten sie ganz genau, daß das Kind vor ihren Augen zugrundeging und sie nichts dagegen tun konnten, und sie versuchten wirklich alles, das muß man ihnen lassen, sie holten einen kleinen Rabbi mit Vollbart aus Mea Schearim, der ein hartgekochtes Ei auf Momiks Körper herumrollte und alle möglichen Beschwörungen flüsterte, und sie gingen sogar zur Frau Miranda Bardugo, die fast die Königin von Beit-Masmil war und Leuten Blutegel ansetzte und alles heilte, aber sie weigerte sich zu kommen wegen der Sache mit den Blutegeln, die sie auf die Hände des

Vaters gesetzt hatte, und die Mutter und Bella saßen zusammen in der Küche und tranken Tee, und Bella sagte mit Tränen in den Augen, Erbarmen mit dem Jungen, es muß etwas geschehen, sieh ihn dir nur an, nur die Augen sind von ihm übriggeblieben, und da fing auch die Mutter wie immer zu weinen an und sagte, Wenn wir nur wüßten, was wir tun sollen, wenn du uns den Namen eines Arztes sagst, bringen wir ihn sofort zu ihm hin, aber ich brauche keinen Arzt, um zu wissen, was das ist, Bella, ich bin selber Arzt, eine Ärztin für *zores*, was Schlomo hat, da kann kein Arzt helfen, ich sag's dir, wir haben es von Dort mitgebracht, und es sitzt auf uns da und da und da, und nur Gott kann uns helfen, und Bella machte einen *krechz* und schneuzte sich die Nase und sagte, Oij, Gott hilf uns, bis Gott uns hilft.

Es waren wirklich schlimme Tage. Alle Leute um Momik herum hatten Angst und wußten nicht, was sie tun sollten. Sie warteten nur, daß es sich bessern würde, und bis dahin atmeten und rührten sie sich nicht. Sie waren völlig abhängig von ihm. Wenn er sich bewegte, dann bewegten sie sich auch, und wenn er schrie, dann schrien sie auch. Und auch die Gasse schien sich völlig verändert zu haben, die ganze Zeit waren dort Stimmen von Menschen zu hören, die schon tot waren, und Geschichten, an die man sich nur noch hier erinnerte, und Namen und Wörter, die man nur noch hier verstand und nach denen man sich nur noch hier sehnte, und Chana Zitrin lief jetzt fast jede Nacht nackt auf die Straße und provozierte Gott, und alle warteten geduldig, bis Bella herunterkam, um sie wegzuführen, und wenn man nach oben schaute, konnte man manchmal zwischen den Baumwipfeln und den Wolken einen Schatten vorbeihuschen sehen, etwas, das zwei schwarzen Rockschößen glich, die in der Luft flogen, und dem Funkeln von Brillengläsern, und einen Augenblick später landete Munin neben Momik, der sich nur mit Mühe rühren konnte, und sah sich vorsichtig um (denn es war ihm aus irgendeinem Grund verboten, Kindern zu nahe zu kommen), legte seine Hand auf Momiks Schulter und ging, mit merkwürdigem Gang, wegen des Leistenbruchs, mit ihm herum und flüsterte ihm Dinge ins Ohr über die Sterne und über Gott und über die Flugkraft und wo uns das glückliche Leben erwartet, nicht hier, nicht hier, und die erloschene Zigarette tanzte auf seiner

Oberlippe, während er Momik Verse aus der Bibel und aus Gebeten zuflüsterte, und er stieß immerzu ein seltsames Lachen aus wie einer, der dabei war, die ganze Welt hereinzulegen, und Momik hatte keine Kraft mehr für ihn.

Momiks Stirn brannte den ganzen Tag, aber auf dem Fieberthermometer war nichts zu sehen. Er fühlte sich, als würde sein Gehirn *ofzeluches* mit ihm machen und ihn zwingen, an ungute Dinge zu denken. Er hatte Alpträume und schrie nachts im Schlaf, und die Mutter und der Vater kamen ins Zimmer gerannt, und ihre Augen flehten, er solle aufhören damit, er solle wieder so sein wie früher, vor ein paar Monaten nur, aber genug, er hatte keine Kraft mehr, sich für sie im Traum glücklich zu stellen, oij luli luli, was geschah mit ihm, was geschah mit ihm, alles ging kaputt, die Bestie besiegte ihn, sie besiegte ihn, noch bevor sie aus ihrem Versteck herausgekommen war, und er schlug sein Kissen, das ganz naß war, und sah, daß seine Finger verkrampft und verzerrt waren vor lauter Angst oder was auch immer, und wieder und wieder schlug er das Kissen und schrie seine Eltern an, die dicht beieinander standen und weinten, und später schlief er ein, aber er wachte sofort aus einem neuen Alptraum auf, er hatte plötzlich seinen Motl auf der Straße einer unbekannten Stadt gesehen, Motl war klein und dünn und hatte einen sehr merkwürdigen Gang, und Momik freute sich, ihn zu sehen und rief Motl! Aber Motl hörte ihn nicht, oder er tat zumindest so, und Momik sah in der Ecke eine Lottobude, und darin saßen die Mutter und der Vater dicht beieinander und traurig, saßen genau unter der Spitze des goldenen Glückstrahls, der auf das Schild der Lottobude gemalt war, und dann sah er, daß es gar keine Straße war, sondern ein Fluß, vielleicht der San und vielleicht auch nicht, und die Lottobude segelte auf ihm wie ein kleines Boot, und Motl ging auf das Boot zu, er ging im Wasser, aber er wurde nicht naß, und er schaffte es nicht, das Boot zu erreichen, denn je näher er kam, desto weiter entfernte es sich, und plötzlich tauchten ein paar Jungen auf, und ein erwachsener Mann ging neben ihnen her, sie begannen Motl einzukreisen, und plötzlich schlug ihm einer der Jungen mit der Faust grundlos mitten ins Gesicht, und dann stürzten sie sich alle auf ihn und schlugen und traten ihn und riefen einander zu: Schlag ihm die

Zähne aus, Emil, Hau ihm in den Magen, Gustav, und Momik fiel beinah in Ohnmacht, als er begriff, daß es Emil und die Detektive waren, die mittlerweile in Deutschland groß geworden waren, und der Mann, der sie beobachtete und vor sich hin lachte, das mußte Wachtmeister Jeschke sein, der manchmal bei Emils Mutter eine Tasse Kaffee trank, und Motl lag blutig und halbtot auf dem Boden, und Momik schaute auf und sah, wie die Eltern in der Lottobude mit ihrem Boot davonruderten, und die Mutter sah Momik an und sagte, So hilf ihm Gott, was kann ich ihm schon helfen, und Bella schaute plötzlich aus ihrem Fenster (wie war sie überhaupt dorthin gekommen?) und schrie die Eltern an, Ihr Unmenschen, jemand sollte wenigstens nach dem Mittagessen mit ihm zu Hause bleiben, wenn ihr wüßtet, mit wem er sich herumtreibt, und die Mutter zuckte mit den Achseln und sagte, Wir haben keine Kraft mehr, Frau Bella, wir haben schon lange keine Kraft mehr, so ist das, jeder ist am Ende allein, und sie ruderten weiter, bis sie verschwunden waren, und als Momik wieder zu Motl hinüberschaute, sah er, daß der Fluß gar kein Fluß war, sondern Massen von Menschen, die aus den Seitenstraßen herbeiströmten, und als er genauer hinschaute, sah er, daß er einige von den Erwachsenen und Kindern kannte, da waren die Fünf Freunde und die Schwarze Sieben und die Kinder von Kapitän Nemo, und da war auch Sherlock Holmes mit seinem Assistenten Watson, und alle schrien und lachten und jubelten und rollten merkwürdige kleine Pakete vor sich her, und als sie näherkamen, sah er, daß die Pakete seine besten Freunde waren, Jotam der Zauberer und Mein Bruder Elijahu und Anne Frank und die Kinder des Herzens aus Großvaters Geschichte, sogar das Baby Kasik war da, und Momik fing an zu schreien und wachte auf, und das geschah noch viele Male in jener Nacht, und am nächsten Morgen, als er wie tot auf seinem Bett lag, das vor Schweiß stank, begriff er, daß er einen großen Fehler gemacht hatte und seine ganzen Anstrengungen in die falsche Richtung gegangen waren, denn die Bestie wußte offensichtlich, daß er nicht jüdisch genug war, was er jetzt tun mußte, war, sich einen richtigen Juden zu verschaffen, einen Juden, der wirklich Dort gewesen war und der die Bestie in einer Sekunde derart zu reizen vermochte, daß sie sofort herauskäme, und dann würde man ja sehen, und Momik wußte auch gleich, wer dafür am geeignetsten war.

Großvater Anschel war überhaupt nicht überrascht, als Momik ihm sein Geheimnis anvertraute und ihn um Hilfe bat. Momik wußte natürlich, daß der Großvater nichts verstand, aber um fair zu sein, erklärte er ihm offen und ehrlich alle Probleme und Gefahren, aber andererseits erklärte er ihm auch, daß man die Eltern ein für alle mal von ihrer Angst befreien müsse. Aber schon als er das sagte, merkte er, daß er es selbst nicht mehr glaubte, denn es waren nicht seine Eltern, die er retten mußte, und wer brauchte diese Bestie überhaupt, sollte sie doch weiterschlafen und uns in Ruhe lassen, aber er hatte keine Wahl und mußte weiterreden. Am Ende seiner Rede sagte Momik, daß dem Großvater für eine so wichtige Entscheidung drei Tage zum Nachdenken zustünden, aber das sagte er natürlich nur so.

Der Großvater brauchte keine drei Tage, er entschied sich auf der Stelle. Er nickte so heftig mit dem Kopf, daß Momik fürchtete, sein Hals würde Gottbehüte umknicken, und man hätte glauben können, daß er vielleicht doch etwas verstand und nur darauf gewartet habe, daß Momik ihn darum bitten würde, und vielleicht war das der wahre Grund, warum er zu ihnen zurückgekommen war, und schon ging es Momik etwas besser.

Als er den Keller für den ersten Besuch des Großvaters vorbereitete, war ihm beinahe feierlich zumute. Zuerst holte er den kleinen Staubwedel mit den bunten Federn von oben und kehrte den schmutzigen Boden auf. Dann zog er einen kleinen Hocker, den sie *benkale* nannten, unter dem Gerümpelhaufen hervor, stellte ihn in die Mitte des Raumes und beschloß, daß das Großvaters *benkale* sein sollte. Er hängte auch Großvaters Mantel mit den gelben Sternen an einen Nagel an der Wand und trennte die Ärmel auf, und dann riß er alle Seiten mit den aus den Büchern abgemalten Bildern aus seinem Spionageheft heraus und klebte sie an die Wände. Dann sah er sich um und sagte zweimal auf jiddisch: *Ser schejn, ser schejn,* und rieb sich die Hände und machte fffuuu, als brenne vor ihm ein kleines Feuerchen, und ging wieder nach oben, schloß auch das untere Schloß ab und sah, daß der Großvater nach dem Mittagessen eingeschlafen war, sein Kopf lag auf dem Tisch neben dem Teller mit der *pulke*, und ein dünner Speichelfaden lief ihm aus dem Mund. Momik weckte ihn sanft, die beiden gingen hinaus, und Momik schloß wieder das untere Schloß ab. Sie stiegen schnell die Treppen hinunter, und Momik öffnete die Kellertür und ging als erster hinein, um sich zu vergewissern, daß alles in Ordnung war. Er sagte schnell und leise, Da hast du ihn, trat zur Seite (sein Herz klopfte laut) und ließ den Großvater eintreten, und erst dann traute er sich, die Augen zu öffnen, denn er hörte, daß nichts geschah. Er nahm den Großvater an der Hand, führte ihn in die Mitte des Zimmers, drehte ihn ein wenig nach rechts und nach links, damit sich sein Geruch verbreite, und beobachtete dabei die Tiere und sah, daß sie etwas wacher waren als sonst, aber das war auch alles. Der Großvater bemerkte die Tiere gar nicht, er lief wie ein Idiot herum und murmelte vor sich hin.

Also gut. Momik sagte sich sofort, er könne wirklich nicht erwarten, daß es so schnell geschehen würde. Vielleicht hatte die Bestie schon vergessen, wie ein wahrer Jude roch, Momik würde also geduldig warten müssen, bis sie sich wieder erinnerte. Er setzte den Großvater auf das *benkale*, das mitten im Raum stand. Ehrlich gesagt wehrte sich der Großvater ein bißchen, aber Momik hatte wirklich keine Geduld mehr für diesen Unsinn, also legte er ihm einfach die Hände um den Hals und drückte ihn langsam hinunter, bis der Großvater nachgab und sich setzte. Dann setzte sich Momik auf den Fußboden und sagte, Fang an zu reden, aber der Großvater sah ihn nur mit seltsamen Augen an, als fürchte er sich vor ihm, aber warum sollte er sich denn fürchten, er mußte nur tun, was Momik ihm sagte, ohne Quatsch, es gab keinen Grund, sich zu fürchten, und plötzlich schrie Momik so laut er konnte: Rede, hörst du? Rede, aber sofort, sonst – – aber er wußte nicht, warum er so schrie und was er mit ›sonst‹ meinte, und der Großvater fing tatsächlich ganz schnell zu reden an, und sofort lief ihm dieser eklige Speichel aus den Mundwinkeln, aber das war eigentlich genau das, was Momik wollte, und er sagte: Beweg auch deine Hände! Und Großvater bewegte seine Hände, wie er es immer tat, und Momik beobachtete ihn wie ein Luchs, um sicherzugehen, daß er sich auch wirklich anstrengte und tat, was er tun sollte, und er sah auch dauernd zu den Käfigen und Koffern und zerrissenen Matratzen hin, und innerlich schrie er, Jude, Jude, ich hab dir genau den Juden gebracht, den du wolltest, einen echten Juden, der wie ein Jude aussieht und wie ein Jude spricht und wie ein Jude riecht, Großvater und Enkel Jude, also komm endlich raus – –

In den folgenden Tagen war Momik völlig verzweifelt: Großvater und er saßen auf dem Fußboden und aßen altes Brot, während Momik auf hebräisch und auf jiddisch flüsternd Partisanenlieder sang und Gebete aus dem Rosch-Haschana-Gebetbuch des Vaters vorlas. Er bedeckte sogar die hintere Wand im Keller mit Seiten, die er aus Annes Tagebuch herausgerissen hatte, aber die Bestie wollte nicht herauskommen. Sie wollte einfach nicht. Seine armen Tiere kratzten und heulten und kreischten, und die Katze war schon am Krepieren, aber Momik fürchtete sich ja nicht vor den Tieren, er fürchtete sich vor der Bestie, die sich in diesem Raum befand, man konnte regelrecht spüren, wie sie ihre mächtigen Muskeln zum Sprung anspannte, nur daß man nicht wissen konnte, wo, zum Teufel, sie herausspringen würde, und Momik saß da und starrte Großvater Anschel an und wußte nicht, was er machen sollte. Er hatte diesen Großvater satt, der nichts machen konnte außer mit weinerlicher Stimme seine dumme Geschichte vor sich hin zu brummen. Manchmal wollte Momik zu ihm hingehen und ihm den Mund zuhalten, bis die Geschichte erstickte und basta. Einmal, als der Großvater Zeichen machte, daß er pinkeln müsse, stand Momik nicht auf, um ihn hinauszuführen, sondern blieb einfach sitzen und starrte ihn an. Er sah, wie verwirrt der Großvater war, er heulte wie eine verrückte Katze, faßte sich zwischen die Beine, krümmte sich und schrie vor Verzweiflung, und dann sah Momik, wie Großvaters Hose naß wurde, ein ekliger Geruch verbreitete sich, aber Momik hatte kein Mitleid, im Gegenteil, und als der Großvater ihn mit elendem, verständnislosem Gesichtsausdruck ansah, stand Momik auf, ging hinaus und ließ den Großvater allein im Dunkeln zurück, schloß sich oben ein, machte das Radio an und hörte, wie unsere Mannschaft das Spiel in Breslau sieben zu zwei verlor und sich die Polen über unsere Jungs lustig machten, und unser Sportreporter

Nechemia Ben-Abraham beschrieb, wie Janosz Achurek und Liberda und Scherschinsky unseren Stellmach und Goldstein fertigmachten. Momik wußte, daß seine Mannschaft, wie man so sagt, auf der ganzen Linie verlor, aber er war ja bekanntlich jemand, dem es nichts ausmachte, wenn er verlor oder gehänselt oder ausgelacht oder erpreßt wurde; es gab nur eine Sache, bei der er nicht verlieren durfte, er hatte keine andere Wahl, und darum dachte er sich sofort einen neuen Plan aus, einen Plan, der kühner war als alles, was er sich bisher ausgedacht hatte, das Malheur fing nämlich damit an, daß Großvater Anschel einfach zu klein war, um die Bestie, wo immer sie auch sein mochte, zu wecken, und wie immer im Leben mußte Momik wie ein guter Geschäftsmann darüber nachdenken (das hatte ihm Bella beigebracht, auch wenn sie selbst in geschäftlichen Dingen ein ziemlicher Shlemihl war); er mußte zusehen, wie er mehr Juden in den Keller brachte, und zwar so viele, daß es sich für die Bestie lohnte herauszukommen, er fand die Idee plötzlich lustig, und ein seltsames kleines Lachen entschlüpfte ihm, aber das erschreckte ihn so, daß er sofort verstummte. Er hörte sich wieder das Spiel an, dachte dabei aber die ganze Zeit an den Großvater, der vielleicht gerade in diesem Augenblick dort unten verschlungen würde; in seinen Gedanken, die er nicht mehr kontrollieren konnte, plante er bereits, die Kinder in seiner Klasse darum zu bitten, ihm ihre Großväter und Großmütter für eine Weile auszuleihen, er stellte sich vor, wie er sie alle zu der Bestie führen würde, und wieder entschlüpfte ihm ein Lachen, das klang wie ein hohes Piepsen im Radio, und er verstummte und schaute sich um, ob irgend jemand ihn gehört hatte.

Und er wartete nicht einmal, bis das Spiel zu Ende war, denn er glaubte nicht mehr, daß ein Wunder geschehen würde und ein Kerl von einem Fußballspieler plötzlich von der Tribüne der spottenden Zuschauer herunterspringen, sich unseren elf Jungs anschließen und es der Gegenmannschaft zeigen, sie fertigmachen und acht zu sieben schlagen würde (das letzte Tor mit dem Schlußpfiff). Er ging hinaus, schloß auch das untere Schloß ab, stieg die Treppe hinunter und horchte noch einen Augenblick an der Tür, ob Schreie zu hören waren, aber er hörte nur Großvaters Singsang. Er ging in den Kellerraum und setzte sich sehr müde vor ihn hin, er mußte anscheinend sehr sehr müde gewesen sein, denn als er nach einer Weile aufschaute, sah er, daß er auf dem Boden neben den Füßen des Großvaters lag, und er überlegte, daß es wohl besser wäre, nicht noch mehr jüdische Großväter hierher zu bringen, denn in der letzten Zeit fiel es ihm immer schwerer, Menschen zu ertragen, sie waren unerträglich, mit all ihren Geheimnissen und Gedanken und ihrer Verrücktheit, die ihnen aus den Augen sprang, und woher kam es, daß es auch eine andere Sorte Mensch gab; für die Kinder in seiner Klasse schien alles ganz einfach zu sein, nur Momik wußte, wie wenig einfach es war, es reichte schon, wenn man nur einmal, nur ein einziges Mal spürte, wie wenig einfach und geradezu erschreckend alles war, und man konnte nie mehr an irgend etwas glauben. Ach, dieses ganze Theater. Und obwohl er schon fest schlief, konnte er nicht mehr aufhören zu kämpfen, und er hörte, wie ihm jemand zurief, Steh auf, steh auf, wenn du jetzt einschläfst, bist du erledigt, und vielleicht war es diese Stimme, die ihn nicht einschlafen ließ, nein, da war noch etwas anderes, es ist nicht ganz einfach, sich zu erinnern, was genau es war, vielleicht stand er auf, ja genau, und ging aus dem Keller, und ohne zu wissen, was er tat, schleppte er sich zur grünen Bank und wartete dort eine Weile, er saß einfach nur da und wartete und dachte an nichts, starrte auf ein großes, braunes Blatt, das schon vor langer Zeit von irgend einem Baum gefallen war, und sah, daß aus dem Blatt Adern hervortraten, Adern wie in den Beinen der Mutter, und in der Mitte war eine lange Linie, die das Blatt in zwei teilte, und er fragte sich, was passieren würde, wenn er das Blatt entzweireißen und jede Hälfte in eine andere Richtung werfen würde, ob sich jede Hälfte nach der anderen sehnen würde oder was, und während er so dasaß, kamen die alten Leute, sie mußten nichts fragen und wußten Bescheid, sie schauten ihn nur an und wußten sofort, daß die Zeit gekommen war, das zu machen, worauf sie sich die ganze Zeit vorbereitet hatten, und Momik wartete noch einen Augenblick, bis alle den gleichen Geruch hatten, und dann sagte er Ah, also, nu, und alle begannen, hinter ihm herzugehen, Chana und Munin und Markus und Ginzburg und Seidman, wie Schafe gingen sie hinter ihm her, er hätte sie überall hinführen können, und sie gingen eine lange Zeit die Gasse hinunter, gingen auf schneebedeckten Wegen, vorbei an den schwarzen Bergen und Kirchen und den Heuhaufen mit ihrem frischen Duft, und ein Mann, der ihnen auf dem Weg begegnete, fragte Momik, Wohin, aber Momik schaute nicht auf, um zu sehen, wer es war, und antwortete nicht, und er führte seine Juden, ging ihnen voran, bis sie den Keller erreichten, und er hörte, wie der Großvater drinnen zu sich selbst redete, und er öffnete die Tür und ließ sie hineingehen und schloß die Tür.

Sie warteten geduldig, bis sich ihre Augen ein wenig an die Dunkelheit gewöhnt hatten; allmählich erkannten sie den Großvater, der auf dem *benkale* saß, und die weißen Blätter an den Wänden, und Herr Munin war der erste, der den Mut aufbrachte, zur Wand hinzugehen und sich eines der Bilder von nahem anzusehen, er brauchte eine Weile, bis er begriff, was er da sah, aber als er es begriffen hatte, wurde er plötzlich ganz steif und wich zurück; er schien Angst zu haben, und man spürte, wie seine Angst die anderen wie ein elektrischer Strom durchfuhr, sie drängten sich dicht aneinander, aber dann zerstreuten sie sich langsam im Keller und schauten sich die Bilder an den Wänden an, als befänden sie sich in einer Ausstellung, und je mehr Bilder sie sahen, desto stärker verströmten sie diesen scharfen, alten Geruch, an dem Momik fast erstickte, aber er wußte genau, daß dieser Geruch vielleicht seine letzte Chance sein würde, und innerlich schrie er, Zeigt es ihr, zeigt es ihr, los, seid Juden, und er hockte sich mit den Händen auf den Knien hin, als feuere er die Spieler auf dem Fußballfeld an, und schrie innerlich, Jetzt, jetzt, macht schon, seid Zauberer und Propheten und Hexen, auf in den letzten entscheidenden Kampf, seid so jüdisch, daß sich die Bestie nicht mehr zurückhalten kann, und selbst wenn sie vorher nicht hier war, so wird sie jetzt einfach herauskommen müssen, aber nichts geschah, außer daß seine armen Tiere noch nervöser wurden, der Rabe schlug mit den Flügeln und krähte, und die Katze heulte ganz fürchterlich, und Momik fiel auf seine Hände und Knie und zog seinen Kopf ein und dachte, wie dumm er war zu glauben, sie seien wirklich Zauberer und Hexen undsoweiter, *a nechtiger tug*, wie Bella sagen würde, so etwas gab es doch gar nicht, und wer waren sie überhaupt, ein paar arme verrückte Juden, die sich an ihn geklammert und alles verdorben haben, das ganze Leben haben sie ihm ruiniert, wieso hat er überhaupt gedacht, daß sie ihm helfen können, er kann ihnen, er kann jedem einzelnen von ihnen zeigen, was man in einer Notsituation, zwei Fäuste und zwei Finger, machen muß, und wie man die ganze Welt verrückt machen kann, aber das interessiert sie gar nicht, sie mögen es anscheinend, wenn man ihnen weh tut und über sie lacht und wenn es ihnen schlecht geht, sie haben ja nie in ihrem Leben irgend etwas getan, um sich dagegen zu wehren, sitzen immer nur da und beten und zanken sich über dumme Geschichten, die niemanden interessieren: was der Rabbi der Witwe gesagt hat und wie ein Stück Fleisch in die Milchsuppe gefallen ist, währenddessen werden immer mehr von ihnen umgebracht; und sie müssen immer alles besser wissen und immer das letzte Wort haben, als würden sie deswegen am Leben bleiben; und ihre schrecklichen Übertreibungen, die nichts als Lügen sind; das Genie, von dem ganz Warschau gehört hat, nicht mehr und nicht weniger, und der reiche Edelmann, von dem Munin behauptet, »Er umarmte und küßte mich, als wäre ich sein Bruder!«, und der polnische Minister, der Herrn Markus einmal von Kopf bis Fuß gesegnet hat, natürlich! Und sogar Bella, die glaubt, sie sei schöner als Marylin Monroe, also wirklich! Und wenn sie erzählen, was die Gojim ihnen alles angetan haben, die Pogrome und Vertreibungen und Foltern, so tun sie selbst das noch mit einem *krechz*, der alles verzeiht, wie jemand, der über sich selbst lacht, weil er so schwach und *nebbich* ist, doch wer über sich selbst lacht, der wird auch von den anderen ausgelacht, das weiß doch jedes Kind. Und Momik hob langsam den Kopf vom Fußboden und spürte, wie er von Haß und Wut und Rache erfüllt wurde, sein Kopf brannte, der Raum tanzte vor seinen Augen, und die Juden hasteten so schnell die Bilderwand entlang, daß man kaum unterscheiden konnte, was wirklich war und was gemalt, und er wollte sie aufhalten, aber er wußte nicht wie, früher hatte er ein Zauberwort dafür, aber es fiel ihm nicht mehr ein, er hob die Arme und flehte, Genug, hört auf, er hob die Arme als ergebe er sich, wie der Junge, den er einmal auf einem Foto gesehen hatte, aber plötzlich brach ein furchtbarer Schrei aus ihm aus, der Schrei einer Bestie, und das war so erschreckend, daß alles sofort stehenblieb, der Raum hörte auf zu tanzen, die Juden fielen auf der Stelle hin und lagen keuchend auf dem Fußboden, und Momik erhob sich und stand über ihnen, seine Beine zitterten und alles war verschwommen, und dann hörte er in der Stille die Stimme des Großvaters wie einen Strommast summen, nur daß ihm die Geschichte diesmal völlig klar war, der Großvater erzählte sie sehr schön und mit Gefühl und biblischem Stil, Momik rührte sich nicht, hielt den Atem an und hörte die Geschichte von Anfang bis Ende und schwor sich, daß er nie und nimmer – Eisenfaden! – auch nur ein einziges Wort davon vergessen würde, aber er vergaß sie sofort, denn es war eine Geschichte, die man immer wieder vergaß, man mußte immer wieder von vorn anfangen, um sich an sie zu erinnern, so eine Geschichte war das, und als der Großvater sie zu Ende erzählt hatte, begannen die anderen, ihre Geschichten zu erzählen, und alle redeten auf einmal und erzählten Dinge, die ganz unglaublich waren, und Momik merkte sie sich für immer und ewig und vergaß sie sofort, und manchmal schliefen sie mitten im Wort ein und ihr Kopf sank auf die Brust, und als sie wieder aufwachten, erzählten sie an derselben Stelle weiter, an der sie aufgehört hatten, und Momik ging langsam an den Bildern vorbei, die er einst mit Bleistift aus den Büchern abgezeichnet hatte, und er erinnerte sich, daß er auf jedem Bild, das er abgezeichnet hatte, irgend eine kleine Änderung machte, zum Beispiel hatte er dem kleinen Jungen, der die ganze Straße mit einer Zahnbürste putzen mußte, eine größere Bürste gegeben als die auf dem Bild; und den alten Mann, den man zwang, auf einem anderen alten Mann zu reiten, malte Momik halb stehend, damit er dem anderen Alten nicht zu schwer sein würde, ja, damals mußte er diese Änderungen machen, aber jetzt konnte er sich nicht mehr genau erinnern, warum eigentlich, und er ärgerte sich ein wenig über sich, daß er nicht präzise und wissenschaftlich genug war, denn wenn er es gewesen wäre, dann wären jetzt vielleicht alle seine Sorgen vorbei, und er lehnte sich an die Wand, denn er hatte keine Kraft mehr zu stehen, und seine Juden redeten noch immer und wiegten sich, als würden sie beten, manchmal schien es ihm, als befänden sich sehr viele Leute in dem Raum, dann wieder meinte er, daß alles nur Einbildung sei, und seine Augen schossen nach allen Seiten, um zu sehen, wo die Bestie herauskommen würde, und dann begann Großvater Anschel seine Geschichte wieder von vorne zu erzählen, und Momik preßte die Hände an den Kopf, weil er es nicht länger aushalten konnte und alles erbrechen wollte, alles, was er zu Mittag gegessen hatte, und alles, was er in letzter Zeit erfahren hatte, und überhaupt diesen ganzen Momik und jetzt auch diese stinkenden Juden hier, von denen er in den Büchern gelesen hatte, daß die Gojim sie Jüdlein nannten, er hatte immer gedacht, daß es nur eine Beleidigung sei, aber jetzt sah er plötzlich, daß es haargenau auf sie zutraf, und er flüsterte Jüdlein und spürte, wie sich eine wohltuende Wärme in seinem Bauch ausbreitete und sich die Muskeln im ganzen Körper spannten, und er sagte wieder mit lauter Stimme Jüdlein, und das gab ihm wirklich Kraft, und er schüttelte sich und ging zu Großvater Wasserman hin und sagte höhnisch, Halt endlich den Mund, wir haben deine Geschichte satt, man kann den Nazikaputt nicht mit einer Geschichte töten, man muß ihn totschlagen, ein Marinekommando muß sein Zimmer stürmen und ihn als Geisel nehmen, bis Hitler kommt, um ihn zu retten, und dann wird man auch Hitler schnappen und ihn mit harten, grausamen Folterungen töten. Einen Fingernagel nach dem anderen wird man ihm ausreißen, schrie Momik und wandte sich von Großvater ab und ging zu den Käfigen hin, Und man wird ihm die Augen ohne Narkose ausreißen, und dann wird man Deutschland und das ganze Land Dort in die Luft jagen, damit nichts davon übrigbleibt, weder Gutes noch Schlechtes, und man wird die sechs Millionen in einer noch nie dagewesenen Spionageaktion befreien und die Zeit zurückdrehen wie in der Zeitmaschine, es gibt bestimmt irgend jemand am Weizmann-Institut, der so etwas erfinden kann, und wir werden die ganze Welt in die Knie zwingen, *psiakrew*, und ihr ins Gesicht spucken und mit unseren Düsenjägern über sie hinwegfliegen, Krieg muß sein, schrie Momik, und seine Augen verdrehten sich wie die Augen seiner Katze, und seine Hände fuhren über die Käfige und öffneten die Schlösser aus Draht, und er drehte sich noch einmal um und sah sein Shtetl, und er stand reglos da und schaute zu, wie der Rabe und die Katze und die Eidechse und alle anderen Tiere langsam ihre Käfige verließen, sie verstanden nicht, was vor sich ging und glaubten nicht, daß alles vorbei war, aber die Juden verstanden sehr wohl, sie standen sofort vom Fußboden auf und drängten sich mit dem Rücken zu den Tieren aneinander und flüsterten mit besorgter Stimme, und die Tiere begannen einander anzukreischen und ließen nicht zu, daß sich einer von ihnen rührte, und wenn sich jemand auch nur ein bißchen bewegte, gab es sofort ein Geschrei und Gejaule und gesträubte Federn, und der Keller war voll mit Geräuschen der Gefahr und Angst, und man konnte kaum glauben, daß es nur eine halbe Minute von hier eine Stadt mit Menschen und Büchern gab, und Momik, der schon glaubte, er sei tot oder so ähnlich, schloß die Augen und ging auf Leben und Tod an dem Raben und an der Katze vorbei und merkte nicht, daß sie ihn kratzten und bissen und nach ihm hackten, was war das schon nach allem, was er durchgemacht hatte, und er ging zu seinen Juden hin, und sie sahen ihn mit traurigen, besorgten Gesichtern an, aber sie traten trotzdem zur Seite und machten ihm Platz, und er lachte innerlich noch immer darüber, daß sie so schnell bereit waren, ihm zu verzeihen nach allem, was er mit ihnen hier angestellt hatte, aber für einen Augenblick war es angenehm, als sie ihn umschlossen und er in ihrem Kreis stand, und er dachte, daß die Bestie ihn in diesem Kreis vielleicht nie erreichen würde, daß sie erst gar nicht versuchen würde, einzudringen, weil sie wußte, daß sie keine Chance hätte, aber als er die Augen öffnete und sie alle groß und uralt und voller Mitleid um ihn herum stehen sah, wußte er bereits mit dem ganzen Verstand seines *alten koppes* von neuneinhalb Jahren, daß er nicht mehr wiederherzustellen war.

Und es gibt noch ein paar Dinge, die im Interesse der wissenschaftlichen Genauigkeit hinzugefügt werden sollten: Momik konnte sich nicht gleich von seinem Keller trennen, und obwohl er den Großvater und die anderen nicht mehr dorthin brachte, ging er selbst in den folgenden Tagen manchmal für eine Weile dorthin, um allein zu sein. Er befreite die Tiere, aber ihr Geruch blieb, und der Geruch der Juden auch. Die Lehrerin Netta kam zu ihnen nach Hause, um mit den Eltern zu sprechen, und sie beschlossen alles mögliche. Momik war es egal.

Er fragte nicht einmal. Und als Jair Pantilat den Rekord im 800-Meter-Lauf brach, trug Momik es nicht einmal in sein Heft ein, und er notierte auch nicht, daß die zwei Pferde Flora und Alinka auf der Hebräischen Landwirtschaftlichen Ausstellung in Beit Dagon Fohlen geworfen hatten und beschlossen wurde, ihnen hebräische Namen zu geben, Dan und Dagan. Am Ende des Schuljahres stand in Momiks Zeugnis, daß er in die nächste Klasse versetzt werde, aber nicht in dieser Schule, und die Mutter sagte, daß er nächstes Jahr eine besondere Schule bei Natania besuchen und nicht zu Hause wohnen werde, aber das sei alles zu seinem Besten, denn es gebe dort frische Luft und gutes Essen, und einmal in der Woche könne er Itke und Schimek besuchen, da sie ganz in der Nähe wohnten. Momik sagte nichts. Als er sich in jenem Sommer seine neue Schule ansehen fuhr, verließ der Großvater das Haus und kehrte nicht mehr zurück. Das war genau fünf Monate, nachdem er im Ambulanzwagen zu ihnen gekommen war. Die Polizei suchte ihn eine Weile, fand ihn aber nicht. Momik lag nachts in seinem Internatsbett und fragte sich, wo der Großvater jetzt wohl sein mochte und wem er seine Geschichte erzählte. Zu Hause wurde er nie mehr erwähnt, nur einmal erinnerte sich die Mutter an ihn und sagte wütend zu Itke: »Wenn es wenigstens ein Grab gäbe, das man besuchen könnte, aber einfach so zu verschwinden?«

Zweiter Teil
BRUNO

1.

Im tiefen Hafenbecken von Danzig stieg er zum erstenmal ins Meer. Es war Abend, ein leiser Regen fiel, und die wenigen Menschen am Kai waren zu beschäftigt, um auf ihn zu achten. Ein paar Arbeiter hatten ein kleines Feuer unter einem Blechvordach gemacht, und er konnte den Kaffee riechen, der dort gebrüht wurde. Ihm lief das Wasser im Mund zusammen: richtiger Kaffee! Er schritt hastig durch den Regen. Seinen Hut hatte er in der Garderobe der Galerie zurücklassen müssen. Auch seine schwarze Aktentasche mit dem Manuskript *Der Messias* war dort geblieben. Vier Jahre des Nachdenkens und des Schreibens. Ein Fehler, der sich wie ein bösartiger Tumor ausbreitete, bis er erkannte, daß der Messias nicht aus der Schrift kommen würde, daß man ihn nicht in einer Sprache beschwören konnte, die an Elephantiasis litt. Eine andere Grammatik, eine andere Schrift mußte erfunden werden. Bruno sah ängstlich zum Gebäude der Hafenverwaltung hinüber. Zwei Soldaten standen im Eingang und unterhielten sich. Unbewußt ballte er die Fäuste, wie er es sich angewöhnt hatte, seit es den Juden verboten war, in Gegenwart eines uniformierten Deutschen die Hände in die Taschen zu stecken. Bruno ging schnell und war bemüht, sich klein zu machen: der Gang eines unattraktiven Mannes. Der Regen lief über sein straffes, gelbliches Gesicht – –

Wie gut ich dieses Gesicht kenne: Es lugt aus allen seinen seltsamen, grotesken Zeichnungen hervor und ist meist von Gesichtern anderer gnomenhafter, elender Männer umgeben, die von dem Lackpantöffelchen des hübschen Dienstmädchens Adela oder dem Absatz eines anderen hochmütigen Weibes zertreten werden. (Aber achte auf das Meer, Bruno: Das graue Meer schüttelt zur Nacht energisch seine großen Decken aus, Knöpfe runder Algen platzen darin auf, um für einen Augenblick ans Licht zu tauchen und kurz darauf wieder vom Schaum verschluckt zu werden.)

… Sie hängten Munchs Bild in den hintersten Saal der Galerie, so sehr fürchteten sie es, umgaben es mit milderen, farbenfroheren Bildern und riegelten es ab durch eine Eisenkette, an der auf einem Warnschild auf polnisch und deutsch stand: Nicht nähertreten. Nicht berühren.

Dummköpfe. Sie hätten genau das Gegenteil machen und die Galeriebesucher vor der Verletzlichkeit des Bildes warnen sollen. Die Figur auf dem Bild, die auf der Holzbrücke ging, den Mund zum Schrei geöffnet, hatte ihn tief berührt. Als er sie dort in der Galerie küßte, wurde er von ihr infiziert. Genauer: Der Kuß erweckte die Bakterien, die in ihm genistet hatten, zum Leben. Er ging an den schweren Booten vorbei. Seine Augen waren nach innen gekehrt, und seine Lippen verzerrten sich alle Augenblicke, während sich der Schrei des Bildes einen Weg vom Herzen zum Mund bahnte, wie ein Fötus, dessen Zeit gekommen war. Ein Schauder befiel ihn, flüsterte: Bruno ist das schwache Glied in der Kette. Paßt auf ihn auf. Die große Zofia Nalkowska schrieb ihren Freunden: »Paßt auf Bruno auf. Paßt auf ihn auf, um seinet- und um unsertwillen.«

Er fiel. Er stolperte über ein von Seetang überzogenes Knäuel von Seilen und wäre beinah ins Wasser gestürzt. Er blieb einen Augenblick lang schmerzgekrümmt auf dem Kai liegen. Dabei wurden unter den Armen und an den Ellbogen seines Mantels die Risse sichtbar. Er stand auf. Nur nicht liegenbleiben. Keine Zielscheibe sein. Er wurde gesucht. Nicht nur von der SS und der polnischen Polizei, weil er aus dem Getto von Drohobycz geflohen, den Zug, der für Juden streng verboten war, genommen und es gewagt hatte, eine Ausstellung von Munch zu besuchen, wo er tat, was er tat, bevor er mit Gewalt hinausgeworfen wurde. Nein: die SS und die Polizei hatten sich erst in den letzten Jahren Brunos Verfolgern angeschlossen, vor ihnen fürchtete er sich nicht mehr. Was er fürchtete, waren die großen Scheinwerfer, die in ihm schmerzhaft konvergierten und ihn damit quälten, so-zu-sein-wie-alle-anderen, das graue alltägliche Leben zu leben, das er auch durch seine Feder nie würde retten können.

In dem Augenblick, da er das Bild »Der Schrei« in der Artus-Hopf-Galerie sah, begriff er, was auf der Leinwand geschehen war: Die Hand des Malers mußte ausgerutscht sein. Munch hätte es nicht gewagt, solche Perfektion zu planen. Er hatte sie nur ahnen können, hatte sie gefürchtet oder herbeigesehnt, aber er hätte sie nie willentlich schaffen können. Bruno wußte das, zu seinem Leidwesen: Er hatte sich sein Leben lang nach dem Tag gesehnt, da sich die Welt – wie er es ausdrückte – *»wie eine wunderbare Eidechse häuten würde«. »Die geniale Epoche«*, so nannte er diesen Tag, und bis dahin, warnte er, dürften wir nie vergessen, daß die Wörter, die wir benutzen, nur Fragmente urzeitlicher Geschichten sind, daß wir unser Heim – wie die Barbaren – aus zerbrochenen Idolen und Götzenbildern, aus gewaltigen Mythologien voller antiker Götter bauen. Natürlich stellt sich die Frage, ob es die geniale Epoche je gegeben hat. Darauf läßt sich schwer antworten. Auch Bruno zögert. *»Denn es gibt manche Dinge, die ganz und gar und bis zum Ende nicht gelingen können. Sie sind auch zu groß, um sich im Gelingen zu erfüllen, und zu großartig. Sie versuchen nur zu gelingen, versuchen den Boden der Wirklichkeit, ob er sie trägt. Und ziehen sich gleich wieder zurück, weil sie fürchten, ihre Integrität durch die Gebrechlichkeit der Verwirklichung zu verlieren ... und werden dann in unserer Biographie zu jenen weißen Flecken, duftenden Stygmen und verlorenen Silberstapfen bloßer Engelsfüße, die in riesigen Abständen über unsere Tage und Nächte verstreut sind ...«* So schrieb er in den *Zimtläden*, Hanser Verlag, Seite 123. Ich kenne das Buch auswendig.

Die Sonne, klein wie ein Eidotter, wurde vom metallenen Himmel verschluckt, und ihr Licht verlosch. Gott schloß langsam seine Spielzeugkiste. Bruno wußte: die Perfektion, die Munch gefunden hatte, war nur ein Zufall oder ein Irrtum gewesen. Jemand war nachlässig, jemand war einen Augenblick lang geistesabwesend und hatte die Wahrheit an der falschen Stelle durchsickern lassen. Bruno fragte sich, wie viele Bilder Munch danach in panischer Hast gemalt haben mußte, um den starken Eindruck seines Eindringens in diesen verbotenen Bereich zu vertuschen. Es besteht kein Zweifel, überlegte Bruno (und trat in eine Ölpfütze, wobei er mit seinem Absatz die farbigen Arabesken zerstörte), daß Munch erschrak, als er sah, was er sich da aufgehalst hatte.

Atome einer unteilbaren Wahrheit. Einer kristallenen, endgültigen Wahrheit. Und Bruno suchte sie in allem: in den Menschen, denen er begegnete, in Gesprächsfetzen, die vom Wind herangetragen wurden und ihm zu Ohren kamen, in zufälligen Konstellationen, in sich selbst; in jedem Buch, das er las, versuchte er, die Perle zu finden, den einen Satz, der den Schriftsteller auf eine hundertseitige Reise aussandte. Den Biß der Wahrheit ins Fleisch. In den meisten Büchern fand er ihn nicht. Meisterwerke enthielten manchmal zwei oder drei Sätze, die er in sein Notizbuch eintragen konnte: Bruchstücke handfester Beweise, die er mit Mühe und Fleiß sammelte, um eines Tages das originale Mosaik aus ihnen zu rekonstruieren. Die Wahrheit. Und wenn er später diese Sätze wieder las, konnte er nicht immer sagen, wer sie geschrieben hatte: Manchmal dachte er, daß ein bestimmter Satz von ihm stammte, doch dann stellte sich heraus, daß er sich geirrt hatte. Die Sätze waren einander sehr ähnlich. Und das ist kein Wunder, sagte er sich, sie kommen alle aus derselben Quelle.

Bruno wußte, daß auch Munch ein schwaches Glied war, er hatte es schon seit langem geahnt. Seit er in Drohobycz in den Kunstbüchern die Reproduktionen des Bildes »Der Schrei« gesehen hatte. Aber erst, als er vor dem Original stand, war er vollkommen sicher: auch Munch. Wie Kafka und Mann und Dürer und Hogarth und Goya und alle anderen, die sein Notizbuch bereicherten. Ein feines Netz schwacher Verbindungsglieder war über die Welt gespannt. Paßt auch auf Munch auf. Paßt auf ihn auf, um seinetwillen, um unsertwillen. Liebt euren Künstler, aber beschützt ihn. Umgebt ihn mit Liebe, faßt euch an den Händen, und macht einen Kreis um ihn. Betrachtet seine Zeichnungen, und haltet eure verschlungenen Hände schützend vor ihn. Jubelt ihm zu. Liebt seine Geschichten, aber seid auch gelegentlich schockiert über sie, dankt ihm, daß er all das Ihr-wißt-schon-was so wunderbar zum Ausdruck gebracht hat, aber haltet eure Hände schützend vor ihn. Laßt ihn die Wärme eures Körpers spüren, aber auch die Härte, seid undurchdringlich wie eine Eisentür. Spreizt eure Finger, wenn ihr applaudiert, so daß sie Gitter andeuten, und hört nicht auf, ihn zu lieben, denn das ist eure geheime Abmachung: eure Liebe für seine Vorsicht. Seine Treue für eure Seelenruhe.

Und auch Munch wurde zum Verräter. Er ließ sich auftrennen, und der Schrei setzte grob seinen Fuß auf euch. Jetzt ist er hier. Jetzt muß schnell der Riß geflickt werden. Darum sollt ihr Munch jetzt noch mehr lieben! Nähert euch ihm, damit er euren Atemhauch auf seinem Gesicht spürt: Wer einmal versagt hat, kann wieder versagen. Haltet eure Hände schützend vor ihn. Hängt ihm eine Eisenkette mit einem roten Warnschild um: Nicht nähertreten. Nicht berühren.

Bruno rennt noch immer. Zerteilt den Wind mit seinem spitzen Gesicht, rundet seine Lippen in dem Bemühen, den Schmerz zu lindern, oh, diese Fülle, die in Bruno ist, und die Angst vor dieser Fülle. Beschützt Bruno um seinetwillen, vor allem um seinetwillen. Laßt nicht zu, daß er sich von seiner gefährlichen Leidenschaft dazu verlocken läßt, ohne die Vermittlung eurer abgedroschenen, euch-selbst-treuen Worte zu schreiben. Erlaubt ihm nicht, ausschließlich in seinem Körpercode zu schreiben, in einem Rhythmus, der nicht mit der Uhr oder dem Metronom zu messen ist. Und erlaubt ihm um Himmels willen nicht, mit sich selbst zu reden in einer Sprache, die niemand kennt, die er erst erfinden muß. Denn wir kennen ja die listigen Händler, die sich beeilen werden, ihn an der Hand zu nehmen und zu den fragwürdigsten Buden der menschlichen Sprache zu führen, wo sie ihre schmutzigen Aktentaschen öffnen, um ihm mit schmeichlerischem Lächeln ihre Waren feilzubieten; nein, mein Herr, das ist alles kostenlos, jawohl, mein Herr, eine ganz neue Sprache, und sie gehört Ihnen, noch in Zellophan verpackt, komplett mit einem besonderen, ganz privaten Wörterbuch, die Seiten sehen leer aus, aber in Wirklichkeit sind sie mit unsichtbarer Tinte beschrieben, der Tinte von Spionen, und nur, wenn Sie die Seiten mit Ihrer Galle beschmieren, mit Ihrer eigenen scharfen Essenz, wird sich Ihnen das Geschriebene zeigen, aber nein, mein Herr, nein! Wir nehmen keinen Pfennig von Ihnen! So selten verirrt sich – – Pardon!, kommt ein Kunde hierher, und wir werden doch nicht so dumm sein, ihn mit irgendeinem banalen Gespräch über Geld und Zahlungsarten zu verjagen, sagen wir, werter Herr, daß wir Sie als eine bescheidene Investition betrachten, als ein Pfand, ha ha, einen Einstieg in die Märkte, die uns zur Zeit unzugänglich sind, und nun unterschreiben Sie bitte hier und hier und hier.

Und Munch unterschrieb. Und Kafka unterschrieb. Und

Proust unterschrieb. Und anscheinend unterschrieb auch Bruno. Er kann sich nicht mehr erinnern, wann es geschah, aber etwas wurde anscheinend unterschrieben. Denn das Gefühl der Verlorenheit vertiefte sich. Und dann kam der Krieg, und Bruno begann zu glauben, daß er einen Fehler gemacht hatte: denn die Menschen zeigten nun offen ihre Bosheit, und es stellte sich heraus, daß sich hinter den Buden der listigen Händler noch andere tiefe und düstere Märkte verbargen, die noch kein Mensch betreten hatte. Korrupte Straßen, an deren Seiten Ruinen und zerbröckelnde Wände wie die Zahnreihen eines Krokodils ragten...

Und darum floh Bruno.

Aus dem Drohobycz, das er liebte. Aus seinem Haus an der Ecke Samburska- und Marktstraße, dem Olymp seiner eigenen, privaten Mythologie, der Residenz von Göttern und Engeln in menschlicher Gestalt und manchmal – weit weniger als menschlich... Ah, Brunos Haus! Was für ein angenehmes Gefühl sich in seinen Gliedern ausbreitet bei dem Gedanken an dieses so gewöhnlich, so unscheinbar aussehende Haus, das er mit Hilfe der architektonischen Wunder der Phantasie in einen riesigen Palast von Sälen und verschlungenen Gängen und Gärten voller Leben und Farbe verwandelte. Unten, im ersten Stock, befand sich der Stoffladen der Familie, nach seiner Mutter Henrietta benannt, und von Brunos Vater, Jakub Schulz, mit nachlässiger Hand geführt. Sein Vater, *»der heimliche Dichter, der hartnäckige Mann, der mutterseelenallein dem grenzenlosen Element der stumpfen Langeweile den Krieg erklärte«*, sein Vater, der kühne Forscher von sich wandelndem Dasein, der mit der Macht seines Willens und seiner Phantasie zum Vogel wurde, zum Insekt, zum Krebs, sein ewiger tot-lebendiger Vater...«

Und über dem Laden – die Wohnräume. Und Mutter Henrietta. Plump, weich, mit Hingabe Jakub, den an Krebs erkrankten Seher pflegend, dessen Geschäft vor seinen irrenden, nicht-sehenden Augen zugrunde geht; Mutters Aufmerksamkeit ist vor allem auf Bruno gerichtet, auf die zarte Knospe, die ihnen im Alter sproß. Das überempfindliche Kind, das stets gegen Feinde kämpft, die sie sich nicht einmal vorstellen kann...

(Einmal, an einem dämmrigen, melancholischen Abend, betrat sie sein Zimmer und sah, wie er die letzten Fliegen des kühlen Herbstes mit Zuckerkörnchen fütterte.

»Bruno?«

»Um ihnen Kraft für den Winter zu geben.«)

Und er hat keine Freunde. Nicht, daß er kein guter Schüler ist, unser Bruno. Im Gegenteil: seine Lehrer staunen über ihn. Besonders sein Zeichenlehrer Adolf Arendt. Seit er sechs Jahre alt ist, zeichnet er mit einer solchen Reife. Wer kann das verstehen? Da, plötzlich hat er eine Phase, in der er nur Droschken zeichnet. Er zeichnet sie immer wieder, an schwarze Pferde gespannt, aus einem nächtlichen Wald hervorstürzend, mit nackten Passagieren, auf deren Augenlidern noch der Silberstaub der Waldphantasien lag. Ohne Unterlaß zeichnete er, wie sie aus dem Wald hervorstürzten. Später begann er, Automobile zu zeichnen. Wie alle Kinder, aber nicht so, wie Kinder sie zeichnen würden. Er zeichnete auch Pferde, zeichnete Läufer. Immer Bewegung. Doch die Zeichnungen waren von Alter und Tod und Bitterkeit getränkt.

Und er hat keine Freunde. *»Niedolega«* nennen ihn die Jungen. Schlemihl.

Und zu Hause das Dienstmädchen Adela.

Ihre Beine. Ihr Körper. Ihr weiblicher Geruch. Ihre Kämme. Und ihre Haarbüschel überall im Haus. Adela, die Vater Jakubs Hirngespinste mit der Drohung ihres gemeinen Kitzelns vertreibt, Adela. die in ihren billigen, glänzenden Lackpantöffelchen daherschreitet, eine auf verspielten Absätzen trippelnde Provokation, achte auf ihre Pantöffelchen, Bruno!

Die rhythmische Bewegung seiner Lippen und sein schlanker, hastender Körper geben Bruno jetzt das Aussehen eines Fisches. Er schließt die Augen, während er den Kai entlanggeht, und wiederholt in Gedanken seine Tat in der Galerie: ein rascher Sprung über die Eisenkette mit dem Warnschild und ein Kuß auf das Bild. Auf einem der Boote steht eine alte Frau und blickt aufs Meer hinaus. Ihr langes, sprödes Haar tanzt in dem starken Wind um ihr Gesicht. Der schlummernde Galeriewächter wacht erschrocken auf und pfeift mit aller Kraft in seine Trillerpfeife. Ein anderer Wächter kommt herbeigelaufen, und die beiden zerren Bruno aus dem Bereich des Bildes in ihren Bereich. Dann beginnen sie, stumm und präzise und scheinbar wutlos auf ihn einzuschlagen. Auf dem Bild ist ein kleiner Speichelfleck entstanden. Bruno hat den Mund der schreienden Figur verfehlt und statt dessen einen der Holzmasten auf der Brücke geküßt. Aber auch das hat ihm gereicht. Es ist ein einfacher Wiederbelebungsakt gewesen: eine Mund-zu-Mund-Beatmung. Und Bruno ist gerettet.

Er öffnet die Augen und sieht, daß ihn seine Füße zu dem bogenförmigen Pier führen, der sich ins Meer rundet. Mit wässriger, muskulöser Zunge prüft das Meer das Treibholz, das zwischen seinen felsigen Zähnen steckengeblieben ist. Aus den Löchern eines Riffs wird Bruno von den vielen Augen des Meeres verfolgt.

Bruno dachte über sein unvollendetes Manuskript in der Aktentasche nach, die in der Galerie zurückgeblieben war. Als man ihn dort hinausgeworfen hatte, war er auf die Langgasse gegangen, wo ihn Autos und Straßenbahnen mit Pfützenwasser bespritzt hatten. Er streckte seine Hand aus, um heimlich die hohen Holzmasten der Straßenlaternen zu berühren, und kostete dann verstohlen seine Fingerspitzen, als wollte er dadurch den Geschmack der Brückenmasten auf dem Bild aufbewahren. Doch jedesmal zog sich ein gequälter Muskel in ihm zusammen. Er dachte über sein Leben nach, ein Leben, das ihm nie gehört hatte. Nicht wirklich gehört hatte. Weil es ihm stets durch die Kraft der Gewohnheit genommen wurde. Jeder lebte davon, daß er dem anderen das Leben raubte. Vor dem Krieg hatte man das wenigstens mit Feingefühl und großer Vorsicht, sogar mit einem gewissen Humor getan, um nicht mehr als nötig zu verletzen, aber als der Krieg kam, machte man sich nicht einmal mehr die Mühe, etwas vorzutäuschen. Vor kurzem hatte er begriffen, daß seine ersten beiden Bücher und auch das dritte, *Der Messias*, in dem er schon vier Jahre lang ertrank und zappelte, nichts anderes als ein großes, kompliziertes Gerüst waren, das er mit seinen eigenen Händen um ein ihm unbekanntes Wesen gebaut hatte. Bruno erkannte, daß er die meiste Zeit seines Lebens als kühner Seiltänzer hoch oben auf dem Gerüst verbracht und immer sehr darauf geachtet hatte, nicht hinunterzuschauen, denn das hätte ihm Angst gemacht und ihn, sehr zu seinem Leidwesen, erkennen lassen, daß er gar kein Seiltänzer, sondern ein Gefängniswärter war. Daß er aus Gewohnheit, Müdigkeit und Nachlässigkeit zum Komplizen all jener geworden war, die ihre Hände schützend vor ihn hielten.

Und darum flieht er zum letztenmal. Er fürchtet weder die Deutschen noch die Polen, und er flieht auch nicht aus Protest gegen den Krieg. Nein. Er flieht, um endlich etwas Neuem zu begegnen. Nicht den Dutzenden von Zeiten und Verben und Adjektiven, denen er bisher als Kreuzung gedient hat.

Mein Bruno weiß bereits, daß er sterben wird. In einer Stunde, in einem Tag. So viele sterben jetzt. In den Straßen des Gettos von Drohobycz herrscht in den letzten Monaten stille Resignation. Auch Bruno ist ihr verfallen: Vielleicht ist er wirklich an etwas schuld. Daß er so aussieht. Daß er auch so ein Jude ist. Daß er so schreibt, wie er schreibt. Die Frage der Gerechtigkeit hat sich längst erübrigt, aber jetzt gibt es eine andere Frage, die ich beantworten muß, denkt Bruno und beschleunigt seine Schritte, und das ist die Frage des Lebens; des Lebens, das ich gelebt habe, und des Lebens, das ich nicht gelebt habe wegen meiner Schwächen und meiner Ängste. Und ich habe weder Kraft noch Zeit, auf ein Wunder zu hoffen. Bruno lächelt innerlich, ein schiefes, leicht erregtes Lächeln. Sein mit blauen Flecken übersätes Gesicht leuchtet einen Augenblick auf. War es Lenin, der gesagt hat, ein Toter sei eine Tragödie, eine Million Tote hingegen Statistik, ja, es muß Lenin gewesen sein, der das gesagt hat, und jetzt möchte Bruno aus der Statistik der Millionen die eine Tragödie seines Lebens retten, um so wenigstens für einen Augenblick zu verstehen, welches Zeichen er in das große Buch des Lebens schreibt. Doch in seinem Herzen nistet die noch tiefere Hoffnung, daß er, wenn er von jener kristallenen, endgültigen Wahrheit losgelöst würde, vielleicht erfahren könnte, was den Allergrößten Schöpfer auf seine Reise durch die unendlichen Seiten geschickt hat.

Bruno zieht seinen zerrissenen Mantel aus und wirft ihn auf das Betonpflaster. Seine Augen sind leer. An was denkt er jetzt? Ich weiß es nicht. Ich habe einen Moment den Faden seiner Gedanken verloren. Aber ich werde es versuchen: Vielleicht denkt er an den Dichter Mirabeau, der aus Protest gegen das

Regime zum Räuber wurde, oder an den Philosophen Thoreau, der sich zurückzog, um in völliger Abgeschiedenheit am Waldensee zu leben?

Bruno schaudert es. Nein. Solche Proteste reichen nicht: Der Räuber beraubt Menschen, der Einsiedler zieht sich von den Menschen zurück. Mißt seine Einsamkeit am Verhältnis zur Gemeinschaft. Nein, mehr ist nötig: ein Aufstand, der einen aus seinem Innern verbannt. Er zittert, hypnotisiert von den üppigen, dunklen Wellen, die vor ihm dahinrollen, den Wellen, die ihn die Bitterkeit von jemandem spüren lassen, der seine Grenze erreicht hat, dessen Körperglieder sich bereits in eine andere Substanz verwandelt haben, an der Grenze von Fleisch und Verlangen.

Die alte Frau auf dem Boot schaut regungslos zu. Sie weiß, was gleich geschehen wird. Aber das ist der Lauf dieser Welt, und der Tod ist mehr als das Gegenteil von Leben. Der Tod beherrscht alle unsere Pläne. Zwei Hafenarbeiter sehen ihn von weitem und fangen an zu schreien.

Bruno zieht Hemd und Hose aus. Mit feuchten, luftigen Fingern prüft das Meer die Magerheit und Müdigkeit, die seinen Körper auslaugen. Dem Meer ist das egal: Der Speichel eines eifrigen Händlers sprüht dem stillen, ergebenen Kunden ins Gesicht. Das Meer kauft alles. Wer weiß, wann ihm all das Gerümpel in seinen Kellern noch zustatten kommen wird. Bruno öffnet einen Moment seine gequälten Augen. Jemand in seinem Innern versucht noch immer, den jämmerlichen Körper zu retten: der Schriftsteller, der so viele Jahre lang in ihm genistet hat, ist anscheinend entsetzt über den Gedanken, daß auch er verloren wäre, wenn sein Wirt ertränke. Plötzlich erkennt er, daß es der Gefangene auf dem Gerüst war, der die Flucht geplant hatte. Der Gefängniswärter-Seiltänzer ist nun die Geisel. Verzweifelt versucht er, noch einen kläglichen Witz zu machen, etwas Verlockendes zu sagen, leg wenigstens deine Schuhe auf den Kleiderhaufen, damit du etwas zum Anziehen hast, wenn du zurückkommst. Einen Moment, nicht so schnell, warte, laß uns vernünftig darüber reden. (Der Schriftsteller kann sehen, was Bruno nicht sieht: Ein paar Leute rennen vom Ende des Hafens zum Pier: zwei Hafenarbeiter und noch ein Dritter, ein Offizier.)

Bruno tritt gegen den Haufen Kleider, sie fallen ins Wasser, treiben einen Augenblick auf der Oberfläche, blasen sich kurz auf und versinken. Das Meer lächelt ein dünnes Lächeln. Schickt Bruno eine Welle entgegen, einen erfahrenen Croupier, der einem alten Kunden eine gute Karte austeilt. Der Schriftsteller preßt entsetzt die Lippen zusammen. Wie gut ich ihn verstehe! Haßerfüllt spuckt er auf die wahnsinnige, unberechenbare menschliche Züchtung, die ihm Herberge und schreibende Hand gewesen ist. Und er ist der Erschrockene, der Verwöhnte, der so Vernünftige, der zwei zarte Finger auf Brunos Nase legt und sich auflöst, als Bruno im kalten Wasser versinkt und wieder an die Oberfläche taucht, und den die Freude wie ein Segel bläht. Dann ist ein dumpfer, langgezogener Ton zu hören: vielleicht ein Schiff, das in der Ferne tutet, oder vielleicht das Meer selbst, das aufheult, als der neue Bastard in seinem Schoß landet.

Bruno schwamm mit ausholenden Stößen, mit seinen Armen einen Vorhang nach dem anderen vor sich zerteilend. Den ersten Spalt entdeckte er am fernen Horizont, dort, wo sich die matten Schiefertafeln von Himmel und Meer berührten. Er versuchte, durch den Spalt zu entkommen, aber seine Kraft ließ zu schnell nach, und als seine Füße das Riff berührten, hielt er an, um sich ein wenig darauf auszuruhen.

Er schaute zurück. Sah die grauen Uferanlagen, die morschen Schindeldächer und die vom Wind zerfressenen Hafengebäude. Sah die schaukelnden, traurig knarrenden Schiffe, die runden Schiffe mit Bäuchen voller Fernweh, die Figur einer alten, versteinerten Gorgo auf einem der Boote, die Menschen, die sich am Kai versammelten und ihm zuriefen. Oder ihm zujubelten? Jedenfalls konnten sie ihre Hände nicht mehr schützend um ihn halten. Er kicherte und zitterte in den Kälte- und Wärmewellen. Plötzlich merkte er, daß er seine Uhr noch immer am Handgelenk trug, doch seine Finger zitterten so stark, daß es ihm nicht gelang, sie abzunehmen.

Jemand bearbeitete am Kai den Motor eines kleinen Bootes, doch er wollte nicht anspringen. Bruno sah zum Himmel auf und atmete tief ein. Zum erstenmal seit Jahren fühlte er sich nicht verfolgt. Und selbst wenn sie ihn jetzt erwischten, würden sie in ihm nicht den Mann erkennen, den sie suchten. Sie würden ein leeres Gefäß vorfinden. Kein Polizeiinspektor würde verstehen, was Bruno jetzt sagte. Kein Schriftsteller würde es aufschreiben können. Sie könnten höchstens versuchen, es anhand von äußerlichen Hinweisen zu rekonstruieren. Wie elend war das Schicksal derer, die Bruno an der Küste zurückgelassen hatte. Es gab wohl niemanden auf der Welt, der nicht einen dumpfen Stich im Herzen verspürt hatte in dem Augenblick, da Bruno ins Wasser sprang. Selbst die Indianer am Orinoko hörten kurz auf, Gummibäume zu fällen und lauschten. Selbst die Hirten des Feuerstammes in Australien verstummten plötzlich und neigten ihre Köpfe zur Seite, um auf den fernen Laut zu horchen. Auch ich tat es, und ich war damals noch gar nicht geboren.

Und nicht weit von Bruno teilte sich plötzlich das Wasser. Etwas dort flackerte und flatterte. Ein grünlicher Blitz oder ein starres Auge, und in Windeseile wurden Furchen gepflügt und schäumten, und gleich darauf war das weiche Paddeln zahlloser Flossen zu hören. Kleine Münder umkreisten ihn, stießen ihn in Bauch und Knie, knabberten leicht an Gesäß und Brust. Bruno erstarrte vor Staunen, als er den Code las, der auf seinen Körper tätowiert wurde. Das Beglaubigungsschreiben einer Ein-Mann-Delegation, die sich auf die Reise macht. Die Fische wunderten sich über das magere, zähe Fleisch, untersuchten die Adern, die an seinen weißen Füßen hervorstanden. Still verfolgten sie das glänzende Objekt, das in die Tiefe trudelte, um die Zeit anzusagen, die schon vergangen war. Die Reihen teilten sich vor ihm, und die Fische ließen auch den Salm Leprik hindurchziehen, damit er sich Bruno mit seinen durchdringenden Augen anschauen konnte. Er war ein großer Salm, der entwickelter war als die anderen, mit einem Körper, der so groß war wie der von Bruno. Einen Augenblick schwamm Leprik gemächlich um Bruno herum, wobei sein Schwanz leicht bebte, aber vielleicht kamen die Wellen auch von dem Motorboot, das sich mit den beiden Hafenarbeitern und einem Offizier der Hafenpolizei an Bord näherte, die wütend schrien, Leprik jedenfalls kehrte umgehend an seinen Platz zurück, der gewaltige Fischschwarm faltete sich langsam zusammen wie ein riesiges, schlaffes Akkordeon, und Bruno zog mit ihm davon.

2

Drei Jahre sind vergangen, seit wir uns getrennt haben. Und ich heile. Wie du es vorausgesagt hast. Manchmal, wenn der Druck unerträglich wird, steige ich in einen Bus und fahre nach Tel Aviv. Zu dir. Ich gehe am Strand entlang, trete auf Muscheln und Algen und tote Fische, und wenn nicht allzu viele Menschen da sind, wage ich sogar, laut mit dir zu reden. Ich erzähle dir, daß ich weiterhin an dem Buch schreibe, daß dieser *torag*, dieser hartnäckige Krieg zwischen mir und Bruno dem Fisch, schon drei Jahre währt. Das ist eine nicht unbeachtliche Zeit, und unterdessen habe ich manches geschafft. Hier ist die Liste. Ich liebe Listen: Ich habe – endlich! – die Geschichte von Großvater Anschel zu Ende geschrieben, die Geschichte, die er dem Deutschen, Neigel, erzählt hat; und ich habe auch die Geschichte von dem Baby Kasik geschrieben, diesen Unsinn, dieses Unglück, das Ajala »dein Verbrechen gegen die Menschlichkeit« genannt hat, möge sie gesund sein!

Aber die Hauptsache ist Brunos Geschichte. Und ihretwegen kehre ich fast jede Woche zu dir zurück: um dir den letzten Abschnitt in deine großen Muschelohren zu schreien, und natürlich auch, um noch ein paar Informationen aus deinen schwärzesten Tiefen herauszuholen, um dich dazu zu verleiten, mir Dinge zu verraten, um dich zu überreden, mich so lange an dir schnuppern zu lassen, bis ich den Geruch von Bruno in dir rieche, denn für mich seid ihr zwei nun für immer miteinander vermengt, deswegen befindest du dich jetzt in meiner Geschichte über ihn, und ich erzähle dir das, obwohl ich weiß, wie wütend dich das macht. Du wirst natürlich nie zugeben, daß du mich wahrnimmst, wenn ich zu dir an den Strand komme, aber ich kenne dich und weiß: Ich höre dein verächtliches Schnauben in dem Augenblick, da ich meinen Fuß auf den Wellenbrecher setze. Ich sehe, wie du deinen Körper spannst, um mich an dich zu reißen.

Aber ich bin vorsichtig. Das hast du selber gesagt.

Jemand hat gehört, daß ich mich für Bruno interessiere, und mir Material über ihn geschickt. Du wirst dich wundern, wieviel über ihn geschrieben wurde. Hauptsächlich in Polnisch, aber auch in anderen Sprachen. Es gibt hinsichtlich des

Messias, der verloren ging, bevor ihn irgend jemand lesen konnte, verschiedene Theorien. Zum Beispiel, daß Bruno in diesem Roman mit der Zauberkraft seiner Prosa versucht haben soll, den Messias ins Getto von Drohobycz zu locken. Oder daß es ein Roman über den Holocaust und über Brunos letzte Jahre unter dem Besatzungsregime der Nazis war. Aber wir beide wissen, daß das nicht stimmt. Bruno war am Leben interessiert, am normalen, einfachen Leben, am ganz alltäglichen Leben; der Holocaust war für ihn nur ein durchdrehendes Laboratorium, das alle menschlichen Vorgänge hundertfach beschleunigte und verstärkte...

Jedenfalls gibt es niemanden, der ihn nicht rühmt. Man sagt, er sei einer der größten Schriftsteller unseres Jahrhunderts; man vergleicht ihn mit Kafka und Proust und Rilke. Man ist dagegen, daß ich über ihn schreibe. Bedeutet mir taktvoll, daß man dazu ein Schriftsteller mindestens seiner Größe sein müsse. Aber das ist mir egal. Ich schreibe nicht über ihren Bruno. Ich lese ihre Briefe aus Höflichkeit und zerreiße sie dann in kleine Stücke, und dann klettere ich – die Fortsetzung kennst du ja –, wenn ich zu dir nach Tel Aviv komme, auf den Wellenbrecher, schlendere ein bißchen auf dem großen Felsen herum, kehre plötzlich die Hosentaschen nach außen und schüttele sie schnell aus, und eine Menge kleiner Papierfetzen fallen ins Wasser, plums, hat jemand etwas bemerkt? Dir sind diese Briefe ohnehin wichtiger. Und selbst wenn dir lange, akademische Vorträge verhaßt sind, so bin ich mir trotzdem sicher, daß du die Papierfetzen zusammenkleben und in irgendeiner vergessenen Schublade deines Wasserarchivs aufbewahren wirst. Du wirst doch auf solche Dokumente nicht verzichten.

Und ich wollte dir noch erzählen, daß ich zu mir selbst zurückgefunden habe. Das heißt: zu meinem früheren Schreibstil. Zu den Gedichten, die ich früher geschrieben habe. Bruno läßt langsam meine Feder los. Löst sich von mir. Mir sind nur noch wenige Hefte von ihm geblieben, von denen niemand mit Sicherheit sagen könnte, wer sie geschrieben hat, er oder ich. Du und ich wissen natürlich, daß ich nur als Werkzeug gedient habe, als schreibende Hand, als das schwache Glied, durch das seine erstickte Kraft herausströmen konnte.

Und ich kehre immer wieder zu dir zurück, ohne mich von

dir trennen zu können. Ich kehre zu dir zurück, um dir wieder und wieder die wahre Geschichte zu erzählen, die Geschichte, die ich nicht so zu Papier bringen kann, wie sie tatsächlich geschehen ist, sondern so, wie sie erzählt werden muß: nicht mit Vernunft, sondern mit Hingabe, von Anfang bis Ende. Einmal in deinem Leben wirst du gezwungen sein, auch die Dinge zu hören, die nichts mit dir zu tun haben – ich werde um Himmels willen nicht von dir verlangen, daß du aus Interesse zuhörst, aber du wirst dir still und geduldig alles anhören, was geschah, als ich aus Narvia zurückkehrte, zum Teufel mit dir, du mußt mir zuhören, das heißt: Bruno in dir muß zuhören.

Am 25. Mai 1980 (ich erinnere mich genau an das Datum) bekam ich von Ajala zum Abschied *Die Zimtläden* von Bruno Schulz geschenkt. Ich hatte noch nie von dem Schriftsteller gehört und schreckte vor dem deutschen Klang seines Namens zurück. Aber ich begann sofort, das Buch zu lesen, hauptsächlich wegen der bitteren Umstände, in denen es mir gegeben wurde, und wegen der Person, die es mir gegeben hatte.

Und siehe da, nach den ersten zehn Seiten hatte ich die Umstände und Ajala vergessen und las das Buch um des Buches willen. Ich las es gierig, so wie man einen Brief liest, der einem heimlich auf verborgenen Pfaden und Seitenwegen zugeschmuggelt wurde; eine knappe Mitteilung von dem Bruder, den man seit Jahren für tot gehalten hat. Es war das erste Buch in meinem Leben, das ich, sobald ich es ausgelesen hatte, wieder von neuem zu lesen begann. Und wie oft habe ich es danach noch gelesen! Zwei Monate lang brauchte ich kein anderes Buch. Für mich war es DAS BUCH, in dem Sinne, in dem es für Bruno *»ein großer, raschelnder Kodex«* war, *»eine stürmische Bibel, durch deren Blätter der Wind fuhr, der sie plünderte wie eine riesige, sich entblätternde Rose – –«*, und ich glaube, ich las es, wie es gelesen werden muß: in dem Bewußtsein, daß das, was auf dem Papier stand, weniger wichtig war als die Seiten, die herausgerissen wurden und verloren gingen; Seiten, die so explizit geschrieben waren, daß sie vernichtet wurden aus Angst, sie könnten in die falschen Hände geraten …

Und ich tat etwas, was ich schon jahrelang, seit meiner Kindheit, nicht mehr getan hatte: Ich schrieb wieder Sätze, ja ganze Abschnitte in mein Heft ab. Um sie mir besser zu merken, um zu spüren, wie die Worte aus meiner Feder strömten und sich auf dem Blatt Papier sammelten. Auf die erste Seite schrieb ich natürlich seine indirekte Aussage über sich selbst, daß er einer von denen sei, »deren Gesicht Gott mit seiner Hand im Schlaf gestreichelt hat, so daß sie sehen, was sie nicht sehen, sich mit Einfällen und Vermutungen füllen und an ihren geschlossenen Lidern die Reflexe ferner Welten vorbeiziehen…«

Und ein paar Wochen später erwachte ich plötzlich eines Nachts aus dem Schlaf und wußte, daß Bruno nicht 1942 im Getto von Drohobycz ermordet worden, sondern von dort geflohen war. Und wenn ich sage »geflohen«, dann meine ich das nicht in der üblichen, beschränkten Bedeutung des Wortes, sondern so, wie Bruno »geflohen« sagen würde, so, wie er »Pensionär« sagen und damit den meinen würde, der schon gewisse letzte und zulässige Grenzen überschritten und das magnetische Feld einer anderen Dimension des Daseins erreicht hat, ein Passagier von überaus leichtem Gewicht… Ich schrieb ganze Abschnitte seines Buches in mein Heft ab, und nachdem ich damit fertig war, zuckte meine Feder noch ein wenig, krümmte sich über dem Papier und gebar noch ein, zwei Zeilen, die meine eigenen waren, aber – wie soll ich das sagen – mit seiner Stimme, indem ich angestrengt lauschte, um ihn zu hören, indem ich seinen verzweifelten Drang sich auszudrücken deutlich erkannte, jetzt, da ihm die schreibende Hand genommen worden war. Wie gut ich diese Bedrückung verstehe, das erstickende Gefühl eines Schriftstellers im Exil, wie er einer war, »Exil« in einer ganz bestimmten, sehr weiten Bedeutung, und ich habe ihm, wie du weißt, meine Hand und meine Feder gereicht.

Wie seltsam das ist. Und auch ein wenig beängstigend.

Denn stell dir vor: ein hebräischer Dichter wie ich, der vier Gedichtbände in einem sehr eigenen Stil geschrieben hat, einem Stil, den einer dieser führenden Literaturkritiker, die mit erhobenem Zeigefinger schreiben, »dünnlippig« genannt und den Ajala einfach als »geizig und feig« bezeichnet hat, ich fand plötzlich eine wahre Flut von keuchenden, schwitzenden Wörtern in meinem Heft, wie *»der Hochzeitstanz der Pfaue oder eine farbenprächtige Wolke von Kolibris«*, wie Bruno einmal geschrieben hat.

(Oder hab ich das geschrieben?)

Bruno Schulz. Ein Jude. Vielleicht der bedeutendste polnische Schriftsteller zwischen den Weltkriegen. Der Sohn eines verschrobenen Seidenhändlers. War Zeichenlehrer am Gymnasium von Drohobycz. Ein einsamer Mann.

Und 1941 marschierten die Deutschen in Drohobycz ein. Bruno war gezwungen, sein Haus zu verlassen und in ein Haus in der Stolarska-Straße zu ziehen. Auf Anordnung der Behörde malte er Riesengemälde auf die Wände der Reitschule und katalogisierte Bibliotheken, die von den Deutschen beschlagnahmt wurden. Um sich seinen Lebensunterhalt zu verdienen, war er auch gezwungen, bei dem SS-Offizier Felix Landau als »Hausjude« zu arbeiten (leichte Tischlerarbeiten, Schildermalen, Familienporträts usw.).

Felix Landau hatte einen Feind – einen anderen SS-Offizier namens Karl Günther. Und am 19. November 1942, an der Ecke der Straßen Czacki und Mickiewicz, schoß Karl Günther Bruno nieder, ging dann – wie erzählt wird – zu Landau und sagte zu ihm: »Ich habe deinen Juden getötet.« Worauf Landau antwortete: »Wenn das so ist, werde ich jetzt deinen Juden töten.«

Du hörst zu, das weiß ich: das Wasser erstarrte einen Augenblick zu Stein. Zwei Möwen prallten klirrend zusammen. Du bist da.

Ich habe deinen Juden getötet. Wenn das so ist – –

Einfach so.

Ich habe dir weh getan, ich weiß. Auch mir tun diese Worte jedesmal weh.

Aber jetzt hör zu. Laß uns über andere Dinge reden. Laß uns das Thema wechseln. Denn ich will weder dir noch mir weh tun. Es gibt etwas, das ich dir erzählen muß. Hör zu:

Noch Jahre, nachdem Großvater Anschel verschwunden war, habe ich innerlich weiter die Geschichte gesummt, die er dem Deutschen erzählt hat. Bevor ich nach Polen fuhr, versuchte ich ein paarmal, sie aufzuschreiben, aber es gelang mir nicht. Ich wurde immer frustrierter und wütender auf mich und bekam immer mehr Sehnsucht nach dem Alten, der sich schon so lange in seiner verschlossenen Geschichte herumdrehte, ein Geisterschiff, das von jeder Küste gewiesen wird, und ich, der einzige, der ihn hätte retten, der die Geschichte hätte erlösen können, wußte nicht wie und wagte es auch nicht.

Ich begann, nach Großvaters Veröffentlichungen zu suchen. Ich stöberte in alten Archiven herum, wühlte in den verstaubten Bibliotheken entlegener Kibbuzim, las in uralten Zeitungen, die zerbröselten, wenn ich sie in die Hand nahm, Zeitungen, die mich an prähistorische Höhlenmalereien erinnerten, die sich zersetzen, sobald die Lampe der Forscher auf sie fällt. Im Nachlaß eines jiddischen Schriftstellers, der in einem Altersheim in Haifa gestorben war, entdeckte ich einen wahren Schatz: vier vergilbte Ausgaben der Zeitung *Kleine Lichter* (Herausgeber: Schimon Salmanson), 1912 in Warschau erschienen. Es waren vier vollständige Kapitel eines weiteren Abenteuers der Kinder des Herzens. Diesmal rettete die Bande einen Gladiator (»Anton der Sklave«) vor den Löwen in der Arena. Ich las gierig; ich hatte mittlerweile zwar gewisse Begrenztheiten im Erzähltalent des Anschel Wasserman entdeckt, aber das minderte nicht mein Vergnügen und die große Sehnsucht nach ihm und nach seiner archaischen Prosa, nach der Ehrfurcht erweckenden Sprache eines Propheten aus uralter Zeit, und nach dem Krieg, den er scheinbar sein Leben lang führte, »dem einzigen Krieg, den es gibt«, wie Otto Brigg, der Anführer der Bande, in einem der Kapitel sagt.

Und so sammelte ich Brosamen seiner kleinen Werke: ein paar Abschnitte aus der Kinderzeitung *Keime* (Krakau, 1920; ich hätte gern gewußt, ob Großvater Anschel für den Abdruck seiner Geschichten in anderen Zeitungen Tantiemen erhalten hatte), darunter die Geschichte, in der die Kinder des Herzens an der Seite Louis Pasteurs die Bakterien der Tollwut bekämpfen; die polnische Übersetzung der Geschichte, in der die Bande den Kindern, die den Überschwemmungen und der Hungersnot im Indien der Jahrhundertwende zum Opfer fielen, zu Hilfe kommt; und noch andere Auszüge von Abenteuern in der ganzen Welt. Ich fuhr überall im Land herum, um auf den schimmligen Dachböden von Verstorbenen zu stöbern in der Hoffnung, dort irgend etwas zu finden. Die Sache war mir sehr wichtig, und ich widmete ihr jede freie Stunde.

Zufällig fiel mir in der Zeit eine Forschungsarbeit über Kinderzeitschriften in Polen zu Anfang des Jahrhunderts in die

Hände, in der sein Name erwähnt wurde: »Anschel Wasserman, jiddischer Erzähler.« Dieser Arbeit zufolge gab es »geteilte Meinungen« hinsichtlich Qualität und Bedeutung seines Schaffens: »In seinem Werk sind starke – manchmal geradezu peinliche – Einflüsse zeitgenössischer Schriftsteller zu erkennen«, und dann wurde mit der typischen Überheblichkeit des Literaturwissenschaftlers behauptet, »der literarische Wert seiner Werke (sei) sehr dürftig, und sie (seien) im Grunde nur dazu bestimmt, dem jungen Leser erste Begriffe über historische Ereignisse und bedeutende Persönlichkeiten zu vermitteln«. Dennoch mußte der Verfasser der Forschungsarbeit – wenn auch widerwillig – zugeben, daß sich »diese einfachen Geschichten, bekannt unter dem Namen ›Die Kinder des Herzens‹, überraschenderweise einer großen Beliebtheit bei den jungen Lesern erfreuten und sogar ins Polnische, Tschechische und Deutsche übersetzt und in mehreren illustrierten europäischen Kinderzeitungen veröffentlicht wurden.«

Der Literaturwissenschaftler bemerkte weiter – und dies nicht ohne leisen Vorwurf –, daß mein Großvater zu den wenigen Schriftstellern gehörte, die sich »in einer Zeit des Erwachens von Volk und Sprache (Anfang des zwanzigsten Jahrhunderts) hauptsächlich mit universalen Themen beschäftigten und kaum auf das Thema des jüdischen Nationalismus eingingen, ja, es sogar gänzlich ignorierten. Vielleicht ist das der Grund, weshalb sie bei Kindern auf der ganzen Welt so beliebt waren und einen Erfolg hatten, den bessere, zionistisch bewußte hebräische Schriftsteller nicht zu erreichen vermochten.«

Ich kochte vor Wut über diesen vor Selbstgefälligkeit triefenden »Wissenschaftler«: Anschel Wasserman durfte nicht mit den herkömmlichen, beschränkten Maßstäben gemessen werden. Das mußte doch eigentlich auch ein Literaturwissenschaftler begreifen.

Aber die Geschichte, die einzigartige Geschichte von Großvater Anschel und seinem Herrn Neigel, ich konnte sie nicht schreiben.

Als ich aus Narvia zurückkehrte, setzte ich mich wieder hin, um es erneut zu versuchen. Brunos wegen. Dessentwegen, was er mir gesagt hatte. Oder vielleicht – trotz dem, was er mir gesagt hatte. Doch es gelang mir einfach nicht, die Geschichte zu schreiben, und daher beschloß ich, dokumentarisches Material zu sammeln: Zitate aus Büchern, Auszüge aus Zeugenaussagen von Opfern, psychologische Analysen der Mörder, Listen aus Untersuchungsakten. Ruth sagte: Aber das brauchst du doch alles gar nicht. Warum bestehst du darauf, dir die Sache so schwer zu machen? Du versinkst ja in einem Haufen überflüssiger Fakten. Dein Großvater und Neigel waren schließlich zwei Leute. Zwei Menschen. Und einer hat dem anderen eine Geschichte erzählt. Mehr nicht. Ruth versuchte natürlich nur, mir zu helfen. Aber wir waren an jenen Punkt unserer Ehe gelangt, an dem sich die harmloseste Bemerkung wie eine Stichelei anhörte.

Folgst du mir?

Ich sehe, daß du mitleidig den Kopf schüttelst über meine unbeholfenen Versuche, die Geschichte zu erzählen. Ich wette, du murmelst jetzt – wenn er so schreibt (und ich habe ja immer schon geahnt, daß er so schreibt), dann soll er bloß nicht über mich schreiben. Soll er bloß nicht versuchen, mich auf seinen Seiten auszutrocknen und in seinen Heften zu entsalzen. Denn über mich, mein Lieber, schreibt man mit wilder Leidenschaft. Mit einer einzigartigen Tinte, die aus den schärfsten Essenzen von Männlichkeit und Weiblichkeit und Lebenslust erzeugt wird, aber nicht so, mein Süßer …

Hör zu, hör trotzdem zu.

Ich habe immer wieder versucht, die Geschichte von Anschel Wasserman zu schreiben, aber es gelang mir nicht. Ich schrieb – und mein eigenes Leben kam immer mehr zum Stillstand. Der griechische Philosoph Zeno behauptet in seinen Aporien der Bewegung, daß es ein Objekt, das sich im Raum bewegt, niemals schaffen wird, von einem Punkt zum anderen zu gelangen, da sich der Raum zwischen den beiden Punkten immer wieder bis zur Unendlichkeit in zwei teilt und das Objekt sich jedesmal eine kleinere Entfernung erobern muß, bevor es sich weiterbewegen kann, so daß es sich letzten Endes eben doch nicht von der Stelle bewegt. Und genau das passierte mir: Ich schrieb und kam nicht von einem Wort zum nächsten. Von einer Idee zur anderen. Die Feder vergrub sich im Papier. Ein furchtbares Stammeln. Ich hatte bereits meinen festen Tisch in der Bibliothek von Yad Vaschem, und die Bibliothekarinnen kannten mich alle. Jeden Morgen um zehn Uhr klappte ich meine Bücher zu und ging auf einen leichten Imbiß in die Cafeteria. Ein Brötchen, ein hartgekochtes Ei und eine Tomate, gefolgt von Kaffee und dem hervorragenden Hefekuchen, den man dort bekommt. Ich saß da und hörte zu, wie sich die Angestellten über ihre Kinder und ihre Gehälter unterhielten, und dachte verzweifelt: Irgendwo in diesem Gebäude befindet sich ein leeres weißes Zimmer, dessen Wände aus einer besonders dünnen Membrane gemacht sind, aber ich finde es nicht.

Ruth holte mich jeden Abend um fünf Uhr auf dem Nachhauseweg von ihrer Arbeit in unserem zerbeulten Mini Minor ab. Sie brauchte nur einen Blick auf mich zu werfen, wenn ich ins Auto stieg, und schon hatte sie verstanden und biß sich auf die Lippen, um nichts zu sagen, das mir als Vorwand zum Streit hätte dienen können. Wir hatten damals noch kein Kind. Jariv war noch nicht geboren. Ruth machte alle möglichen widerlichen und teuren Behandlungen durch, von denen ich nichts wissen wollte. Ich war selbstverständlich bereit, dafür zu bezahlen. Soviel wie nötig. Jeden Morgen Punkt sechs Uhr dreißig mit ihr zu schlafen – auch das. Aber mir die ekelhaften Einzelheiten über die Spritzen und Nebenwirkungen anzuhören – nein danke. Sie hatte kein Recht, sich über mich zu beschweren: Ich hatte sie, noch bevor wir heirateten, gewarnt, daß ich nicht helfen kann, wenn man mich wirklich braucht. Keiner ist perfekt. Das war nur fair, denn auch ich erwarte von niemandem Hilfe. Auch von ihr nicht. Natürlich regte es sie auf, wenn ich so redete. Manchmal, wenn sie aus der Klinik ihres neuesten gynäkologischen Idols zurückkam, griff sie mich mit einem Haß an, der sie selbst verblüffte. Ich hatte sie noch nie derart ihre Hemmungen fallenlassen und die Kontrolle verlieren sehen. Ihr grobes, breites Gesicht, immer an der Grenze zwischen Anmut und ländlicher Gesundheit, wurde richtig häßlich und viehisch vor Haß. Ich blieb wie immer kaltblütig und vernünftig und achtete nur darauf, daß sie sich bei ihrem hysterischen Anfall nichts zuleide tat. Manchmal blieb mir keine andere Wahl, als ihr schnell eine Ohrfeige zu geben, damit sie sich beruhigte, worauf sie sich auf dem Bett zusammenkauerte und wimmernd einschlief. Ich verachtete sie wegen der Gemeinheiten, die aus ihr hervorbrachen, wenn sie mich anschrie. Aber ich merkte auch, daß diese kurzen und heftigen Ausbrüche sie schnell reinigten und sie mich danach sogar wieder völlig hemmunglos lieben konnte. Es gibt Dinge bei Frauen, die ich nie verstehen werde. Ruth sagte: Du glaubst selber nicht, was du da sagst. Du rächst dich an mir für irgendeine innere Auseinandersetzung mit dir selbst, und das ist nicht fair, Momik.

Vielleicht hat sie recht. Ich weiß es nicht. Manchmal möchte ich alles wiedergutmachen. Ich kann vor Erregung weinen, wenn ich daran denke, daß sie eines Tages schwerkrank werden könnte und ich ihr dann meine Niere spenden würde, um sie zu retten. Ich kann mir kein nobleres Opfer vorstellen. Manchmal warte ich richtig darauf. Dann wird sie die Wahrheit erkennen: Ihr Leben mit mir wird plötzlich eine neue Bedeutung erhalten. Sie wird begreifen und Erbarmen haben. Mein Geliebter, in was für einer Hölle hast du die ganze Zeit gelebt.

Ich versuchte es in einer anderen Richtung. Im Winter des Jahres 1946 fand in einer Schule in Warschau der Prozeß gegen Rudolf Höß statt, den Lagerkommandanten von Auschwitz. Ein paar Wochen lang spielte ich mit dem Gedanken, den Prozeß zu rekonstruieren: Anschel Wasserman gegen Rudolf Höß. Ich hatte schon ein paar ganz interessante Abschnitte des Falles vorbereitet. Würde es Wasserman gelingen, Höß nach Chelm zurückzuschicken? Großvater richtet sich im Zeugenstand auf und stößt einen schrecklichen Fluch gegen Höß aus. Daraufhin wird Höß' Gesicht den antisemitischen Karikaturen im »Stürmer« erstaunlich ähnlich. »Und jetzt«, verkündet Großvater Anschel sein Urteil über den Nazi, »sind Sie frei, Herr Höß. Gehen Sie in die Welt hinaus, und möge Gott sich ihrer sündigen Seele erbarmen.« Ich arbeitete einige Monate lang an dieser Geschichte. Ich schrieb fieberhaft. Das Summen in meinem Innern nahm zu. Jetzt konnte ich deutlich erkennen, daß es der gleiche monotone Singsang war, mit dem Großvater seine Geschichte vor fünfundzwanzig Jahren erzählt hatte, aber es war noch immer eine Melodie ohne Worte. Manchmal fragte ich mich, ob auch die Menschen um mich herum sie hörten.

Aber auch diese Geschichte kam zum Stillstand. Es gelang mir nicht, Anschel Wasserman dazu zu bringen, Höß ins Gesicht zu sehen. Es gibt anscheinend Dinge, die man nicht einmal von seinen eigenen Figuren verlangen kann. Das war mir nie in den Sinn gekommen, als ich Gedichte schrieb, vielleicht, weil ich nie zwei Menschen in einem Gedicht zusammengebracht hatte. Vielleicht, sagte Ruth, aber dein Großvater und der Deutsche sind zwei Menschen, also laß geschehen, was zwischen zwei Menschen geschieht. Wenn ich nur wüßte, was zwischen zwei Menschen geschieht, sagte ich. Ich muß eben wieder zu den Tatsachen zurück. Von Menschen verstehe ich anscheinend nichts. Keiner ist perfekt, stimmt's?

Ich suchte in den *Times*-Ausgaben von 1946. Unser Korrespondent in Warschau berichtete über den Prozeß des Jahrzehnts: »Die Zuschauer saßen zu zweit an den Schreibpulten. Der Angeklagte Höß, mit klugen, traurigen Augen, trug eine hellgrüne Uniform.« Ich las weiter und notierte mir ein neues Wort, das ich aus der Beschreibung lernte: *Ludobojca*, ein Wort, das eigens für Höß auf polnisch erfunden wurde und Völkermörder bedeutete. »Mörder« allein war ein zu mildes Wort für ihn. Wenn ich eines Tages doch noch meinen alten Traum verwirklichen und die erste Enzyklopädie des Holocaust herausgeben sollte – Opfer und Mörder Seite an Seite –, werde ich auch das Stichwort *Ludobojca* einfügen. Schneeflocken fielen auf die Fenster der Schule in Praga, Warschau. Übrigens hatte der Schnee in den Vernichtungslagern wegen der Asche, die vom Himmel fiel, einen besonderen Geruch. Ich weiß nicht, was mit mir geschehen wird, wenn alle diese Fakten eines Tages in mir explodieren. Ich will schreiben und schaffe es nicht, meine Hemmschwellen und Inhibitionen zu überwinden. Jeder Schritt wird unmöglich wegen des halben Schrittes, der ihm vorangehen muß. Ich bin in Zenos Paradoxon gefangen. Der Ankläger sagte zu Höß: »Angeklagter, es ist unmöglich, die gesamte Anklageschrift gegen Sie zu verlesen, da sie einundzwanzig Bände umfaßt, von denen jeder dreihundert gedruckte Seiten mit den Beschreibungen Ihrer Verbrechen enthält. Wir eröffnen daher den Prozeß mit einer einfachen Frage: Sie sind des Mordes an vier Millionen Menschen angeklagt. Bekennen Sie sich schuldig?« Der Angeklagte überlegte einen Augenblick, runzelte die Stirn, hob seine Augen zu den Richtern und sagte: »Ja, Euer Ehren, ich bekenne mich schuldig. Obwohl ich nach meiner Rechnung nur zweieinhalb Millionen getötet habe.«

»Verdammt«, rief Ajala und errötete wie immer, wenn sie sich sehr aufregte, »denk nur, wie oft sich dieser Mann selbst getötet haben mußte, bis er so einen Satz sagen konnte.«

»Ein toter Mann«, sagte Ruth erschüttert, »anderthalb Millionen – die Differenz – ein toter Mann.«

»Ich habe keine Kraft mehr«, jammerte ich den beiden abwechselnd vor, »ich halte es nicht mehr aus. Die ganzen Geschichten. Die Greueltaten. Wie kann man noch weiterleben und an den Menschen glauben nach allem, was man weiß.«

»Frag deinen Großvater«, meinte Ajala ungeduldig, »wann begreifst du endlich, daß er es ist, den du fragen mußt?«

»Aber ich weiß nichts über ihn, und nichts über seine Geschichte.«

»Er war ein alter Mann, der einem Nazi eine Geschichte erzählt hat. Er überlebte. Der Nazi ging kaputt. Wenn du dich unbedingt an Tatsachen halten mußt, dann sind das die Tatsachen, die du brauchst. Von nun an mußt du mit Hingabe schreiben. Nicht mit Vernunft.«

Sie meinte das weiße Zimmer, von dem sie mir bei unserer ersten Begegnung erzählt hatte. Ich sagte: »Wenn man über das, was dort geschehen ist, schreibt, muß man sich an die nackten Tatsachen halten. Welches Recht habe ich sonst, diese Wunde zu berühren.«

Und Ajala sagte: »Du mußt in der Sprache der Menschen schreiben, Schlomo. Das ist alles. Das reicht schon. Fast wie Poesie.«

Ich erinnere mich, wie ich noch zu verhandeln versuchte: »Adorno meinte, nach Auschwitz sei keine Poesie mehr möglich.«

»Aber in Auschwitz waren Menschen«, sagte Ruth auf ihre langsame, schwerfällige Art, »und daher ist Poesie möglich, das heißt –«

»Das heißt –«, zischte Ajala mit leuchtend roten Wangen, »keine Poesie mit Reim und Versmaß und so, sondern ein Gespräch zwischen zwei Menschen, das ist alles, ein wenig Kontakt, ein vertrautes Stammeln, Verlegenheit und Schmerz und Vorsicht. Man braucht nicht viel.«

Aber man braucht Mut, den ich natürlich –

Bravo, jetzt hast du es geschafft.

Schon seit einigen Minuten versuche ich, meinen genauen Platz auf dem Wellenbrecher zu finden. Ich habe gespürt, wie angespannt du im Dunkeln warst, und machte einen Augenblick lang den Fehler zu hoffen, daß meine Geschichte dich endlich berühren könnte. Und dann sah ich, wie du die Angler zu meiner Rechten und Linken eimerweise mit besonders salzigem Wasser aus deinen kühlsten Kellern überschüttetest, und ich hörte sie vor Verblüffung fluchen und einander zuschreien – Verdammtes Meer heut nacht! Und ich verstand nicht, was mit dir geschah.

Aber wie erbärmlich sind deine Waffen gegen jemanden, der an Land steht! Und ich bin ohnehin schon so naß, daß ich nichts zu verlieren habe, und zum Zeichen meiner Herzensgüte, meiner Großzügigkeit gegenüber deiner Kleinlichkeit, werde ich dir jetzt über Bruno erzählen, und vor allem – über dich, denn das liebst du ja.

Also werde ich dir zuliebe alles, was dich nicht angeht, überspringen – die Bittschriften, die ich nach Warschau schickte, die Empfehlungsschreiben, das Flehen, die Beziehungen, die mein Verleger spielen ließ, und die Liste mit Anweisungen meiner Mutter, die über meine Reise ins Land Dort sehr besorgt war und mich mit einundzwanzig leeren, an Sie adressierten Briefumschlägen ausrüstete, damit ich ihr jeden Tag ein Lebenszeichen schicken würde; und die zehn Paar Nylonstrümpfe zum Verkauf auf dem Schwarzmarkt (»falls dir das Geld ausgeht«), die sie mir mit uralter List in den Koffer schmuggelte; und der traurige Abschied von Ruth (»hoffentlich findest du, was du suchst, dann können wir beide endlich zu leben anfangen.«), und der Flug nach Polen, der Koffer, der beim polnischen Zoll »abhanden kam« und nach zwei Tagen zurückgegeben wurde (ohne die Nylonstrümpfe) –, das Treffen an der Universität von Warschau mit dem Rektor, Sigmund Ravitzky, an den ich meine Briefe mit der Bitte, nach Polen kommen zu dürfen, gerichtet hatte.

Professor Ravitzky fragte mich natürlich, was mein »außergewöhnliches« Interesse für Bruno Schulz zu bedeuten habe. Ich sagte ihm wahrheitsgemäß, daß Bruno meines Erachtens ein wahrer Kämpfer gewesen sei. »Es dürfte Ihnen gewiß bekannt sein«, sagte Ravitzky, »daß er nie Gelegenheit hatte, zu kämpfen? Daß er 1942 getötet wurde, ohne daß er je eine Waffe in der Hand gehalten hatte?« »Ich weiß.« Er lehnte sich in seinen Sessel zurück und atmete tief ein, während er mich eingehend betrachtete. Dann bat er um meine Erlaubnis, Professor Tylok hereinzurufen, den Leiter der Abteilung für Hebräische Studien an der Universität, »der großes Interesse für Ihre außergewöhnliche Bitte gezeigt hat.«

Und so unterhielt ich mich zwei Stunden lang mit den beiden polnischen Gelehrten, die sich unentwegt fragten, ob ich ihre seriöse Beachtung verdiente. Ich sah den skeptischen Blick auf ihrem Gesicht. Sie fragten mich, warum ich nicht in Warschau bleiben wolle, in der umfangreichen Bibliothek der Universität, wo ich bequem alles lesen könne, was über Bruno geschrieben worden sei. Ich sagte ihnen, daß ich schon alles kenne, was über ihn geschrieben worden sei. Tylok, der ein fließendes, modernes Hebräisch sprach, rieb sich mit offensichtlichem Zögern über die Wange, warf seinem Kollegen einen Blick zu und bat – falls ich es nicht als ausgesprochene Unverschämtheit auffassen würde –, mir ein paar einfache informative Fragen über die Stadt Drohobycz stellen zu dürfen, in der Bruno gelebt habe und die er, Tylok, sehr gut kenne. Natürlich sei das keine Prüfung, Gott bewahre, sondern, sagen wir, ein Mittel, um sich einer bestimmten Sache zu vergewissern, einer seltsamen, recht dummen Ahnung, das heißt – »Machen Sie schon, Witold«, sagte der Rektor ungeduldig, »Herr Neuman versteht sicherlich, daß wir alles tun müssen, um sicher zu gehen, daß wir dem richtigen Mann helfen.«

Ich teilte ihnen mit, daß ich bereit sei, jede Frage zu beantworten.

Mit einem verlegenen Lächeln fragte mich Professor Tylok über die verschiedenen Stadtviertel von Drohobycz und über seine jüdischen Bewohner aus. Danach ging er zu den Salzminen und den Ölbohrungen in der Umgebung über. Ich antwortete schnell und ohne zu stocken. Er schien ein wenig erschrocken über meinen Redefluß, und um des guten Eindrucks willen beschloß ich, ein wenig langsamer zu reden. Besorgt lächelnd fragte er mich nach den Namen der Leiter der jüdischen Gemeinde während der letzten hundert Jahre. Ich muß sagen: Der Mann kannte sich aus. Er wußte sogar, daß Frau Idel Kiknish, die wegen einer Ritualmordanklage hingerichtet wurde und sich ihren Rock mit Nadeln an ihre Beine heftete, damit ihr Fleisch nicht sichtbar würde, wenn die Pferde sie durch die Straßen schleiften, die Frau war, über die J.L. Perez in »Drei Geschenke« schrieb. Er lehnte sich ein wenig nach vorn und fragte mich nach den Kaffeehäusern, die es zu Brunos Zeit in der Stadt gegeben hatte. Eine überraschende Frage, die mich ärgerte: Was hatte sie mit meiner Bitte zu tun? Trotzdem gelang es mir, mich an das Scheinhalf Kaffeehaus zu erinnern, das auch als inoffizielle Börse für Ölaktien diente, und an Schechterfs Kaffeehaus, in das die jungen Leute gingen, um bei Radiomusik zu tanzen. Als ich zu Ende gesprochen hatte, sah ich Schweißperlen auf seiner Stirn. Auch ich war angespannt. Nicht nur wegen der idiotischen Prüfung, sondern weil das alles in mir so lebendig war.

Er ließ nicht locker. Ich glaube, er hatte irgendeine versteckte Absicht. Er fragte, ob ich die Namen der deutschen Kommandeure wisse, die Drohobycz eroberten, und ich sagte, daß man das in jedem Buch über den Krieg nachschlagen könne, aber ob er wisse, daß die grausamsten Mörder in der »Wiener Division« in Drohobycz Jarocz und Kobarzik waren? Daß der Hund von Joseph Peter, den er auf uns, das heißt auf die Juden loszulassen pflegte, Rauff hieß? Daß Felix Landau, Brunos Arbeitgeber im Getto, an der Ermordung des österreichischen Konsuls Dollfuß beteiligt war? Daß folgende jüdische Familien in der Kowalska-Straße wohnten: Freulichman, Tartako –

»Genug! Genug!«

(Beide zusammen, mit merkwürdiger Erschütterung. Sie sahen mich mit einem Blick an, den ich nur zu gut kannte. So werde ich immer angesehen, wenn ich über diese Dinge rede. Es fällt mir schwer, mich zurückzuhalten. Ich tue es nicht aus Überheblichkeit oder um zu imponieren. Ich tue es mit dem Eifer eines Menschen, der von seinem einzigen Besitz Listen macht. Die beiden starrten mich atemlos an. Genau so hatte mich Ruth angesehen, als ich ihr von den Lottoscheinen erzählte, die ich mir während der Jagd nach der Bestie auf den Arm geklebt hatte. Sie wurde blaß und schaute mich voller Entsetzen an, als hätte sie mich bis dahin nie wirklich gekannt, und verkündete mit ruhiger und entschiedener Stimme, sie wolle nie wieder, »aber auch nie wieder« etwas von »diesem Vorfall« hören. Ich versprach es ihr.)

Und dann:

»Verzeihen Sie uns bitte, Herr Neuman, aber die Umstände sind eben – nicht sehr einfach. Wir werden natürlich alles tun, um Ihnen zu helfen. Wohin wollen Sie fahren?«

Ich holte meine Landkarte heraus und zeigte es ihnen: »Mein Bruno floh mit dem Zug von Drohobycz nach Danzig. Dem nächsten Ausgang zum Meer.«

Der Rektor sagte: »Es war den Juden damals verboten, mit dem Zug zu fahren.«

»Ich kenne die Verordnung. Sie wurde am 10. September 1941 erteilt und in der ganzen Stadt angeschlagen. Mein Bruno nahm den Zug.«

»Ich mache mir Sorgen um ihre faktisch-literarische Genauigkeit, Herr Neuman.«

»Mit allem Respekt, Professor, aber das ist keine literarische Angelegenheit mehr. Bruno muß Drohobycz verlassen.«

»Selbstverständlich.« Ihre Finger folgten der Eisenbahnlinie auf der Karte.

»Bitte finden Sie mir ein Dorf in der Nähe von Danzig, in dem ich wohnen kann. Ich möchte nicht in Danzig selbst wohnen.«

»Gdansk. Die Stadt heißt heute Gdansk.«

»Verzeihung. Ein Dorf am Meer.«

Professor Tylok sah auf: »Bruno Schulz ist einer unserer am meisten verehrten Schriftsteller. Wir wären Ihnen daher dankbar, wenn Sie ihn in Ihren Schriften auf gerechte und respektvolle Weise behandeln würden.«

»Ich werde gehen, wo er mich hinführt.«

»Sind Sie ein Mystiker, Herr Neuman?«

»Nein, ganz im Gegenteil. Es gibt eine Frau, die behauptet, daß es nicht schaden würde, wenn ich ein we – – nein. Ich bin kein Mystiker. Ich hoffe jedenfalls, daß ich keiner bin.«

»Da«, sagte Professor Ravitzky, »Sie könnten in Narvia wohnen. Ich persönlich würde Ihnen jedoch davon abraten. Es ist ein trostloser Ort. Ein kleines Fischerdorf. Im August kommen Urlauber an den Strand, aber jetzt ist es noch zu kalt zum Baden.«

»Ausgezeichnet. Narvia.«

Ich sprach verwundert den Namen aus: Narvia. Dort würden wir uns also begegnen.

»Wie Sie wollen. Sagen Sie aber nicht, wir hätten Sie nicht gewarnt: Es ist ein furchtbarer Ort. Ich werde Ihnen die nötigen Papiere besorgen. Sie werden ungefähr zwei Wochen dort bleiben können. Die Dokumente erhalten Sie übermorgen. Inzwischen können Sie Ihre Zeit in unserer umfangreichen Bibliothek verbringen.«

»Vielen Dank, und bitte entschuldigen Sie, daß ich ein wenig unhöflich war. Ich war einfach –«.

»Wir verstehen, Herr Neuman. Wir wünschen Ihnen viel Glück – Sie werden es vielleicht nötiger haben, als Sie denken.«

Und Professor Tylok fügte auf hebräisch hinzu: »Passen Sie auf sich auf. Seien Sie sehr vorsichtig.« Ich lächelte wegen seiner schönen hebräischen Aussprache, aber ich war plötzlich etwas nervös.

Ich komme gleich zur Sache. Noch ein bißchen Geduld.

Ich wartete vier Tage auf die erforderlichen Genehmigungen. Inzwischen sah ich mir Warschau an. Ich ging allein in der stillen, großen Stadt herum: Es war, als hätte jemand den Ton abgeschaltet. Ich sah eine lange Warteschlange vor einem Laden, in dessen Schaufenster eine einsame Tomate ausgestellt war. In einem Café fand ich die Franzuski-Kuchen, die mein Vater einmal voller Sehnsucht erwähnt hatte, und aß sie zu seiner Erinnerung, obwohl sie mir nicht schmeckten. An den Häuserwänden sah ich Zeichnungen von Clowns mit Tüchern und bunten Schmetterlingen, Symbole der »Solidarität«, und ich hatte ein aufregendes Treffen mit Julian Strikowsky, einem polnisch-jüdischen Schriftsteller, der fließend Hebräisch sprach und über das Shtetl schrieb und – – Ja! Ja! In Ordnung! Ich komme zur Sache! Und dann, nachdem die Genehmigungen eingetroffen waren – die Zugfahrt nach Danzig, die weite Landschaft, die Dörfer meines Motl, Wälder mit Linden und schlanken Birken, Ställe und Scheunen – und die ganze Zeit hatte ich das starke Gefühl, daß er mir aus der entgegengesetzten Richtung entgegenkam, aus der Stadt Drohobycz, die sich nun unter russischer Herrschaft befand. Genau dasselbe Gefühl hatte ich, als ich Auszüge aus seinen Werken in mein Heft abschrieb: als antwortete er mir mit einem Klopfen von der anderen Seite des Blattes; wie zwei Bergarbeiter, die an entgegengesetzten Seiten des Berges einen Tunnel graben...

Und bis zum Rand des Piers.

Und vor den Wellen stehend wußte ich, daß ich recht hatte. Daß Bruno nicht ermordet worden war. Daß er geflohen war. Und ich sage »geflohen« nicht in der üblichen Bedeutung des Wortes, sondern so, wie Bruno und ich es gesagt hätten, und damit denjenigen meinten, *»der sich entschlossen und schonungslos in das magnetische Feld einer anderen Dimen – –«* – also wirklich, du rezitierst das mit mir zusammen wie ein kleines Mädchen, das einen Satz vervollständigt. Ich höre dich flüstern, noch bevor ich sagen kann: *»– – einen Menschen, der in eine Existenzform desertierte, die in hohem Maße auf Einbildung beruht und in dieser Hinsicht viel guten Willen verlangt. Ein Passagier von überaus leichtem Gewicht...«*

Ich fuhr mit einem klapprigen Bus zum Fischerdorf Narvia und mietete mir dort ein Zimmer im Häuschen der Witwe Dombrowsky, die schwarze Trauerkleider trug und drei pelzige Warzen auf der Wange hatte. Sie machte mir ein Zimmer frei mit einem Bild von Maria und dem Jesuskind über dem Bett und der Fotografie des verstorbenen Herrn Dombrowsky mit Schnurrbart und in seiner Briefträgeruniform an der gegenüberliegenden Wand. Noch am selben Nachmittag zog ich meine graue Badehose an und setzte mich am leeren Strand in einen verlassenen, etwas zerrissenen Liegestuhl, im beißenden Wind eines ungewöhnlich kalten Julitages. Ich fühlte mich einsam und gespannt – und ich wartete.

Und langsam reiften in mir die Dinge. Tagsüber saß ich am Strand und wartete. Ich beobachtete, wie die Fischer am Morgen aufs Meer hinausfuhren, und ich war noch immer dort, als sie gegen Abend zurückkehrten und ihre Familien zum kleinen Ankerplatz riefen, damit sie ihnen halfen, die Boote mit einem primitiven Kran an Land zu hieven und die Beute auf einem langen Holztisch zu verteilen; erst dann ging ich zurück, um den *»Zyklop«* zu essen, die Scholle, die die Witwe gebraten hatte – so wie sie alle Frauen im Dorf am Abend brieten –, und dann setzte ich mich hin, um zu schreiben und vor allem – zu streichen. Ich hatte Bruno bereits nach Danzig gebracht; ihn im Zug hierher geschmuggelt, an der Polizei und den Literaturwissenschaftlern vorbei. Nun war ich verpflichtet, geduldig zu warten. Mich von mir selbst freizumachen und ihm als schreibende Hand zu dienen. Und vielleicht sogar mehr als das: Wer weiß, was er von mir verlangen würde als Gegenleistung für die Rekonstruktion seines verlorengegangenen Werkes *Der Messias*? Ich machte mich klein und lauschte. Im nahe gelegenen Gdansk gab es Unruhen und Demonstrationen der »Solidarität«. Hier im Dorf gab es immer wieder Stromausfälle. Manchmal mußte ich beim Licht einer qualmenden Öllampe schreiben. Manchmal lag morgens kein Brot auf dem Tisch. Ich schrieb Ruth und Ajala kein einziges Wort, und ich schickte meiner Mutter keinen Brief. Zum erstenmal seit meiner kurzen Affäre mit Ajala fühlte ich, daß ich verliebt war. Ich wußte nicht genau in wen, aber jedenfalls war ich zur Liebe bereit. Vielleicht gelang deshalb alles so gut…

Kommen wir zur Sache. Du zappelst ungeduldig. Schwappst über. Hör zu: An meinem vierten Morgen in Narvia ging ich zum erstenmal ins Wasser. Die glatten Wellen trugen mich sanft. Als hättest du es schon damals gewußt. Die Geschichte, die ich schrieb, verlangte von mir, ins Wasser zu gehen und dort zu warten. Seit ich begonnen hatte, Auszüge aus Brunos Werken in mein Heft abzuschreiben, maß ich den Dingen, die meine Hand schrieb, eine besondere Bedeutung bei. Ich wartete ständig auf eine wichtige Mitteilung.

Aber in meiner Geschichte war das Meer ein schlauer alter Riese, mürrisch, aber gutherzig, mit einem triefenden Bart wie Neptun, und ich verstand nicht, warum ich dieses Meer nicht wirklich spüren konnte. Ich trieb den ganzen Tag geduldig auf dem Wasser, mein Rücken wurde krebsrot dabei, bis ich dann um fünf Uhr nachmittags entdeckte, daß der alte Riese in Wirklichkeit eine Frau war. Die Seele einer Frau in einem Körper aus Wasser. Eine riesige blaue Molluske, welche die meiste Zeit schläft, weil sie unfähig ist, den riesigen Energiebedarf ihres Körpers zu decken; um das schleimige, medusenhafte

Wesen ihrer winzigen Seele treiben Tausende von grünen und blauen und weißen Kleidern und Unterröcken; und sie schläft, in eines der tausend lunaren Becken des Ozeans versunken, ihr Antlitz wie eine große Sonnenblume der Sonne zugewandt, während ihr weicher, flüssiger Körper seine Reflexbewegung in welligen Kontraktionen fortsetzt, in schäumendem Schauder, surrealistischen Traumgebilden, durch die in ihren Tiefen die phantastischsten Kreaturen entstehen; man muß sich vor ihr in acht nehmen und darf sich nicht von ihrem ehrwürdigen, friedlichen Aussehen täuschen lassen, denn unter der Oberfläche, unter ihren vielen Schichten, ist sie ein billiges kleines Flittchen, ohne Ehre und ohne Scham, um nicht zu sagen – primitiv in ihren zügellosen Trieben und Leidenschaften, eine typische Spezies uralter geologischer Epochen, die sich seitdem nicht sehr entwickelt hat und keineswegs so gebildet ist, wie man in Anbetracht ihres fortgeschrittenen Alters, ihrer langjährigen Erfahrung und ihrer zahlreichen Reisen durch die Welt hätte annehmen können, sondern die statt dessen, wie bestimmte Frauen – eine von ihnen lernte ich vor einigen Jahren sehr gut kennen –, mit viel List gelernt hatte, Bruchstücke des Wissens mit Tausenden von amüsanten Geschichten und pikanten Anekdoten zu kombinieren, um das Herz ihres Zuhörers zu erobern, aber vor allem ist sie mit einer scharfen Intuition und den Instinkten eines Jagdtieres ausgestattet, und all das nur, um gewisse charakterlose Leute irrezuführen, ja, ja, vor mir kannst du nichts mehr verbergen. Ich kenne dich jetzt bis in den letzten Spalt deiner schwärzesten Tiefen, und mir scheint, daß mir gelungen ist, woran andere gescheitert sind, andere, die nicht so kühn waren wie ich, das heißt: die nicht gezwungen waren, so kühn zu sein wie ich; denn ich (das wirst du natürlich niemals zugeben) fing etwas in dir, was sich nicht fangen läßt, und heftete in meine Seiten einen bunten Augenblick aus dem unendlichen Kaleidoskop der Zusammensetzung von Form und Farbe, von phantastischen Feldern bläulich schimmernden Lichts und flimmernden Weiten, deren größter Zauber darin besteht, daß sie nie lange genug existieren, um erinnert, um dokumentiert zu werden – –.

Diese und andere Dinge flüsterte ich dir am Strand von Narvia zu. Meine Lippen waren im Wasser, und mein Körper war sehr heiß. Ich erzählte dir von ihm, aber auch von mir. Von meiner Familie und was die Bestie ihr angetan hatte. Und ich sprach von der Angst. Und von meinem Großvater, den ich nicht wieder zum Leben zu erwecken vermag, nicht einmal in einer Geschichte. Und daß ich mein Leben nicht verstehen kann, bis ich nicht etwas über mein ungelebtes Leben im Lande Dort gelernt habe. Und ich sagte dir, daß Bruno ein Hinweis für mich sei: eine Aufforderung und eine Warnung. Und zitierte aus dem Gedächtnis Auszüge aus seinen Geschichten...

»He, du da –«, sagtest du plötzlich mit einer seltsamen näselnden Stimme, ärgerlich und doch einschmeichelnd. Ich hob meinen Kopf, sah jedoch niemanden. Der Strand war weiß und leer, abgesehen von meinem verlassenen Liegestuhl, dessen zerrissenes Leintuch im Wind flatterte. Aber dann legte sich einen Augenblick lang eine ungewöhnlich warme, glitschige Weichheit um mich, die sofort verschwand und wieder auftauchte:

»Hör mal –«, sagtest du zögernd, kühl, »du sprichst wie jemand, den ich mal kannte.« Mein Herz zersprang beinah vor Freude, aber ich trieb ruhig weiter auf dem Wasser, als wäre nichts geschehen.

»Ach ja? – wen meinst du denn?«

Du hast mich argwöhnisch gemustert, plötzlich einen hellblauen Vorhang zwischen mich und den Strand gehoben, mich schnell und schamlos am ganzen Körper geleckt und furchtbar laut mit den Lippen geschmatzt, und dann hast du den Vorhang wieder gesenkt und über deine Schulter zum Strand hingeschen.

»Hier wirst du das bestimmt nicht von mir erfahren.«

»Dann vielleicht auf meinem Zimmer?« fragte ich höflich.

»Ha!«

Es war dort, daß ich zum erstenmal dein verächtliches Schnauben hörte, eine Welle, die in die Nüstern eines großen Strudels gesogen wird, und seitdem ist dieses Schnauben deine spöttische Begrüßung geworden. Ich glaube kaum, daß du es je aufgeben wirst. Obwohl du fest schläfst, wenn ich zum Strand von Tel Aviv komme, erschrickst du die Badenden und die Angler mit diesem scheußlichen Laut. Sie wissen natürlich von nichts.

»Ich werde dich dorthin bringen, weit weg«, hast du gesagt und mit deinen welligen Augenbrauen zum Horizont gedeutet.

»Wirst du mich auch zurückbringen?«

»Ehrenwort.«

»Ich habe nämlich schon von Leuten gehört, die nicht mehr zurückgekommen sind.«

»Hast du Angst?«

»Interessant – auch du sprichst wie jemand, den ich kenne.«

»Sei endlich still. Redest du immer so viel? Na los, komm schon.«

Wieder hast du mich flüchtig, mit deutlichem Widerwillen geleckt und vor Wut und Staunen gebrummt: »Das kann nicht sein. So anders! Das genaue Gegenteil! Und doch, er weiß Dinge, die niemand anders ... hm, gleich werden wir alles wissen.« Und dann hast du dich in dein Innerstes zurückgezogen und bist mit einem Pfeifen und Gurgeln verschwunden und hast mich verblüfft und enttäuscht zurückgelassen.

Aber nur für einen Augenblick.

Denn dann kam eine große, schäumende Welle angerollt, hielt mit einem Brüllen vor mir an und kniete vor meinen Füßen nieder, ich bestieg ihren muskulösen Rücken, hielt mich an ihren Ohren fest, und wir schwammen davon.

3

Ich werde nie den Augenblick vergessen, als du ganz zu mir kamst, das Brennen, das ich spürte, als du vom Pier sprangst, dein Körper strömte so viel Wärme aus, und da war noch etwas, Bruno, ich wußte damals nicht genau was, zuerst dachte ich, es sei der menschelnde Geruch, der von euch Kreaturen ausgeht, doch dann entdeckte ich, daß es einfach der Geruch der Verzweiflung war, daß du dafür eine Drüse hast, aber da hatte ich noch keine Zeit, um nachzudenken, wie und was, da war nur dieses ganz ganz schreckliche Brennen und ein langer Riß durch meine Mitte, wohl wie bei einer Geburt, und ich zog mich ganz und gar zusammen, ich rollte von allen Seiten auf dich zu und galoppierte mit wahnsinniger Wut auf den stärksten Wellen, die ich in Madagaskar erwischen konnte, wo ich zufällig gerade geschlafen hatte (nur ein kleines Nickerchen, im allgemeinen schlafe ich nicht viel); ich raste auf dem kürzesten Weg zum Kap der Guten Hoffnung, wo die madagassischen Wellen unter mir zusammenbrachen, nahm mir neue, frische und setzte meinen Weg in einem schrecklichen Sturm bis zur Bucht von Guinea fort und schleuste mich dann in die Straße von Gibraltar ein, was natürlich ein Fehler war, denn ich hätte erst bei der nächsten Meerenge, dem Ärmelkanal, rechts abbiegen müssen, das passiert mir jedesmal, und bis ich das begriffen hatte und wieder umgekehrt war, hatten sich auch diese Wellen erschöpft, alles zu kleine Schwächlinge, ich schaffte es kaum, sie zum Atlantik zurückzuschleifen, wo sie dann gänzlich zusammenbrachen, sie weinten und flehten um Erbarmen, also zog ich alleine weiter bis zur Biskaya, wo ich endlich Wellen fand, wie ich sie liebe, siebzehn Meter hohe Brecher, tosend und schäumend und ohne einen Hauch von Festlandgeruch; ich pflückte einen Strauß langer Moränen und peitschte sie über die Wellen, schneller, schrie ich, schneller, und die Moränen wanden sich zornig in meiner Hand und prallten mit ihren prächtigen Schlangenköpfen gegeneinander, und überall, wo wir hinkamen, krümmte sich das Wasser und erbrach die phantastischsten Kreaturen meiner schwärzesten Tiefen, es überflutete ganze Strandkolonien von Kormoranen und schwemmte sie fort, die Ärmsten, löste in einer Herde von Blauwalen schreck-li-che *torags* aus und stahl einem riesigen Schwarm von Meerbarben seine rote Farbe, was für eine Reise, Bruno, was für eine Reise! Auch in Millionen von Jahren werde ich noch immer staunen, werde ich noch immer über mich selbst lachen, daß ich nicht gleich verstand, was dein schrecklicher Schmerz in mir war, und wie ich, getrieben von der Wut darüber, daß du mich mit solcher Unverschämtheit geweckt hattest, Zehntausende von Meilen zurücklegte, irgendwo bei der Insel Bornholm sandte ich dann meine Kundschafter aus, kleine baltische Läufer, meine flinken Wellikis, die galoppierten voraus und berührten dich und kamen sogleich keuchend und schnaubend zurückgeeilt und würgten an den Kadavern der Fische, die sie auf dem Weg zerfetzt hatten, und an den Planken der Schiffe, die sie versenkt hatten; sie sprangen an meiner Kutsche hoch und reichten sich herein, und ich kostete sie und – pfuuui!! Ich spuckte in hohem Bogen, denn meine kleinen Wellikis waren bitter wie das Gift von Kugelfischen, und nun wurde ich erst richtig wütend, ich galoppierte los, spuckte Schaum und Fische und stieß in allen Sprachen Flüche aus, die ich von den Matrosen gelernt hatte, und ich spürte bereits, wie sich meine Eingeweide zusammenzogen, um mit einem Schwapp diese Landplage zu erbrechen, wie eine Seegurke, die ihre Eingeweide zusammen mit dem Nadelfisch ausspeit, der in ihr lebt.

Und ich kam näher und näher, aber vorsichtig, denn man muß ja auf alles gefaßt sein, besonders bei einem wie ihm, mit dem sogar meine wohlgeratene Schwester nur schwer zurecht kommt, und ich muß sagen, und das besonders jetzt, wo ich ihn kenne, daß ich mich gar nicht wundere, ganz und gar nicht wundere, daß sie ihn hinausgeworfen hat, die Ärmste, denn es fällt der Süßen ziemlich schwer, solche Dinge zu ertragen. Dinge, die etwas komplizierter sind als ein Vulkan oder ein Schneesturz, denn sie – und das ist übrigens bekannt, ich sage hier nichts, was ich nicht auch ihr ins Gesicht sagen würde –, sie liebt das Einfache. Sie ist sehr, aber wirklich sehr für Ordnung und Vernunft, und daß alles seinen Platz hat. Und ich bin sicher, daß sie den meisten meiner Kreaturen nicht erlauben würde, auf ihr zu leben, aus eben diesen Gründen der »Vernunft« und der »Ästhetik«. Als sei ein Seepferdchen weniger schön als ein Landpferd. Aber die Wahrheit ist, daß alle, die das verwirrende Leben bei mir satt hatten, mich verließen und zu ihr gingen, und es ist auch eine Tatsache, daß alle soliden, kultivierten Leute bei ihr leben und zu mir eher Abenteurer und Matrosen und wahnsinnige Romantiker kommen; ohne daß wir es je geplant hätten, ist es zu dieser Aufteilung zwischen uns gekommen, und jetzt passiert ihr plötzlich dieses seltsame Ärgernis, da kommt so eine menschliche Kreatur daher, ein Pünktchen, ein Krümelchen, und beginnt sie wie ein vulkanisches Geschwür zu plagen. Was soll man mit ihm machen? Richtig: man schickt ihn schnell zu mir. Ihr wird es bestimmt nichts ausmachen, sagte sich meine geliebte Schwester tief im Herzen (wenn sie überhaupt eines hat), sie wird es gar nicht merken, und wenn sie es doch merkt, wird sie sich bestimmt riesig freuen, denn er ist genau ihr Typ, dieser Bruno, er paßt genau in ihre romantischen Vorstellungen; obwohl sie vor ungefähr vier Millionen Jahren geboren wurde, ist sie im Grunde ihres Herzens immer noch ein kleines Mädchen, und ich finde es wunderbar – sagt meine Schwester –, daß sie so geblieben ist, so jung und ausgelassen und – eh, abenteuerlustig, jaja (ihr solltet hören, wie sie »abenteuerlustig« sagt. Vor lauter Liebenswürdigkeit sprießen ihr warzige Zitronenplantagen in Indien).

Was soll ich euch sagen – sie hat recht. Sie hat recht, sie hat recht, und sie hat abermals recht, bei allen östlichen Winden. Ich bin tatsächlich so. Und an jenem Abend, als ich atemlos von Madagaskar zur Küste von Danzig eilte und zum erstenmal diesen kleinen Mann sah, der das Wasser schlug wie ein tonnenschwerer Lamantin, der seine Flügel ausbreitet, aus dem Wasser fliegt und mit gewaltigem Aufprall landet (so gebären sie), als ich sah, wie verzweifelt er versuchte, immer tiefer in mich einzudringen, um von ihr wegzukommen, da rührte sich etwas in mir, Ehrenwort, und plötzlich fing alles in mir zu tanzen an, so bin ich manchmal, im Pazifik erbebte eine ganze Kette von Inseln und am Südpol knarrten die Eisberge, und ich sagte laut zu mir: jetzt übertreib aber nicht, verlier bloß nicht den Kopf, du erinnerst dich doch, wie die Geschichten mit Odysseus und Marco Polo und Francis Drake endeten, zum Schluß verlassen sie dich ja doch alle und kehren dorthin zurück, von wo sie gekommen sind, sie brauchen dich nur, wenn sie jenseits aller Verzweiflung sind, aber dann, wenn du sie wiederhergestellt hast, verlassen sie dich ohne ein Wort des Dankes, ohne zu merken, wie sehr du sie willst, ohne je zu wissen, wer und was du hinter all dem Wasser bist…

Aber dann habe ich mir gesagt, zum Teufel, sagte ich, was für einen Sinn hat mein Leben, wenn ich zwischen Kontinenten und Meerengen und Küsten eingeschlossen und erdrückt werde, wenn alles, was ich über die Welt weiß, nur das ist, was mir die Flüsse auf ihre eklig-süße Art erzählen oder was die Möwen über mir einander zukreischen oder worüber die dummen Regentropfen so begeistert plappern, und was für einen Sinn hat das Leben, wenn man ihm nicht ein bißchen Liebe abgewinnen kann und auch Herzweh, jawohl, auch Herzweh, zum Teufel mit allen östlichen Winden, und einen süßen Schmerz wie damals im Roten Meer, als ich mich anderthalb Ewigkeiten zurückhielt, damit alle Juden hindurchziehen konnten, und dachte, daß ich wahnsinnig werden würde (es ist wirklich schwer, sich so lange zurückzuhalten, und noch dazu an zwei Ufern). Ich brauchte ihn nur anzusehen, den kleinen, starken, konzentrierten Mann mit seinem etwas dreieckigen Kopf und seinem dünnen, weißen Körperchen, und schon wußte ich, daß ich ihm ganz und gar gehören und mich ihm grenzenlos hingeben würde, von ganz oben bis in meine schwärzesten Tiefen und ohne auch nur einen Augenblick nachzudenken, wie alles enden und er zu ihr zurückkehren würde, nachdem er mich gänzlich vergiftet und verwirrt hatte, nachdem er sich erlaubt hatte, sich in meinem Inneren auszulassen und sich in alle Komponenten aufzulösen, die ich – und nur ich – ihm bieten konnte, in alle Splitter und Farben und Kreise leiser Wellenschläge und tosender Wogen, und plötzlich wurde mir heiß und kalt zugleich, und ich errötete heftig, so bin ich nun mal in solchen Situationen, man sieht mir alles an, und man hätte meinen können, daß ich das ganze Rote Meer irrtümlich in die Bucht von Danzig gebracht hatte, aber irgendwie schaffte ich es doch noch, daran zu denken, daß ich mich weiterhin um die vielen administrativen Angelegenheiten kümmern mußte (aber wer hat in dieser Situation Geduld dafür): um die Temperatur und die präzise bogenförmige Richtung des Golfstroms, um die Einhaltung eines gleichmäßigen Tempos der treibenden Gletscher und um die ganze Bürokratie mit Ebbe und Flut, die ich ohnehin nie habe begreifen können. Die bittere Wahrheit jedoch ist, daß mich das alles nicht mehr interessierte, ich wußte nur, daß ich diesem Mann auf allen seinen Reisen folgen würde, *che sera, sera*, wie die netten Italiener sagen (ich bin ganz verrückt nach ihrem Venedig, meiner Meinung nach ein wahrer Geistesblitz meiner Schwester), und ob ihr es glaubt oder nicht, erst da merkte ich, daß »mein« Mann nicht allein war, daß er von einer Million Salme umgeben war, die sich auf dem Rückweg zu ihrem Fluß befanden, und ich muß gestehen, daß ich mich nicht genau erinnern konnte, was den Salmen in ihrem Leben widerfährt, das heißt – ich wußte es einmal, aber ich hatte es vergessen. Solche Dinge gehen mir zum einen Ohr in Panama herein und sofort zum anderen im Bosporus wieder hinaus, denn wie soll man sich auch alle Fische und Algen und Schwämme und Krebse und Korallen und Ungeheuer und Sirenen merken, jeder hat seine eigene Lebensgeschichte, jeder hat seine eigenen Sorgen, aber in diesem besonderen Fall beschloß ich, nicht der Faulheit und Ignoranz nachzugeben, und sandte sofort meine flinken Welpen aus, meine schnellen, gehorsamen Wellikis, meine guten Freunde, meine freiwilligen Sklaven, sie umzingelten den Schwarm, berührten jeden Fisch und jede Flosse, streiften sie wie zufällig, und dann schwammen sie zur Küste, denn... wie soll ich das erklären... es ist so dumm, wirklich... also: Ich habe ein kleines Gesundheitsproblem, nur vorübergehend natürlich, und deswegen bin ich darauf angewiesen, was mir meine Wellikis erzählen, nachdem sie die Küste oder ein Riff oder eine Insel oder irgendeinen Gegenstand vom Festland, wie zum Beispiel ein Schiff, berührt haben, es ist ein dummer kleiner Fehler in der Planung, und ich bin ganz sicher, daß sich das bald regeln wird, und dann werde ich es auch alleine machen können, aber was spielt das jetzt für eine Rolle, Hauptsache, daß meine lieben kleinen Wellikis die Haut der Salme entzifferten, die Struktur der Flossen und das Gewebe der Ringe, die auf ihnen eingezeichnet waren, jaja, Fische sind so viel einfacher zu verstehen als alle menschliche Kreatur, und meine flinken, geheimen Wellikis kehrten sofort zu mir zurück, und ich las mit einem Lecken die ganze böse, grausame Geschichte der Salme: wie sie in einem Süßwasserfluß in Schottland oder Australien geboren werden (diese Salme kamen zufällig vom Spey in Schottland), wie sie von dort zu mir ins Salzige ziehen und nach ungefähr drei Jahren in riesigen Schwärmen ihre Rückreise antreten, eine Reise von Zehntausenden meiner Meilen, und das mit einer Geschwindigkeit von fünfzig meiner Meilen pro Tag und fast ohne sich auszuruhen; sie werden von Fischern und Raubfischen und Stürmen gejagt, und am Ende kehren sie zu dem Fluß zurück, in dem sie geboren wurden, schwimmen gegen den Strom, springen die höchsten Wasserfälle hinauf, springen mit der ganzen Kraft, die ihnen noch geblieben ist, höher und höher, und ich habe gehört, daß es Plätze gibt, an denen ihnen menschliche Kreaturen spezielle Leitern um die Wasserfälle gebaut haben, eine Art Übergang, damit sich die Fische nicht so anzustrengen brauchen, aber nein, sie müssen gegen den starken Strom anspringen, bis sie schließlich jene Stelle, aber haargenau jene Stelle erreichen, an der sie geboren wurden, und dann haben sie keine Kraft mehr, legen ihren Laich ab und sterben, nur einer oder zwei von jedem Schwarm überleben und machen sich mit den Neugeborenen zu einer zweiten Reise zu mir auf, der Rest – –.

Doch ich hatte keine Zeit, in trostlosen Gedanken zu versinken, denn *er* war noch dort, er schwamm und versprühte seine Bitterkeit und machte mir überall, wo er war, eine Gänsehaut, ich schickte meine Wellikis zu ihm zurück, um alles und jedes über ihn in Erfahrung zu bringen, aber weil ich es hasse zu warten, tauchte ich inzwischen in meine schwärzesten Tiefen, wo die Fische tellergroße Augen haben, die Korallen mit fahlem Licht leuchten und der Grund bedeckt ist mit versteinerten Fischen, die aber noch leben, mit versteinerten Wäldern und riesigen leeren Sümpfen, dort regnet es aus den oberen Zonen ununterbrochen Fischschuppen und Wolken von Plankton herab, ich erstickte fast und schoß nach oben, in die Zone, die ich am liebsten mag, in die Zone des Schattenlichts, unter der Wasseroberfläche, aber doch in einiger Entfernung, dort, wo mir hin-rei-ßen-de bunte Korallenriffe wachsen und Fische, die man gesehen haben *muß*, um zu glauben, daß es sie gibt, wo findet man bei meiner Schwester so wunderschöne Kreaturen wie den grün-blau-roten Buntbarsch, hat *sie* vielleicht so majestätische Kreaturen zu bieten wie den erwachsenen Kaiserfisch mit seinen lila-gelb-schwarzen Arabesken?

Anderthalb Ewigkeiten verbrachte ich mit diesen ärgerlichen Gedanken, trommelte auf den Felsen und belästigte jeden vorbeischwimmenden Fisch, bis meine Wellikis zum zweitenmal zu mir zurückkehrten, aber sie konnten mir immer noch nichts über ihn erzählen, sie zappelten und zitterten und rollten herum wie kleine Seehunde und riefen Wir nicht v'rstehn, was los is, Oh Herrin, diese Kreat'r is so seltsam, Oh Herrin, hat ganz ganz eklig'n Geschmack wie Schleimfisch und eine Rede, die kein'r von uns versteht, und is so heiß, daß 's Angst macht ihn anzufass'n und brennt noch mehr als Seerose,

Oh Herrin, und da brüllte ich, Zurück zu ihm, brüllte ich, fliegt zu diesem Mann und lernt ihn in- und auswendig kennen, ohne Vorsicht und ohne Erbarmen, schüttelt ihn, rollt ihn, kitzelt ihn, kostet seine Exkremente und die Bitterkeit, die er verströmt, entschlüsselt seinen Speichel und nehmt seinen Urin, zeichnet die Falten um seine Augen nach und die winzigen Löcher, aus denen ihm die Haare ausgefallen sind, los, rennt schon, rast, fliiiegt!

Jaha, das war eine herr-li-che Szene, und ich in Rage; obwohl es mir schwerfällt, wirklich wütend zu sein. So bin ich nun mal. Aber ich war sehr neugierig und gespannt und nervös, und ich hatte auch ein bißchen Angst, und, wie immer in solchen Fällen, blies ich mich zu gewaltigen Wellen auf, warf mich in der Fontäne eines Blauwals hoch in die Luft und spritzte in die schwarze Wolke eines Tintenfischs, und nach anderthalb Ewigkeiten kehrten meine kleinen Wellikis müde und erschöpft und gegeneinandertaumelnd zu mir zurück und riefen, All's in Ordnung, Oh Herrin, riefen sie schon von weitem, Wir schon all's wiss'n über den da, und es 's gar kein Wund'r, Oh Herrin, daß wir 's nich gleich verstand'n, weil der da nich mal im Schlaf d'ran denkt, in der Sprache der Mensch'nkreaturen zu denk'n, der sich die ganze Zeit anstrengt, nur für sich allein Wört'r auszudenk'n, Oh Herrin, aber wir werd'n sich'r bald alle seine Geheimnisse knack'n, denn wir wiss'n schon mehrod'rwenig'r alles, wie daß der da von denen is die man Juden nennt weil ihm ein Stück von seinem Schnorkelchen fehlt und wo der gebor'n is das is in Drohobycz und daß er Mensch is, der viel geschrieb'n und jetzt er wegrennt vor etwas und er sagt auch Wört'r in Sprache wir nich kennen wie Musik die imm'r gleich is ich habe deinen Juden getötet, wenn das so ist werde ich jetzt deinen Juden töten, Ihr seht, Oh Herrin, wir schon alles wiss'n und jetzt wir flieg'n zu ihm zurück noch und noch zu lernen damit Ihr zufrieden seid, Oh Herrin – –

Zufrieden? Ah! Ich war einfach glücklich. Es war schon Nacht, ich lag auf dem Bauch, wie ich es manchmal tue, wie ein kleines Baby, das einmalig ist in allen Galaxien und Sonnensystemen, und man muß es nur aus dem richtigen Blickwinkel betrachten, um zu verstehen, wie klein und niedlich es eigentlich ist, wie eine Perle, und mein Gesicht war dem Abgrund zugewandt, und der Wind streichelte mein Gesäß, am Himmel strahlten die Sterne, und ich glättete die Wellen, damit sich das Licht hell und klar auf mir spiegeln würde, und ich war schön.

Er erfand sich eine Sprache, »mein« Mann. Wie wunderbar. Um mit sich selbst reden zu können, ohne daß ihn irgend jemand auf der Welt verstehen würde. Ohne daß er später irgend jemandem von ihr erzählen könnte, weil es keine Worte geben würde. Wie großartig, wirklich großartig. Woher hatte er bloß solche Ideen?

Ja, ich war von Anfang an fasziniert von ihm, auch wenn ich nie so recht verstehen konnte, warum er soviel Kummer und Sorgen auf sich lud, anstatt sich einfach mit mir zu vergnügen, ja, in diesen Dingen bin ich ein bißchen wie seine Mutter Henrietta – über die ich alles weiß, schade, daß wir uns nie kennengelernt haben, wir wären hervorragend miteinander ausgekommen –, die ihm auch immer bekümmert zu sagen pflegte: »Gedanken eines alten Mannes, Bruno, nicht die eines Kindes, ein ›alter kopp‹, hoffentlich kommst du heil aus ihnen heraus, denk dran, was mit deinem armen Vater Jakub geschehen ist.«

Und in der Tat, was war mit ihm passiert? Meine Wellikis erzählen mir seltsame Geschichten, Dinge, die ich noch nie gehört habe, seit ich zum ersten Mal das Schiff mit den Argonauten sah, die sich Geschichten um die Wette erzählten. Nach all dem, was mir meine Wellikis berichten, war auch Brunos Vater eine Art Flüchtling, aber nicht in der üblichen Bedeutung des Wortes, sondern, eh, wo hab ich mir das aufgeschrieben?

Sein Vater, der fast das Fliegen lernte, als er auf dem Dachboden tropische Vögel züchtete, Pfaue und Fasane und riesige Hähne und Kondore, sein Vater, den Bruno *»den Fechtmeister der Einbildungskraft«* nannte, *»der mutterseelenallein dem grenzenlosen Element der Langeweile den Krieg erklärte, dieser wundervolle Mann, der so oft seinen Tod in Raten zerkrümelte, daß er alle im Haus mit der Tatsache seines Abgangs vertraut machte«* – so schreibt mein Bruno – *»und nur die Physiognomie des bereits Abwesenden zerteilte sich gleichsam in dem Zimmer, in dem er lebte, verästelte sich und bildete an bestimmten Punkten seltsame Ähnlichkeitsknoten von unglaublicher Deutlichkeit, und die Tapeten imitierten an bestimmten Stellen* *die Zuckungen seines Ticks, die Arabesken formten sich zur traurigen Anatomie seines Lachens...«*

Ich kann jedes Wort, das er geschrieben hat, auswendig – –

Am Ende verwandelte sich Brunos Vater in einen riesigen Krebs. Er pflegte durch den Türspalt ins Zimmer zu kommen und bei allen eine schreckliche Verlegenheit auszulösen, bis man ihn eines Tages fing. Genau so war es: Brunos Mutter, die es anscheinend nicht mehr aushalten konnte, fing ihn und kochte ihn zum Abendessen, und er wurde in einer schönen Schüssel auf den Tisch gestellt, groß und aufgequollen vom Kochen, aber sie aßen ihn natürlich nicht, Gott behüte, sie waren eine kultivierte Familie, sie stellten ihn nur auf den Tisch im Salon, neben die Zigarrenkiste, die auch eine Melodie spielen konnte, aber er floh auch von dort, stellt euch vor, denn weder Bruno noch sein Vater geben je auf, selbst wenn sie keine Chance mehr haben, geben sie nicht auf, und nachdem Brunos Vater ein paar Wochen lang in der Schüssel gelegen hatte, floh er, *»Nur ein Bein lag am Rand des Tellers, das er in der erkalteten Tomatensauce und in der von seiner Flucht zerstampften Gallerte verloren hatte. Gekocht, die Beine unterwegs verlierend, schleppte er sich mit den Resten seiner Kraft weiter auf eine heimatlose Wanderschaft«*, immer weiter, immer weiter, wie sein hartnäckiger, sein lieber, sein so ernster Sohn, der mir das Gefühl gibt, ich sei ein leichtsinniges Ding, dessen Verzweiflung einen schwarzen, versengten Streifen in mir hinterläßt, fast wie die Spur eines Zerstörers, aber die Spur eines Zerstörers lösche ich sofort, seine hingegen nicht, ich bedecke sie nur mit einer hauchdünnen Wasserschicht und bewahre sie zum Andenken auf, so wie alle anderen Krümel, die er mir zurückläßt, denn was bleibt mir anderes übrig...

4

Und du warst im Wasser Bruno schlingertest hin und her in der großen langsamen Wiege des Meeres welche die Wasserzeit bestimmt die sich in Nebel verwandelt der sanft über das Wasser bläst im hellen Morgengrauen Bruno treibt auf den Wellen an denen der endlose Strom zupft er lernt daß Wasser einen

Geruch hat du hast nicht gedacht daß Wasser einen Geruch hat hin und her schaukelte es dich weiter und weiter zog es dich in der großen Wiege des Meeres lerntest du daß du bis zur Unendlichkeit bis in alle Ewigkeit segeln kannst denn die kräftige Bewegung zieht dich denn der leise Strom stillt dich du treibst zwischen ihnen durchs Wasser gezogen und erfährst lange Nächte einen fahlen Mond einen rötlichen Mond einen leuchtenden Mond Wolken die am nächtlichen Himmel ziehen du treibst und schwimmst allein durch die Schöpfung nur die Kraft der Bewegung der Fische nur der betörende Geruch der Fische das beständige Pochen der Kiemen vor deinen Augen die Kühle der Wellen die sich an dich schmiegen und die das wellige Wassernegativ deiner Gestalt zur Küste schmuggeln um es dort in den karierten Augen eines Steinkrebses verstaut in tausend Splitter zu zerbrechen zwischen den versteinerten Hieroglyphen die in den Gehirnen der Korallenriffe eingraviert sind und weiter und weiter triebst du mit ihnen am Anfang rieben nur die rauhen Flossen deine sanfte Haut und die Hunderte von Kratzern die sofort auftauchten dann die Tropfen deines Blutes die ins Wasser fielen ließen den ganzen Schwarm erschaudern und schon bald fühltest du weder den Schmerz noch das Salz nur ihre glitzernden Rücken sahst du ihre glänzenden grünen Bäuche und das Pochen der Kiemen und der scharfe Geruch und ein vor Freude erstickter Schrei der Ferne und deine Ohren füllten sich mit dem Rauschen und dem Pochen und dem Tumult des großen wässrigen Marktes und mit dem Kreischen hausierender Möwen und blauen Stoffballen die aufgerollt unter dir liegen und aalglatte Geldwechsler verhandeln in großen durchsichtigen Blasen gefangen in den stillen Gassen versunkener Städte und stumm dahertreibender Basare und das Meer ist voll von Flüstern und Echos und schäumenden Worten die die Wellen auf der Küstenharfe zupfen Wasserfäden fließen durch den Kamm des Riffes weiter und weiter triebst du mit ihnen wie ein Ertrunkener wurdest du von dem Strom ihrer Kraft getragen deine Arme hattest du an deinen Körper gepreßt die Knochen deiner Schulterblätter ragten hervor wie Flügel und so angenehm war dir der Ernst ihres Schweigens die Schwere ihres Schweigens die Betrübtheit ihres Schweigens und du fragtest dich ob der Tod so sei so glücklich und vollkommen und ob er den Rhythmus des großen pochenden Wasserherzens auf dem riesigen Kardiographen aufzeichnete der ständig unter dir zu rollen schien und als du mit ihnen am Pier der Stadt vorbeikamst seit ihr wie ein ausgebreiteter Fächer am Marinehafen vorbeigezogen die Zerstörer und Fregatten waren voller Soldaten überall der Geruch von Diesel und Öl Fanfaren und ein junger Soldat schweißte an Deck ein Maschinengewehr und rote Funkten sprühten im Bogen ins Wasser und zischten und plötzlich bemerkte der Soldat den mächtigen Schwarm und starrte ins Wasser aber dich sah er nicht sah er nicht und einen Augenblick erschrakst du einen Augenblick packte eine jämmerliche verräterische Reue dein dumpf pochendes Herz und du zappeltest im Wasser du schriest und brülltest und wie ein Blitz durchzuckte deine Angst das Herz des ganzen Schwarms denn das Meer ist voller Boten voller Flüsterer denn das Meer ist ein Fischer und sieh mal jede Welle ist die Bewegung seiner Hüfte ist der Schwung seiner Schultern die das Netz seiner dichten klaren Nerven auswerfen und sofort ereignete sich ein gefährlicher *torag* und du wurdest gestoßen geschoben und tauchtest unter und ersticktest hast nichts verstanden nichts geahnt von deinem Anteil am *torag* und tausend erschrockene Fische wurden mit deiner menschlichen Angst vermischt wendeten plötzlich und prallten gegen die nachfolgenden Reihen Schädel zerschlugen und Kinnladen zerrissen und sofort war der *dolgan* erschüttert das natürliche Gesetz der Wahrung des Abstands das natürliche Gesetz der Einsamkeit in der Masse und das Wasser schäumte in Fetzen zerschnitten von Messerflossen wimmelnd und irgendwo am Rand zwang Leprik den Fischen seine große Ruhe auf langsam formierten sich wieder die Reihen Seitenlinie an Seitenlinie Kopf an Schwanz und zum erstenmal erkanntest du den *ning* die starke Saite die sich von deinem Nacken bis zum Grund deiner Seele spannt und du lauschtest verwundert dem beständigen Beben während es dich weiter und weiter trieb einsam in der Masse von Einsamen und Schweigsamen und plötzlich wurdest du von einer seltsamen Freude erfüllt und warfst dich auf den Rücken Bruno du wurdest mit Wonne hierhin und dorthin getragen auf den flüsternden plappernden Wellenlippen und du pinkeltest in die

Luft und lächeltest in den Abgrund der zwei Falten in deinen Kniekehlen und die Möwen kreischten verwundert auf beim Anblick deines weißen Bauches und deine rechte Achselhöhle wurde ein dichter grüner Dschungel bis sich ein weiches seidiges Knäuel von Algen von ihr löste und forttrieb Wasser hat einen Geruch du riechst es plötzlich und das ist nicht der Geruch den ein Mensch am Strand oder am Ufer eines Flusses riecht Wasser hat einen Geruch der anders ist als alle anderen Gerüche so wie die Geräusche im Meer anders sind als alle anderen Geräusche so wie die Farben so wie die Gedanken im Meer anders sind sie werden von den flinken Hausierern gestohlen den Sklaven des Meeres den Läufern der Wellen und kehren zurück kehren als schwaches kreisendes Echo in dem schäumenden gärenden Lärm des wässerigen Basars zurück der wie ein riesiger duftender Markt ist denn Wasser hat doch einen Geruch einen Geruch der sich nicht in den Nüstern und nicht in der Nase sammelt sondern vielleicht in den Lungenlappen der Sehnsucht die im Gehirn des Fisches sind ah der Geruch des Wassers ah der Geruch des Meeres das Gewirr von Fischgerüchen und von Felsen der Tiefe und von schwammigen Pflanzen der Finsternis und der Geruch der Kadaver der großen Meerestiere und der Speichel von Muschellippen und der Atemhauch von Korallenriffen die in den Nächten keuchen und von wilden Epochen träumen und das tiefe verborgene Aroma des fernen Meeresbodens und der Geruch von Hunderten von Flüssen und der Duft ihres Strömens und siehe als du erwachtest aus dem Schlummer der Ohnmacht in der Wiege des Meeres hin und her trieb Bruno mit den weißen langsamen Wellenschlägen da erkanntest auch du daß alle anderen um dich herum ohne den geringsten den leisesten Zweifel den hauchdünnen Faden des Geruchs kennen den der Flußarm in einem sehr sehr fernen Land ausströmt dort wo sie vor Jahren ausgeschlüpft sind und wohin sie nun zurückkehren um zu sterben nie wieder werden sie hierher kommen von den Tausenden von Gerüchen die das Meer ihnen ständig zubläst spüren sie nur jenen hauchdünnen Faden nur den flakkernden Ruf des Schicksals die Verzauberung Komm zu mir was zählt ist der Weg Komm zu mir und der Tod wird dich vom Leben trennen Komm zu mir hören die Salme und richten sich mit Leib und Seele danach und Bruno bleibt bei ihnen Wochen und Monate versucht er Gerüche zu erraten und lauscht schluckt Wasser riecht gierig fremde Gerüche stundenlang tagelang sucht das Aroma seines Flußarms den Geruch seines Weges und das Flackern seines Lebens und inzwischen bräunt die Sonne seinen Rücken werden seine Schultern stark und muskulös und er lernt den Geschmack von Plankton und die schwammigen Mollusken kennen und hört keinen Augenblick auf zu lauschen Du wußtest damals nicht was es war was du wolltest Bruno nur eine dumpfe Ahnung war da nur die Sehnsucht deretwillen du dich in diese letzte Reise stürztest Bruno und plötzlich warst du erschüttert im Herzen des Meeres kamt ihr an der Insel Bornholm mit ihren die Küste küssenden Feldern und der weißen Kirche vorbei so erschüttert warst du als die Spur eines altbekannten Geruchs dein Gesicht streifte sich an deine Nasenflügel klammerte einen Augenblick um dich herumkreiste und dann weitersegelte eine matte feine Spur du erwachtest sofort aus dem Schlummer und deine Sinne kreuzten sich wie Schwerter und Funken der Erinnerung sprühten aus deinem Herzen ins Wasser und zischten ah der bekannte Geruch der geliebte Geruch und du wolltest umkehren um ihn zu suchen aber der große *ning* war so stark in dir gespannt daß er schmerzte und er hielt dich fest und ließ dich nicht umkehren denn die Salme ziehen immer nur vorwärts vorwärts den Tod auf den Fersen und du heultest fast auf vor Kummer was war plötzlich dieser Geruch Bruno was war er vielleicht das billige Parfum von Adela oder der Geruch der herrlichen Stoffballen in deines Vaters Wunderladen oder *»der Duft der funkelnden Kirschen, voller Saft unter der durchsichtigen Haut«* die Adela im leuchtenden Glanz eines glühendheißen Augustmorgens nach Hause brachte oder der süße schwindelerregende Geruch deines ersehnten Buches in dessen zerfressenen verfaulten Blättern der Wind wie in einer riesigen zerfallenden Rose blättert?

Und mir geht es genau so. Am sandigen Strand von Narvia, im ruhigen Meer im Monat Juli 1981, genau der gleiche Geruch, dem ich immer wieder an ganz verschiedenen, unerwarteten Plätzen begegne – wenn ich in einer Straße an einer Bank vorbeikomme, auf der ein paar Alte zusammensitzen und sich ihre Geschichten erzählen; in einer kühlen, modrigen Höhle, die ich neben meiner Militärbasis im Sinai entdeckte; zwischen den Seiten eines jeden Exemplars der *Zimtläden*; in der Achselhöhle Ajalas (nachdem sie beschlossen hatte, nicht mehr mit mir zu schlafen, war sie noch so anständig, mich an ihr riechen zu lassen, wann immer ich es nötig hatte), und es stellt sich natürlich die Frage: Kann es sein, daß ich diesen Geruch in mir trage und er an bestimmten Plätzen aus mir herausbricht? Erzeugt ihn mein Körper als Kompensation für irgendein tiefes Bedürfnis? Ich versuche die einzelnen Komponenten zu analysieren: den sauberen Geruch von Großmutter Hennys Wangen; den strengen Geruch von Tieren, Fell und Schweiß; den säuerlichen Geruch von Großvater Anschel; den Schweißgeruch eines kleinen Jungen – nicht den bekannten Geruch des Umkleideraums neben der Turnhalle, sondern einen schärferen Geruch, der unangenehme, peinliche Gedanken aufkommen läßt von Drüsen, die älter sind als dieser Junge und die in ihm ihre Säfte produzieren – –

Ich kehre immer wieder dorthin zurück. Das Trampeln. Das Stammeln. Ajala sagte mir einmal mit wissendem Gesichtsausdruck, daß der autobiographische Roman, den ich irgendwann einmal schreiben würde, »Mmmmmmmmeine Gegegegegeschichte« heißen würde. Es sei kein Wunder, meinte sie, daß meine aufrichtigsten Gedichte »Der Objektzyklus« seien, den sie kurz und bündig »ein Inventar fruchtloser Plapperei« nannte. Ajala hatte eine Menge solcher »Observationen« (sie selbst nannte es so), die sie mir liebend gern mit gewichtiger Stimme mitteilte und mit kleinen Wellen des Lächelns begleitete, die wie das Glucksen von unter der Decke spielenden Kindern klangen; und immer, wenn ich mich dazu verleiten ließ, ihr ernsthaft zu antworten, eine logische Diskussion anzufangen, brach sie in ein bebendes Lachen aus, das ihren ganzen Körper schüttelte und auf wundersam kompliziert Weise von ihrem Fett aufgesogen wurde: Zuerst war das Lachen wie ein Knäuel zusammengerollt, doch dann sandte es langsam seine Botschaft in immer weiter ausgreifenden Wellen aus, von ihrem runden, weichen Bauch zu ihrem gewaltigen Busen, zu ihren kleinen, weiblichen Füßen, ihren sommersprossigen Armen, und erst ganz am Ende erreichte die Lustigkeit ihr rundliches Gesicht, doch dann war seltsamerweise nicht mehr genug Lachen übrig, um ihre mandelförmigen Augen zu füllen, die stets ruhig, offen und traurig blieben.

Und ich hoffte, daß ich sie hier, in Narvia, vergessen würde. Doch da war immer das Stammeln. Das Trampeln.

Meer, schläfst du?

Sie schläft. In Narvia und auch hier. Wann immer ich anfange, über mich selbst zu sprechen, nutzt sie die Gelegenheit und schläft sofort ein. Sammelt Kräfte für später, wenn ich von Bruno erzähle. Verdammt, wieso lasse ich es zu, daß ihre Frivolität, ihre kindische, egozentrische Oberflächlichkeit mich so wütend macht, mich derart aufregt, ohne daß es einen Weg – –

Ach, ich lasse mich schon wieder gehen.

Hör zu. Und es ist mir egal, ob du schläfst.

Als wir uns zum erstenmal trafen, erzählte mir Ajala von dem weißen Zimmer, das sich in einem der unterirdischen Gänge von Yad Vashem befindet. Ich sagte ihr, daß ich so ein Zimmer noch nie gesehen hätte, obwohl ich ziemlich viel Zeit dort verbracht hatte, und daß mir niemand von den Angestellten davon erzählt hätte. Daraufhin erklärte sie mir, und belächelte schon damals verständnisvoll meine Begrenztheit, »Es ist nicht von Architekten entworfen worden, Schlomik, und auch nicht von Bauarbeitern gebaut, und die Angestellten wissen tatsächlich nichts davon – –« »– – Eine Art Metapher?« fragte ich und fühlte mich sofort sehr dumm, und sie, geduldig: »Genau.« Mit jedem Augenblick, der verging, sah ich in ihren Augen die Überzeugung wachsen, daß sie einen großen Fehler gemacht, daß ihre scharfe Intuition sie diesmal irregeführt hatte. Daß ich ganz gewiß nicht der Mann war, dem man solch ein Geheimnis, dem man überhaupt ein Geheimnis anvertrauen durfte. Das war an dem Abend, an dem wir uns kennenlernten, bei einem Vortrag über die letzten Tage des Gettos von Lodz, zu dem ich aus Gewohnheit gegangen war, und zu dem Ajala ging, weil sie nie einen Vortrag oder eine Veranstaltung dieser Art versäumte (ihre Eltern sind Überlebende von Bergen-Belsen). Von Anfang an war sie diejenige, die die Initiative ergriff, und in jener Nacht – der ersten, in der ich, seit ich verheiratet war, nicht nach Hause kam – entdeckte ich, daß ich trotz meiner vielen Fehler die überraschende Gabe hatte, Ajala in einen Krug zu verwandeln, in eine Erdbeere und – in Augenblicken höchster Erhebung – sogar in dicke rosarote Jahrmarkts-Zuckerwatte. Es stellte sich auch heraus, daß meine Hand trotz meiner bedauerlichen Begrenztheiten tausend seltsame Schauer auf ihrer straffen, warmen braunen Haut hervorrufen konnte, die in ihr Inneres sickerten, ihren weichen, üppigen Körper wie einen Bogen spannten und uns beide von der obsessiven Anspannung befreiten, bis schließlich ein scharfer Ton ihren unbekannten Tiefen entschlüpfte, traurig und hoch wie eine Möwe, die von einem Pfeil durchbohrt wird, und wir wieder eine Zeitlang zu unserem kultivierten Gespräch zurückkehren konnten. Dies wiederholte sich während unserer ersten gemeinsamen Nacht noch viele Male.

»Und dieses weiße Zimmer«, erklärte mir Ajala in einer dieser Ruhepausen, »ist durch Ersticken entstanden. Es ist eigentlich gar kein Zimmer, sondern, sagen wir, eine Art Tribut, ja: –«, sie schloß ihre zarten, leicht geschwollenen Augenlider und war ganz auf sich selbst konzentriert, »– ein Tribut, den alle Bücher, die sich mit dem Holocaust befassen und alle Bilder und Worte und Filme und Fakten und Zahlen, die in Yad Vashem zusammenkommen, den Dingen zollen, die für immer ungelöst, für immer unbegreiflich bleiben werden. Das ist doch der Kern der Sache, Schlomik, oder?«

Ich verstand nichts. Ich betrachtete sie mit trauriger Faszination, denn mir war schon damals klar, daß wir beide die gleiche seltene, unglückliche Art von Liebe teilten, die man »umgekehrte Liebe« nennen könnte; daß wir die Höhepunkte unserer Liebe bereits hinter uns hatten, daß Ajala mich, sobald sie aufwachen und entdecken würde, wie verschieden wir voneinander waren, mit Sicherheit aus ihrem Zauberschloß verbannen würde. Sie wußte nichts über mich. Sie hatte nur meinen ersten Gedichtband gelesen und »Kein schlechter Anfang« gesagt. Das ärgerte mich ein bißchen, denn im allgemeinen mochten die Leute diesen Band noch mehr als die drei, die danach erschienen waren, und einige Kritiker schrieben, er enthalte »eine beherrschte innere Spannung«. Ajala jedoch meinte, in den

Gedichten sei zu spüren, wie sehr ich mich vor mir selbst und vor dem Leben im allgemeinen fürchtete, im besonderen aber vor dem, was im Land Dort geschehen war. Sie bat mich, ihr zu versprechen, in Zukunft kühner zu sein, und als ich es ihr versprach, erzählte sie mir von dem weißen Zimmer.

Ich war verzaubert von ihr, von ihrem Körper, der so frei und geschmeidig war, so eins mit sich selbst, sich wölbend und bebend vor sinnlicher Begierde; ich war verzaubert von ihrer kleinen Wohnung, ihrem winzigen Schlafzimmer, das – man könnte fast sagen – verschleiert war. Ich weiß nicht, was daran verschleiert war, aber es war irgendwie verschleiert. Noch nie bin ich so schnell mit einer Frau ins Bett gegangen: zwei Stunden und fünfundzwanzig Minuten nach dem Augenblick, da wir uns begegnet waren (ich weiß es so genau, weil ich ständig auf die Uhr sah und mich fragte, was ich Ruth erzählen würde, wenn ich nach Hause kam). Zwei Stunden und fünfundzwanzig Minuten vergingen von dem Augenblick an, als wir den Vortragssaal verließen und bedrückt und erschüttert waren über alles, was wir dort gehört hatten, bis wir uns in ihrem Zimmer mit einer Leidenschaft aufeinanderstürzten (genau das passierte: wir stürzten uns aufeinander), die ich zuvor nicht gekannt hatte. Erst nachdem wir uns ein wenig beruhigt hatten, fiel mir ein, daß ich nicht einmal ihren Namen wußte! Ich fühlte mich wie ein richtiger Don Juan: mit einer Frau zu schlafen, bevor sie mir ihren Namen sagte! Und in diesem Augenblick zog sie meine Hand an ihren Mund und flüsterte lautlos den Namen »Ajala« hinein, und ich schwöre, ich hörte ihn durch meine Hand hindurch. Ich weiß, daß das verdächtig klingt: ich würde es auch nicht glauben, aber bei Ajala war alles möglich.

In einer Ecke des Zimmers hingen Spinnweben von der Decke herab, die so dick und verworren waren, daß ich sie für Haarknäuel hielt, und als sie mir erklärte, was das war (sie würde die Schöpfung eines anderen nicht wegen irgendwelcher scheinheiliger Vorstellungen von Sauberkeit zerstören), fragte ich mich, was meine Mutter wohl dazu sagen würde und brach in Lachen aus. Mit ihr fühlte ich mich wie ein anderer Mensch, und es wurden auch andere Dinge in mir wach, denn man darf nicht vergessen, daß ich bis dahin nicht gewußt hatte, daß ich eine Frau in einen Krug usw. verwandeln konnte. Das Erstaunlichste war jedoch, daß ich noch vor ihr ahnte, was mit uns beiden geschehen würde, denn ich kannte mich und wußte, daß ich im Grunde genommen keine Chance hatte, ihren Träumen von mir zu entsprechen. Und tatsächlich, schon nach ein paar Wochen konnte ich sehen, wie Ajala sich von mir zu befreien begann. Noch wölbten sich in ihr die rundlichen Henkel, die feinen Ornamente, die runden, aufgeworfenen Lippen des Kruges; noch entschlüpften ihrem Körper – ich weiß nicht genau von wo – kleine zwitschernde Schreie: Trink mich, Trink mich!, doch nun war es bereits eindeutig, daß die wellenförmige Bewegung stockte, daß sie schwerfällig und stammelnd wurde. Zenos Polarwind wehte schon damals in mir. Und dann war alles verloren: Ich vermochte nur noch selten, die kleinen grünen Blättchen um ihren Hals sprießen zu lassen und ihre Haut zwischen meinen Zähnen in eine bebende, nach Erdbeeren schmeckende Oberfläche knuspriger roter Körnchen zu verwandeln. Sie verfolgte meine Bemühungen mit Mitleid und Trauer in den Augen. Trauer, daß wir unsere Chance verpaßt hatten. In jener Zeit versuchte ich verzweifelt, in die Geschichte, die Großvater Anschel Herrn Neigel erzählt hatte, eine Ordnung zu bringen, indem ich die Geschichte aufschrieb, aber je mehr ich mich bemühte, desto mehr scheiterte ich natürlich. Die Vernunft und die Hingabe. Ruth wußte von Ajala und litt sehr. Ich haßte sie, weil sie mich nicht zwang, mich zu entscheiden, ich haßte sie für ihre ruhige Klugheit, die sie dazu brachte zu warten. Zu warten und zu leiden: Kein einziges Mal während jener schrecklichen Monate ging sie haß- oder wuterfüllt auf mich los. Aber sie war auch nicht demütig, und sie ließ mich nie fühlen, daß ich sie erniedrigt hatte. Im Gegenteil: Ich war der geile, schwitzende Kerl, der zwischen zwei Frauen hin- und herlief und nicht wußte, was er wollte. Und in Ruths unschönem Gesicht sah ich ihre Klugheit und ihre Kraft: Sie bewegte sich sehr langsam, viel langsamer als sonst. Sie strahlte eine leise Warnung aus: daß sie sehr stark sei; daß sie – wie jeder Mensch eigentlich – große, gefährliche Kräfte in sich trage und daher Selbstbeherrschung üben müsse; daß sie sich, um ihre Mitmenschen nicht zu verletzen, zurückhalten und warten müsse: nur andeuten, nicht schreien, nur vorschlagen, nicht bestimmen dürfe.

Ich haßte mich für den Schmerz, den ich ihr zufügte, fürchtete jedoch, nie wieder schreiben zu können, wenn ich Ajala verließ. Manchmal glaube ich, daß Ajala nur aus einem seltsamen Verantwortungsgefühl für die Geschichte von Großvater Anschel heraus bei mir blieb und nicht, weil ich ihr wichtig war. In ihren Augen war ich ein Feigling und sogar – ein Verräter. Ihrer Ansicht nach hatte ich ausreichend Material und Lebenserfahrung, um die Geschichte so zu schreiben, wie sie geschrieben werden mußte, nur daß es mir an Mut und Kühnheit mangelte. Ajala schreibt nicht, aber sie schreibt ihr Leben. Sie sagte mir in unserer ersten Nacht, das weiße Zimmer sei »das wahre Prüffeld für jeden, der über den Holocaust schreiben will. Wie die Sphinx, die Rätsel aufgibt. Und du gehst freiwillig hin, um dich der Sphinx zu stellen, verstehst du?« Nein, ich verstand natürlich nicht. Sie seufzte, rollte mit den Augen und erklärte, daß man zwar schon seit vierzig Jahren über den Holocaust schreibe und immer weiter über ihn schreiben werde, jedoch von Anfang an zum Scheitern verurteilt sei, denn während andere Tragödien in die Sprache der vertrauten Realität übersetzt werden könnten, sei der Holocaust unübersetzbar, obgleich es stets das Bedürfnis geben werde, es wieder und wieder zu versuchen, es zu erleben, seine spitzen Stacheln am lebenden Fleisch des Schreibenden zu wetzen, »Und wenn du mit dir selbst offen und ehrlich sein willst«, sagte sie ernst, »mußt du es wagen, das weiße Zimmer zu versuchen.«

Einen Augenblick lang war ich gefangen, dann aber regte mich ihre übertriebene Mystifizierung auf. Ich zeigte ihr jedoch nicht, was ich wirklich dachte. Ich begehrte sie so sehr. Ich überlegte, wie verschieden wir doch voneinander waren. Ich begriff – noch lange vor ihr –, daß sie mich nur ausgesucht hatte, weil sie in ihren Kreisen noch nie jemandem wie mir begegnet war: einem Dichter, der Gedichte schrieb, die sie kannte, jedoch völlig normal war. Der seine Frau liebte und ihr im allgemeinen treu blieb. Nein, sie weiß nicht viel vom Leben oder von mir, dachte ich damals, und sie zieht es vor, nur das zu sehen, was sie glaubt, anstatt zu glauben, was sie sieht. Verschleiert – das war das Wort, das ich gesucht hatte. Und trotzdem – –

»Und in diesem Zimmer sind die schärfsten Essenzen jener Tage konzentriert«, sagte sie, mit ihren Augen noch immer weit weg, »aber das Wunderbare ist, daß es dort keine fertigen Antworten gibt. Nichts wird ausgesprochen. Es ist alles nur möglich. Wird nur angedeutet. Könnte sich verwirklichen. Oder neigt dazu. Und du mußt alles von neuem durchmachen. Alles. Es am eigenen Leib erfahren. Ohne Vermittler oder Doubles, die deine gefährlichen Rollen übernehmen. Und wenn du der Sphinx nicht richtig antwortest, wirst du verschlungen. Oder du gehst wieder, ohne etwas verstanden zu haben. In meinen Augen ist das eh ein und dasselbe.«

Ach, Ajala. Wenn ich nur all die Ideen und Geschichten schreiben könnte, die sie sich an einem einzigen Tag ausdenkt, hätte ich für den Rest meines Lebens ein Auskommen. Vielleicht wäre ich auch ein anderer Schriftsteller. In ihrem weißen Zimmer ist nichts. Es ist gänzlich leer. Aber alles, was jenseits seiner membranhaften Wände existiert, alles, was die großen Säle von Yad Vaschem überfüllt, wird dort hineinprojiziert, »auf dem Weg der – nennen wir es Inspiration. Jawohl. Ich verstehe nicht viel von Physik, aber ich weiß, daß es so ist. Daß du mit jeder Bewegung und jedem Gedanken ein neues Präparat erzeugst. Deine eigene Formel: eine chemische Zusammensetzung aus grauen Gehirnzellen und Persönlichkeit und eigener Genetik und persönlicher Biographie und Gewissen – zusammen mit allem, was jenseits der Wände projiziert wird: alle Fakten über den Menschen. Das ganze menschliche, tierische Inventar, die Angst und die Grausamkeit und das Mitleid und die Verzweiflung, die Größe und die Weisheit und die Kleinlichkeit und die Lebensfreude, diese ganze hinkende Dichtung, Schlomik, du sitzt dort wie in einem riesigen Kaleidoskop, aber die Glasstückchen sind du selbst, verschiedene Teile von dir, und das Licht dringt von jenseits der Wände zu ihnen ein – –«. Ihre Augen sind verklärt. Sie steht auf und geht im Zimmer herum, braun, plump, ganz aus Rundungen bestehend, sie hat nur mein Hemd an, ihr Haar ist zu einem kleinen Pferdeschwanz zusammengebunden, sie spielt mir etwas vor, was mache ich hier, verdammt? – »Und angenommen, du denkst in diesem Zimmer über irgend etwas nach. Zum Beispiel über die Kollaboration mancher Opfer mit den Deutschen, dann werden sofort – aber sofort! – alle Kollaborateure, die es zu jener Zeit gab und über die in Büchern und Dokumenten und Urkunden berichtet wird, alle Quislinge und Judenräte, die Verrat begingen, alle Elenden und seelisch Zerrissenen, aller Abschaum, der nun in den Büchern und Zeugenaussagen und Ermittlungen jenseits der Wände erstarrt ist, von einem feinen Laserstrahl zerspalten, der den Kollaborateur, der *du* in deinem Inneren bist, präzise zerlegt – chwiiiik! – so wie Eva, die aus Adam herausgeschnitten wurde«, und sie öffnet erstaunt die Augen, als fragte sie sich, Was-mache-ich-hier, und sagt dann mit klarer, leiser Stimme, erschütternd ernst und traurig, »genau so, auf diesem seelischen Weg, muß die Geschichte geschrieben werden.«

Aber ich habe es nicht gewagt. Sogar jetzt, nach der Begegnung mit Bruno und mit dir, nach allem, was ich durchgemacht habe, gelingt es mir nicht. Ajala hatte in allem recht. Ihr albernes, kindisches Theater war nichts anderes als eine Tarnung für eine klare, genaue Wahrnehmung, viel genauer als die meine, und für ihr akkurates und nüchternes Gefühl der Bitterkeit des Lebens. Wieder stellte sich heraus, daß ich mich geirrt hatte.

Plötzlich erwacht sie. Der Name Bruno, den ich gesagt habe, läßt einen langen Schauer über ihren Rücken laufen. Eine weiße Furche, zottig wie eine Pferdemähne, schüttelt sich am Rand des dunklen Horizonts. Ich langweile sie mit meiner Geschichte, aber das war meine Bedingung, meine elende kleinliche Bedingung – ich muß es ihr ein für alle Mal erzählen!

Und jetzt Bruno. Hast du gehört? Ich sagte wieder »Bruno«. Du magst diese Geschichte. Ich habe sie von dir zum erstenmal in Narvia gehört:

... Plötzlich, nach monatelangem Schwimmen mit pochendem Herzen, halb benommen vor Freude und Staunen, gerann ein Tropfen menschlichen Kummers in ihm, dessen dunkle Farbe sich in allen Wassern des Meeres verbreitete.

Am Anfang kämpfte er dagegen an. Er preßte seine Hände in die Seiten, paddelte energisch und war gleichzeitig bemüht, den großen *ning* des Schwarms in seinem Innern widerhallen zu lassen und peinlich genau den *dolgan* zwischen sich und den Fischen an beiden Seiten einzuhalten. Er lernte, daß der Schwarm, der scheinbar mit solcher Leichtigkeit dahintrieb, in Wirklichkeit mit unaufhörlicher, unermüdlicher Anstrengung arbeitete.

Oder war es vielleicht die – selbstzufriedene – Sorglosigkeit eines einzigen gesunden und harmonischen Körpers? Bruno hatte es gespürt, als sie in der Bucht von Malmö von einem Schwarm Blaufische angegriffen wurden: Noch bevor er begriffen hatte, was geschah, teilte sich sein Schwarm in zwei, flog in entgegengesetzte Richtungen und riß in der Mitte einen lähmenden Leerraum auf, und während die überraschten Blaufische noch gegen den Sog des verräterischen Wassers kämpften, kehrten die Salme bereits zurück und schlossen sich schnell zusammen (wie einer, der fest in die Hände klatscht). Der Druck des Wassers schleuderte die Blaufische weit hinaus, und nun waren sie die Verfolgten und verschwanden mit hastigen Schwanzschlägen gen Norden. Bruno beneidete die Salme. Sie waren vollkommen auf ihreArt; er war unvollkommen auf die seine. Er hatte die musikalische Strömung der letzten Wochen verloren. Er erkannte, daß er selbst sich hierher gebracht hatte, ins Herz des Meeres. Er tauchte seine heiße Stirn ins Wasser und ließ sich tragen.

Er lauschte dem Meer. Er hörte das Rauschen der Wellen, die den sandigen Meeresgrund streichelten – ein ständiges Sieben von Körnern. Er hörte den fernen, dumpfen Lärm der Piere in einem nördlichen Hafen, an dem der Schwarm vorbeizog; die Geräusche eines Piers sind anders als die Geräusche der Küste: vom Pier hallt ein leicht metallenes Echo wider. Vom Strand ein schwammiges. Bruno lernte, daß er im Wasser keine Geräusche hören konnte, die vor ihm, vor seinem Kopf waren, sondern nur solche, die von hinten oder von der Seite kamen. Das Rauschen der Flossen von Jorik und Napoleon – so nannte er seine beiden Nachbarn – kannte er genau, aber der Flossenschlag des unbekannten Fisches vor ihm, von dem er nur das Schwanzende sah, ging ihm gänzlich verloren. Bruno sah darin natürlich einen höhnischen und symbolischen Ausdruck seiner Hilflosigkeit: Seine Ohren waren noch immer nach hinten gerichtet; er horchte noch immer in die Vergangenheit, dachte noch immer in entweihten Wörtern über sein Leben nach, und das Enttäuschendste war, daß er noch immer keinen einzigen Satz in seinem Inneren gefunden hatte, der ganz sein eigener war, den ihm niemand nehmen und mißbrauchen konnte.

Er konnte nicht aufhören, über sein vergangenes Leben nachzudenken. Wieder und wieder rollte er die Jahre wie eine Bernsteinkette durch seine Gedanken. Der Wunderladen seines Vaters; die Freuden der Kindheit; der herrliche Anbruch der genialen Epoche; die Krankheit des Vaters; die erniedrigende Verarmung; der Verkauf des geliebten Hauses in der Samburska-Straße; der Beginn des Krieges; das Ende der genialen Epoche... Trauer erfüllte ihn, denn er begriff, daß die Menschen von Natur aus unfähig sind, mit dem Leben, das ihnen geschenkt wird, auf intensive und leidenschaftliche Weise umzugehen. Wenn sie ihr Leben erhalten, sind sie nicht imstande, das Geschenk zu begreifen, und später machen sie sich dann nicht einmal mehr die Mühe, darüber nachzudenken. Sie spüren ihr Leben erst, wenn es den Körper verläßt und sie langsam und stetig dahinschwinden. Es wäre falsch, dies »Leben« zu nennen. Es wäre ein Unrecht, es so zu nennen: Ihren Tod leben sie mit Vorsicht und Angst, als versuchten sie, ihre Absätze fest in die Erde zu bohren, um nicht zu schnell den steilen Hang hinunterzurutschen. Bruno stöhnte im Wasser, und einen Augenblick lang horchte der Schwarm auf.

Auch sein Appetit wurde beeinträchtigt. Während der *gjoja*, wenn die Salme im Morgengrauen oder am Abend auf den reichen Feldern des Meeres grasten, wenn der *ning* ein wenig nachließ und der Schwarm gesättigt auf dem Wasser ruhte wie ein riesiger Fächer, schwamm Bruno zwischen den stillen Fischen umher, die langsam die Kiemen bewegten, um sich von der harten Tagesarbeit abzukühlen, und war betrübt. Er siebte das Plankton zwischen seinen Zähnen oder tauchte in die Tiefe, um mit seinen Lippen eine saftige schwarze Alge auszureißen und lustlos an ihr zu kauen, während ihm ein einziger Gedanke durch den Kopf ging: Irgend etwas wurde verfälscht und vergessen. Irgend etwas wurde über die Maßen verdorben. Eines Morgens hob er den Kopf aus dem Wasser, betrachtete die Fische und dachte verzweifelt, daß sie stärker waren als er. Von Horizont zu Horizont war das Meer voll von Salmen, die sich der Reife näherten. Fast alle außer dem schwachen Jorik und ein paar anderen Rückständigen waren bereits so groß wie Bruno. Ihre grünen Flossen bewegten sie aufrecht und kraftvoll. Sie hatten einen kühnen Gesichtsausdruck und waren hart und ohne Anmut, und Bruno fragte sich zum tausendstenmal, wozu sie diese Reise unternahmen und welcher großartige Weltplan dadurch auch nur einen Schritt weitergebracht würde. Er drehte sich auf die Seite und schwamm wie ein Mensch in Richtung Küste. Die Salme machten ihm gleichgültig Platz. Während der *gjoja* kümmerte sich niemand um den *dolgan*. Bruno suchte Leprik, fand ihn aber nicht. Einen Augenblick schoß ihm der seltsame Gedanke durch den Kopf, daß Leprik vielleicht gar nicht existierte. Daß er nur Ausdruck des Herzenswunsches einer halben Million Salme war, daß es so einen Leprik gäbe. Bruno erinnerte sich jedoch genau an Leprik, als dieser ihn an der Küste von Danzig in seinen Schwarm aufnahm, und außerdem hatten Leprik und sein ruhiger *ning* etwas, das nicht aus dem Herzenswunsch einer halben Million entstanden sein konnte: Bruno wußte es nicht genau zu erklären. In Lepriks *ning* lag ein Gefühl von ungewollter Führerschaft. Von Isolation. Bruno war während der Reise keinen einzigen Augenblick lang verbittert darüber gewesen, daß ein anderer Rhythmus und Richtung bestimmte. In der Ferne, bei einer breiten Felswand, bemerkte Bruno die groteske Schnauze eines alten Hammerhais, der dem Schwarm beständig gefolgt war und sich von dessen Fleisch ernährt hatte. Die Salme hatten sich derart an den Hai gewöhnt, daß er bei ihnen nicht mehr den *orga*-Trieb weckte, jene List der raschen Flucht, die sie gegen die Blaufische in Malmö angewendet hatten. Bruno war bedrückt. In Augenblicken wie diesen – und hier erlaube ich mir eine Vermutung – konnte sich Bruno nur nach einer Schreibfeder gesehnt haben.

Er schwamm zwischen den grasenden Salmen herum, als sei er der Überbringer schlechter Nachrichten. Der Himmel über ihm verdüsterte sich mit Wolken, die so schwer waren, daß es manchmal so aussah, als stünden sie still und die Welt zöge unter ihnen vorbei. Bald würden die Novemberstürme anfangen. In den Nächten spürte er, wie plötzliche Krämpfe einer dumpfen Angst den Schwarm packten. Sein Herz zog sich zusammen, weil es ihm gelungen war, sich mit klaren Worten zu sagen: Er bemitleidete die Salme, weil sie keinen Schutz vor ihrer eigentlichen Existenz hatten.

Was dachtest du denn, was sie machen sollten? Bruno schüttelte sich, schwamm zu den Seitenlinien des Schwarms und murmelte vor sich hin, Was dachtest du denn, was die Salme machen sollten, damit ihr rauhes Leben ein wenig leichter würde? Sollten sie Bücher veröffentlichen und Geschäfte machen, Theaterstücke aufführen und Parteien gründen, Liebe und Freundschaft vortäuschen, Intrigen und Tücken ersinnen, Kriege führen, Sportwettkämpfe veranstalten und Gedichte schreiben? Er drehte sich auf den Rücken und ließ sich von den kleinen Strömungen des Schwarms wiegen. Sie sind die Verkörperung der Reise, der Tod, dem man Flossen angeheftet und zwei Kiemen hineingeschnitten hat, sie sind das große, farbenfrohe Maskenfest des Todes! Oh ja, seine fröhlichen Meisterchoreographen! Bruno stieß eine kleine Wasserblase aus, als hebe er sein Glas zum Toast: Zum Wohl, ihr flinken Künstler des Todes, ihr gutherzigen, halb trunkenen Diener der einen wahren Evolution – die auf so sanfte, kluge und systematische Weise das Leben dem Tod anpaßt. Auf eure unendlich reiche Phantasie! Auf eure leichte Hand, die Schere und Nadel hält und Tausende von amüsanten Kostümen und Accessoires näht für alle, die zum Fest gehen – Rüssel und Reißzähne und Häute und Hörner und Haarschöpfe und Schwänze und Flügel und Flossen und Panzer und Nägel und Krallen und Schuppen und Stachel –, was für eine herrliche Garderobe! Niemand wird nackt zum Fest gehen müssen! Aber wer ist denn das? Schlagt die Trommel! Ist er nicht genial? Hier kommt der raffinierteste Gast von allen in einem besonders irreführenden Kostüm: der Tod mit Brille und falschem Bärtchen und einem Buch unter dem Arm! So keck und lustig und einfallsreich, so unermeß – – ah – –

Und nur du, Bruno, treibst langsam in den Winkeln des wimmelnden Saales und entlang seiner schmalen Abflußkanäle, wirst bedrückt mitgerissen von den ungeladenen Salmen, die von den Feiernden taktvoll ausgeschlossen wurden, damit sie die Stimmung nicht verderben; doch obwohl nicht eingeladen, werden die Salme als ständiger, kühler Alptraum auf die düstersten Leinwände ihrer Hirne projiziert; Salme, die durch die Straßen des Lebens ziehen als nackte, ausgebleichte Fischgräten, denen es nicht gelungen ist, das Fleisch der tröstenden Illusion und des momentanen Vergessens anzulegen, und so ziehen sie dahin, verdammt – –

Großer Gott, sagte Bruno (der nie religiös war), wozu führst du die Millionen von Salmen in endlosen Kreisen um die Welt? Warum hat dir nicht ein Salm gereicht? Ein Paar Salme? Sogar die Menschen, die grausamsten deiner Lebewesen, haben es gelernt, Symbole zu benutzen: Wir sagen »Gott«, »Mensch«, »Leiden«, »Liebe«, »Leben« und zwängen so das ganze Dasein in Kästchen. Warum sind wir dazu fähig und du nicht? Warum kannst du die Dinge nicht daran hindern, bis zu Ende zu entstehen, wenn sie dir durch dein überfließendes Gehirn gehen? Warum müssen deine Symbole so detailliert und verschwenderisch und schmerzhaft sein? Kommt es daher, daß wir begabter sind als du, den Kummer und Schmerz zu ahnen, der in jedem dieser Kästchen liegt, und es vorziehen, sie verschlossen zu lassen?

Einige Wochen später erhielt Bruno eine Art Antwort. Das geschieht manchmal im Meer: Besonders vitale Fragen senden leise Wellen aus, die immer weitere Kreise bis ans Ende der Welt, bis in den letzten Spalt der finstersten Tiefen ziehen. Irgendwo erwacht ein namenloses verschlafenes Wesen durch die Wellenschläge zum Leben und wird aus dem Algendickicht seiner Träume gerissen, steigt auf und treibt langsam auf dem Wasser. Manchmal vergehen Hunderte oder Tausende von Jahren, bis der Frage eine Antwort begegnet, die ihr Leben und einen Namen gegeben hat, doch meistens begegnen sie sich nicht. Daher verzweifelt sie, verliert langsam ihre Lebenskraft und versinkt wieder in den einschläfernden Armen der Algen. Mein Bruno begegnete auf seiner Reise Bruchteilen solcher Wellen: Schalen von Ideen, Kadavern großen Muts, die Hälfte von ihnen noch unreif, die andere schon verfault. Sie lösten in ihm eine leichte, unverständliche Bedrückung aus, doch er hatte keine Angst vor ihnen. Auch der versiegelte Ozean seiner Schriften war voll von ihnen.

Aber ihm, ausgerechnet ihm, wurde eine Reaktion zugestanden. Ein Zeichen. Seine Fragen erhielten zwar keine direkten Antworten, aber sie wurden auch nicht gänzlich ignoriert. Und in mir nagt ein dumpfer Verdacht, daß jemand, den ich kenne, in diesem bestimmten Fall die Dinge beschleunigt hat. Jemand hat eine gründliche Arbeit des Nachdenkens und Nachforschens und Organisierens geleistet, ganz untypisch für seine schläfrige Natur. Jemand hat sich eindeutig selbst übertroffen.

Denn an jenem Nachmittag, im Kattegat zwischen Schweden und Dänemark, hielt der Schwarm plötzlich ohne ersichtlichen Grund an. Es war noch etwas früh für die *gjoja* des Abends, und Bruno erwachte leicht verwirrt aus seinem schläfrigen Schwimmen. Er schaute sich um. Sah ein ruhiges, wellenloses Meer. Ein leichter Wind – wie ein raschelnder Bühnenvorhang – durchfuhr den blauen Horizont und ließ ihn erbeben. Die Fische standen auf der Stelle und schlugen rhythmisch mit den Flossen, gleichgültig gegenüber dem, was um sie herum geschah. Ein Schwarm von Kranichen zog über ihnen vorbei. Wie immer in Augenblicken der Anspannung paddelte Bruno mit den Händen und bewegte dabei seine Lippen. Eine sonderbare Entzündung hatte sich vor einiger Zeit um die beiden Wunden auf seiner Brust ausgebreitet. Nun brannte sie noch mehr als sonst. Er rieb die seltsamen Wunden und wartete gespannt.

Und dann, in geringer Entfernung von den Kundschaftern des Schwarms, teilte sich das Wasser, und eine große Gruppe von Delphinen sprang aus der Tiefe des Meeres empor und schoß wie ein Blitz an den Salmen vorbei. Bruno erschrak, doch die Fische um ihn herum blieben ruhig. Die Delphine, groß und grün, zogen einen weiten Halbkreis, bis sie sich schließlich umdrehten und frontal vor dem Schwarm standen. Keine Flosse sträubte sich, keine Seitenlinie war zu sehen. Die beiden Schwärme musterten einander. Die Salme: regungslos, hart, finster und ruhig, und die Delphine: üppig, glänzend und voller Leben. Bruno fragte sich, ob die Delphine auch nur die leiseste Ahnung von dem Leben der Salme hatten. Einen Augenblick lang fühlte er sich erbärmlich vor ihnen: nicht erbärmlich wie ein seeharter Salm, sondern wie Bruno, der

Mann wie ein Skelett, der für immer verbannt war. Vielleicht, weil er sich erinnerte, daß auch Delphine Säugetiere sind.

Und dann geschah es: als hätten sich die Delphine etwas anderes überlegt. Auf einmal spannte sich der große *ning* in ihnen und ließ sie eng zusammenrücken. Dann zerstreuten sie sich in einem weiten Kreis, und die Vorstellung begann.

Denn eine Vorstellung war es in der Tat: als wollten sie den Salmen für die undankbare Reise Tribut zollen oder sie als Entschädigung für ihr sinnloses Opfer unterhalten. Bruno war erstaunt: die Delphine, die Playboys des Meeres, nobel, klug und stolz, hatten sofort die grauenvolle Leere gespürt, die sie mit ihrer Vernunft aus ihrem eigenen Leben fernzuhalten verstanden. Dies verlangte irgendeine Aktion von ihnen – –

Die Delphine sprangen aus dem Wasser und überschlugen sich flink in der Luft. Zu zweit und dann zu viert kreuzten sie wie grüne Leuchtraketen wechselseitig ihre Bahnen, formierten sich in einer langen Reihe, richteten sich im Wasser auf und galoppierten auf ihren elastischen Schwanzspitzen, zogen eine schäumende Spur zersplitterter Wellen hinter sich her und waren wohl darauf bedacht, ihr gezwungenes Grinsen zu wahren, während sie in weitem Bogen um Brunos Schwarm kreisten, um sofort wieder wie Akrobaten ausgelassen übereinanderzuspringen.

Die Salme sahen ausdruckslos zu und paddelten nur etwas schneller als gewöhnlich mit den Flossen. Bruno war angespannt wie selten. Sein Herz barst beinah vor stummer Anstrengung. Obwohl er nicht verstand, was diese Darbietung zu bedeuten hatte, wußte er doch, daß er einem seltenen Meisterwerk reiner Kunst beiwohnte. Die Weite des Meeres, die Lebensfreude, Erbarmen und Anteilnahme, Widerstand und das Wissen um die Machtlosigkeit – all das war darin enthalten, und das Wasser um Bruno zischte auf seiner Haut. Er wollte mit den Delphinen ziehen, obwohl er nicht genau wußte, warum. Vielleicht weil er ein Mensch war, der kein Mensch war, und sie – Fische, die keine Fische waren. Oder vielleicht, weil er für einen Augenblick spürte, daß sein Leben ein Geschenk war, daß es ihm gesetzmäßig gehörte und seines Namens würdig war. Oben kreischten die Kraniche so laut, daß sie sich fast die Hälse verrenkten. Die Weite des Meeres war blau und wunderschön. Die vielen Wellen strahlten hell und leuchtend. Bruno sah die Delphine ergeben an.

Sie verschwanden, wie sie gekommen waren. Waren wie von den Wellen verschluckt. Bruno fühlte, wie sich die Bedrükkung wieder seiner bemächtigte. Der *ning* des Schwarms ließ plötzlich nach, und die *gjoja* des Abends begann. Die Fische vergaßen nach und nach, was sie gesehen hatten. Sie lebten nur in der Gegenwart. Nur wenige – darunter der kleine Jorik – harrten noch einen Augenblick aus, als suchten sie nach etwas, das sie bereits vergessen hatten, das in ihnen nur eine vage, flüchtige Verstörung hinterlassen hatte. Wie erbärmlich sie ihm jetzt erschienen, er warf ihnen seine eigene Selbstverachtung vor und verabscheute sie wegen ihrer mechanischen Dummheit, wegen ihres übertriebenen Ernstes, der sie davon abhielt, Abkürzungen und Erleichterung zu suchen, verabscheute sie für die einfallslose Art, in der sie sich mit ihrem Schicksal abfanden...

Jorik rieb Brunos Rippe. Bruno wandte seinen Kopf zur Seite und sah, daß sich das Maul des Fisches energisch öffnete, schloß. Er antwortete mit einer ähnlichen Bewegung, aber ohne Begeisterung. Einen Augenblick hoffte er, daß der Fisch ihm andeuten wollte, daß auch er die Delphine gesehen hatte und sich des Geschehenen bewußt war, doch Jorik hatte nur seine Freude über das hervorragende Essen während der abendlichen *gjoja* demonstriert. Napoleon, zu seiner linken – eine dumpfe, trockene Kreatur –, machte schon begeistert Jagd auf eine Wolke von Thunfischeiern, die im Wasser vorbeizog. Bruno tauchte wütend tiefer und verschlang haufenweise duftendes Plankton. In Gedanken sah er sich an seinem rechtmäßigen Platz – sah sich unbekümmert zwischen den heiteren Delphinen schwimmend, das sorglose Leben jener lebend, die sich daran gewöhnt hatten, daß sie nichts ändern konnten, und sich ihren Illusionen hingaben.

Aber dann, als die *gjoja* zu Ende war und der Schwarm sich auf die nächtliche Reise vorbereitete, wurde Bruno plötzlich von einem seltsamen Stolz erfüllt. Die mächtige Legion der Salme schlug rhythmisch mit den Flossen. In den Gesichtern der Fische war jener sture Ernst, den er noch vor einem Augenblick so verabscheut hatte. Doch zum erstenmal seit seinem

Sprung ins Meer begann er zu ahnen, warum er sich für die Salme und ihre Reise entschieden hatte. War er nicht selbst ein Salm unter den Menschen gewesen? Und selbst als Delphin hätte er zu den Salmen gehört. Bruno holte tief Atem, und seine Lunge barst beinah vor heimlicher Freude: so wie ein Mann lernen muß, eine einzige Frau zu lieben, eine Frau aus Fleisch und Blut, um auf mangelhafte, unvollkommene Weise die reine, abstrakte Liebe zu erfahren, so mußte Bruno gänzlich zum Salm werden, um etwas über das Leben zu lernen. Das bloße, nackte Leben, dessen konkrete geometrische Linie die Salme über die halbe Welt zeichnen.

Er schloß die Augen und streckte sich bis zum Zerreißen. Er war sehr erregt und zwang sich, die schmerzhaften Stiche der Entzündung auf seiner Brust über den Rippen zu ignorieren. Der Schmerz ließ nicht nach, und Bruno kratzte sich zornig, war verärgert über seinen Körper, der ihn wieder einmal in einem jener seltenen Augenblicke der Erhebung verriet.

Sie hielten noch einen Augenblick wortlos flüsternd inne, stießen ungeduldige, nörgelnde Fragen und schnelle, stichelnde Antworten aus, Leprik lauschte den Echos, die ihre Körper zurückgaben, sie lauschten seinem Lauschen, bis auf einmal, auf unerklärliche Weise, die Nachricht vom Aufbruch wie ein Funke durch den Faden des *ning* schoß und sofort in den aufblitzenden Seitenlinien registriert wurde, und noch bevor sie es wußten, waren sie bereits losgezogen.

5

Schon seit anderthalb Ewigkeiten, so wahr ich lebe, schwimmt er mit seinen armen Salmen, ohne anzuhalten, ohne aufzugeben, und sie wachsen, während er zusammenschrumpft, manche von ihnen sind schon größer als »mein« Mann, der nicht weiß, was es heißt aufzugeben, der alles überstanden hat, die Stürme der Nordsee, den Angriff eines Barakudenschwarms (obwohl ich gar nicht verstehen kann, was der vor der Küste von Bergen zu suchen hatte) und einen schrecklichen Monat, als mir die isländischen Fischer fast den halben Schwarm entrissen; doch er schwimmt weiter, mit brennenden Augen und einem bitteren Lächeln, das sich auch im Wasser nicht verbraucht, sein Kinn wird von Tag zu Tag spitzer, er besteht nur noch aus Haut und Knochen, kein einziges Haar ist mehr auf seinem Körper, seine Haut ist gedunsen und aufgeschwemmt vor lauter Wasser, und manchmal, wenn ich ihn im Mondschein betrachte, kommt es mir vor, als sei es ihm bereits gelungen, ein Fisch zu werden.

Aber das Problem ist, daß er nicht aufhört zu denken, und dieses Denken quält sowohl ihn als auch mich, weil ich nichts für ihn tun kann, denn ich habe nicht das, was er sucht, aber ich kann zumindest beruhigt sein, daß auch meine Schwester es nicht hat. Er wird es nirgends finden, nur in sich selbst, und ich hoffe, daß er die Kraft haben wird, danach zu suchen. Natürlich versuche ich, ihm zu helfen, so gut ich kann, aber was kann ich, klein und schwach wie ich bin, schon für ihn tun, und ich nehme ihn in die Arme und schlecke ihn ab und flüstere ihm zu, daß ich nicht so bin wie sie, nicht so blind und taub und verschlossen wie sie, ich bin ganz Zunge und Augen und Ohren, ich lese dich, Bruno, ich verstehe alles und kann dich so gut erraten, denn es gibt keinen einzigen Gedanken, den du gedacht hast, keinen einzigen Menschen, dem du begegnet bist, keine Sehnsucht oder Erinnerung, nichts Schönes und keine Trauer, die nicht irgendein Zeichen auf deinem süßen kleinen Körper hinterlassen hätten, man muß es nur lesen können, Bruno, und das geht nur bei *mir*, nur in meinem Element, und das habe ich nicht erfunden, Gott behüte, du weißt ja, wie bescheiden ich bin, aber als ich einmal vor vielen Jahren neben Australien unter einem Schiff döste, das »Beagle« hieß, spürte ich plötzlich, wie der Mond verschwand; ich wachte sofort auf und schaute hinaus und sah das Gesicht eines alten Mannes, der sich über die Reling lehnte und dabei den ganzen Himmel verdeckte, und dieser Mann sah mich mit so viel Liebe an, daß mir das Herz schmolz und ich die Küste von Neuseeland überschwemmte (in Japan nennen sie meine kleinen Aufregungen *tsunam*). Der Mann sagte zu einem anderen Mann, der neben ihm stand und dessen Gesicht ich nicht sehen konnte, Siehst du, Peter, hier im Meer liegen die Wurzeln der Dinge. Hier befinden sich die großen Stufen der Geschichte und des ganzen Daseins. Wir werden nie lange genug leben, um alle Rätsel des Meeres zu lösen. Und Peter lachte und sagte: Der Mond hat es dir angetan, Charles, und der alte Mann lächelte mysteriös und sagte: Ich bin kein Dichter, Peter, ich bin nur ein Naturforscher, und als Forscher sage ich dir: Auf dem Festland finden wir Leben in einer Tiefe von ein oder zwei Fuß und in einer Höhe von nur ein paar Dutzend Fuß, aber im Meer, Peter? Tiefere Abgründe, als wir uns vorstellen können! Wenn man den Berg zwischen Nepal und Indien, der als höchster Berg der Welt gilt, im Meer versenkte, zum Beispiel in der Tiefe von Guam, dann würde ihn das Wasser nicht nur bedekken, sondern auch noch um zirka zwei Meilen überragen. – Verzeih mir, Bruno, daß ich mich so brüste, aber ich tue das nur, um dir zu zeigen, wie tief ich sein kann, und es gibt niemanden auf der Welt, der die Zeichen, die Gedanken und Leidenschaften, die das Leben auf deinem Körper zurückgelassen hat, so gut lesen kann wie ich, denn alles hinterläßt eine winzige Narbe oder Falte, sieh dir nur die Gesichter der alten Menschenkreaturen an, die nirgendwo mehr ein Zeichen verstekken können, alles steht ihnen ins Gesicht geschrieben, sieh dir doch deine neuen Freunde an, die Salme, auf deren Flossen der Lauf der Zeit und das Leiden Ringe eingezeichnet haben, wie Jahresringe, einen kleinen Ring für die Monate im Fluß und einen großen Ring für die Monate bei mir, Leprik hat schon die zweite Gruppe von Ringen, die seine zweite Reise markieren, und verzeih mir, daß ich mich einmische, denn wer bin ich schon, aber das Herz tat mir weh, als ich entdeckte, daß du nie richtig gelacht hast, nie wild und ausgelassen gelacht hast, außer das eine Mal, als dein Vater Jakub dich übers Knie legte und dir eine Tracht Prügel gab, aber das war natürlich ein anderes Lachen, und danach gab es überhaupt kein Lachen mehr, was meiner Meinung nach schade ist, denn ich lache zu gern, und wir hätten zusammen lachen können, aber du bleibst ja sogar hart und finster, wenn ich dich dort unten kitzele, und das kränkt mich ein bißchen, Bruno.

Bitte verzeiht mir, daß ich euch damit ermüdet habe. Aber ich konnte einfach nicht der Versuchung widerstehen, euch mit ihrem dummen Geschwätz bekannt zu machen, dem ich in Narvia ausgesetzt war! Diese listige Närrin! Diese große, flüssige, amorphe Kuh! Mit welch billigen Tricks sie versuchte, das, was mir wichtig war, zu verbergen, wo ich doch wußte, daß sie alles aufbewahrt, sogar das verlorene Manuskript des *Messias*, aber mir warf sie nur Krümel hin; ausgetrocknete Krebsfüße, leere Muscheln, kastrierte Zitate aus seinen Büchern. Ah! Eine ignorante Treuhänderin, die ein Pfand hütet, dessen Wert sie gar nicht zu schätzen weiß. Wie unverantwortlich von Bruno, ausgerechnet ihr seinen Schatz anzuvertrauen!

Ich kochte vor Wut, weil ich in einer Woche wieder nach Hause fahren mußte und noch immer nichts Wichtiges herausgefunden hatte. Ich verbrachte endlose Tage im Wasser, erzählte ihr zu ihrer fast tierischen Freude von ihm; meine Haut schälte sich wie eine geblümte Tapete, aber sie war noch immer nicht bereit, mir irgendeinen Hinweis zu geben. Abends saß ich bei der Witwe Dombrowsky, die Bettzeug und Unterwäsche flickte und mich mit zusammengekniffenen Augen beobachtete, während ich auf dem alten Nähmaschinentisch zahlreiche Seiten schrieb und sofort wieder zerriß. Ich stellte fest, daß ich ohne *ihre* Hilfe nicht schreiben konnte. Ich war von ihr abhängig, und das war äußerst erniedrigend für mich.

Und daher tauchte ich den ganzen nächsten Tag keinen Zeh in sie. Ich ging am sandigen Strand spazieren, studierte die herrlichen Lilien, die dort blühen, spielte sogar mit dem Gedanken, hier in Narvia eine bescheidene Muschelsammlung zu begründen und mich auf diesem Gebiet zu spezialisieren. Später ging ich den Strand entlang bis zum Leuchtturm und stieg die Wendeltreppe bis zum obersten Stock hinauf. Ich möchte nicht prahlen, aber im Dorf wurde mir gesagt, daß nur wenige Touristen den schwindelerregenden Aufstieg zu dem Platz schaffen, wo ein Teil der Wand ins Meer gestürzt ist und die Treppen sich fast frei über dem Wasser in die Höhe winden. Dann entdeckte ich, daß man, um vom obersten Stock zu dem kleinen Balkon zu gelangen, auf dem der Scheinwerfer angebracht ist, über eine schmale Leiter kriechen mußte, die direkt über dem Wasser lag. Leider war es schon spät, und so war ich gezwungen, auf diesen aufregenden Teil meines kleinen Ausflugs zu verzichten.

Also kehrte ich zum Strand zurück und verbrachte einen

endlosen Nachmittag in meinem Liegestuhl, ganz allein und vor Kälte zitternd wegen des Ostwinds saß ich da und starrte wütend auf sie und verfluchte das Pech, das uns zusammengebracht hatte.

Und die Witwe murrt jetzt ganz offen. Sie denkt, ich sei verrückt oder ein amerikanischer Spion oder beides. Die Leute sind hier wegen der Demonstrationen in der Nachbarstadt sehr empfindlich. Und sie ist wütend, weil ich das Licht bis in die späten Nachtstunden brennen lasse (ich gebe den amerikanischen Bombern damit natürlich Signale), und außerdem hat sie gestern, glaube ich, gesehen, wie ich Blumen ins Meer warf.

Zugegeben, das war eine dumme Idee von mir. Ich hatte sie auf billige Weise zu bestechen versucht. Mit einem kleinen Strauß Veilchen, den ich einem Jungen im Dorf abgekauft hatte. Denn sie hat ja keine Blumen, jedenfalls keine duftenden. Und eine bestimmte Frau, die ich kenne, liebt Veilchen. Und gestern abend am Strand… es hat mir ein sonderbares Vergnügen gemacht… vielleicht, weil ich mich plötzlich nach ihr sehnte. Und ich warf ein Veilchen nach dem anderen ins Meer, in die See, dieses dumme Weib, das eigentlich recht klug ist, wenn auch launenhaft und verschleiert, sie liebt dich, sie liebt dich nicht… und ich war ja doch auch hierher gekommen, um die andere zu vergessen, ich hatte eine klare Entscheidung getroffen, und ich halte mich stets an meine Entscheidungen. Ich hatte meine Befreiung von ihr wie eine regelrechte Militäraktion geplant und mir eine bestimmte Zeitspanne für die unweigerliche Depression zugeteilt und eine weitere Zeitspanne für die Verzweiflung, die ihr, wie ich wußte, folgen würde, und dann – eine Periode der Genesung und Stärkung, alles war genau geplant, aber aus irgendeinem Grund klappte nichts… was für eine Frau… und sie hatte mein Leben und das Leben meiner Ruth, meines Engels, zerstört, regelrecht zerstört und diesen nicht zu löschenden Durst in mir geweckt und diesen Abscheu vor mir selbst, vor meinem bisherigen Leben, vor meinem Schreiben, und mich einen Verräter genannt. Geh und schreib für die Vorsichtigen, sagte sie, bevor sie mich hinauswarf, und gab mir zum Abschied das Buch, es war wie ein letzter süßer Schlag ins Gesicht, grausam und fordernd wie sie war, und verließ mich, um mit einem anderen Mann zu leben und danach wieder mit einem anderen... mit Männern, die sich nicht vorsehen, die sich aufopfernd verschlingen lassen oder am Ende verlassen werden wie ich, sie läßt uns keine Wahl – und ich bin doch hierher gekommen, um zu vergessen.

Ich glaube, ich schlief ein. Wegen des blendenden Sandes und der besonders langweiligen Wellen, die *sie* listig vor mir ausrollen ließ. Ich schlief ein und träumte wieder von Ajala. Von unserem ersten Treffen, nachdem wir uns getrennt hatten, als ich von ihr verlangte, sie zu sehen, um ihr zu erzählen, was Brunos Buch in mir ausgelöst hatte. Sie hörte mir schweigend zu, sie, die ganz aus perfekten Rundungen glatter, dunkelbrauner Haut zu bestehen schien und ihr schwarzes Haar straff nach hinten gezogen und zu einem kleinen reizvollen Pferdeschwanz zusammengebunden hatte. Es war eines der wenigen Male, da sie nicht über meine Worte spottete und keine stichelnde oder boshafte Bemerkung machte. Ich spürte sofort, daß dies meine große Stunde werden könnte und legte los. Ich erzählte ihr stets mehr, als es meine Absicht war, und ich fühlte mich jedesmal, als würde ich auf die Probe gestellt. Ihr faszinierender Blick erlosch sehr bald. Sie seufzte, erhob sich, um ihren roten Nagellack zu holen, und begann sich die Zehnägel ihrer kleinen plumpen Füße zu lackieren. Nebenbei fragte sie nach Ruth und murmelte, Ruth sei »eine wahre Heilige«. Daß sie bereit sei, mich wieder aufzunehmen, nach allem, was ich ihr angetan hatte! (Als hätte sie selber nichts damit zu tun!) Als sie sich über ihre Zehnägel beugte, wurden ihre Brüste sichtbar, und ich schwor mir, mich nicht zu erniedrigen, indem ich sie anbettelte. Als ich es doch tat, verweigerte sie sich mir natürlich. Listig kam ich wieder auf Bruno zu sprechen, und es gelang mir tatsächlich, ihr weichere Blicke zu entlocken. Mehr noch: ich bewirkte, daß sich ihre großen, durchgeistigten Augenlider langsam senkten. Ich liebe es, wenn sie so aussieht, sie wirkt dann noch rätselhafter und ferner als sonst. Sie fragte mich, wie Ruths ärztliche Behandlung vorankäme, und ich erzählte ihr, daß es noch immer Probleme gebe und ich nicht bereit sei, mich untersuchen zu lassen. Aber laß uns jetzt nicht darüber reden, ich möchte dir von Bruno erzählen. Sie öffnete die Jalousien ihrer Augen und sah mich mit ihrem gequältesten Lächeln an, und da wußte ich, daß sie nicht auf all die schönen Dinge reagieren würde, die ich ihr über Bruno erzählen wollte, sondern, wie immer, auf meine Kleidung zu sprechen kommen würde (»Ruth sucht also noch immer die Hemden für dich aus«) oder auf meinen Haarschnitt oder sie würde mir mit einer flüchtigen Handbewegung den obersten Knopf meines Hemdes öffnen und dabei beiläufig bemerken, daß sie ersticke, wenn sie mich so sehe, mitten im Sommer, kurzum – sie würde versuchen, mir das elende Gefühl zu geben, daß ich ein Floh sei. Aber sie sagte nur, sie sei sicher, daß ich Ruth im Grunde meines Herzens verachtete (!), weil sie nicht schwanger werden könne. Das war natürlich glatter Unsinn. Es stimmt zwar, daß ich glaube, daß jeder in gewisser Weise für seine Schwächen und dafür, daß er nicht die innere Kraft finden kann, diese Schwächen zu bekämpfen, verantwortlich ist, wohingegen ich mich als jemanden sehe, dem es gelungen ist, sich durch pure Willenskraft von einer Biographie zu befreien, die ihm durch seine private Geschichte und Erziehung und sogar durch seinen Charakter – jawohl, seinen Charakter – bestimmt war, doch was die anderen Dinge anbelangt, von denen Ajala gesprochen hat, so gibt es mittlerweile genügend wissenschaftliche Studien über die Verbindung zwischen der Willenskraft eines Patienten und seinen Chancen, seine Krankheit zu überwinden, und das sogar in Fällen von Unfruchtbarkeit, aber zu sagen, daß ich Ruth verachte – das ist wirklich dumm und gemein. Ajala hörte mir geduldig zu und sagte dann mit unschuldiger, zuckersüßer Stimme: »Schwäche bedeutet Leiden; und Leiden fordert Anteilnahme; und Anteilnahme bedeutet Entblößung. Du bist ein Künstler, Schlomik; ein Künstler mit einer seltsamen, ausweichenden Kunst. Manchmal machst du mir angst. Denn Feiglinge wie du sind zu allem fähig, wenn sie spüren, daß ihre Kunst in Gefahr ist.«

Plötzlich wußte ich, was ich zu tun hatte, um sie mit einem überraschenden und genialen Schritt zurückzugewinnen. Ohne zu überlegen teilte ich ihr mein Vorhaben mit, Brunos Spuren zu folgen. Sie sah mich wieder mit einem nachsichtigen Lächeln an und wünschte mir höflich viel Erfolg. Sie glaubte nicht an mich, und dies bekräftigte mich in meinem Entschluß. Sie lackierte einen runden Zehnagel und meinte, es erstaune sie, wie ich für mein Leben – unbewußt – zwei so unterschiedliche Altersstufen hätte auswählen können: »Manchmal bist du zu alt und manchmal zu kindlich. Meiner Meinung nach fliehst du schlicht und einfach vor den Problemen deines wahren Alters.« Verletzt sagte ich: »Früher hast du diese Komplexität gemocht.« Und sie: »Du ahnst gar nicht, wie sehr. Ich habe ganz und gar an sie geglaubt. Und auch an dich, das weißt du.«

Ihre Augenlider flatterten. Es lag ein Widerspruch in ihr, den ich mir nicht erklären konnte: Trotz des Chaos, mit dem sie sich umgab, trotz ihrer Egozentrik und der bunten Rauchwolken, in die sie sich hüllte, blieb ihre Wahrnehmung scharf und nüchtern und war von einer tiefen Verzweiflung durchdrungen. Selbst ihre Schadenfreude und ihr Spott waren nichts als eine Maske. Ach, die Frauen. An jenem Abend erzählte sie mir von Walter Benjamin, dessen Lieblingsbild der *Angelus Novus* von Paul Klee war. Er schrieb über das Bild. Er brauchte es. Es war eine sonderbare Beziehung, eine Beziehung zwischen einem Mann und einem Kunstwerk. Es gelang ihm schließlich, das Bild zu erstehen, und seitdem begleitete es ihn auf allen seinen Reisen. Die Zeitschrift, die Benjamin gründete, nannte er nach dem Bild: *Angelus Novus.* »Und übrigens«, sagte Ajala, »habe ich das Bild vor einiger Zeit in einer Galerie in London gesehen und nicht verstanden, was er darin sah. Jeder von uns hat einen geheimen Schlüssel. Ist das nicht wunderbar?« Ich begriff nicht, warum sie mir das erzählte. Ajala sammelt beständig Anekdoten und Tratschereien. Ihre ganze Bildung ist ein Flickwerk aus solchen Geschichten. Sie hat natürlich nie *Die Kritik der reinen Vernunft* gelesen, aber sie erzählt mit wissendem Lächeln, daß Kant stets Strumpfbänder unter den Hosen getragen habe und die Vertraulichkeit in ihrer Stimme läßt den Zuhörer vermuten, daß sie mit den philosophischen Strumpfbändern Kants ebenso vertraut ist.

Ich wachte erschrocken auf. Es war bereits sechs Uhr abends. Ich hatte eine geschlagene Stunde am Strand geschlafen. Dann fiel mir mein Traum ein, der eine genaue Wiederholung dessen war, was sich in Wirklichkeit zugetragen hatte. Ajala hatte immer gespottet, daß meine Träume so ordentlich seien wie die Akten eines Beamten. Das stimmte zwar, traf aber nicht auf meine Alpträume zu, die wirklich scheußlich waren –

und die ich weder ihr noch irgend jemand anderem erzählen würde. Ich erhob mich gereizt und verwirrt vom Liegestuhl und wich erschrocken zurück: Der Veilchenstrauß von gestern lag in einem kleinen Häufchen vor meinen Füßen... und auf dem Sand waren die winzigen nassen Spuren einer kleinen und sehr flinken Welle zu sehen...

Ich warf Handtuch, Sonnenbrille und Nasenschutz in den Liegestuhl und lief in sie hinein. Ich brannte vor Wut, aber gleichzeitig, und das kann ich schwer erklären, hatte ich das seltsame Gefühl, als liefe auch sie mir entgegen, als sei dies ein unverhoffter Augenblick der Versöhnung, der Vergebung und vielleicht sogar der Zuneigung, und das im unerwartetsten, unsinnigsten Augenblick, wie immer eigentlich,... die Spiele, die sie mit mir treibt... sie will mich... sie verachtet mich..., und ich warf mich ins Wasser und stieß sie mit meinem Bauch und schlug sie mit beiden Händen, und sofort brummte sie: Sei nicht kindisch, Neuman, ich habe meine eigenen Blumen, ganze Wiesen, die pure Schönheit und Farbenpracht, es war wirklich dumm von dir zu glauben, daß du mich auf diese Weise beeinflussen könntest, nein, nein, so geht das nicht, aber es gibt ein Geschenk, das mich durchaus erweichen könnte, wer weiß, also sei kein Geizhals und denk bitte an ihn, wann immer du in mir bist, du weißt doch, wie schwer es mir fällt, alleine..., ein kleines, temporäres Gesundheitsproblem..., denk an ihn um meinetwillen, denk dir etwas aus, erfinde eine Geschichte, Hauptsache, daß du an Bruno denkst, daß du Bruno sagst, um meinetwillen, Liebster, um unser beider willen, Süßer...

Na schön. Ich werde dir von ihm erzählen. Aber es wird dir noch leid tun, daß du mich darum gebeten hast.

Jetzt hör zu.

Du sprachst von dem Lachen, das ihm so schwerfiel; ich werde dir von seinen Ängsten erzählen. Von der Einsamkeit, zu der er durch seinen Charakter und sein Talent bestimmt war. Da war die Angst vor den Fesseln der Liebe und der Freundschaft, die Angst vor den Abgründen, die sich von einer Minute zur anderen auftaten, und die Angst vor dem, was er auf dem Papier entdeckte, nachdem es von seiner magischen, magnetischen Feder berührt worden war, die das Magma uralter Wahrheit aus den Tiefen aufsog, das durch alle Schichten der Vorsicht und des Schutzes aufstieg – und dann pflegte er erschrocken innezuhalten, weil das, was er geschrieben hatte, vorher nicht in ihm gewesen war, und er begann zu ahnen, daß auch er nur ein Medium war, durch das die Sehnsüchte in die Welt geschmuggelt wurden, Sehnsüchte, denen die Menschen nicht widerstehen können, und dann erhob sich mein Bruno, ging nervös im Zimmer auf und ab und spottete über sich selbst; daß er bereits an Größenwahn leide; daß er die Fähigkeit verloren habe, zwischen seinem wahren Leben und seinen Geschichten zu unterscheiden; daß anzunehmen sei, daß durch einen Mann wie ihn, einen *niedolega*, einen Schlemihl, nur abstrakte Essenzen absurder Fehler und lächerlicher Verwirrungen in die Welt geschmuggelt – –

Aber er wußte es, und er hatte Angst. Und das trieb ihn hin und wieder dazu, Betrügereien zu begehen: Er freundete sich mit Leuten an, schrieb sentimentale Briefe (an deren Sentimentalität er beinah selbst glaubte), täuschte Offenheit vor und duzte seine Bekannten (sie schriftlich zu duzen, wagte er fast nie, vielleicht weil er da nichts vortäuschen konnte). Er war bereit, Vorträge zu halten, manchmal ließ er sich sogar von den Zuhörern zu Feiern und Festen mitnehmen, wo er verlegen lächelte und um sie nicht zu enttäuschen, zuließ, daß sie ihn betrunken machten, und es gelang ihm sogar zu grinsen, wenn sie ihm herzhaft auf die schmächtigen Schultern klopften, und auf seinem ironischen Gesicht lag ein aufmerksamer Ausdruck, wenn sie ihm »aus Erfahrung« erklärten, daß man, um zu wissen, was Verzweiflung ist (»Verzweiflung!« schrien sie ihm ins Ohr und griffen sich ans Herz, eine Geste, die er nie nötig hatte, da er auch ohne sie stets wußte, wo sein Herz lag), und um »authentisch zu schreiben wie ein echter Schriftsteller«, ein wenig Selbstmord begehen oder zumindest gelegentlich wahnsinnig werden müsse, und auch im täglichen Leben, Panie Schulz, müsse man aus der Isolation herauskommen, um die »Schattenseiten der Menschheit«, den »Kummer der Welt« zu spüren, und dürfe nicht wie ein Einsiedler leben. Und er, hörst du, er versuchte mit aller Kraft, sich überzeugen zu lassen, er versuchte wirklich und wahrhaftig, in jene abgenutzte Verzweiflung zu verfallen, von der sie immerzu schwatzten; er versuchte, sich aus der Dunkelheit, in die er versunken war, zu erheben, um wenigstens für ein paar Augenblicke jener kalten, aalglatten Angst zu entkommen, die sich wie ein feuchter Schleier um ihn legte, wann immer er sah, was er geschrieben hatte, oder sich fragte, was die Zukunft ihm bringen würde. In seiner Aufrichtigkeit jedoch war Bruno zum Selbstmord mit beschränkter Haftung oder zum gelegentlichen Wahnsinn nicht in der Lage, und er konnte seine Einsamkeit nicht in der Masse auflösen, weil er genau wußte, daß sie ihm keine Zuflucht vor den drohenden Gefahren bot. Ihm war klar, was er tun mußte: mit sich allein bleiben, auf seinem Stuhl sitzen, sich seiner messerscharfen Wachheit und den beiden großen Scheinwerfern des Verlangens und der Verzweiflung, die sich auf seiner Stirn kreuzten, hingeben, das Kainsmal tragen, das ihn zur ewigen Wanderschaft verdammte; und er wußte auch, daß er nur in seinem einfachen Zimmer, an seinem einfachen Tisch, in ein einfaches Schulheft schreibend spüren konnte, wie sich sein Körper auf der Folterbank einer in Grausamkeit und Quälerlust unübertroffenen Inquisition spannte, bis Fleisch und Knochen lang und flach waren, bis sich jedes Stückchen Fleisch restlos mit Ferne und Traum vermengte, und erst dann, als er eine zuckende, transparente Membran war, konnte er wieder die Schläge der großen Trommel in den Tiefen hören, das fieberhafte, verzweifelte Anschmiegen wilder Sprachen und Grammatiken, die verwesten, da es niemanden mehr gab, der sie kannte und zu benutzen wußte, und Brunos Feder zeichnet hastig die flüchtigen Skizzen, die diese geheime Welt auf dem Pergament seines Körpers hinterlassen hat, um sie an das Konkrete und Sichtbare zu heften, und so werden Brunos Geschichten, seine Sehnsüchte und Klagen über den Garten Eden, aus dem wir hierher verbannt wurden, aus ihm herausgerissen in eine erstarrte und fertige Welt, eine Welt aus zweiter Hand, eine Welt der exakten Wissenschaften und geordneten Sprachen und einer gezähmten Uhrzeit; sieh nur, wie er über seinen Tisch gebeugt dasitzt und sich auf die Lippen beißt, sein Kinn ist ganz spitz geworden, er schreibt mit Elan und mit einer Aufwallung von Gewalt und Leidenschaft und Vergessen, genau so, wie er während seiner kühnen Reise in dir geschrieben hat. Sieh nur, wie er mit seiner Feder gegen die wilden, verzweigten Phantasien ficht, die sich noch nicht vollständig verwirklicht haben, und für einen kurzen Augenblick die genialen Epochen hinaufbeschwört, während er achtgibt, daß seine Feder nicht die dünne Membrane durchbohrt und alles hineinströmt und sich vermengt und zerstört wird, jawohl: zerstört wird, denn die Welt ist noch nicht vorbereitet auf das Leben, das jenseits von Bruno flackert, und hier ist das Leben in den Menschenkörpern wie Lava geronnen. Und erst am Ende der Reise, als er bereits in dir gewesen ist, erst da wagt er, seine letzte, verlorengegangene Geschichte *Der Messias* in einem wilden Tanz voller Bocksprünge zu skizzieren und zu sezieren und zu schreiben, und wenn wir schon zufällig, rein zufällig an diesem Punkt angekommen sind, sollte ich jetzt besser schweigen und dich über ihn erzählen lassen, nur ein oder zwei Hinweise, nicht mehr…

Nein, das nicht. Aber ich werde dir von Guruks *torag* erzählen.

Guruk? Wer ist Guruk? Ich will nichts von Guruk hören! Ich will etwas von der genialen Epoche hören! Ich will etwas über den *Messias* hören! Jetzt! Jetzt sofort!

Genug! Sei still!

Und nach einer Pause:

Du bist so dickköpfig, also wirklich. So dumm. Gerade eben hast du mir noch furchtbare Dinge erzählt. Wahre Dinge. Ich höre nicht auf, mich zu fragen, wie es sein kann, daß du ihn so gut verstehst. Ich hasse dich dafür, daß du ihn so gut erraten kannst. Ich weiß auch, wie du das machst: Du siehst dich an, und dann sagst du das Gegenteil. Du – –

Hör auf!

Nein! Jetzt rede ich. Du redest ja auch erbarmungslos und mußt immer alles loswerden, nicht wahr? Mußt alles wissen! Du quälst mich zu Tode. Du bist gemein und hast immer recht. Ich werde dir etwas sagen: Als er in mir war und ich ihn leckte, entdeckte ich, daß er schon in Stücke zerrissen war. Viele fremde Wesen, Neuman, bösartige kleine Wesen schwammen in seinem Inneren wie Fische in den Räumen eines versunkenen Schiffs…

Aber es ist ihm doch gelungen? Es ist ihm doch schließlich gelungen?

Ich kann beim besten Willen nicht verstehen, warum ich von allen Menschen, die Bruno lieben, ausgerechnet dir begegnen mußte! Beweg dich jetzt nicht! Erfolge willst du hören? Ich werde dir von Erfolgen erzählen. Bleib ruhig liegen! Hör auf zu zappeln! Nach der Art, wie du schwimmst, zu urteilen, könnte ich schwören, daß du auch nicht tanzen kannst, stimmt's?

Es macht dir wohl Spaß, mich fertigzumachen?

Ach, was für einen Sinn soll das denn haben. Und wer hat etwas davon! Ich war plötzlich so wütend. Die Dinge, die du gesagt hast...

Er hat nicht zu dir gepaßt.

Bei allen östlichen Winden! Du gemeiner – –

Er hat nur zu sich selbst gepaßt. Sei mir nicht böse. Es tut mir genauso weh wie dir. Vielleicht aus anderen Gründen, aber es tut trotzdem weh. Bitte erzähl mir jetzt von ihm. Erzähl mir, was du willst. Nun erzähl schon.

Sei endlich still. Sei still und laß mich in Ruhe nachdenken. Guruks *torag*, sagte ich...

6

... Bei den Shetland-Inseln erschrak der Schwarm plötzlich. Mein Bruno merkte es erst spät, weil es ihm stets schwerfiel, sich im Schlaf nach dem *ning* zu richten (zu deiner Information, Neuman, der *ning* war ihm nie leichtgefallen, ungeachtet dessen, was du geschrieben hast, denn er hatte doch sein ganzes Leben außerhalb von mir damit verbracht, den *ning* nicht zu hören), aber genau in dem Augenblick wurde er plötzlich hochgewirbelt, überschlug sich, tauchte unter, schluckte Wasser, viel Wasser, wachte auf, spuckte, stieß schreck-li-che Schreie aus, trat mit Händen und Füßen und – – Oh, tut mir leid.

Ich habe doch gesagt, daß es mir leid tut, oder? Dann eben nochmal: Es tut mir leid, Neuman. Ich war so aufgeregt, daß ich vergaß, daß du hier in mir bist. Es wird nicht wieder vorkommen, ich verspreche es dir. Ja, du kannst es wieder ausspucken, mein Lieber, ja, ja, ich weiß... es ist sehr salzig... und auch ziemlich kalt, was?

Wo waren wir stehengeblieben? Ach ja, in der Nordsee. Und es war Nacht, und ein zerbrochener Mond lag im Wasser, und Bruno begann sofort, die Seitenlinie von Jorik und Napoleon zu suchen (noch so eine dumme Idee von dir, Süßer: Bruno hätte nicht im Traum daran gedacht, Fischen Namen zu geben! Nicht mal Leprik!), Jorik (ha!) befand sich dort, wo er für gewöhnlich war, auf der Meeresseite des Schwarms, aber Napoleon, der sonst immer auf der Küstenseite schwamm, war verschwunden; Bruno bekam Angst, ja, ich spürte, wie seine Angst bis in meine engsten Buchten strömte, du mußt versuchen, ihn zu verstehen, Neuman, nach einer Reise von anderthalb Ewigkeiten zwischen den beiden hatte er plötzlich das Gefühl, daß ihm die Küstenseite seines Körpers herausgerissen worden war und sich sein Leben schnell leerte und zur Küste floß, zu den fremden Fischen, mit denen er um die halbe Welt gezogen war, die er aber doch kaum kannte!

Und in dem Augenblick, hörst du, in dem Augenblick begannen ihn seltsame Strömungen zu durchfließen, eine Art Erschütterung und ein Brennen und heiße und kalte Schauer, und er wollte alles gleichzeitig, bleiben und fliehen, untertauchen und fliegen, und seine Arme und Beine begannen in entgegengesetzte Richtungen zu ziehen, und er wurde beinah zerrissen, und vergiß nicht die furchtbare Entzündung, die er schon mehrere Monate lang über seinen Rippen hatte und deretwegen er die ganze Zeit etwas benommen und fiebrig war, und das war eigentlich ein bißchen meine Schuld, auch wenn es noch zu früh ist, dir das zu verraten, und Bruno wandte sich seiner Küstenseite zu und sah, daß der ganze Schwarm genauso verwirrt war wie er, daß Hunderttausende von Fischen in Angst und Schrecken auseinandergerissen und wieder vereint wurden und ihre Augen stark hervortraten und ihre Seitenlinien glänzten, kannst du dir diesen Anblick überhaupt vorstellen? Und mein Bruno zwang sich, ruhig zu bleiben. Er war praktisch der einzige, der noch die Kraft hatte, sich einen Augenblick zu beherrschen und zu lauschen, und er stellte sofort fest, daß der große *ning* verschwunden war, er zuckte zusammen, *mamma mia*, wie er zusammenzuckte! Und er horchte mit all seiner Kraft, verzweifelt und flehend, und erst da vernahm er in weiter Ferne, ganz am Ende des

Schwarms auf der Meeresseite, das Trommeln von Leprik, das schon sehr schwach war.

Doch noch bevor mein armer Bruno erleichtert aufatmen konnte, daß wenigstens Leprik am Leben war, begann ihm sein Körper bereits etwas anderes, etwas völlig anderes zuzurufen: ein neuer, starker Muskel zog und spannte sich über den Schwarm, und Bruno hörte in seinem Inneren alle möglichen Stimmen und Echos, die er nicht verstand, das Schlagen einer neuen Trommel, er schloß die Augen und lauschte mit all seinen Poren dieser Stimme, die von hinten, von der Meeresseite kam, eine Art Flüstern und ein Krampf und ein ent-setz-licher Schmerz, als ob – wie soll ich es erklären, damit du es verstehst –, als ob man eine Suez- oder Panama-Operation an dir vornehmen und dich der ganzen Länge nach ohne Narkose und ohne Erbarmen aufschneiden würde, und die armen Salme begannen sich zu winden und zu wehren, sie waren sicher, daß die isländischen Fischer mit ihren hinterhältigen Netzen zurückgekehrt waren, mit Netzen, die drei Haken in jeder Masche haben, und ich schwöre dir, daß ich gesehen habe, wie manche Fische vor lauter Angst und Anstrengung einfach geplatzt sind – pak! –, wen wundert es, und sogar ich, die ich solche Sachen schon öfter miterlebt habe, drehte diesmal völlig durch, ich sah, daß sogar die fernen Riffe der kleinen Shetland-Inseln stark glänzten, und es war ein Gefühl, als keuche und schwitze die ganze Welt, Bruno wurde schnell zur Meeresseite hin getrieben, ohne daß er sich wehren konnte und ohne daß er sich wehren wollte, und Guruk, Guruk, krümmten sich die erschrockenen Aale im Schattenlicht, und Guruk, Guruk, raschelten die Seeigel mit ihren spitzen Stacheln, und in der Dunkelheit entzündete sich plötzlich am ganzen Himmel und in mir der glühendrote Funke eines neuen *ning*, und auf einmal war alles klar:

Ein riesengroßer Fisch schoß vom Ende des Schwarms nach vorne und landete auf der Meeresseite, und dort raunte und flatterte das Wasser, und mein Bruno spürte es auf seiner Meeresseite, unter seiner niedlichen Schulter, er spürte genau, wo dieser Guruk im Schwarm brodelte, und dann sah er ihn auch zum erstenmal: Es war ein riesiger Fisch, fast so groß wie Leprik, aber um eine Reise jünger, und sein Maul war zum

Kampf aufgerissen, und meine kleinen Wellikis erwachten endlich aus der Verwirrung, die sie ergriffen hatte, und eilten zu ihm und umkreisten ihn und berührten ihn und flohen sogleich wieder schreiend vor ihm, Flieht so schnell Ihr könnt, Oh Herrin, der da s'ne Temp'rat'r hat d'r daß 's kaum auszuhalt'n is, ein'n Of'n für noch 'n Golfstrom kann man aus ihm mach'n, Oh Herrin, und rings um ihn, rings um diesen Guruk, hüpften und sprangen die Salme wie in einer brutzelnden Pfanne, und über uns flogen Regenpfeifer, die ihre orangefarbenen Schnäbel weit aufrissen, aber keinen Laut hervorbrachten, und riesige Muscheln schnappten so fest zu, daß sie zerschmetterten, und mein Bruno schaute Guruk an und sah die genaue Zeichnung des winzigen Nebenarms des Spey in den Adern, die aus Guruks glänzendem, muskulösen Körper herausragten, und ich schwöre, auch ich sah es, das geschieht manchmal, besonders wenn man wirklich will, daß es geschieht, und der Schwarm zog wie benommen hinter Guruk her, und Guruk wurde von dem Mut und der Kraft eines Schwertwals erfüllt, und er sprang aus dem Wasser und flog über uns hinweg und tauchte und verschwand und kam aus einer ganz anderen Richtung zurück, und auf diese Weise nähte er den Schwarm mit einem starken, straffen Faden an sich fest, und sein Körper glänzte wie ein neuer Stern, und sein Kopf war ganz verdreht und wies in die Richtung der nahegelegenen kleinen Shetland-Inseln, und mein Bruno spürte plötzlich, daß er unbedingt dorthin mußte, er wußte, daß es der beste Platz auf Erden war, und er haßte Leprik, weil er sie die ganze Zeit über einen so weiten Weg geführt hatte, als wollte er sie absichtlich quälen oder irgend etwas anderes in der Richtung, dabei war jetzt doch klar, daß man sich beeilen und so viele Abkürzungen wie möglich finden mußte, denn das Leben war so kurz, am besten wären sie geflogen und zu diesen herrlichen Inseln gerast, sie durften keinen einzigen Augenblick vergeuden, denn Guruk rief sie alle – –

Und ein wahrer *torag* begann. Nicht wie manchmal während der *gjoja*, wenn sich ein paar Fische um Futter streiten oder zwei feindliche Schwärme aufeinanderstoßen. Nein, dieser *torag* war völliger Wahnsinn. Die Salme zerbissen alles, was ihnen zwischen die Zähne kam, und es gab Fische, die sich sogar selber erbarmungslos bissen, weil sie glaubten, daß Guruk es so wollte; ich füllte mich mit Fischfetzen, mit Kiemen und Flossen und Augen, und die Fische flogen mit solcher Begeisterung in die Luft, als sprängen sie bereits die großen Fälle des Spey hinauf, j--a, alles war voller flatternder Flossen und schnappender Kinnladen, und überall war das Geräusch ins Wasser plumpsender Fische zu hören, und Bruno schrie mit seltsam hoher, heiserer Stimme: »Alle zusammen, alle zusammen«, ah, er war ein einziger gespannter Muskel, und seine Augen – du hättest seine Augen sehen sollen! Sie waren blutrot und traten hervor wie die Teleskopaugen der Kofferfische, die in meinen schwärzesten Tiefen leben, und sein Schnorkelchen war steif und hart wie der Panzer eines Drachenkopfes, seinen Namen hatte er vergessen und war sich sicher, daß er Guruk hieß, ja, wenn er sich bei mir überhaupt für irgend etwas entschuldigen muß, dann nur dafür, daß er sich in ein Behältnis voller Blut und Haß verwandelte, und ich erschrak sehr und rief innerlich Bruno, Bruno, aber er hörte mich nicht, er sah plötzlich den Fisch, den du Jorik nennst, mir soll's recht sein, er sah diesen Jorik, der kleiner und schwächer war als die anderen Fische, ich verstehe gar nicht, wie er so weit gekommen war, und begann plötzlich, ihn haßerfüllt anzubrüllen, er zeigte seine Zähne und fletschte sie und knurrte ihn an, kannst du das verstehen? Plötzlich, plötz-lich konnte er Jorik nicht mehr leiden, weil er eine Schande war angesichts der Begeisterung, die sie alle aufblies und stark und schön und vollkommen machte (so dachten sie zumindest), und bevor ich noch sehen konnte, wer und was, fiel er schon brüllend über ihn her, mit einem offenen Mund voller Zähne, und zum Glück kam plötzlich und ganz zufällig eine gewaltige Welle angerollt, eine besonders kalte und salzige Welle, die in den tiefsten Kellern aufbewahrt wurde, und schlug ihm mitten ins Gesicht, aber nicht zu hart, sie hatte ja genaue Anweisungen, und warf ihn zurück, weit weg von Jorik, und erst da schüttelte sich Bruno plötzlich, als erinnerte er sich an etwas, und drückte sich die Augen mit beiden Händen wieder in die Augenhöhlen, und schon machte sich ein flinkes kleines Welliki zu mir auf den Weg, eines, bei dem man sich immer darauf verlassen kann, daß es sofort die wichtigsten Nachrichten überbringt, und überhaupt – wenn man einen besonders delikaten Auftrag hat, zum Beispiel jemandem einen Strauß Veilchen zurückzugeben, dann ist das die richtige Welle dafür, und es war tatsächlich diese Welle, die mir als erste meldete, daß Bruno sich beruhigt hatte, daß seine Muskeln nicht mehr bebten, und ein paar Minuten später begann er bereits, wie ein Mensch auf Jorik zuzuschwimmen, er sah den kleinen Fisch wie eine Leiche auf dem Wasser treiben und war sich schon sicher, daß es aus war, daß der Kleine am Ende war, und noch dazu durch seine, durch Brunos Hand, er schwamm auf ihn zu, und ich, noch etwas in Sorge, war schon dabei, aus der Ferne noch eine besonders kalte und salzige Welle loszulassen, für alle Fälle, aber das war nicht mehr nötig, denn Bruno hielt vor Jorik an und begann die Bewegung öffnen-schließen zu machen, um dem kleinen Fisch zu zeigen, daß er seine Kiemen ruhig öffnen und schließen konnte und nichts mehr zu fürchten hatte, und sein Herz wurde wieder von Mitleid erfüllt (und hier möchte ich die Gelegenheit nutzen und mich bei allen Bewohnern der Shetland-Inseln für die plötzliche Überschwemmung entschuldigen: In jenem Augenblick verlor ich einfach die Beherrschung). Und so standen sie einander gegenüber, und der Himmel über ihnen war voller fliegender Fische, deren Köpfe kaum noch mit ihren Körpern verbunden waren und zur Inselseite hin zeigten, und mein Bruno tauchte seinen Kopf ins Wasser und sah mit geöffneten Augen, wie eine Kolonne kleiner Zitteraale langsam unter ihm vorbeizog und das Wasser mit einem matten, leise blauen Licht beleuchtete, was für ein Glück, denke ich jetzt, was für ein Glück, daß ich sie genau in diesem Augenblick dorthin gebracht hatte, und Bruno hörte wieder laut und deutlich die Stimme Lepriks, er beruhigte sich und atmete langsam, und das deutlichste Zeichen, daß er wieder zu sich selbst gefunden hatte, war, daß er wieder den Schmerz der Entzündung über den Rippen spürte; er paddelte mit den Händen zur Küstenseite hin, und Jorik paddelte mit ihm, inmitten der Hölle, die rings um sie ausgebrochen war, machten sich die beiden daran, den richtigen *dolgan* zwischen sich aufzustellen, und wenige Augenblicke später begannen sich auch andere Fische einzureihen, und da sah Bruno, daß der Fisch, den du Napoleon nennst, nicht zurückgekehrt war, und nun ein anderer Fisch an seiner Stelle auf der Küstenseite schwamm; tu mir einen Gefallen – gib diesem Fisch keinen Namen, du hast zu viele Tiergeschichten gelesen –, und dann kehrten noch mehr Fische aus der Dunkelheit zurück, und ein Teil von ihnen sah grauenvoll aus und hatte blutige und gänzlich verzerrte Gesichter, sie hielten still, paddelten nur mit den Flossen, beruhigten sich und warteten, daß sich der große *ning* einstellen würde, sie spürten, daß sich die Stelle des *ning* in ihrem Inneren ein wenig verschoben hatte, mehr zur Seite sozusagen, weil sich fast ein Viertel des Schwarms losgerissen hatte und mit Guruk davongaloppiert war, aber vielleicht machte gerade das Leprik noch stärker bei denen, die geblieben waren. Sie spürten ihn im Wasser und im Blut und in jeder Kieme und Schuppe, und ich lauschte mit ihnen und atmete so tief ein und war so konzentriert, daß ich irrtümlich vor der spanischen Küste Ebbe machte und es erst bemerkte, als der zerstückelte Mond ganz rot wurde (die Wahrheit ist, daß er immer den Großteil der Arbeit macht, ich kann ja nicht alles auf einmal tun), aber ich hatte damals keine Geduld, mir das wütende Zischen des alten Albino-Narren anzuhören, so gespannt war ich wegen meines Geschenks an Bruno, und glaub mir, Neuman, wenn er auch nur einen Finger gegen Jorik erhoben hätte, hätte ich es ihm nie gegeben, und du hättest sehen sollen, wie der kleine Jorik plötzlich den *dolgan* vergaß und Bruno überholte und sich vor ihm hinstellte und ganz schnell öffnen-schließen machte, und Bruno erwiderte das öffnen-schließen, verstand aber nicht, was der Fisch von ihm wollte, weil öffnen-schließen sehr viele Dinge bedeuten kann, die Sprache der Salme ist sehr arm, da soll einer verstehen, was gemeint ist, Jorik jedenfalls war nicht bereit, an seinen Platz zurückzukehren, blieb vor Bruno stehen und begann höher und höher zu springen und schwamm sogar rückwärts, als der Schwarm weiterzuziehen begann, und erst als mein Bruno plötzlich merkte, daß er sich schneller im Wasser bewegte als vorher, verstand er den kleinen Fisch, drehte sich auf den Rücken und starrte mit vor Staunen offenem Mund vor sich hin, du kannst dir vorstellen, wie glücklich ich war…

Ich würde mich freuen, wenn du es auch mir verrätst. Ich

bin kein Gedankenleser wie du, und ich habe keine Wellikis-Spionikis. Worüber hat Bruno gestaunt?

Hast du's nicht verstanden? Hast du es wirklich nicht verstanden? Ha! Na schön, ich werd's dir erklären. Damit du's weißt. Damit du nicht denkst, daß ich dir irgend etwas vorenthalte. Hör zu: links und rechts wedelten in Rippenhöhe zwei perfekte kleine Seitenflossen, die ihm gerade erst gewachsen waren. So wahr ich lebe, es war das schönste Werk, das ich je vollbrachte, seit ich gelernt hatte, Meeresalgen zu machen: Zwei Flossen umflatterten meinen Bruno wie Seeschmetterlinge und umfächelten ihn mit einer Glückseligkeit, die er nie gekannt hatte ... er war so ... hick! Entschuldige ... so ... glücklich ... bitte entschuldige ... ich bin wieder ganz aufgeregt ... hoppla!

Spät am Abend brachte sie mich wieder an den Strand zurück. Meiner Uhr zufolge (einer wasserfesten Uhr, die ich nie abnehme) hatte ich volle drei Stunden in einem kleinen Wassernest inmitten eines starken Seegangs verbracht, der plötzlich in der Gegend aufgekommen war. Ja, sie war tatsächlich sehr aufgeregt an jenem Abend; immer wieder erinnerte sie sich mit Begeisterung daran, wie Bruno lernte, seine Flossen zu gebrauchen und mit ihrer Hilfe zu steuern, er war wie ein Baby, das krabbeln lernt. Er fühlte wieder das Leben in sich pochen. Nur bei der Darbietung der Delphine hatte er etwas Ähnliches empfunden. Und von nun an trennte er sich nicht mehr von Jorik, nicht einmal während der *gjoja*. Er brauchte ihn stets in seiner Nähe. Und sie redete und redete. Die Erinnerung an ihn machte sie wild und glücklich, aber auch sehr weich. Ihre Schaumkronen glitzerten, und ich war wieder nur ein Fremder, dem ein paar Krümel zugeworfen wurden. Der Waffenträger der großen Liebe, und der Chronist des Liebhabers.

Ach, jetzt regst du dich wieder auf. Verachtest mich wegen meines Gejammers. Dort, am Ende des Wellenbrechers, stehen die armen Fischer von Tel Aviv, ihre Eimer sind den ganzen Abend leer geblieben. Du stiehlst ihnen die Köder von der Angel und bindest ihnen die Haken zusammen. Ich kenne deine Tour. Deine kindische Zanksucht. Sie begreifen natürlich nichts und sind entsprechend verblüfft und aufgebracht. Ich sehe, wie sie einander verwundert anschauen, höre Bruchstücke ihrer Flüche, die der Wind zu mir hinüberweht. Viele von ihnen haben aufgegeben und sind gegangen. Aber diejenigen, die geblieben sind, werfen ihre Angeln mit zunehmender Hartnäckigkeit aus, als wollten sie dich provozieren. Sie suchen nach dem Schuldigen: vielleicht der Mond? Vielleicht der Lärm der vorbeifliegenden Flugzeuge? Jetzt sehen sie mich an. Sie wissen nicht, daß der Seegang meinetwegen aufgekommen ist...

Hör zu. Du weißt noch immer nicht, was mir passiert ist in jener Nacht, der Nacht der Flossen – –

Am Strand von Narvia erwartete mich die Witwe Dombrowsky mit der Dorfpolizei. Der Polizist hielt sein Fahrrad mit seinen kräftigen Armen hoch, und die Witwe drehte die Pedale in der Luft, um ein wenig Strom für die Fahrradlampe zu erzeugen. Sie leuchteten ins stürmische Meer und riefen meinen Namen in alle Richtungen. Als ich plötzlich triefend naß aus dem Meer auftauchte, erschraken sie und bekreuzigten sich und begannen mich anzuschreien, daß sie sich meinetwegen die größten Sorgen gemacht hätten. Ich gab jedem von ihnen fünf Zloty und bat sie, mich allein zu lassen. Sie gingen, und ich saß noch eine Weile im kalten Wind auf dem grobkörnigen Sand, den Kopf in die Hände gestützt. Ich fühlte mich leer und besiegt. Nun verstand ich, wie weit ich von wirklichem Mut und wahrem Talent noch entfernt war. Müde zog ich mich an und schleppte mich zum Häuschen zurück. Die Witwe servierte mir Fisch und Kartoffeln, die bereits kalt waren, und hörte nicht auf zu murren. Ich starrte auf den Fisch, und zum erstenmal, seit ich nach Narvia gekommen war, schob ich den Teller beiseite. Danach, im Wohnzimmer, beim Licht einer qualmenden Öllampe (es gab wieder keinen Strom), notierte ich in Kürze den Rest der Geschichte, die du mir erzählt hast: Noch vor der Morgendämmerung wußte der Schwarm, was mit denen, die mit Guruk gezogen waren, geschehen war. Während die restlichen Salme im Schlaf mit Leprik weiterzogen, hatte etwas sie erschüttert, als würden ihnen die Muskeln und Sehnen herausgerissen. Genau in diesem Augenblick zerschellte der abtrünnige, trunkene Schwarm am Rande des

Horizonts, im Osten, an den felsigen Klippen der Shetland-Inseln. Brunos Schwarm hielt sofort inne, trieb still dahin und fühlte mit tausend Sinnen, was dort in der Ferne geschah. Plötzlich wurden sie alle von Krämpfen geschüttelt und schickten Blutfäden zu den fernen Wassern. Bruno sah Jorik aus den Augenwinkeln an. In seinem Inneren dankte er ihm noch einmal für das, was er war. Dafür, daß er sein Anderssein wie einen Buckel trug, der ihn davon abhielt, denselben Weg zu gehen wie alle anderen.

Als der Tag anbrach, waren die Wellen mit Tausenden von süd- und westwärts treibenden Kadavern gesät. Die Salme schwammen zwischen ihnen hindurch. Ihr Geruch war stärker als sonst, und ihr Gesichtsausdruck hatte sich verändert, als hätten sie einen Schock erlitten. In der Ferne zogen kleine Fischerboote von den Inseln aus. Bruno fühlte keine Trauer um die Toten. Er mußte seine Trauer für Jorik aufbewahren oder für ein oder zwei andere Fische, die er in dem Gewusel etwas näher kennengelernt hatte. Er paddelte energisch mit seinen neuen Flossen und war stolz auf sie wie ein Junge, dem ein Bart zu wachsen beginnt. Er spürte dumpf, daß er sie verdient hatte: daß er für einen Augenblick das Leben wert war, das er suchte.

7

Du redest noch immer mit mir. Du ignorierst mich noch immer, obwohl ich weiß, daß du hier vor dem Wellenbrecher bist und jedes meiner Worte hörst. Ich rede zu dir, weil ich niemand anderen habe, mit dem ich reden kann. Ruth und Jariv sind in Jerusalem, und ich muß alle paar Tage von ihnen, von beiden weg, um mit mir ins reine zu kommen. Und vielleicht werde ich das nie schaffen. Es gibt solche Leute, aber ich habe nie geglaubt, daß ich auch dazugehöre. Alles schien so klar und vorhersehbar zu sein. Ich hatte immer geglaubt, daß man, mit den nötigen Informationen, einigermaßen vorhersehen kann, wie sich X in Situation Y verhalten wird. Als ich klein war, war ich ausgesprochen gut im Prophezeien. Ich war Jotham, der Zauberer. Aber dann wurde ich groß, und alles ging schief.

Alles geriet durcheinander und wurde unvorhersehbar und gefährlich. Und man kann nie wissen, vor wem man sich in acht nehmen muß: selbst von seinem eigenen Inneren wird man plötzlich verraten.

Auch mit Ajala kann ich nicht mehr reden. Sie wohnt ein paar Straßen von hier mit einem Musiker zusammen, und ich darf mich nicht mehr bei ihr blicken lassen nach meinem Verbrechen gegen die Menschlichkeit – so nennt sie die dumme Geschichte mit Kasik. Es gibt nur einen Weg, sagte sie mit deutlichem Widerwillen im Gesicht, es gibt nur einen Weg, um so etwas wiedergutzumachen: eine andere Geschichte zu schreiben. Eine Geschichte der Sühne. Und bis dahin – möchte ich deine Visage hier bitte nicht mehr sehen.

Du antwortest nicht. Die Lichter auf der neuen Promenade gehen langsam aus. In den Restaurants am Strand werden die Stühle hochgestellt. Tel Aviv, Ende 1984. Ich stehe auf dem Wellenbrecher. Nur drei Fischer sind noch da. Die anderen haben aufgegeben und sind nach Hause gegangen. Und du bist so dunkel und in ständiger Bewegung. Du bist gespannt und gereizt. Ich spüre dich. Und vor dir verkrampft sich plötzlich die Stadt vor Angst.

Mir ist ein Kind geboren worden. Zehn Monate nach meiner Rückkehr aus Narvia ist mir ein Kind geboren worden. Gerade als Ruth beschlossen hatte, alle Behandlungen abzubrechen, geschah das Wunder. Wir haben ihn Jariv genannt. Ein Name, der mir immer gefallen hat. Ein typisch israelischer Name. Und ich habe versucht, ihm ein guter Vater zu sein. Ich habe es wirklich versucht. Aber ich wußte von vornherein, daß ich keine Chance hatte. Ich wußte zwar schon immer, daß die Beziehung zwischen Eltern und Kindern schwierig ist, aber ich wußte nicht, daß sie so schwierig sein würde. Die Kinder sind einem immer zu ähnlich oder zu verschieden. Und all die Erwartungen – daß der Junge so sein würde wie ich. Nein, warum auch: daß er so sein würde wie Ruth. Das genaue Gegenteil von mir. Daß er gesund und einfach und sauber leben und stark sein würde. Aber er hat uns in jeder Hinsicht überrascht und gleicht weder ihr noch mir. Und wenn er etwas von Ruth geerbt hat, dann nur die schlechten Eigenschaften. Er ist ein quälend langsames Kind. Er ist zu dick, und er hat ein unbeholfenes und ängstliches Gesicht. In Gegenwart von anderen Kindern ist er hilflos. Wie eine fette Taube zwischen flinken Spatzen. Nur bei mir, da ist er hartnäckig und spielt den großen Helden. Am Anfang war er anders, aber irgend etwas ist schiefgegangen. Ich beobachte ihn, wenn er allein in einer Ecke der Krippe spielt, und möchte schreien. Ich sehe schon jetzt, wie er in dreißig Jahren sein wird: ein großer, scheuer Mann, mit dem leicht beleidigten Gesichtsausdruck, den sehr dicke Menschen oft haben. Ruth lacht, wenn ich ihr von meinen Befürchtungen erzähle. Er macht eine schwere Zeit durch, sagt sie, er ist ein wunderbarer Junge. In einem halben Jahr wirst du ihn nicht mehr wiedererkennen. Er wird sich an die Krippe und an die Kinder gewöhnen, und selbst wenn er so bleiben wird, wie er jetzt ist, ein einsames, verschlossenes Kind, werde ich ihn trotzdem lieben, denn du weißt ja: genau das ist mein Typ, ha ha. Aber auch sie muß zugeben, daß er ein paar unangenehme Charakterzüge hat. Er ist launisch und fordernd und hat vor allem Angst. Als ich noch zu Hause arbeitete, kletterte er ständig an mir hoch und ließ mich kein einziges Wort zu Papier bringen. »Weißt du, was Papa schreibt?« fragte Ruth und war den ganzen Tag damit beschäftigt, uns voneinander fernzuhalten, und er mit seiner ärgerlichen, kindischen Egozentrik: »Papa schreibt Jariv.« Das als Witz, ganz nett, aber ich weiß, daß er wirklich will, daß ich den ganzen Tag dasitze und seinen herrlichen Namen schreibe. Ruth hört das und lacht sehr darüber und sagt: Versuch, dich wie ein Erwachsener zu benehmen, Momik, und stürz dich nicht mit deiner ganzen Kraft auf ihn. Es besteht schließlich der kleine Unterschied von ein, zwei Jahren zwischen euch. Und dann fängt die übliche Diskussion an: ich sage ihr, daß das gar nichts mit dem Alter zu tun habe und man ihn schon jetzt zum Kämpfen erziehen müsse. Einmal, noch bevor er geboren wurde, sagte ich zu ihr: Sollte ich je ein Kind haben, werde ich es jeden Morgen mit einer Ohrfeige wecken. Einfach so. Damit es weiß, daß es keine Gerechtigkeit gibt. Daß es nur Krieg gibt. Ich sagte ihr das, als ich sechzehn war, als unsere Freundschaft gerade erst anfing. Später dann merkte ich, daß das eine dumme, kindische Idee war, aber als Jariv geboren wurde, merkte ich plötzlich, daß sie doch nicht so dumm war. Ruth sagte: Und eines Tages wird er zurückschlagen – und wie wirst du dich dann fühlen? Ich sagte: Ich werde mich großartig fühlen. Ich werde wissen, daß ich meinen Sohn auf das Leben vorbereitet habe. Sie sagte: Aber vielleicht wird er dich dafür nicht gerade lieben. Lieben? sagte ich mit einem verächtlichen Schnauben, ich ziehe einen lebenden Sohn einem liebenden Sohn vor. Und sie sagte: Es gibt noch ein paar Zwischenstufen zwischen leben und lieben. Du rächst dich an ihm für das, was du bei dir zu Hause nicht bekommen hast, Momik. Genau dieser gemeine Satz, den sie auf keinen Fall zu mir hätte sagen dürfen, macht mich wahnsinnig, denn ich habe zu Hause die Weisheit des Überlebens um jeden Preis beigebracht bekommen, die wichtigste Weisheit, die es gibt, die einem in der Schule jedoch nicht beigebracht wird. Mit den schönen Worten, mit denen Ruthis ach so aufgeklärte Eltern, die nie eine wirkliche Gefahr kennengelernt haben, ihre Tochter erzogen haben, ist sie nicht zu formulieren, weil sie nur schweigend weitergegeben wird, durch ein mißtrauisches Zusammenziehen der Augen- und Mundwinkel. Es gibt eine konzentrierte Substanz, die durch die Nabelschnur übertragen wird und sich im Laufe vieler Lebensjahre langsam entschlüsselt: Steh immer in der mittleren Reihe. Verrate nie mehr, als du mußt. Merke dir, daß nichts so ist, wie es scheint. Hüte dich davor, zu glücklich zu sein. Sag nie mit einem allzu großen Freiheitsgefühl »ich«. Und überhaupt: Versuch aus allem heil herauszukommen. Ohne überflüssige Narben. Mehr kann man nicht erwarten.

Am Abend. Jariv schläft schon, und ich gehe in sein Zimmer und betrachte ihn. Er liegt auf dem Rücken. Ein Schauder läuft mir über den Rücken. »Spürst du auch das Kribbeln?« fragt Ruth leise, und ihr Gesicht füllt den Raum mit Wonne. Ich möchte etwas Nettes sagen, um ihr eine Freude zu machen, um ihr zu zeigen, daß ich den Kleinen eigentlich doch ganz gerne mag. Aber meine Kehle ist sofort wie zugeschnürt. »Gut, daß er auch bei diesem Lärm schlafen kann«, sage ich schließlich. »Eines Tages wird er vielleicht schlafen müssen, während draußen Panzer durch die Straßen fahren. Oder im Gehen, in der Kolonne, im Schnee. Vielleicht in einem Block auf einer Pritsche, zusammengepfercht mit noch zehn anderen. Vielleicht in –.« »Hör auf«, sagt Ruth und geht aus dem Zimmer.

Ich prüfe ihn ständig. Er ist größer und robuster als andere Kinder in seinem Alter, und das ist gut so, aber er hat Angst vor ihnen. Er hat vor allem Angst. Ich muß mit ihm auf die Rutschbahn klettern, weil er sich weigert, allein hinunterzurutschen. Ich steige wieder hinunter und lasse ein weinendes Kind zurück, das Angst hat, sich zu bewegen, weil es ja herunterfallen könnte. Eine der Mütter auf dem Spielplatz kommt auf mich zu und erklärt mir, daß der Kleine Angst hat. Ich sehe sie mit einem kalten, engelhaften Lächeln an und erzähle ihr, daß Kinder in seinem Alter früher stundenlang in den Wäldern auf Beobachtungsposten waren und auf hohen Bäumen Wache gehalten haben. Ängstlich und angewidert weicht sie vor mir zurück. Wir werden ja sehen, wie sich ihr Kind anstellt, wenn es soweit ist! Die anderen Mütter auf der Bank hören auf zu schwatzen und starren mich und den kleinen Idioten auf der Leiter an. Er schreit wie am Spieß. Ich zünde mir eine Zigarette an und studiere ihn eingehend. Wenn wir uns je in einem Bunker verstecken müssen, wird man ihn kaum zum Schweigen bringen können. Ich glaube, ich werde keine Wahl haben. Ich hoffe nur, daß ich ihn dazu erziehen kann, das gleiche mit mir zu machen, wenn ich ihm irgendwann zur Last falle. Komm her, Angsthase, sage ich laut, mit scheinbarer Gelassenheit, zertrete die Zigarette mit dem Absatz und klettere hinauf, um ihn zu holen. Als sich sein feuchter Mund an meinen Hals schmiegt und dort verzweifelt schluchzt und bebt, spüre ich, wie eine schwere Kugel kindlicher Schmach mit einer solchen Kraft von seinem Herzen in das meine rollt, daß es mich fast von der Leiter wirft. Verzeih mir, mein Kind, sage ich innerlich, verzeih mir alles, sei klüger und geduldiger als ich, denn ich habe nicht die Kraft, und man hat mir nicht beigebracht zu lieben. Sei stark genug, mich zu ertragen, liebe mich. Und hör jetzt auf, wie ein kleines Mädchen zu weinen, zische ich ihn laut an.

Keine zärtlichen Augenblicke mehr. Ruth spielt mit ihm. Ich möchte ihm etwas beibringen. Ihn vorbereiten. Nicht die kostbaren Jahre vergeuden, in denen das Hirn noch wach und offen ist. Ruth macht es Spaß, mit ihm zu spielen. Sie malt ihm Autos und Tick-Tacks und modelliert mit Plastilin. Wenn die beiden zusammen spielen, verflechten sich ihre Stimmen ineinander. Ich bringe ihm bei, Zahlen zu lesen. Sie findet es köstlich, wenn er einen Fehler macht und zum Beispiel sagt: »Mama und Papa fühlt gut.« Ich finde das ganz niedlich, aber ich korrigiere ihn. Wir haben nicht die Zeit, Fehler zu machen. Er steht auf unserem Bett und beobachtet eine Fliege auf dem Fenster, und plötzlich streckt er seine Hand aus, fängt sie zufällig und zerdrückt sie. Dann schaut er überrascht in seine Hand und fragt, warum die Fliege nicht mehr fliegt. Ruth sagt etwas angespannt, daß die Fliege schläft, und sieht mich an. Ich sage ihm die Wahrheit. Ich gehe sogar ins Detail. »Du hast sie getötet«, spricht Jariv mir nach und kostet das neue Wort in seinem frischen, weichen Mund. In meinem Kopf breitet sich Dumpfheit aus. Eigentlich müßte ich jetzt froh und zufrieden sein. Aber es gibt nichts, worüber ich jetzt froh sein, nichts, auf das ich hoffen könnte.

»Gib dir doch ein bißchen Mühe mit ihm«, bittet Ruth mich nachher im Bett. Unsere Gesichter sind zur Decke gewandt. »Du zerstörst etwas, und zwar für sehr lange Zeit. Das ist schade.« Innerlich schreie ich: Laß es nicht zu, daß ich weiter so zerstörerisch bin. Wirf mich raus. Stell mir irgendein Ultimatum, das ich annehmen muß. Und laut sage ich, daß die Geschichte, die ich jetzt schreibe, die Geschichte, die Großvater Anschel dem Deutschen Neigel erzählt hat, anscheinend sehr auf mich abfärbt. Die Geschichte und alles andere, was ich in diesem Zusammenhang lese und lerne und was dadurch in mir zum Vorschein kommt. Ruth kennt mich zu gut, um mir vorzuschlagen, ich solle nicht weiterschreiben. Sie würde so etwas nie sagen, sondern allenfalls andeuten. Würde zartfühlend auf die Möglichkeit hinweisen. Meine Ruth glaubt, daß in jedem Menschen große Kräfte stecken. Kräfte, über die er keine Kontrolle hat, und deshalb achtgeben muß, andere Menschen nicht zu zerstören, ihnen keinen Schaden zuzufügen mit irreführenden Ratschlägen oder dem Versuch der Beeinflussung. Sie ist so erwachsen. Aber warum kommt mir alles, was sie tut, wie Arbeit vor. Wir liegen im Bett und reden über den Unterschied zwischen dem Schreiben eines Gedichts und dem Schreiben eines Romans. »Ein Gedicht ist ein Flirt«, sagt sie und lächelt im Dunkeln, »und ein Roman ist wie eine Ehe: man lebt mit seinen Figuren noch lange, nachdem die anfängliche

Liebe und Leidenschaft verflogen sind.« Merkwürdig, daß sie so etwas sagt. Es paßt nicht zu ihr. Sie darf das nicht. Ich bin derjenige, der hier die bösen Dinge sagt. Aus irgendeinem Grund hat sie mich einen Augenblick erschreckt. Ein Roman, sage ich leise, ist wie eine Ehe: zwei Menschen, die sich lieben, tun einander weh, weil sonst niemand da ist, dem sie wehtun könnten.

Dann schweigen wir. Ich versuche mich zu erinnern, ob sie auch das untere Schloß der Haustür abgeschlossen hat. Aber wenn ich sie jetzt frage, wird sie sich aufregen. Wahrscheinlich hat sie abgeschlossen. Besser ich glaube es und höre auf, mir Sorgen zu machen. »Manchmal«, sage ich zu ihr, »möchte ich die Koffer packen und irgendwo anders hingehen. Nochmal ganz von vorn anfangen. Ohne Vergangenheit. Nur wir beide.« »Und Jariv«, erinnert sie mich und fügt hinzu, daß man von hier nicht fliehen dürfe. Hier sei die letzte Zuflucht. »Na«, sage ich, »das ist ein ziemlich blöder Satz. ›Die letzte Zuflucht‹ – das gibt es nicht. Man darf sich nie zu sehr an einen Ort binden. Oder an einen Menschen.« Und sie sagt: »Wohin du auch gehst, Momik, du wirst keine Ruhe finden. Du hast keine Angst vor einem Ort, du hast Angst vor Menschen.« Ihre Stimme klingt angenehm, was ist plötzlich in sie gefahren? »Du hast vor allen Menschen Angst. Was siehst du nur in uns, Momik? Was kann noch schlimmer sein als das, was wir alle schon kennen?« Und ich: »Ich weiß nicht. Ich habe keine Kraft für solche Fragen.« Jetzt hätte ich sie fragen sollen, ob sie auch das untere Schloß abgeschlossen hat, aber nun habe ich die Gelegenheit verpaßt. Normalerweise denkt sie immer daran, bevor sie ins Bett geht zuerst den Gashahn abzudrehen und dann abzuschließen. Moment mal: hat sie heute abend das Gas abgedreht? Plötzlich rede ich wieder über den Holocaust. Ich weiß nicht einmal, wie ich darauf gekommen bin. Ich kann von überall darauf zurückkommen. Ich bin die Brieftaube des Holocaust. Und mit einer Stimme, die nicht sehr überzeugend klingt, frage ich Ruth zum tausendstenmal: »Sag mir bitte, wie wir weiterleben können, nachdem wir gesehen haben, wozu er fähig ist, dein Mensch?« »Es gibt Menschen, die lieben«, sagt sie schließlich (endlich etwas ungeduldig), »es gibt Menschen, die den umgekehrten Schluß aus dem Holocaust gezogen haben. Man kann doch wohl zwei ganz verschiedene Schlüsse ziehen aus dem, was dort geschehen ist, nicht wahr? Und es gibt Menschen, die lieben und mitfühlen und Gutes tun, auch ohne daß das irgend etwas mit dem Holocaust zu tun hat. Ohne Tag und Nacht über ihn nachzudenken. Denn vielleicht war ja gerade er der Fehler! Warum kannst du es nicht auch einmal so sehen, Momik?« »Weil du selbst ja auch nicht mehr daran glaubst.« »Wie auch! Ich lebe immerhin schon etliche Jahre mit dir zusammen, und sie hat etwas Ansteckendes, deine Weltanschauung. Es ist leichter, so zu werden wie du, als so zu bleiben wie ich. Ich mag mich nicht, wenn ich mich plötzlich dabei ertappe, daß ich so denke wie du. Ich bekämpfe dich.« »Du weißt, daß ich recht habe. Auch wenn du mir erzählst, daß es Menschen gibt, die anders denken und gut damit leben, wirst du mich nicht trösten können. Ich gehöre zu den Pechvögeln, die sehen, was sich hinter den Kulissen des Lebens abspielt. Ich sehe die Skelette unter dem Fleisch.« »Und was sieht man dort, hinter den Kulissen? Was sieht man dort, zum Teufel, das so anders ist als alles, was wir schon kennen?! Was sind denn deine großen Neuigkeiten?« (Sie wird immer ärgerlicher, und dabei kann ich sie so selten aus der Ruhe bringen.) »Ich habe keine Neuigkeiten. Ich komme ja kaum mit dem Alten zurecht, weil sich die Menschen dort ununterbrochen umbringen. Nur daß dieser Prozeß in Zeitlupe projiziert wird, mit großem Zartgefühl, und daher nicht so schockierend ist. Jeder bringt jeden um. Die Vernichtungsmaschine hat sich ein bißchen verändert und ist in den Untergrund gegangen, aber ich höre die ganze Zeit ihren Motor laufen. Ich bereite mich vor, Ruthi. Das weißt du.« »Es ist mir zu Ohren gekommen«, sagt sie und lächelt. »Lach nur, lach. Eines Tages werden wir vielleicht wieder in Kolonnen gehen müssen. Aber im Gegensatz zu euch, zu euch allen, werde ich mich nicht darüber wundern und mich auch nicht erniedrigt fühlen. Und ich werde auch nicht unter dem Schmerz der Trennung leiden. Es gibt nichts, was mir zurückzulassen leid täte.« »Auch das weiß ich. Zufällig ist mein Mann der Dichter, der den ›Objektzyklus‹ geschrieben hat, von dem alle geschwärmt haben. Hast du ihn gelesen?« »Ich habe darin geblättert.« »Und zufällig erlaubt mir mein Mann nie, ihm Geburtstagsgeschenke zu kaufen, und er haßt alles, was mit Zeremonien zu tun hat oder mit Dingen, die auf irgendeine Art von Beständigkeit hindeuten – – oh ja, ich kenne den Mann.« »Ich möchte frei von jeder Bindung sein.« »Auch von Menschen, Momik?« »Auch.« »Auch von mir und Jariv?« Sei jetzt still, Idiot. Mach ihr etwas vor, sag ihr, von anderen ja, aber von ihr nicht. Weil dein Leben keinen Sinn hat ohne sie. Ohne ihre Naivität und ihre verdammte Zuversicht. »Auch von dir und Jariv. Schau: ich bin mir nicht sicher, ob es mir gelingen wird, euch zu verschmerzen, aber ich möchte gerne glauben, daß ich stark genug sein werde. Ich würde von mir selbst enttäuscht sein, wenn ich den Abschiedsschmerz nicht aushalten könnte.« Ruth schweigt. Und dann, mit klarer Stimme: »Wenn ich dir auch nur ein einziges Wort glauben würde, dann würde ich dich auf der Stelle verlassen. Aber ich höre diese Dinge nun schon seit fast zwanzig Jahren, das heißt, seit wir uns kennen. Es gab Zeiten, in denen du etwas erwachsener warst und anders dachtest. Ich glaube, du redest aus purer Angst so, mein Liebling.« »Laß das ›Liebling‹, ja? Wir sind hier in keinem türkischen Melodram.« Ihr weises Lächelns breitet sich im Dunkeln aus. Das untere Schloß muß viermal abgeschlossen werden. Jetzt bin ich sicher, daß ich es nur zweimal klicken gehört habe. Ich spüre ihr Lächeln im Zimmer. Der Mund ist das Schönste in ihrem etwas derben Gesicht. Ihre Haut ist rauh und um Nase und Augen gereizt. Am Anfang unserer Freundschaft lachte man hinter unserem Rücken über uns. Wir waren nicht gerade das hübscheste Paar in der Klasse, um es gelinde auszudrücken. Man gab uns gemeine, kränkende Schimpfnamen. Und ich konnte mich nicht zurückhalten und setzte mit meinen eigenen bissigen Bemerkungen noch eins drauf. Doch Ruth schuf für uns still und klug einen Ort, an dem nur wir beide wichtig waren und nicht das, was andere über uns sagten. Aber manchmal höre ich noch ein Echo des Spottes von damals. Und Ruth sagt: »Ich kenne dich mittlerweile ziemlich gut, nach all den Jahren. Wir sind zusammen durch dick und dünn gegangen. Ich lese die Gedichte, die du schreibst. Auch die, die du nicht veröffentlichst, weil du fürchtest, daß sie deinem Image als zornigem Dichter schaden könnten. Ich kenne dich, seit du angefangen hast, dich zu rasieren. Ich sehe dich schlafend und lachend und wütend und ruhig und traurig und wie du in mir kommst. Wir haben Millionen Nächte dicht nebeneinander geschlafen wie zwei Löffelchen. Und manchmal wie Messer. Und wenn du nachts durstig bist, bringe ich dir das Wasser in meinem Mund. Ich weiß, wie du am liebsten küßt und wie sehr du es haßt, wenn ich versuche, dich auf offener Straße zu umarmen. Ich weiß viel über dich. Nicht alles, aber viel. Die Dinge, die ich über dich weiß, sind mir sehr wichtig. So wie dir die Figuren wichtig sind, über die du schreibst. Unser Leben – und jetzt auch das Leben von Jariv – das ist mein einfaches, kleines Kunstwerk, an dem ich Tag für Tag und Stunde für Stunde schreibe. Es ist nichts Großes und Kühnes. Nichts sehr Originelles. Millionen Menschen haben es vor mir gemacht und viele bestimmt viel besser als ich. Aber es ist meins, und ich lebe es mit meiner ganzen Kraft. Nein, laß mich jetzt ausreden. Ich habe gesehen, wie glücklich du warst, als deine Affäre mit Ajala begann. Es hat mir sehr wehgetan. Ich habe furchtbar gelitten. Aber abgesehen von der Demütigung und dem Haß auf dich dachte ich manchmal (wenn es mir gelang, meine Gedanken zu sammeln) – wer so ein Talent zum Lieben hat wie du, der wird es nicht ewig verbergen können, auch wenn er sich noch so sehr bemüht, es tief in der Erde zu vergraben. Ich war bereit zu warten. Nicht wegen meines Solweg-Syndroms, wie du es nennst, sondern aus purem Egoismus.« »Und was ist, wenn – entschuldige den Ausdruck – am Ende nicht du die Lorbeeren pflückst, sondern eine andere?« »Vielleicht. Vielleicht wird eine andere sie pflücken. Aber nur für eine Weile. Ich weiß.« »Was weißt du?« »Daß wir einander zu sehr brauchen. Auch wenn du es nicht zugeben wirst, weil du ziemlich chauvinistisch und kindisch bist. Vor allem kindisch. Ein pubertärer Junge. Aber im Ernst: Wir sind zwei sehr verschiedene Menschen. Aber wir wollen dasselbe. Nur, daß wir es auf unterschiedlichen Wegen zu erreichen versuchen. Wir sind wie zwei verschiedene Schlüssel zum selben Tresor. Verzeih mir, daß ich so poetisch daherrede. Mein Mann ist ein Dichter – und jetzt vielleicht auch ein Schriftsteller.« »Übrigens, hast du abgeschlossen?« »Auch unten, beruhige dich.« Ich schweige (ich habe vergessen, nach dem Gashahn zu fragen!). Die Liebe siegt leider nie, sage ich innerlich zu ihr. Nur in bestimmten Romanen unterliegen die Schriftsteller einem regelrechten Zwang, sie am Ende siegen zu lassen. Im wirklichen Leben ist das anders. Der Liebhaber entfernt sich schnell vom Bett seiner Geliebten, die eine ansteckende Krankheit hat. Es gibt nur wenig Menschen auf der Welt, die sich zusammen mit ihrem sterbenden Partner das Leben nehmen. Der mächtige, tyrannische Strom des Lebens trennt uns. Trägt uns dumpf und egoistisch und tierisch weiter. Die Liebe siegt nicht. Ruth rückt näher. Sie beginnt mich sanft zu streicheln, aber ich halte mich zurück. Ich muß noch ein bißchen reden, stimmt's? »Gut«, seufzt Ruth und lächelt, »ich hätte den wilden Kaukasier heiraten sollen, der mir den Hof gemacht hat und mich für sieben Kamele kaufen wollte – er hätte davor nicht so viel reden müssen.«

»Das schlimmste am Holocaust ist für mich, wie du weißt, daß er die menschliche Individualität ausgemerzt hat. Deine Einzigartigkeit, deine Gedanken, deinen Charakter, deine Biographie, deine Lieben, deine Krankheiten, deine Geheimnisse – nichts hatte Bedeutung. Alle wurden auf die niedrigste Stufe des Daseins gebracht. Nur Fleisch und Blut. Das bringt mich um. Deshalb habe ich das Bruno-Kapitel geschrieben.« »Und Bruno hat dir beigebracht, dagegen zu kämpfen?« »Ja. Auf hypothetische Weise. Aber er löst keines meiner Probleme, die ich im täglichen Leben habe. Bruno ist schön als Traum. Doch nicht nur das: Die Dinge, die er mir verraten hat, haben mir angst gemacht und einen großen Widerstand in mir geweckt. Ich spüre ihn jetzt, wo ich mit der Geschichte über Wasserman und den Deutschen nicht weiterkomme, sehr. Ich habe das Gefühl, daß ich mich schützen muß vor dem, was er mir gezeigt hat. Ich bekämpfe ihn jetzt ein bißchen.« »Du bekämpfst dich selbst.«

»Vielleicht. Vielleicht. Und wenn es geschieht, ich kann es nicht ändern. Hör zu. Lach nicht. Ich kann dein Lächeln im Dunkeln hören. Ich möchte vorbereitet sein, wenn es das nächste Mal geschieht. Nicht nur, damit ich dann in der Lage bin, mich ohne allzu große Schmerzen von einem anderen Menschen zu trennen, sondern auch, damit ich mich von mir selber trennen kann. Ich möchte in der Lage sein, all das in mir zu eliminieren, was mir unerträgliche Schmerzen verursachen könnte, wenn es mir verweigert oder lächerlich gemacht würde. Das ist unmöglich, ich weiß, aber manchmal plane ich Schritt für Schritt: wie ich meine Eigenschaften auslöschen werde, meine Wünsche und Begierden, meine Talente – stell dir vor, was für eine übermenschliche Leistung das wäre! Der Nobelpreis für Human-Physik, was sagst du dazu?« »Entsetzlich.« »Nein, im Ernst: Ich werde mich einfach an den Tod verlieren, ohne zu leiden. Ohne Schmerz und Erniedrigung zu empfinden. Und ohne von irgend etwas enttäuscht zu sein. Ich – –« »Du wirst einfach von Anfang an tot sein. Du wirst dich so sehr schützen vor dem, was Menschen dir antun könnten, daß du auch nie Freude an ihnen haben wirst. Du wirst keinen Augenblick ohne Haß und Mißtrauen kennen. Du wirst mit dem Schwert leben. Du wirst immer mehr davon überzeugt sein, daß die anderen auch so sind wie du, weil du nichts anderes kennen wirst. Und Menschen, die so denken wie du, werden einander gewissenlos umbringen, weil Leben und Tod dann ohnehin keinen Wert mehr haben. Das ist die Welt der Toten, Momik.« »Du übertreibst, wie immer. Aber ich wäre vielleicht bereit, versuchsweise in so einer Welt zu leben. Doch auch die Alternative fällt mir nicht gerade leicht.« »Du meinst das Leben hier? Das normale, einfache Leben?« »Das einfache Leben, ja. Das so einfache Leben.« »Und das Schreiben hilft nicht? Du hast doch immer gesagt, daß es das ist, was dich rettet.« »Nein. Ich komme nicht weiter mit der Geschichte. Wasserman hat mich überlistet. Er hat ein Baby in die Geschichte gebracht.« »Vielleicht solltest du es wieder herausnehmen.« »Nein, nein. Da das Baby hineingekommen ist, gibt es anscheinend auch einen guten Grund dafür. Du weißt, wie ich schreibe. Ich habe immer das Gefühl, daß ich nur zitiere, was ich schreiben muß. Aber diesmal ist es anders. Ich verstehe nicht, was dieses Baby von mir will. Ich komme ja kaum mit meinem eigenen zurecht. In letzter Zeit sind mir ungute Dinge passiert. Ich habe sogar Angst, darüber zu sprechen. Und manchmal habe ich nicht die Kraft, von einer Minute zur anderen zu gehen. Menschen erwecken Haßgefühle in mir. Nicht meinen üblichen Abscheu, sondern richtigen Haß. Ich habe nicht den Mut, ihrem Leben gegenüberzutreten. Ich gehe auf der Straße und spüre, daß mich der gewaltige Strom des

Lebens ertränkt. Tränen, zum Beispiel.« »Wie bitte?« »Ich sehe mir die Gesichter der Menschen an und weiß, daß sich die Tränen ein Zehntel Millimeter unter den Augen im Tränensack befinden.« »So schnell weinen die Menschen doch nicht.« »Aber die Tränen sind da. Manchmal, wenn der Bus ganz plötzlich auf der Straße hält, stelle ich mir das Schwappen der Tränen vor. Das ganze Weinen, das drinnen geblieben ist. Und nicht nur die Tränen. Auch der Schmerz. Und die beängstigende Zerbrechlichkeit unseres Körpers. Und auch unsere Leidenschaften, ja. Die Leidenschaften, die sich verwirklichen wollen. So viel gefährliches Gepäck für so einen kleinen Körper. Wie soll man das bloß aushalten? Verstehst du, was ich meine? Antworte nicht, nein, antworte nicht. Ich habe nicht mehr die seelische Kraft, das Leben auch nur eines einzigen Menschen zu verstehen. Wenn ich nicht die Geschichte von Großvater Anschel schreiben müßte, würde ich jetzt zu meinem ›Objektzyklus‹ zurückkehren.« »Und nur, damit du's weißt, ich liebe dich sehr.« »Trotz alledem?« frage ich elend, sehnsüchtig. »Vielleicht sogar wegen alledem.« »Und ich dich auch. Auch wenn du mich manchmal verrückt machst mit deiner jesuitischen Naivität.« »Du weißt ganz genau, daß das nicht Naivität ist. Man kann nicht naiv bleiben, wenn man mit dir zusammenlebt. Das ist eine Entscheidung. Und außerdem wirst du mich immer bestrafen können: Wenn die Massenflucht anfängt und ich zwei Kinder an der Hand und eines im Bauch haben werde, wirst du allein fliehen. Ich werde nicht sagen können, daß du mich nicht gewarnt hast.« »Abgemacht«, sage ich. »Hast du den Gashahn abgedreht?« »Ich glaube schon. Was spielt das jetzt für eine Rolle. Komm zu mir. Gib zu, daß ich dich heute redlich verdient hab.« Und ich drehe mich zu ihr um, und wir berühren im Dunkeln unsere Gesichter, nur unsere Gesichter, langsam, resigniert, als würden wir wieder die alten Briefe lesen, und dann vergrabe ich mich mit all meiner Kraft in ihr, und einen Augenblick habe ich Ruhe, habe ich ein Zuhause, habe ich einen Menschen, den ich berühren kann, vor dem ich mich nicht in acht nehmen muß, den ich nicht zu fürchten brauche, und wir bewegen uns vorsichtig, um die Zärtlichkeit nicht zu verletzen, steigen und fallen wie eine lange, müde Karawane, aber als Ruth in meine

Lippe beißt und erregt zittert, kehre ich zu dem Land ohne Liebe zurück, sehe ich wieder die Bilder auf der zerrissenen Leinwand meines Hirns, sehe ich wieder den Menschen. Und als ich komme, vergesse ich nicht, die richtigen Laute zu machen, obwohl ich schon seit Wochen keine Lust mehr dabei empfinde: Es ist völlig bedeutungslos. Wie Spucken.

Das Leben kam langsam zum Stillstand. Ich hatte mich in eine abgestreifte Haut verwandelt. Selbst in den wenigen Kanälen, die sonst zwischen mir und meinen Mitmenschen geöffnet waren, floß jetzt nichts. Um diese Zeit hörte ich auf, die Geschichte von Großvater Anschel zu schreiben, und begann ein neues Projekt: ich sammelte Material für eine Jugendenzyklopädie des Holocaust. Die erste dieser Art. Damit ihn unsere Kinder nicht mehr aus ihren Alpträumen erraten oder rekonstruieren müssen. Ich hatte schon eine Liste mit rund zweihundert wichtigen Stichwörtern zusammengestellt: Mörder und Opfer; die Konzentrationslager; literarische Werke, die zu jener Zeit und danach über dieses Thema geschrieben wurden. Ich stellte fest, daß es mir half, das Material auf diese Weise zu sortieren, zu schreiben und zu redigieren.

Ich gab die Idee auf, als es mir nicht gelang, einen Geldgeber zu finden. Ich kann mich einfach nicht verkaufen. Ich rege mich jedesmal auf und fange zu schreien an, und dann bittet man mich, das Zimmer zu verlassen. Auch zu Hause wurde ich unerträglich, aber ich konnte nicht aufhören. Es ging mir sehr schlecht. Ruth traf sich mit Ajala, und die beiden redeten vier Stunden lang miteinander. Sie beschlossen anscheinend, was gut für mich sei. Das ärgerte mich: Beide weigerten sich, mir zu verraten, worüber sie gesprochen hatten. Als wäre ich ein Kind, oder so ähnlich. Genau in dieser Zeit (warum mußte immer alles auf einmal passieren?) verschlimmerte sich die Sklerose meiner Mutter. Ich war nicht imstande, sie zu den widerlichen Untersuchungen zu bringen. Ich konnte mich nicht überwinden, mit ihr ins Krankenhaus zu gehen. Ruth ging. Ich sagte mir zynisch, daß meine Mutter auch nie Großvater Anschel gepflegt hatte, und als mein Vater im Sterben lag, hatte sie ihn nicht anfassen können, und nun war sie an der Reihe. Die Krankheit hatte – wie ein Raubtier – das schwächste

Tier der Herde isoliert und es schnell eingekreist, während der Rest der Tiere weiterlief, die Augen starr auf den Horizont geheftet. Das ist der Lauf der Welt, sagte ich mir, aber das stimmte nicht: Ich hatte Angst, daß meiner Mutter etwas Schlimmes passieren würde. Ich hatte Angst, was mit mir geschehen würde, wenn sie nicht mehr da war. In den letzten Jahren hatte ich keine Geduld mehr mit ihr gehabt. Ich regte mich schon nach einem Gespräch von fünf Minuten über sie auf. Alles, was sie sagte, ihre primitiven, argwöhnischen Anschauungen machten mich wahnsinnig. Aber jetzt, da ich spürte, daß ich sie verlor, überkamen mich Angst und Reue und ein Gefühl von Verlust und Unrecht.

Die Ärzte entließen die Mutter aus dem Krankenhaus und sagten, es würde schon alles in Ordnung gehen, womit sie meinten, daß nichts mehr zu machen sei. Sie schlugen vor, daß meine Mutter bei uns wohnen sollte. Diesmal war es Ruth, die sich entschieden weigerte. Sie sagte, daß wir uns jetzt in einer sehr schwierigen Situation befänden und sie es kaum schaffe, sich um mich und Jariv zu kümmern. Du gibst es also zu, schrie ich in schrecklicher Angst, in einer bösen Schadenfreude über mein eigenes Unglück, du gibst also zu, daß es genauso ist, wie ich immer gesagt habe: Sogar in der Familie gibt es nur kleinlichen Opportunismus, Pragmatismus und Egoismus! Ja, sagte Ruth ruhig, nur handelt es sich hier um ein Problem, Momik, das sich mit Geld lösen läßt: Mein Vater wird uns helfen, und wir können eine Krankenschwester für sie einstellen. Verlier nicht die Relationen aus dem Blick, tu mir den Gefallen: Du weißt auch, daß es noch ein paar Zwischenstufen gibt zwischen einem gewöhnlichen Dilemma und Selektion, und daß es nicht jedesmal gleich zum Transport geht, wenn irgend jemand an der Ampel über dich flucht!

So sagte sie, meine zartbesaitete Frau.

Du wirst ungeduldig. Endlich beginnst du zu reagieren. Du schnaubst und pustest und horchst in alle Richtungen. Du denkst jetzt bestimmt, daß ich meine Geschichte zu sehr in die Länge ziehe; daß ich mich aus Widerwillen gegen die Geschichte mit den kleinen Einzelheiten aufhalte. Du darfst nicht so streng mit mir sein. Aber dir ist das egal. Ich bin sicher, daß es dir egal ist: Du schützt dich ja auch vor Schmerzen. Meinst du nicht, daß die Wellenbrecher deshalb gebaut wurden?

Und dann klopfte es eines Tages an der Tür, und Ajala trat ein. Sommerlich wie immer, das Haar wild, nach Sonne und Bräune riechend. Ruth begrüßte sie mit einem etwas angespannten Lächeln. Schön, daß du gekommen bist. Sie berührten einander. Ich ging ins Schlafzimmer und legte mich hin. Mein Kopf platzte. Die beiden saßen in der Küche und unterhielten sich im Flüsterton. So tuschelte meine Mutter auf jiddisch mit Großmutter Henny, wenn sie böse Dinge über meinen Vater sagte. Später hörte ich Ajala hereinkommen. Ich drehte mich auf den Bauch und schloß die Augen. »Dreh dich um und hör auf, dir selbst leid zu tun«, sagte Ajala. »Wenn du wirklich etwas ändern willst, mußt du anfangen, dich ein wenig anzustrengen. Vergifte nicht alles um dich herum. Du bist so viel Gutes gar nicht wert.« Sie redete wie immer gelassen, mit einer milden Verachtung, unter der ich mich duckte. »Wir haben uns überlegt, daß es gut wäre, wenn du dir irgendwo ein Zimmer mietest«, sagte Ruth, seitlich in der Tür stehend (Ajala füllt immer die ganze Türöffnung aus). »Dort wirst du in Ruhe schreiben können. Du wirst keine Ausreden mehr haben. Du kannst dich und alle anderen nicht länger so quälen. Auch der Zweite Weltkrieg hat nur sechs Jahre gedauert, während deiner schon fünfunddreißig Jahre anhält. Jetzt reicht's.«

Ich sah die beiden an. Ihre Körper im Türrahmen fügten sich wie hübsche Teile eines Mosaiks zusammen. Ich wünschte mir, daß sie beide zu mir kämen und mit mir schliefen. Warum nicht? Anderen Männern geht das auch so. Was kann sich ein Mensch noch von einem anderen erhoffen. Nur eine Berührung. Und es gibt so vieles, was ein Mann mit einer Frau lösen kann. Egal mit welcher Frau, Hauptsache, daß eine Frau unter einem liegt. Dazu sind sie ja gemacht worden, oder? Ich sah die beiden an; ich stellte Versuche mit dem Mosaik an: Ajalas runde schwere Brüste an Ruths länglichem Körper. Nicht schlecht. Schade, daß das nur in der Phantasie möglich ist. Ajala trägt immer winzige Spitzenhöschen, Ruth dagegen altmodische Unterhosen. Vor ein paar Jahren überlegte ich, sie darum zu bitten, sich Dessous zu kaufen, aber ich wußte, wie sie mich ansehen würde. Es war unter ihrer Würde, mich nicht nur mit ihrem Körper zu verführen. Diese Seite in unserer Beziehung ist immer etwas schwach gewesen: Aus irgendeinem Grund waren wir in dieser Sache noch wie zwei Gymnasiasten. Und mittlerweile ist es hoffnungslos, befürchte ich. Ich starrte Ajala mit gierigen Augen an. Nichts geschah: kein Krug und keine Erdbeeren. Ich hatte meine magische Kraft verloren. Nach Zenos Strafgesetz war ich zu lebenslänglicher Haft verurteilt. »Entscheide dich«, sagte Ajala, »jetzt!«

Sie hatten recht, wie immer. Frauen haben ein sehr genaues Gefühl für das Leben. Ich rollte mich auf dem Bett zusammen und überlegte. Ich hatte einen Augenblick seltener Klarheit. Ich erkannte plötzlich, daß ich fast mein ganzes Leben lang Entscheidungen auf dem Weg der Verweigerung getroffen hatte. Ein krummer Weg. Ich weiß immer ganz genau, was ich *nicht* machen will, was mir mehr angst macht und mich mehr abstößt. Und langsam und ohne daß ich es merkte, entstand aus allen Verweigerungen und Verleugnungen und Widersprüchen und Kriegen ein anderer in mir, ein Fremder, den ich nicht mochte. Und dann begriff ich: Ich war mein eigener Gefangener. Ich konnte nicht fassen, wie einem Menschen wie mir, der behauptete, daß er sich jeden Augenblick prüfe und der strengste Kritiker seiner selbst sei, so etwas passieren konnte. Wie war dieser Fehler entstanden? Ich stieß die Decke fort, stand auf, ging zum Telefon und rief zu Hause an in der Hoffnung, daß meine Mutter und nicht die Krankenschwester abnehmen würde.

Meine Mutter war am Apparat. »Hallo«, sagte sie. Wer ihr »Hallo« nicht gehört hat, kann sich das nicht vorstellen. Die Angst, die in ihrer Stimme liegt. Die Niederlage, mit der sie sich abfindet in dem Augenblick, in dem das Telefon klingelt. Hallo, mein Unglück, komm und umarme mich endlich. Ich warte schon so lange auf dich, und ich habe keine Kraft mehr zu warten. Komm, Welt, werde wahr, schlag mich, manchmal ist der Schlag leichter als das Warten. Hallo.

Ich hörte noch ein paarmal diesem Hallo zu, das immer entsetzter und schriller wurde. Ich erinnerte mich, wie sie und Vater in ängstlichem Flüsterton miteinander diskutiert hatten, wer die Tür öffnen solle, wenn es (einmal im Jahr) klopfte. Ich belauschte sie. Sie fürchteten sich sogar, mit mir zusammen zu sein. Sie waren immer bemüht, sich nicht zu lange in der Nähe dieser so wunderbaren, zweifellos illusorischen Erfüllung all ihrer Hoffnungen aufzuhalten. Hallo, Hallo, Hallo, Mama, ich bin es, das Kind, das ihr mit all eurer Kraft, mit Freude und Leichtigkeit lieben wolltet und dem ihr euch nicht zu nähern wagtet, um das Schicksal nicht herauszufordern. Hallo. Ich legte auf. Ich sagte Ruth und Ajala, daß sie recht hätten. Ich bat sie, daß sie mich nicht verlassen sollten, daß ich alles tun würde, um die Sache in Ordnung zu bringen. Noch in derselben Woche fuhr ich mit Ruth nach Tel Aviv und mietete mir dort ein Zimmer. Ein Zimmer ohne Telefon. Ich wollte von allem abgeschnitten sein. Und in Tel Aviv bestand immer die Chance, daß Ajala doch eines Nachts kommen würde. Ich bat nicht um mehr. Sie kam nicht. Dort schrieb ich zum sechsten und letzten Mal die Geschichte, die Anschel Wasserman dem Deutschen namens Neigel erzählt hatte.

Moment mal. Sie kommen auf mich zu. Die drei Fischer am Ende des Wellenbrechers. Schwerfällig, schnurrbärtig, von weitem die Fäuste schüttelnd. Wer, ich? Was? Ich soll verschwinden? Was habe ich denn getan? Ich bringe Unglück? Ich?! Die sind wohl verrückt! Ihre Gesichter sind vor Wut verzerrt. Ich kann nicht verstehen, was sie mir zurufen. Aber ich verstehe daraus, daß sie wütend sind. Es ist nicht zu verkennen. Aber ich werde mich nicht von hier rühren. Das ist ein freies Land, habt ihr verstanden? He! Faß mich nicht an, du Idiot! Laß mich los! Was glaubt ihr – – Hilfe!! Hi – –

Sie reiben sich zufrieden die Hände. Spucken ins Wasser. Kehren triumphierend an ihren Platz am Ende des Wellenbrechers zurück. Zu meiner Überraschung ist das Wasser nicht kalt. Draußen war mir viel kälter. Ich treibe hin und her in den weichen Wellen. Ich bin eine ausgerissene Alge. Ich warte und bin etwas ängstlich. Seit ich aus Narvia zurückgekehrt bin, habe ich es nicht gewagt, auch nur eine Zehe ins Wasser zu halten. Aber was ist denn das? Die Fischer jubeln vor Freude. Im Mondlicht sehe ich, wie sich ihre Angeln biegen. Plötzlich – eine glatte Weichheit, die sich um meine Hüften legt und wieder verschwindet. Das Meer braust auf und beruhigt sich wieder und beginnt mich zu streicheln, heitere Wellen auszurollen – –

Hallo, Neuman.

Hallo.

Die Welt ist klein, stimmt's?

8

Wann es anfing – Bruno wußte es nicht. Vielleicht während er schlief, oder während der üppigen *gjoja* in der Nordsee, bei den Orkney-Inseln. Dort wahrscheinlich, denn als sie dann südwärts zur Küste Schottlands weiterzogen, begannen ihn leise Wellenschläge der Vorahnung mit sanfter Entschlossenheit von der Küstenseite des Schwarms fortzutragen, vorbei an Jorik und an hundert anderen Fischen in seiner Reihe, bis sie ihn plötzlich an einem unbekannten Platz im Schwarm wieder verließen, wo er den großen *ning* kraftvoll in sich pochen hörte.

Eine Weile trieb er stumm dahin und versuchte, sich dem langsamen, starken Pochen und dem neuen, etwas beängstigenden Gefühl anzupassen, das die fremden Salme und sein neuer Platz im Schwarm hervorriefen. Er mußte sich sehr anstrengen, um das Zittern, das seine Flossen ergriffen hatte, zu kontrollieren und den neuen *dolgan* einzuhalten, für den er noch nicht den richtigen Rhythmus gefunden hatte. Erst nach ein paar Stunden konzentrierten Schwimmens wagte er es, seinen Blick zur Küstenseite zu wenden, und zum erstenmal, seit er im Hafen von Danzig ins Wasser gesprungen war, sah er Leprik.

Leprik war der größte Salm, den Bruno je in seinem Leben gesehen hatte. Er war ungefähr hundertzwanzig Zentimeter lang und wog nicht weniger als Bruno. Er hatte eine rosarote Farbe, die kräftiger war als die der anderen Fische, und ein leuchtendes rosafarbenes Mal über dem rechten Auge. Seine Bewegungen waren sparsam, aber voller Lebenskraft. Auf seiner unteren Kinnlade befand sich eine rote und verkrustete Narbe, die aussah wie ein Ausrufezeichen. Bruno schluckte und schwamm weiter. Seine Muskeln begannen sich anzuspannen. Er horchte auf den *ning* in seinen Ohren und seinem Herzen und stellte fest, daß es nicht mehr so klang, als würde es von einem anderen Echo begleitet. Er trieb schnell voran, seine Gedanken leerten sich ins Meer, und das Gefühl seiner Existenz brannte wie ein Knochen, der aus einer offenen Wunde herausragt. Die Fische um ihn herum begannen plötzlich langsamer zu schwimmen, und auch er verlangsamte sein Tempo, seltsame Strömungen durchfuhren den Schwarm. Jetzt war zu spüren, daß noch ein anderer Fisch das Pochen eines neuen *ning* aussandte. Bruno erinnerte sich an Guruk, der ein Viertel des Schwarms bei den Shetland-Inseln in den Tod geführt hatte. Erschrocken hob er seinen Kopf aus dem Wasser und sah sich nach Jorik um. Der Kleine war nirgendwo zu sehen. Besorgt hielt Bruno Ausschau nach dem Fisch, der Leprik das Anführen des Schwarms streitig zu machen versucht hatte. Das Pochen kam nicht von der Küstenseite. Und auf der Meeresseite befand sich jetzt nur Leprik. Was hatte das zu bedeuten?

Der Schwarm hielt an und formierte sich in Kreisen. Die Fische paddelten aufgeregt mit den Flossen und starrten blind geradeaus. Um Bruno und Leprik formte sich ein kleiner Kreis, in dem jedoch keine Fische schwammen und in dem der neue *ning* kraftvoll widerhallte. Bruno sah Tausende von Mündern, die sich schnell öffneten – schlossen, und dahinter – Zehntausende aufgerichteter grüner Rückenflossen. Er und Leprik standen noch immer parallel zueinander, und aus seinen Augenwinkeln bemerkte Bruno plötzlich, daß die Seitenlinie des Salms stark hervorgetreten war.

Eine schneidende Angst packte ihn: Der neue *ning* kam von ihm selbst. Er war derjenige, der Leprik herausforderte. Aber wozu? Er glaubte keineswegs, daß er den Schwarm besser anführen könnte als Leprik, und er wollte es auch gar nicht! Was hatte er damit zu tun? Bestürzt wandte er sich Leprik zu, als wollte er ihm etwas erklären, und auch der Salm näherte sich ihm. Der Kreis der Fische wurde weiter. Bruno horchte erstaunt seinem *ning* nach: es war ein schnelles, sicheres Pochen. Nicht das wilde, krankhafte Pochen, das Guruk erzeugt hatte. Er tauchte seine Ohren ins Wasser und horchte lange. Es war Lepriks *ning* sehr ähnlich – und doch sein eigenes. Seine einzige, wahre Stimme. Er empfand Dankbarkeit Leprik gegenüber, denn ohne ihn hätte er sich selbst nie hören können. Das war sein unpassendstes Gefühl in dem Bruchteil der Sekunde, bevor der Kampf um Leben und Tod begann, aber es war schließlich Leprik, der ihn in den Schwarm aufgenommen und ihn zum Künstler seines Lebens gemacht hatte. Daher verstand er nicht, warum sie einander bekämpfen muß – –

Woraufhin das Wasser aufwirbelte und sich teilte. Wie Spiegelbilder stürmten die beiden aufeinander zu. Ihre Schädel schmetterten gegeneinander, zogen sich zurück und prallten wieder zornig zusammen. Der glatte, geschmeidige Körper des Fisches schlang sich um Brunos Brust und Hüfte, und seine starken, scharfen Zähne bissen in sein Schulterfleisch. Bruno fiel mit einem schmerzvollen Stöhnen, schüttelte Leprik von sich und sank schwach und benommen tiefer und tiefer bis zu der Zone, wo sogar das Licht abgehalten wird und die roten Strahlen scheitern. Bruno schaute um sich und sah mit Schrekken, daß aus der Wunde an seiner Schulter Blut floß, dessen Farbe grün zu sein schien. Sein Entsetzen rettete ihn. Er schoß hinauf, überraschte Leprik und schlug ihm mit voller Kraft mit den Armen links und rechts ins Gesicht. Einen Augenblick verharrte Leprik reglos, als wäre nichts geschehen, dann tauchte er und verschwand. Bruno kreiste angstvoll um die eigene Achse und schraubte sich dann schnell nach unten, fand seinen Gegner jedoch nicht. Atemlos stieg er wieder zur Wasseroberfläche auf. Ihm wurde schwarz vor Augen: Leprik stürzte sich, schwer wie ein Wal, auf ihn und rammte seine Brust. Brunos Atem setzte aus. Das Blut hämmerte in seinen Schläfen und füllte seine Augen. Er schoß blindlings nach vorn und schlug mit seinen Armen wild in Luft und Wasser. Er hatte noch nie jemanden geschlagen, und die Woge der Gewalt, die jetzt aus ihm hervorbrach und sein ganzes Wesen überwältigte, machte ihm Angst. Sie gehörte jedoch zu Bruno dem Menschen, und Bruno der Fisch schluckte das Blut, das sich mit dem Wasser vermengte, und zog daraus seine ganze Wildheit. Immer wieder flog er auf Leprik zu, die beiden wanden sich glatt und grimmig umeinander, ein Gewirr von scharfen Zähnen, schneidenden Seitenflossen und einer Wut, die leise und lautlos war, weil auch Bruno die Stille nicht durchbrach und stumm kämpfte, wie ein Fisch. Er verlor sein Zeitgefühl, und die Zeit pochte nur im Takt ihrer Angriffe und des heftigen Schmerzes ihrer Wunden. Bruno war bereits ganz und gar verstümmelt: Lepriks Bisse hatten häßliche Löcher in seiner Brust und den Seiten seines Halses hinterlassen, doch er sah, daß auch der große Fisch langsam zerfiel, daß seine Angriffe bereits unsicher waren und er allmählich von der Quelle seiner Lebenskraft abgeschnitten wurde. In diesem Augenblick wich Bruno zurück. In diesem Augenblick wurden seine Augen ganz klar, und sein Gehirn strahlte ein perliges Licht aus: Er bekämpfte Leprik, weil er nicht in der Masse leben konnte, nicht einmal in einer, die frei war von Bosheit und Haß, und nicht einmal zum Rhythmus von Lepriks *ning*. Aber er wollte auch nicht der Waffenträger des Todes sein. Leprik schoß noch immer blind um ihn herum und kämpfte darum, seinen eigenen *ning* zu wahren, während er Fleischstücke von Brunos Arm ausspuckte und sich Bruno bereits zurückzog. Die Fische machten ihm Platz. Nein, er wollte sie nicht anführen. Er wollte niemanden anführen. Keiner hatte das Recht, andere anzuführen. Wie nahe er daran war, ein Verbrechen zu begehen. Er zog sich rasch noch weiter zurück. Die Kraft seines *ning* war nur für den Schwarm eines einzelnen gut. Die einzige geheime Körpersprache gehörte ausschließlich ihm. Und nur so würde er »ich« sagen können, ohne daß in dem Wort der leere blecherne Klang des »wir« widerhallte. Bruno entfernte sich aus dem Kreis der Fische und hielt keuchend jenseits des Schwarms an. Die Salme drehten sich um und sahen ihn lange Zeit ausdruckslos an. Inzwischen hatte sich Leprik ein wenig erholt. Die Echos seines *ning* wurden stärker und erreichten nun auch wieder Bruno, drangen jedoch nicht mehr in ihn ein. Der Schwarm zog langsam weiter, machte sich ohne ihn auf den Weg, und Bruno wurde für einen letzten Augenblick von der alten Angst ergriffen. Aber das war nur die Macht der Gewohnheit.

Der Schwarm zog fort. Im Laufe einiger Stunden schwammen Hunderttausende von Fischen langsam an ihm vorbei, während er reglos wartete. Er kannte nur Jorik, aber nach ein paar Minuten hörte er auf, die vorbeiziehenden Salme als Fische zu betrachten, sondern sah sie als Zellen eines großen, komplexen Körpers, der sich von ihm trennte: seines alten Körpers. Sein ganzer Besitz zog an ihm vorbei, sein ganzes Leben, all seine Erinnerungen und Fetzen von dem, was einmal gewesen war. Er rührte sich noch eine Stunde, nachdem der Schwarm fortgezogen und er tief in Gedanken und in den Schmerz der Trennung von seinem früheren Selbst versunken war, nicht vom Fleck. Von nun an würde alles, was er tun, denken oder schaffen würde, rechtmäßig ihm gehören. Am fernen Horizont waren die letzten aufrechten Flossen zu sehen. Sehr bald würden sie die großen Wasserfälle des Spey erreichen, drei, vier Meter gegen den schäumenden Strom hinaufspringen, ins Wasser zurückfallen und wieder und wieder hinaufspringen. Wer die Fälle überquerte, würde erschöpft den kleinen Flußarm erreichen, in dem er vor Jahren geboren worden war. Ein paar Tage lang würden sich die Fische dicht aneinander gedrängt ausruhen, todmüde, reduziert, an der äußersten Grenze ihrer Leistungsfähigkeit angekommen. Über ihnen würden bereits die Raubvögel kreisen. Die Fische würden dunkle Schatten in das Wasser werfen. Innerhalb von wenigen Tagen würden ihnen ein harter Buckel und zusätzliche Zähne wachsen, und dann würden die blutigen Kämpfe um Weibchen und Lebensraum beginnen. Die Überlebenden würden die gelegten Eier befruchten und dann sterben. Bruno wußte: der schwache Jorik würde es nicht schaffen, die Fälle zu überqueren. Leprik würde es schaffen, aber zu erschöpft sein, um die jüngeren Männchen zu bekämpfen. In wenigen Stunden würde der Spey voller verrenkter, zerfetzter Salm-Kadaver sein. Die Grausamkeit der Reise würde plötzlich brutal spürbar werden und ihr Zeichen auf ihren Körpern hinterlassen. Und die Raubvögel würden jedes Stückchen Fleisch herauspicken.

Bruno war allein. Der alte Hai, der dem Schwarm gefolgt war, hielt auf halbem Weg an. Er sah den zahlreichen Fischen nach, die in der Ferne dahinzogen, und beäugte dann die seltsame Kreatur, die nach Blut roch und eine besonders leichte Beute zu sein schien. Er beschloß, auf beides nicht zu verzichten. Schwungvoll tauchte er ab und verschwand. Seine schmale, schnelle Bahn zog sich in gerader Linie zu Bruno hin, der nichts von der Bedrohung bemerkte.

Doch da geschah etwas Sonderbares: etwas, das schwer zu erklären ist und große Verlegenheit unter den Biographen des Meeres und seinen konservativen Archivaren auslösen würde: Denn plötzlich, ohne irgendeine sichtbare Ursache, wurde der Hai wie ein riesiger Fisch-Vogel kraftvoll in die Luft geschleudert, zappelte hilflos und lächerlich mit den Flossen, prustete zweistimmig durch seine groteske, dem Kopf eines Hammers ähnelnde Schnauze und landete weit, weit weg an seinem üblichen Platz im Schlepptau des großen Schwarms.

Das Meer wogte noch einen Augenblick lang auf und ab. Bruno meinte, ein seltsames Geräusch zu hören, das klang wie Händeklatschen: Die kleinen Wellen nahe der Stelle, wo der Hai in die Luft geworfen worden war, hörten überrascht ein zischendes Geräusch, das sich wie ein besonders wütender und saftiger Fluch anhörte, zogen jedoch vor, nicht davon auszugehen, daß es dem Mund ihrer zarten Herrin entschlüpft war. Sie prallten mit harmloser, fröhlicher Wildheit gegeneinander, erzählten sich ihre verschiedenen Versionen der Operation Hai-Ausspucken, unterhielten sich aufgeregt über alte Dampfschiffe, über Navigation anhand der Zugvogel-Routen und über die verschiedenen Behandlungsmethoden von Seekrankheiten… kurzum: sie wechselten das Thema.

Das hast du schön erzählt, Neuman.

Ich gebe mir Mühe.

Bis auf den Fluch am Ende. Du weißt doch, daß ich so etwas nie sage.

Aber das war doch der Hai, der geflucht hat!

Der Hai? Der kann doch kaum schwim – – richtig. Jetzt erinnere ich mich. Hammerhaie sind für ihre schrecklichen Flüche bekannt.

Und nach einem kurzen Schweigen:

Du bist nett. Du hast dich ein bißchen verändert.

Bist du bereit, den Rest der Geschichte zu hören?

Du hast dich doch nicht verändert.

Bitte, ja?

Na los, erzähl schon. Laß dich nicht stören. Ich höre dir eh nicht zu... Moment! Du hast etwas vergessen! Du hast die Hauptsache vergessen!

Ich? Was habe ich –

Bruno! Die Wunden! Erinnerst du dich? Bitte, bitte, du mußt dich erin –

Natürlich. Wie konnte ich das vergessen. Du hast recht. Hör zu:

Langsam schwamm Bruno durch die Wasser der Nordsee. Sie gehörte ihm von Horizont zu Horizont, und er wußte es nicht. Sie schmiegte sich an seine Wunden. In ihren dunklen Laboratorien bemühten sich streng dreinblickende Fische, besondere Substanzen zu erzeugen. Vom Kaspischen und Toten Meer herbeigerufene Wellen trafen atemlos und schäumend ein, nachdem sie sich durch die Tiefen der geschlossenen Meere geschleust hatten, mit beschleunigter Prozedur durch die Telegraphenströme der unterirdischen Flüsse geleitet worden und müde und erschöpft angekommen waren, um sich auf Bitten ihrer Herrin hin selber Wunden beizubringen und auf diese Weise das seltene Salz zu erzeugen, das für eine umgehende Genesung notwendig war. Algen, die wie zufällig Brunos Weg kreuzten, wickelten sich kurz um ihn, betupften ihn mit undefinierbaren Desinfektionsstoffen, trieben weiter und freuten sich über die Freude ihrer Herrin. Nur zwei Wunden waren Bruno geblieben. Zwei schmale Wunden an beiden Seiten des Halses, eigentlich gar keine richtigen Wunden, sondern eher Öffnungen oder kleine Münder. Oder einfach: Kiemen.

Bruno schwimmt langsam durch die Nordsee, sein Kopf ist nun gänzlich ins Wasser getaucht. Er braucht nicht mehr die Luft von draußen zu atmen. Er schaut in die Tiefe: Die Wellen haben seine Augenlinsen geschliffen, eignen sich nun erstaunlich gut für die Unterwassersicht, alles sieht jetzt wellig aus, die Farben brechen und winden sich um die Fäden von tausend feinen Schattierungen, die dort gewebt sind und sich auf den Wellen spalten, die sich in der riesigen Wiege, die den Rhythmus der Meereszeit bestimmt, selbst zupfen wie eine Harfe aus Wasserfäden, und eine Hand kann ihren Abdruck auf einer Welle hinterlassen dort, wo sie nicht mehr ist, und vielleicht wird eine Welle die Körpergestalt vom Körper forttragen, forttragen und bei der Rückkehr zurückgeben oder auch nicht wie die Konturen weicher versöhnter Dinge die sich den beruhigenden Wellen hingeben und dem schlummernden Meer das Schlaf atmet und über die Lippen der Riffe und die Blätter der Träume die Schlußrechnung machen wird wer eingedrungen und wer über seine Ufer gestiegen und wer überflutet ist und aus den Wellen steigen immer mehr Möwen auf als hineingetaucht sind und die neuen scheinen schwerer zu sein und schön und groß und vollgesogen mit der Schwere des Meeres und transparent in seiner Farbigkeit hierhin und dorthin schwimmt Bruno – –

Sie antwortet nicht mehr. Die Wellen sind ganz glatt, das Wasser zittert nur alle paar Sekunden mit einem zarten Schnauben. Ich schaue mich um und sehe, daß der Wellenbrecher verlassen daliegt. Nur ein einziger Fischer steht noch dort, groß und stämmig wie ein Leuchtturm, seine Zigarette glimmt im Dunkel. Vorsichtig, zaghaft streichele ich ihre Wangen. Bald bricht der Morgen an, und wir müssen uns beeilen und die Geschichte unserer Begegnung am Strand von Narvia zu Ende erzählen. Das Geschenk, das Bruno mir dort gab. Das Urteil, das er über mich fällte.

Dieses Gefühl der Erhebung, Bruno. Dieses Schwellen des Herzens und das Pochen des Blutes in den Schläfen – ich ahne es. Ich kann mir denken, was du empfunden hast, als der Schwarm weiterzog und du allein zurückbliebst: triumphierend. Der einzige Mensch in der Weite des Ozeans. Ich beneide dich, ich bin stolz auf dich. Denn was bleibt dem Schwachen anderes übrig, als sein eigenes Schicksal zu bestimmen? (Ich kann solche Dinge mit einer tiefen inneren Überzeugung sagen, daß sie ehrlich klingen.) Das ist ein verzweifeltes Fazit, das umzusetzen sehr schwierig ist, aber die Chancen der Verwirklichung, Bruno, die interessieren dich nicht mehr: sie gehören in eine andere Sphäre. Eine Sphäre, in der die Sprache des Plurals gilt und in der die Menschen auf einer blechernen Waage gewogen werden: »Mein Jude für deinen Juden«; »nach meiner Rechnung habe ich nur zweieinhalb Millionen umgebracht« usw. Selbst die Sprache von zweien war schon zu viel Plural für dich, und die wirklich entscheidenden Dinge mußten im Singular gesagt werden. Du wurdest ein Salm. Hast dich von allen Bindungen gelöst, bis du deinen Finger auf die verletzte Ader legen konntest, durch die das Leben ausfließt. Den Kern der nackten Existenz, den versteckten Lebensdrang hast du auf deiner Reise in eine geometrische Linie verwandelt, die Auge und Finger auf der Karte verfolgen können. Und du weißt auch, was ich für dich empfinde, sonst wäre ich schließlich nicht nach Narvia gekommen und hätte mir den Kopf fast bis an den Rand des Wahnsinns zerbrochen –

Und deshalb verlange ich im Namen von allem, was in den letzten Tagen zwischen uns geschehen ist, eine umgehende Antwort: Ich verlange einen Widerspruch gegen etwas, das ich gerade aus *ihrem* Mund gehört habe. Einen Satz, den sie gegen ihren Willen, wie mir scheint, von sich gegeben hat wie ein brennendes Aufstoßen, das von ihren Tiefen bis an die Oberfläche reicht, direkt zu meiner Feder, die für dich schreibt. Und ich habe die Worte notiert und sie dann erstaunt gelesen: »Bruno, der tödliche, listige Feind der Sprache.« Und mit einem boshaften Lachen fügte sie hinzu: »Bruno, der Nihilist.«

Ich schreibe jetzt mit sicherer und wohlgesetzter Feder: Bruno Schulz. Genialer Architekt eines exklusiven sprachlichen Daseins, dessen geheimnisvoller Zauber in seiner Üppigkeit, in seinem vor lauter verbaler Fruchtbarkeit fast vergärenden Überfluß liegt. Bruno, der alles auf zehn verschiedene Weisen zu sagen weiß, die alle so präzise sind wie eine Kompaßnadel. Ein Don Juan, der die Sprache mit wilder, fast amoralischer Begierde liebt, der wagemutigste Erforscher der sprachlichen Geographie... könnte es sein, Bruno, daß du je an den Rand dieser Welt geraten bist, an den Punkt, wo sogar du wie ein Wahnsinniger am Strand herumgelaufen bist und an keinem Kai auch nur ein einziges passendes Wortschiff finden konntest, das dich zu den nebligen Horizonten fahren würde? Ist es möglich, daß der letzte Strand die Küste von Danzig im Jahre 1942 war? Antworte mir ehrlich. Ich werde kein Ausweichen dulden: Hast du, als du dort am Rand des Piers standest und mit Schaum in den Mundwinkeln vor Erschöpfung keuchtest, auf die phantastische Topographie zurückgeschaut, die du zwischen dich und die restliche Kreatur dieser Welt geschoben hast – auf all die verschlungenen Schluchten und gewaltigen

Lavafelsen, die du mit deiner Feder aus den Wänden eines einfachen Schulheftes gekratzt hast – hast du damals triumphierend und erleichtert gelacht, daß du uns alle getäuscht hast? Daß du uns in den verschlungensten Labyrinthen irregeführt und währenddessen mit ungeheurer List die Sprache der Menschlichkeit getötet hast?

Du antwortest mir nicht. Auch sie schweigt, aber es ist nicht ihr übliches Schweigen: Es ist eine Art Zurückhaltung.

Ich lege Heft und Feder auf den Sand, beschwere sie mit einem Stein, damit sie nicht im Wind davonfliegen, und gehe ins Wasser. Ich tauche meinen Kopf hinein, öffne die Augen im brennenden Salz und versuche, dich aus einem anderen Blickwinkel zu sehen. In einem flimmernden, tanzenden Licht. Dem Licht des Wassers.

Und jetzt sag mir: Muß ich dich eines Verrats ganz eigener Art anklagen? Soll ich schreiben, daß aus der innigen Verschmelzung deiner Verzweiflung mit deinem Talent in der Kultur und Literatur eine der herrlichsten Täuschungen menschlicher Sprache geboren wurde, nur daß wir uns alle geirrt und das alles nicht verstanden haben?

Ich schreibe mit meinem Finger ins Wasser: Hast du im Namen dieser Täuschung deinen Samen in diese Sprache gesenkt, bis sie über alles Maß anschwoll und nur noch aus lauter Doppelkinnen bestand, hast du ihre Kreisläufe multipliziert und ihr sieben Herzen gegeben, die einander entgegengesetzte Blutströme pumpten, hast du ihr Nervensystem vervielfältigt, bis sie den Verstand verlor vor lauter krankhafter Sensibilität?

Ich starre erstaunt ins Wasser: Die Buchstaben werden auf die Wellen geschmiert und verschwinden nicht. Ich schreibe weiter: Und als dieser riesige, elefantenhafte Körper der Sprache begann, unter seinem eigenen Gewicht zusammenzubrechen, bist du da noch weitergegangen und hast dein Talent als Virus benutzt, um den gewaltigen Kadaver zu zersetzen? Ich schaue auf die Buchstaben im Wasser und warte, um zu sehen, ob diese Schrift der Verdächtigungen ausgelöscht wird. Sie bleibt. Ich schreibe weiter: Wirst du zugeben, Bruno, daß du dich von einem Maler der Sprache zu ihrem – und zu deinem eigenen – grausamen Karikaturisten verwandelt hast? Und wozu? Wozu hast du uns das angetan?

»Du stellst Fragen! Er wollte eine noch reichere Welt finden«, sagt sie auf einmal und erschreckt mich wie immer mit einem plötzlichen Ruck, liest im Fluge, was im Wasser geschrieben steht, und löscht es sofort, aber nicht vollständig, sondern legt es flink zwischen zwei hauchdünne Wellentücher, läßt es aus dem Blickfeld verschwinden und zieht dann, ein wenig unsicher, weiter.

»Mit dir kann man nicht über Bruno reden«, sage ich streng zu ihr, »du weigerst dich, auch nur ein einziges kritisches Wort über ihn zu hören.«

»Du meinst also, ich sei voreingenommen?« sagt sie und zwinkert mir mit einer Welle zu, die sich flink kringelt und in der Sonne glitzert. »Ich stimme völlig mit dir überein, Liebster, denn ich bin nicht bereit, auf das Privileg zu verzichten, blind und restlos verliebt zu sein, ja«, sagt sie, wirft ihren silberblau bestickten Wellenschal zurück und schwimmt neben mir zum Strand des Dorfes, »mit einer bedingungslosen Liebe, Neuman, über die du bestimmt auch eine Menge weißt... aus Büchern jedenfalls.«

Sie läßt eine kleine salzige Welle in meinen Mund hüpfen.

Ich schluckte die Beleidigung schweigend hinunter. Ich mußte noch ein paar wichtige Dinge herausfinden, und mir waren nur noch ein paar Stunden mit ihr geblieben. Der Bürgermeister von Narvia sollte noch in dieser Nacht mit seinem uralten Motorboot nach Gdansk fahren und hatte sich bereit erklärt, mich mitzunehmen. Ich mußte am nächsten Morgen in Warschau sein, um von dort nach Paris und von dort nach Hause zu fliegen. Die Zeit drängte, aber ich wollte nicht, daß sie es merkte. Ich beschrieb ihr die Aussicht, die sich vom Meer aus bot, den schlichten Baustil der Kirche von Narvia, die interessante Struktur der Häuschen im Dorf... Sie war unruhig. Sie hielt irgend etwas zurück. Ich wartete geduldig. Ich drehte mich auf den Rücken, schwamm vor mich hin, pfiff eine kleine Melodie und war ganz Ohr.

Da füllte sich das Wasser um mich herum mit durchsichtigen, klebrigen Fäden, seltsamem Gallert und dem Speichel wütender Verlegenheit. Dann wölbte sich plötzlich eine große Welle unter mir, rollte zurück, warf mich hoch in die Luft, und schon war sie neben mir.

»Du hast recht, du hast völlig recht. Und zum Teufel mit dir, wie du es schaffst, mir jedesmal so wehzutun. Es stimmt, er wollte tatsächlich die Sprache töten. Er wollte sie soweit bringen, daß sie stank, eh – – daß sie sich mit Abscheu füllte vor all dem Überfluß der Süße, eh – – das heißt – –« (sie versuchte, ihn zu zitieren, ohne daß ich es merkte, die dumme Kuh! Ich kannte dieses Zitat nicht, aber mir war klar, daß sie sich einen solchen Satz nicht allein ausdenken konnte. Wer weiß, wie viele Hundertschaften seltener, wundervoller Zitate sie in ihren Kellern versteckte).

»Tausendschaften«, korrigierte sie mich mit einem feinen, boshaften Lächeln und fuhr fort: »Mein Bruno hat das schon verstanden, als er noch ein kleiner Junge war, jawohl, er sehnte sich nicht nur nach einer anderen Welt, sondern nach einer völlig anderen Sprache, mit der er jene Welt beschreiben konnte, denn schon damals, noch lange bevor er zu mir kam, erriet er... wußte er, ja...«

»Was erriet er? Was wußte er?«

Sie dreht sich auf den Rücken, spuckt eine kleine Wasserfontäne in die Luft und beginnt immer schneller um mich zu kreisen. Ich hefte meine Augen auf das Wasser unter mir, damit mir nicht schwindlig wird. »Im Getto von Drohobycz«, zitiert sie, während sie um mich kreist, »arbeitete Bruno bei einem SS-Offizier, der Landau hieß. Dieser Landau hatte einen Feind, der ebenfalls SS-Mann war und Günther hieß. Und eines Tages erschoß Günther Bruno, ging zu Landau und sagte zu ihm: »Ich habe deinen Juden...« Und sie saust um mich herum und erzeugt einen Strudel, der mich in sich hineinsaugt und alle meine Gedanken herauszieht, ich sinke hilflos in die Tiefe und schaffe es gerade noch zu denken, daß das vielleicht die einzige mögliche Erklärung ist und Bruno, sensibel wie er war, alles schon viele Jahre vor dem tatsächlichen Ereignis geahnt hatte. Vielleicht hatte er deswegen zu schreiben begonnen, um sich in einer neuen Sprache und einer neuen Grammatik zu üben. Er kannte die Menschen und wußte es; er hörte das böse Raunen Jahre bevor es die anderen hörten. Er war stets das schwache Glied gewesen. Ja. Er wußte, daß eine Sprache, in der Sätze wie »Ich habe deinen Juden getötet, jetzt töte ich« usw. gesagt werden können, daß eine Sprache, in der sich solche sprachlichen Zusammensetzungen nicht sofort von selbst widerlegen in der Kehle desjenigen, der sie von sich gegeben hat, in Gift verwandeln – daß eine solche Sprache nicht die Sprache des Lebens ist und nicht menschlich und moralisch ist, sondern vor langer Zeit von gemeinen Verrätern eingeschmuggelt worden ist mit der einen Absicht – zu töten.

»Aber nicht nur die Sprache«, sagt sie mir wie nebenbei und widerstrebend, und ich werde plötzlich mitten im Fallen von den quietschenden Wellen gebremst und in einem kalten Wasserstrahl hochgeworfen: »Nicht nur die Sprache –«, flüstert sie wieder und läßt mich einen Augenblick in der Luft zappeln, bevor sie mich behutsam in ihren üppigen, mit Sandkörnchen und Sommersprossen gesprenkelten Armen herunterläßt, »– sondern die ganze Welt wollte Bruno verändern, jawohl, alles, was auf Regeln und Bräuchen und Konventionen beruht, alles, was von Natur aus ordentlichen, starren und toten Systemen angehört... ah, mein Bruno, der Nihilist...« Sie kommt plötzlich ins Gurgeln und entfernt sich mit seltsamer Hast und erhobenem Haupt und läßt zwei besonders salzige Bahnen hinter sich zurück.

Ich stürze ihr nach und packe sie von hinten am Hals und flüstere zornig: »Den *Messias*, hörst du, den *Messias*, jetzt sofort, oder – –« Sie sieht mich an und lächelt ängstlich. Ihre Überheblichkeit ist angesichts meines Zorns plötzlich verschwunden. »Also gut«, murmelt sie, »aber damit du's weißt, es ist nicht wegen deines dummen Theaters, sondern nur, weil ich weiß, daß auch du ihn liebst, jawohl«, und öffnet wie jemand, der einen Brotlaib mit den Fingern durchschneiden will, einen langen, schmalen Abgrund unter mir, ich tauche anderthalb Ewigkeiten in sie hinein, bis ich in einer dichten, düsteren, wässrigen Ablagerung lande, schwindlig durch aufwirbelnde Wolken uralten Staubs und gewaltige Unterwasserdschungel irre und auf verzweigten Pfaden galoppiere, an deren Seiten dicht beieinander betrübte Sträucher wachsen, die große, welkende Gedankenfrüchte tragen, von denen nie jemand Gebrauch gemacht hat, riesige Farne mit ersten Entwürfen, die mitten in ihrer Fülle erstarrt sind, Weinreben, an denen Volksmärchen von legendären Völkern gewachsen sind, ich bahne mir einen Weg durch das halb transparente, undurchdringlich verflochtene Laubwerk und schaue mich um, und dann schreie ich mit furchtbarer Stimme, daß dies nicht die wichtigen Dinge seien, daß dies noch nicht *Das Buch* sei, nicht das authentische lebensgroße Werk voller selbstverständlicher Tiefe, nicht das Buch der Komplexitäten und der Genauigkeit, nicht das einmalige Glanzstück der genialen Epoche, in die mein Bruno hineingerissen wurde in einem wilden Frühling seiner Kindheit, lange bevor die Welt begann, aus den Fugen zu geraten und zu Tode zu erstarren...

Und sie knurrte zornig und brüllte »Genug!« und fletschte ihre spitzen grünen Riffe, »du hast mich lange genug gequält mit deiner Schnüffelei!« Und ich schrie: »Die Wahrheit! Alles, was er dir zurückgelassen hat! Den Geruch der Versengung! Den einen Satz, den er sich in seiner Sprache sagen konnte, den einen Satz, den ihm niemand nehmen kann, oder zumindest die Augenblicke, die diesem genialen Satz vorangingen, den ich nie werde verstehen können, ich will jetzt das große Geheimnis von dir, und diesmal werde ich mich mit nichts anderem zufriedengeben!«

Und sie ächzt und speit und tut so, als würfe sie mich hinaus und versucht mir Angst einzujagen mit Schatten und Haien, die sie mit Hilfe der Falten ihrer Haut um mich herum wirft, oder mit einem furchtbaren Donner, den sie mit einer unflätigen Blähung durch die Straße von Gibraltar jagt, aber ich habe nichts mehr zu verlieren, ich schlage sie mit Händen und Füßen, »Das Buch«, schreie ich in die tosenden Wogen hinein, »seinen endgültigen Schluß, das Mark unserer Existenz!« Und sie wimmert und schlägt ihren Kopf gegen die Felsen, die wie Eierschalen zerbrechen, kämmt ihren Körper mit den Rippenskeletten versunkener Schiffe, bis er schmerzt, steckt einen langen wässrigen Finger in ihre Kehle, erbricht Schwärme toter Fische und Bruchstücke halb verdauter Schiffe, zieht sich dann plötzlich zurück, sammelt ihre Wasserkleider, hebt ihre tausend Unterröcke und deckt vor dem verblüfften Auge der Sonne die Blößen versunkener Kontinente und öder Schlammsteppen auf, und einen Augenblick lang schweben wir alle in der trockenen Luft – Fische, Krebse, Netze, Segelboote, U-Boote, Ertrunkene, Muscheln, uralte Schwerter von Piraten, Flaschenbriefe von Schiffbrüchigen, die vor langer Zeit auf einsamen Inseln starben – und einen Augenblick später ist das Wasser mit einem gewaltigen Ächzen wieder da, bedeckt die versunkenen Kontinente, wirbelt den Staub uralter Erinnerungen auf und holt langsam einen riesengroßen, grünen Papierbogen herauf, der einsam in den Tiefen unter mir treibt, einen Papierbogen mit tausend kleinen Luftbläschen, die an den Rändern schimmern, einen nachdenklichen, klösterlichen Bogen, der eine dumpfe Bedrückung im Herzen der hastig ausweichenden Fische auslöst, und ich, ich schwebe ganz verwirrt und lachend und weinend über ihm und versuche, die aus einem dichten Gewebe grüner Algen gemachte Überschrift zu entziffern: *Der Messias.*

... *»Gerade zu den Osterfeiertagen, Ende März oder Anfang April, kam Szloma, des Tobias Sohn, aus dem Gefängnis zurück, in das man ihn den Winter über, um seiner Abenteuer und Torheiten im Sommer und Herbst willen, gesperrt hatte.«* In jenem Jahr, als sich die Dinge ereigneten, von denen hier erzählt wird, sah der junge Bruno aus dem Fenster seines Hauses genau in dem Augenblick, als der entlassene Häftling aus dem Friseurladen kam und am Rand des Platzes der Hl. Dreifaltigkeit stehenblieb. Mit einer Handbewegung bat Bruno seinen alten Freund zu sich ins Haus *(»Es ist niemand da, Szloma!«)*, um ihm seine Zeichnungen zu zeigen, die in der genialen Epoche entstanden waren, in jener Leere der Zeit im Herzen der Langeweile und Gewohnheit. In den wenigen, wundervollen Tagen gelang es dem kleinen Bruno, mit seinem Pinsel die schweren Eisenstäbe, die uns einsperren, aufzusprengen und den Weg für eine Flut von Licht, für ein erstes berauschendes Blühen zu bahnen...

Frisiert, rasiert und parfümiert studierte der entlassene Häftling Szloma die Zeichnungen, die sein aufgeregter junger Freund ihm zeigte.

»Man könnte sagen«, meinte Szloma schließlich, nachdem er sie eingehend betrachtet hatte, *»daß die Welt durch deine Hände gegangen ist, um sich zu erneuern, um in diesen Zeichnungen einzuschlafen und sich zu häuten wie eine wunderbare Eidechse. Oh, glaubst du etwa, daß ich gestohlen und tausenderlei Torheiten begangen hätte, wenn die Welt nicht so eng und heruntergekommen wäre?... Was läßt sich schon in einer solchen Welt anfangen? Wie soll man nicht verzwei-*

feln, wie nicht geistig degenerieren, wenn alles luftdicht abgeschlossen, bar allen Sinnes eingemauert ist und man überall nur gegen Ziegel klopft wie gegen die Mauer des Gefängnisses? Ach, Bruno, du hättest früher auf die Welt kommen sollen.«

»Dir, Szloma«, sagte Bruno, *»kann ich das Geheimnis dieser Zeichnungen verraten. Von allem Anfang an überkamen mich Zweifel, ob ich tatsächlich ihr Autor sei. Mitunter scheinen sie ein mir selbst nicht bewußtes Plagiat zu sein, etwas, das mir eingesagt, zugesteckt, unterschoben wurde ... Als ob sich etwas Fremdes für mir unbekannte Zwecke meiner Begeisterung bedient hätte. Um dir die Wahrheit zu sagen«,* fügte Bruno leise hinzu und blickte Szloma in die Augen, *»ich habe das Original gefunden ...«*

So, mit diesen Worten, sprach Bruno in der »genialen Epoche« in dem Buch *Das Sanatorium zur Todesanzeige* zu mir. Doch was dieses »Original« war, erfuhr ich nie, da Szloma, des Tobias Sohn, ein Sklave seiner Triebe und ein Feigling und Verräter, die Gelegenheit nutzte, mit dem kleinen Bruno allein im Haus zu sein, und hastig den Korallenschmuck des Dienstmädchens Adela stahl, ihre Kleider und ihre Schuhe, die Lackpantöffelchen, die ihn so bezauberten *(»Verstehst du den ungeheuerlichen Zynismus dieses Symbols auf dem Fuß einer Frau, die Provokation ihres ausschweifenden, liederlichen Schreitens auf diesen findigen Absätzen? Wie könnte ich mich der Herrschaft dieses Symbols anvertrauen? Gott bewahre mich davor, es zu tun ...«).*

Wir haben alle den Augenblick verpaßt.

Und ich war Szloma, des Tobias Sohn.

Wieder war ich er.

Für einen Augenblick wurde ich aus dem Gefängnis befreit. Und ich stand *»erfrischt und verjüngt, mit gründlich geschorenem Kopf ... völlig allein am Rand der großen, leeren Muschel des Platzes, über welcher das endlose Lazur eines Himmels ohne Sonne schwamm. Der große, reine Platz lag an jenem Nachmittag wie ein Ballon, wie ein neues, noch nicht begonnenes Jahr da, und ich stand an seinem Rand, grau und erloschen, und wagte es nicht, durch einen Entschluß diese vollkommene Kugel des noch nicht verschwendeten Tages zu zerstören.«*

In einem der Fenster bemerkte ich einen kleinen, dünnen Jungen mit einem etwas dreieckigen Schädel – breite, hohe Stirn und ein spitzes Kinn. Und zuerst schien mir, daß ich es war, der sich in einer der Glasscheiben spiegelte, aber dann erkannte ich Bruno, den wunderbaren kleinen Jungen, der stets glühte vor Ideen, die noch nicht seinem Alter entsprachen.

Er rief mich zu sich und sagte: *»Wir sind jetzt ganz allein auf dem Platz, ich und du«*, und mit einem traurigen Lächeln fügte er hinzu: *»Wie leer heute die Welt ist. Wir könnten sie aufteilen und neu benennen ... Niemand ist da, komm auf einen Sprung zu mir herein, ich zeige dir meine Zeichnungen*, Momik!«

9

Sobald ich der glänzenden Weite des Platzes der Hl. Dreifaltigkeit entronnen war und den dunklen Flur von Brunos Haus betreten hatte, begann sich der Platz schnell mit Menschen zu füllen, als wäre mein Gehen das Zeichen zum Beginn eines Schauspiels mit zahlreichem Personal. »Sieh nur«, sagte Bruno, der mit mir am Fenster stand, »sie sind alle da.«

Und in der Tat: Alle Bewohner der Stadt, alle Bekannten und Verwandten Brunos, seine Klassenkameraden und die Lehrer aus dem Gymnasium, unter denen besonders die zwei Zeichenlehrer auffielen – der lange Chashunstovsky und der kleine Adolf Arendt *»mit esoterischem Lächeln, voll diskreter Verschweigungen und dem Atoma des Geheimnisses.«* Wir sahen auch die blösinnige Tluja: Tluja, die auf einem Distelfeld wohnt und dort auf einem dreibeinigen Bett zwischen Abfallhaufen schläft; und da war Onkel Hieronymus: großgewachsen, mit einer Habichtsnase und furchtbaren Augen, der sein Zimmer nicht verlassen hatte, *»seit der Zeit, da die Vorsehung ihm das Ruder des zerschellten und auf eine Sandbank gelaufenen Lebensschiffes aus der Hand genommen hatte«*; finster und zornig saß er da, ließ sich jeden Tag mehr ein Fell aus phantastischem Haar wachsen und führte einen stummen, haßerfüllten Kampf mit einem Löwen, der kraftvoll und grimmig war wie ein Patriarch und sich zwischen den Palmen in dem riesigen Gobelin versteckte, der die ganze Wand im Zimmer des Onkels und der zusammengeschrumpften Tante Retycja bedeckte. Alle, aber auch alle waren da: die Nachbarn mit ihren Kindern und mit ihren Hunden, die mit einem festlichen Band geschmückt waren, und eine kleine, lärmende Gruppe von Gehilfen aus dem Seidenladen »Henrietta«, die wie immer der hübschen Adela nachliefen, die in ihren neuen Lackpantöffelchen daherkam, im Gehen schlief, ihre Lippen zu einem irrenden Kuß geöffnet hatte und ihren Kittel lose...

»Was ist das?« fragte ich Bruno, »was feiern sie denn alle?«

»Den Messias«, antwortete mir das Kind und machte schnell ein magisches Zeichen an die Fensterscheibe.

Der Platz glänzte nun noch mehr, und nun konnte man nicht mehr hinsehen, ohne geblendet zu werden. Die Menschen schienen von innen beleuchtet, sie erstrahlten und erloschen abwechselnd, als wären sie alle an dieselbe Kraftquelle angeschlossen, die noch nicht richtig eingestellt war.

Und als ich Bruno ansah, hatte ich keinen Zweifel, daß er diese Kraftquelle war: Auf seiner hohen, frühreifen Stirn traten die Adern wie die Drähte eines überhitzten Ofens hervor. Einen Augenblick glühte sein Gesicht mit einem starken roten Licht, dann wurde es plötzlich blaß. Doch gleichzeitig mit den durch die Anstrengung hervorgerufenen Veränderungen geschah noch etwas anderes in ihm, das ich auf den ersten Blick nicht erkennen konnte: Zwischen Aufleuchten und Erlöschen raste Bruno auch vorwärts und rückwärts in der *Zeit*: Einen Augenblick war er ein erwachsener Mann, der mit gewaltiger Kraft brannte, und im nächsten ein waches, lebendiges Kind, das krampfhaft versuchte, seine Fülle in die mageren Reifen seines Körpers zu zwängen, und dann – was geht hier vor? – ging er noch weiter zurück, bis zur Plumpheit des Säuglingsalters, zu dem zarten Flaum des – –

»Bruno?« rief ich. »Beherrsch dich!«

Er sah mich strahlend an, schwindlig von den verschiedenen Zeiten, zuckte mit den Schultern und lächelte milde, als wollte er sagen, daß er nichts mehr dagegen tun könne.

Und in diesem Augenblick erschien der Messias auf dem Platz. Er kam aus der Richtung der Samburska-Straße, links von unserem Fenster, aus der schmalen Gasse zwischen der Kirche und Brunos Haus, und ritt auf einem kleinen, grauen Esel, der staubig war vom endlosen Wandern. Die beiden hielten am Rand des Platzes, und der Messias stieg ab. Er warf Bruno einen Blick zu, und dieser antwortete mit einem leichten Kopfnicken. Dieser Austausch von Blicken war so intim, daß selbst ich, der neben Bruno stand, das Gesicht des Messias nicht erkennen konnte. Aber ich sah deutlich, wie er dem Esel mit der flachen Hand liebevoll auf das Hinterteil schlug, um ihn anzutreiben. Und da geschah etwas Seltsames! Der Messias wich zurück und verschwand!

Mit unbeschreiblicher Enttäuschung sah ich Bruno an, aber er lächelte und bedeutete mir mit den Augen, den Platz zu beobachten: Der Esel mischte sich unter die Menschen, und niemand beachtete ihn. Esel waren ein gewohnter Anblick in den Straßen der Stadt. Doch überall dort, wo der Esel mit seinem kurzen Schwanz wedelte, erstarrten die Menschen für einen Augenblick, schüttelten sich und gingen dann weiter neben ihren Freunden her. Aber es war zu erkennen, daß ihre Fäden durchschnitten waren: ein Ausdruck der Verwirrung und Verlegenheit zeichnete sich auf den Gesichtern derer, bei denen der Esel mit dem Schwanz gewedelt hatte. Sie schienen verblüfft, als sähen sie einander zum ersten Mal. Sie stammelten. Es sah aus, als erstickten sie, als wüßten sie nicht mehr, wie man atmet. Auch ihre Schritte verlangsamten sich: überall waren strauchelnde Füße und wankende Knie zu sehen. Die Bewegungen waren zögernd, eckig, die Strauchelnden sahen sich hilfesuchend um, konnten jedoch kein klares Wort hervorbringen: statt dessen kamen dumpfe, tierische Laute aus ihrer Kehle. Der kleine Esel trabte weiter. Die eine Hälfte des runden Platzes erlag bereits dem Zauber seines schwingenden Schwanzes, die andere Hälfte hingegen hatte noch nichts bemerkt. Auf der einen Seite war nur Schweigen und langsames, verwirrtes Erwachen, während das Leben auf der anderen Seite laut und lustig weiterging. Der Platz sah aus wie ein Gesicht, dessen eine Hälfte gelähmt ist, während die andere mühsam mimische Gesten versucht.

»Sie vergessen«, strahlte mein Bruno, »sie vergessen!«

»Was vergessen sie?« fragte ich ängstlich, doch ich begann es schon zu ahnen.

»Alles«, antwortete der Junge und saugte die Wangen aufgeregt in den Mund. »Alles: die Sprache, die sie gesprochen haben, ihre Lieben, den vergangenen Augenblick, sieh nur!«

Der ganze Platz war nun in einem langsamen, ohnmächtigen

Tanz begriffen. Der Esel, dessen Arbeit getan war, trat aus dem glänzenden gläsernen Gebilde heraus und hielt noch einen Augenblick am Rand des Platzes inne, bevor er zwischen den zwei Zeilen der dicht gedrängten Häuser in der Straße verschwand und mit seltsamer eselhafter Fröhlichkeit wieherte.

Sein Wiehern schien ein Zeichen zu sein: Die Menschen wurden wieder lebendig, ich atmete erleichtert auf. Der Platz sah nun aus wie ein neugeborenes Baby, und das Wiehern war sein erster Schrei. Aber ich hörte bald auf, mich zu freuen. Ich schaute geradeaus und wußte, daß ich nicht verstand, was meine Augen sahen; daß sich hier vor meinen Augen eine Täuschung im wahrsten Sinne des Wortes zutrug. Aber von wem? Und wozu?

»Vater und Mutter«, flüsterte Bruno mir zu, »sieh dir meinen Vater und meine Mutter an.«

Den toten Vater und die Mutter. Der Vater mit dem Kopf eines finsteren Propheten, der stets in Phantasien versunken war, schüttelte sich plötzlich wach und sah seine Gattin an, die plumpe Henrietta, die liebevoll Ponchik genannt wurde. Er wollte ihr etwas sagen, aber wie alle anderen auf dem Platz fand er keine Worte.

»Nein, nicht so«, flüsterte Bruno von weitem, »nicht mit Worten, denn – –«

Auch sie spürten es. Und nicht nur sie. Auf dem Platz waren die Worte wie primitive Werkzeuge überflüssig geworden. Die stummen Gefühle von Brunos Eltern hatten sich auf gefährliche Weise gestaut und fanden keinen Ausgang. Auf den Gesichtern erschienen harte Züge der Not, des Flehens, der gegenseitigen Begierde und schließlich – des Grauens und Verlusts. Der Vater und die Mutter hielten sich an den Händen und wurden einen Augenblick von dem Aufruhr, der auf dem Platz herrschte, gelöst, als sie versuchten, sich zusammen einen Weg zu bahnen. Die Brüste der Mutter hüpften vor Verlangen und zeichneten mit ihrer Bewegung den unvollendeten Reim eines vergessenen Liedes auf; auf dem Gehirn des Vaters wurden auf unerklärliche Weise schwindelnde Szenen, Spiegelungen seiner verwirrten Seele, und kleine Spritzer von Bitten um Hilfe und Bitten um Verständnis projiziert. Aber es war zu erkennen, daß Henrietta ihm diesmal offensichtlich nicht helfen konnte. Sie lächelte hilflos und verlegen, wich langsam zurück und winkte entschuldigend, bis sie in der Menge verschwunden war. In diesem Augenblick – das konnte ich sogar von meinem fernen Platz aus deutlich fühlen – zerriß mit einem Wimmern der unsichtbare Faden, der anscheinend zwischen ihnen gespannt war.

»Sie haben sich nie wirklich verstanden«, sagte Bruno traurig und senkte den Kopf. Doch auf der anderen Seite des Platzes, neben dem Standbild von Adam Mickiewicz, geschahen erfreulichere Dinge: Edzio, der junge Mann mit den verkrüppelten Beinen, der seinen halben muskulösen Körper kunstvoll auf den Krücken vorwärtsschwang, begegnete endlich der begehrten Adela von Angesicht zu Angesicht. Der starke Edzio, der von seinen grausamen Eltern, die ihm nachts die Krücken wegnahmen und ihn im Haus einsperrten, Edzio, der sich jede Nacht wie ein Hund zu Adelas geschlossenem Fenster schleppte, sein verzerrtes Gesicht an die Scheibe drückte und das bildhübsche Dienstmädchen mit wunderbarer Konzentration schlafen sah, daliegen sah mit entblößten Gliedern, die Kolonnen von Wanzen preisgegeben waren, die durch die Wüsten des Schlafes wanderten – dieser starke Edzio sah sie, und sie, ohne die Augen zu öffnen, sah ihn. Und ein kleiner Funke entzündete sich zwischen ihnen, und ein flüchtiges Beben erschütterte sie, das die anderen um sie herum leicht zurückprallen ließ. So standen sie da und schauten einander an, und für einen einzigen Augenblick öffneten sich Adelas Augen: die dünne weiße Membrane lüftete sich wie die Membrane über dem Auge eines Papageis eine Sekunde lang; das Licht blitzte wie die Magnesiumbirne einer Kamera. Adela sah in seine Seele hinein und erfaßte das ganze Ausmaß seiner tragischen Existenz. Sie las die Geschichte seines nächtlichen Wachens über ihren Traum und fühlte, wie sich die Kolonnen von Wanzen zwischen ihren Oberschenkeln in Finger der Begierde verwandelten. Sie zog sich zusammen vor Schmerz und Wonne und ließ sich von ihm in seinen Gedanken zum ersten Mal küssen. Eine tiefe Röte überzog ihren ganzen Körper, als sie begriff, daß er sich nicht von der Stelle gerührt hatte und ihre Lippen wie in einem Traum geöffnet waren, und doch war sie geküßt worden, wild und leidenschaftlich, und sie würde nie wieder solch einen Kuß erleben…

»Was geht dort vor sich?« verlangte ich zu wissen. »Was machst du mit ihnen, Bruno?«

Er sah mich enttäuscht an. »Siehst du nicht? Begreifst du nicht? Der Messias ist gekommen. Mein Messias. Und sie vergessen. Und nichts, was ihnen in der traurigen Illusion ihres früheren Lebens geholfen hat, kann ihnen jetzt helfen. Sie haben nur das, was sie jetzt haben – und das ist mehr als genug«, sagte er und deutete mit seinen Augenbrauen zu Edzio und Adela hin, die, obwohl sie inmitten der großen Menschenmenge standen, bereits von ihr abgesondert und umhüllt waren von den feinen Fasern eines wunderbaren Glanzes. »Sie werden doch wieder zu Künstlern, Szloma, zu großen Schöpfern! Groß wie die menschliche Statur!«

»Künstler? Ich sehe hier nur unglückliche Geschöpfe, deren Welt zusammenbricht!«

»Ach, das ist nur, weil sie noch nicht verstanden haben, was von ihnen verlangt wird und zu was sie fähig sind«, beruhigte mich Bruno, der wie ein kleiner Fisch im Zimmer herumschwamm, fröhlich mit seinem Schwänzchen schlug, sich auf den Rücken rollte und sich dann wieder neben mir auf die Beine stellte: »Eine Schöpfung in der vollen Bedeutung des Wortes. In ihrem ganzen Ausmaß. Oh, Szloma, das ist die geniale Epoche, von der wir immer geträumt haben, ich in meinen Schriften und du in deinem Gefängnis. Sehr bald wirst auch du begreifen, daß die Tausende von Jahren der Existenz, die ihr vorausgingen, nur klägliche Skizzen waren, ein erstes, zaghaftes Tasten der Evolution…

Auf dem Platz lösten sich die Gruppen in ihre verschiedenen Komponenten auf: Familienmitglieder wurden staunend und mit einem leichten Stich der Reue voneinander getrennt und fragten sich, warum es nichts mehr gab oder vielleicht nie etwas gegeben hatte, was sie zusammenhielt. Die beiden ehrwürdigen Zeichenlehrer, die in ein reges Gespräch über den wunderbaren Dichter Jachimowitz vertieft waren, hörten mitten im Satz auf zu reden; ihre Hände zeichneten noch die komplizierten Skizzen ihrer Argumente in die Luft, während der Ofen, in dem sie ihren Enthusiasmus in Worte gegossen hatten, bereits erloschen war. Sie standen einander gegenüber, betrachteten erstaunt ihre noch fuchtelnden Hände und gingen dann ohne Bedauern ihrer Wege, wobei sie sich mit der restlichen Kraft ihrer alten Gedanken zu erinnern versuchten, wie sie sich für einen Haufen Worte und erstarrter Reime so hatten begeistern können.

»Sie haben keine Literatur«, strahlte Bruno, »keine Wissenschaft, keine Religion, keine Tradition, selbst Edzio und Adela haben einander schon vergessen...«

Er hatte recht: Die beiden hatten sich in entgegengesetzte Richtungen entfernt, und auf ihren Gesichtern lag keine Spur von Sehnsucht. »Es gibt keine Sehnsucht nach der Vergangenheit«, fuhr Bruno fort, »nur das Verlangen nach der Zukunft; es gibt keine unsterblichen Werke, und es gibt keine ewigen Werte außer dem Wert des Schaffens selbst, der gar kein Wert ist, sondern ein biologischer Trieb, der so stark ist wie jeder andere Trieb auch; sieh sie dir an, Szloma – sie erinnern sich an nichts außer an diesen Augenblick, der in der Welt dieses Platzes hier nicht etwa wie ein Schlagen der Kirchenuhr ist, sondern, sagen wir, ein Zeitkristall, das nur eine Erfahrung enthält und ein Jahr oder eine Sekunde dauern kann, ja, mein Szloma –«, redete Bruno weiter, und nun sah er tatsächlich aus wie ein Fisch, der sanft über dem grünen, mit Wasser vollgesogenen Papierbogen schwamm, der unter uns in der Meerestiefe schwebte, »das sind Menschen ohne Erinnerungen, Seelen aus erster Hand, die sich, um weiter existieren zu können, die ganze Zeit ihre Sprache und ihre Liebe und den nächsten Augenblick von neuem erschaffen und mit unendlicher Mühe immer wieder Knoten machen müssen, die sofort zerreißen – –«

»Aber das ist doch grausam, Bruno, furchtbar grausam!« schrie ich und schluckte Wasser. »Das kannst du den Menschen doch nicht antun! Nicht alle sind aus demselben, eh – – originalen Stoff gemacht! Es gibt einige unter uns, die einen ordentlichen Rahmen brauchen, Gesetze, Beständig – – oh Gott! Sieh mal dort!«

Am Rand des Platzes, neben dem Briefkasten, wo die unersättlichen Ameisen des Vergessens schnell und gründlich die letzten Fasern der Vergangenheit vom gegenwärtigen Augenblick abtrennten, stand Brunos alter Onkel Hieronymus. Es schien, als würde der Mann eine unerträgliche Erfahrung durchmachen, als würde das Hin und Her der neuen Epoche die zerbrechlichen Vorstellungen von der eigenen Existenz auf eine unmögliche Probe stellen: Er zitterte und bebte. Er schwitzte und keuchte. Tante Retycja sah verzweifelt zu und wagte nicht, ihn zu berühren. Aus seinem eleganten Anzug drückten sich einmal hier und einmal da seltsame Beulen heraus. Es war klar, daß niemand verstand, was geschah, vielleicht nicht einmal der Onkel selbst. Er lehnte sich schwer gegen den Briefkasten (der voller Zwitschern war, als würden alle Briefe und die Worte der Gefühle, die in ihnen gefangen waren, in ihre verschiedenen Einzelteile zerfallen – all die Briefe, die vor der neuen Revolution abgeschickt worden waren, zwitscherten) und lauschte mit geschlossenen Augen und gequältem Gesicht der stürmischen Diskussion in seinem Inneren.

Und dann geschah etwas, das unsere elende Sprache nicht präzise dokumentieren, sondern nur in einem trockenen, blassen Protokoll wiedergeben kann: Plötzlich war aus dem gequälten Körper des Onkels der Laut einer kleinen Explosion und ein tiefer Seufzer der Erleichterung zu hören, und einen Augenblick später war es eindeutig, daß er nun *zwei* war. Der anhaltende Kampf zwischen ihm und dem alten Löwen im Gobelin hatte plötzlich mit einer unerwarteten, aber für beide Seiten nützlichen Versöhnung geendet; es war ihnen endlich gelungen, in das Dickicht der Feindseligkeit, das sie jahrelang erstickt hatte, mit vereinten Kräften eine Schneise zu schlagen, und um den Preis eines kleinen Kompromisses seitens des Onkels, der so liebenswürdig war, sich in seinem Körper ein wenig zu beschränken, um dem Löwen Platz zu machen, würden die beiden nun ein erträgliches und vielleicht sogar angenehmes Leben zu zweit führen können.

Ja. Es war offensichtlich, daß sie sehr gut zueinander paßten. Denn der lange, gewalttätige Kampf zwischen ihnen – wenn sich der im Gobelin gefangene Löwe auf die Hinterbeine stellte und ein dumpfes Brüllen ausstieß und der Onkel bellte – verdeckte in Wirklichkeit eine starke Anziehungskraft und eine verzweifelte Leidenschaft zwischen den beiden einsamen und gefangenen Herzen, die zu hochmütig waren, dies zuzugeben. Und bei Tante Retycja, die ich stets gern gemocht hatte und in der alle einen Staudamm der Vernunft sahen, der zwei stürmische Seen des Wahns voneinander getrennt hatte, trat nun die ganze fanatische, kleinliche Erbärmlichkeit offen zutage, und alle konnten sehen, daß ihre Existenz nur als Repräsentantin der alten Lebensauffassung, der »guten« Ordnung, der Normalität in ihrer elendesten Bedeutung, gerechtfertigt war, und in der Tat, jetzt, als es keinen Grund mehr für ihre Existenz gab – oh, ich konnte nicht länger mit ansehen, was dort, neben dem roten Briefkasten, mit ihr geschah, und jetzt, oh nein, auf dem Boden...

»Du kannst wieder hinsehen«, sagte Bruno mit milder Zufriedenheit, »sie ist nicht mehr da.«

Und als ich mich weigerte, den Blick zu heben, flüsterte mir Bruno tröstend zu: »Menschen wie Tante Retycja, Szloma, sind die Seelen aus zweiter Hand, von denen ich vorhin sprach; ihr Dasein bestreiten sie als Gefäße zweiter Wahl, nähren sich von der kreativen Spannung der Menschen, die zweifellos und originär Künstler sind, und rechtfertigen ihre Existenz nur dadurch, daß sie uns ständig vor den furchtbaren Katastrophen warnen, die uns erwarten, wenn sie einmal nicht mehr sind... Ah, Szloma, dein Gesichtsausdruck sagt mir, daß dir das alles große Angst macht... daß es dir sehr fremd ist... aber das ist doch unsere Chance, daß wir wieder leben, und zwar so, wie du und ich es uns vorstellen, denn sonst wären wir bloß Statuen aus Stein, sonst wären wir von der Geburt bis zum Tod gefangen und ohne Hoffnung, aus dem Stein befreit zu werden, in den uns ein sehr, sehr kluger, aber vielleicht nicht genialer, ein genialer, aber sicher nicht besonders gnadenvoller Bildhauer gehauen hat. Und der Messias, Szloma, ist derjenige, der uns zur Freiheit aufruft, der uns aus dem Stein befreit, uns leicht wie Konfetti über den Platz streut, und hier werden wir unser Leben jeden Augenblick neu erschaffen und Epen schreiben, wenn sich zwei flüchtig begegnen, denn mittlerweile muß es dir genau so klar sein wie mir, daß alle anderen Wege zum Scheitern verurteilt sind, zu Niederlage und Gefängnis, zur alten Zivilisation, die an Elephantiasis erkrankt ist...«

Ich schwieg. Ich war wütend über seine übertriebene Selbstsicherheit und Überheblichkeit, die ihn glauben ließ, daß jeder so dachte wie er. Natürlich stritt ich nicht alle seine Ideen ab, aber eine so weitreichende Revolution mußte sehr vorsichtig erwogen und geplant werden, und es war nötig, eine Grundlage und ein System dafür zu schaffen. Ich warf einen flüchtigen Blick auf die arme Tante Retycja und zuckte wieder zusammen. Besser nicht hinsehen! Ein derart grausames Ende könnte auch bestimmten anderen Leuten beschieden sein. Nebenbei: ich habe absichtlich ›Ende‹ gesagt und nicht ›Tod‹, weil es schwierig ist, das, was mit Tante Retycja geschah, als ›Tod‹ zu bezeichnen: neben dem roten Briefkasten lag ein seltsamer Haufen auf den Pflastersteinen, der grauen Sägespänen glich – es waren zweifellos die konkreten Niederschläge aller Adjektive, Verben und Zeiten, denen die Tante als Kreuzung gedient hatte. Ein kühler, gleichgültiger Haufen. »So wie sie im Leben war«, lächelte Bruno, der alle meine Gedanken hörte: »Und im Grunde ist sie gar nicht tot, Szloma, weil sie nie wirklich gelebt hat, gelebt in dem Sinne, wie du und ich ... usw. Und ich bin ganz sicher, daß du keine Sekunde lang den Verdacht hattest, daß ich einen Menschen töten würde, nur um andere glücklich zu machen?«

Ich wandte mich wütend ab. Der Platz erbebte wieder. Es schien, daß ihm ein wenig von dem Schrecken und dem Terror, der den Beginn der neuen Epoche kennzeichnete, genommen war. Wie bei den Wäldern, die abbrennen und zu Asche werden, so entstanden auch hier aus dem Ende neue Lebenskräfte, und schon begannen die ersten grünen Blättchen zu sprießen: Familien lösten sich auf, ihre durchsichtigen Fäden lagen in Knäueln über den ganzen Platz verstreut, während sich gleichzeitig und vorübergehend neue Familien bildeten, manchmal sogar Familien von nur einer Person, die auf diese erstaunliche Weise zu einem Glück fand, das sie nie mit Ehepartner und Kinder gekannt hatte. Neue Freundschaften nahmen Haut und Knochen an und entstanden zwischen Menschen, von denen wir nie gedacht hatten, daß sie irgendeine Gemeinsamkeit haben könnten: Adolf Arendt, der liebenswerte kleine Zeichenlehrer, war ganz damit beschäftigt, eine (meiner Meinung nach ziemlich peinliche) Beziehung mit der blödsinnigen Tluja anzuknüpfen, und über ihren Köpfen verzweigten sich die wunderbarsten Ausgeburten ihrer Phantasien und Tollheiten wie ein Geweih; und Brunos Vater, Brunos totem Vater war es endlich beschieden, seine große Leidenschaft von einst zu verwirklichen, er flog wie ein großer Vogel über den Platz und über die ganze Stadt. Das heißt: seine Füße hoben nie vom Boden ab, aber es war allen, die es glauben wollten, klar, daß der Mann voller Flugkraft steckte.

Und das Wundersame an dem, was sich da vor uns abspielte, war, daß es in vollkommener Stille geschah und nicht durch Worte banalisiert wurde. Trotzdem raunte der Platz und war voller Geflüster und klangvoller Verdichtungen von Gefühlsdämpfen, die ich der extremen Machtlosigkeit unserer verfluchten Sprache wegen nicht wiedergeben kann. Ich kann nur folgendes sagen: wie die Blinden, die als Kompensation für ihr Gebrechen mit einem sehr entwickelten Gehör ausgestattet sind, so artikulierten nun diese stummen, namen- und wortlosen Wesen ihre verborgensten Ausdrücke, und die Menschen reagierten sofort mit einem bis dahin unbekannten Instinkt auf die neuen Reize. Auch die sinnlichen Wahrnehmungen machten rasche Mutationen durch, und alle waren in einer neuen, faszinierenden Anstrengung befangen. »Verstehst du es jetzt?« fragte Bruno leise, »sie sind alle Künstler.«

Abgesehen von Tante Retycja und ein paar anderen Fällen erforderte die Revolution jedoch keine Opfer. Die Menschen sahen glücklicher und lebendiger aus als zuvor. Das Blut sprudelte wie Wein in ihren Adern, ich konnte es singen hören. Ihre Haut leuchtete von innen. Überall horchten Männer und Frauen mit Staunen und Freude auf ihren *ning* und nickten glücklich und zustimmend. Die Tatsache ihrer Existenz war für sie plötzlich ebenso konkret geworden wie früher ihr Verfall und ihre Schwäche. Das Leben war nun eine intensive, lustvolle Wonne. Neben dem Briefkasten stand Onkel Hieronymus und strich sich mit seiner Pranke vergnügt über den Schnurrbart. Männer und Frauen liebten sich mit einer herrlichen Begierde, die jedoch die Leute um sie herum nicht in Verlegenheit brachte (ich hingegen zog es vor, woanders hinzuschauen).

»Aber, Bruno«, sagte ich verwirrt, »du bietest uns hier eine Welt an, die ganz und gar von der Leidenschaft des Schaffens beseelt ist. Wäre in solch einer Welt nicht auch der Gedanke an Mord möglich?«

Der kleine Junge hob seine blitzenden schwarzen Augen zu mir. Er schwamm über dem Papierbogen zwischen Algen und Seetang wie ein Junge, der durch seinen Garten spazierte. Kleine Einsiedlerkrebse flüchteten vor ihm, um sich im Dikkicht der Buchstaben einzunisten, und die Seerosen beteten ihn mit Madonnenarmen an.

»Und nehmen wir einmal an«, sagte Bruno mit klangvoller Stimme, »daß solch ein Gedanke aufgrund irgendeines Mißverständnisses doch aufkommt, so wird er sich mit Sicherheit nicht einmal in der Seele eines einzelnen verwirklichen. Der einzelne wird den Gedanken gar nicht begreifen können, Szloma, sondern statt dessen nur eine vage, flüchtige Bedrükkung spüren, weil ein Mord dem ersten Gebot seines Lebens so sehr widerspricht. Und nicht nur der Gedanke an Mord, mein Szloma, nein: jeder Gedanke, der den bitteren Hauch von Verfall und Verwesung, Vernichtung und Angst enthält. Niemand wird solche Gedanken mehr begreifen können, so wie man in der alten Welt nie wirklich verstehen konnte, wie ein Mensch wieder zum Leben erwachen oder die Zeit plötzlich rückwärts laufen kann. Denn ich rede hier von einem ganz anderen Leben, von der nächsten Phase der menschlichen Evolution... Und hatten wir nicht abgemacht, die Welt zwischen uns aufzuteilen und neu zu benennen, oder bereust du es jetzt etwa, Szloma, und ziehst den leichten Weg vor, richtest deine Augen auf Adelas glänzende Lackpantöffelchen und wünschst dich wieder in dein Gefängnis zurück?«

Er sah mich mit flehenden Augen an.

Mir fielen verschiedene Argumente gegen seine sinnlosen Ideen ein, zum Beispiel: wie könnte in solch einer Welt ein ordentliches System von Recht und Gesetz bestehen, und wie wäre eine fortschrittliche und systematische Wissenschaft möglich, ganz zu schweigen von Politik und internationalen Abkommen, von Armeen und Polizeikräften, und was wäre mit – –

Doch meine Gedanken verloren sich im Nebel und deprimierten mich. Denn all das war doch fehlgeschlagen und hatte auf mörderische Weise enttäuscht, und keine Macht der Welt hatte diese Errungenschaften davon abhalten können, für die schrecklichsten Absichten mißbraucht zu werden. Und –

fragte ich mich zornig – waren etwa Roosevelt und Churchill die »Guten«? Wir stellten dem Bösen unsere Panzer und Flugzeuge und U-Boote entgegen – und setzten damit nur ein weiteres Übel in die Welt. Ich war niedergeschlagen. Ich wollte aus dem Meer heraus, ich wollte nach Hause fahren und vergessen, daß ich je hier gewesen war und diese Fragen gestellt hatte. Aber ich hatte keine Kraft, auch nur einen Finger zu rühren. Ich tauchte meine Stirn ins Wasser. Es konnte nicht sein, daß wir für immer dazu verurteilt waren. Bruno mußte sich irren: »Sag mir bitte«, fragte ich ihn und versuchte vergeblich, heiter und ironisch zu klingen, »woher nimmst du überhaupt, daß diese Konfetti, die durch die Luft segeln, je miteinander Kontakt aufnehmen, sich unterhalten und etwas tun wollen? Und was sollte sie davon abhalten, einfach aufs Pflaster des Platzes zu fallen oder völlig unbewußt durch die Luft zu segeln? Sag es mir, Bruno!«

»Du hast nichts verstanden«, sagte das Kind, sagte der Fisch traurig und erklärte mir langsam und mit offensichtlicher Enttäuschung, was ich schon längst hätte begreifen müssen: »Sie sind alle Menschen, und deshalb auch Schöpfer. Sie sind dazu verurteilt. Sie sind von Natur aus dazu gezwungen, ihr eigenes Leben zu erschaffen, ihre Liebe, ihren Haß, ihre Freiheit und ihre Poesie; wir sind alle Künstler, Szloma, nur daß einige von uns das vergessen haben und andere es vorziehen, es aus einer seltsamen, völlig unerklärlichen Angst zu ignorieren, und es gibt dritte, die das erst an ihrem Totenbett begreifen, und vierte – wie eine bestimmte Tante, deren Namen ich nicht nennen möchte aus Respekt für die, die außen vor geblieben sind – die es nicht einmal dann begreifen...«

»Und wir? Die Dichter? Die Maler? Die Musiker und Schriftsteller?«

»Ach, Szloma, verglichen mit der wahren, mit der natürlichen Kunst sind Literatur und Musik lediglich Berufe, vergängliche Kopierarbeiten, oberflächliche Interpretationswerke, um nicht ausdrücklich zu sagen: elende Plagiate, phantasie- und talentlos...«

»Wenn das so ist«, fragte ich mit großer Vorsicht, um ihm nicht zu sehr wehzutun, »was würdest du sagen: wie könnten wir nach einer bestimmten Tat, von der wir gehört haben, weiter in unserer alten Welt leben, nach einer Tat, die man einem Mann zuspricht, den du noch nicht kennst oder vielleicht schon vergessen hast, der einen Juden erschoß, nur um seinen Rivalen zu ärgern, der dann zu ihm sagte...« »Ich habe dir doch schon gesagt –«, unterbrach mich Bruno sofort, hechelte aufgeregt mit den Kiemen und war nicht gewillt, mir weiter zuzuhören, »ich habe dir schon dreimal gesagt, daß solche Dinge in einer absterbenden Kultur unvermeidbar sind.« Er kreiste ein paarmal um sich selbst, tauchte ab und stieg wieder zu mir auf, wobei er mit dem Schwanz steuerte wie ein lebendiger Same. »Und jetzt«, sagte er, »werden es alle verstehen: Wer einen Menschen tötet, zerstört ein einzigartiges idiosynkratisches Kunstwerk, das nie mehr rekonstruiert werden kann... eine ganze Mythologie, eine unendlich geniale Epoche...«

Plötzlich verstummte er und sah mich mißtrauisch an. Vielleicht fragte er sich, ob das, was ich ihn gefragt hatte, irgend etwas mit ihm zu tun hatte. Seine kleine Gestalt changierte zwischen dem Äußeren des Kindes und des Fisches hin und her. Meine Augen wurden flüchtig von einem blendenden Glanz irritiert, oder von den schimmernden Schuppen eines Schuhs oder eines vorbeiziehenden Fisches, von Adelas Pantöffelchen oder der Falte einer glitzernden Welle, die ausgesandt worden war, um mich abzulenken, und als ich wieder hinschaute, sah ich, daß Bruno von furchtbaren Krämpfen gebeutelt wurde und dabei immer mehr zusammenschrumpfte, nicht in seiner Größe, sondern eher in seinem Wesen und Dasein, das luftiger, abstrakter wurde...

Für einen Augenblick nahm er wieder Gestalt an: eine Hälfte seines Gesichts, die Spalte seines Mundes, ein Auge und eine pochende Kieme. Mit einem furchtbaren Lächeln sagte er: »In unserer neuen Welt, Szloma, wird sogar der Tod dem Menschen gehören. Und wenn ein Mensch sterben will, braucht er seiner Seele nur die körperinterne Parole zuzuflüstern, in deren Macht es steht, den genetischen Kode der leiblichen Existenz des Menschen, das Geheimnis des authentischen Wesens des Individuums auseinanderzunehmen, und es wird keinen Massentod mehr geben, Szloma, so wie es auch kein Massenleben mehr geben wird!«

»Warte!« schrie ich voller Angst, »du darfst mich jetzt nicht verlassen! Nicht, nachdem du mich mit so unerträglichen Leidenschaften infiziert hast! Du wirst mich doch jetzt nicht allein lassen!«

»Du kannst jederzeit machen, was ich gemacht habe«, sagte er. »Komm mit mir, oder geh deinen eigenen Weg.«

»Bruno«, stöhnte ich, »ich habe dich getäuscht. Ich bin schwach... ich bin von Natur aus ein Häftling... ich liebe meine Fesseln... ja, Bruno, demütig und beschämt stehe ich vor dir und gestehe: Ich bin ein Verräter und ein Feigling... mit elenden retycjanischen Ansichten... jetzt weißt du alles... ich bin nicht für die geniale Epoche geschaffen... wenn Adelas glänzendes Lackpantöffelchen jetzt hier wäre, ich würde die Gelegenheit nutzen und es stehlen und vor dir weglaufen, wie damals... wie immer... hilf mir, bleib bei mir... ich habe Angst, Bruno.«

Plötzlich flatterte und zappelte er und dehnte seinen dünnen Körper bis in die Wirklichkeit, wurde jedoch mit gewaltiger Kraft wieder zurückgezogen, mit einem Pfeifen aufgesogen. »Bruno!« schrie ich, »warte einen Augenblick!« Er erstarrte: die Welt hielt den Atem an. Das Meer wurde stahlblau. »Bruno«, sagte ich demütig, »verzeih mir, daß ich dich in solch einem Augenblick aufhalte, aber die Sache ist sehr wichtig: Kennst du zufällig die Geschichte, die Anschel Wasserman einem Deutschen namens Neigel erzählt hat?«

Bruno bewegte seine Kieme und schloß konzentriert die (verschiedenen) Augen: »Eine wunderbare Geschichte, ja«, sagte er, und sein merkwürdiges Gesicht leuchtete auf, »nur daß... ha! Hol's der Teufel! Ich habe sie vergessen!« Und mit einem Lächeln, als erinnerte er sich plötzlich, fügte er hinzu: »Aber natürlich! Das ist doch das Wesen dieser Geschichte, Szloma, daß man sie vergißt und sich jedesmal von neuem an sie erinnern muß!«

»Und könnte sich jemand, der sie nie gekannt hat, der sie nie im Leben gehört hat, an sie erinnern?«

»Genau so, wie man sich an seinen Namen erinnert. An sein Schicksal. An sein Herz. Nein, mein Szloma, es gibt niemanden, der diese Geschichte nicht kennt.«

Seine Stimme verklang. Sein ganzer Körper verkrampfte sich. Ich verbarg mein Gesicht in den Händen. Ich hörte ein seltsames Geräusch, als würde ein großer Körper von einem unsichtbaren Mund verschlungen. Ein herzzerreißendes Stöhnen war neben mir im Meer zu hören, und einen Augenblick später war Bruno nicht mehr bei uns.

Bedrückt wandte ich mich nun an sie, aber sie antwortete nicht. Ich erschrak. Mich entsetzte der Gedanke, daß sie mich jetzt verließ, ausgerechnet jetzt, da ich sie so dringend brauchte, da ich immer schwächer wurde und keine Lust hatte, nach Hause zu gehen, und keine Kraft mehr da war, diese Geschichte in einer an Elephantiasis leidenden Sprache zu schreiben. Komm, wimmere ich matt, komm, flehe ich sie an, ich will mich in dich einhüllen, will mich vergessen; so schwer und hartnäckig war Brunos Einsamkeit, daß wir nun alle einsam und verloren sind… daß wir eingesunken sind in den Stein, aus dem wir von einem klugen, aber nicht genialen, oder vielleicht genialen, aber sicherlich nicht gnadenvollen Bildhauer herausgehauen wurden; daß wir an unersättlichem Hunger leiden, oder, noch schlimmer: nicht einmal mehr das Verlangen haben, unseren Hunger zu stillen. Oh, flüstere ich in ihre kleinen Wellen, die Falten ihres Fleisches, wenn unser Leben nur ein Versiegen ist, so ist das, was dieses Versiegen unterstützt, der listige, heimliche Kollaborateur des Todes, und wir selbst sind die Komplizen der Mörder. Wir sind zwar verantwortliche Mörder, die unser Bestes wollen, sind höflich und besorgt, aber Mörder sind wir trotzdem. Die, die vorgeben, unseren Frieden und unsere Seelenruhe zu wahren, begehen ein Verbrechen an uns, ein Verbrechen gegen die Menschheit, und die, die wir eigenhändig dazu auserwählt haben, uns zu beschützen, ersticken langsam unser Glück; ich meine die Regierung, jede Art von Regierung, die der Mehrheit die Minderheit und der Minderheit die Mehrheit aufzwingt, ich meine das Rechtssystem, das fast immer Kompromisse zwischen den verschiedenen Arten von Gerechtigkeit erzwingt, die Religion, die darauf gegründet ist, daß sie von ihren Anhängern fordert, keine Fragen zu stellen, unsere unbekümmerte Moral und die gehorsame Herde der Zeit, deren Minuten von den Uhrzeigern wie Schafe vorangetrieben werden, die Angst und Feindseligkeit, die in uns stecken, diese Zangen, mit denen wir jedes bißchen Nähe und Liebe entfernen, und unseren tyrannischen Verstand – sie sind nichts anderes als ein schmutziger Kanal, durch den wir sanft auf unseren Tod zufließen, auch wenn wir ab und zu die jämmerlichen Trostpreise einer mißgünstigen Gnade, einer vorsichtigen Liebe, einer Freude-mit-beschränkter-Haftung und einer argwöhnischen Leidenschaft gewinnen – alles konservierte Köder!, und selbst ich begreife nun, daß der Mensch – der Mensch in der Bedeutung, in der Bruno und ich ›Mensch‹ sagen – zu weit mehr Trost und Freude fähig ist, zu einer unvergleichlich reicheren Farbskala…

»Jetzt redest du«, sagt sie leise und ihre Augen sind leicht gerötet angesichts der untergehenden Sonne, »endlich fängst du an zu verstehen.« Und sie verteilt ihre Wellen, schickt sie weit und friedlich aus und ist plötzlich voller heiterer Freude. Schweigend schwimmen wir auf das kleine polnische Dorf zu. Das Wasser wird plötzlich süß in meinem Mund. Ich koste es noch einmal und stelle fest, daß ich mich nicht geirrt habe.

»Hat er den Fluß erreicht?«

»Du hast es gespürt.«

»Und die Wasserfälle? Wie ist er über die hohen Wasserfälle gekommen? Wie ist er gegen den Strom geschwommen?«

»Auf dem einzigen Weg, den er kannte.«

Schweigen. Und dann fragt sie: »Und du? Wie wirst du über die Klippen kommen?«

»Frag mich das jetzt nicht.«

»Du bist wohl schon wieder der Alte, Neuman? Fängst du schon an zu vergessen?«

»Wie kannst du so etwas annehmen! Jetzt! Nach Bruno! Nach allem, was ich dir gesagt habe?! Schäm dich!«

Zwei kleine Strudel erwecken den Eindruck, daß ein feines Lächeln um ihren Mund spielt und sich Grübchen auf ihren Wangen zeigen.

»Merkwürdig«, sagt sie und leckt sich die Lippen, »meine kleinen Kundschafter sagen mir, daß du schon jetzt die meisten Dinge, die du gesagt hast, bereust – – egal, es spielt jetzt keine Rolle. Es ist dein Leben, nicht meins. Wenn man das überhaupt Leben nennen kann. Schade. Sehr schade. Einen Augenblick lang habe ich dir geglaubt. Einen Augenblick lang habe ich sogar… habe ich sogar an dich geglaubt.« Habe ich eine unerwartete Sanftheit in ihrer Stimme gehört? Und hat nicht fast ein bißchen Zuneigung in ihren Worten gelegen? Sie antwortet nicht. Sie entfernt sich ein Stück weit, schwimmt auf dem Rükken. Die Sonne streichelt sie mit den letzten Strahlen. Jetzt sieht sie wie van Goghs Palette aus, als er die goldenen Kornfelder der Niederlande malte. So schön und mysteriös und reif zwischen den Wolkenschleiern, die über den Horizont ziehen. Hat Bruno ihre Schönheit begriffen, oder war er zu sehr in sich selbst, in seine unaufhörlichen Anstrengungen vertieft? Hat er ihr kleine Geschenke der Zuneigung und Aufmerksamkeit gemacht, ihr Mann?

Sie schweigt. Feine bläuliche Äderchen treten plötzlich auf ihrer Stirn hervor. Ein Mann wie er hat sie und ihre Schönheit wahrscheinlich gar nicht wahrgenommen, sondern sich in seinem Innern sein eigenes geschlossenes Meer geschaffen. Dabei hat sie Liebe verdient. Sie hat sie wirklich verdient. Vielleicht sogar die Liebe von jemandem mit weit weniger Ansprüchen als Bruno. Von einem bescheideneren und praktischeren Mann, dem es jedoch nicht an poetischer Sensibilität mangeln darf, der ihre feinen Nuancen wahrnimmt, von einem Mann, der natürlich nichts ist im Vergleich zu unserem erhabenen, transzendentalen, kompromißlosen Bruno, der aber, vielleicht gerade weil er so sehr mit den kleinen Dingen des Alltags beschäftigt ist, weil er ein so typisches Produkt der dekadenten Gesellschaft und so menschlich ist, solch ein Mann, sage ich mir, wäre bestimmt fähig – – »Halt endlich den Mund, hörst du, halt den Mund«, sagt sie und wirft mich scheinbar aus Versehen gegen einen spitzen Felsen, der noch vor einem Augenblick bestimmt nicht an dieser Stelle gewesen ist. »Halt jetzt den Mund, Neuman«, sagt sie noch einmal, aber diesmal etwas sanfter, während sie tröstend über meine schmerzenden Rippen streicht. »Das wird wohl eine kleine Wunde werden, so eine wie bei Bruno. Aber deine wird heilen. Du gehörst zu denen, bei denen sie heilt. Was ist denn das? Jemand ruft dich!«

»Pan Neuman! Mister Neuman!« Am Strand steht meine in Schwarz gekleidete Vermieterin. Sie winkt energisch mit den Armen. Es sieht ganz danach aus, als würde der Bürgermeister nach Danzig fahren. Ich muß sofort aus dem Wasser, ich muß mit ihm fahren. Und übermorgen werde ich wieder zu Hause sein. ›Zu Hause‹ – wie sonderbar und schal das Wort jetzt klingt.

»Eigentlich bist du ja ganz nett«, setzt sie unser unterbrochenes Gespräch fort und leckt tröstend über meine Rippen, »aber du bist nichts für mich. Nein. Dein Terrain, mein Lieber – –« Sie hält kurz inne, und die Klippen am fernen Horizont blitzen plötzlich wie mit einem Grinsen auf: »– – – dein Terrain ist die Küste, ja, du watest zwar ab und zu ganz gern in mir, bleibst aber doch lieber in Küstennähe, im Falle einer Gefahr, oder für den Fall, daß du plötzlich abhauen mußt, ganz tief in mich hinein – ja, Neuman, du bist ein vorsichtiger Mensch. Ich würde sagen: der Typ für eine Halbinsel. Ganz bestimmt.«

Ich unterdrücke ein Stöhnen.

»Und jetzt«, sagt sie mit heiterer Stimme und läßt die Wellen vor mir tanzen, »jetzt tu mir bitte einen letzten Gefallen und sei nicht böse über meine Bitte: Denk an ihn um meinetwillen, denk zum letzten Mal in meinem Innern an ihn, an unseren Bruno, bitte, bitte, wir werden uns gleich trennen, und dann werde ich niemanden mehr haben, der mir so von ihm erzählt, von meinem Bruno, wie er ganz allein am Rand des Piers von Danzig steht, denk an ihn, damit ich mit dir zusammen an ihn denken kann, du weißt ja: ein kleines Gesundheitsproblem ... bitte, bitte ...«

Sie klimpert mit ihren langen Algenwimpern, läßt ihre Nüstern leicht beben. Nein. Sie wird mich nicht mit diesen billigen Tricks, mit diesen Wasserfarben der Weiblichkeit herumkriegen. Ich werde nicht an ihn denken. Soll sie platzen. Sie wird mich nicht wie ein mondsüchtiges Kind oder einen Verliebten zum Hafen führen, zum Rand des Piers, der Grenze der alten Welt, nein! Ich bin stärker als sie, sie wird mich nicht in den feinen Regen führen, der wie Tränen auf ihn fällt, und er, er ist so dünn und nackt ohne seine Kleider, nur seine Uhr ist noch einen Augenblick da, die Uhr, die noch die alte Zeit anzeigt, und jetzt springt er, springt verzweifelt und mutig und ohne eine Wahl zu haben von der Spitze des riesigen Ungetüms, einsam wie der erste Götzendiener, der vom Totempfahl zum unsichtbaren Gott aufstieg, was für ein herrlicher Flug, Bruno, was für eine Weite, was für ein Schwung – –

Und sie, sie prustet neben mir los vor Lachen.

Bei allen östlichen Winden.

Dritter Teil
WASSERMAN

1.

Nachdem es ihnen auch beim dritten Mal nicht gelungen war, ihn zu töten, jagten die Deutschen Anschel Wasserman im Laufschritt zum Büro des Lagerkommandanten. Ein sehr junger deutscher Offizier namens Hopfler lief hinter ihm her und trieb ihn an, indem er ihm »Schnell! Schnell!« zurief. Ich kann mir vorstellen, wie die beiden den Bereich des unteren Lagers, in dem sich die Gaskammern befinden, verlassen und zwischen zwei von Hecken verdeckten Stacheldrahtzäunen laufen, durch die die neuen Transporte getrieben werden. Die Neuankömmlinge müssen nackt zwischen zwei Reihen von Ukrainern hindurch, die mit Knüppeln auf sie einprügeln und die Hunde auf sie loslassen. Die Häftlinge nennen diesen Weg »Schlauch«; die Deutschen mit ihrem seltsamen Humor nennen ihn »Himmelstraße«.

Anschel Wasserman trägt ein prachtvolles Seidengewand. Auf seiner Brust hängt eine große Uhr, die bei jedem Schritt hin und her baumelt. Er ist mager und gebeugt und hat einen spärlichen Bart. Unterhalb seines Nackens sind erste Anzeichen eines Buckels zu sehen. Auf keinem der Hunderte von Bildern der Lagerhäftlinge habe ich je irgend jemanden gesehen, der so angezogen war wie er. Nun kommen sie am Appellplatz vorbei und halten vor der Baracke des Lagerkommandanten an. Wasserman keucht. Die Baracke ist ein düsterer zweistöckiger Holzbau, dessen Fenster mit Gardinen verhangen sind. Auf einem kleinen Metallschild an der Tür steht LAGERKOMMANDANT, und auf einem größeren Schild an der Außenwand KONSTRUKTION: SCHÖNBRUNN LEIPZIG GMBH UND SCHMIDT MÜNSTERMANN GMBH. Ich kenne unzählige solcher Details, nur die Hauptsache fehlt mir. Hopfler sagt etwas zu dem ukrainischen Wächter an der Tür. In diesem Augenblick dreht sich Anschel Wasserman um und sieht mich an. Nur ein flüchtiger Blick, aber ich fühlte mich wie ein neugeborenes Baby: nach dem erstickenden Gefühl und dem Nebel der letzten Monate wirkte sein Blick wie ein wachrüttelnder Schlag auf die Schulter, der alle scheinbar unzusammenhängenden Puzzleteile an ihren richtigen Platz fallen ließ. Großvater Anschel erkannte mich, und ich spürte ihn. Sein Blick war voller Angst. Hinter der Tür erwartete ihn der Lagerkommandant, Obersturmbannführer Neigel. Vielleicht sollte ich ihm das nicht noch einmal antun, überlegte ich, vielleicht sollte ich ihn nicht wieder Dorthin bringen, doch ich wußte, daß es mir ohne ihn nicht gelingen würde, denn er war Dort gewesen und anscheinend auch einer der wenigen, die den Weg hinaus wußten, und wenn ich mich nun schon endlich entschlossen hatte hineinzugehen, so sollte ich es am besten mit ihm zusammen tun.

Jetzt öffnet sich die Tür, und sie treten ein. Und da ist er, der Herr Neigel. Endlich. Nicht so, wie ich ihn mir all die Jahre lang vorgestellt habe. Kein Schlächter mit einem grausamen Grinsen. Aber doch sehr robust: ein langer, kräftiger Körper und ein sehr markanter Schädel. Er wird kahl, das ist trotz seiner kurz geschorenen schwarzen Haare deutlich an dem zurückweichenden Haaransatz über den Schläfen zu sehen. Sein Gesicht ist ungewöhnlich groß, die Linien sind lang und gerade, und die Stellen, die er nicht rasiert, sind mit einem leichten, dunklen Flaum bedeckt, mit einer Art Flaum der Strenge. Sein Mund ist klein und zusammengepreßt, und in den Augenwinkeln liegt eine aggressive Verachtung. Der allgemeine Eindruck ist der eines starken Menschen, der nicht die Aufmerksamkeit auf sich ziehen möchte. Mein Großvater sprach ihn immer mit seinem Ziviltitel an – Herr Neigel, es mußte also irgendeine Nähe zwischen den beiden gegeben haben. Oder vielleicht eine Abmachung? Und wie nannte Neigel Großvater? Jüdlein? Saujud? Nein. Ich glaube kaum. Sein Gesicht weist eine trockene Sachlichkeit auf, die »Saujud« nicht in Frage kommen läßt. Er schaut von seinem ordentlichen Schreibtisch auf, unterdrückt einen verärgerten Blick über die Störung. »Ja, Untersturmbannführer Hopfler?« fragt er. Seine Stimme ist tief, fest und gleichmäßig. Hopfler berichtet von dem sonderbaren Fall. Neigel verhört ihn schnell (»Hat man es mit Erschießen versucht?« »Jawohl, Herr Kommandant.« »Mit dem Lastwagen?« »Jawohl, Herr Kommandant.« »Und mit Gas, Sie sagten, man habe es auch mit Gas versucht?«

»Jawohl, Herr Kommandant.« Damit haben wir angefangen.«

»Und was ist mit den anderen? Vielleicht war etwas mit dem Gas nicht in Ordnung?«

»Aber nein, Herr Kommandant! Alle anderen sind gestorben, wie immer. Es ist nichts Ungewöhnliches geschehen, nur er ist so.«)

Neigel seufzt über die Zeitverschwendung. Er erhebt sich, streicht mit den Handflächen über seine gebügelte Hose und befingert abwesend den kleinen Silberorden an seinem Kragen. Mit einer gewissen Müdigkeit fragt er: »Soll das ein Scherz sein, Untersturmbannführer Hopfler?« Und als der junge Offizier alles noch einmal stotternd zu erklären beginnt, entläßt er ihn mit einer leichten Geste des Zeigefingers und dem Befehl, in ein paar Minuten, wenn die kleine Untersuchung hier beendet sein würde, wiederzukommen, »um die Leiche fortzuschaffen«. Und als der junge Offizier hinausgeht, verfolgt ihn Neigel mit einem Blick, mit dem Menschen, die ein bestimmtes Alter erreicht haben, ehrgeizigen jungen Männern nachsehen, die nichts richtig machen können ohne sie.

Er zieht seine Pistole aus dem Halfter. Ein glänzendes schwarzes Spielzeug mit einem Patro-- Aber Moment mal! Er ist im Begriff, Großvater Anschel zu töten! Ich wende mein Gesicht ab. Ich sehe die kleinen Militärplakate an der Wand hinter Neigels Tisch: DER FÜHRER BEFIEHLT – WIR FOLGEN. VERANTWORTUNG NACH UNTEN, GEHORSAM NACH OBEN. Und dann macht Neigel einen Schritt nach vorn und legt die Pistole an Großvater Anschels Schläfe, und plötzlich höre ich mich zusammen mit Großvater Anschel vor Angst und Schmach aufschreien, und der Schuß explodiert im Raum, und ich höre, wie mein Großvater im Innern mit zitternder Stimme sagt: »Es war wie ein Summen in meinen Ohren, und der Hirschkopf aus Holz, der über der Tür hing, fiel herunter, *nebbich*, und ein Stück seines Geweihs zerbrach. Friede sei mit dir, Schloimele, ich erkenne dich, obwohl du dich sehr verändert hast. Still, sag nichts. Die Zeit ist kurz, und wir haben viel zu tun. Wir haben eine Geschichte zu erzählen.«

So begann er mit mir zu reden. Natürlich nicht mit seiner eigenen Stimme. Ich habe geschrieben ›in seinem Innern‹, weil es der genauen Beschreibung am nächsten kommt: Seine Stimme klang wie die Stimme, die ich unter Wasser hörte, wie das gedämpfte, sanfte Klirren von tausend Muschelscherben. Kein Reden, sondern eher eine Art pausenloser Strom von faden, grauen Worten, die nicht die Lebenskraft von *gesprochenen* Worten, sondern von *geschriebenen* Worten hatten. Großvater Anschel sprach zu mir in der Sprache, in der ich ihn las, mit den Worten, die aus der vergilbten Seite einer uralten Kinderzeitschrift, die seit Anfang des Jahrhunderts in Oma Hennys Truhe aufbewahrt worden war, in mein Inneres bröckelten. Es war das erste Mal, daß ich ihn ausdrücklich über seine Geschichte sprechen hörte. Diese Geschichte war tatsächlich sein Leben, und er mußte sie jedesmal von neuem schreiben. Einmal, als er ein wenig traurig und niedergeschlagen war, sagte er zu mir, daß er die Geschichte hinaufwälze wie Sisyphus den Stein. Und dann entschuldigte er sich, daß er weder die Zeit noch die Kraft habe, sich meine Geschichte anzuhören, aber seiner Meinung nach stammten alle Geschichten von der einen Geschichte ab, »nur daß du manchmal derjenige bist, der den Stein den Berg hinaufwälzt, und ein anderes Mal selber der Stein bist.«

Aber nun zum Deutschen: Neigel ist schockiert; er schaut verblüfft von Großvater zur Pistole, dreht den Kopf des Alten mit Gewalt hin und her, um die Schußwunde zu finden. Dann fragt er mit trockener Stimme, in fließendem Polnisch (seine Mutter ist Volksdeutsche, und außerdem – der SS-Sprachkurs). »Versuchst du mich zu verarschen, *parszywy zydzie*?«

Es ist mir wichtig: Er verschluckte den Fluch – seine Lippen bewegten sich kaum. Er war gezwungen zu fluchen, um seine enorme Verlegenheit zu verbergen, die so gar nicht zu seinen einfachen Gesichtszügen paßte. Anschel Wasserman antwortet: »Auch mir ist es unerklärlich, Euer Ehren. Das ist schon das vierte Mal, und würden Euer Ehren so gut sein, dafür zu sorgen, daß ich endlich sterbe, Gott behüte, denn ich kann es nicht mehr ertragen.« Neigel wird blaß und schrickt zurück, und Anschel Wasserman sagt mit näselnder, weinerlicher Stimme: »Meinen der Herr Kommandant etwa, daß es mir angenehm ist?«

In der tiefen Stille, die sich nun ausbreitet, spannt sich

wieder der summende Faden, den ich aus meiner Kindheit kenne: Anschel Wasserman redet mit sich selbst, argumentiert, schreibt seine Geschichte. Und ich reiche meine Feder einem, der sie jetzt nötiger hat als ich, einem, der jahrelang darauf gewartet hat, daß seine Geschichte geschrieben würde. »Nu«, sagt er, »Esau war außer sich vor Staunen, aber ich hatte die Wahrheit gesprochen. Oh ja, ich wollte den Tod, mögen-seine-Knochen-faulen. Selbst an dem Morgen, als man es mit Gas und Schüssen und dem geschlossenen Lastwagen versuchte, wollte ich ihn, *cholera,* und auch jetzt wünsche ich ihn mir herbei. Aber was stellt sich heraus? Nu, daß ich anscheinend ein kleines Problem habe, und vielleicht sollte ich einen Arzt aufsuchen? Ach ja, ich habe mich sehr bemüht zu sterben, und in der Gaskammer hat mich Salmanson mit erstaunten Augen angeschaut. Er lag schon am Boden, *nebbich,* aber es gelang ihm noch, mir mit seiner Hand ein Zeichen zu machen, um zu sagen: Was ist mit dir, Wasserman? Und ich, nu, was konnte ich tun? Ich bückte mich und flüsterte ihm ins Ohr, damit die anderen es nicht hörten – wozu sollte ich sie aufregen –, daß es mir leid tue, aber anscheinend sei irgend etwas in mir defekt, vielleicht ein Geburtsfehler, auf daß du es nie erfahren sollst. Nu, und um mich herum stöhnten und krümmten und plagten sich alle höllisch, die ganze Gruppe von Dentisten, mit denen ich drei Monate lang zusammen gewohnt hatte, und nur Anschel Wasserman stand da wie ein *lulav.* Und da begann Salmanson zu lachen, ich wollte, ich hätte dieses Lachen nie gehört! So ein Röcheln und Lachen und Weinen in einem, und plötzlich war er tot. Er war als erster tot! Und du sollst wissen, Schloimele: der Jude Schimon Salmanson, mein einziger Freund, der Herausgeber der Kinderzeitschrift *Kleine Lichter,* starb lachend in der Gaskammer, ein sehr passender Tod für einen Mann wie ihn, der glaubte, daß Gott sich den Menschen nur durch den Humor offenbart.«

Jetzt schweigen wir drei. Ich betrachte den alten, gebeugten Juden: Er sieht aus, wie ich ihn in Erinnerung hatte, nur daß er noch dünner ist. Die Glatze und die gelblich-braune Haut und die großen, häßlichen Leberflecke und die Kartoffelnase und die Gesichtszüge, die sich zum Kinn hin zuspitzen. So wahr ich lebe, pflegte Großmutter Henny zu sagen, wie sehr du ihm ähnelst. Was redest du da, regte sich Mutter auf jiddisch auf und betrachtete das einzige Bild von Anschel als Kind: Schau doch nur mal, was für eine Nase er hat, und was für eine Nase der hier hat.

Der Deutsche stellt sich hinter seinen breiten Schreibtisch und überlegt, wobei er seine Wangen in den Mund hineinsaugt. »Nein!« sagt er plötzlich entschieden und schlägt mit der Faust auf den Tisch (Wasserman: »Beinah hätte ich meine Seele ausgehaucht, Gott behüte!«) und meint noch einmal: »Nein! das ist unmöglich!« und dann, mit offenem Vorwurf gegen Wasserman: »Wir führen hier Arbeiten von gewaltigen Ausmaßen aus, und wir sind noch nie gescheitert!« Mein Großvater zieht sich noch mehr in sein prachtvolles, rätselhaftes Gewand zurück. (Wasserman: »Scham erfüllte mich. Was glaubst denn du! Es war mir gar nicht angenehm. Für nichts und wieder nichts den bösen Blick auf mich zu ziehen, ist nichts, was mir Spaß macht, und wozu Ärger machen?«) In dem Versuch, Neigel aufzumuntern, sagt er: »Herr Kommandant könnten vielleicht versuchen, mein kleines Problem statistisch zu betrachten, was, nein?« Aber Neigel erschrickt: »Statistisch?«

Und Anschel Wasserman, der vor seinem Erschrecken erschrickt: »Nicht doch, Gott behüte! Was habe ich schon gesagt! Ein Narr bin ich! Ha ha! Nun ja, ich habe doch nur gemeint, bei Euch liebt man es doch, das heißt, es ist ja bekannt, daß Ihr eine besondere Vorliebe für Zahlen habt, für Statistik, nu was, auch ich habe hier eine schöne Nummer erhalten, ah, was versteht schon einer wie ich von solchen Dingen? Nichts und wieder nichts. Aber der Verstand, ja, der einfache Verstand sagt mir, daß es, wenn man, Gott behüte, Millionen über Millionen von Menschen auf der ganzen Welt tötet, vielleicht möglich ist, mögen Euer Ehren mir verzeihen, daß statistisch gesehen ein oder zwei von ihnen es nicht können. Sterben können, meine ich.«

Neigel beugt sich vor. Seine Augen sind in einem schrecklichen Verdacht zusammengekniffen: »Zwei? Es gibt zwei von euch?«

»Nein, Herr Kommandant. Gott behüte! Wieso zwei? Das war nur ein Beispiel. Angenommen zwei.«

Und er versucht ein schiefes Lächeln, um den Deutschen zu beruhigen, aber es ist bereits klar, daß alles, was er auch sagt, die Situation nur noch schlimmer macht. Neigel mustert ihn einen Augenblick wie ein Wissenschaftler, der eine neue Spezies unter dem Mikroskop untersucht, und schnaubt vor Wut oder Staunen oder Verachtung – er rollt seine obere Lippe hoch und stößt eine Art »hmpf« aus.

Dann setzt er sich und hält den Kopf in den Händen. Er ist plötzlich im Raum verloren. Das Militärtelefon klingelt, er bellt irgendetwas hinein und knallt auf. (Wasserman: »Der Deutsche hatte Angst! Stell dir vor, Schloimele, was der liebe Gott dem Esau gesandt hatte! Einen Juden, der nicht sterben kann! Und auf einmal löst sich sein schöner und effizienter Traum in Rauch auf! Und was ist, wenn die Kunst des Nicht-Sterbens Gottbehüte auch andere Juden befiele? Und was würde aus dieser netten kleinen Kaserne mit ihrem Überfluß an bösartigen Waffen und ihrer Todesfabrik werden? Und der Führer, wie gereizt würden seine zarten Nerven sein, wenn die traurige Nachricht ihn erreichte von einem Juden, der sein grandioses Programm zunichte macht?«)

Wasserman wagt es, den Kopf zu heben und sich ein wenig umzuschauen (Wasserman: »Es sah aus wie das Zimmer eines sehr wichtigen Offiziers, mit Karten und Plakaten und großen Truhen voller guter Dinge, mit zahlreichen Büchern, weiß Gott, Dokumenten mit dem Emblem des Adlers darauf, und ich freute mich für Neigel, daß man ihn sogar an seinem Kragen mit einer stattlichen Medaille geehrt hatte, die aussah wie ein Nasenring.«) Und die beiden erschrecken, als es an der Tür klopft.

Hopfler tritt ein. »Was wollen Sie?« fragt Neigel, plötzlich müde und grau im Gesicht. Hopfler sieht Wasserman an und nickt Neigel verständnisvoll zu. Aber als Neigel nicht reagiert und tief in Gedanken versunken scheint, erinnert ihn Hopfler ängstlich – »Sie haben mir befohlen, die Leiche zu holen, Herr Kommandant...«

Jetzt sehen wir, wie Neigel beschließt, sich aufzuregen. Es ist eindeutig ein Beschluß: Er läßt die Wut einen Augenblick lang kochen. Seine Brust wird zum Schnellkochtopf, und der Dampf strömt durch seinen Hals, verbreitet sich in seinem

Gesicht und färbt es mit einem kräftigen Rot. (Wasserman: »Aij, wie gut ich diesen Prozeß kannte. Jeden Nachmittag um fünf Uhr ging Neigel in seinen Garten hinaus... Er hatte die Gewohnheit, sich an eines der Arbeitskommandos heranzumachen, die gerade ins Lager zurückkehrten, sich unter irgend einem Vorwand – fehlte es denn an Vorwänden? – einen Häftling herauszusuchen und ihn auf der Stelle zu erschießen. Erst dann beruhigte er sich. Aber um töten zu können, mußte er sich zuerst derart in Rage bringen, daß sein Gesicht sozusagen vor Weißglut brannte! Dann gelang es mühelos. Nu, und daher kannte ich diesen Prozeß. Und nun wurde auch dem jungen Hopfler, dem heiligen Lamm, diese Ehre zuteil, und ich sah, daß er entsetzt war, aber vielleicht war er auch wütend über die Schmach, die ihm zugefügt wurde – daß ihn sein Kommandant vor einem Juden wie mir beschämt hatte, und ich konnte Hopfler gut verstehen, also wandte ich meine Augen ab und sah in die andere Richtung, während Neigel ihm die Leviten las, und tat so, als erinnerte ich mich plötzlich an meine Schiffe auf dem Meer.«)

Hopfler verläßt beschämt das Zimmer, und sofort verliert Neigels Gesicht den zornigen Ausdruck. Als hätte er ihn abgeschüttelt und weggeworfen, und natürlich macht dieser Anblick Anschel Wasserman noch größere Angst. Er bückt sich noch mehr, wobei die Knochen seines gebeugten Nackens stark herausragen. Neigel erhebt sich und geht nervös im Zimmer herum. Er bleibt hinter Wasserman stehen, und der Alte, der ihn eine Sekunde aus den Augen verliert, sucht ihn erschrocken wie ein blindes Küken, das spürt, daß sich ein Fremder dem Nest nähert.

»Dein Name!« befiehlt Neigel.

»Anschel Wasserman, Euer Ehren.«

»Alter?«

»Alter? Eh, hmm... ungefähr sechzig Jahre bin ich heute alt.«

»Und wem gehörst du?«

»Keisler, Euer Ehren. Dem Kommandanten des unteren Lagers.«

»Und deine Arbeit dort?«

»Nun ja, das ist so, Euer Ehren, ich habe die ganze Zeit mit den Dentisten zusammengewohnt, die den Toten die Zähne zogen. Ja. Nur war ich selbst kein Dentist. Hm, ja.«

Neigel starrt ihn verständnislos an: »Kein Dentist?«

Wasserman, mit seltsamer Bescheidenheit: »Kein Dentist, Herr Kommandant.«

»Was warst du dann, zum Teufel?«

»Ich? Was war ich schon! Scheißmeister war ich, ja. So ist das.« Neigel weicht vor ihm zurück und rümpft die Nase. Und Großvater, mit sanfter Stimme: »Kommandant Keisler erlaubte mir, mich einmal in der Woche zu waschen, mein Herr. Und sogar Kernseife wurde mir dank Keisler gegeben, so daß Ihr Euch nicht vor üblen Gerüchen zu fürchten braucht.« Der Deutsche grinst kurz. Das heißt, nur sein Mund grinst. Seine Augen bleiben kalt. »Interessant. Ein Scheißmeister, der nicht sterben kann? Das habe ich noch nie gehört! Vielleicht haben wir die Wundereigenschaft der Scheiße entdeckt?«

Großvater Anschel war also für die Latrinen im unteren Lager zuständig. Bella, Gott hab sie selig, hätte dazu gesagt: *a jiches* – eine Ehre!

Neigel hat einen Plan, aber er ist sich noch nicht sicher. Das ist an seiner Stimme zu erkennen: »Und angenommen – angenommen wir binden dich an vier Fahrzeuge der SS und lassen sie in verschiedene Richtungen fahren – –?« Und der Jude, mit nüchterner Traurigkeit: »Ich fürchte, Euer Ehren, daß Ihr dann vier von meiner defekten Sorte bekämet.«

»Und daran ist man hier natürlich nicht interessiert.«

Beide sagen es gleichzeitig auf polnisch. Mit einem seltsamen Ernst. Einen Augenblick treffen sich ihre Augen, und Neigel, vielleicht mit dem Überbleibsel eines uralten, kindischen Aberglaubens, berührt seine Hemdmanschette neben dem Abzeichen des SS-Totenkopfes. So hatte man es bestimmt in seinem Geburtsort gemacht, um den bösen Blick abzuwenden, wenn zwei Menschen gleichzeitig denselben Satz sagten. Oder er wollte sich vor einer noch größeren Gefahr schützen, ich weiß es nicht; ich weiß nur sehr wenig über Neigel. Es ist um Großvater Anschels willen, daß ich mein weißes Zimmer betreten habe. Für die anderen habe ich keine Kraft.

Neigel notiert etwas in sein kleines schwarzes Notizheft, und

Wasserman bemerkt jetzt das gerahmte Bild, das mit dem Rükken zu ihm auf dem Schreibtisch des Deutschen steht. (Wasserman: »Natürlich versuchte ich zu erraten, wer der Glückliche in diesem Spiegelbild war – seine Gattin? Oder seine liebenden Eltern? Oder vielleicht eine strahlende Ikone des Anstreichers aus Linz höchstpersönlich, nach dem er bereits ein Kind benannt hatte? Daß Esau Kinder hat, nu, das habe ich damals wirklich nicht gedacht, das kannst du mir glauben.«)

Und jetzt – es muß doch endlich passieren – fragt Neigel: »Du sagtest, dein Name sei Wasserman? Wasserman?«, er blättert in seinem Notizheft, starrt auf den Namen, der dort geschrieben steht, und sagt: »Diesen Namen habe ich doch schon irgendwo mal gesehen... ach, aber ihr heißt ja alle Wasserman... Sag mal, warst du nicht einmal – – ach, Unsinn.« Unsinn, ja, aber plötzlich leuchtet vor dem Deutschen das welke Gesicht des Alten auf und erhellt das Zimmer wie ein betrunkener, orangefarbener Mond.

(Wasserman: »Als er das sagte, entschlüpfte mir ein Lächeln und schlich sich wie eine Katze über meine Lippen. Denn ich wußte, was Esau dachte. Ja, ich wußte sogar, welche Fragen meiner Antwort folgen würden, aber ich hätte nie gedacht, daß mir das hier passieren könnte!«) Und mit scheinbar demütiger Stimme, schmierig wie Olivenöl, sagt er: »Nein, Euer Ehren, von Angesicht zu Angesicht sind wir einander nie begegnet, aber mag sein, daß wir uns doch begegnet sind, hi hi, denn wenn mir der Herr Kommandant erlaubt, eine Art Anekdote zu erzählen, hm, ich war einmal ein hebräischer Schriftsteller, das heißt, ich schrieb Geschichten für die lieben Kinder, die in europäische Sprachen übertragen wurden und auch in die schöne deutsche Sprache, nu, ja.« Und dann sagt er etwas, das Neigel nicht hören kann: »Anschel, Anschel, du ruhmsüchtiger alter Narr, der du bist!« Und als Antwort, zur Selbstrechtfertigung gezwungen: »Nu, wie töricht, mir so etwas zu wünschen, obgleich meine Geschichten sogar bei ihnen, bei den Deutschen, sehr populär waren! Aber mir zu wünschen, daß der Mörder sie gelesen hat? Feh, Anschel! Hast du den Verstand verloren? Oder bist du so eitel geworden, daß du dir mehr als ein Achtel von einem Achtel des Stolzes erlaubst, der nur einem Schriftgelehrten gestattet ist?« Und zu

Neigel sagt Wasserman elend, mit einem furchtbaren Durst, der mir nicht ganz fremd ist: »Ich, Euer Ehren, meinen Namen, das heißt den Namen, unter dem ich meine Geschichten schrieb, mögen Euer Ehren vielleicht einmal gesehen haben – Scheherezade? Anschel Wasserman-Scheherezade?«

Ist ein Funke in Neigels Augen? Weiten sich seine Pupillen vor Staunen, einem Staunen, das er schnell, allzu schnell unterdrückt? Wasserman und ich beugen uns ein wenig vor, als zögen wir an einem Faden (Wasserman: »Hat er den Namen erkannt? Weiß er es nun? Ach was, feh! Verurteile mich nicht, Schloimele. Ich durstete nach einem erkennenden Blick, der besagte: ›Ach! Du bist das? Du bist derjenige, den wir so gern gelesen haben und dessen Geschichten wir aus den Zeitschriften ausschnitten, um sie zu sammeln?‹ Nu, verspotte mich nicht, Tausende und Abertausende von Kindern lasen mich in jenen Tagen. Meine ›Kinder des Herzens‹ wurden in Dutzenden Kinderzeitschriften in ganz Europa veröffentlicht. Und bis vor fünf Jahren wurden immer neue Auflagen gedruckt – obwohl mir kein Groschen dafür gezahlt wurde –, und Briefe von jungen Lesern erreichten mich aus Prag und sogar aus Budapest! Und ich werde dir eine kleine Anekdote erzählen, sogar in dem Zug, der mich hierher brachte, soll er an seinem eigenen Dampf ersticken, mitten in Gedränge und Hunger und Taumel, machte sich plötzlich ein Jude an mich heran, der weder jung noch alt war, mit einer roten Brandwunde, die sein halbes Gesicht bedeckte, und verriet mir, daß er in seiner Jugend alle meine Geschichten gelesen hatte. Et! Dieser Jude, der Ärmste, zehn Jahre lang hatten er und ich jeden Tag zur selben Stunde in Feintuchs Eßlokal in der Karditova-Straße zu Abend gegessen. Ich saß hier, er saß dort. Und natürlich redete er kein Wort mit mir, (vielleicht fürchtete er, seine Schätze preiszugeben), aber im Zug nun fing er, *nebbich*, zu weinen an vor Sehnsucht nach meinen Geschichten, nu, stell dir vor! Ausgerechnet daran mußte er in dieser Situation denken, nu, und ich konnte ihn damals nicht mehr trösten ...«)

Neigel lehnt sich zurück und spielt mit einem kleinen Lineal: »Ich verstehe nichts von Literatur, Scheißmeister.« Und Wasserman entschlüpft es aus Versehen: »Nu, jeder hat eben so seinen Beruf, Euer Ehren« – und wird bleich vor Angst.

Aber Neigel erhebt sich nicht, um ihn mit seiner schweren Faust zu schlagen. Er ruft auch nicht den ukrainischen Wächter herein, um auf den unverschämten Juden einzudreschen. Neigel sieht ihn lange und nachdenklich an, wobei er mit seinem Lineal runde Achter und nachlässige Nullen zeichnet. Ein kleiner Muskel in seiner rechten Kinnbacke spannt sich mit seltsamer Kraft, danach beginnt das Lineal entschiedene Siebener und resolute Vierer in die Luft zu zeichnen, vielleicht Neigels Art, der Welt mitzuteilen, daß er dabei ist, einen Entschluß zu fassen. Wasserman ist noch immer überrascht, daß ihn seine Unverschämtheit nicht teuer zu stehen kommt. (Wasserman: »Vielleicht, weil er hilflos war und in mir eine Art Hokuspokus sah, der seine mörderische Laune schwächte, oder vielleicht, weil jeder Löwe es gern hat, wenn eine Maus kommt, um ihn am Zeh zu kitzeln, damit sie beide einen Hauch von Größe kosten können, kurzum – ich hatte es gewagt und er hatte gelächelt, und das genügte mir.«) Und der Deutsche überrascht noch mehr, indem er ihn bittet, ihm ein wenig über jene Geschichten zu erzählen, die er damals geschrieben hat.

Wasserman errötet von Kopf bis Fuß (»Ich wußte nicht, daß mir noch genug Blut geblieben war, auch nur eine meiner Wangen zu färben!«), und es ist etwas peinlich, ihn in diesem Zustand zu sehen. Er schlägt die Augen nieder, verschlingt seine Finger ineinander und grinst abwertend: »Eh, nu ja, et! Das waren solche alten Sachen... einfache Geschichten für Kinder, aber die Kinder liebten sie... und auch die Kritiker... zumindest einige von ihnen haben sich über die ›Kinder des Herzens‹ gefreut, wie die Geschichten hießen, die kapitelweise in Zeitschriften gedruckt wurden... jede Woche ein Kapitel... ganze Serien... Und die Kinder des Herzens gehörten allen Völkern an, und es gab sogar einen von uns, Ihr gestattet, und zwei Polen und einen Armenier, und auch ein Russe war unter ihnen, und auf ihren vielen Abenteuern bekämpften sie stets die schwarzen Mächte, die Mächte der Finsternis, ohne Eure Ehre verletzen zu wollen, mein Herr, viele verschiedene Abenteuer! Sie führten Krieg gegen Naturkatastrophen und Krankheiten, gegen Gebrechen und Schandtaten, gegen Ignoranz und Finsternis, einmal halfen sie zum Beispiel einem kleinen armenischen Jungen, über dessen Dorf die Türken mit Feuer und Schwert herfielen, noch vor dem großen Massaker, Ende des vorigen Jahrhunderts... die kleinen Krieger fuhren mit der Zeitmaschine dorthin... das war so ein Trick, den ich mir ausgedacht habe... hi hi, und einmal retteten sie die Neger vor den ersten Amerikanern, die sie niedermetzeln wollten, und ein anderes Mal halfen sie einem Gelehrten, dessen Name mir im Augenblick entfallen ist, dem Arzt, der den Mikroben der Tollwut, *cholera*, den Krieg erklärte, und einmal standen sie Robin Hood zur Seite, der die Reichen des Landes Albion bekämpfte, und was gab es noch? Et! Ach ja, meine Kinder des Herzens retteten auch die Rothäute und flogen mit ihnen davon, das heißt zum Mond, und sie halfen sogar Eurem hervorragenden Kompositeur Ludwig van Beethoven, der schwerhörig war, sein Gebrechen zu überlisten, und es gab noch viele solcher dummen Geschichten, um das Herz der Kinder zu erfreuen, ihnen auf angenehme Weise zu etwas Bildung zu verhelfen, ihnen etwas über die Geschichte und über berühmte Personen beizubringen... aber alles beiläufig, damit sie des Lernens nicht überdrüssig würden, historische Fakten, in nette Märchen hineingewoben... kleine Unsinnigkeiten... leeres Geschwätz, aber was, ich mochte es...«

Neigel hört sich diese peinliche Selbstverherrlichung geduldig an. Er saugt die Wangen in den Mund und beobachtet Wasserman mit zusammengekniffenen Augen. Eine leichte Röte überzieht seine Wangen, und als Wasserman endlich verstummt, sieht ihn der Deutsche weiterhin an, als lausche er einer fernen Stimme.

Plötzlich schüttelt er sich und räuspert sich mit einer seltsamen Wut, fährt sich mit der Hand über das Gesicht und fragt: »Kannst du mir erklären, was dieses lächerliche Kostüm, das du da anhast, soll?«

Wasserman ist überrascht: »Das? Et, dieses Kostüm... ein Scherz des Kommandanten Keisler... Er ordnete an, daß sein Scheißmeister eine prachtvolle Kleidung tragen solle und machte sich sogar die Mühe, das Jom-Kippur-Gewand eines großen Rabbiners eigens für mich aufzutreiben... und auch einen feinbestickten Hut mit acht Quasten bestellte er für mich, er ist mir aber leider auf dem Weg hierher verloren gegangen...« »Und die Uhr?« verlangt Neigel zu wissen,

»wozu die Uhr?« »Auch das ist ein Witz des Kommandanten Keisler, Euer Ehren. Er war der Ansicht, und mag sein, daß er recht hatte, daß die Häftlinge zu oft das Ehrenhaus aufsuchten, Euer Ehren, und die Arbeit darunter leide, und daher nahm er mich aus der Herde und machte mich zum, nun ja, zum Scheißmeister, und hängte mir eine Uhr um den Hals und setzte sogar Zeiten fest, ich bitte um Vergebung: zwei Minuten und keine Sekunde länger erteilte er uns in seiner großen Güte.« Und zu mir wendet er sich mit einem bitteren Flüstern: »Nu, und was glaubst du geschah, Schloimele? Ich bekam sofort einen furchtbaren Anfall von Hämorrhoiden! Die Zähne zerbiß ich mir vor Schmerzen, das sag ich dir! Und danach – schloß sich wie alle anderen auch dieses Tor für mich, und die Türen verriegelten sich! Das heißt ewige Verstopfung. Aber ich hatte zumindest das Glück, daß ich Anosmetiker bin und keinen Geruchsinn habe... nun ja, genug davon, nur werde ich wohl nie wieder in Seelenruhe einen Wecker hören können.«

»Ja«, sagt Neigel mit feinem Spott, »Keisler hat Phantasie. Er hätte Schriftsteller werden können, was meinst du?«

Und Wasserman denkt: *A faig!*, aber er sagt: »Das mag tatsächlich sein, Herr Kommandant.«

Und Neigel, in Ruhe: »Ich weiß ganz genau, was du jetzt denkst, Scheißmeister. In deinem kleinen ängstlichen Herzen sagst du dir: Ein Nazi kann nie ein guter Schriftsteller sein. Der fühlt ja nichts. Habe ich recht, Scheherezade?«

Natürlich hat er recht. Ich bezweifle keinen Augenblick die Antwort meines Großvaters, aber ich möchte Neigel mit Fakten umgeben. Zum Beispiel stand in der SS-Führerschule in Dachau bei München, in der sicher auch Neigel ausgebildet wurde, an der Tafel: »1. DIE HAUPTSACHE – PARTEIDISZIPLIN! 2. DER WILLE IST DIE ÜBERWINDUNG VON ANGST UND SCHWÄCHEN WIE MITLEID UND ANTEILNAHME! 3. FÜR DIE DEUTSCHEN SOLL DIE NÄCHSTENLIEBE VON ADOLF HITLER AUFBEWAHRT WERDEN!«

Und als ich sehe, daß Wasserman noch immer zögert, dränge ich ihm eine entschiedene Antwort auf, die er Neigel geben kann, eine Antwort, die Adolf Hitler persönlich in seiner Berliner Rede von 1938 für uns erfunden hat: »Das Gewissen ist

Sache der Juden.« Ein Satz, den Jürgen Stroop, der deutsche Kommandant von Warschau während des Aufstands, folgendermaßen auslegte: »Und damit befreite er die Nazis vom Gewissen.«

Und diese Worte scheinen Wasserman heftig zu schütteln. »So?« fragt er mich. »Aij, eine schwere Last hat uns der Anstreicher aus Linz da auferlegt, soll er ein schönes kurzes Jahr haben!« Aber zu Neigel sagt er: »Gott behüte, daß ich so etwas von Euch denke, Euer Ehren.«

»Feigling«, zischt Neigel mit vielleicht nicht ganz ungerechter Verachtung, »du bist ein elender Feigling. Ich hätte dich vielleicht respektieren können, wenn du nicht solch ein Feigling wärst.« Er stößt ein kurzes, höhnisches Lachen aus. »Es würde mich interessieren, wie du deine jungen Leser zu Mut und Stolz erzogen hast. Deine Gedanken schreien ja regelrecht zum Himmel!« Und der Jude: »Gott behüte, Herr Kommandant.« (»Natürlich fürchte ich ihn! Was hast denn du gedacht, Schloimele! Das Herz zerschmilzt mir in den Eingeweiden, wenn ich seine süße Stimme höre! Und er ist groß, wahrhaftig, und seine Knochen sind wie Eisenstangen, und ich – ich habe soviel Mut wie ein Kantor Weisheit hat. Wenn mein Finger im Henkel der Tasse steckenbleibt, fließt mir schon der Schweiß in Strömen. Und jetzt, nu, geh und erzähl dem *chaimke* hier, wie sehr meine Knochen zitterten.«)

Der Deutsche mit nachdenklicher Stimme: »Hier haben wir also einen Juden, der nicht sterben kann, und der noch dazu ein Schriftsteller ist. Vielleicht können wir Stauke jetzt ein wenig hereinlegen?« Und Wasserman: »Pardon, Euer Ehren?« Neigel: »Stauke. Meinen Adjutanten.« Und Wasserman: »Nu, ja, ich kenne den Mann. Was ist mit ihm?« Und Neigel: »Es war doch Stauke, der Scheingold hier gefunden hat.«

Und Wasserman: »Nu, ich sag dir, Schloimele, die Eingeweide zogen sich mir in diesem Augenblick zusammen! Dieser Scheingold, wie du vielleicht gehört hast, war der Dirigent der feinsten Orchester in Warschaus Kaffeehäusern. Auch er kam vor einigen Monaten mit einem der Transporte hierher und lief schon nackt durch den ›Schlauch‹, vorbei an den Ukrainern mit ihren Knüppeln, sollen ihnen alle Zähne ausfallen, und er sagte bereits *Schma Israel* und wäre beinahe hineingegangen, das heißt ins Allerheiligste, als Stauke erfuhr, wer und was dieser Scheingold war, nu, und da holte ihn Stauke aus der Herde heraus und befahl ihm, im Lager ein Orchester zu gründen, und er gab ihm sogar einen Taktstock aus Bernstein, und Scheingold sprach ein Dankgebet und gürtete seine Lenden wie ein Mann und stellte ein herrliches Orchester zusammen! Und er ruhte nicht, bis er nicht auch einen Chor von Männern und Frauen organisiert hatte, und er nahm noch ein paar Geiger und Flötisten dazu, und du weißt ja, wie gern die Söhne Esaus Musik und Gesang haben, vor allem, nachdem sie ihre Hände mit Blut befleckt haben – sie sind ja so zartbesaitet –, und manchmal, an Reichsfeiertagen oder zum Geburtstag des kleinen Anstreichers, möge Gott ihm endlich eine neue Seele geben, gönnten sie auch uns ein wenig Musik, die so lieblich in unseren Ohren war wie der Klang der Zimbeln und des Psalters im damaligen Tempel! Ah, jedes Konzert hob mit unserer Hymne an, das heißt der Lagerhymne, nu... aij: ›Arbeit heißt Leben / Gehorsamkeit und Pflicht / Bis daß das kleine Glück / ta ta ta (vergessen!) / uns einmal winkt...‹. Ja. Nu, und danach spielten sie den Marsch der polnischen Armee, ›My Pierwsza Brygada‹, nu, so, und den Abschluß des Konzerts bildete ein Lied, das einer von uns nach der Melodie des Films ›Das Mädchen von der Pusta‹ geschrieben hatte... Süß wie ein Kuß!«

Und Neigel überlegt noch immer. Jetzt bemerke ich, daß an seinem Gesicht etwas merkwürdig ist: Nase und Kinn sind stark und entschieden und wirken auf den ersten Blick beeindruckend. Auch die Augen erzwingen sofortige Aufmerksamkeit und lösen ein vages Unbehagen aus. Aber dann entdeckt man die toten Stellen. Die langen Wangen zum Beispiel und die sehr breite Stirn, sogar die Fläche unterhalb des Mundes. Wüste Gebiete, in denen kein einziger entschiedener Charakterzug Wurzeln geschlagen hat. Aber es sind zweifellos Nase und Kinn, die jetzt sprechen: »Hör mal, Scheißmeister, ich habe eine Idee, die dir vielleicht helfen wird, am Leben zu bleiben, vielleicht sogar besser zu leben. Hör zu – –« Aber Wasserman zieht sich in das Schneckenhaus seines bunten Gewandes zurück und stößt mit erstickter Stimme aus: »Um die Wahrheit zu sagen, Euer Ehren, das möchte ich nicht.«

Neigel ist gekränkt. Seine Augen ziehen sich zusammen,

werden stahlhart. »Hörst du, was du da sagst? Ich biete dir das Leben an, mehr noch – ein gutes Leben! Hier!« Daraufhin Wasserman, in einem apologetischen, hartnäckigen Ton: »Tausend Dank, aber ich kann nicht. Eine kleine Eigenheit, ich bitte um Vergebung, nicht der Rede wert, Euer Ehren. Verzeiht mir bitte.«

(»Oij, du hättest den Blick sehen sollen, den mir Esau zuwarf. Wie ein Schwertstich! Augen hat der, wahrhaftig! Sie flößen dir Angst und Scham ein, denn sie decken die sieben Todsünden in deinem Herzen auf! Einen Blick hat er, der besagt: Ich weiß genau, wer und was der Mensch ist! Und weil sogar du die Bezeichnung Mensch trägst, bist du ein potentieller Verbrecher und hast keine andere Wahl, als Verbrechen zu begehen, Et! Ich sage dir, Schloimele, das ist der Blick eines Mannes, der nur eine Sache über den Menschen weiß, aber dieses bißchen Wissen wiegt alle Lehren auf, und damit mißt er die ganze Welt!«)

Aber da – und es ist wirklich höchste Zeit – sagt Neigel leise (seine Augen sind gespannt auf Wassermans Gesicht geheftet, wie eine Schlange, die eine Maus hypnotisiert, die sie gleich verschlingen wird): »Ist das Herz bereit?«

Und Anschel Wasserman, ohne zu überlegen: »Das Herz ist bereit!«

Und Stille.

(»Da war mir, als würde mein ganzer Körper zusammenschrumpfen und aus dem Blick verschwinden wie ein Blatt Papier, das vom Feuer verzehrt wird, und mein Fleisch prikkelte, und mein Kopf fiel nach vorn, als würde er geköpft, Gott behüte. Aij, Schloimele, auch wenn ich siebenmal sterbe und lebe, und wenn ich der tauben Welt tausendmal diese Geschichte erzähle, so werde ich nie den Augenblick vergessen, da Neigel mir die Geheimparole der ›Kinder des Herzens‹ sagte, und ich wundere mich über gar nichts mehr, denn es gibt nichts, was nicht wieder auferstehen und leben kann, und wer diese Weisheit begriffen hat, dem können Überraschungen und falsche Hoffnungen und Enttäuschungen nichts anhaben, und was immer auch kommen mag, nichts wird ihn entsetzen.«)

Und Neigel, mit demselben, kaum vernehmbaren Flüstern:

»Zu jeder Zeit?« Und der Jude, mit einem tiefen, kraftlosen Seufzer: »Zu jeder Zeit.«

Und warum ist das so verwunderlich? denkt Wasserman, der am ganzen Körper zittert, während er sich selbst zu überreden versucht, nicht aufgeregt zu sein: »Jede Begegnung zwischen zwei Menschen ist ein Wunder und ein Rätsel, denn selbst ein Mann und seine Geliebte, und selbst wenn sie Mann und Frau sind und jahrelang zusammen leben, nu, ja, selbst sie begegnen einander nur in seltenen Augenblicken, wohingegen er und ich hier – erstaunlich!« Aber es ist kein Tropfen Blut in seinem Körper, und auch Neigel ist sehr blaß. Die beiden sehen hohl aus. Als sei alles, was in ihrem Innern war, herausgesogen und in die Adern eines neuen, transparenten Embryos gegossen worden, der ganz aus Flehen und Eifer und der Angst von zweien gemacht ist, die sich über dem Rand der Schutzgräben einen Augenblick lang gegenüberstehen.

Neigels Gesicht ist spitz. Eine Art Niederlage und eine panische Schlaffheit liegen in den großen Wüsten. Er findet kaum seine Stimme wieder. Er muß sich etliche Male räuspern, bis er Wasserman mit schwerer, heiserer Stimme erzählen kann, daß er damals in seinem Städtchen Füssen am Fuß der Zugspitze die Geschichten von Anschel Wasserman-Scheherezade gelesen hat; daß er sich an die meisten Abenteuer der Serie erinnert; daß er, als er acht Jahre alt war, seinen geliebten Hund nach dem Anführer der Kinder des Herzens Otto nannte; daß er und sein Bruder Heinz – »Man kann sagen, daß wir mit deinen Geschichten aufgewachsen sind! Mit ihnen und mit dem Neuen Testament haben wir lesen gelernt!«

Gut, man soll nicht übertreiben. Dieser Zufall hier ist ohnehin schon verdächtig, und daher wird Neigel jetzt sagen: »Wir lasen natürlich noch andere Dinge«, und fügt hastig hinzu, »Karl May zum Beispiel, und andere Bücher, die mir momentan nicht einfallen. Mein Vater achtete sehr darauf, daß wir lasen. Es war ihm natürlich am liebsten, wenn wir das Neue Testament lasen, ah, er hatte große Pläne mit uns, aber der Pfarrer in Füssen überzeugte ihn, daß er uns erlauben sollte, auch deine Geschichten zu lesen. Sie erschienen in der Zeitung *Du, meine Heimat!*, ich erinnere mich genau, wie sie aussah, sogar an ihren Geruch kann ich mich erinnern, so wahr ich hier sitze. Sie wurde einmal in der Woche der Kirche zugeschickt, und Pfarrer Knopf lieh sie Heinz und mir jeden Sonntag. Ich glaube, er las sie selbst, denn einmal hörte ich, wie er zu Vater sagte, daß ihn deine Geschichten an das Alte Testament erinnern.« Und er errötet noch mehr, vielleicht aus Verlegenheit, daß er sich von seinen Gefühlen hat mitreißen lassen, aber seine Erregung scheint aus einer inneren Tiefe zu kommen, in der der Einfluß der Verhaltensregeln für SS-Offiziere weitaus schwächer ist, und aus Neigel dringen die Worte mit einer unaufhaltsamen Kraft: »Hör mal, Scheherezade. Plötzlich habe ich alles vor Augen! Als sei es erst gestern gewesen! Das Städtchen, Pfarrer Knopf, der ein Teleskop hatte und damit die Sterne betrachtete, aber man munkelte, daß er sich auch ganz andere Dinge ansah, und – wirklich! Hör mal, einmal hat mein Vater die Zugspitze in Holz geschnitzt! Und der Schankwirt von Füssen hat ihm die Schnitzarbeit abgekauft, und sie steht noch heute in der Schenke, merkwürdig, nicht wahr? Mein Vater ist tot, aber das Stück Holz ist immer noch da … ja, und vor allem erinnere ich mich an deine Geschichten, ich erinnere mich wirklich an sie, und nur um es dir zu beweisen – –« (Ja, ja! schreien Wasserman und ich einstimmig; schnell, schnell! flehen wir ihn im stillen an, überzeuge uns, überhäufe uns mit Namen, Einzelheiten, Fakten! Fakten! schreie ich mit heiserer Stimme, wie gewürgt, die Fakten, Neigel! Es ist ein wackeliges Gebäude, das wir hier errichtet haben, der zarte Fötus eines Märchens, dessen blauer Körper mit Hingabe gerieben werden muß, los, lüg mir etwas vor, Neigel, lüg fachmännisch, mit Charme, denn ich bin bereit, dir zu glauben, ich bin bereit, mich zu vergessen und halb getäuscht zu werden, ich möchte glauben, daß so etwas möglich ist, also los, Herr Neigel, schnell!)

Und Neigel beschwört den Jungen herauf, »ihren Anführer, Otto hieß er, ich nannte meinen geliebten Hund nach ihm. Und dann gab es auch noch das Mädchen, das Otto liebte, die Blonde mit dem Zopf, wie hieß sie noch – nein, sag's mir nicht – Paula, stimmt's?« Und Wasserman sanft, benommen: »Wunderbar, Herr Kommandant, und fast ganz richtig! Nur daß Paula nicht Ottos Geliebte war, sondern – –« Neigel schlägt sich mit der Hand gegen die Stirn: »So ein Unsinn! Natürlich!

Paula war Ottos Schwester! Jetzt fällt es mir wieder ein: Paula wurde von einem anderen geliebt, von dem, der sich immer mit den Tieren anfreundete und sie gesund machen konnte. Moment mal – er konnte auch mit ihnen sprechen, stimmt's? Hieß er Alfred? Nein? Moment, laß mich! Er hieß... Fried! Ja. Albert Fried. Und er liebte Paula und hat es ihr nie verraten. Siehst du, Scheherezade, ich erinnere mich an alles. An alles.« Und auf seinem Gesicht glänzten Schweißperlen.

Doch Wasserman – mir scheint, ich fange allmählich an, ihn zu kennen – muß den Überfluß an Herzlichkeit, der ihm so mühelos zuteil wird, ein wenig verderben. »Aber Euer Ehren, das waren doch Geschichten, über... nu... wie soll ich sagen... die niedrigsten Völker...« Und Neigel unterbricht ihn mit einem Lächeln: »Ja, ich weiß. Geschichten über euch und über die Armenier und die Neger, aber vergiß nicht, daß damals andere Zeiten herrschten. Das war doch vor... vor dreißig Jahren ungefähr? Mehr? Fünfunddreißig? Vierzig? Ja. Vor vierzig Jahren. Anfang des Jahrhunderts. Wie schnell die Zeit vergeht! Ich war damals sechs Jahre alt. Ich lernte gerade lesen. Und einige Jahre lang, fünf Jahre, vielleicht sogar noch länger, las ich jede Woche deine Geschichten... na sowas...«

Neigel schwelgt weiter in der Erinnerung an jene Jahre. Sein großer Kopf steigt und sinkt vor Anstrengung, als schöpfe er seine Erinnerungen aus einem tiefen Brunnen. Wer ihn jetzt sieht, diesen großen Mann, der sich wie ein Kind freut, begreift sofort, daß damals tatsächlich »andere Zeiten« herrschten. Doch Wasserman hat es aus irgendeinem Grund eilig, sich von dem Stolz und dem Vergnügen zu distanzieren (»Nu, hat man so etwas schon gehört? Ein richtiges ›Joseph gab sich seinen Brüdern zu erkennen!‹ Feh!«) und wartet darauf, daß dieser unglaubliche Traum eine Wendung zu seinen Ungunsten nimmt.

»Und was kannst du noch, außer den Toten die Goldzähne zu ziehen und die Latrinen zu beaufsichtigen?« fragt Neigel, nachdem sich die erste Aufregung gelegt hat. »Nu was, ich kann erzählen, Euer Ehren, Geschichten erzählen, Herr Kommandant«, antwortet Wasserman demütig. »Dafür werden wir ohnehin sorgen«, meint Neigel gelassen, und Wasserman: »Pardon?« Und der Deutsche: »Ach, sei einen Augenblick still.

Ich muß nachdenken. Ja, doch. Das ist bestimmt möglich. Es gibt nur ein Problem, und zwar befindet sich deine Nummer bereits in der Gruppe, deren Arbeit beendet ist. Aber das läßt sich regeln. Ein anderer, der heute hier eintrifft, wird einfach keine Nummer erhalten. Das wird gar kein Problem sein.« Und er notiert etwas in sein schwarzes Notizbuch: »Jetzt wollen wir mal sehen: Welchen Beruf hattest du vor dem Krieg? Hast du nur geschrieben?« »Geschrieben? Wißt Ihr's denn nicht?« »Was soll ich wissen?« »Ich schreibe schon seit fast zwanzig Jahren nichts mehr... die ›Kinder des Herzens‹ gibt es nicht mehr... Meinen Lebensunterhalt habe ich mir als Korrektor einer kleinen Zeitschrift in Warschau verdient... und ich redigierte ab und zu Artikel und Aufsätze anderer Autoren und bereitete Geschichten von anderen Leuten für den Druck vor, und ähnliche kleine Arbeiten...« »Kochen!« jubelt Neigel plötzlich. »Du wirst meiner Köchin helfen. Auf diese Weise wirst du hierbleiben können, ohne daß alle möglichen Fragen gestellt werden.« »Verzeiht mir, aber ich kann fast gar nichts kochen. Eine Tasse Tee und ein Ei, das ist alles.« (»Habe ich doch während all meiner Jahre als Junggeselle in Feintuchs heimischem Eßlokal gespeist, Schloimele. Eine klare Nudelsuppe als Vorspeise, Hering mit etwas Schmalz als Hauptspeise, und zum Nachtisch, nu was – Sodbrennen.«) Aber Neigel gibt nicht so leicht auf und bombardiert den Juden mit einer ganzen Serie von Hausarbeiten (»Nähen? Bügeln? Reparieren? Anstreichen?«), und erst nach ein paar Sekunden begreife ich, daß er ihn verhöhnt. Daß er die Ungeschicklichkeit des Schriftstellers verhöhnt, und das macht mich wütend, und meine Wut wächst, als ich sehe, daß Wasserman sich kampflos ergibt. Er steckt den Kopf zwischen die vorstehenden Schulterblätter und erzählt mir leise: »Ich denke an meine Sara. Meine Gedanken sind stets bei ihr. Wie haben wir doch immer über meine zwei erbärmlichen Hände gelacht, *nebbich*, schwach wie zerbrochene Rohrstäbe, keine Hände, sondern eine Schmähschrift von Händen, Mephiboscheths Füße waren kräftiger als sie! Und es war ein Wunder, daß ich meine Sara fand, die eine richtige *berie* war und schon für ihren Vater den Haushalt geführt hatte und sogar etwas von Elektrizität verstand, und einen Kragen konnte sie wenden wie ein Schneidermeister und Schuhe besohlen wie ein Schuster, ah, es gab nichts, was sie nicht konnte!« Und Neigel, der schon zu verzweifeln beginnt, läßt seine Wut mit einer teuflischen Beleidigung heraus (»Eine jämmerliche Bilanz, Wasserman, für einen sechzigjährigen Mann, der nicht einmal sterben kann«), und dann fällt ihm plötzlich noch eine Möglichkeit ein, und er ruft »Gärtnerei!«, und hier mische ich mich in das Gespräch ein und antworte anstelle des überraschten Wasserman: »Gärtnerei! Ja!«

Neigel ist erfreut. Schon spinnt er einen grünen Traum (»Ah, du wirst mir einen prachtvollen Garten um die Baracke herum anlegen!«); schon begleicht er heimliche Rechnungen (»Er wird viel schöner sein als der von Stauke, was?«); schon erweitert und verbessert er den ursprünglichen Plan (»Und du wirst auch ein Gemüsebeet anlegen, damit ich nicht die Rüben essen muß, die die polnischen Bäuerinnen mit Eselpisse begießen.«) Ich notiere mir rasch, für den armen Wasserman alles über Gärtnerei herauszufinden (meine Ruthi kennt sich mit solchen Dingen aus), doch Wasserman, der unberechenbare, so verdammt eigenwillige Anschel Wasserman, sagt: »Um die Wahrheit zu sagen, Euer Ehren, mir ist nicht danach zumute. Ganz und gar nicht danach zumute.«

Neigel beunruhigt diese Weigerung nicht. Er will Wasserman haben, und nichts wird ihn davon abhalten, seinen Plan auszuführen. Geschickt bringt er das Gespräch wieder auf das sichere Thema der Kinder des Herzens zurück und erinnert Wasserman an das Abenteuer des Aufstands der Negersklaven in Amerika und schließt listig mit folgenden Worten: »Gib's zu, Scheherezade, du hättest nicht gedacht, so alte Verehrer unter uns zu finden.«

Wasserman bedankt sich für das Kompliment mit einem leichten Kopfnicken, das einzigartig ist in seiner Fülle von Bedeutungen; es heißt nämlich gleichzeitig 1. Frömmelei, 2. falsche Bescheidenheit, 3. gespielte Selbstverspottung; und hinzu kommt noch dieses kleine Lächeln der – a. beinahe hündischen Dankbarkeit, b. augenscheinlichen Selbstherabsetzung und c. eines mächtigen Verlangens, das mit eisernen Kinnbacken unterdrückt wird.

(Wasserman: »Feh! Und ich war mir so sicher, daß ich diese

kleine Geste nie mehr nötig haben würde, und noch dazu in meinem Alter...«) Neigel träufelt Wasserman weiterhin Komplimente ins Ohr; er fädelt auch ein paar interessante Einzelheiten über sich selbst, über seine Kindheit in Füssen und über seinen Vater ein, doch da geschieht etwas merkwürdiges, etwas völlig unverständliches: Das Gesicht von Obersturmbannführer Neigel wird plötzlich hart und ernst, als habe er es zum Appell aufgerufen, und er macht eine schnelle, offizielle Deklaration, die mit nichts, worüber vorher gesprochen wurde, zu tun hat: »Ich führe hier Befehl über 120 Offiziere und Soldaten, Wasserman. Nach dem neuesten Stand sind bisher 175000 Menschen mit den Transporten hierher gekommen!« (Er sagt das, als hätte man ihn von innen mit einer ferngesteuerten Sprungfeder gespannt), und wieder brauche ich Wasserman (»Hast du das gesehen? Esau sprach diese Worte mit einem solchen Stolz, daß ich schnell unter dem Tisch nachschaute, ob er auch seine Hacken zusammenschlug. Er tat es nicht.«), der mir sagt, daß Neigel diese verblüffende Erklärung, die »einer tieferen Quelle entsprang als die Lektion, die er im *chejder* des Rabbi Himmler erhalten hatte«, offenbar loswerden mußte, und »nu, das habe ich des öfteren erlebt, wenn ich erwachsenen, beleibten Männern mit Familie begegnete, die meine Geschichten in ihrer Kindheit gelesen hatten. Und es ist erstaunlich, wie diese Männer mir immer beweisen mußten, wie erwachsen und männlich sie geworden waren und was sie erreicht hatten als Minister der Thora oder des Handels, und welchen Namen sie sich gemacht hatten, kurzum – *a Moische Grois!* Und vielleicht wollten sie mir damit auch zeigen, daß ihr Alter den Lehren, die sie in ihrer Kindheit aus meinen Geschichten gezogen hatten, keine Schande machte. Unergründlich sind die Wege des Menschen, Schloimele, und sie kommen mir vor wie Schüler, die sich vor ihrem alten Lehrer brüsten, denn in seiner Gegenwart verwandeln sie sich alle wieder in kleine Kinder, und vielleicht gilt das auch für den Schriftsteller, der für Kinder schreibt, und als nun Neigel diese Dinge sagte, nu, du wirst verstehen, wie süß seine Worte in meinen Ohren klangen, doch ich hütete mich, töricht wie ein Narr zu antworten und stammelte nur ›nu, ja, so scheint es wohl zu sein‹, aber er begriff, daß er sich zum Narren gemacht hatte, und er vergrub seine Nase in seinem schwarzen Notizheft, und dann war Stille.«

Wasserman nutzt die Gelegenheit, mir das Wenige zu erzählen, das er über Neigel und über dessen oben erwähnten Adjutanten Stauke weiß. Neigel wurde im Lager wegen seines ungewöhnlich großen Kopfes und seiner Wutausbrüche »Ochse« genannt (»Du hättest ihn einmal in Rage sehen sollen! Flammen schossen aus seinem Mund, eine wahre Feuerkugel!«). Sein Adjutant, Obersturmführer Stauke, wurde von den Häftlingen *»Lalka«* genannt, was soviel wie ›Puppe‹ heißt. (»Wegen seines Gesichts, er hatte das Gesicht eines unschuldigen Kindes. Der herzensreine Sohn aus der Pessach-Haggada! Aber ein wahrer Mörder, mit dem Biß eines Fuchses und dem Stich eines Skorpions.«) Neigel war ganz anders als Stauke. Laut Wasserman und nach den schriftlichen Zeugenaussagen zu urteilen, die ich in letzter Zeit durchgesehen habe, war Stauke ein krankhafter Sadist, für den »die Tore der Klugheit stets geöffnet sind, um sich neue Bosheiten auszudenken, zu quälen und zu peinigen, und er reißt und schlingt und tötet mit einer Lust und Leidenschaft, die nicht von dieser Welt sind.« Zudem war Stauke ein korrupter Mensch, der eine gelegentliche Bestechung nicht verschmähte, sich des öfteren im Offiziersklub betrank und manchmal auch »nu, ein junges Reh von einer Bauerntochter bestieg.« Nein: Neigel war nicht Stauke, und Stauke war nicht Neigel. »Sie unterscheiden sich voneinander und ergänzen sich wie ein Pärchen in einem Märchen, wie Pat und Patachon!« Neigel ist, laut Wasserman, »aus einem Guß, als wäre er mit einem Axthieb ausgehauen. Nie haben wir ihn betrunken gesehen, nie hat er uns zugelächelt. Nicht einmal aus Bosheit, so wie Stauke. Salmanson pflegte ihn ›Bauchschmerzen‹ zu nennen, und er sah tatsächlich so aus, als hätte er Bitterkraut gegessen, wie ein Mann, der keinen Spaß versteht und keine Zeit für Unsinn hat, sondern nur die Pflicht der Arbeit kennt. Und hier bin ich nun schon über eine Stunde im Loch der Viper selbst, und er hat mir noch nicht den Bart gerupft und noch immer nicht auf den Mund geschlagen, und nicht nur das: Ich habe ihn sogar ab und zu lächeln gesehen, und er hat mir über sich und seine Vorfahren erzählt. Du wirst sagen, Schloimele, daß er mich am Anfang töten wollte und mit der Pistole auf mich schoß, aber das tat er aus Gehorsam, ich habe genau beobachtet, wie er die Augen abwandte, als er schoß, um mich nicht ansehen zu müssen. Alles in allem scheint er nicht zu wissen, was er mit mir anfangen soll, und das ärgert ihn sehr. Hin und wieder sieht er mich mit einem seltsamen Blick an und macht ›hmpf‹, und, obwohl ich nicht weiß, was dieses ›hmpf‹ zu bedeuten hat, Schloimele, kann ich nur hoffen, daß es kein ›hmpf‹ des Kummers ist, Gott behüte, denn ich möchte ihn nicht bekümmern, auch er war schließlich einmal ein Kind und las, was er las, und mochte mich ein wenig, und wer weiß, was er in der SS-Führerschule durchgemacht hat und was sie dort bei ihm verdorben haben, denn der Mensch wird sicher nicht zum Mörder, ohne seine Freude zu verlieren, und wenn ich nur wüßte, wie ein Mann wie Neigel zum Mörder geworden ist, ich würde versuchen, ihn zu bekehren und zu bessern. Et! Gedanken eines Müßiggängers, Anschel! Bist du auf deine alten Tage zum Weltverbesserer geworden? Eine Art Prophet der Vergangenheit? Aber in meinem Innern begann ein Wurm zu nagen, denn wie konnte es sein, daß ich nach allem, was mir dieser Erzmörder Neigel angetan hatte, nur eine Stunde mit ihm verbrachte und schon in seinem Gesicht den kleinen Jungen sah, und ich begann zu denken, daß ich in all den Monaten, in denen ich in Neigels Lager war, einen Fehler gemacht hatte und es mir nicht in den Sinn gekommen war, ihn als Menschen zu sehen, vielleicht mit Frau und Kindern, und diese Gedanken erstaunten mich sehr, und ich legte sie beiseite für weitere Betrachtungen, und zu Neigel sagte ich, daß ich bedauerte, ihm soviel Mühe zu machen, und ich sah, daß meine Worte sein Herz berührten, denn er starrte mich an wie ein erschütterter Mann, und ich gestand ihm, daß es auch mir unangenehm sei, daß der Mann, der mich töten würde, jemand sei, den ich, nun ja, ein wenig kannte, und zur Bekräftigung meiner Worte zitierte ich einen Spruch meines Vaters, Gott hab ihn selig, der ein Krämer war und mich gelehrt hatte, daß man seine Gefühle nie mit seiner Arbeit vermischen soll, doch anstatt dadurch beruhigt zu sein, stieß Neigel ein tiefes, heiseres Stöhnen aus und sah mich mit ganz entsetzten Augen an, als hätte ich, Gott behüte, etwas Unanständiges gesagt.«

»Jetzt ist genug!« schreit Neigel plötzlich. »Genug mit dem Gerede! Du fängst heute hier an zu arbeiten, Wasserman! Und jetzt sei einen Augenblick ruhig!« Und Wasserman: »Arbeiten? Was soll ich arbeiten, Euer Ehren?« Und Neigel: »Fängst du wieder mit deinen Schlaumeiereien an? Ich habe dir doch schon gesagt: Du wirst Blumen- und Gemüsebeete anlegen. Und am Abend, nach der Arbeit, wenn ich mit den Sitzungen und Berichterstattungen fertig bin, wirst du zu mir hereinkommen und tun, was du zu tun hast.« »Pardon?!« »Du wirst mir eine Geschichte erzählen, Wasserman. Du weißt ganz genau, was ich meine. Eine Geschichte! Natürlich nicht für Kinder, sondern eine Geschichte speziell für mich!« »Ich? Gott behüte. Das kann ich nicht mehr.« »Das kannst du nicht? Wer soll es denn sonst können? Ich etwa? Hör zu, Scheherezade, ich gebe dir die einmalige Gelegenheit, diesem Beinamen gerecht zu werden. Erzähl mir eine Geschichte, und du bleibst am Leben.« Und Wasserman: »Nein, nein. Ich kann nicht, Euer Ehren. Ihr seht, ich habe doch nie... das ist die Wahrheit... und nun schon gar nicht... ich kann nicht... alles ist tot... der Wille... selbst die Phantasie ——« Und Neigel, lockend: »Du hast eine wunderbare Phantasie. Die hattest du immer. Die Geschichte mit dem Gladiator in Rom, und wie ihm die Kinder des Herzens zu Hilfe kamen, und wie der kleine Kerl, Fried, die Löwen überredete, ihn nicht zu fressen, ah! Oder wie sie Edison halfen, als er seine Erfindung der Glühbirne schon aufgeben wollte – wer außer dir hätte sich das alles ausdenken können?« Und Anschel Wasserman, finster, wie ein Vogel, dem alle Federn des Stolzes gerupft worden sind: »Jeder, Euer Ehren.«

Ich notierte hier Wort für Wort, was Wasserman mir in jenem Augenblick verriet: »Ja, Schloimele, es war keine übertriebene Bescheidenheit, die mich diese Dinge zu Esau sagen ließ. Und dir werde ich sogar noch mehr erzählen, denn heute fürchte ich mich nicht mehr vor den Literaturkritikern, sollen sie den Bären unter die Schürze küssen, die mir das Leben schwer machten, als ich noch meine Geschichten schrieb. Doch sie taten gut daran, mich in den Bauch zu stechen! Denn sie schrieben die Wahrheit über mich: daß meine Klugheit armselig sei. Daß ich es verstehe, von anderen Geschichten zu stehlen und deren Klugheit zu verwursten. Aber der schärfste unter diesen

Kritikern war ein boshaft kluger Mann namens Schapira, dessen Feder wie ein spitzer Pfeil war, aij, er nannte mich ›den Heiratsvermittler der Schriftsteller‹, und dieser schändliche Beiname blieb für immer an mir haften. Aij, Schloimele, gibt es irgend etwas, das ich vor dir verberge? Ja, sie hatten recht. Ich war völlig eingenommen von dem Amerikaner Jack London und dem Franzosen Jules Verne und dem erwähnten Karl May und Daniel Defoe mit seinem Robinson Crusoe und dessen Diener Freitag, und warum sollte ich den Anteil von H. G. Wells und seiner wundersamen Zeitmaschine leugnen, die ich mir freundlicherweise von ihm ausgeliehen hatte? Und Franz Hoffman und James Fenimore Cooper und Korszak, von allen habe ich etwas geliehen, ob aus dem Polnischen oder Jiddischen und auch aus Übersetzungen in die Heilige Sprache durch Grusowsky und Ben-Jehuda und Sperling und Andres und Kalman Schulman und den guten Tawiow und noch von vielen anderen, nu ja, aber ich tat es nicht aus mangelndem Talent, denn in meiner Jugend habe ich sehr eindringliche Dinge geschrieben! Ich schrieb Gedichte, von denen ein Teil sogar in Zeitschriften veröffentlicht wurde und sozusagen einen kleinen Aufruhr auslöste, nu ja, und deswegen war mir der Redakteur Salmanson wohlgesonnen und holte mich aus dem Archiv, in dem ich mich fünf Jahre lang gelangweilt hatte, und machte mich zum Schriftsteller und Autor, doch als man begann, meine Schriften zu veröffentlichen, wurde ich feige und bekam Angst, von mir, von meiner Milch und meinem Blut zu geben. Meine Schaffenskraft versiegte, und ein lächerlicher Imitator kam zutage. Und ich werde es nicht abstreiten, Schloimele, daß einmal in meinem Leben jene Begierde in mir erwachte, die Leidenschaft des Schaffens, die in mir lebt, und ich wollte etwas anderes schreiben, etwas, das nur mir gehören würde, aus dem einen Funken, der sich in der Festung meines Herzens verbirgt, um Bialiks berühmte Worte zu zitieren, aus einem kleinen Funken, der nur mir gehört, weder geliehen noch gestohlen…, und so – versuchte ich es. Vor zehn Jahren war das… und ein solches Feuer brach aus mir hervor! Aber ich erschrak… ein Irrgeist streifte mich… eine Geschichte, die mit Menschen begann und zu Geistern und Teufeln und anderen schädlichen Dämonen und Hunden führte… und Worten der Bosheit und Sünde und Unzucht und Magie und einem fremden gräßlichen Lachen, und alles war von einer Verzweiflung durchdrungen, die mich niederdrückte und mir die Kraft raubte, ihr standzuhalten und sie in Buchstaben zu stampfen... Du wirst vielleicht lachen – aber ich dachte die ganze Zeit daran, was sie in meinem Städtchen, in meinem Bolichov sagen würden, wenn sie diese Dinge läsen, und wie es meine Mutter grämen würde... Und zum Schluß hatte ich keine Kraft mehr, mich mit fünfzig Jahren auf einen neuen Weg zu machen und in den Krieg zu ziehen, nu, ja... verstehst du? Ich warf es ins Feuer... Natürlich bereute ich es... Wenn ich dir sage, daß ich es bereute, so habe ich dir nur eine winzige Spur meines Leids verraten... Erst hier, im Lager, habe ich es Salmanson erzählt, und auch er bedauerte es. Er sagte, es sei an der Zeit, daß ich etwas schriebe, was meiner würdig sei... jetzt, da ich sozusagen jenseits meines Lebens gelangt sei, sollte ich mit Wagemut, mit Wahnsinn schreiben... aij.«

Doch Neigel bleibt dabei: »Hör zu, Wasserman, ich will offen mit dir reden. Ich brauche hier ein wenig Zerstreuung. Etwas, womit ich mein Hirn nach der Arbeit beschäftigen kann.« Wasserman, matt: »Gibt es hier keinen, nu, Klub für die Herren Offiziere?« Und Neigel, mit gewissem Stolz: »Vor dir steht ein Deutscher, der kein Bier mag. Ich bin weder ein Bierdeutscher noch ein Weindeutscher noch ein Schnapsdeutscher. Aber ich muß mich trotzdem ein wenig entspannen. Und daher habe ich beschlossen, daß du jeden Abend eine halbe oder eine Stunde lang hier bei mir sitzen und mir eine Geschichte erzählen wirst.« Und Wasserman, fast schreiend: »Aber was soll ich denn erzählen, Herr Kommandant?«

»Ich habe wirklich keine Ahnung«, sagt Neigel mit kaltem, listigem Lächeln. »Aber du wirst dir schon etwas Schönes ausdenken. Ich kann dir doch nicht sagen, was du dir ausdenken sollst, oder? Siehst du? Es gibt Dinge, die sogar ich dir nicht befehlen kann.« Und dieser Gedanke scheint ihn zu amüsieren.

Anschel Wasserman, am Rand der Ohnmacht, schlägt einen Kompromiß vor (»Ich werde Euer Ehren meine alten Geschichten erzählen«), der verächtlich abgewiesen wird. In seiner Not versucht er Neigel mit einem anderen – recht dummen – Vorschlag zu bestechen (»Ich werde Euer Ehren Wilhelm Hauffs Scheherezade-Märchen erzählen! Ach, das wird schön sein! Kalif Storch und die Geschichte vom kleinen Muck, aij, Euer Ehren werden große Freude haben!«), doch Neigel weist diese Ausflüchte mit einem etwas vulgären Argument ab (»Ich will frische Ware, Wasserman«), und einen Augenblick lang herrscht Schweigen, und wir beide denken, daß Wasserman das Angebot jetzt annehmen wird, doch er überrascht uns wieder, indem er uns mitteilt: »Ich bin Euch sehr dankbar für das großzügige Angebot, Euer Ehren, aber was für Scheherezade gilt, das gilt nicht für mich, aus dem einfachen Grund, daß jene liebliche Jungfer unbedingt leben wollte und darum dem Sultan ihre Geschichten erzählte, wohingegen ich unbedingt sterben möchte, Gott behüte.«

Neigel wirft ihm einen langen, ernsten Blick zu. Er reibt sein Kinn und wiederholt mit leiser, überlegter Stimme sein »einmaliges Angebot«, nach seinen Worten »das beste Angebot, das du in deiner Situation im ganzen Reich bekommen kannst«, und er zögert noch einen Augenblick, bevor er eine neue Idee in den Raum wirft: »Wasserman, ich bin bereit zu versuchen, dich jeden Abend, nachdem du mir die Fortsetzung deiner Geschichte erzählt hast, zu töten. Einen Schuß in den Kopf. Das wird deine Belohnung sein, verstanden? So wie die andere Scheherezade, nur umgekehrt. Ich werde dich jeden Abend erschießen, natürlich nur unter der Bedingung, daß deine Geschichte gut ist. Irgendwann wird es uns schon noch gelingen, nicht wahr?« Und er lehnt sich in seinem Stuhl zurück und sieht ruhig zu, wie sich der schwache Schriftsteller unter der Last der Idee beugt, und ich bewundere die kreativen Gedanken dieses Mannes, obwohl Wasserman mit einer gewissen Kleinlichkeit nicht bereit ist, die herrliche, durch und durch literarische Boshaftigkeit dieses Angebots zu sehen, und sich schrecklich aufregt: »Feh, Schloimele, Asche in deinen Mund, es ist doch ein Menschenleben, über das er so seelenruhig spricht, dieser böse Armilos! Es ist mein Leben, und ...«, und er sammelt seine restlichen Kräfte, um zu flüstern: »Und was geschieht, Euer Ehren, wenn meine Geschichte, Gott behüte, an einem Abend keinen Erfolg hat?« Woraufhin Neigel antwortet: »Dann wirst du noch einen Tag am Leben bleiben.« Und er sieht Wasserman mit festem, mutigem Blick an. »Und du sollst wissen«, fügt er hinzu, »daß ich dafür sorgen werde, daß du keine Gelegenheit haben wirst, dir selbst ein Ende zu machen. Und ich verspreche dir, daß kein Offizier oder Soldat im Lager je versuchen wird, dich zu töten. Du wirst hier so geschützt sein wie in einem warmen Nest.« Und er lächelt wieder.

Als Wasserman schnell die Situation einschätzt und einsieht, daß es keinen Ausweg gibt, stöhnt er und verkündet ernst: »Wenn ich Euer Ehren eine Geschichte erzählen muß, um zu sterben, dann bin ich dazu bereit.«

Aber irgend jemand in Wasserman schreit »Lügner! Elender Lügner!«, und der Schriftsteller läßt ihn ausreden. (»Bedank dich, du elender Lügner, daß das Wort ›Geschichte‹, sobald es aus Neigels Mund kam, sofort die kalten, schlafenden Kohlen deines Lebens zum Glühen brachte. Eine neue Geschichte! Neue Ideen und Gedanken und Entwürfe und eine Feder, die auf dem Papier tanzt, und schlaflose Nächte des Nachdenkens und Reflektierens, und all die subtilen Freuden des Geistes! Und es wird siebenmal herrlicher sein, sich nach zehn Jahren wieder an den Tisch zu setzen, und noch dazu hier! Hier! Inmitten der Hölle!«), und Wasserman nickt dem deutschen Offizier zu und teilt ihm mit, daß er bereit sei, ihm eine Geschichte zu erzählen, über die Kinder des Herzens, aber nicht so, wie Neigel sie aus seiner Kindheit in Erinnerung habe, sondern als erwachsene Menschen, in jeder Hinsicht. Und als Neigel das nicht versteht, erklärt ihm Wasserman mit seltsamer Sicherheit, als habe er lange auf diesen Moment gewartet und die Worte innerlich so oft formuliert, bis er sie fließend hatte sagen können: »Aus den Zicklein sind Ziegen geworden, Euer Ehren, so wie wir auch, nur daß sie schneller alt geworden sind. Das geschieht manchmal in Büchern, und nun sind sie fünfundsechzig oder gar siebzig Jahre alt, mögen sie bis hundertundzwanzig leben, jedenfalls sind es sehr alte Leute.« Und Neigel, etwas besorgt über die ihm unnötig scheinende Komplikation, bittet: »Vielleicht lassen wir sie trotzdem jung bleiben?« Und Wasserman, mit bitterem Lachen: »Es gibt nichts mehr auf dieser Welt, das so jung bleiben kann, wie es einmal war. Selbst Babys kommen alt aus ihren Müttern heraus.« Neigel fragt, ob die Kinder des Herzens weiterhin zusammen phantastische Dinge machen werden, und Wasserman verspricht, daß alles noch viel phantastischer sein wird. Und Neigel: »Ist das nicht, wie soll ich sagen, ein bißchen kindisch?« Und der Schriftsteller empört: »Mein Herr!«

»Sei nicht gleich beleidigt, Scheißmeister«, sagt Neigel. »Ich wollte dich nicht kränken.« Und Wasserman schluckt seinen Speichel hinunter und nutzt diese außergewöhnliche Entschuldigung, um ihm mit niedergeschlagenen Augen mitzuteilen: »Der Herr Kommandant wird nichts zu sagen haben in meiner Geschichte. Das muß ich von vornherein klarmachen, sonst ist alles aus.« Und der SS-Offizier, über den wir beide so wenig wissen, nickt mit seinem schweren Kopf und sagt: »Selbstverständlich, Scheherezade, selbstverständlich. Dafür gibt es ja ein Wort, nicht wahr? Künstlerische Freiheit nennt man das bei euch Künstlern, nicht wahr?«

Wasserman mustert ihn besorgt. Auch ich bin besorgt: »Künstlerische Freiheit« scheint keinem von uns Teil des geistigen Menus eines Nazioffiziers zu sein. Vielleicht hat er irgend jemand zitiert. Ich werde sicher mehr über ihn wissen, sobald ich beschließe, reif genug zu sein, um auch in seine Haut zu schlüpfen, wie ich es mit einiger Leichtigkeit bei Wasserman getan habe. Das ist schließlich meine Pflicht. Und Ajala sagte: Im weißen Zimmer kommt alles aus dir, aus deinem Inneren heraus, Opfer und Mörder, Erbarmen und Grausamkeit... bald also. Inzwischen werde ich mich mit Neigel abfinden, wie er sich in Wassermans Augen widerspiegelt. Nur schön langsam.

»Ich werde dir Samen und Setzlinge bringen«, sagt Neigel. »Morgen wirst du mit dem Umgraben und Roden anfangen. Die Erde hier ist hart und voller Steine. Es wird höchste Zeit, daß wir etwas dagegen tun.« »Jawohl, Herr Kommandant.« »Ich werde Petunien bestellen. Kennst du Petunien? Ich hoffe, daß sie hier wachsen werden. Meine Frau züchtet sie im Blumenkasten vor dem Fenster.« »Wie Ihr wünscht, Herr Kommandant.« »Und natürlich auch Radieschen. Ich liebe Radieschen, besonders die kleinen roten, die so knackig sind, ah!« Und während er noch voller Begeisterung redet, versucht sich Wasserman verzweifelt zu erinnern, ob Radieschen an Bäumen oder Sträuchern wachsen.

»Aij, Schloimele, wieder dachte ich daran, wie sehr mir meine Sara jetzt hätte helfen können bei dieser schrecklichen Aufgabe, die Neigel mir auferlegt hat. Und wie würde ich überhaupt schreiben können ohne ihre Weisheit und Klugheit? Sie hatte einen außergewöhnlichen Sinn fürs Praktische. Et, bevor wir uns kennenlernten, mußte ich endlose Tage in Warschaus Lutherischer Bibliothek verbringen, um verschiedene Fakten und Einzelheiten nachzuschauen. Ich bin von Natur aus ein zerstreuter Mensch und habe ein schreckliches Gedächtnis, und verglichen mit mir ist Salmanson so pedantisch wie ein Buchhalter: ›Genauigkeit, mein kleiner Wasserman, Ge-nau-ig-keit!‹ pflegte er mir vor Saras Zeit immer wieder zu sagen und mit seiner Feder eine dünne, giftige Linie unter ein Wort zu ziehen, zum Beispiel: Der prächtige *Kittel* der Prinzessin. ›Wir meinen doch das *Kleid* der Prinzessin, nicht wahr, mein kleiner Wasserman? Ein Kittel ist doch eine Art Arbeitsmantel, und ich glaube kaum, daß deine Prinzessin in einem Kittel zum Ball geht, oij, mein kleiner Wasserman, wenn du nur einmal einer Frau auf der Straße nachsehen würdest, wenn du nur einmal eine Frau ausziehen würdest, ein Kleidungsstück nach dem anderen, und nicht nur über wunderschöne verzauberte Prinzessinnen und Feen schreiben würdest...‹

»Und dann kam meine Sara, und meine Geschichten wurden dadurch sehr bereichert. In tausend neuen Schattierungen schillerten sie! Alsbald lernte ich den Unterschied zwischen Türkis und Bordeaux, zwischen Leinen und Baumwolle und zwischen der Antarktis (die am Südpol liegt) und Alaska (das im Norden liegt. Oder umgekehrt? Ich habe es schon vergessen!), oder den Unterschied zwischen verschiedenen italienischen Nudelspeisen – zwischen Spaghetti und Makkaroni, die einen sind dünner als die anderen, und ich lernte, daß Elefanten im Stehen schlafen und daß die weiße Menschenrasse in wissenschaftlichen Büchern Kaukasier genannt wird; aij, es gab nichts, was meine Sara nicht wußte, ihr Kopf war wie eine Zisterne, die keinen Tropfen verliert: sie möblierte und schmückte ihr Gehirn weit über ihre jungen Jahre hinaus! Durch sie wurde mein Schreiben ›irdischer‹ in der erhabenen Bedeutung des Wortes, und ich erinnere mich, Schloimele, ah, es ist eigentlich unbedeutend, aber da ich mich nun daran erinnert habe, werde ich es dir auch erzählen, und zwar – was für eine künstlerische Erhabenheit mich erfüllte, als ich einmal ganz alleine folgenden Satz schrieb: ›Robin Hood war in ein Kostüm gekleidet und tanzte den ersten Walzer mit der reichen und wunderschönen Marquise Elisabeth, und in seinem Herzen zählte er die Schritte: eins, zwei, drei, eins, zwei, drei, ah, süß wie ein Kuß!‹«

Dann teilt Neigel Wasserman mit, daß er nicht mehr in Keislers unteres Lager zurückkehren, sondern von nun an im Lagerraum des zweiten Stockwerks in Neigels Baracke wohnen werde. Anna, die polnische Köchin, werde ihm eine warme Mahlzeit pro Tag zubereiten. »Damit du nicht sagen kannst, daß ich nicht für meine Intellektuellen sorge, Scheißmeister!«

Und ich sollte noch beschreiben, wie Neigel dem Schriftsteller sein neues Quartier zeigt – eine winzige Nische auf dem Dachboden, der über eine Holztreppe hinter der Baracke zu erreichen ist. Wasserman steigt schwerfällig hinauf, öffnet eine kleine Tür und schrickt mit schmerzvoller Grimasse zurück. (»Papier. Ich roch sofort die Mengen Papier!«), und er ruft Neigel, der unten steht, und bittet ihn um Erlaubnis, eines der vielen Hefte, die dort verpackt liegen, benutzen zu dürfen. Er bittet auch um eine Feder. Und als Neigel sich wundert (»Was, du kannst die Geschichte nicht aus dem Gedächtnis erzählen?«), spielt Wasserman ihm eine Szene vor, die er sicher in irgendeinem Gladiatoren-Film in Warschau gesehen hat: Er steigt die morschen Treppen so aufrecht wie möglich hinunter und sagt mit dem ganzen Ernst, den er in seine monotone, näselnde Stimme legen kann: »Ich bin ein Künstler, Euer Ehren. Ein Künstler, der tausend Mal an jedem Buchstaben feilt!« Neigel brummt: »Natürlich, natürlich«, also steigt Wasserman wieder die Treppe hinauf und kehrt mit einem braunen Heft in der Hand zurück, auf dem ein großer Adler abgebildet ist und darunter folgende Aufschrift steht: EIGENTUM DES VERSORGUNGSKORPS / SS / ABTEILUNG OST. Und Neigel, mit einer Geste, die lässig anfängt und grandios endet (»Selbst Esau spürte, daß er mich damit zum Ritter der gesamten Literatur schlug«), reicht Wasserman seine eigene Feder, eine Stahlfeder der Marke Adler, ein Prachtstück aus der Tradition des Habsburger Reiches, und so stehen sie einander gegenüber und sehen sich einen langen Augenblick an. (Wasserman: »Als ich die Feder in meiner Hand hielt, da wußte ich: Ich werde ihn besiegen. Und wenn ich mich nur davor bewahren konnte, so ein elender Wurm wie der Musikant Scheingold zu werden, der vor den Offizieren katzbuckelte und mit dem Schwanz wedelte und sogar zum Informanten wurde, wie man sich erzählt, und die anderen Häftlinge verleumdete – aber um die Wahrheit zu sagen, Schloimele, ich hatte Angst. Ein weiser Mann kennt die Seele des Biestes in sich, und ich war Salmansons Speichellecker, und obwohl es mir widerlich war, konnte ich nicht anders, feh, elender Kerl, der ich bin!«)

Neigel sieht den Juden an, der plötzlich fest seine Augen schließt. Obwohl ich nicht weiß, was er jetzt denkt, nehme ich an, daß dieser schwache, alte Mann irgend etwas an sich hat, das im Herzen des entschlossenen Nazioffiziers eine vage Furcht auslöst. Er beugt sich zu Wasserman und flüstert betont: »Eine Geschichte mit Otto und Paula, ja?« »Und auch mit Fried und Sergej-mit-den-goldenen-Händen und Herotion.« »Herotion? Wer ist das?« »Der kleine Armenier. Der liebe Zauberer, habt Ihr ihn vergessen?« »Richtig. Das ist der Junge, der für Beethoven auf der Flöte spielte.« »So ist es. Und es wird natürlich noch andere geben.«

»Wen?!«

Neigel kneift argwöhnisch die Augen zusammen, und Wasserman beeilt sich, ihn zu beruhigen. »Gute Freunde, Euer Ehren, vergeßt nicht, daß die Kinder des Herzens diesmal eine sehr schwere Aufgabe erwartet und sie jede Hilfe brauchen!« »Und welche Aufgabe ist das, wenn ich fragen darf?« »Wie kann ich das wissen, Euer Ehren, die Geschichte ist kaum in meinem Inneren geboren, aber ich versichere Euch, daß es ein einmaliges Abenteuer sein wird, denn warum sonst sollen wir sie aus der Vergessenheit heraufbeschwören?«

Neigel überlegt einen Augenblick. Vielleicht hat sich ein seltsamer Verdacht in ihm geregt, aber er verbannt ihn mit einem energischen Aufwerfen der Lippen. Dann befiehlt er Wasserman zu gehen und wendet sich wieder seinen Angelegenheiten zu.

Wasserman: »Daraufhin schleppte ich meine alten Knochen die Treppe hinauf und machte mir eine Art Bettlager in meinem neuen Atelier zurecht und überlegte: Aij, was für ein Tag! Zuerst bringen sie alle meine Freunde zum Sterben in die Gaskammer, die armen Unschuldigen, und dann stellt sich heraus, daß ich nicht sterben kann, und schließlich befällt mich dieses Unglück namens Neigel, Neigel und sein verlockendes Angebot. Feh! Ich nahm das Heft in die Hand und starrte es an. Anschel, Anschel, sagte ich mir, du bist dabei, eine Geschichte zu schreiben. Und obwohl es zu deinem Bedauern nur ein einziges Exemplar dieser Ausgabe geben wird, so kannst du dich nicht beschweren, denn der Verkauf ist von vornherein garantiert. Und unter die Flügel des Naziadlers, sollen seine Federn faulen, schrieb ich mit schönen Buchstaben in der Heiligen Sprache: ›Die Kinder des Herzens auf ihrem letzten Abenteuer‹.«

2.

Langsam entfaltet sich Anschel Wassermans Leben vor mir. Er erwähnt oft seine Frau, »meine Sara«, aber über seine Tochter, Tirza, spricht er nie. Er liebte Sara, aber ich frage mich manchmal, ob er nicht im Grunde seines Herzens ein überzeugter Junggeselle war. Er war vierzig Jahre alt, als er Sara heiratete, und sie dreiundzwanzig. Sie war fünf Jahre alt, als Wasserman seine Geschichten zu veröffentlichen begann, die sie, wie viele andere Kinder zu jener Zeit, sehr liebte, und noch Jahre später erinnerte sie sich immer wieder bei verschiedenen Gelegenheiten an sie. Eines Tages stieß sie zufällig in einer Warschauer Zeitschrift auf eine neue Folge der ›Kinder des Herzens‹, und mit für sie untypischer Kühnheit schickte sie der Redaktion ein paar wunderschöne Illustrationen zu diesen Geschichten. Die Zeichnungen gingen eine Weile von Hand zu Hand, bis sie Salmanson erreichten, der Sara mit berechnender List mit Wasserman zusammenbrachte und sich die Hände rieb vor Vergnügen über den zaghaften Roman, der sich zwischen diesen zwei schüchternen Menschen anbahnte...

Und so, aus Wassermans beiläufigen Bemerkungen, lerne ich seine Lebensweise kennen. Wie er es liebte, im gebügelten Hemd mit Krawatte bei sich zu Hause zu sitzen, sogar wenn er allein war. Wie er sich in seinen Junggesellenjahren kleine extravagante Geschenke machte – eine Fahrt am Sonntag in einer Rikscha auf dem Marschalkovska Boulevard, einen gemächlichen und vergnüglichen Spaziergang über die Kravadje Brücke und von dort durch den Sächsischen Garten mit seinen Statuen und Pappeln und Platanen. Und wenn es dunkel wurde, ging er ins *Cinema*, was für ihn immer ein heimliches Vergnügen zu sein schien, und sah sich einen Film an, der ihn sehr bewegte. In dieser Hinsicht war Sara die ideale Partnerin: auch sie war vom Kino fasziniert. Die beiden waren nicht wählerisch: Jeder Film begeisterte sie, solange Menschen voller Leben und aufregende Abenteuer darin zu sehen waren. Wie zwei kleine Kinder saßen die beiden mit offenem Mund im dunklen Saal und sahen sich *Frankenstein, King Kong* und *Die maskierte Spionin* mit Hanka Ordonovna an. Wasserman erzählte mir mit seltsamem Stolz, daß er und seine Sara Greta Garbo viermal in *Königin Christina* und Marlene Dietrich dreimal im *Blauen Engel* gesehen hatten. Sie mochten sogar Western und gingen in jeden Cowboy-Film, der in Warschau gezeigt wurde. (Wassermans Ausrede für diese Obsession war, daß er so etwas über das Cowboy-Leben gelernt habe, für den Fall, daß er irgendwann einmal darüber schreiben sollte.) Die beiden hatten keine Freunde, und ihre wöchentlichen Kinobesuche waren kleine Feiern. Sie liebten es, über die Filme zu sprechen, und noch Wochen später konnte Sara zu Wasserman sagen »Schade, daß sie ihm geglaubt hat«, und Wasserman verstand sofort, was sie damit meinte. Sie hörten sich auch jeden Dienstag die populäre Radiosendung »Das Hörspiel der Woche« an, die große literarische Bühnenwerke in ihr Leben brachte; sie hörten die Sendung im Bett, Seite an Seite im Dunkeln liegend, die Augen auf die Decke gerichtet, ohne einander zu berühren, doch sehr nah. Ein weiterer aufregender Zeitvertreib, den sie teilten, waren die Besuche im Warschauer Zoo. Wasserman konnte stundenlang vor den Käfigen der exotischen Tiere aus Burma und Indien stehen und erstaunt den Kopf schütteln. Übrigens wurde Sara am selben Tag wie der Elefant Tozinka geboren (er wurde so genannt, weil Tozinka ›Kleiner Zwölfer‹ bedeutet und er der zwölfte Elefant war, der in einem europäischen Zoo geboren wurde), und daher war sie bis zu ihrem zehnten Lebensjahr an jedem Geburtstag zu einem kostenlosen Ritt auf dem Elefanten berechtigt. Wasserman rührte das aus irgendeinem Grund sehr: immer wieder bat er Sara, ihm diese Augenblicke zu beschreiben, die mittlerweile in ihrem Gedächtnis verblichen waren. »Wie eine Königin von Indien, eine jüdische Elefantenprinzessin!« pflegte er mit einem Staunen zu murmeln, das nie abnahm.

Wasserman legte großen Wert auf einen geregelten Tagesablauf. Ich habe mir unzählige Male die detaillierten Beschreibungen seiner pedantischen Bräuche anhören müssen, wie er seine Schuhe putzte, wie er die Wohnung sauberhielt und wie er seinen Tag vernünftig regelte. Einmal erzählte er mir lang und breit über die kleinen Freuden, die mit seiner Brille verbunden waren: über die kleinen runden Polierbewegungen, über die verschiedenen Wege, die Brille abzunehmen, über das angenehme Gefühl, das sich einstellt, wenn sich die Bügel hinter die Ohren schmiegen, oder wenn man die Hand auf die Augen legt und in Gedanken versinkt. (Es sollte vielleicht erwähnt werden, daß ihm die Brille sofort bei seiner Ankunft im Lager abgenommen wurde.) Er konnte mir seine bevorzugte Methode, ein Ei zu kochen, mit dem gleichen Ernst beschreiben, mit dem er mir über seine Arbeit bei den Dentisten erzählte. An einem Abend erzählte er mir – in allen Einzelheiten! –, wie er sich in Warschau »eine Tasse dampfend heißen Kaffee« kochte, angefangen von dem Augenblick, da er das Wasser in den Kessel goß und die Tasse auf die Tülle setzte, »damit sie sich von dem heißen Dampf erwärmt«, bis zu dem Moment, als er den Kaffee in die Tasse goß. Ich erfuhr von ihm, daß er siebzehn Jahre lang dasselbe Paar Schuhe trug und es sich ausgezeichnet hielt. Und als ich ihn verblüfft fragte, wie er das geschafft habe, antwortete er mir mit einem Lächeln voller bescheidenem Stolz: »Ich trete leicht, Schloimele...« Er wurde auch nie müde, mir über den Laden mit den gebrauchten Büchern auf der Schwintorschiska Straße zu erzählen, in dem ihn alle Verkäufer kannten und es kein antiquarisches Buch gab, das seinem Auge verborgen blieb. Kurzum – aus all diesen Dingen kann geschlossen werden, daß Großvater Anschel kein großer Abenteurer war. Seinen Spieltrieb befriedigte er zum Beispiel dadurch, daß er aus dem Korb des Wurstverkäufers auf der Straße eine Nummer zog. Nur zweimal in seinem Leben gewann er auf diese Weise eine Wurst, aber er schätzte diese zwei Gewinne sehr und sah in ihnen ein Zeichen, daß er kein »kompletter Schlemihl« war.

Ich sehe zu, wie er vor Neigels Baracke drei Beete umgräbt und jätet, danach seine wunden Hände mit Sackfetzen verbindet und schweigend und mit Schmerzen die Kritik von Neigel, der aus dem Fenster schaut, erträgt (»Versuch, sie gerade zu machen, Scheißmeister, sonst werde ich noch zur Zielscheibe des Spottes im ganzen Lager«). Wütend nimmt er Harke und Hacke und stellt sie an ihren Platz unter der Holztreppe. Später beobachte ich ihn beim Essen, wie er grabscht und schlingt (er hat immer so gegessen, auch als er bei uns wohnte), und ich übersehe eine kleine Kartoffel, die er heimlich einsteckt, ohne daß es die mürrische Witwe merkt.

Wenn es dunkel wird, gehe ich mit ihm zu Neigel, der sich wundert, daß das erste Kapitel noch immer nicht geschrieben ist (»Nach deinen anderen Geschichten zu urteilen, dachte ich, daß du sie aus dem Ärmel schüttelst!«), und als Antwort hält Wasserman eine enthusiastische Rede über die Schwierigkeiten des künstlerischen Schaffens (»Man muß graben, Euer Ehren, aus den Tiefen der Seele muß man graben!«), und ich erwähne das nur, weil Wasserman am Ende seiner Rede erregt und zu sehr von seinen eigenen Worten überzeugt Neigel ein unerwartetes und äußerst großzügiges Angebot macht (»Und ich würde mich tatsächlich gerne mit Euch beraten, Euer Ehren, über die Geschichte, meine ich«); natürlich bedauert er seine überstürzten Worte sofort, aber nun ist es zu spät, denn der überraschte Neigel erklärt mit einem breiten Lächeln: »Aber natürlich, natürlich! Es wird mir eine große Ehre sein, Scheherezade!«

Mit etwas peinlicher Hast nutzt Wasserman Neigels Dankbarkeit aus, um sich zum ersten Mal in seiner Gegenwart hinzusetzen, und sagt: »Ich werde dir von meinen Schwierigkeiten erzählen«, in der unverschämten zweiten Person, doch welch ein Wunder, Neigel ist nicht empört, sondern erhebt sich nur, um schnell die schweren Vorhänge zuzuziehen und die Tür zu verriegeln. Wasserman beobachtet ihn, und ein erstes, feines Lächeln zeichnet sich in seinem Herzen ab.

Und als Neigel zum hinteren Teil der Baracke geht, wahrscheinlich, um die Köchin nach Hause zu schicken, wagt Wasserman, das Foto auf dem Tisch umzudrehen, und er sieht »Frau Neigel, Schloimele! Mit zwei zarten Babys im Arm! Das große sah genau wie Neigel aus, jeder Gesichtszug, und die Kleine war ein Abbild ihrer Mutter. Und die Frau selbst, fragst du? Aij, schön war sie nicht. Schwach und kränklich sah sie aus, beinah unter dem Gewicht der pummeligen Babys zusammenbrechend. Ich will es nicht leugnen: ihre Häßlichkeit brachte mich auf, obwohl ich nicht wußte warum. Vielleicht, weil meine Sara und ich nie große Schönheiten waren. Auch die anderen Juden, die ich kannte, besaßen keine so anmutigen Züge, daß man ihnen nicht hätte widerstehen können. Et! So war es vom Schöpfer bestimmt. Und Väterchen Mendele Mocher Sforim, in dessen Werken wir in all unserer Unansehnlichkeit dargestellt werden, hat uns nicht aus der Phantasie seines Herzens gemalt. Nu, und ich hatte immer gedacht, daß Chaimke und Iwan und Esau schön gestaltet unter den Händen des Schöpfers hervorkämen. Vielleicht war es mir bequemer, so zu denken – daß sie anders seien als wir. Und da war sie nun, diese matte, schwächliche Frau! Mein Herz füllte sich wie von selbst mit Trost. Gegen seinen Willen träufelte ihr der Mund honigsüße Worte ein... Und ich fragte mich, ob sie wußte, was ihr geliebter Mann hier, an diesem Ort, tat. Et! Schöne Gedanken waren in meinem Herzen, und sie war doch eine von ihnen, sie und ihre zwei pausbäckigen Babys. Aber waren denn *meine* Liebsten guter Dinge, aßen und tranken sie und knackten Nüsse und hatten Freude am Leben, daß ich Mitleid haben sollte mit der Tochter eines Unbeschnittenen? Nu, still, scha, scha.«

Neigel kehrt zurück. Sie besprechen den Ort, an dem die Handlung stattfinden soll. In seiner Ignoranz schlägt Neigel vor: »Schreib nochmal über den Mond, wie in der Geschichte mit den Indianern.« Wasserman rügt ihn sanft und erklärt ihm, daß es besser sei, über einen familiären Ort zu schreiben, an dem sich der Schriftsteller wohl fühlt, denn »wir werden alle Details und Fakten brauchen, um die richtige Atmosphäre zu schaffen. Genauigkeit, Herr Neigel, Ge-nau-ig-keit!« sagt er zu ihm, mit einem seltsamen Ton der Rache in der Stimme.

Und um das zu illustrieren, macht er deutlich, daß er, falls er zum Beispiel beschließen sollte (!), daß die Kinder des Herzens diesmal nach Moskau gehen, von Neigel erwartet, daß er ihm die Hunderte von Fakten liefert, die er dafür braucht – zum Beispiel, woraus in Rußland Herrenstiefel gemacht werden und was für Frisuren die Frauen tragen, und ob dort Busse oder Straßenbahnen fahren. Aber als er zu weit geht und andeutet, daß er eventuell auch Karten und Fotos benötigen wird, bricht Neigel in wütendes Lachen aus (»Sag mal, Scheißmeister, bist du verrückt geworden? Man wird mich noch wegen Kontaktaufnahme mit kommunistischen Agenten verhaften! Wir haben 1943, vergiß das nicht! Denk dir einen logischeren Ort für deine Geschichte aus, verstanden?«). Wasserman senkt den Kopf und kaut an seinen harten, schmutzigen Barthaaren, aber dann schöpft er wieder Mut (»Nu, was, ich erinnerte mich plötzlich, daß die Sache nicht so einfach war zwischen Neigel und mir, und ich mich nicht zu seinem Fußabtreter machen durfte«), und er holt tief Atem und sagt, daß er dieses Mal – nur dieses Mal! – auf Neigels Forderung eingehen werde, aber daß es das letzte Mal sei, daß er sich von Neigel bezüglich der Geschichte Befehle geben lasse, und der Deutsche sieht ihn mit einem frostigen Blick an und zischt: »Blas dich nicht so auf, Scheißmeister, und fang endlich mit der Geschichte an!«

Wasserman: »Nu, du verstehst sicherlich, Schloimele, was für ein entscheidender Moment das war! Aber ich hatte darauf abgezielt und nicht verfehlt. Ich erhob mich und hielt Esau meinen Hals hin und sagte folgendermaßen zu ihm: ›Da, schlachtet mich! Schlachtet mich jetzt, Herr Neigel, aber verlangt nie von mir, meine Kunst zu verraten!‹«

Neigel ist tatsächlich beeindruckt: sein großes Gesicht drückt Staunen und Verlegenheit und sogar Widerwillen aus, als habe er etwas Beschämendes gesehen. (Wasserman: »Solche Szenen pflegte meine Mutter, deine Urgroßmutter, selig sei ihr Andenken, immer zu machen, wenn Herr Lansky, unser Hausbesitzer in Bolichov, soll es ihm so aus der Nase rinnen, wie er unser Blut vergossen hat, die Miete erhöhen kam. Je dringender Mutters Ausreden waren, desto mehr streckte sie ihm ihren Hals entgegen, und desto lauter schrie sie ›Schlächter‹. Ich versteckte mich hinter ihrer Schürze und wollte vor Scham sterben. Doch wer war damals ein Prophet und konnte wissen, daß auch ich mich eines Tages so erniedrigen und eine solche Szene machen würde, nur stand diesmal die Ehre der Kunst auf dem Spiel!«)

Er setzt sich. Er ist äußerst erregt, wie immer, wenn er sich ungerechterweise beleidigt fühlt (mir scheint, es gefällt ihm, sich so zu fühlen), dann erhebt er sich wieder und sagt mit zitternder Stimme: »Herr Neigel, nicht ich, Anschel Wasserman-Scheherezade, bin hier wichtig! Wer und was bin ich schon? Staub und Asche. Ein Nichts. Ich bitte Euch nur, die Ehre der Kunst wiederherzustellen! Der lauteren, unverfälschten Kunst! Der reinen, ursprünglichen Literatur! Denn hier sitzen wir beide und planen ein einzigartiges Experiment. Stellt Euch vor: Ein Schriftsteller schreibt eine Geschichte für ein Publikum von nur einer Person! Und alles, was in seinem Herzen verborgen ist, die Qualen und Illusionen seiner Seele, werden Zeugnis für einen einzigen Mann! Wer hätte das für möglich gehalten?«

Für diese Idee ist Neigel sofort zu haben. Vielleicht, weil einem Tyrannen nichts so sehr schmeichelt wie die Kontrolle über die geheimnisvollen Kanäle des künstlerischen Schaffens. Auch Wasserman spürt das: »Und wenn wir unser kleines Experiment beendet haben, werdet Ihr das einzige Exemplar der letzten Geschichte von Anschel Scheherezade-Wasserman in der Hand halten! Und wenn der Krieg, so Gott will, eines Tages zu Ende ist, werdet Ihr mit Eurer werten Gattin und Euren Kindern vor dem flackernden Kamin sitzen und ihnen die Geschichte vorlesen können, und ich bin sicher, daß auch sie, Eure werte Gattin, Eure Bemühung schätzen wird, den Funken der Kreativität sogar hier, an einem Ort wie diesem, in einem furchtbaren Krieg, zu wahren, nu? Was sagt Ihr dazu?«

Der Deutsche antwortet einfach, er hoffe nur, daß Wasserman auch meinte, was er da sagte. Je mehr er über »unsere Situation« nachdenke, desto mehr glaube er, daß sie beide sich, so weit wie möglich, »wie zivilisierte Leute benehmen sollten, jawohl: wie zivilisierte Leute.« (Wasserman: »Er kostete diese Worte auf seiner Zunge, als spreche er einen Segen aus. Nu, hinter den verhangenen Fenstern stiegen Tag und Nacht drei

Rauchsäulen über dem Lager auf, und ich konnte genau das Geräusch der Maschine hören, die in den Leichenhaufen wühlte, und das Quietschen der großen Schaufel, mit der sie die Leichen zusammenschob und zu den Feueröfen brachte. Und ich nahm all meinen Mut und meine Kraft zusammen, um mit meinem schweren Kopf ›Ja‹ zu nicken.«)

»Einen Handlungsort«, sagt Wasserman mit kaum vernehmbarer Stimme, »wir brauchen einen Handlungsort für die Kinder des Herzens.« Stille tritt ein. Die beiden halten ihren Kopf in den Händen und überlegen. Obwohl Wasserman noch nicht weiß, welche Form die Geschichte annehmen wird, spürt er bereits, daß die Handlung an einem der Orte stattfinden muß, an denen der Krieg wütet. (»Das heißt Polen oder Rußland, vielleicht sogar das böse Deutschland, obwohl ich es vorzog, daß die Geschichte an meinem Ort und nicht an seinem spielte, denn du verstehst ja, ich mußte meine Taten mit Verstand und Vorsicht und sicherer Hand planen, denn ich hatte von Anfang an geheime Absichten, und es war nicht nur zur Unterhaltung, daß ich Neigel die Geschichte erzählte, und damit mein Plan gelingen würde, mußte ich zu jeder Waffe greifen, die mir in die Hände kam, und wie erbärmlich waren doch meine Waffen, ich konfrontierte ihn mit fast leeren Händen! Ich hatte nur Worte als Katapultsteine.«)

Sie suchen weiter nach einem Ort für die Handlung. Die Geschichte, erklärt Anschel Wasserman, sollte sich am besten an einem einsamen Ort zutragen, der aber nicht ganz abgeschieden ist von der Welt. (»Vielleicht ist Euch aufgefallen, Herr Neigel, wie gerne Schriftsteller ihre Geschichten auf einsamen Inseln spielen lassen?« »Und wozu soll das gut sein?« »Ah, nu, das verwandelt jede kleine Sache in eine große Parabel!«) Und die Geschichte sollte auch im Schoße der Natur stattfinden, damit Albert Fried seine berühmte Fähigkeit, sich mit Tieren anzufreunden, demonstrieren kann (»Das war ja eines der sensationelleren Elemente in meinen Geschichten«). Und sie kehren wieder zu ihren Überlegungen zurück, wobei Neigel systematisch seine Fingerknöchel knacken läßt und Wasserman an seinem spärlichen Bart zupft und eine imaginäre Schläfenlocke um seinen Finger wickelt. Plötzlich erhellt ein Lächeln Wassermans Gesicht und er ruft: »Lepek! Eine Lepek-Mine!«

Neigel weiß nicht, was Lepek ist, und ich weiß es auch nicht. Wasserman erklärt es uns mit einer solchen Fachkenntnis, daß ich ihn in Verdacht habe, daß er sich die ganze Sache ausdenkt. Lepek ist, nach seinen Worten, ein Nebenprodukt von Öl, das eine besondere ökonomische Bedeutung für die Juden in der Gegend von Borislav im Lubov-Distrikt hat: Öl wird bekanntlich durch Rohre vom Bohrungsgebiet zu den Riesentanks in den Raffinerien geleitet, nur daß die Rohre in vielen Fällen nicht zueinander passen (»Ein Rohr ist so groß wie Chupim und das andere so groß wie Mupim«), oder sie sind alt und voller Löcher und platzen manchmal, und das Rohöl, das Lepek genannt wird, fließt auf die Straße aus. »Heute passiert das nicht mehr«, erklärt Wasserman. »Das geschah vor sehr langer Zeit. Vor dreißig oder vierzig Jahren!« Wenn solch ein Rohr platzte, eilten die Juden, die Lepek-Arbeiter, ›Lavaken‹ genannt, mit Fässern und Eimern und Lappen herbei, um das ausgeflossene Öl aufzusammeln und es der Ölgesellschaft billig zu verkaufen. Laut Wasserman verdienten sich Hunderte von jüdischen Familien auf diese Weise ihren spärlichen Lebensunterhalt, wie auch sein Bruder Mendel, bevor er in Rußland verschwand: Tag und Nacht wartete er zusammen mit den anderen bei den Rohren und betete, daß eines der Rohre platzen würde. Wasserman: »Ich hatte die Lepek-Geschichte viele Jahre lang für mich behalten, seit den Tagen, als uns Mendel rührende Briefe mit einem Hauch von Hunger, der aus ihnen wehte wie aus einem leeren Magen, über seine Erlebnisse schrieb, aber nun sah ich, daß es an der Zeit war, zu der Geschichte zurückzukehren.«

Schon führt er Neigel durch einen dichten Wald bei Borislav und steigt mit ihm in die Lepek-Mine unter einer großen Allee von Rohren, die von einem benachbarten Bohrgebiet zur Stadt führt. Die Mine steht schon seit dreißig Jahren verlassen da, weil niemand in all den Jahren Lepek brauchte. Doch dann kam der Krieg, und Öl wurde teuer – spinnt Wasserman seine Geschichte weiter –, und darum wurde eine Gruppe von Leuten zur Arbeit in die Mine geschickt.

»Und das ist eine ganz besondere Gruppe, Herr Neigel. Eine Gruppe von Lavaken, Juden und Polen und einem Russen und einem Armenier und noch verschiedenen anderen Leuten, und ihr Anführer heißt Otto, Otto Brigg, und Ottos Schwester Paula kümmert sich um sie und bereitet ihnen die Mahlzeiten zu, und sie verlassen nur selten die Mine, aus Angst vor den großen Karpaten-Bären, mit denen nur Fried umzugehen versteht... Ja, Herr Neigel, sie leben dort in völliger Isolation, nur einmal in der Woche begibt sich Otto Brigg mit dem Lepek, das sie gesammelt haben, ins nächste Städtchen, um ein wenig Nahrung für seine hungrigen Arbeiter heimzubringen, aber mit Eurer Erlaubnis, Herr Neigel, werde ich noch ein paar Fakten über den Ort und dessen Einwohner benötigen und auch über die Mine, in Warschau standen mir Bibliotheken mit Bergen von Büchern und lehrreichen Schriften und Bibliographien zur Verfügung, wohingegen hier in unserem Lager... kurzum – hier habe ich nur Euch. Vielleicht könntet Ihr, mein Herr, einen kleinen Ausflug nach Borislov unternehmen, um die Atmosphäre dort abzutasten?«

Neigel reagiert natürlich mit einem amüsierten Lachen (»Hörst du, was du da redest, Wasserman? Ich leite hier ein Vernichtungslager! Im Osten rücken die Kommunisten vor, und du bittest mich, alles stehen und liegen zu lassen, um für dich nach Borislav zu fahren?«), und auch mir scheint, daß Wasserman zu weit gegangen ist, doch er sieht ruhig und zuversichtlich aus. (»Weil ich Neigels Seele schon ein wenig kannte und sehr wohl spürte, daß er von meiner Geschichte sehr angezogen war, und das war nicht so einfach, wie es schien. Ich sah auch, daß er sehr versessen war auf die kleinen Fakten, ein Mann wie er würde die Geschichte niemals ohne einen eisernen Anker unter seinem Schiff in einem Meer der Phantasie treiben lassen, aij, wie anders war er doch als mein armer Salmanson, der auch sehr auf Fakten versessen war, aber eben weil er sie verabscheute! Indem er sie in all ihrer Erbärmlichkeit zeigte und sie bis an den Rand des Absurden brachte, konnte er sie verhöhnen und sich noch sicherer sein, daß es keinen Gott gab außer dem Gott des Lachens, der Illusion und der Verwirrung, aij, der krumme Lügner... Nu, wie bin ich auf ihn zu sprechen gekommen? Et! Jedenfalls stellte ich Neigel eine Falle, als ich ihm sagte, er solle ›die Atmosphäre abtasten‹, das waren ja dieselben Worte, welche die Kinder des Herzens benutzten, wenn sie sich zu einem neuen Abenteuer aufmachten, und ich wußte, daß Neigel ohne zu überlegen anbeißen würde.«)

Und hier wird Neigel endlich hellhörig und stellt die wichtigste Frage (»Sag mir bitte, wen werden sie diesmal bekämpfen? Bären? Ameisen? Die Ölgesellschaften?«), doch Wasserman weicht ihr aus (»Bin ich ein Prophet, daß ich das wissen kann? Die Geschichte hat noch gar nicht angefangen«). Der Deutsche verlangt eine ausführlichere Antwort (»Wir wollen nichts gegen das Reich und die Deutschen von Adolf Hitler schreiben, das ist dir doch klar, Wasserman?«), und der Schriftsteller: »Wir werden schreiben, was immer wir zu schreiben wünschen, Herr Neigel! Das ist doch die Wurzel unserer Situation, die Ihr vorhin beschrieben habt. Denkt doch, wir beide teilen ein wunderbares Geheimnis! Und wir dürfen nicht unsere heilige Pflicht vernachlässigen, die uns auf so wundersame Weise zugekommen ist! Es ist ein einmaliges Geschenk, das Privileg, hier, ausgerechnet hier völlig frei zu sein. Für mich, aber auch für Euch. Funken, die hoch emporfliegen. Oij, Herr Neigel«, sagt Wasserman und schüttelt den Kopf, »ich weiß nicht, welche Schlacht Euch diese Medaille an Eurer Brust eingebracht hat –«, und Neigel: »Die Schlacht am Ilmensee. In Theodor Eickes Totenkopfstandarte!« »Nu, ja, wie Ihr meint, wo war ich stehengeblieben? Ah! Ich bin sicher, daß Ihr dort nicht halb so viel Mut aufbringen mußtet, wie ich ihn jetzt von Euch verlange, um mir zu helfen, unserer neuen Geschichte Leben einzuhauchen! Werdet Ihr erschrocken zurückweichen? Mich schwachen Herzens darum bitten, Euch eine armselige Geschichte zu erzählen, eine Geschichte, die in den Dunghaufen des unbedeutenden Lebens mit all seinen Ängsten und Sorgen erstickt?« (»So wahr ich lebe, Schloimele, ich weiß nicht, woher ich diesen Mut nahm. Zu Salmanson, der mir meine schönsten Sätze raubte, ohne mich je um Erlaubnis zu bitten, war ich nie so unverschämt. Wie ein Lamm pflegte ich meinen Kopf zu senken und ihn stumm anzulächeln.«)

Und Neigel, hartnäckig: »Nein, nein. Wir können uns nicht erlauben, anti-deutsch zu sein.« Und Anschel Wasserman: »Lassen wir uns von der Geschichte führen. Ich kann nichts im voraus entscheiden.« Und Neigel: »Schreibst du immer so?« Und Wasserman: »Fast immer. Ja.« (»Aber um die Wahrheit zu sagen, stimmte das nicht! Selbst meine Sara, mein Schatz, machte sich stets über mich lustig und sagte, daß ich sogar für einen Einkaufszettel drei Entwürfe machen müsse.«)

»Vielleicht«, sagt Neigel plötzlich, »vielleicht könnte ich tatsächlich kurz in Borislav Halt machen, wenn ich nächste Woche auf Heimaturlaub fahre. Ich habe einmal einige Monate in der Gegend gearbeitet, und es gibt ein paar Dinge, die ich dort... erledigen muß. Ja. Und auch ein paar Leute, die ich früher gekannt habe. Vielleicht ist es an der Zeit, ihnen einen kleinen Besuch abzustatten.« Wasserman verzieht keine Miene. Er weist nur darauf hin, daß »eine kleine Karte von der Gegend und ihren Ölminen eine große Hilfe sein würde« und widersteht der Versuchung, den Nazi darum zu bitten, auch den Zustand der jüdischen Gemeinde in Borislav zu untersuchen, um herauszufinden, ob noch irgend etwas von ihr übriggeblieben ist, und Neigel, ein äußerst ordentlicher Offizier, notiert es in seinem Notizbuch. (»Erst später, Schloimele, erfuhr ich, daß Esau in dieses Notizbuch auch die erforderliche Menge Gas zur Vernichtung eintrug, sowie die Anzahl der Barren gezogener Goldzähne und die Haufen geschorener Haare, und obgleich ich das damals nicht wußte, erschauderte ich, als der erste Anker meines Märchens in den festen Boden seines Lebens ausgeworfen wurde.«)

Trotz der späten Stunde bleiben die beiden noch eine kleine Weile zusammen, auf Neigels unausgesprochenen Wunsch, wie es scheint. Neigel drängt den Schriftsteller, ihm – »und wenn auch nur in ein, zwei Worten« – die alt-neue Bande zu beschreiben, als eine Art Einleitung, sagt er, für das, was kommen wird. »Was kommen wird«, sagt er, aber sein Gesicht sagt »die Freude, die kommen wird.« Wasserman willigt gerne ein und erzählt ihm von dem dichten Wald und von der tiefen Mine und ihren Tunneln und Kanälen, und in den Tunneln – »Hmph«, bemerkt Neigel etwas besorgt. »Das hört sich wie ein Partisanenversteck an; Vorsicht, Wasserman.« Der Schriftsteller antwortet nicht, aber ich fühle plötzlich ein leichtes Brennen in der Nabelschnur, die zwischen ihm und mir gespannt ist. Eine alte Erinnerung, die wir beide teilen, steigt plötzlich ins Bewußtsein auf, versinkt aber, noch bevor wir sie fassen können. Wasserman antwortet dem Deutschen, aber seine

Worte sind an mich gerichtet: »Nein, Herr Neigel, das heißt, keine Partisanen im üblichen Sinne des Wortes, sondern, sagen wir –«

Neigel brummt irgend etwas, das sich wie eine widerwillige Genehmigung anhört. Dann schaut er auf die Uhr, sein Gesicht drückt Staunen aus, und er erhebt sich sofort. Auch Wasserman erhebt sich und steht ihm gegenüber. Der Abschied fällt ihnen irgendwie schwer. Sie sehen wie zwei Freunde aus, die alle Vorbereitungen für eine lange Reise getroffen haben, sich aber noch ein wenig unsicher sind und daher voneinander Mut schöpfen wollen. Neigel schaltet das große Licht aus. Jetzt brennt nur noch das Licht der Schreibtischlampe. Im Halbdunkel, in dem sein Gesicht nicht zu sehen ist, fragt er Wasserman zögernd, was er von ihrem Experiment halte und ob er glaube, daß es ihm gelingen werde, eine schöne Geschichte zu erzählen. Wasserman gesteht, daß auch er ein wenig besorgt, aber auch sehr gespannt sei. In seinem Innern dankt er Neigel, daß er seinen Schaffensdrang wieder zum Leben erweckt »und mir meine kostbarste und geheimste Sehnsucht zurückgegeben hat.«

Neigel schließt die Tür auf, die die beiden Teile der Baracke trennt. Mit abgewandtem Gesicht fragt er plötzlich den Juden, warum er nicht geschrieben hat in all den Jahren, die seit den ›Kindern des Herzens‹ vergangen sind. Wasserman antwortet ihm, worauf Neigel sagt: »Ich wußte nicht, daß einem das Talent ausgehen kann. Interessant … und … ich wollte nur fragen – wie fühlst du dich ohne das Schreiben?« und Wasserman, barsch: »Ihr sollt es nie erfahren, Herr Neigel!«

(»So ist es in der Tat, Schloimele, meinen ärgsten Feinden wünsche ich es nicht! Man wird zum lebenden Toten, Gott behüte, und sein eigener Grabstein. Und derweilen sandten mir Kinder aus ganz Europa, unsere und ihre, Briefe der Anerkennung und der unschuldigen Liebe. Sie lasen meine Geschichten erst jetzt, da sie in ihren Zeitschriften neu gedruckt wurden – keinen Pfennig erhielt ich von den Herausgebern dafür! –, und wenn sie fragten, warum Scheherezade-Wasserman all die Jahre nicht geschrieben hatte, aij … so mußte ich die Zähne zusammenbeißen und ihnen freundlich und liebenswürdig antworten. Und wie die Jahre vergingen, nun ja, so ist der Lauf der Welt und das Urteil des Menschen... Jedenfalls entfernte ich mich immer mehr von dem jungen Mann, der jene Geschichten geschrieben hatte. Am Anfang beneidete ich ihn, so wie man einen Fremden um die glücklichen Tage beneidet, die er gesehen hat, doch allmählich begann ich ihn zu hassen, daß er nicht kühner gewesen war. Und das schlimmste war – meine Frau. Meine Sara. Sie hatte mich als den Schriftsteller Scheherezade kennengelernt, den beliebten Autor der ›Kinder des Herzens‹, nicht jenen mürrischen Korrektor Anschel Wasserman, dem ständig die Verdauung zu schaffen machte... und du wirst verstehen, daß meine Sara, meine Seele, kein Wort darüber verlor, aber ihr Schweigen gellte in meinen Ohren, aij, mögest du nie solche schlechten Tage und Gedanken kennen.«)

Ich begleitete ihn zu seiner Nische auf dem Dachboden. Dort saß er zwischen Stapeln von Papier, Kisten aus Holz und Stahl und dem Rascheln herumflitzender Mäuse. Er legte sein Heft beiseite und lehnte den Kopf an die Wand. Seine Augen waren geschlossen. Ein kleiner Mann mit einem zarten Körper, in ein prächtiges Gewand gehüllt, das lächerlich wirkte in der armseligen Nische. Er wartete auf irgend etwas, aber ich wußte nicht auf was, und ich fragte ihn, Großvater, worauf warten wir, doch er antwortete nicht, und ich fragte ihn, Was sollen wir jetzt tun, und er antwortete mit geschlossenen Augen: »Es gibt nichts, was wir jetzt tun können, Schloimele. Ich habe schon gemerkt, daß du immer etwas tun willst. Daß das Warten dir Angst macht. Aber jetzt mußt du Geduld haben, Körper und Seele aufgeben, und selbst wenn du Angst bekommst und wegläufst, werde ich mich diesmal nicht von der Stelle rühren, denn ich habe nichts mehr, wohin ich fliehen kann, die Geschichte ist mein Leben, mein Zeugnis, das Zeichen, das Gott auf meinem Fleisch hinterlassen hat, und vielleicht beginnst auch du jetzt etwas zu ahnen, nu was, genug geredet...«

Im nächsten Augenblick waren wir nicht mehr allein. Die Luft verdichtete sich und vibrierte. Meine Hand begann zu zittern, als hätte sie ein eigenes Leben. Meine Finger preßten sich zusammen. Ich starrte verblüfft auf sie: sie fingen zu ziehen an, aber es war nichts dort. Sie hörten nicht auf, sich zu bewegen. Sie tasteten. Sie überzeugten die Luft, in einem bestimmten Muster auf sie zuzuströmen, sie bewegten sie klug, hartnäkkig, schlugen sie zu einer dichteren Substanz, und plötzlich fühlte ich Feuchtigkeit auf meinen Fingerspitzen, und auf einmal begriff ich, daß meine Finger eine Geschichte aus dem Nichts zogen, Gefühle und Worte und flachköpfige Figuren, embryohafte Geschöpfe, die noch naß waren, die ins Licht blinzelten mit den Überresten der nährenden Plazenta der Erinnerungen, die versuchten, sich auf die Beine zu stellen, die wankten und umfielen wie eintägige Rehkitze, bis sie schließlich stark genug waren, einigermaßen sicher vor mir zu stehen, die Geschöpfe aus Großvater Anschels Geist, deren Geschichten ich gelesen und gesucht und so sehnsüchtig geahnt hatte: der kleingewachsene, robuste Otto Brigg mit seinen kurzen blauen Hosen voller Flecken, Otto, dessen Bewegungen voll und weit und unendlich großzügig waren; und da war auch seine Schwester, die kleine Paula Brigg mit dem dicken blonden Zopf und den gleichen tiefblauen Augen wie Otto; die energische Paula, die stets die gerade Linie zwischen zwei Punkten ging, die keinen-Unsinn-Paula, die liebevoll und energisch für die Kinder des Herzens sorgte ... aber es gab noch andere, die darauf warteten, geboren zu werden, und die unsichtbare Gebärmutter verkrampfte und krümmte sich, und Großvater Anschel keuchte und sein Gesicht war rot und verschwitzt, und meine Finger zogen eine klare, schleimige Flüssigkeit hervor und dann ein langes, heiseres Stöhnen der Reue, und mit großer Anstrengung kam Fried heraus, der kleine Albert Fried, schweigsam und verschlossen, eingesperrt in seine Schüchternheit und seine Ängste, der kaum Hoffnung hatte, Zuneigung oder Freundschaft zu erfahren, doch zu seinem Glück wob ihn Anschel Wasserman in die Gesellschaft von Otto und Paula ein, und die beiden nahmen ihn mit solcher Leichtigkeit auf, daß er mit Freude seinen Argwohn und seine unwichtigen und überflüssigen Geheimnisse aufgab und sich der Welt wie eine Blume öffnen konnte. Und wer war noch da? Sergej der Russe, groß und dünn, Sergej-mit-den-goldenen-Händen, der sich jedes Werkzeug und Gerät basteln konnte und der die Siebenmeilenstiefel genäht hatte und in jeder Wand eine kleine Tür zu fernen Welten öffnen konnte, und besonders prägten sich die Experimente ein, die er in Großvater Anschels Geschichten mit der Zeitmaschine anstellte, und der einzige humoristische Abschnitt in den Geschichten der Kinder des Herzens war der, in dem er – aus Versehen – eine ganze Stadt durcheinanderbrachte, indem er ihre Uhren zurückstellte. Und auch Herotion der Armenier mit der Flöte in der Hand war da, und Großvater Anschel sah mich an, schwach und blaß lag er da, aber er lächelte. »Hör auf mich, Schloimele, bestell jeden, den dein Herz begehrt, hierher...«

»Was hast du gesagt?«

»Jeden, den dein Herz begehrt!«

Und er streckte seine schlaffe Hand aus und zeigte auf die kleine Nische, die sich mit den Kindern des Herzens füllte. Ich merkte, daß irgend etwas sie daran hinderte, einander wahrzunehmen, als befände sich jeder von ihnen unter einer Glasglocke. Ja, tatsächlich: sie bewegten sich, traten auf der Stelle, schauten sich sogar um, als warteten sie auf irgend etwas, aber sie waren völlig isoliert voneinander. Und aus irgend einem Grund dachte ich, daß ich sie schon einmal so gesehen hatte, oder beinah so, und damals waren noch andere bei ihnen, ich konnte mich nur nicht erinnern wer, und Großvater Anschel half mir nicht. Er lag auf dem Rücken, hatte die Hände auf dem Mund und ein seltsames Lächeln in den Augen, ein glückliches, sehnsüchtiges Lächeln. Er sah aus wie ein uraltes Baby. »Da stehen sie alle vor dir«, sagte er mit sanfter Stimme, als erzählte er seinem Enkel ein Märchen, so wie er es mir hätte erzählen sollen und es nicht konnte. »Du siehst sie jetzt so, wie sie gesehen werden sollen«, sagte er, »nicht so, wie ich sie schrieb, sondern so, wie meine Sara sie zeichnete, Linie für Linie...« Übrigens kam es mir da in den Sinn, daß Wasserman erst, als er ihre Zeichnungen sah – und das war achtzehn Jahre, nachdem er die Serie geschrieben hatte –, wirklich wußte, wie seine Figuren aussahen. »Ihre Zeichnungen«, bestätigt er mit einem mondsüchtigen Lächeln, »waren für meine Geschichten das, was Herotions Flöte für Beethovens schwerhörige Ohren waren: plötzlich sickerten die süßen Klänge durch die Trennwand meiner Taubheit ein...«

Aber fünf waren nicht genug. Das fühlten wir beide. Und obwohl ich damals nicht wußte, was für eine Falle Wasserman für Neigel plante, um ihn »nach Chelm zurückzuschicken«, so war mir trotzdem klar, daß wir für diesen Krieg mehr Kämpfer brauchen würden, Partisanen einer unbekannten Art, »Partisanen«, sagte ich, »in einer ganz besonderen Bedeutung, die – –«

Wir sahen uns an. »Wir sind jetzt ganz allein auf der Welt« sagte mein Großvater. »Nur du und ich. Wie leer die Welt ist. Wir könnten sie aufteilen und neu benennen... Komm, Szloma, des Tobias Sohn, sitz mit mir in meiner Nische, es ist niemand hier außer uns beiden und unseren Freunden, genug gezögert, Schloimele! Bring schnell deine Partisanen herein...«

»Nein!« schrie ich. Ich war ein wenig erschrocken. Als man mich das letzte Mal aufgefordert hatte, die Welt aufzuteilen und neu zu benennen, hatte es böse geendet, und der Rest ist bekannt. »Nein, Großvater, nicht du!« schrie ich laut, vielleicht zu laut, »nicht du! Mir hat Brunos Utopie gereicht! Ich habe keine Kraft für große Hoffnungen.«

Und dann sagte mein Großvater – in seiner Sprache –, daß Utopien für Götter gedacht sind. Und daß die Menschen wie Fliegen sind und die Geschichten, die man ihnen erzählt, wie Fliegenpapier sein müssen. Utopien sind gold-bedecktes Papier, sagte er, und Fliegenpapier muß man mit allem bedekken, was der Mensch aus seinem Körper und seinem Leben ausscheidet, vor allem mit Leiden. Und mit Hoffnung, deren Maß das menschliche Maß ist, und mit Vergebung.

»Und *sie*, glaubst du wirklich, daß *sie* die richtigen sein werden?« fragte ich äußerst skeptisch. »Sie sind doch nur – –«

»Sie sind erlesene Krieger, auf ihre Art. Das weißt du genauso gut wie ich. Du hast ja noch vor mir an sie gedacht. Und obwohl sie nicht in meiner Geschichte waren, als ich sie das letzte Mal erzählte, wird es mir jetzt um so angenehmer sein, wieder mit ihnen zusammen zu sein, wie damals in unserer Gasse, in dem einzigen Krieg, der es wert war...«

Und wir gebaren auch sie. Aaron Markus und Chana Zitrin und Ginzburg, Seidman und Max und Moritz, die Ärmsten, und Jedidja Munin. Und es war, als wäre noch kein Tag vergangen, seit ich sie zu der Bestie geführt hatte. Und auch sie standen da, als wären sie von einer unsichtbaren Wand umgeben. Chana kratzte sich mit aller Kraft die Schenkel und stöhnte dabei. Aaron Markus verzerrte pausenlos sein gequältes Gesicht. Nichts hatte sich verändert: der finstere Ginzburg, dessen Haut mit häßlichen weißen Narben bedeckt war und der keinen Zahn mehr im Mund hatte, nickte mit dem Kopf und fragte in demselben bekannten Tonfall: Wer bin ich, während sein kleiner Freund, Malkiel Seidman, von dem man sich erzählte, daß er ein Doktor für Geschichte war, der den Verstand verloren hatte und nun innen ganz leer war und immer den, der gerade neben ihm stand, nachahmte, diesmal zufällig Jedidja Munin am nächsten stand, und daher steckten die Hände der beiden tief in den Taschen, wo sie kräftig herumtasteten. Alle seufzten und stöhnten und waren voller Leben und Bewegung. Wandernde Juden, die keinen Schritt machten. Wir warteten alle auf irgend etwas, aber wir wußten nicht, auf was.

»Vielleicht wunderst du dich«, sagte Anschel Wasserman schließlich, »warum ich so großzügig bin und dir erlaube, deine eigenen Kreationen in meine Geschichte einzuflechten? Et! Was spielt das für eine Rolle, ob es deine oder meine sind, solange sie mit Mut gegürtete Krieger sind? Du verstehst, daß es nicht das erste Mal ist, daß ich mit jemandem über die Geschichte rede, und es ist möglich, daß ich, noch bevor ich sie Neigel erzählt habe, durch die Welt gewandert bin und sie diesem und jenem erzählte und daß mittlerweile tausend Geschichten nach ihr geschrieben wurden – deine wird Geschichte Nummer tausendundeins sein –, und jeder, der sie gehört hat, wollte seine Liebsten hineinbringen, und ich werde dir ein kleines Geheimnis verraten, sogar Neigel leistete einen Beitrag, als seine Zeit kam, und bereicherte meine Geschichte... Jeder Mensch bringt das, was er hat, die Bruchstücke seines eigenen Lebens, seine Liebsten, seine Vergessenen... Nein, Schloimele, wie viele Menschen du mir auch bringen wirst, es wird immer Platz für noch mehr geben, nur die Geschichte selbst bleibt mir stets verborgen und ich muß sie mit meinen spärlichen Kräften finden, und dabei kann mir niemand helfen, und ich, ich war immer ein Feigling, *nebbich*, und selbst jetzt schaudere ich, während ich unsere Freunde mit einem Strich meiner Feder von Schneiderpuppen in Märchenhelden-aus-Fleisch-und-Blut verwandle, und wenn Salmanson hier wäre, würde er seinen Mund spöttisch verziehen und sagen, ›Das Problem mit dir, mein kleiner Wasserman (so pflegte er alle seine Predigten zu eröffnen, und man müßte sich einmal hinsetzen und versuchen herauszufinden, wo er diese Vorhaltungen hergenommen hat), ist, daß du ein Feigling bist! Ein Feigling im Leben und ein Feigling mit deiner Feder! Vielleicht erinnerst du dich, wie viele Diskussionen ich mit dir hatte, bis du überhaupt einverstanden warst, die langweilige Arbeit im Archiv aufzugeben und richtig zu schreiben anzufangen? Und dann, als dieser Versuch gelang, welche Mühe hatte ich, dich zu überreden, eine richtige Serie zu schreiben?! Und wie viele Nächte saß ich bei dir und drängte dich, es zu wagen, ganz andere Kindergeschichten zu schreiben als die deiner hebräischen Vorgänger? Denn du wärst nur zu gerne ihren schnurgerade gepflasterten Weg gegangen und hättest wie sie wieder über den jungen Abraham geschrieben, der die Götzenbilder zerschmetterte, und über den jungen König Salomon, der seinen Brei nicht essen wollte, bis sich Joab der Feldhauptmann eines Tages unter dem Tisch versteckte und ihn mit donnernder Stimme erschreckte. Nein! Solche Geschichten haben wir genug! ›Die Liebe zu Zion‹ und ›Die Moral der Jugend‹, und ich hatte dich, mein kleiner Wasserman, dazu ausersehen, so zu schreiben, wie ein freier Schriftsteller schreiben sollte. So wie *ihre* Schriftsteller schreiben! Ja, ja (würde mir Salmanson sagen, wenn er jetzt hier wäre), ich fürchtete mich nicht vor der Beschuldigung, die man uns zur Last legen würde, und ich hielt es für gut und richtig, daß ein jüdischer Schriftsteller endlich schöne Abenteuergeschichten schreiben sollte, die aufregend und spannend und voller Liebe zum Menschen und nicht nur zum jüdischen Menschen waren!‹ Nu, Schloimele, er drängte mich so, daß ich mich hinsetzte und meine ›Kinder des Herzens‹ schrieb, und die vor Neid brennenden Kritiker fielen über sie her, als hätten sie reiche Kriegsbeute gefunden, und sie tauchten ihre Feder in Galle und verleumdeten mich und beklagten mein dürftiges Talent und auch meinen boshaften Plan, die Jugend Israels zu verderben, und sie ruhten nicht, ehe sie nicht den liebenswerten Schriftsteller Abraham Mordechai Piurco heraufbeschworen hatten, der zwanzig Jahre vor mir das Buch ›Treue Sprößlinge‹ geschrieben und es tatsächlich gewagt hatte, einfache Geschichten über Herzensgüte, Treue und Mut zu sammeln und in die Sprache von einst zu übertragen, und diese Geschichten handelten nicht nur von unseren jüdischen Brüdern, sondern auch von Ungläubigen! Und wenn er einen Mann von Charakter beschreiben wollte, so erzählte er nicht wieder über unseren Vater Abraham, sondern, möge ich mich irren, über einen englischen Kapitän namens Richardson! Aij, Schloimele, diese Kritiker machten mir das Leben unerträglich, und wäre Salmanson nicht gewesen, dessen Hand sich nie von meiner löste, so hätte ich nicht einmal das Wenige geschrieben. Doch obwohl ich schrieb, wußte ich, daß ich ihn grämte, weil ich seine Erwartungen nicht erfüllte. Und in all den zwanzig Jahren, in denen ich die Geschichten der Kinder des Herzens schrieb, stritten wir uns über jeden Buchstaben und jeden Apostroph, und er stürzte sich mit gezückter Feder auf mein Manuskript, korrigierte und strich mit ungeheurer Wut und einer Schar von bösen Engeln und schrie: ›Mörder! Dieb! Plagiator! Ich weiß, daß du besser schreiben kannst! Ich habe doch deine Jugendgedichte gelesen! So ein Talent geht nicht verloren, es wird nur vernachlässigt und verraten! Dein Talent ist im Stich gelassen worden, Wasserman! Und wenn du wenigstens besser zu stehlen wüßtest, damit deine von Angst und Schweiß feuchten Fingerabdrücke unentdeckt blieben! Aber alle deine Figuren sind nach deinem Ebenbild geschaffen: Und selbst wenn du sie zu den phantastischsten Orten schickst, so bleiben sie doch zaghafte kleine Wassermänner, die sich mühsam durch deine viel zu langen Sätze winden! Du schreibst wie ein Galizier! Lang, viel zu lang! Und weiß der Teufel, warum ich dich weiterhin drucke, nur er weiß, warum die Kinder so begeistert sind von deinen blassen Geschichten! Ach, Wasserman, etwas mehr Mut! Und auch etwas mehr Humor, im Leben bist du doch auch nicht so trocken und kannst deine Mitmenschen zum Lächeln bringen, wenn auch nicht immer absichtlich, warum bist du so geizig mit den Gewürzen der Ironie? Nu, sei ein Clown, mein Wasserman, ein Komiker auf Hochzeiten und ein Lügner und Betrüger von Worten, und schreib mit Liebe, und vor allem mit Wahnsinn, sonst ist alles so fade, so elend, seelen- und gottlos. Na, Wasserman, was meinst du?‹«

3.

Aber es müssen ein paar Tage verstreichen, bevor die Geschichte erzählt werden kann. Erstens hat Neigel auch noch andere Dinge in seinem Lager zu tun, als sich ein Märchen über die alt gewordenen Kinder des Herzens anzuhören. Manchmal, während der Arbeit, mitten in einer wichtigen Besprechung oder wenn er hinausgeht, um die Transporte, die mit dem Zug ankommen, zu beaufsichtigen, fühlt er sich zwar dazu verleitet, für einen kurzen Augenblick die verirrte Luftblase einer seltsam angenehmen Erinnerung zu genießen, um sich dann wieder auf seine Pflichten zu stürzen, aber auch ohne Neigel zu sehr kennenlernen zu wollen, bin ich mir sicher, daß seine Arbeit nicht im geringsten unter diesen kurzen Pausen leidet. Wer ihm bei der Arbeit zugesehen hat (Stauke zum Beispiel), wird mit neidischer Achtung bezeugen können, daß Obersturmbannführer Neigel aus einem unzerstörbaren Stoff gemacht ist, und selbst nach anderthalb Jahren schwerer Arbeit als Lagerleiter ist er noch genauso hart und entschlossen wie immer: Kompromißlos in der Erfüllung seiner Pflicht und der Pflicht seiner Männer, ein Mörder, der seine Gefühle nicht zeigt, das wahre Ideal, wie es von Reichsführer Himmler (der Neigel sehr gerne mag!) entworfen wurde, und nun hat in den letzten Tagen, wie es scheint, neue Kraft seine Glieder gestählt: Er ist überall im Lager zu sehen. Als gäbe es zehn Neigels, und alle voller Energie und Initiative und Effizienz. Er vollstreckt eigenhändig das Todesurteil an den zwei ukrainischen Wächtern, die bei der Annahme von Bestechungen erwischt werden; am Eingang zu den Gaskammern erschießt er kaltblütig vier Frauen und ihre Kinder, weil sie Unruhe gestiftet und die Wächter in Verlegenheit gebracht haben; jeden Abend brennt nun bis nach Mitternacht das Licht in seiner Baracke, und um zwei Uhr morgens geht er die Wächter kontrollieren. Im Lager wird Doktor Stauke bereits gebeten, dem Kommandeur nahezulegen, ein Mittel gegen Schlaflosigkeit zu nehmen. Stauke tut das Gerücht der Schlaflosigkeit mit einem höhnischen Lachen ab. Stauke ist der Ansicht (wie ich den Memoiren entnehme, die er einem amerikanischen Journalisten 1946 diktierte, als er sich in der Irrenanstalt in Lodz befand und darauf wartete, daß das Gericht ihn für unzurechnungsfähig erklären würde, was er anscheinend tatsächlich war, außer in seltenen Momenten der Geistesgegenwart; in einem solchen Moment wurde dieses Interview gegeben), daß niemand im ganzen Reich Himmlers Ideal eines deutschen Offiziers mehr entsprach als Neigel. »Aber er war auch so langweilig!« klagt Stauke. »So verschlossen und engstirnig und tödlich fade! Man konnte mit ihm über nichts mehr als zwei Sätze reden, außer über seine Schlacht am Ilmensee und über seine Kindheit in Bayern – natürlich Bayern, wo denn sonst? Haben Sie etwa gedacht, er käme aus dem Rheinland? Hören Sie, das lassen Sie besser aus... und über Pferde konnte man mit ihm reden. Aber er war ein guter Offizier. Das ja. Vielleicht etwas phantasielos, aber aufrichtig und treu wie ein Hund. Und furchtbar ernst war er, dieser Neigel. In letzter Zeit denke ich nachts viel über ihn nach. Es fällt mir hier schwer einzuschlafen, wegen der lauten Schreie. Hören Sie sie auch? Nein? Aber das kann einen ja verrückt machen... (folgt ein unwichtiger Abschnitt). Ja. Er war viel zu ernst. Er nahm das Leben sehr schwer. Ich habe mich gerade an noch etwas erinnert: Er lachte zwar, wenn jemand einen schmutzigen Witz erzählte, aber man konnte ihm ansehen, daß es ihm peinlich war, oder daß er ihn vielleicht gar nicht verstanden hatte. Nein, er war kein geselliger Mensch, wenn Sie verstehen, was ich meine. Vielleicht hatte er Freunde in seinem Verein, ich weiß es nicht, aber bei uns im Lager – keinen. Er ging nie in den Offiziersklub einen trinken, und natürlich war man darüber verbittert, man sagte, er sei arrogant und das alles, aber ich« – sagt Stauke mit einem seltsamen Lächeln, dem geisterhaften Lächeln eines Menschen, der anscheinend eine unbeschreibliche Erfahrung durchgemacht hat – »ich glaube, daß er einfach schüchtern war, daß er irgend so eine konservative, kindische Vorstellung hatte, wie sich ein Nazi-Offizier zu verhalten habe, fast alle waren so in der SS... (folgt ein unwichtiger Abschnitt). Er, das heißt Neigel, kannte nicht einmal den Vornamen des Mannes, der anderthalb Jahre sein Chauffeur war! Nur einmal geschah etwas, das ihn ein wenig aus der Haut fahren ließ, das war ungefähr Anfang 42, im Februar oder März, als er mich nach einer Offiziersbesprechung plötzlich bat, in seinem Zimmer zu bleiben, und ich nicht verstand, was los war. Er wartete, bis alle gegangen waren, dann ging er zum Schrank und holte eine Flasche 87prozentigen heraus, die er dort für offizielle Empfänge hoher Offiziere aufbewahrte. Er schenkte zwei Gläser ein und sagte: ›Mein Sohn Karl Heinz ist heute drei Jahre alt! Ich habe ihm versprochen, seinen Geburtstag zu feiern, auch wenn ich weit weg bin! Auf sein Wohl!‹ Und er hob steif sein Glas, als salutiere er, trank einen Schluck und erstickte beinah. Er war es nicht gewohnt zu trinken, verstehen Sie. Auch ich erstickte beinah, aber vor Lachen, er war so, wie soll ich sagen, so pflichterfüllt! Natürlich versuchte ich die Gelegenheit zu nutzen und ihn ein bißchen über seine Familie usw. auszufragen, aber seine knappen Antworten gaben mir zu verstehen, daß das freundschaftliche Treffen zu Ende war.« Stauke bittet den amerikanischen Journalisten, ihm eine Zigarette anzuzünden und sie ihm in den Mund zu stecken; er trägt eine Zwangsjacke, nachdem er schon dreimal versucht hat, sich umzubringen, sehr zur Verlegenheit der ihn behandelnden Ärzte, die alle einstimmig behauptet hatten, Staukes starker Drang zum Selbstmord sei völlig unverständlich, da er ein Mensch von pathologischer Gewissenlosigkeit sei und nie Reue über seine Taten gezeigt habe.

Und wir müssen nun geduldig auf Neigels monatlichen Heimaturlaub und auf seine Rückkehr nach nur zwei Tagen warten. Inzwischen folgen wir Wasserman bei seiner neuen Arbeit und seiner täglichen Routine und lassen ihn lang und breit über das Thema reden, das ihn in den letzten Tagen so sehr beschäftigt – die Bedeutung guter Ernährung für die Kreativität – und hören uns seine endlosen Klagen über seine Verdauungsschwierigkeiten und seine ermüdenden Spekulationen über das nächste Abendessen und seine Erinnerungen an ganz andere Mahlzeiten an. (»An einem Abend wie diesem in Warschau, aij, es scheint mir jetzt wie vor hundert Jahren, bevor ich anfing, bei Neigel zu essen, pflegte ich in Feintuchs Eßlokal zu gehen und dort mein Journal auf dem rot-weiß karierten

Wachstuch auszubreiten, und der alte Feintuch begrüßte mich mit einem Lächeln und rief zur Polin in der Küche: ›Wasserman!‹. Anstelle des Menus riefen sie immer den Namen des Kunden…«) Zweifellos erregte Wasserman die Aussicht auf eine feste, üppige Mahlzeit nach einer so langen Zeit des Hungers sehr.

Als Neigel nach all den Tagen endlich ins Lager zurückkehrt, würdigt er Wasserman, der im Garten jätet, keines Blickes, und Wasserman fürchtet schon, daß etwas geschehen ist, aber es ist nichts geschehen, und in der Nacht, nachdem Neigel seine Arbeit beendet und den Rückstand, der sich in seiner Abwesenheit angesammelt hat, aufgeholt hat, ruft er Wasserman zu sich herein und überreicht ihm mit einem Stolz, den er kaum verbergen kann, drei aus seinem Notizbuch herausgetrennte Seiten mit Notizen (in großen Buchstaben) von seinem Besuch in der Mine.

Wasserman sagt kein Wort und beginnt zu lesen. (»Was soll ich dir sagen, Schloimele, seine Notizen hatten die Seelengröße einer Fliege! Sie hörten sich an wie ein Militärbericht. Ja, ja! Nur an einer Stelle bemerkte ich, daß unser Esau eine kleine Verschönerung versucht hatte, vielleicht wollte er mich bezaubern, als er schrieb: ›verzweigte Tunnel voll seltsamer Rätselhaftigkeit.‹ Ah, aus dem Schwanz eines Schweines kann man keinen Hut für einen Chassiden machen!«)

»Süß wie ein Kuß!« lügt Wasserman, als er zu Ende gelesen hat, und nun kann sich Neigel nicht länger zurückhalten und beginnt voller Stolz und Begeisterung zu erzählen, wie er nach Borislav fuhr, sich dort mit einem Offizier aus seiner Bekanntschaft traf und ihm eine Geschichte auf die Nase band über den Grund seines Besuches, um den Mann dazu zu bringen, ihn zu der verlassenen Lepek-Mine zu führen, die sie nur auf einer alten Landkarte vom Anfang des Jahrhunderts finden konnten, und was für eine phantastische Geschichte er ihm erzählt hatte, um seine argwöhnischen Fragen zu beenden, ah! Neigel erzählt das, als rühme er sich eines hochkomplizierten und erfolgreichen Feldzugs auf feindlichem Gebiet, und Wasserman hört ihm mit gesenkten Augenlidern zu und sagt schließlich: »Alle Achtung, Herr Neigel, ich sehe, daß die Leidenschaft der Geschichte mit aller Kraft in Euch brennt!« Und der Deutsche, mit einem breiten Lächeln, von dem ich bezweifle, daß irgend einer seiner Untergebenen es je gesehen hat: »Hör zu, Wasserman – es gibt dort einen wunderschönen Kurort in der Gegend, mit Mineralquellen, und sogar mit einem Kino! Und was habe ich dort gemacht? Eine stinkende Lepek-Mine habe ich dort gesucht!« Und Wasserman: »Aij, Herr Neigel, das habe ich gleich gespürt, als wir uns trafen! Ihr habt das Zeug zu einem wahren Künstler!« und Neigel: »Ach, jetzt redest du Unsinn, Wasserman, du weißt genau, daß ich nicht dazu geeignet bin, ein Schriftsteller zu sein. Obwohl meine Frau immer sagt, daß ich sehr schöne Briefe schreibe.« Doch Wasserman wiederholt schamlos den Unsinn über den versteckten Funken in Neigel und wie wichtig es sei, ihn von der täglichen Routine der Pflicht und der Arbeit zu befreien, und Neigel lacht wieder und winkt ab, aber für einen Augenblick überzieht eine Röte seine Wangen, und plötzlich macht er eine bestimmte Handbewegung, woraufhin Wasserman und ich beinah in ein unhöfliches Lachen ausbrechen, denn der Deutsche hat unabsichtlich genau die richtige Geste gemacht, die folgendes ausdrückt: 1. scheinbare Abwertung, 2. die bekannte Freude der Schmeichelei, 3. falsche Bescheidenheit, und 4. ein starkes Verlangen: Mehr! Mehr! (Wasserman: »Du siehst, Schloimele, meine Mutter, Gott hab sie selig, hatte recht, als sie sagte: Wenn man Chaimke schmeichelnde Worte sagt, scheinen sie ihm wahr...«)

»Wie Ihr wißt«, sagt Wasserman, nachdem sie sich beide beruhigt haben und nun beschließen, mit der Geschichte anzufangen, »befinden wir uns unter der Erde.«

»In der Lepek-Mine«, bestätigt Neigel mit einem herzlichen Lächeln.

Doch Wasserman stößt aus, ohne Neigel in die Augen zu schauen: »Vielleicht ja und vielleicht nein. Ich bin mir noch nicht ganz sicher.«

Woraufhin sich Neigel höflich versichern möchte, ob er den Juden richtig verstanden habe, und als sich herausstellt, daß sich Wasserman tatsächlich »noch nicht ganz sicher« ist, schäumt er derart vor Wut, daß seine Lippen weiß werden, und er verlangt zu wissen: »Was soll der Zirkus?« Sie haben doch noch vor einer Minute beide über die Mine von Borislav gesprochen und dort die Handlung geplant, ganz zu schweigen von den gewaltigen Anstrengungen »und dem beachtlichen Risiko«, das Neigel auf sich genommen hat, um in Borislav »die Atmosphäre abzutasten«, ganz zu schweigen auch von den dummen Lügen, in die er sich verstrickt hat, und von seinem guten Namen, den er gefährdet hat, und all das, wozu? – »Damit du plötzlich in einer Kapriole beschließen kannst, daß du die Lepek-Mine nicht willst?!«

Aber Wasserman ist nicht erschrocken. Er ist höchstens nachdenklich. Er antwortet Neigel mit verdächtiger Ruhe. Beruhigt ihn listig, wie es seine Art ist, indem er ihm erklärt, das sei immer so mit einem Kunstwerk – »Man baut etwas auf und widerlegt es und baut es wieder auf und widerlegt es wieder tausendmal!« Und er vertraut Neigel an, daß er auf diese Weise schreibe, daß er nie etwas Neues erfinde, sondern sozusagen nur eine Geschichte aufdecke, die schon irgendwo auf der Welt existierte, und ihr folge wie das Kind, das einem hübschen Schmetterling nachjage. »Ich bin nur der Sekretär der Geschichte, Herr Neigel, ihr ergebener Diener...« Und als sich Neigel schließlich etwas beruhigt und nur noch Worte des beherrschten Zorns und verletzten Stolzes brummt, geht Wasserman noch weiter und erteilt ihm eine Lektion, in der nur ich den Stich der Rache höre: »Euer Hauptproblem (!), Herr Neigel, wenn ich so sagen darf, ist, daß Ihr nie aus Euch herausgeht! Auch die Kräfte der Phantasie müssen Turnübungen machen und ab und zu ihre Glieder strecken, sonst erschlaffen und verkümmern sie, Gott behüte!«

Wird sich Neigel jetzt endlich erheben und Wasserman mit eiserner Faust niederschlagen? Wird er Wasserman aus der Baracke werfen und ihn ins untere Lager zum gräßlichen Keisler zurückschicken? Neigel tut nichts dergleichen. Er denkt nach über das, was er soeben von Wasserman gehört hat. Er sieht noch immer wütend aus, doch in sein Gesicht stiehlt sich nun ein anderer, neuer Ausdruck, der schwer zu definieren ist. (»Hast du es auch bemerkt, Schloimele? Du hast das Auge eines Schriftgelehrten! Ja, ja, einen Augenblick sah sein Gesicht tatsächlich so aus wie das Gesicht eines Lehrlings, eines scheinbar ergebenen Schülers, der auf jedes Wort seines Meisters horcht, doch im Inneren bereits plant, dessen Weisheit zu stehlen...«)

»Erzähl schon«, sagt Neigel. »Ich höre.«

»Schön«, sagt Wasserman, »wir befinden uns also unter der Erde. Zwischen den Höhlen und den Tunneln. Vielleicht könnt Ihr mir helfen, Herr Neigel, und mir sagen, wie es dort drinnen riecht?«

»Wie es dort riecht? Wie in jeder Mine, denke ich. Nur daß es noch mehr stinkt.«

»Ich bitte um Vergebung, aber das reicht nicht.«

»Nun ja – es riecht nach Öl!«

»Ist das alles?«

»Hör mal, Wasserman, wer erzählt die Geschichte – ich oder du?«

»Ich, mit Eurer großzügigen Hilfe. Aber ich werde vielleicht Eure Fähigkeiten benötigen, Ihr versteht, denn ich habe keinen Geruchsinn, möget Ihr nie davon wissen, und konnte daher nie besonders gut über Düfte schreiben, die Wonne einer jeden Nase, und früher pflegte mir meine Frau dabei zu helfen. Bitte, Herr Neigel.«

»Hmph. Was? Gerüche, sagst du… Gerüche? Vielleicht roch es dort auch nach –« Er schließt die Augen, lehnt seinen Kopf zurück und versucht sich zu erinnern. »Ja. Mir scheint, es roch dort auch nach Tieren. Nach Kaninchen vielleicht. Ich bin mir nicht sicher. Das ist alles, woran ich mich erinnere.«

»Kaninchen!« sagt Wasserman erfreut und schreibt etwas in sein Heft. »Ich mag Kaninchen, Herr Neigel. Hört zu: ›… Auch die Kaninchen treffen sich in der Mine, bevor sie in wärmere Länder ziehen. Und die Füchse kommen zu Tausenden dorthin, um ihren Winterschlaf zu halten.‹ Nu? Schön, nicht wahr? Es macht Fortschritte!«, und er reibt sich zufrieden die Hände.

Neigel zieht die Richtigkeit dieser zoologischen Fakten in Zweifel, und Wasserman gibt ihm sofort die Aufgabe, es nachzuprüfen. Neigel sieht ihn wütend an und notiert es sich.

Wasserman liest weiter aus seinem Heft vor. Er erzählt Neigel von der großen Halle, der ›Halle der Freundschaft‹, in die alle Tunnel führen, die – fügt Wasserman galant hinzu – »verzweigt und voll seltsamer Rätselhaftigkeit sind.« Ich muß wieder darauf hinweisen, daß Großvaters Stimme nicht angenehm ist. Sie ist näselnd und eintönig, und wenn er spricht, bilden sich weiße Speichelbläschen in den Mundwinkeln. Und doch liegt eine gewisse Erhabenheit auf seinem Gesicht, die Neigel dazu bewegt, ihm zuhören zu wollen. Anschel Wassermans häßliches Gesicht wirkt beinah anmutig, als er die Halle der Freundschaft beschreibt, die um die Riesenwurzeln einer alten Eiche gegraben wurde, und dann folgt ein herrlicher langer Augenblick, in dem ich vergesse, daß ich die Worte verstehe, und zu jener alten Melodie zurückkehre und die Gier des Kindes verspüre, die Geschichte zu verstehen.

In der Halle der Freundschaft, erzählt Wasserman, versammelt sich die Bande gegen Abend, nachdem die Arbeit beendet ist. Sie lehnen sich an die Wände und Wurzeln, unterhalten sich auf angenehme Weise oder schweigen friedlich, während sie die gute Suppe essen, die Paula ihnen gekocht hat, und in der Mitte der Halle tanzt die Flamme einer Paraffinlampe (»Ihr sollt wissen, Herr Neigel, daß wir selbst das Paraffinöl aus dem Lepek erzeugen!«), und wenn Neigel seine Augen anstrengt, kann er zwischen den Schatten alle seine Freunde von einst sehen: »Da ist unser Otto Brigg, der geliebte und verehrte Anführer der Bande, und er ist kein Jüngling mehr, wie Ihr wißt, nein, achtundsechzig Jahre ist er jetzt alt, aber er trägt noch immer die kurzen, mit Schlamm und Lepek befleckten Hosen, und er lächelt noch immer sein wundervolles, strahlendes Lächeln ...«

Und auch Neigel, der neben Wasserman sitzt, lächelt unbewußt (»Möge ich solchen Trost finden, Schloimele, du hast ja selbst gesehen – noch vor einer Sekunde verzerrte er sein Gesicht wie ein wildes Tier, das im Begriff ist, sich auf seine Beute zu stürzen, und nun lächelt er wider seinen Willen«), und einen Augenblick verschleiern sich seine harten, eindringlichen Augen mit dem hauchdünnen Dunst ferner Zeiten, seine Hände ruhen und seine Schultern hängen schlaff, und Wasserman hebt den Kopf und sieht das und erlaubt sich einen Moment lang, diesen Anblick zu genießen, aber dann spannt sich sein Gesicht mit einer schnellen, geraden Linie unter den Lippen, mit dem Peitschenhieb einer lebendigen und schmerzhaften Erinnerung, und er sagt hastig, mit zusammengekniffenem Mund: »Und er ist sehr krank, unser Otto.«

Sofort klärt sich Neigels Blick, und sein Gesicht wird angespannt. Es sieht aus wie das Gesicht eines Zerstörers, der aus dem weichen Nebel des Morgens auftaucht: »Was hast du gesagt? Krank? Wozu krank?« Und Wasserman: »So ist das leider, zu meinem großen Bedauern. Unser Otto, der so stark aussieht und dessen Körperglieder so kräftig scheinen, ist in Wirklichkeit krank. Er leidet seit einigen Jahren an Schwindsucht, und in letzter Zeit hat sich sein Zustand sogar verschlimmert, und die Ärzte geben ihm wenig Hoffnung auf Heilung. Und verzeiht mir, Herr Neigel, aber ich brauche dringend wissenschaftliche Fakten über diese Krankheit. Und nun setzen wir fort. Mit uns in der Höhle ist auch die schöne und liebenswerte – –«

»Einen Moment!« ruft Neigel und zwingt sich, ruhig zu bleiben: »Einen Moment, bitte! Vielleicht kannst du mir eine klare Antwort geben, aber bitte ohne Schlaumeierei; warum, verdammt noch mal, muß die Geschichte damit anfangen, daß Otto krank ist? Was wird er in seinem Zustand schon machen können? Denk daran, Wasserman! Laß dich nicht planlos von der Geschichte führen! Ohne Plan und Organisation ist nichts möglich, nicht einmal eine Geschichte, Wasserman!«

Aber es scheint, daß Wasserman nicht die geringste Absicht hat, seine Geschichte zu planen und zu organisieren. Genauso wenig wie vor Jahren, als er darauf beharrte, das Baby in die Geschichte hineinzubringen, und ich, der ich damals noch ein Kind war, wußte, daß das Baby die Handlung stören würde; daß es keinen Sinn hätte, ein Baby in eine Geschichte zu bringen, die hauptsächlich von Krieg handelt. Ich hatte schon vorher diese verträumte, fahrlässige Zerstreutheit bei Großvater Anschel bemerkt. Vielleicht beurteile ich ihn zu streng, aber mir scheint, daß er, mit all seiner – manchmal richtig kleinlichen – Pedanterie hinsichtlich materieller Dinge, in seinem geistigen Schaffen zu der Sorte Menschen gehört, die sich darauf verlassen, daß es eine Art gütiges logisches System in der Welt gibt, das jeden Schaden, den sie mit ihrer Unordnung und Unorganisiertheit anrichten, sofort behebt. Und mit einer Seelenruhe, die an Unverschämtheit grenzt, wiederholt Wasserman seine Bitte (»wissenschaftliche Fakten über die Schwindsucht«), und Neigel enttäuscht mich ein wenig, indem er sich ärgerlich, aber gehorsam die Bitte notiert. (»Ich aber sah in ihm den kleinen Jungen, der hoffte, daß plötzlich eine gute Fee erscheinen würde und sich nur darum von mir quälen ließ; denn je größer das Leid, desto größer die Freud, wenn das gute und glückliche Ende kommt.«)

»Abgesehen vom armen Otto, werdet Ihr sicher froh sein zu hören, daß alle anderen bei bester Gesundheit sind.«

»Ich bin wirklich glücklich, Scheißmeister.«

»Ich rede natürlich nicht von denen, die inzwischen tot sind.«

»Wie bitte?« fragt Neigel mit einer leisen Stimme, in der rote Drähte des Zorns zu glühen anfangen. »Aij«, sagt Wassermann traurig, »Paula ist tot. Unsere gute Paula ist nicht mehr...«

Nun bricht Neigel in ein lautes Lachen aus, in dem seine ganze Verachtung für den alten Juden brodelt: »Paula?! Du hast doch noch eben gerade selbst gesagt – wie war das noch? Daß sie Suppe für uns kocht. Genau! Eine heiße Suppe, hast du gesagt!«

»Eine gute heiße Suppe«, bestätigt Wasserman, traurig den Kopf schüttelnd, »was für ein hervorragendes Gedächtnis Ihr habt, mein Herr, Eure Worte stimmen genau. Eine gute heiße Suppe bereitet uns Paula vor, jeden Abend bereitet Paula sie vor, und sie ist dick wie Brei; aber Paula ist tot. So ist es. Und wie groß ist die Trauer. Sie ist tot, aber sie ist bei uns, auf ihre Art. Und nicht nur sie. Wir alle sind es. Lebendig und tot. Und man kann nicht mehr wissen, wer von uns lebt und wer bereits dahingeschieden ist, aij...«

Neigel, zornentbrannt: »Erzähl mir eine einfache Geschichte, Wasserman! Direkt aus dem Leben! Meinem Leben! Etwas, das auch ein Mann wie ich, der nie zur Universität gegangen ist, verstehen und fühlen kann! Und bring mir niemanden um!«

Daraufhin Wasserman: »Welches Recht habt Ihr, so etwas von mir zu verlangen, Herr Neigel?«

Ein langes Schweigen tritt ein. Wassermans ruhige Worte, nicht wütend, sondern mit schmerzvoller, durchdringender Verwunderung gesprochen, scheinen den Raum zu füllen. Erst als ihr Eindruck ein wenig nachläßt, kann Neigel wieder sprechen. Er sagt, daß er genau wisse, was der Jude über ihn denke (»Das steht dir ja auf der Stirn geschrieben«), aber wenn

Wasserman trotzdem »die Abmachung oder das kleine Einvernehmen, selbst unter den Umständen hier« einhalten wolle, müsse er »etwas mehr Flexibilität« zeigen, und Neigel erhebt sich von seinem Stuhl und geht aufgeregt im Zimmer umher. Sein großes, Autorität ausstrahlendes Gesicht, fast grausam in seiner Entschlossenheit, ist jetzt bis zum äußersten gespannt. »Es ist an der Zeit, offen zu reden«, sagt er und schlägt sich rhythmisch mit der Faust in die Hand. Es stimme, daß in den ›Kindern des Herzens‹ immer phantastische Dinge geschehen seien, aber in den damaligen Geschichten sei das »nett« gewesen, und nicht wie bei den modernen Autoren, »die du so bemüht bist nachzuahmen, die solche Dinge aus Menschenhaß schreiben. So ist es! Es macht ihnen einfach Spaß, uns zu verwirren, doch was geben sie uns dafür? Nichts! Ich sag's dir: nur Kummer und Enttäuschung!« Wasserman fragt ihn nicht, woher er so viel über moderne Literatur weiß. Er spürt wie ich, daß diese Rede nur eine Einleitung zu wichtigeren Dingen ist. Und Neigel kommt jetzt tatsächlich zur Hauptsache. Das kann man daran sehen, daß seine Schritte schneller werden, daß er seine Wangen in den Mund saugt und sich immer wieder mit der Faust in die Hand schlägt. »Das ist es, was sie uns geben, die modernen Autoren, aber an deine alten Geschichten erinnere ich mich noch heute gerne, und das sagt doch etwas über sie aus, nicht wahr?« Er selbst verstehe natürlich nichts von Literatur und maße es sich nicht an, »literarische Werke« zu beurteilen, schon gar nicht solche, die er vor fünfunddreißig oder vierzig Jahren gelesen habe, aber seine Frau Christine, die er während seines letzten Urlaubs in München besucht habe, verstehe mehr davon als er. Und sie habe auch ein besseres Gedächtnis als er. »Christine vergißt nichts, es gibt solche Menschen«, sagt er ernst, und Wasserman hört aufmerksam zu. »Nein, denk nicht, daß meine Frau besonders gebildet ist – –« (Wasserman: »Esau hat eine Art, das Wort ›gebildet‹ auszusprechen, als spucke er die faule Hälfte eines Apfels aus«). »Und sie ist auch nie zur Universität gegangen. Eine einfache Frau, das heißt, eine ganz normale Frau. Aber mit einer – ich weiß gar nicht, wie ich es nennen soll – mit so etwas wie einer Nase, einem Gespür, ja, einem Gespür für das, was echt und das, was falsch ist«, redet Neigel weiter, wobei er Wasserman nicht anschaut, und man kann deutlich sehen, daß es ihn viel Mühe kostet, darüber zu sprechen, da er seine Gedanken diesbezüglich noch nie geordnet hat. »Sie hat einen gesunden Instinkt, ja, den hat sie«, betont er noch einmal, und plötzlich scheint es, als würde er von seinem Platz neben dem grauen Büroschrank weggerissen und gegen seinen Willen auf Wasserman zugeschoben, bis er vor ihm steht und irgendeine uralte Aufrichtigkeit oder ein Pflichtgefühl ihn zwingt, dem Juden in die Augen zu sehen und hastig zu sagen: »Ich habe ihr erzählt, daß du hier bist. Wir haben bei meinem letzten Urlaub ein bißchen über dich gesprochen. Sie erinnert sich an deine Scheherezade-Geschichten aus der Zeit, als sie noch ein kleines Mädchen war.« Wasserman richtet sich auf und errötet. (»Du verstehst, Schloimele, ich spitzte meine Ohren, denn das war keine Kleinigkeit, zwei Bewunderer auf einen Streich.«) »Meine Frau sagt, daß du ein schlechter Schriftsteller warst, Wasserman. Daß deine Geschichten eigentlich ziemlich langweilig waren, außer dem Hokuspokus mit der Zeitmaschine und den Flügen zum Mond, und selbst die kamen ihr von irgendwoher bekannt vor. Hörst du, Wasserman? Meine Frau sagt, daß du nur eine Kuriosität warst. Ja. So sagt sie. Eine Kuriosität, die das Glück hatte, bekannt zu werden. Das wollte ich dir nur sagen.«

Neigel verstummt. Eine unerwartete Spur von Anstand zwingt ihn, sein Gesicht von Wasserman abzuwenden, der gänzlich zusammengeschrumpft ist. Ich betrachte den jämmerlichen kleinen Juden. Ich hätte ihn talentierter, erfolgreicher machen sollen.

Und Neigel sagt ganz leise, mit abgewandtem Gesicht: »Aber ich habe dich verteidigt, Wasserman, um meiner schönen Erinnerungen willen habe ich dich verteidigt. Sieh mal, soweit sind wir gekommen.« Ja, diese Worte schmerzen meinen kleinen Wasserman sogar noch mehr als die vorigen. Einen Augenblick wird ihm bewußt, daß Obersturmbannführer Neigel vielleicht der letzte Mensch auf Erden ist, der sich an seine armseligen Werke erinnert und sie zu schätzen weiß. Daß Wasserman vielleicht gerade in dem einfachen Gehirn von Neigel, von Neigel, der die giftigen Kritiken über ihn nicht gelesen hat, so ist, wie Wasserman gerne sein würde. Daß

Wassermans geheimste Träume nur in Neigels Gegenwart wahr werden können.

»Und jetzt, da du es weißt«, sagt Neigel, »will ich dir noch etwas sagen. Nicht nur bezüglich deiner Geschichte, sondern bezüglich dieses Experiments.« Er fängt wieder an, im Zimmer herumzugehen und spricht in seine geballte Faust. Es ist, als müsse er die Worte zwingen, aus seinem Mund herauszukommen. »Weißt du«, sagt er schließlich, »ich habe in den letzten Tagen ein bißchen nachgedacht. Über mich und dich, meine ich. Mir ist hier etwas geschehen, das neu für mich ist, und ich will immer verstehen, was mit mir geschieht.« Er hört einen Augenblick auf, nervös auf und ab zu gehen, stellt sich an seinen Schreibtisch und rückt die Dokumente und Hefte ordentlich zurecht. »Du verachtest mich«, sagt er mit dem Rücken zu Wasserman: »So ist es: Du bist ein Schriftsteller, und ich bin in deinen Augen ein Mörder. Nein, sag jetzt nichts! Natürlich wurde jemand wie ich in der alten Welt, aus der du kommst, als Mörder angesehen. Aber die Welt hat sich in den letzten Jahren verändert. Vielleicht hast du das nicht bemerkt, Wasserman. Die alte Welt ist gestorben. Und der alte Mensch ist mit ihr gestorben. Ich lebe bereits in der neuen Welt. In der Zukunft, die mir mein Führer und das Reich versprochen haben. Ja, Scheherezade«, sagt er, während er den Vorhang beiseite schiebt und hinausschaut, »was wir für das Reich auf uns nehmen, wird aus Gründen getan, die du niemals begreifen wirst. Du und deine jüdische Moral und deine Begriffe von Gerechtigkeit. Ich kann mich nicht so gut erklären. Dafür haben wir ja Philosophen und Professoren, damit sie ihr Hirn anstrengen. Ich werde dafür bezahlt, ihre Ideen auszuführen. Und ich mag meine Aufgabe. Als wir in der Offiziersschule in Braunschweig etwas über die Ideologie der Partei lernten, wurde ich vom Reichsführer persönlich davon befreit, um die Kavallerieparade für die Abschlußzeremonie vorzubereiten. Ich kenne mich besser mit Pferden aus, verstehst du. Aber irgend etwas ist mir trotzdem in den Schädel eingedrungen, und ich weiß, daß du und ich zwei völlig verschiedenen Spezies angehören. In zwei bis drei Jahren, wenn wir unseren Plan ausgeführt haben, werdet ihr nicht mehr existieren. Wir werden überleben. Die Starken haben immer überlebt und alles bestimmt.« Er spricht hart und zornig zum Fenster, und Wasserman sieht ihn nicht an, sondern nickt nur heftig mit dem Kopf auf seinem spindeldürren Hals. Neigel dreht sich um, sieht ihn und wird von einer unerklärlichen Wut erfüllt. Er sagt: »Es wird unsere Erde sein, unsere Luft, unsere Begriffe von Gerechtigkeit und von dem, was du Moral nennst. Tausend Jahre werden wir hier sein, und das ist erst der Anfang. Wenn jemand mit anderen Ideen kommt, werden wir ihn bekämpfen. Und wenn er uns besiegt, dann nur, weil er mehr recht haben wird als wir. So ist das. Und in diesem Krieg seid ihr die Verlierer. Wir sind die Sieger. So wird man uns in den Geschichtsbüchern, aus denen mein Sohn lernen wird, nennen: die Sieger.«

Wasserman kann sich nicht länger zurückhalten. (»Ist doch meine Kraft nicht aus Stein, Schloimele, und mein Fleisch nicht aus Erz!«) Er springt auf, sein Bart ist gesträubt. Ich muß sagen, er sieht ziemlich lächerlich aus. Seinen (etwas verwirrten) Worten zufolge mache Neigel »einen bitteren Fehler«. Erstens habe es nie den alten Menschen gegeben, wie könne er also von einem neuen Menschen reden. »Ein Mensch ist immer ein Mensch, es sind nur seine Astrologen, die sich abwechseln.« Wasserman behauptet, daß er und Neigel sich beide auf derselben Seite, der Seite der Verlierer befänden, nur daß Neigel und dessen Freunde bereit seien, »sich für das Linsengericht dieser vergänglichen Illusion zu verkaufen«, der Illusion des Sieges über den Schwächeren, wohingegen Wasserman schon immer gewußt habe (»Seit tausend Jahren ist dieses Wissen in mein Herz und in meinen Körper eingebrannt«), daß das Endergebnis dieser heimlichen Rechnung – er macht sich nicht die Mühe zu erklären, wer die Rechnung aufstellt – zeigte, daß er und Neigel beide zu den Verlierern gehören.

Mit einem dünnen Lächeln um die Lippen sagt Neigel: »Du hast die Unverschämtheit – oder sollte ich lieber sagen: die Dummheit? – so etwas hier, an diesem Ort zu sagen?«

Und der Jude: »Hier an diesem Ort seid Ihr es, der jeden Augenblick besiegt wird. Und das Schlimme, Herr Neigel, ist, daß Ihr mich noch hoffnungsloser gemacht habt, als ich es je war. Ja, und vielleicht wißt Ihr, daß die Seele ein wundervoller Apparat ist, in dem es verschiedene Vorgänge und Bewegungen gibt, die der Mensch nur in eine Richtung machen kann, ja, so ist es.« Und Neigel: »Das habe ich nicht verstanden. Bitte erkläre es mir.« Wasserman windet sich, verwickelt sich in Beispielen und erklärt schließlich, es gebe so etwas wie Grausamkeit: »Grausamkeit, jawohl, Grausamkeit zum Beispiel. Wer sie einmal erlernt hat, wird sie sich nur schwer abgewöhnen können. Genau so wie einer, der gelernt hat, im Fluß zu schwimmen, diese Kunst nie verlernen wird, so wurde es mir von Leuten erzählt, die im Fluß geschwommen sind, und was die Grausamkeit oder die Bosheit oder den Zweifel am Menschen anbelangt, nu, ein Mensch kann doch nicht hin und wieder grausam oder nur manchmal boshaft sein oder an seinen Mitmenschen nur zum Teil zweifeln, als wäre das Böse ein Gegenstand, den man mit sich herumträgt, um ihn nach Lust und Laune hervorzuholen und zu benutzen, oder ihn in der Tasche lassen, wenn es einem beliebt, und dann in Frieden mit seiner Seele leben. Und ich bin sicher, daß auch Ihr bezeugen könnt, daß Grausamkeit, Bosheit und Argwohn das ganze Leben infizieren. Und wenn man ihnen einmal ein Schlupfloch öffnet, so legen sie sich wie Schimmel auf die ganze Seele.«

»Ach, es ist reine Wortverschwendung, mit dir darüber zu reden«, sagt Neigel. »Du verstehst diese Dinge nicht. Und ich erwarte auch nicht, daß du sie verstehst.« Aber sein spöttisches Lächeln wirkt seltsam hohl (»Sah ich doch, daß sein Lächeln eine leere Hülle war!«), und daher ist es schwer, seinen Drang zu verstehen, das philosophische Gespräch, das mich schon zu langweilen beginnt, trotzdem fortzusetzen. »Und diese Bewegungen... ich meine – gibt es deiner Ansicht nach auch Bewegungen in der... der Seele, die in beide Richtungen gemacht werden können?« »Das Erbarmen, Herr Neigel. Und die Liebe zum Menschen, und das herrliche Narrentalent, an den Menschen zu glauben. Trotz allem. All das kann man mit Leichtigkeit loswerden, so leid es mir tut. Und die Operation wird fast schmerzlos sein.« »Aber kann man sie denn wieder zurückbringen?« fragt Neigel, seine Augen auf Wasserman geheftet. »Ich will es hoffen«, erwidert Wasserman, und zu sich selbst, oder zu mir, sagt er folgende unverständliche Worte: »Das ist schließlich meine Bestimmung, Schloimele, dafür inszeniere ich ja diese ganze Komödie hier.«

Ich habe keine Zeit, das zu verdauen und darauf zu reagieren. Die Handlung geht von alleine weiter. Neigel wird jetzt – als Antwort auf die Dinge, die Wasserman über Erbarmen und Liebe gesagt hat – das sagen müssen, was wir alle von ihm erwarten, und zwar die alte Geschichte von »Du kannst dir das vielleicht nicht vorstellen, Wasserman, aber wir alle in der SS, oder jedenfalls fast alle, sind vorbildliche Familienmenschen, wir lieben unsere Frauen und unsere Kinder – –«

»Zur Zeit«, sagt Wasserman müde, »zur Zeit liebt Ihr sie.« (»Oij, wie hatte ich Keislers herzzerreißende Geständnisse über seine Frau und seine drei kleinen Kinder, seine heilige Herde, und den süßen Kanarienvögeln im Käfig satt. Wie widerwärtig mir das alles war!«) Aber Neigel, ein Missionar, der dem Wilden die Grundsätze der neuen Religion erklärt, verzweifelt nicht: »Wir haben geschworen, den Führer, das Reich und die Familie zu lieben. In dieser Reihenfolge. Diese drei Lieben geben uns die Kraft zu tun, was uns befohlen wird.« Und der Jude springt wieder auf, fuchtelt mit der Hand und ruft mit gebrochener, weinerlicher Stimme: »Eines Tages werdet Ihr Euch gegen Eure Frauen und Kinder erheben und sie niedermetzeln, wenn der Befehl erteilt wird!« Und er krächzt wie im Krampf: »Der Befehl! Der Befehl!«

Neigel sieht ihn mit einer Spur von Spott an, beherrscht sich aber und wartet geduldig, bis der Ausbruch vorbei ist. Dann erklärt er seine Position. Er gibt zu (»Ich will es nicht abstreiten«), daß die Ideologie der Partei hart und extrem sei, aber das sei ihre einzige Chance, erfolgreich zu sein, »nicht wie die anderen Bewegungen und Revolutionen und Ideen, die gescheitert sind, weil sie auf Schritt und Tritt mit den menschlichen Schwächen Kompromisse geschlossen haben!« Und er ist bereit, Wasserman zu verraten, daß es »auch bei uns Fälle gab, wo Leute zusammengebrochen sind. Das ist kein Geheimnis. Ich selbst habe einen hervorragenden Offizier gekannt, der Selbstmord beging, weil er plötzlich Horrorvisionen bekam, daß er seine Frau und Kinder umbringen könnte, stell dir vor. Aber in jedem Krieg gibt es Deserteure und Feiglinge und Verräter!« Hier muß ich ihm einen Abschnitt aus Himmlers Rede 1943 in Posen in den Mund legen: »Wenn hundert oder fünfhundert oder tausend Leichen Seite an Seite liegen – dennoch standzuhalten und anständige Menschen zu bleiben – außer ein paar Einzelfällen, Ausnahmen, die Folge menschlicher Schwäche – das ist es, was uns stählt.«

»Und wir kämpfen alle diesen Krieg, Wasserman«, sagt Neigel mit gezwungener, fast heiserer Stimme. »Die Dinge sind nicht so einfach, wie sie dir im Lager scheinen. Denn wenn wir Mütter mit ihren Kindern töten, müssen wir uns stählen, wie der Reichsführer sagte. Das heißt, wir müssen unsere Seele stark machen. Entscheidungen treffen. Und niemand außer dir darf davon wissen. Es ist ein leiser Krieg, den jeder einzelne von uns kämpft. Gut, es gibt natürlich auch andere. Stauke zum Beispiel, er hat eine krankhafte Freude daran. Es gibt eben solche Leute. Aber ein wahrer SS-Offizier darf keine Freude an der Arbeit haben. Wußtest du, daß Himmler persönlich manchmal hierherkommt, um zu beobachten, wie wir die Selektionen machen, und zu sehen, ob wir irgendwelche Gefühle dabei zeigen? Das wußtest du nicht? Nun, so ist es aber. Es ist ein geheimer Krieg, wie ich schon sagte. Und der Gewinner ist derjenige, der zwischen den Tropfen gehen kann... der versteht, daß die Partei ein Opfer von ihm verlangt. Denn wir kämpfen hier in der vordersten Frontlinie, zwischen den zwei Arten von Menschheit... und wir sind Gefahren ausgesetzt, und um ein guter Offizier zu sein, muß man manchmal, wie ich schon sagte, bestimmte Entscheidungen treffen, zum Beispiel die, einen Teil dieser... dieser Maschine auf zeitweiligen Urlaub zu schicken«, und er legt zwei Finger aufs Herz, »ihn eine Weile aufzuhalten, bis der Krieg zu Ende ist... und dann tut man den Teil an seinen Platz zurück und genießt das neue Reich... Und ich möchte dir etwas erzählen, das niemand weiß, dir kann ich es ja erzählen, mit dir ist es anders, mit dir ist es mit nichts verbunden.«

Wasserman starrt ihn an und begreift sofort wie ich, was hier, in diesem weißen Zimmer, in dem absolute physikalisch-literarische Gesetze herrschen, geschieht. Denn wir beide, Wasserman und ich, haben die allererste Verpflichtung des Schriftstellers abgeworfen, nämlich seine Figuren zu gestalten, und weil wir es vorziehen, die seelische Beschäftigung mit Neigel vorerst zu vernachlässigen oder aufzuschieben, hat er mit Klugheit und Entschlossenheit unsere Abneigung gegen ihn ausgenutzt, um den Lebensraum seiner Persönlichkeit, seiner beschränkten, plakathaften Existenz in unserem Innern auszudehnen und für sich immer mehr Charaktereigenschaften, Ebenen der Tiefe, biographische Details und logische Argumente – mit einem Wort: Lebenskraft zu annektieren, und das erlaubt ihm jetzt, Wasserman zu erzählen, daß er »in den letzten Monaten, wegen eines bestimmten Vorfalls privater Natur« diesen geheimen Krieg hier kämpfe und ihn jeden Tag von neuem gewinne, und wieder sagt er, was auch Wasserman hin und wieder auf seine Weise sagt: »Die Dinge sind nicht so einfach, wie sie scheinen.«

Wasserman stöhnt und reibt seine müden Augen und beginnt, Neigel mit matter, erschöpfter Stimme zu antworten. Auswechselbare Teile, sagt er, die man herausnehmen und nachher wieder einsetzen kann, gebe es nur bei Maschinen, hingegen »die Person, Herr Neigel, die Seele und das Gehirn und das Herz, aij, die sind keine Maschine, außer wenn man einen Teil herausnimmt und ihn mit seinen eigenen Händen in eine Maschine verwandelt. Aber dann wäre es sehr schwer, den Schaden zu beheben. Denn dafür muß man eine Seele haben, oder jemanden mit einer Seele, der einen liebt.« Nur daß Liebe nicht zwischen Maschinen existieren könne, setzt er fort. Und wer sich selbst zur Maschine mache, werde rasch erkennen, daß alle um ihn herum genau so gemacht seien wie er, und er werde nicht die sehen können, die anders seien als er. Oder er werde sie loswerden wollen. »Und man kann ausgesprochen zynisch sein, Herr Neigel, und sagen, daß wir alle Maschinen sind, Automaten der Verdauung und Fortpflanzung und des Denkens und Redens, so daß selbst die Liebe, die wir für unsere teure Frau hegen, die ewige, erhabene Liebe, Ihr verzeiht, vielleicht genauso gut einem anderen Schuh passen könnte, wenn, Gott behüte, ein Unglück unsere Herzgeliebte befallen sollte. Und wenn uns an Stelle unseres Kindes, das wir manchmal so sehr lieben, daß es uns die Kehle zuschnürt, ein anderes Kind geboren wäre, hätten wir es ebenso sehr oder so ähnlich geliebt. Kurzum, die Geräte, mit denen uns das Leben ausgerüstet hat, unsere Töpfe und Pfannen und Schüsseln, sind dieselben, nur daß die Welt sie mit ihren vielen verschiedenen Speisen füllt, und darum kann man sagen, daß wir Maschinen und Automaten sind, aber es ist noch etwas anderes in uns, ich weiß nicht, wie ich es nennen soll, und das ist die Anstrengung. So ist es, die Anstrengung, die wir für eine ganz bestimmte Frau oder für ein ganz bestimmtes Kind machen. Der vergängliche Funke, der nur zwischen uns beiden, zwei vergänglichen Wesen, und nie zwischen zwei anderen flackert, aij, derselbe unaufhörliche Strom, der von unserer Sphäre in die Sphäre der anderen fließt und den ich ›Wahl‹ nennen werde. Wir haben so selten die Wahl, und gerade deshalb dürfen wir nicht auf sie verzichten… Das ist, was ich sagen wollte, aber die Dinge sind etwas verwickelt und verdreht geworden, nun ja… auch ich bin es nicht gewöhnt, lange Reden zu halten… verzeiht mir meine übertriebene Sentimentalität…« Und er verstummt und wird puterrot. Sie hätten noch stundenlang darüber diskutieren können. Ich spürte es. Sie waren erregt und angespannt, aber mich interessierte jetzt die Geschichte. Die Geschichte und wie es ihrem Autor gelang, »Neigel mit Menschlichkeit zu infizieren«. Klar und einfach. Doch vorher bat ich Anschel Wasserman herauszufinden, was mit jenem »bestimmten Vorfall privater Natur« gemeint war, auf den der Deutsche angespielt hatte, aber Wasserman war – meines Erachtens völlig ungerechtfertigt – ziemlich schockiert über meine Bitte und lehnte sie kategorisch ab. (»Du mußt verstehen, ich darf so etwas nicht tun! Das Ende vorwegnehmen, meine ich! Wir haben schließlich eine Verpflichtung gegenüber der Geschichte, der Geschichte als einem lebenden, atmenden Wesen, einem zarten, mysteriösen Wesen, und wir dürfen sie nicht biegen und brechen, um sie unseren Herzenswünschen und unserer Ungeduld anzupassen! Das dürfen wir auf keinen Fall tun, sonst schlüpft uns noch ein *sibale* aus der Schale, ein Fötus, der im siebten Monat aus dem Mutterleib kommt, was uns zu Mördern machen würde, den Mördern einer lebenden Geschichte…«)

»Und jetzt, Herr Neigel«, sagt Anschel Wasserman gewichtig, »werde ich Euch, wenn Ihr wollt, meine Geschichte erzählen.«

Neigel murrt, daß er nicht mehr sicher sei, ob er sie überhaupt noch hören wolle, aber er verschränkt die Arme auf der Brust und befiehlt Wasserman anzufangen. Der Schriftsteller öffnet sein Heft. Ich sehe, daß dort nur ein Wort geschrieben steht. Nur ein einziges Wort. Nu, nu, sage ich mir, ich habe das Gefühl, daß Neigel mit dieser Leistung nicht zufrieden sein wird.

»Ich bitte um Vergebung, aber ich werde Euch heute abend nicht viel vorlesen«, sagte Wasserman, und Neigel wirft einen kurzen Blick auf seine Uhr. »Mir ist ohnehin nicht mehr viel Zeit geblieben wegen deiner ganzen Klugheiten!« antwortet er wütend und kann sich nicht beherrschen, noch einmal zu fragen: »Ist Paula wirklich tot?« Und Wasserman antwortet: »Natürlich. Aber sie ist noch immer bei uns, wie ich Euch schon gesagt habe.« »Und wie«, fragt Neigel bissig, »wie willst du das machen? Künstlerisch, meine ich, das heißt – wie kann sie zur selben Zeit tot und lebendig sein?« Und der Schriftsteller: »Was für eine Wahl habe ich denn, Herr Neigel? Vielleicht würdet Ihr mich besser verstehen, wenn Ihr, Gott behüte, in meiner Lage wärt. Denn wenn alle, die einem nahestanden, tot sind, ist man gezwungen, sie so zu nehmen, wie sie sind.« »So?« fragt Neigel argwöhnisch, sagt aber nichts weiter. Wasserman räuspert sich gewichtig und holt tief Atem.

»Wir arbeiteten im Wald« (liest Wasserman aus dem leeren Heft vor). »Die Mine war tief und schimmelig und bestand aus zahlreichen Tunneln voll seltsamer Rätselhaftigkeit, die den Geruch von Moder und von Fuchs- und Kaninchenkot verströmten. Alle Tunnel führten zur Halle der Freundschaft. Wir liebten es, uns am Abend, nach der Tagesarbeit, dort zu treffen, um beisammen zu sein und uns miteinander zu unterhalten. Alle unsere Freunde waren dort, und auch ein paar neue Gefährten, die der gute Otto in der letzten Zeit rekrutiert hatte, damit sie ihm hülfen. Die Zeit, die seit unserem letzten Treffen vergangen war – rund fünfzig Jahre! – hatte unser Aussehen verändert, die schlechten Nachrichten auf unser Gesicht gezeichnet und die Samen von Alter und Tod in die Falten unserer Haut gesät. Aber die Hauptsache war unverändert geblieben und hatte ihre Lebenskraft nicht verloren, und es schien, als habe die Zeit keine Macht über sie, und das war der Wunsch, dem, der Gutes nötig hatte, Gutes zu tun, und Erbarmen zu haben mit dem, der Erbarmen nötig hatte, und den zu lieben, der Liebe nötig hatte. Und dort waren auch Otto und

Paula und Albert Fried, aij, Fried hatte sich schon den Doktorhut verdient! Er war, wie es schien, mehr als wir alle gealtert, und auch Sergej-mit-den-goldenen-Händen befand sich unter uns, noch immer abgesondert, stets beschäftigt, mit demselben merkwürdigen Gang, als wäre sein Hals aus feinem Glas, und auch Herotion war da, aij, Herotion der Armenier! Weltbekannter Zauberer und Wundertäter! Vom Dachboden des schwerhörigen Ludwig van Beethoven bis zu den Ufern des Ganges in Indien. Derselbe Herotion, der nur durch ein Wunder gerettet wurde, als die Türken wie eine Heuschreckenwolke über sein kleines Dorf herfielen und alle niedermetzelten, oij, Herr Neigel, seht nur seine traurigen Augen, seht nur, welch schreckliche Anblicke in ihnen eingebrannt sind!...«

Neigel brummt etwas. Wasserman sieht ihn kurz an und erzählt weiter.

»Auch Herotion ist kein Jüngling mehr. Die Zauberei ist nun sein Beruf und sein Auskommen. Durch die ganze Welt ist er gewandert; und es gibt keinen Ort, an dem er seine Zauberkunst nicht vorgeführt hat. Und mir scheint, er ist der einzige von der Bande, der das Glück hatte, vor dem Krieg ein kleines Vermögen zu machen... Doch als der Krieg ausbrach, hielt sich Herotion gerade in der Stadt Warschau auf, und die Tore schlossen sich auch für ihn, und er verfluchte sein Pech, aij, diesmal half ihm seine Zauberei nicht, und ich werde Euch ein Geheimnis verraten: Schon seit Jahren enthielt sich Herotion der wahrhaft wundervollen Zauberei, die er in seiner Jugend zusammen mit den Kindern des Herzens vollbracht hatte, und nun führte er Zauberkünste vor, die nichts anderes als Taschenspielerei und Schwindel waren, er hatte seine Gründe dafür, über die ich noch erzählen werde. Kurzum, Herotion war in Warschau, das heißt im jüdischen Getto eingesperrt und mußte wie wir Zwangsarbeiten verrichten und seine unwillige Schulter herleihen, um eine Mauer ringsherum zu bauen, und er nahm von uns Abstand, ich glaube, er verachtete uns, aber welche Wahl hatte er? Und zum Broterwerb vollbrachte Herotion seine Zaubertricks im Austausch für ein Abendessen auf den Hochzeiten reicher Leute, und er trat sogar im eleganten Britannia Club auf. Unser Herotion, wie Ihr Euch erinnern werdet, Herr Neigel, hatte in seinen glanzvollen Tagen alle

Zuschauer zum Staunen gebracht. Wer konnte ein Klavier zusammen mit dem Pianisten verschwinden lassen? Herotion! Wer konnte eine Jungfer in einem Sack in zwei Hälften sägen, Gott behüte? Wieder Herotion! Es gab keinen Zauber, den Harotion nicht vollbringen konnte. Doch im Getto war ihm kein Glück beschieden. Stellt Euch vor, wir hatten seine Vorführungen so oft gesehen, daß wir sie und ihn satt hatten. Wir kannten alle verborgenen Falten in seinem purpurroten Samtjackett und alle geheimen Taschen in seiner gelben Krawatte und den Koffer mit dem doppelten Boden und die täuschende Säge. All das hatten wir bis zur Erschöpfung gesehen. Nur den phantastischsten Trick, den Trick mit dem Klavier, das er im Handumdrehen verschwinden lassen konnte, wollte uns Herotion nicht im Getto vorführen, denn er meinte, daß es falsch sei, einen Menschen verschwinden zu lassen, wo doch tagtäglich so viele um uns herum verschwänden, und das waren am allerwenigsten Pianisten. Wir wußten, daß das nur eine Ausrede von ihm war, denn er brauchte für diesen Trick eine Bühne mit einer Falltür, und im Getto gab es nur eine solche Tür – in der Galgenkammer im Paviak, das unser Gefängnis war.«

Neigel sagt leise mit halb geschlossenen Augen: »Ich begreife allmählich, worauf du hinauswillst. Ach! Du tust mir leid, Scheißmeister! Was soll das? Eine Art Rache mittels einer Geschichte? Was für ein kindisches Spiel treibst du hier mit mir? Um deinetwillen, Wasserman, um deinetwillen hoffe ich, daß ich mich irre!«

Wasserman tut erstaunt, erwidert aber nichts. (»In die Gedärme stach er mich, der Rohling, und er verfehlte nicht! Als wäre der Geist der Prophetie über ihn gekommen und hätte ihn verstehen lassen, wie sehr es das Herz eines Kinderschriftstellers kränkte, ›kindisch‹ genannt zu werden!«)

»Wenn du so weitermachst«, sagt Neigel, »wirst du noch deinen letzten Leser verlieren.« Wasserman schluckt hart und fährt fort: »Und mit uns in der Mine war die schönste Frau auf Erden, die verzauberte, liebeskranke Chana Zitrin, sowie der verehrte Aaron Markus, ein Mann der kühnen, verzweifelten Experimente, und natürlich auch Herr Jedidja Munin, ein Mann, den niemand beherrscht, einzig in seiner Generation,

Sklave und Herr seines Körpers, ein Freund der genauen Wissenschaften, ein Mann der Vision und der Erhebung –«.

»Einen Augenblick, bitte!« Neigel hebt seinen Finger wie ein müder Schüler, der nicht genau versteht, was der Lehrer sagt. »Wer ist dieser Neue? Und was bedeutet ›Sklave und Herr seines Körpers‹ und das alles, was geht hier vor?«

»Ihr kennt ihn nicht, werter Herr Neigel. Er ist einer von den Neuen, einer von außen, hihi, aber Ihr könnt Euch darauf verlassen, daß Herr Munin es wohl verdient, zu unseren Freunden gezählt zu werden. Hat er sich doch sein Leben lang zum Instrument seiner erhabenen Ambitionen gemacht, und nur ein Gedanke kreist wie ein Rad durch die Windungen seines Hirns. Er ist der kühne, ja sogar verzweifelte Kämpfer, der für jeden Mann ein Beispiel sein sollte.«

»Aber ich verstehe nicht... das heißt – was kann er denn? Alle anderen sind doch Experten für irgend etwas, oder?«

»Herr Munin? Aij, er war der Mann der großen Sehnsüchte, niemand hat sich je so sehr gesehnt wie er... Ein Mann der blühenden Träume, beflügelt wie Engel...« (»Aij, Schloimele, hier holte ich tief Atem und blickte hinauf und sah vor meinem inneren Auge, wie Salmanson vom Himmel zu mir hinunterschaute, vom Himmel des Lachens und des Wahnsinns und der Täuschung und der Wunder, und auf einmal geschah es, ein neuer Geist kam über mich, und meine Seele wurde süß von dem Saft der Vorstellungskraft, die in mir zu strömen begann, und einen Augenblick lang hielt ich stand wie ein Baum im Sturm, und ich wäre beinah herausgerissen worden, aber da legte sich der Sturm in meinem Herzen, und ich wurde von einer neuen, heimlichen Freude erfüllt, und ich wußte, was ich zu tun hatte.«) Und Anschel erklärt weiter, daß Herr Munin der große Begehrer sei, der Ritter unvergossener Samen, der Erzbegatter, der schon seit Jahren keine Frau mehr angerührt habe, der Casanova leerer Phantasien.

Neigel bricht in ein unbändiges, befreiendes, beinah verzweifeltes Lachen aus und schlägt sich dabei auf die Oberschenkel. Ich sehe Wasserman an und bemitleide ihn. Der Krieg, den er in seinem Inneren führt, scheint mir so offensichtlich: Auf der einen Seite hat er sein Ziel, seine »Bestimmung«, und jedes Wort in seiner Geschichte ist ihr verpflichtet, und auf der anderen Seite... ja, auf der anderen Seite will der kleine Wasserman einfach eine schöne Geschichte erzählen, so wie früher, und er möchte wieder verklärte Augen sehen und einen offenen Mund, der genußvoll lächelt, doch die Pflicht ruft... Auch er hat doch eine Pflicht zu erfüllen...

»Sehr schön, sehr schön«, stöhnt Neigel schließlich und wischt sich die Tränen aus den Augen. »Ich habe schon lange nicht mehr so gelacht«, sagt er, »du hast mich überrascht, Scheherezade! Jetzt haben wir auch jüdische Pornographie in unserer Geschichte! Wie sich herausstellt, ist alles, was sie in der Greuelpropaganda über euch erzählen, wahr!« »Es ist schrecklich«, antwortet Wasserman sofort, »wie die menschliche Rasse degeneriert, tiefer und tiefer sinkt sie, aber ich verspreche Euch, mein Herr, daß sich gleich alles aufklären und die Geschichte euch versöhnen wird, wenn nicht mehr.« Und Neigel: »Ich bin mir gar nicht mehr so sicher, Scheißmeister, gar nicht mehr so sicher.«

»Aber Herr Neigel!« – Wasserman hebt protestierend, flehend die Hand – »Meine Geschichte mag gegenwärtig armselig sein. Auch ich weiß das. Vielleicht weiß ich das noch besser als Ihr, denn ich entdecke Mängel, die Ihr, verzeiht mir, nicht sehen könnt. Aber in meiner Not hier bin ich gezwungen, Euch einen ersten Rohentwurf der Geschichte zu präsentieren. Und glaubt mir, mir bricht das Herz, eine so minderwertige Version ans Licht der Welt zu bringen, doch ich habe nun einmal diese Aufgabe auf mich genommen, und ein Mann wie ich wird nicht davor fliehen; nur bitte ich Euch – seid gütig und geduldig und salbt meine Geschichte mit Eurer Geduld und Herzensgüte, so wie Ihr es mit einem zarten Baby machen würdet, und ich verspreche Euch, daß Ihr noch reichlich belohnt werdet.«

»Schön«, sagt Neigel und hütet sich, wieder in Lachen auszubrechen. »Wir werden für heute hier aufhören. Ich habe noch ein wenig zu arbeiten, wenn es dir nichts ausmacht. Du kannst jetzt zurück auf dein Zimmer gehen, um zu schreiben. Morgen machen wir weiter. Ich wünsche dir, daß die Fortsetzung besser gelingt. Um deinetwillen, Wasserman, hoffe ich, daß meine Frau sich geirrt hat.«

»Pardon«, flüstert Wasserman, »aber mein Herr hat es vielleicht vergessen: meinen Teil... der Abmachung, meine ich.«

»Das steht dir heute nicht zu«, sagt Neigel entschieden. »Das weißt du ganz genau.«

(»Was bedeutete, daß eine ganze Nacht und noch ein ganzer Tag vor mir lagen, aij, noch so viele Stunden zu leben, und die mühsame Arbeit im Garten und das Umgraben der Beete, soll die Erde sie endlich bedecken! Und noch drei Transporte, die in drei Zügen ankommen werden, und die Menschen, die nackt durch den Schlauch laufen werden, und der neue Rauch, schwärzer als schwarz, wie werde ich das aushalten, Schloimele? Wie kann ein Mensch das sehen und leben?«)

»Gute Nacht, Herr Neigel.«

4.

»Im April des Jahres 1943 stand ein alter Mann am Eingang der Lepek-Mine im Wald von Borislav und ritzte mit grimmiger Entschlossenheit mit seiner Schuhspitze eine Linie in den Staub. Mit diesem sonderbaren Akt forderte der alte Mann das Leben auf, es zu wagen, die Linie zu übertreten und sich ihm endlich zu zeigen. Und da es kein Gesetz gab, das den Juden verbot, Linien in den Staub zu zeichnen, tat der Arzt, Dr. Albert Fried, der Jude war, das nun schon drei Jahre lang jeden Morgen mit der gleichen grimmigen Entschlossenheit.«

Wasserman liest Neigel vor. Nur ich, der ich hinter ihm stehe, sehe, daß noch immer nur ein einziges Wort, ein Wort, das ich nicht entziffern kann, in dem Heft geschrieben steht, aus dem er so fließend vorliest. Jetzt legt er das Heft beiseite und wartet. Er wartet auf mich. Er will, daß ich ihm helfe, die Figur des Arztes zu entwerfen. Ich erinnere mich an Sara Wassermans Illustrationen der späteren Ausgaben und sehe einen langgewachsenen Jungen mit leicht hochgezogenen Schultern und einem ernsten, sensiblen Gesicht, und jetzt muß ich ihn vergessen, um mich zu erinnern, wie er heute aussieht, und das Gesicht anschauen, das Wasserman »grimmig« nennt, und mit meinem Fuß immer wieder mit derselben kraftvollen, herausfordernden Bewegung scharren. Ich stelle fest, daß die Schultern etwas höher gezogen werden müssen, in einer drohenden Haltung gebeugt sind, in der deutlich seine Verteidigung zu spüren ist, und die Augenbrauen sollten etwas zorniger aussehen und über der Nase zusammengewachsen sein... Eine Pfeife? Nein. Nicht Fried. Aber einen Spazierstock, den ja. Einen, mit dem man sich erst abfindet, wenn das Gehen ohne ihn bereits völlig unmöglich ist. Einen Spazierstock, der mit Befremden und Widerwillen benutzt wird, als Strafe. Jetzt muß ich überlegen: Was ist es, das unser Fried »Leben« nennt? Oder vielleicht sollte man, nachdem man einen Blick auf ihn geworfen hat, die Frage umgekehrt stellen: Was gilt für ihn nicht als »Leben«?

Eine einfache Frage. Die Antwort kommt sofort: fast alle Ereignisse in seinem Leben, die meisten Menschen, denen er seit seiner Kindheit begegnet ist, seine Kontakte und Beziehungen, kurzum – alles, was schon immer fast unerträglich schien und völlig unerträglich wurde, als der Krieg ausbrach, und was für ihn nur eine Einleitung war zu dem, was sehr bald, aber nie bald genug beginnen mußte. Der alte Arzt konnte sich nicht damit abfinden, daß ein ganzes Leben vergehen konnte, ohne daß der Mensch wenigstens einmal den Geschmack des »Lebens« gekostet hatte. Er dachte das, weil er das Leben sehr schätzte und sich weigerte, an die Entwürfe zu glauben, die sein eigenes Leben ihm ständig in die Hand drücken wollte.

»Das hast du schön gesagt«, meint Wasserman zu mir, und sein Gesicht leuchtet. »Und jetzt hör zu: Da der Arzt ein schweigsamer Mensch war, verriet er niemandem seine Gedanken, außer einmal: in einem vertraulichen Moment mit Otto, als er erstaunt seine riesigen Bärentatzen hob und das Leben, das er lebte, eine »Camouflage« nannte. Damit schien er alles gesagt zu haben, alles, was er durchgemacht hatte, seit er sich seiner selbst bewußt wurde, bis er nach monatelangem Leiden an den wundervollen, verzweifelten Akt der Illusion seiner geliebten Paula zu glauben begann.«

»Was für ein verzweifelter Akt, bitte?« fragt Neigel argwöhnisch. »Kannst du mir das erklären?« »Später, später, wenn ich bitten darf«, schilt ihn Wasserman. »Ihr werdet es sehr bald erfahren und verstehen, aber bis dahin müßt Ihr bitte geduldig zuhören. Wo waren wir stehengeblieben? Aij... nu, ja. Drei Jahre lang, seit dem Tag, an dem seine Paula aus dem Leben geschieden ist, kratzt der Arzt mit seiner Schuhspitze eine entschlossene Linie in den Staub. Und nur Otto Brigg, der tief ins Herz sehen kann, kennt Frieds Geheimnisse und versteht den Grund für dieses seltsame Tun. Aber das Leben, Herr Neigel, das einfache, wahre, wertvolle Leben, hörte seinen Ruf nicht, und in dem Arzt begann sich der Verdacht zu regen, daß das Schweigen seines Widersachers nicht einfach ein Schweigen war, wie es schien – oder man kann sagen, daß es ein verschämtes Geständnis war...«

Wasserman »liest« noch immer, aber er spürt mittlerweile, daß auch Neigels Schweigen nicht so einfach ist. Daher hebt er seinen Kopf und begegnet dem zornigen, spöttischen Blick des Deutschen. »Was plapperst du da, Scheißmeister? Von wem hast du diese ganze Philosophie abgeschrieben?« (Wasserman: »Aij, wenn ich könnte, hätte ich ihn wie einen Fisch aufgerissen! Doch ich hielt meinen Zorn zurück und wartete, bis mein Adamsapfel aufhörte zu hüpfen, und dann sagte ich höflich«): »Ich habe es nicht abgeschrieben, Herr Neigel. Ich habe es mit meinem Herzblut geschrieben. Unser Fried soll doch der Grundstein unserer neuen Geschichte sein.« Und Neigel: »Also wirklich! Mich kannst du nicht zum Narren halten. Früher hast du ganz anders geschrieben!« »Das habe ich, in der Tat.« »Dieser neue Stil gefällt mir nicht.« »Aij, ich wünschte, ich wäre mit Eurer Geduld gesegnet, mein Herr.« Und Neigel, in einem Ton müder, fast kindischer Beschwerde: »Ich mag einfache Geschichten!« Daraufhin der Schriftsteller, mit einer Spur von Grausamkeit: »Es gibt keine einfachen Geschichten mehr. Und nun hört bitte zu und unterbrecht mich nicht andauernd.«

»Eines Morgens brach um den Bauchnabel des Arztes ein grünes Ekzem aus, und als er in seinem Notizbuch nachschaute, in das er alle Symptome und Krankheiten eintrug, nicht weil er, Gott behüte, von Natur aus ein Hypochonder war, sondern weil er mit Interesse die Anzeichen seines allmählichen Verfalls verfolgte, entdeckte er zu seiner Verwunderung, daß genau vor einem Jahr, sowie im Jahr davor, am Todestag seiner Paula, an derselben Körperstelle die gleiche seltsame Vegetation gesprossen war. Damals hatte er sie in seinem Notizbuch als ›leichten Ausschlag‹ beschrieben, im Jahr darauf als ›grünlichen, parasitären Fungus‹, und dieses Jahr war es zweifellos ›eine dichte grüne Flechte, wie Moos‹. Am Anfang bemühte er sich, sie mit Borax abzukratzen, dann mit Alkohol, und schließlich versuchte er sie mit den Fingern auszureißen, aber er schrie vor Schmerzen auf, weil es so wehtat, als würde er sich die Haare ausreißen. Genau da ging ihm der seltsame, recht uncharakteristische Gedanke durch den Kopf, daß die Sache vielleicht nicht so einfach war. Und gleich darauf spürte er eine eigentümliche Lust, die an Leichtsinn oder vielleicht an tiefste Verzweiflung grenzte, kurzum, der Arzt beschloß, das Ekzem bis zum Abend nicht zu entfernen, befühlte es nur verstohlen unter seinem Hemd und empfand dabei eine heimliche Freude, als wäre es ein parfümierter Brief, den ihm seine Geliebte ins Gefängnis geschmuggelt hatte.«

Wasserman verstummt und atmet tief ein, als warte er auf irgend etwas. (»Nu, was sagst du, Schloimele? Noch erinnert sich der alte Schneider, wie man näht, eh?«) Aber Neigel achtet nicht auf die Nuancen in Wassermans Stil, ihn interessiert etwas ganz anderes: »Waren Fried und Paula verheiratet«, fragt er mit streng erhobenem Finger, und Wasserman stammelt verwirrt: »Verheiratet? Nun ja – nein. Es stellt sich heraus, daß sie nicht verheiratet waren. Aber sie lebten zusammen wie Mann und Frau. So war es. Ja genau. Jetzt erinnere ich mich.« »1943? Vergiß nicht, daß sie Polin war, und er einer von euch! Du hast mir doch selbst erklärt, daß eine Geschichte in allen ihren Einzelheiten überzeugend sein muß. Genauigkeit, hast du gesagt, erinnerst du dich?« Und Wasserman: »Ich erinnere mich. Und ich darf Euch noch einmal um Geduld bitten.« (»Doch meine Ohrläppchen brannten vor Scham, Schloimele, und mich packte die alte Angst, daß meine Zerstreutheit mich wieder zu Fall bringen würde. Denn solche Fehler und Irrtümer waren mir von Zeit zu Zeit geschehen, als ich ›Die Kinder des Herzens‹ schrieb, und wenn Salmanson nicht alle Details nachgeprüft hätte, so hätte ich beinah, Gott behüte, wahre Katastrophen in meinen Geschichten ausgelöst, und ich werde dir noch ein Geheimnis verraten, Schloimele: Die Abstammung des Armeniers Herotion und sein wundersames Auftauchen in meiner Geschichte basiert auch auf solch einem Fehler. Aber genug davon. Wir wollen zu unserer Geschichte zurückkehren.«)

»... Und nun sitzen Otto und Fried in einer Ecke in der Halle der Freundschaft neben der Paraffinlampe und spielen Schach.« »Wie damals, was?« brummt Neigel, und seine Augen werden etwas sanfter. »So ist es, Herr Neigel. Und Fried gewinnt noch immer. Genau wie damals.« Wasserman beschreibt, wie der Arzt Fried auf dem schmierigen Papier in der langen Reihe unter seinen Namen noch einen Haken macht. Ottos Reihe ist leer. Ausgerechnet Otto war derjenige, der darauf bestanden hatte, die Ergebnisse eines jeden Spiels aufzuschreiben, und der Arzt, der den Grund dafür erriet, tat so, als bereiteten ihm diese mühelosen Siege Freude. Keiner von ihnen erwähnte Paulas Todestag, obwohl beide die ganze Zeit daran dachten. Aber nach einer Weile wurde die Stille sogar zwei so schweigsamen Männern wie ihnen unerträglich. Otto räusperte sich und sagte leise, daß Fried sich unnötig quäle; daß Paula ihn so geliebt habe, wie er eben sei, daß er nichts zu bereuen hätte und sie auch wunderschöne Augenblicke der Freundschaft, vielleicht sogar der Liebe erlebt hätten... Fried antwortete ihm nicht. Sein Gesicht war verschlossen, als hätte er nichts gehört, nur seine Hand schob zerstreut den schwarzen König auf die weiße Königin zu und verweilte vor ihr, wobei ein kleiner Muskel in seiner Wange zuckte. Da hob Otto seine blauen Augen zu Fried. Es war bekannt, daß dieser Vorgang eine bemerkenswerte Wirkung auf den Arzt hatte, denn Otto und Paula waren Geschwister, und Ottos Augen waren ebenso blau und klar wie die von Paula, und wann immer der Arzt fühlte, daß ihn die Trauer in seinem Herzen, Gott behüte, zu erdrücken und zu vernichten drohte, ging er zum kleingewachsenen Otto hin und legte ihm die Hand auf die Schulter und schaute ihm in die Augen. Daraufhin ereignete sich ein kleinen Akt der wahren Gnade: Otto verschwand aus seinen eigenen Augen, zog sich galant vor ihnen zurück und ließ Fried mit seiner Paula allein.«

»Das kann... ich meine – das kann durchaus sein, weißt du«, sagt Neigel. »Mein kleiner Karl hat genau die gleichen Augen wie ich. Aber haargenau. Und meine Frau, wenn sie – wenn sie sich nach mir sehnt, nimmt sie ihn auf den Arm, hält ihn ans Licht und sieht ihn an...« Und erst dann erinnert sich Neigel plötzlich an seine Position und wem er das erzählt, und er lacht verlegen und faßt sich an die Nase, und dann drängt er Wasserman mit ungerechtfertigter Wut, in der Geschichte fortzufahren.

»... Der Arzt tauchte in Ottos Augen ein, und sofort verfloß seine ganze Hartherzigkeit und Bitterkeit, und für einen Augenblick wurde ihm die Last der schweren Jahre genommen. Er fürchtete stets den Moment, da er aus diesem wundervollen See auftauchen mußte.« Wasserman seufzte tief, und seine Augen irrten durch den Raum: »Aij, Herr Neigel, man könnte sagen, daß die Existenz unserer ganzen Geschichte, eigentlich jeder Geschichte, in dem Blau von Ottos Augen wurzelt...«

Fried redete zu sich selbst. Ich konnte ihn hören. Seine Stimme hatte die gleiche graue Qualität des geschriebenen Wortes wie Wassermans Stimme. In beiden schien die gleiche Lebenskraft zu stecken. Er sagte: »Ich denke an sie, wenn ich meine Ellbogen mit einer halben Zitrone einreibe, damit sie nicht so rauh wie eine Baumrinde sind, das habe ich von ihr gelernt, und ich denke an sie, wenn ich mir die Zähne zum Takt von ›Einen Burschen hatte Gerti‹ putze, so wie sie es mir beibrachte, und ich denke an sie, wenn ich eine Rose in ein Glas Wasser stelle und dem Wasser ein bißchen Zucker hinzufüge, um die Blume frisch zu halten. Paula konnte stundenlang eine Blume anschauen. Und bevor ich mit ihr zusammenlebte, hatte ich nie eine Blume in ein Glas Wasser gestellt, und ich hatte nicht gewußt, daß meine Ellbogen rauh waren. Ich denke an sie, wenn ich dreimal ausspucke, sobald ich eine Spinne sehe, das kann nichts schaden, sagte sie, und ich denke an sie, wenn ich nachts meine Socken ausziehe und an ihnen rieche, als Huldigung an sie, denn Paula war eine große Riecherin meiner Socken und Unterhosen. Ich denke an sie, wenn ich absichtlich – als hätte ich es vergessen – den Wasserhahn tropfen und die Lichter brennen lasse, um ihr überall, wo sie jetzt ist, zu zeigen, daß auch ich vergeßlich und durcheinander bin und es bereue, daß ich wegen dieser Banalitäten mit ihr zürnte, wie viele überflüssige Streitereien hatten wir wegen solcher Kleinigkeiten, und ich denke auch an sie – –« Fried verstummt verlegen. Wasserman beugt sich vor, als flüstere er ihm etwas zu, eine Ermutigung vielleicht, Nu, Fried, kein Grund sich zu schämen, wir kennen einander doch bis ins Innerste, doch Fried würgt an einem langen Husten und errötet arg (Was versteckt er? Was für ein dunkles Geheimnis hat der Arzt sein Leben lang mit sich herumgeschleppt?), bis ihm der kleine Aaron Markus, der sogar als Minenarbeiter elegant aussieht, zu Hilfe kommt: »Und auch wenn Euch ein Wind abgeht, lieber lieber Fried, braucht Ihr Euch nicht zu schämen …«

Stille. Ich nutze die Zeit, um die Zeilen zu lesen, die ich hastig geschrieben habe. Ich verbessere hie und da ein Wort, füge einen erklärenden Satz hinzu. (Das Tempo der Ereignisse!) Und ich danke Gott, daß Neigel, auch jetzt noch ruhig und selbstsicher, mich aus meiner furchtbaren Verlegenheit rettet und diesen schrecklichen alten Mann, den ich anscheinend nicht richtig gekannt habe, belustigt rügt (»Ich dachte, du wärst ein kultivierter Mensch, Wasserman«). Doch Wasserman reagiert nicht. Er liest weiter, und ich kann nur auf weitere Geschmacklosigkeiten warten, die er mir in den Weg legt.

»Und auch wenn Euch ein Wind abgeht, Pan Doktor«, sagt Herr Markus, – und in der Tat, Herr Neigel, als Paula noch am Leben war, entdeckte Fried ein geheimes Gesetz: Wann immer er glaubte, allein zu sein, und sich erlaubte, einen bescheidenen Wind abgehen zu lassen, unten zu zwitschern, meine ich, tauchte seine Paula plötzlich von irgendwo auf, und Fried wollte im Erdboden versinken, aber Paula lächelte nur heimlich, und diese mysteriöse Sache wiederholte sich Tag für Tag und war beständig wie die Gesetze des Himmels, so wie die Sonne jeden Tag aufgeht, so daß unser geliebter Arzt sogar noch heute, drei Jahre nach Paulas Tod, die Augen schließt, wenn ihm ein Wind abgeht, und wie ein unschuldiges Kind auf das Geräusch ihrer nahenden Schritte wartet, aij, und an Tagen, an denen Kummer und Leid sein Leben füllen, verläßt der arme Fried die Mine und geht allein durch den Wald, laut tutend und trompetend, und die Geräusche rollen bis in die Tunnel hinab und erinnern an die bitteren Schreie von Wildenten …«

Neigel kann sich nicht mehr zurückhalten und bricht wieder in Lachen aus. Wer hätte geglaubt, daß in diesem verkrampften, argwöhnischen Mann solch ein heiteres Lachen steckt: »Nicht schlecht, Wasserman, nicht schlecht«, stöhnt er. »Das nenne ich Unterhaltung. Es ist zwar nicht genau das, was ich erwartet habe, als ich dich um eine Geschichte bat, aber es fängt an, interessant zu werden. Obwohl es mir«, gesteht er und wischt sich die Augen und Wangen ab, »ein bißchen schwerfällt, mir die Helden meiner Kindheit als einen Haufen alter Furzer vorzustellen.« »Ich hoffe, Ihr werdet Euch damit abfinden«, meint Wasserman trocken, und tiefe Enttäuschung und Schmach füllen seine Augen. (»Nu? Hast du den Deutschen gesehen? Nichts konnte sein Herz berühren, denn er sah nur das Äußere der Dinge! Feh! Wie er den Mund aufriß und seine Ochsenzähne mit einem brüllenden Lachen entblößte! Und ich erzählte ihm doch eine Geschichte über eine wahre Liebe zwischen einem Mann und einer Frau, eine Liebe, welche die Schranken der Zeit überwindet! Und über den quälenden Drang, Worte der Liebe zu sagen, wenn es niemanden mehr gibt, dem man sie sagen kann, und es keine Worte mehr zu sagen gibt... und er – aij, ein Ochse, sag ich dir, ein Ochse, auch wenn er bis nach Jehupitz kommt, wird er als Ochse zurückkehren!«) Und Neigel fährt fort: »Und ich hoffe, Scheherezade, es wird bald etwas seriösere Ereignisse geben als das Furzen, verzeih den Ausdruck.« (»Et! Perlen werfe ich hier vor die Säue!«) Und laut antwortet Wasserman: »Aber natürlich, Euer Ehren! Sehr seriöse! Wirkliche Ereignisse, wie Ihr sagt!« (»Weiß Gott, woher ich die Unverschämtheit nahm, so zu lügen. Denn zu der Zeit hatte ich noch nichts Konkretes in der Hand. Und ich wußte nicht, zu welchem Ziel sich die Kinder des Herzens wieder versammelt hatten und wen sie diesmal bekämpfen würden und wie ich Neigel mit der Krankheit, der Chelmer Krankheit, wie ich sie nenne, infizieren würde... Aber zum ersten Mal in meinem Leben wußte ich, daß es mir gelingen könnte, ein wahrer Schriftsteller zu sein. Und ich hoffte nur, daß ich die Kraft haben würde, das Verborgene zu erobern und das Vergessene zu erreichen und die Geschichte so zu erzählen, wie sie erzählt werden sollte, von der Geburt bis zum Tod, und in meinen alten Knochen brannte nun das neue Feuer und füllte mich mit Hitze und Wonne, bis ich es kaum noch aushalten konnte. Es war, als zöge eine unsichtbare Person auf der anderen Seite des Blattes, das ich in der Hand hielt, an meiner Feder und an meinem Herzen, wie zwei

Minenarbeiter, die von beiden Seiten des Berges einen Tunnel graben.«)

Neigel unterdrückt ein breites Gähnen. Er verkündet, daß Wasserman jetzt schlafen gehen könne, wenn er fertig sei, da er noch eine Menge Arbeit habe, und fügt großzügig hinzu: »Das war gar nicht so schlecht für den Anfang.« Wasserman vertieft sich in sein leeres Heft. Immer wieder liest er das eine Wort, das dort geschrieben steht, und sagt dann, wenn Herr Neigel möchte, könne er hier aufhören. Ihm sei es gleich. Er könne ihm auch bis zum Morgengrauen weiter vorlesen.

Sie sind dabei, sich zu trennen. Für mich ist das die Zeit, eine kleine Zwischenrechnung zu machen: Etwas Seltsames geht hier vor. Ich verstehe nicht, worauf Anschel Wasserman mit seiner grotesken, vulgären Geschichte hinaus will. Etwas an dieser neuen, zügellosen Phantasie macht mich verlegen. Regt mich sogar ein bißchen auf. Als breche er die Spielregeln: dieser Wasserman bringt eine Dimension von unwürdiger List, eine Art Kleinkrämerei in eine Geschichte hinein, die in meinen Augen zu schicksalhaft und zu wichtig ist, als daß man sie in eine billige Komödie verwandeln könnte. Aber er ist bereit, die gemeinsten Mittel anzuwenden, um zu erreichen, was er will. Ich habe es manchmal nicht leicht mit ihm.

Und auf der anderen Seite – Neigel: Auch er ist mir fremd. Das überrascht mich nicht, wir sind zu verschieden. Und trotzdem – meine Verantwortung als Schriftsteller! Und meine Neugier: Wo wird mein Neigel ausbrechen? Ist es überhaupt möglich, die Kluft zwischen uns beiden zu überbrücken, um ein Kunstwerk zu schaffen? Ich warte geduldig. »Gute Nacht«, sagt Neigel, die Figur in meiner Geschichte, die ich noch nicht kenne. »Ich bitte um Vergebung«, sagt Wasserman, »aber ich darf Euch daran erinnern, mein Herr, daß Ihr mir noch etwas schuldig seid.« Und als Neigel verwundert seine Augenbrauen wölbt (»Ich? Dir?«), sagt der Alte in Ruhe: »Unsere Abmachung, Euer Ehren.«

Ich verstehe ihn nicht. Warum will er noch immer den – –
Auch Neigel ist verblüfft. Sogar erschrocken. Seine Hand berührt die Pistole im Halfter und schrickt zurück, als wäre sie kochend heiß. (»Na, na, vergiß es, Wasserman, heute werden wir uns ein wenig anders verhalten, ja?«) Und als Wasserman

sich hartnäckig weigert, nachzugeben (»Ihr habt es mir versprochen, mein Herr!«), zieht Neigel die Pistole aus dem Halfter.

Es ist eine mittelgroße Waffe eines Typs, den ich nicht kenne (vielleicht eine österreichische Steyr?), Neigel hat sie auf Hochglanz gebracht. (Wahrscheinlich doch eine Steyr. Oder vielleicht – natürlich! Eine Luger-Parabellum. Wie konnte ich so einen Fehler machen! Es ist eindeutig eine Luger-Parabellum, mit einem Magazin von acht Kugeln und – mal sehen, ob ich mich noch an die Preisfragen erinnern kann, an denen wir in der Pubertät unseren Spaß hatten – mit einem Kaliber von 9 mm). Neigel ändert immer wieder seine Stellung. Er versucht, sein rechtes Handgelenk mit der linken Hand, die die Pistole hält, zu stabilisieren. Ohne Zweifel 9 mm. Wie die deutsche Mauser, nur daß man bei der Mauser zehn Kugeln auf einmal laden kann. Die Pistole zeichnet ein paar zaghafte Kreise um Wassermans Schläfe, auf der Schweißtropfen glitzern. (»Durch das Fenster sah ich den rötlichen Funken, die ewige Flamme hoch oben auf dem großen Schornstein, sowie den peitschenden blauen Blitz von den Lampen der Wächter, die die Zäune absuchten. Neigels Hand zitterte nicht, aber sie war auch nicht ruhig. Ganz und gar nicht.«) (Natürlich meine ich hier die halbautomatische Mauser und nicht die vollautomatische, deren Magazin 25 (!) Kugeln enthält, und wenn man auf den Abzug drückt, fühlt man angeblich, wie die Kugeln mit wahnsinniger Geschwindigkeit eine nach der anderen regelrecht aus einem selbst herausschießen.) Und dann unternimmt Neigel noch einen Versuch, der Szene ein Ende zu machen (»Hör mal, Wasserman, das Ganze ist doch idiotisch, jetzt, wo wir schon... nun...«), einen Versuch, der einen theatralischen Wutausbruch bei Wasserman auslöst (»*In der erd*, Neigel. Ihr habt mir Euer Wort gegeben, das Wort eines deutschen Offiziers!«), und Neigel, zornig, mit blitzenden Augen: »Aber das war vor langer Zeit, bevor wir anfingen, die Geschichte – –« Und Wasserman, erbarmungslos: »Ihr tötet hier jeden Tag Tausende von Menschen. Alle Juden der Welt ziehen an Euch vorbei wie Schafe zur Schlachtbank, und ich habe gesehen, wie Ihr mit Euren eigenen Händen so viele erschossen und erledigt habt. So viele, daß man sie nicht mehr zählen kann. Und ich habe nicht gesehen, daß Ihr auch nur einen Augenblick gezögert habt, Gott behüte! Und um was bitte ich Euch jetzt? Um eine Kleinigkeit! Das zu tun, was Ihr immer tut, aber diesmal aus freiem Willen, aus einem neuen Entschluß! Oder seid Ihr etwa nicht dazu fähig, Herr Neigel? Erschießt mich, laßt das Schießpulver fliegen, nu! Asche in Eure Augen, feuert die Kugel! Feuer, Herr Neigel, Feuer!«

Neigel schließt die Augen und schießt, wobei er einen seltsamen Laut ausstößt, ein Stöhnen oder einen erstickten Angstschrei. Wasserman steht noch immer gesund und unversehrt da, ein merkwürdiger Ausdruck liegt auf seinem Gesicht, als horche er auf irgend etwas. (»Zwischen meinen Ohren sauste das bekannte Summen.«) Eine der Fensterscheiben hinter Wasserman ist in Scherben gegangen. Neigel starrt mit heftig zitternden Händen darauf. Er macht gar keinen Versuch, das Zittern zu verbergen. Sein Gesicht ist seltsam verzerrt, als hätte es jemand von innen zerdrückt. Wasserman sagt zu mir: »Als der Schuß fiel, Schloimele, brannte sich eine wichtige Botschaft in mein Herz ein: In meine Geschichte wird ein Baby hineinkommen.«

Manchmal erzählt er mir ein bißchen über seine Frau, und so entsteht ein unvollständiges, aber recht deutliches Bild von ihr. Sara Ehrlich kam in sein Leben, als er ein überzeugter Junggeselle von vierzig Jahren war. Sie war die Tochter von Mosche Maurizi Ehrlich, dem Inhaber eines kleinen Kaffeehauses in Prag, die Mutter war gestorben, als Sara drei Jahre alt war. Sara arbeitete als Verkäuferin im Perückenladen Schillinger. Wasserman erzählte, er könne sich im nachhinein erinnern, daß er einmal, am Vorabend eines Feiertags, am Laden vorbeigegangen sei und durch die schmutzige Schaufensterscheibe gesehen habe, wie »das dürre, graue Mädchen« in dem leeren Laden den zwei anderen Verkäuferinnen auf ihrer Flöte vorgespielt habe. Er erinnere sich an den verzückten Blick, der ihre etwas spitzen Gesichtszüge ganz weich gemacht habe, an das verstohlene, spöttische Lächeln der anderen beiden Mädchen und die Art, wie ihr das schwarze Haar über die Wange gefallen sei. Er wundere sich, wie er damals gegenüber der Frau, mit der er später eine Tochter zur Welt gebracht habe, eine solche Fremdheit habe verspüren können. Mir kommt vor, daß ihn das aus irgend einem Grund sehr enttäuschte. Mein Großvater, Anschel Wasserman, war trotz seiner bescheidenen, etwas trockenen Erscheinung im Grunde seines Herzens ein Romantiker. Ich fragte ihn, ob er nach seiner Heirat diese Fremdheit nie empfunden habe, und er schwieg. Ich sagte, daß ich glaube, man lerne in einer Beziehung zwischen einem Mann und einer Frau die ganze Skala von Gefühlen kennen, die auf der Welt zwischen zwei Menschen möglich sind. Er sah mich verblüfft an. Ich glaube nicht, daß er eine Bemerkung dieser Art von mir erwartet hatte.

Die beste Zeit, sich von ihm über sein früheres Leben erzählen zu lassen, ist, wenn die Züge ankommen. Wasserman hört sie schon von weitem. Sofort beginnt er mit neuer Energie im Garten zu graben. Er gräbt mit aller Kraft. Wenige Minuten später läßt der Zug einen langen und zwei kurze Pfiffe ertönen. Das ist das Signal für die ukrainischen Wächter, von allen Ecken und Enden des Lagers herbeizukommen und auf den Dächern und Wachtürmen und an beiden Seiten der Himmelstraße in Stellung zu gehen. Der Lokführer stellt die Zugmaschine ab und fährt fast lautlos in den Lagerbahnhof ein, läßt den Zug seltsam still über die Schienen gleiten. Als er die Bremse zieht, ist ein lautes Quietschen zu hören und Funken fliegen. Dann sind durch die Ritzen der Holzbretter, mit denen die Fenster vernagelt sind, suchende Augen zu sehen. Sie erblicken eine ordentliche Lager-Anlage, die schöne Allee mit den Bänken und Blumenbeeten zu beiden Seiten. Sie sehen die kleinen Schilder ZUM BAHNHOF, ZUM GETTO, Schilder in Pfeilform, auf denen ein gebeugter, bebrillter kleiner Jude abgebildet ist, der einen Koffer trägt (»Salmanson, möge er gesund sein, sagte immer, daß dieser Jude und ich uns wie zwei Tropfen ähneln«). Nun steigen die ersten aus dem Zug. In jedem Waggon befinden sich Hunderte von Menschen, und die Ukrainer treiben sie mit Rufen und Schlägen voran. Die Neuankömmlinge sind noch benommen, wie erstarrt von der langen Fahrt und dem Stehen während der ganzen Strecke. Sie tragen noch ihre Kleider, aber in Wassermans Augen sind sie schon nackt. Sie leben noch, doch er sieht sie bereits übereinandergehäuft liegen. Etwas wird ihnen gleich genommen werden. Er stöhnt in die Erde. Er hat keine Tränen mehr.

Er redet. In Augenblicken wie diesen brennt er darauf zu reden. Er ist offen und hemmungslos. Er redet schnell, fast panisch, um mit seiner Stimme die anderen Geräusche zu übertönen. Sara war dreiundzwanzig Jahre alt, als sie sich begegneten. Wasserman: »Nu, was konnten wir tun? Wir heirateten vier Wochen später, und Salmanson war mein Trauzeuge.« Die Hochzeitszeremonie fand im Haus von Salmanson und dessen Frau Zilla statt, die, wie es ihre Art war, viele ihrer eigenen Freunde einluden. »Glaub mir, Schloimele, ich kannte fast keinen der Gäste. Nu, was, sogar die Braut kannte ich kaum... « Aber wie sich herausstellte, funktionierte die Ehe im allgemeinen gut. Wassermans vierzig Jahre der hartnäckigen, scheinbar gewollten Einsamkeit zerschellten im Nu, als er sein Bedürfnis nach einem anderen Menschen erkannte. In den Augen ihrer Familie war Sara bereits eine alte Jungfer, und ihr Vater glaubte nicht, daß sie je heiraten würde. Einer ihrer größten Mängel war seiner Meinung nach ihre Klugheit und Gelehrtheit. »Wer will schon eine *jeschiwe bachura* heiraten?!« schrie er, wenn er sah, wie sie sich mit dem Lesen die Augen verdarb. Er war ein lebhafter Mann, roh und herzlich, der seine Tochter liebte und bemitleidete. Vielleicht hielt er sie für eine schlechte Partie, jedenfalls willigte er in ihre Ehe mit dem bukkeligen Wasserman ein, der noch dazu – wie peinlich! – fast so alt war wie er selbst! Wasserman erzählt mir trocken, daß sie ihre Flitterwochen in Paris verbrachten, offensichtlich der ungeeignetste Ort für die beiden. Der Vater der Braut hatte Paris für sie ausgewählt. Er zahlte die Hochzeitsreise, anscheinend in der Hoffnung, daß die aufregende Stadt der Lichter das schüchterne, ernste Paar aufheitern würde. Wasserman weigert sich entschieden, über diese Woche in Paris zu sprechen. Ich kann mir nur vorstellen, wie verzweifelt und hilflos er sich manchmal gefühlt haben muß, wenn sie Seite an Seite die geschäftigen Boulevards entlangspazierten. Er war wütend, daß er sich zum Clown gemacht hatte, daß er seine Einsamkeit, das verständnisvolle Schweigen, das zwischen ihm und seinem Leben herrschte, verraten hatte.

Jetzt gruppieren sich die Familien. Eltern rufen ihre Kinder zu sich, streichen einem Jungen das Hemdchen glatt, befeuchten die Finger mit Spucke, um die wilde Locke einer Tochter zu bändigen. Alle sind sehr auf Kleinigkeiten konzentriert. Wasserman will seinen Kopf in die umgegrabene Erde stecken. Juden, Lagerhäftlinge aus der Gruppe der »Blauen«, empfangen die Neuankömmlinge am Bahnsteig. Sie beruhigen sie, lächeln ihnen zu. Sie haben ein persönliches Interesse daran, daß der ganze Vorgang schnell und ruhig verläuft, und unterstützen daher den Betrug. Die Ankömmlinge beginnen aufzutauen. Die kulissenhafte Bahnhofstation täuscht sie. Es gibt alles dort: einen kleinen Fahrkartenschalter, einen Informationsstand, Schilder, auf denen TELEGRAFENAMT, WASCHRAUM, ZUM ZUG NACH BIALYSTOK, ZUM ZUG NACH VOLKOVYSK geschrieben steht, sowie einen detaillierten Fahrplan, eine große, präzise Bahnhofsuhr und einen Kiosk.

Wasserman zupft mich am Ärmel. Er will, daß ich ihm zuhöre. Er hat viel zu erzählen. Jetzt. Jetzt.

Nach ihrer Rückkehr aus Paris begannen die Dinge sich einzurenken. Sara war ein kluge Frau und sah ihm ins Herz. Sie führte keine neuen Regeln in seinem Haushalt ein und hob ihre Anwesenheit nicht zu sehr hervor. Sie spürte die verborgenen Fäden seiner Gewohnheiten und achtete darauf, sie nicht zu zerreißen. Im Sommer wurde am Tisch auf der kleinen Terrasse zu Abend gegessen; und manchmal spielte sie ihm auf der Flöte seine Lieblingsmelodien vor. Unter seiner Anleitung las sie Bücher, die ihm wichtig waren (›Jugendsünden‹ von Lilienblum, ›Fliegelman‹ von Nomberg, die Geschichten von Scholem Alejchem, Gordin, Asch und natürlich Tolstoi und Gorki. Und wieder von unseren – Peretz und Mendele Mocher-Sforim, den er so gerne mochte. Ihre kleinen, heiteren, mit feinem Stift gezeichneten Skizzen um ihn herum wurden mit der Zeit mehr und mehr. Sie fuhr mit ihm zu Besuch in sein Elternhaus in Bolichov und freute sich mit ihm, als plötzlich eine Quelle von Erinnerungen aus ihm hervorsprudelte. Dort lernte sie *rogalech* und Strudel backen und Kekse, die genau so gut schmeckten wie die seiner Mutter.

In solchen Augenblicken versuche ich, so viele Informationen wie möglich aus ihm herauszuholen. Ich biete ihm einen Satz an und warte, wie er darauf reagieren wird. Ich habe bereits eine Vorstellung von ihrem gemeinsamen Leben, aber manchmal mache ich dennoch grobe Fehler. Einmal sagte ich zum Beispiel ahnungslos: »Und ich war kein guter Ehemann, aij, ein guter Ehemann war ich nicht, Schloimele.« Er war sehr wütend auf mich und brauchte eine Weile, um sich zu beruhigen, und dann korrigierte er mich: »Ich war ein guter Ehemann. Ich tat alles, was sie wollte, und gab ihr alles, was sie brauchte. Nur war ich leider auch, *eppes*, ein bißchen knauserig. Mit der Liebe, meine ich...«, und nach einem Augenblick zu sich selbst: »Nu, ja, ja. Aber wer war damals ein Prophet und konnte wissen, daß wir beide eine so kurze Zeit zusammen haben würden?«

Ein anderes Mal wurde er etwas ausführlicher: »Ja, ja. Ich war ein Knauserer, ein Geizkragen in der Liebe. Ich hätte nachsichtiger und froher sein sollen. Froh mit ihr, meine ich. Aber ich, soll ich für ihren kleinen Fingernagel sühnen, wenn ich ihr einmal alle Jubeljahre meine Gefühle zeigen wollte, nu, da schwoll ein Würgen in meiner Kehle an wie der Kehllappen eines aufgeblähten Truthahns und verdammte mich zum Schweigen, so daß ich mein liebevolles Gesicht von ihr abwenden mußte. Und warum? Ich weiß es nicht. Vielleicht hatte ich Angst, ihr zu zeigen, wie sehr ich sie brauchte. Manchmal schien mir, hörst du, daß ich Gott behüte in tausend Stücke zerplatzen würde, wenn ich je meine Liebe für sie auch nur einen Finger breit aus mir herausschauen ließe.«

Und ich helfe ihm von ganzem Herzen: »Und vielleicht war es auch eine kindische Wut über die Erniedrigung. Die dumme, eingebildete Demütigung: daß ich ihr nach vierzig Jahren der Selbstgenügsamkeit so hörig war. Dem Klang ihrer Stimme. Ihrem Duft, nachdem sie ein Bad genommen hatte. Der Handbewegung, mit der sie ein Haar vor ihrem Auge entfernte.« Und Anschel Wasserman, gerührt, belohnt mich mit einem Hinweis, den nur ich, der ich ihn so gut kenne, zu schätzen weiß: »Und der Körper, verzeih mir, wie soll ich das sagen, Schloimele... das heißt der Körper ––« und ich komme ihm schnell zu Hilfe: »–– und auch der Körper brauchte sie so sehr. Ihre junge Geschmeidigkeit, ihre Haut, die mit der wilden Kraft der Lebenslust über ihr Fleisch gespannt war. Die totale und aufregende Verwirrung, die die neue, noch nicht ganz reife, ganz und gar imaginäre Landschaft ihrer jungen Brüste und ihrer Hüften und ihres Bauches und ihrer Schenkel bei dir auslöste, denn manchmal, Großvater, wenn man mit allen Worten und Weisheiten am Ende ist, wie groß ist da der Trost, den zwei Menschen einander mit ihren Körpern spenden können…« Und er: »Und sogar auf dem Weg hierher, soll ein Fluch auf mein Haupt fallen, Schloimele, nu, es fällt mir ein bißchen schwer, darüber zu sprechen…« Und ich liefere ihm die Worte: »Und im Zug hierher fuhren wir dicht gedrängt durch die Nacht, und sie schmiegte sich an mich wie ein Küken, und ich konnte nicht einmal diese letzten verstohlenen Augenblicke genießen, denn ich sah die ganze Zeit nach dem Kind, um mich zu vergewissern, daß es nicht wach war und uns zuschaute, daß niemand diese verzweifelten, reinen Umarmungen bemerkte…«

Und bei einer anderen Gelegenheit sagt Wasserman: »Heute weiß ich, daß der Sinn des Lebens für manche Menschen die Arbeit ist; für andere ist die Kunst oder die Liebe der Anker ihrer Seele und das einzig Wichtige in ihrer Existenz. Aber ich gehöre anscheinend zur Familie der Schlemihle, denn meine Sara, meine Sara allein war der Sinn meines Lebens, doch das erkannte ich erst hier. Aij, ich glaube, die meisten Menschen wissen, wie sie ihre Seele vor solchen Fehlern bewahren können. Und ich wünsche dir, daß auch du deine Seele davor bewahren magst, Schloimele, denn wer in die Liebe selbst verliebt ist, wird immer jemand anderen zum Lieben finden, doch ich war einer einzigen Frau ergeben. Ich hatte kein Leben nach ihr, obwohl ich sie nie so zu lieben verstand, wie es ihr gebührt hätte, geliebt zu werden…«

Und nun der Kiosk. Die Neuankömmlinge sehen ihn sofort. Er hat alles. Brötchen und Zigaretten und kleine Kuchen und in rotes Glanzpapier verpackte Schokoladenkugeln. Die Kinder sind immer die ersten, die den Kiosk entdecken, und sie flehen ihre Eltern an, ihnen irgend etwas zu kaufen. Wasserman: »Auch uns täuscht diese Fülle von Erfrischungen. Einen Augenblick verwandeln wir uns alle in kleine Kinder. Selbst die Argwöhnischsten unter uns können der Versuchung nicht widerstehen. Et! Erinnerst du dich an den jungen Offizier Hopfler, der mich zu Neigel jagte, Schloimele? Er ist für den Kiosk zuständig. Er verkauft natürlich nicht. Er ist ein respektabler Offizier, kein Krämer. Aber er wischt jeden Tag den

Staub und Ruß der Lokomotive und der Krematorien vom Kiosk, putzt die dünnen Glasscheiben, tauscht die verschimmelten Brötchen durch neue aus, faltet hübsches buntes Papier zur Verzierung und steckt es in die Ritze, die dafür vorgesehen ist. Ich beobachte ihn und staune: so jung und schon so tüchtig! Mit welcher Sorgfalt er den schönen Kuchenberg aufbaut, um ihn verlockender zu machen! Glücklich das Auge, das dieses Prachtwerk sieht! Er tritt zurück, prüft es, wie ein Maler, der sein Kunstwerk betrachtet. Architekt sollte er werden, wenn er soweit ist. Oder Konditor. Ein Künstler ist dieser Bursche jedenfalls. Ein wahrer und bescheidener Künstler. Jetzt wird er zum letzten Mal einen feuchten Lappen nehmen, nicht den, mit dem er vorher die dünnen Glasscheiben geputzt hat, Gott behüte, und damit über die roten Schokoladenkugeln und die erfrischende, noch viertelvolle Sodaflasche wischen.«

Wasserman gräbt Löcher in die Erde und rechnet an seinen schwarz gewordenen Fingern: Zwanzig Jahre haben sie zusammengelebt. Rund siebentausend Tage. Nur siebentausend Tage. Wasserman: »Das sind zirka tausend Donnerstage... aij... wie schade, wie traurig... und davon wurde soviel durch kleinliche Streitereien und Zanksucht und meinen dummen Zorn verdorben... ich wußte nicht, ich konnte das einfache Glück, das direkte Glück, das sie mir geben wollte, nicht ertragen. Ich haßte das Opfer, das sie für mich brachte. Das Opfer ihrer Jugend und ihrer Fähigkeit zu lieben... in meinem Kopf entstand der Irrglaube, daß Sara mich geheiratet hatte, weil sie mich in ihrer Phantasie zu einem falschen Ideal gemacht hatte, zum Ideal eines begabten Schriftstellers, der inspiriert ist von erhabenen Ideen und Gedanken wie dem Kampf zwischen dem Guten und dem Bösen, nu, ja, auch sie hatte in ihrer Kindheit meine Geschichten verschlungen, und deswegen war sie ja zu mir gekommen... und daher, wie zum Trotz, versuchte ich ihr die ganze Zeit zu zeigen, wie sehr sie sich in mir irrte. Daß dieser Wasserman, den sie sich da genommen hatte, nichts als ein Schwächling und ein Feigling sei, häßlich von innen und von außen, et! Ich prüfte sie, verstehst du, um herauszufinden, wann sie mich endlich satt haben und die Fassung verlieren und mir meine Schande an den Kopf werfen würde, die Schande ihrer Enttäuschung...«

Und doch: »Und trotz allem hatte ich niemanden außer ihr, und auch sie liebte mich anscheinend, und wir waren gern zusammen und liebten es, uns miteinander zu unterhalten, denn meine Sara war ein sehr kluger Mensch, weit klüger als ich... Und auch die Hausarbeiten verrichteten wir gern gemeinsam, nu was, ich schäme mich nicht, es zuzugeben... manchmal, in einem zärtlichen Augenblick, wenn wir zusammen einen Kuchen buken oder die Wintersachen in den Schrank räumten und die Sommersachen hervorholten, oder während wir den Fußboden putzten, trafen sich manchmal unsere Augen, nu, du verstehst schon... die Atmosphäre, sage ich dir, die Atmosphäre war geladen, und es floß wie Honig zwischen uns... und dann sahen wir einander in die Augen, und sobald wir uns ansahen, waren wir gezwungen, uns, nu, das heißt – zu umarmen, ich bitte um Vergebung. Aij, wie Blitze waren unsere Küsse da...«

Über ihre Tochter spricht Wasserman nie. Sie hieß Tirza und wurde nach neunjähriger Ehe geboren. Alles was ich über sie weiß, ist das bißchen, das mir meine Großmutter Henny erzählte, als ich fünf oder sechs Jahre alt war, dazu die verblaßten Erinnerungen meiner Mutter. Das ist alles.

»Und ich werde dir noch ein Geheimnis verraten, Schloimele«, sagt Wasserman, und sein Gesicht wird etwas weicher. »Am Anfang schwiegen wir viel zusammen, meine Sara und ich, meine ich. Sie – sie war ein bißchen schüchtern, und ich – nu ja, mir war das ganz recht, denn ich konnte am Abend nichts in meinem Leben finden, was zu erzählen sich gelohnt hätte. Ich dachte: Et, ein Leben grenzenloser Langeweile. Und verdiente denn dieses Leben, das mir zugefallen war, ausgeschmückt und verschönert zu werden? Nu, und dann kam mein Lamm, meine Sara, und lehrte mich die Gesetze des Ehelebens und zeigte mir auf ihre bescheidene Art, daß jeder Augenblick wundervoll ist und es keinen Menschen gibt, in dem nicht ein Faden der Anmut ist, sogar eine Seifenblase schimmert in tausend Farben im Sonnenlicht, kurzum – sie belehrte mich, indem sie sagte: ›Alles, ich will dir alles erzählen, Anschil (so sprach sie meinen Namen aus: Anschil, wie ein Kuß), alles, und auch du sollst mir alles erzählen, nachdem du jemanden getroffen und dich mit ihm unterhalten hast, erzähl mir bitte, was er sagte und was du ihm sagtest, und wie der Hut auf seinem Kopf saß, und wie er lachte und wie er seufzte‹, und auch sie erzählte mir alles, was in dem Perückenladen geschah, und allmählich füllte sich unser Leben mit solchen Kleinigkeiten, und am Ende waren uns diese Kleinigkeiten sehr kostbar, siehst du, auf diese Weise schmückte meine Sara in ihrer Klugheit mein ödes Leben aus...«

Neigel verläßt jetzt seine Baracke. Herausgeputzt in seiner Uniform, geht er an Wasserman vorbei und tut so, als sähe er ihn nicht. Er geht zum Bahnsteig, was bedeutet, daß er die Absicht hat, sich fünfzig neue Arbeiter für sein Lager auszusuchen, anstelle des Arbeitskommandos der gegenwärtigen »Blauen«. Wasserman beobachtet die »Blauen«. Die »Blauen« beobachten Neigel. Sie wissen, wenn er zum Bahnsteig kommt, wird es eine Selektion geben, und neue Arbeiter werden an ihre Stelle treten. Trotzdem setzen sie ihre Arbeit fort und beruhigen die Neuankömmlinge mit den üblichen schönen Worten. »Großer Gott!« flüstert Wasserman. »Kannst du verstehen, Schloimele, warum sich die ›Blauen‹ nicht gegen ihre Wächter erheben und ihr Leben zumindest im Austausch für das Leben von einem von ihnen lassen, jetzt, da ihnen alles klar ist? Ich werde es dir erklären...« Aber ich bin nicht daran interessiert, seine Erklärung zu hören. Ich habe meine eigenen Ansichten zum Thema »wie Schafe zur Schlachtbank«.

»Und einmal« – Wasserman wendet seine Augen von dem Geschehen auf dem Bahnsteig ab und setzt seine Geschichte fort – »einmal, etwa zwei Jahre nach unserer Heirat, als mich wieder eine jener Kapriolen des Selbstmitleids befiel, ging Sara allein zu Salmansons Chanukka-Feier. Es war eine jener Feiern, derer ich überdrüssig geworden war und zu denen ich immer nur ging aus Angst, ich könnte Salmanson zornig machen, obwohl er mich dort ohnehin nie beachtete: er hatte immer ein neues Publikum, dem er imponieren konnte, ah, was für ein Aufschneider dieser Salmanson doch war.« »Ja, ja«, dränge ich ihn, »wir werden ein anderes Mal mehr von Salmanson hören. Jetzt erzähl mir lieber, was dort geschah.« »Dräng mich bitte nicht, Schloimele. Es fällt mir schwer genug... Kurzum, Sara ging allein dorthin. Mit verweinten Augen ging sie... und mein Herz zog sich vor Mitleid zusammen, aber ich lief ihr nicht nach, um sie zu versöhnen, ich Schuft... Und auf der Feier –« seine Stimme klang fern und hart, »nun, da geschah es, sie ließ sich von Salmanson in die Garderobe drängen und auf die Lippen küssen. Nu, also, so war es. Jetzt weißt du es auch. Ich habe es nie irgend jemandem erzählt...«

Was? Das gab es also auch bei ihnen! Schon damals!

»Und wie hast du es erfahren, Großvater?« Er hat ihr bestimmt nachspioniert und sie so lange mit seinen Verdächtigungen gequält, bis sie gestand. Vielleicht hat er einen Brief von Salmanson bei ihr gefunden. Oder hat es ihm vielleicht jemand verraten?

»Als sie nach Hause kam, hat sie mir alles erzählt. Sie wollte kein Mitleid und gab ihm nicht die Schuld. Der Bandit! Sie sagte, sie habe gesehen, daß er sie brauche und konnte seinem Flehen nicht widerstehen. Er brauchte sie! Ha! Wie naiv sie war! Aber wie sollte sie wissen, daß Salmanson ein Verführer war? Von außen besehen schien er ein treuer und ergebener Familienvater zu sein, der seine Frau und seine drei häßlichen Töchter liebte, aber ich wußte, von ihm selbst wußte ich es, daß jedes Kleid, das an ihm vorbeilief, einen Funken in ihm entzündete, eine verzehrende Flamme! Pardon.«

Als sie es ihm erzählte, zitterte der kleine Wasserman vor Wut und Schmach. Die abscheulichsten Kreaturen, die seine Seele bevölkerten, brachen plötzlich aus ihm hervor. Er wollte nur wissen, ob Salmanson über ihn gespottet habe, nachdem er »ihre Ehre entweiht hatte«. Sara sah ihn verwundert und traurig an und antwortete, daß Salmanson nichts gesagt habe. Daß hier gar keine Rede von einer Entweihung der Ehre sei. Daß sie sich ihm aus freiem Willen hingegeben habe und es nie wieder tun werde. Auch Salmanson wisse das. Sie sagte: »Er war traurig. Ich hätte nicht gedacht, daß ein Mann wie er so traurig sein kann.« (Seine Sara benutzte immer solche »zarten« Worte.) Wasserman: »Traurig – das ich nicht lache! So wie Jesus in den Himmel aufstieg, so wie Mohammed auf seinem Schimmel flog, so war Salmanson traurig!« Sara sagte, daß Salmanson sie gebeten habe, Wasserman nichts davon zu sagen, sie sich jedoch entschlossen habe, es ihm trotzdem zu erzählen, weil ohnehin nichts geschehen sei und ihr die ganze Sache nichts bedeute und sie nicht wolle, daß zwischen ihr und Wasserman eine Lüge stehe. Sie bat ihn nur, nie wieder darüber zu sprechen. Und diese Bitte erfüllte er, wie ich mir vorstellen kann, auf seine eigene Art. »So ist es, Schloimele. Ein Jahr lang machte ich uns eine kleine Hölle des Schweigens. Nu, auch das ging vorbei… Aber erst nach einer sehr langen Zeit konnte ich an die beiden dort in der Garderobe denken, ohne daß mir das Blut in den Adern pochte. Ein Jude, sage ich dir, ist aus einem seltsamen Stoff gemacht…«

Inzwischen sitzt Neigel auf einem Klappstuhl zu Gericht und sucht sich unter den Neuankömmlingen Arbeiter aus. Sein Gesicht ist ausdruckslos. Völlig leer. Himmler würde stolz auf ihn sein. Er wirft einen Blick auf die vor ihm Stehenden und nickt leicht nach links oder rechts. Links, rechts, links, rechts. Wasserman: »Und ohne es zu merken nickte auch ich, zusammen mit ihm, *cholera*, links, rechts…«

Neigel hat sich seine neuen Arbeiter ausgesucht. Die ehemaligen »Blauen« werden zum Ausziehen in die Bahnhofshalle abgeschoben. Neigel erhebt sich und kehrt zu seiner Arbeit in der Baracke zurück. Wasserman betrachtet heimlich den Nacken des Deutschen. »Hast du gesehen? Kein Zeichen ist dort geblieben von seinem Nicken. Nicht einmal eine Falte!« Die Alten und die Kinder und die Lahmen werden ins ›Lazarett‹ gebracht, wo Staukes Pistole auf sie wartet. In kurzen Intervallen sind gedämpfte Schüsse zu hören. Hopfler – sein Gesicht gleicht dem Gesicht eines klugen und verantwortlichen Kindes – läßt am Kiosk die Eisenrolläden herunter, damit die Sonne die Ware nicht verdirbt, bevor der nächste Zug eintrifft. Wasserman verabschiedet sich für weitere drei Stunden von den Schokoladenkugeln. Wasserman: »Und so geschah es, daß mein Kind, meine teures, mein Tirzalein, von einem Ende der Welt, Hunderte von Meilen entfernt, ihr junges, unschuldiges Leben brachte und von dem anderen Ende der Tod auf sie zuschritt, und die beiden trafen sich, als ihre kleine Hand nach den Schokoladenkugeln griff.« Und tief seufzend reflektiert er: »Mag sein, daß ich nie mehr sterben kann, Gott behüte, weil ich so oft meinen Tod koste, mindestens dreimal am Tag, wenn die Züge eintreffen…«

Und dann, wenn die nackten Häftlinge an ihm vorbei durch die Himmelstraße laufen, bückt er sich und steckt sein Gesicht in die Furchen des Blumenbeets.

Und nachdem sie durch die Himmelstraße gelaufen sind und die bissigen Hunde der Ukrainer mit ihren blutigen Mäulern wieder zu bellen aufgehört haben, richtet sich Wasserman auf, riecht an seinen Fingern und reibt die feuchte schwarze Erde, die an ihnen klebt. Sein Körper riecht stark nach Schweiß. Wasserman: »Nu, und vor meinem inneren Auge sehe ich, wie meine Sara an den Achselhöhlen meiner Hemden riecht und die Nase rümpft. Meine Frau, möge ich mit meinen Worten nicht sündigen, war eine vortreffliche Riecherin.«

5.

Otto: »Wir lebten schon ein Jahr lang im Wald, als es geschah. Ich kehrte eines Nachts aus Borislav zurück und fand neben Mineneingang Nummer eins ein Baby, das in eine zerfetzte Decke gewickelt war. Es lag still da, ohne auch nur einen Mucks zu machen, und sah mich mit offenen Augen an wie ein erwachsener Mensch, aber ihr hättet unseren Fried sehen sollen, als ich hereinkam und ihm das Geschenk gab. Oho! Er warf einen Blick auf das Bündel, und schon schnappte sein Gesicht zu wie eine Tür im Wind. Und er sagte immer nur ›Was ist das? Was ist das?‹, wie ein Papagei, obwohl er genau sehen konnte, was das war, und dann fragte er ›Lebt es?‹, und ich, nu, natürlich drückte ich ihm das Bündel in die Hände und sagte, ›Sieh nach, sieh nach, du bist schließlich der Arzt hier, oder irre ich mich?‹«

Sie sahen sich einen Augenblick an. Der Arzt müde und mißtrauisch, und Otto – aufgeregt von einem Fuß auf den anderen tretend. Dr. Fried legte das Baby auf eine Holzkiste, die als Tisch diente, und ging sich die Hände in der Schüssel waschen. Die schrubbenden Bewegungen weckten in ihm Erinnerungen an vergangene Tage, als er noch seine zahlreichen Patienten behandelt hatte. Fried war ein aufopfernder Arzt, der sich aber bestimmt geärgert hätte, wenn er das gehört hätte. Er gestand sich nie ein, daß er die Menschen aus Sorge um ihr Wohlergehen behandelte. Er zog es vor, sich als ein Bekämpfer der Feinde des Menschen zu betrachten. Jetzt kam er zurück, schüttelte seine Hände in der Luft trocken, schob die Decke des Babys ein wenig beiseite und sah es lange an. Es schien vorzeitig geboren zu sein. Es war sehr klein, seine grauen Augen waren mit einer dünnen Membrane bedeckt und seine helle Haut war runzlig, als hätte man es zu lange im Wasser liegenlassen. Die kleinen roten Fäustchen schwammen blind in der Luft, und die winzige Stirn war vor Anstrengung gerunzelt. Fried: »Na sowas! Mitten im Wald! Wer, zum Teufel, konnte – –« Otto: »Irgend eine arme Frau. Sie hat bestimmt gehofft, daß es schnell und schmerzlos sterben würde.« Fried: »Die Bären hätten es fressen können, *cholera*!« Und Otto: »Du wirst ihm helfen, nicht wahr, Fried?« Fried: »Was? Ich? Was soll ich denn hier mit einem Baby machen? Du bringst es besser dorthin zurück, wo du es gefunden hast.« Wasserman: »Aber unbewußt strich der alte Arzt mit seinem Finger über die zarte weiche Brust des Babys und wich sofort zurück, denn ihn überkam eine große Sehnsucht, die seine Kehle zuschnürte. Und als er aufschaute, sah er, daß seine Fingerspitzen mit einer fetten, weichen weißen Substanz bedeckt waren. Auch Otto streckte seine Hand aus und berührte den Bauch des Babys, dann roch er an seinen Fingern und kostete. Otto: ›Wie Schmetterlingsstaub, nicht wahr?‹«

Aber da beugt sich Neigel plötzlich über den Tisch, und zum ersten Mal, seit Wasserman ihm an diesem Abend vorgelesen hat, spricht er: »Nein, Wasserman, bestimmt nicht Schmetterlingsstaub, das kann ich dir aus eigener Erfahrung sagen, wenn du gestattest.« Und da Neigel zwei Kinder hat, kann er Wasserman erklären, daß Babys manchmal mit »so einer Fettschicht geboren werden, die ihnen irgendwie hilft, ich kann mich nicht mehr erinnern, wie.« Aber Anschel Wasserman, der sich gar nicht bemüht, geduldig zu klingen (»Aij, wie ich seine sture Pedanterie satt habe! Sobald ich in die Sphären zügelloser Phantasie abweiche, schrickt er entsetzt zurück. Er wird sich eben an die Fehler in der Geschichte gewöhnen müssen. Immerhin habe ich vor, auf dem Dachboden einen ganzen Jahrmarkt aufzustellen!«), erklärt Neigel, daß, wenn er, Wasserman, beschließe, daß es Schmetterlingsstaub sei, es dann auch Schmetterlingsstaub sei, woraufhin Neigel, etwas verärgert, mit schwacher Stimme meint: »Aber Babys werden tatsächlich mit so einem Staub geboren.« Und Wasserman, finster: »Bezüglich Ottos Schwindsucht – habt Ihr da schon irgend etwas an der Angel?« Und Neigel: »Ja, ja. Und sei nicht unverschämt. Stauke hat mir ein paar Dinge darüber erzählt. Ich weiß nicht, was Otto mit diesen Anfällen überhaupt machen kann.« Und er blättert in seinem Notizbuch und reißt eine handgeschriebene Seite heraus. »Was habt Ihr Stauke denn erzählt?« fragt Wasserman scheinbar beiläufig, und Neigel antwortet: »Ach, ich habe eine kleine Geschichte über eine kranke Tante in Füssen erfunden. Er war eigentlich sehr froh, mir helfen zu können. Übrigens, du hast ein paar grobe Fehler bezüglich der Kaninchen und Füchse gemacht. Kaninchen ziehen nicht in wärmere Länder, und Füchse halten keinen Winterschlaf. So ein Unsinn! Als du das damals erzähltest, dachte ich mir schon, daß du dich irrst. Ich kenne mich ja ein bißchen mit Kaninchen und Füchsen aus, aber ich verließ mich eben mehr auf dich als auf mich. Ich dachte, daß Schriftsteller mehr als andere Menschen wissen, und Stauke leckte sich schon die Lippen. Er lachte mich richtig aus, als ich ihn danach fragte. Versuch nächstes Mal, etwas genauer zu sein mit deinen Behauptungen.«

»Das Baby gurrt«, sagt Wasserman. »Was? Was hast du gesagt?« »Das Baby gurrt. Wir sind jetzt wieder bei unserer Geschichte. Wo waren wir stehengeblieben?« (Wasserman: »In Neigels Ablage lag ein hellblauer, ganz und gar nicht militärischer Briefumschlag, und sogar ohne meine Brille konnte ich die rundlichen Formen der kleinen weiblichen Handschrift darauf erkennen. Und noch bevor ich verstand, was meine Augen sahen, fühlte ich den scharfen Biß meines Fleisches: Sie war es! So eine weiche Handschrift hatte sie? Und eine Art Nebel umgab den Umschlag, aij, die Handschrift einer Frau ...«)

Neigel räuspert sich: »Dein Schmetterlingsstaub, Scheherezade.« Wasserman sagt: »Schmetterlingsstaub? Das ist kein Schmetterlingsstaub, würde der gelehrte Arzt Albert Fried antworten, sondern eine Fettschicht, die den Fötus vor dem starken Wasser der Gebärmutter schützen soll.« Neigel: »Geh zum Teufel, Scheißmeister, du hast doch –«. »Ziep ziep ziep! Kikerikiiii! Ta ta ta ta. Es hört mich, Fried!« (ruft der gute Otto). »Es hört mich!« Fried: »Man kann dich bis nach Borislav hören.«

Jedidja Munin: »Was ist das? Ihr habt ein Baby hierher gebracht?« Fried: »Otto hat es gefunden. Als hätten wir nicht genug Sorgen.« Munin: »Was für ein häßliches Baby!« Otto: »Sie sehen alle so aus, wenn sie geboren werden. Es wird noch groß und schön werden. Es braucht Milch.«

Neigel, der die ganze Zeit auf der Lauer gelegen hat, springt jetzt auf: »Was? Hier im Wald?« Wasserman: »Ich weiß, daß das ein Problem ist. Ja. Aus der Sicht der trockenen Fakten ist das ein Problem. Aber wir haben keine Wahl, und wir brauchen die Milch. Helft uns, Herr Neigel.«

Der Deutsche sitzt kerzengerade in seinem Stuhl, als hätte sein Vorgesetzter das Zimmer betreten. Er setzt eine soldatenhafte Miene auf. Wasserman wiederholt seine Bitte. Neigels Finger trommeln auf dem Glas und hinterlassen feuchte Abdrücke. Nach langem Nachdenken schlägt er vor, daß einer von der Bande – »am besten Otto, dem keine Gefahr droht« – ins nächste Dorf gehen und bei dem Bauern Milch kaufen soll. Wasserman nickt begeistert und tut so, als schreibe er es in sein Heft, und Neigel entspannt sich, sein Gesicht wird selbstgefällig, gerötet, doch plötzlich, als wäre es ihm erst jetzt in den Sinn gekommen, tut Wasserman so, als streiche er energisch, zu energisch, die Worte des Deutschen aus, und er verkündet: »Das ist leider sehr gefährlich, viel zu gefährlich, weil es jetzt jede Minute dunkel wird und sich dann Bären herumtreiben und Schüsse fallen werden, und wehe dem, der sich zu solch einer Stunde im Wald aufhält.« »Schüsse, sagtest du?« »Ach ja. Ich vergaß vorher, Euch davon zu erzählen.« »Natürlich.« Einen Augenblick kneift Neigel seine Lippen mit einer so entschiedenen Bewegung zusammen, daß seine Kiefer aufeinanderschlagen und sein Mund fast bis an die Nase reicht. Aber da kommt ihm plötzlich, scheinbar zu seiner eigenen Überraschung, eine Idee, die er mit lauter Stimme verkündet, mit einer Begeisterung, die er nur schwer zurückhalten kann und die vor allem die Freude der Rache an Wasserman enthält: »Hör mal! Fried kann das Baby zu einer Gazelle bringen! Es gibt doch Gazellen im Wald. Das weiß ich. Und diese Gazelle – sie hat eben vor kurzer Zeit Junge geworfen. Ich habe anscheinend vergessen, es dir zu erzählen... Jedenfalls hat sie viel Milch in ihrem Euter, und Fried wird sie bestimmt überreden können, dem Baby ein bißchen davon abzugeben, oder?« Und der Schriftsteller, leicht verkrampft: »Eine gute Idee, Herr Neigel, alle Achtung. Ich ziehe meinen Hut vor Euch, natürlich nur sprichwörtlich!« (»Esau errötete bis zu seinen großen Ohrläppchen, und ich wußte, daß das ein schlechtes Zeichen war. Ich hatte ihm gerade erst gezeigt, daß Gott ihm ein Hirn zum Denken und ein Herz zum Fühlen gegeben hatte, und schon bahnte er sich einen Weg mit seiner deutschen Effizienz, tfu! Ich mußte meine gebrochenen Lenden schürzen und ihm den Kampf ansagen!«) »In der Tat, Herr Neigel, eine sehr schöne Idee! Und sie kam wunderschön formuliert aus Eurem Munde, nur ist sie leider zu realistisch. Das heißt, zu sehr in die Wirklichkeit gepackt, bis zum Ersticken von deren groben Stricken umwickelt. Und wir wollen uns doch ein wenig erheben. Den Wildesel freilassen, seine Fesseln lösen... Und nun werde ich Euch erzählen, wie es wirklich war...«

»Ich höre«, sagt Neigel, deutlich gereizt.

»Otto ging zu Herotion und flüsterte ihm etwas ins Ohr. Herotion wich entsetzt zurück und stieß ein furchtbares Stöhnen aus, das einen Körper entzwei brechen lassen konnte! Doch Otto ließ nicht locker und drängte so lange, bis der arme Herotion, der sich schon seit Jahren weigerte, Zaubereien auszuüben – wahre Zaubereien, keine Taschenspielereien oder Tricks oder regelrechten Schwindel –, gezwungen war, Ottos Bitte zu erfüllen, denn niemand schlug Otto eine Bitte ab; also bat er Otto um einen Teller und bedeckte ihn mit einem Sack, und dann schlüpfte er mit Kopf und Körper unter den Sack, so daß nur noch seine Knie hervorsahen, und rang eine lange Zeit über dem kleinen Teller und stöhnte und klagte dabei, denn er haßte von ganzem Herzen die Zaubergabe, die ich ihm in den Geschichten der Kinder des Herzens verliehen hatte, und der Sack bewegte sich über seinem Körper, er rauschte und wogte wie ein Meer im Sturm, und nach einer Weile beruhigte er sich, und Herotion erhob sich und kam unter dem Sack zum Vorschein, und sein Gesicht war grau wie der Sack selbst, als hätte er das Gesicht Satans erblickt, Gott behüte, und mit zitternder Hand reichte er Otto den Teller, der nun bis zum Rand mit einer dampfenden weißen Flüssigkeit gefüllt war, aij...« Und Wasserman verstummt einen Augenblick. (»Wie gut ich mich noch an den Geschmack dieser Milch erinnern konnte, Schloimele, aus den glücklichen Tagen, da meine Sara, mein Schatz, unser Lämmlein Tirza stillte … Et! Sie, ich meine … du weißt ja, wie Frauen in solch einer Zeit sind … sie haben keine Scham … sie sind Mütter … und sie bat und drängte mich, daß ich koste, und ich weigerte mich, selbstverständlich weigerte ich mich … ich war so verlegen! Nur dir kann ich solche Dinge erzählen … aber einmal, in einem intimen Augenblick … kurzum, ich kostete einen Tropfen …«) Und es ist Neigel, ausgerechnet Neigel, der jetzt ganz leise, wie zu sich selbst, sagt: »Eine warme, weiße Flüssigkeit, und süß. Ja.« Und der jüdische Schriftsteller sagt langsam, angespannt, wie ein Spion, der prüft, ob der Mann, der das Losungswort gesprochen hat, auch tatsächlich sein Verbündeter ist: »Sehr süß. Sie zerschmilzt auf der Zunge.« Und Neigel: »Ja. Und so reichhaltig.« Und dann schauen sich die beiden einen Moment verlegen in die Augen und sehen sofort wieder weg und werden über und über rot.

In ihrer Not drücken sie Fried den Teller mit der verzauberten Muttermilch in die Hand in der Hoffnung, daß er sie aus der Verlegenheit befreien wird, aber Fried zieht seine Hand wütend zurück, auch er ist angespannt und mißtrauisch, weil das Baby auf so rohe und unverschämte Weise in sein Leben eingedrungen ist, oder vielleicht wegen der schmerzhaften Ungerechtigkeit, daß ein lebendiges, gesundes Baby so nah bei Fried ist, der zwei Jahre lang der – unfruchtbaren – Sehnsucht nach einem Baby ausgesetzt war. Und als Wasserman »unfruchtbar« sagt, bemerkt er, daß sich Neigels Augen genau so weiten wie die von Salmanson, wenn Wasserman »meine Frau Sara« sagte. (»Salmanson hatte den starken Verdacht, daß ich über die Geschichte mit ihm und meiner Sara Bescheid wußte, und ich machte es ihm auch nicht leicht und redete nicht mit ihm darüber. Ich war stumm wie ein Fisch und ließ ihn in seiner eigenen Galle kochen.«) Wasserman versteht nicht, was die plötzliche Anspannung, die Neigel bei diesem Wort packt, zu bedeuten hat. Einen Augenblick lang spielt er mit der Idee, daß die beiden Kinder auf dem Foto adoptiert sind, was ihr zartes Alter im Verhältnis zu Neigels fünfundvierzig Jahren erklären würde. Aber der Junge ähnelt Neigel und das Mädchen

Neigels Frau. Was ist es also? Wasserman ist verwirrt. Er hört auf zu lesen und starrt in die Luft. Und auf einmal, auch ohne einen Schuß in den Kopf, hat er eine Idee, und schon weiß er, oder besser – erinnert er sich, woran Paula starb. Alle Hinweise, die er separiert verstreut hat, sind jetzt zusammengekommen, und er ist sicherer denn je, daß der Tag kommen wird, »an dem mir Neigel aus der Hand frißt.«

Fried geht hinaus, um aus der Nische, die der Bande als Küche dient, einen Löffel zu holen, und hört von weitem, wie Otto sagt, daß das Baby zwei Zähne hat. Fried antwortet brummend, daß er schon von solchen Fällen gehört habe und daß auch bekannt sei, daß manche Babys bei der Geburt mit einem Flaum bedeckt seien, und Otto öffnet erschrocken das Bündel, sieht nach und verkündet: »Es hat keinen Flaum! Nur diesen Schmetterlingsstaub und – – Fried! Unser Babylein ist ein richtiger Mann!« Fried hört das, und eine große Müdigkeit kommt über ihn. Er lehnt sich an den Kühlschrank wie an die Schulter eines Freundes und wundert sich, daß er keine Stimme hört, die ihm ein Geschäft vorschlägt: Alle Jahre, die ihm noch bleiben, für einen einzigen Tag mit Paula und dem Kind. Dann richtet er sich langsam auf und ballt die Fäuste. Oder kann es sein, daß dieses Kind das Zeichen ist, auf das Fried seit drei Jahren wartet? Seit siebzig Jahren? Kann es sein, daß sich das Leben in einer außergewöhnlichen Geste dazu entschlossen hat, endlich auf seine Rufe, seine Verzweiflung, seine Unverschämtheit einzugehen und die Linie zu überschreiten, die er jeden Morgen, seit Paulas Tod, in den Staub kratzt? Und Otto, von weitem lachend: »Hej, Kerlchen! Nicht auf mein Hemd!«

Dann, als Fried Otto einen sauberen Löffel bringt, stellt er sich neben ihn, nähert seine Nase heimlich dem kleinen Köpfchen, das mit weißem Flaum bedeckt ist, und schnuppert daran. »Aij«, murmelt Wasserman voller Sehnsucht. »Und der Arzt atmete diesen süßen Duft ein, der einzigartig ist auf der Welt.« Neigel bestätigt mit einem Kopfnicken, daß auch er diesen unvergleichlichen, unnachahmlichen Duft kennt, und Wasserman klagt: »Wie eine Versengung traf dieser Duft sein Herz. Der Verband wurde abgerissen von der alten Wunde, die noch immer blutete.« Und Neigel, nach einem Augenblick des Schweigens: »Schau mich nicht so an. Ich will dir etwas erzählen. Ich weiß schon jetzt, daß du das auf deine jüdische Art gegen mich verwenden wirst, aber das ist mir egal: Als mein Karl geboren wurde und ich auf Urlaub nach Hause kam, schlich ich mich jede Nacht leise an sein Bettchen, um ihn zu riechen. Es war, als liefen mir Ameisen über den Rücken.« Und Anschel Wasserman: »Ich wußte es.«

Das Baby trank und trank, und schließlich sagte es versöhnlich »Ah ha« und spuckte ein wenig Milch auf die Hosen des Arztes. Fried schrie, daß man sofort jemand holen müsse. Daß die Behörde benachrichtigt werden müsse! Ja, Fried war erschrocken. Er ging wie ein Kamel im Zimmer auf und ab und brummte zornig. Mit unbeholfener List reichte ihm Otto das satte Baby. Fried warf ihm einen wütenden Blick zu. Er wußte genau, daß Otto ihn dazu verleiten wollte, das Leben zu lieben. (»Oder, wenn du das lieber hast, Schloimele, ihn nach Chelm zurückzuführen.«) Die beiden hatten darüber seit Paulas Tod wortlos diskutiert, und vielleicht sogar, seit sie sich in ihrer weit, weit zurückliegenden Kindheit kennengelernt hatten. Plötzlich drückte ihm Otto mit fester Entschlossenheit das Baby in die Hände.

Aber wer schaut denn da in diesem Augenblick in die dunkle Halle, in schmutziger Arbeitskleidung, der Körper dünn und schlaff, das Gesicht runzelig und mit seltsamen Schmutz- und Farbflecken übersät, und auf dem Kopf eine zerrupfte blonde Perücke? Sie schaut nur einen Augenblick herein und sagt – – sie sagt gar nichts, denn hier mischt sich Neigel ein und bittet Wasserman: »Stell mir doch bitte unsere neue Freundin vor, Wasserman!« Worauf der Schriftsteller antwortet: »Mit Vergnügen, Herr Neigel. Sie ist ein neues Mitglied unserer Bande und heißt Chana Zitrin, und sie ist die verzauberte, liebeskranke Chana, die kühne, verzweifelte Kämpferin, und sie ist, hm, ja tatsächlich, die schönste Frau der Welt.«

Er ignoriert Neigels Protest (»die schönste Frau der – –? Du hast doch gesagt, daß sie ganz runzelig ist!«) und verkündet noch einmal entschlossen, daß es auf der ganzen Welt keine schönere Frau gebe als Chana Zitrin, sie sei nur sehr unglücklich, krank vor Liebe und Sehnsucht, und als Otto Chana erzählt: »Wir haben ein neues Baby hier, Chana«, weicht sie erschrocken zurück (ihr Gesicht verzieht sich, als würde sie ausgepeitscht) und verläßt schnell den Raum. Und Herr Neigel muß verstehen, daß diese Menschen alle möglichen Malaisen haben, jeder hat sein Päckchen zu tragen, wie es heißt, und Chana, nu, sie kann keine Babys mehr sehen. Ihre Erinnerungen sind noch zu frisch, das wird Herr Neigel doch verstehen.

Aber während wir Chana beobachtet haben, schimpft Wasserman, hätten wir beinah die Hauptsache verpaßt! Denn Fried hat es endlich gewagt, das Baby an seinen Körper zu legen, und nun streicht er mit zaghaften Fingern über den weichen Schädel, verweilt einen Augenblick ängstlich etwas oberhalb der Stirn – – Neigel: »Dort, wo das Loch zwischen den Knochen ist? Ich weiß. Ich habe es nie gewagt, ihn dort anzufassen.« Und ohne es zu merken, sind die beiden bald in ein Gespräch über die weiche Stelle auf dem Schädel des Babys vertieft, an der man (Neigel:) »beinah fühlen kann, wie das Hirn atmet. Es pocht wie das Herz.« Und man kann auch (Wasserman:) »den Puls des Lebens in den Fingerspitzen spüren.« Und Wasserman erwähnt bei dieser Gelegenheit einen Vogel, über den er einmal gelesen hat, einen winzigen Vogel, der am Südpol (oder am Nordpol?) lebt, und wenn man seine Brust auch nur ganz leicht berührt, hört sein Herz sofort zu schlagen auf. »Ich würde nie solch einen Vogel in meiner Hand halten wollen, Herr Neigel.« »Ja«, sagt der Deutsche, »das ist bestimmt etwas irritierend.«

Überhaupt das Kennenlernen. Der Arzt hebt das Baby hoch und hält es vor sein Gesicht, und die kleinen Händchen fliegen nach vorn. Ihre Bewegungen sind noch ziellos und unkoordiniert. Sie berühren den großen, kahlen Kopf und fallen sofort zu dem gestutzten silbrigen Schnurrbart herab, und plötzlich werden sie lebendig und flattern fröhlich über die beiden eingefallenen Wangen und die große rote Nase, die Weinkelter der Tränen, und werden von Minute zu Minute klüger, während sie den Lebensgarten des Arztes mit langsamer Neugier erforschen. Ja, sie hielten alle den Atem an und beobachteten das Baby: Die kleinen Finger ruhten auf den großen, blassen Lippen und gaben ihnen eine Feinfühligkeit zurück, die schon seit Jahren abgestorben zu sein schien. Eine magische Schrift erschien für einen Augenblick auf der zerfurchten Wand von Frieds Gesicht und verschwand sofort wieder, und der Arzt stieß ein bitteres Stöhnen aus. »Armes Kind«, sagte er, und Neigel: »Es wird es schwer haben, sein Leben so anzufangen.« Und Otto: »Na, das ist eine Geschichte!« Und Fried antwortete hart: »Solche Dinge geschehen eben.«

Denn Fried hatte beschlossen, sich über nichts mehr zu wundern. Er hatte einfach beschlossen, die Verwunderung zu verbannen. Wasserman: »Im Gegensatz zu Herrn Markus, der sein Bestes tat, um sich neue, frische Gefühle anzueignen, bemühte sich der Arzt sein Leben lang, seine Gefühle zu verringern und loszuwerden.« Aber der Entschluß, alle Verwunderung zu vermeiden, brachte dem Arzt weder Befriedigung noch Erleichterung. Im Gegenteil, je älter er wurde und je mehr Weisheit und Lebenserfahrung er gesammelt hatte, desto schwerer fiel es ihm, seinen Entschluß aufrechtzuhalten.

Und nun kommt der Moment, da Otto verkündet, daß das Baby die Nacht über bei Fried bleiben wird. »Morgen werden wir weitersehen.« Er ignoriert Frieds erschrockene Proteste, argumentiert klug, »das Babylein braucht die Aufsicht eines Arztes, nicht wahr?« und zieht sich zusammen mit den anderen zurück, aber nicht ohne Fried zu raten, dem Kind ein paar Windeln aus einem alten Laken oder Unterhemd zu machen. Man kann das rasende Herz des Arztes in der Halle beinah pochen hören.

Sie gingen, und Fried blieb mit dem Baby zurück. Aber sie waren nicht allein: ein riesengroßer weißer Schmetterling kletterte plötzlich an einer der dicken Wurzeln der Eiche empor und begann durch die halbdunkle Halle zu fliegen. Er schaukelte langsam vor Frieds Augen, als versuche er ihn zu begreifen. Er studierte ihn so eingehend, daß der Arzt verlegen wurde. Fried bemerkte, daß die Flügel des Schmetterlings die Form eines Herzens hatten, was in ihm eine alte Erinnerung wachrief: Immer wenn Otto beschloß, mit den Kindern des Herzens eine neue Rettungsaktion zu starten, malte er Herzen auf die Bäume und Zäune vor den Häusern der Bandenmitglieder. Das war das Zeichen. Der Schmetterling flatterte vor die Augen des Babys. Aus irgendeinem Grund schien es Fried, als hauche er ihnen, und vielleicht auch Frieds Augen, Leben ein. Er wagte nicht, sich zu rühren, solange der seltsame Tanz anhielt. Noch einmal schwebte der Schmetterling über ihnen, als zeichnete er einen Kreis um sie, dann flog er durch einen Tunnel hinaus. Die Silberspuren seiner Flügel waren noch Wochen später auf den schwarzen Wänden zu sehen.

Plötzlich merkte der Arzt, daß das Baby schneller atmete und sein Körper unruhig zappelte. Eine schreckliche Ahnung bewegte ihn, sich den Bauch des Babys anzuschauen: Es waren nirgends Spuren von geronnenem Blut auf dem Nabel zu sehen. Tatsächlich waren nirgends Spuren des Zerreißens oder Schneidens zu erkennen: Das Baby hatte gar keinen Nabel.

Es geschah noch einiges andere in dieser Nacht. In der Geschichte und in der Baracke. Und manchmal war es schwierig, zwischen beidem zu trennen. Hatte Fried das Baby auf dem Feldbett im Büro des Kommandanten des Vernichtungslagers untersucht und dabei entdeckt, daß sein Puls sehr schnell geht, fast zehnmal schneller als bei einem normalen Baby? Hatte in der Halle der Freundschaft plötzlich das Telefon geklingelt und wurde der Anruf »einer sehr wichtigen Person« aus Berlin durchgegeben, und nicht nur das, sondern war der Anrufer aus Berlin nicht auch von Neigels Arbeit im Lager während der letzten Zeit so hingerissen, daß er musikalische Metaphern benutzte und »Ihre Arbeit und Schaffenskraft, mein lieber Neigel«, mit »den großen Opern von Wagner und den größten nationalsozialistischen Komponisten von heute« verglich? Und nachdem Neigel, rot vor Freude, Wasserman bedeutet hatte, ruhig zu sein und anhand seines Gesichtsausdrucks zu erraten, was der Anrufer sagte, bat er anschließend den Herrn Reichsführer Himmler, ihm alles Erforderliche für die Einrichtung von drei weiteren Gaskammern zu schicken (»um das Tempo zu beschleunigen, Herr Kommandant, noch und noch zu beschleunigen!«), und Himmler versprach, seine Bitte mit Wohlwollen zu erwägen, obwohl er momentan nichts versprechen könne (»Sie haben ja bestimmt von gewissen vorübergehenden Schwierigkeiten im Osten gehört, lieber Neigel«), lobte noch einmal »das ausgezeichnete Tempo der Arbeitsausführung im Lager«, deutete dabei etwas über die baldige Beförderung einer bestimmten Person zum Standartenführer an und beendete das Gespräch mit einem Crescendo von Komplimenten. Zum Schluß (übrigens ist dieses Zitat, wie die vorigen auch, dem nächtlichen Telefongespräch entnommen, das zwischen Himmler und seinem Protegé Jürgen Stroop in der Nacht der Großaktion im Warschauer Getto geführt wurde) sagte Hitlers Stellvertreter: »Spielen Sie nur weiter so, Maestro, und unser Führer und ich werden es Ihnen nie vergessen.«

Wasserman, der entsetzt dem Gespräch gelauscht hatte, richtete sich sofort auf, nachdem Neigel aufgelegt hatte; er ließ ihm keine Zeit, sich zu rühmen und gab ihm keine Gelegenheit zu berichten, wer der ehrenwerte Anrufer gewesen war, sondern erzählte in panischem Redefluß weiter, wie Fried, der mit dem Baby allein geblieben war, ängstlich in der kleinen Hütte auf und ab lief, mechanisch an seiner großen roten Nasenspitze zupfte und alle Augenblicke anhielt, um nach dem Baby zu sehen, das mit geballten Fäusten auf dem Sofa schlief, »als halte es das Geheimnis in seinen Händen.«

»Tetetete!« meint Neigel, noch ganz im Gefühlsüberschwang. »Was soll das heißen: ›Sofa‹? Wieso plötzlich ›kleine Hütte‹? Habe ich etwas verpaßt, während ich mit dem Reichsführer telefoniert habe?« Wasserman räuspert sich, lächelt hohl und entschuldigt sich für »meine ärgerliche Zerstreutheit! Beinah hätte ich vergessen, Euch zu erzählen, daß... also...« Kurzum: Er verlegte die Handlung an einen anderen Ort.

Neigel, halb erhitzt vor Freude über den Anruf aus Berlin, halb erstarrt vor Feindseligkeit gegenüber Wasserman, explodiert. Er erinnert Wasserman mit wuterstickten Schreien an »die Erniedrigung, der ich mich deinetwegen in Borislav ausgesetzt habe... Heilbäder... Lügen...«, und ist nicht bereit, den Schriftsteller anzuhören, der ihm noch einmal erklärt: »Solche Opfer sind unvermeidbar in einem Schaffensprozeß, zürnt bitte nicht, mein Herr... Es geschieht zuweilen, daß der Schriftsteller plötzlich erkennt, daß die Dinge kehrtmachen und ein Stück zurückgehen oder eine gewisse Entfernung überspringen müssen...« Neigel schlägt mit der Hand auf den Tisch und verkündet: »Wir hören jetzt sofort mit diesem Spiel auf.« Aber zu unser beider Überraschung schickt er Wasserman nicht gleich zu Keisler ins untere Lager zurück, sondern verlangt zu wissen, »warum ihr Künstler immer die einfachsten Dinge kompliziert machen müßt, sogar die Kunst habt ihr ruiniert!« Und dann hält er eine lange und ermüdende Predigt über die ursprüngliche Aufgabe der Kunst, die, wenn sich überhaupt noch jemand daran erinnern könne, darin bestehe, »die Menschen zu unterhalten, um ihnen ein gutes Gefühl zu geben, sie sogar zu erziehen, jawohl!«, aber auf keinen Fall »zum Zweifeln zu ermutigen, den Menschen ein unbehagliches, verwirrendes Gefühl zu geben und immer nur das, was schlecht und krank und pervers ist, hervorzuheben!« Nach diesem Vortrag – in dem zweifellos ein Körnchen Wahrheit steckt – sinkt er in seinen Stuhl zurück, ist aufgebracht und verschwitzt, verwirrt und bitter, aber er schickt Wasserman noch immer nicht fort, sondern macht ihm ein Zeichen, mit der Geschichte fortzufahren! Wasserman ist verblüfft und fragt sich, »ob dies das erste Mal in seinem Leben war, daß Esau sich so tiefe Gedanken über das Wesen der Kunst machte, et! Ich behielt das für mich.« Aber auch ihm gelingt es nicht zu erraten, warum Neigel unbedingt die Fortsetzung der Geschichte hören will.

Wasserman fährt mit zögernder Stimme fort. Wie sich herausstellt, hat er die Handlung in den Warschauer Zoo verlegt, wo er so schöne Stunden mit seiner Sara verbracht hat. Neigel, dem die Bitterkeit die Zunge geschärft hat, errät spöttisch, daß der Schriftsteller damit beabsichtigt, »uns mit jüdischer List in eine kleine Fabel über Menschen, die zu Tieren werden, hineinzuziehen, eh, Wasserman?« Wasserman streitet das ab und wehrt sich hartnäckig dagegen, daß eine Geschichte, die im Zoo spielt, unweigerlich kindisch sein muß, und stellt ihm die Rollenverteilung der Figuren am neuen Handlungsort vor (Fried – Veterinär, Otto – Zoodirektor, Paula – zuständig für die bürokratischen Angelegenheiten sowie für den Haushalt von Otto und Fried). Und der Rest der Bande? »Natürlich alles Zooangestellte! Die festen Arbeiter wurden doch alle zu Militärarbeiten eingezogen, als der Krieg begann!« (Neigel: »Ha!«) Und schon bringt Wasserman Neigel und mich zum Arzt zurück, der den schnellen Puls des Babys mißt. Er hält sich lange mit dieser Beschreibung auf, als warte er nur auf Neigels unausweichliche Frage (»Was versteht denn ein Veterinär von Babys?«), damit er dem Deutschen die wunderbare Geschichte von Paula, Frieds Lebensgefährtin, erzählen kann, die im

Jahre 1940 beschloß, ein Kind auf die Welt zu bringen, ja, ja, sie füllte das Haus mit ihrer Sehnsucht nach einem Kind und mit süßen Reden darüber, zum Beispiel, wie man es ernähren sollte, ob Brust oder Flasche vorzuziehen sei, und sie bestickte sogar zarte Windeln mit heiteren, purzelnden Figuren, sie wurde die Künstlerin ihres einzigen Kindes und verwandelte ihren Körper in ein Schlachtfeld gegen die Tyrannei und Engstirnigkeit der Natur, und mit gewaltiger Schaffenskraft (und obwohl bestimmte Ärzte sie davor warnten und hinter ihrem Rücken über sie spotteten) hörte sie nicht auf, an ihre Kraft und vor allem an die Gerechtigkeit ihrer Sache zu glauben, und schlief zu jeder nur möglichen Zeit, am Morgen, am Mittag und am Abend, mit Fried. Otto: »Und wir erwischten sie an jedem nur denkbaren Platz, wirklich, im Heuhaufen des Elefanten, zwischen dem verfaulten Blumenkohl im Lagerhaus, bei Mondschein im leeren Krokodilbecken, und sogar bei mir zu Hause, in meinem Bett! Sie wurden von der Liebe gestochen und konnten nicht aufhören!« Fried: »Sie war es – Paula.« Otto: »Am Anfang war das nicht gerade angenehm, ja, mein lieber Fried, jetzt, da wir schon bei diesem Thema sind, kann ich es dir ja sagen, denn wer hätte gedacht, daß meine Schwester Männer im Kopf hatte? Und noch dazu mit siebzig Jahren? Aber nach ein paar Wochen begriffen wir, ja, daß sie einfach von dem Enthusiasmus unserer anderen Künstler hier, den neuen Mitgliedern der Bande, angesteckt worden war, obwohl sie am Anfang gegen sie war, genauso wie du, Fried, sie wurde von ihnen angesteckt, und auch sie begann ihr besonderes Talent auszuprobieren, na, und dann war es nicht mehr unangenehm, im Gegenteil, denn überall, wo ihr du-weißt-schon-was tatet, war es, als hättet ihr heiliges Wasser vergossen und die bösen Geister ausgetrieben, und ich wußte, daß unser Zoo beschützt war.« Und Wasserman: »Ja, so war es, Herr Neigel, und Paula und Fried hatten das Glück, nie von den Wächtern Eurer Freunde in Warschau mitten im Akt erwischt zu werden, denn es wurden damals strenge Gesetze veröffentlicht, die den Juden verboten, religiöse Rituale in der Öffentlichkeit abzuhalten, und das war ja genau das, was Fried tat!«

Neigel schweigt. Er starrt Wasserman an und reagiert nicht. Seine Lippen sind leicht geöffnet. Wasserman nutzt die Gelegenheit und zitiert Otto, der großes Mitleid hat mit »unserem armen Fried, der fast am Ende seiner Kraft ist.« »Ja, ja«, gesteht Fried. »Ich war damals siebenundsechzig, und Paula war zwei Jahre älter als ich«, und so schliefen die beiden mindestens zwei Jahre lang Tag und Nacht wie besessen (»Mit großer Andacht!«) miteinander. »Ihr hättet fast meinen Rekord gebrochen, Panie Fried!« kichert Herr Jedidja Munin, den Rauch seiner übelriechenden Zigarette ausblasend, die er aus dem getrockneten Kot der Zootiere anfertigt, und seine Augen funkeln listig hinter seinen Brillenglä – –

Erst jetzt erwacht Neigel aus seiner Erstarrung. Er unterbricht Wasserman mit lautem Bellen und einer hochgehaltenen Hand. »Erklären, Wasserman, sofort alles erklären!« verlangt er. Und listig läßt Wasserman Munin selbst erklären, was er mit »meinem Rekord« meint: »Was gibt es da zu erklären, Herr Neigel?« (erklärt Jedidja Munin). »In der Liebe ist es wie im Gebet, und im Gebet wie in der Liebe. Und wie schon Rabbi Leib Melamed von Brody sagte: Man stelle sich beim Beten ein Weibsbild vor, und man wird die höchste Stufe erreichen.« Und Neigel: »Wieder jüdische Pornographie, Scheißmeister?« Und Munin: »Gott behüte, Herr Neigel, sagt nicht Schändlichkeit, sondern Reinheit. Erhebung. Und der Mensch muß dem Herrn, gesegnet sei Er, mit einem Eifer dienen, der aus dem bösen Trieb gezogen wird, so sagte der Magid von Meseritz, der vielleicht an seinem eigenen Fleisch den bösen Trieb – –« Und Neigel hebt seine Arme, halb in Verzweiflung und halb im Spaß, wobei zum ersten Mal zwei peinliche Schweißflecken unter den Achselhöhlen sichtbar werden: »Mach nur weiter so, Scheißmeister, und nicht mal ich werde dir noch zuhören. Ich habe das Gefühl, daß du die Kontrolle über deine Figuren verloren hast.« Und als Wasserman die Bemerkung ignoriert und beschreibt, wie sich Paula und Fried fieberhaft neben dem Käfig des Babyelefanten Tozinka liebten, reibt sich Neigel seine roten Augen und notiert etwas in sein schwarzes Notizbuch. Das macht er nicht zum ersten Mal, eigentlich macht er das jeden Abend, wenn Wasserman bei ihm sitzt, und Wasserman hat schon die Absicht, beleidigt auszusehen und es ihm zu sagen (»Ich bin doch kein Musikant, der vor den Zechern in einem Nachtklub spielt«), unterläßt es aber und sagt nichts. Er malt Neigel einen süßen kleinen Bogen aus, Paulas Bauch, der unter ihrer welkenden Haut anzuschwellen begann. Und Paula steht vor dem Spiegel mit einem leisen Lächeln um die Lippen, in dem keine Spur von Humor oder Ironie liegt, es ist ein einfaches, gutes Lächeln, weil sie ja die ganze Zeit an dieses Baby geglaubt und auch schon einen Namen für das Kind ausgewählt hat – Kasik würde es heißen –, und als Neigel plötzlich ohne große Hoffnung einwendet, daß Paula bereits siebzig Jahre alt ist, stimmt der Schriftsteller von ganzem Herzen mit ihm überein: Sie war neunundsechzig, um genau zu sein, und auch uns, sagt er, Ottos Künstler, Ottos Kämpfer, wunderte es sehr. Und er bittet Neigel, sich vorzustellen, wie aufgeregt sie alle waren, wie sie nicht aufhören konnten, von dem kleinen Kasik zu sprechen, und wie sie hofften, daß er alles, aber auch alles verändern würde. »Und wie er uns eines Tages den endgültigen Beweis liefern würde, auf den wir so sehnsüchtig warteten seit dem Tag, da Otto uns zu unserem letzten Abenteuer zusammengetrommelt hatte«, denn Kasik sollte der erste Sieg der Bande sein. Otto nahm Paula zu einem seiner Freunde mit, zu einem gewissen Dr. Wertzler. Otto: »Ein Kerl, auf den man sich verlassen kann, daß er nicht zu viel schwatzen wird.« Und der ehrenwerte Arzt untersuchte Paula gründlich und schickte sie dann hinter den Wandschirm zum Anziehen. Otto: »Und dann nahm er mich an der Hand zum Fenster und zeigte mir die Stadt, die schon völlig dunkel war wegen der Sperre, und sagte: ›Es stehen uns schwere Zeiten bevor, Brigg, manche werden sie überstehen, und andere nicht.‹ Ich verstand nicht, was er damit sagen wollte, und er sah mich säuerlich an und flüsterte: ›Du verstehst sicher, was mit unserer armen Paulina geschieht‹, so sagte er: ›unserer armen Paulina.‹« Aaron Markus: »Sie lächelt glücklich vor sich hin hinter dem Wandschirm und wiegt ihre vollen Brüste in den Händen.« Otto: »Und daß ich, ihr Bruder, ernsthaft mit ihr reden und sie davor warnen müsse, daß der Körper mit neunundsechzig Jahren keine Schwangerschaft mehr durchstehen könne, nicht einmal eine Scheinschwangerschaft, und daß es meine Pflicht sei, sie nicht nur vor dem physischen Schaden, sondern auch vor der Enttäuschung zu bewahren, die sicherlich bald folgen werde, aber natürlich tat ich das nicht, ich überließ es Fried zu beschließen, was zu tun sei, schließlich war sie von ihm, diese Scheinschwangerschaft – –.«

Aber auch Fried wollte Paula nicht erzählen, was Dr. Wertzler gesagt hatte, denn er begann bereits zu verstehen und wollte – im Gegensatz zu seiner Natur und seiner Anschauung – daran glauben, daß ihr Kunstwerk größer war als das eines Wertzler, und er begann für sie zu sorgen, wie es sich für ihren besonderen Umstand gehörte. Wasserman: »Er ging jeden Abend mit ihr auf dem ›Pfad der ewigen Jugend‹ spazieren, und er legte ihr kalte Kompressen auf die Stirn, wenn ihr der Kopf wehtat, und Otto gab sich große Mühe, auf dem Schwarzmarkt alle Lebensmittel und Süßigkeiten zu erstehen, die sie begehrte, und einmal« – Wasserman lächelt bei der Erinnerung – »hatten wir ein Problem, denn Paula schmachtete nach einer frischen Grapefruit, aber geh und finde 1941 in Warschau eine Grapefruit! Dazu war eine übernatürliche Findigkeit nötig, und diesmal konnten die Kinder des Herzens keine Lösung finden, und Paula schluchzte beinah angesichts der Heftigkeit ihres kapriziösen Verlangens, ah, wer konnte diese liebe Frau ansehen, ohne zu zerflie –«

»Einen Augenblick«, sagt Neigel trocken. »Ich verstehe schon, worauf du hinauswillst. Bitte schreibe: Offizier Neigel war derjenige, der Paula die Grapefruit brachte.« »Und woher, wenn ich fragen darf?« fragt Wasserman, und seine klugen kleinen Augen lächeln dankbar. »Der Quartiermeister hat mir ein Paket mit Lebensmitteln geschickt. Eine große Grapefruit, direkt aus Spanien. Mit Grüßen von General Franco.«

Einen Augenblick schweigen sie. Amüsiert, aber auch ein wenig verlegen wegen des hauchdünnen Fadens der Erregung, der plötzlich im Raum vibriert. Die unsichtbare Grapefruit liegt zwischen ihnen und verströmt ihren Duft. Wasserman kann nicht verstehen, wieso Neigel trotz seiner Wutausbrüche nicht zuläßt, daß die Geschichte auch nur einen einzigen Augenblick aufhört, aber er verschwendet keine Zeit und erzählt weiter. Fried: »Und nachts legte ich meine Hand auf ihren Bauch und fühlte, wie das Baby strampelte. Bum! Bum! Es strampelte wie ein kleiner Herkules.« Stille. Und Neigel, die Worte verschluckend: »Du hast bestimmt auch Kinder, eh, Wasserman?« Wasserman senkt die Augen auf sein Heft, eine weiße Peitsche saust über sein Gesicht. (»Esau wußte nicht, daß er mir mit dieser Frage glühende Kohlen auf die Brust legte.«) »Ein Mädchen, Euer Ehren«, antwortet er schließlich. »Ich frage, weil man diese Dinge nur wissen kann, wenn man selbst Kinder hat.« »Ihr habt zwei, sagtet Ihr.« »Ja. Karl und Liese. Karl ist dreieinhalb, Lieselotte zwei Jahre alt. Beides Kriegskinder.« Und nach kurzem Nachdenken: »Ich komme kaum dazu, sie zu sehen.« Und der Schrifsteller, mit unsicherer Stimme: »Ihr seid kein ganz junger Vater mehr, wenn ich so sagen darf, Herr Neigel.« Und Neigel, der zuerst »diese unverschämte Schnüffelei« des Juden unterbrechen will, hält sich zurück, sieht sich plötzlich im Zimmer um, schaut auf Wasserman, auf die verhangenen Fenster, reibt sich wieder die vor Müdigkeit roten Augen und sagt mit trockener Stimme, ohne jede Agressivität: »Wir konnten lange keine Kinder bekommen. Wir versuchten es sieben Jahre lang.« Und Wasserman, mit einem leisen Flüstern: »Auch bei uns war es so, Herr Neigel, acht Jahre haben wir... nu ja.« Und in der schweren Stille, die sich wie ein dichter Schleier über die beiden legt, beißt Wasserman mit aller Kraft die Zähne zusammen, um nicht aufzuschreien. »Nu«, überlegt er nachher traurig, mit müder, besiegter Wut, die nicht gegen Neigel gerichtet ist: »Was ist da noch zu sagen.«

»Dann laßt uns fortfahren«, seufzt Wasserman, der Anführer einer müden Karawane, die weiterziehen muß. »Vielleicht kann Paula trotzdem das Kind bekommen«, sagt Neigel mit beinah kindlicher Unschuld, und Wasserman, sanft: »Paula wird leider sterben. Aber Fried wird im Grunde seines Herzens glauben, daß das Baby, das im Zoo gefunden wurde, das Baby war, das Paula nie gebar.« Und Neigel: »Ich verstehe, daß ich keine andere Wahl habe, als das zu akzeptieren.« »So ist es, zu meinem Bedauern.«

Und sie kehren zur Geschichte zurück. Aber jetzt erzählt Wasserman sie vorsichtig, ängstlich, als gehe er auf einem dünnen Seil. Auch Neigel ist nervös. Er wendet nichts mehr ein. Reizt Wasserman nicht mehr. Sie tragen die Geschichte zusammen zwischen sich. Wasserman beschreibt, »wie Paulas Wangen mit dem Feuer der Verwesung blühten, wie ihre schönen starken Zähne locker wurden und verfaulten, wie ihre Haut rauh und trocken wurde und nur ihre Brüste weiterhin anschwollen und schmerzten, wie der Schmerz Fäden eines gezwungenen Lächelns um ihre Lippen auftrennte, eines apologetischen Lächelns für die Mühe, die sie Fried machte, doch – Markus: »Als unsere Paula sich morgens über die Kloschüssel beugte, um sich zu erbrechen, und Ihr, Dr. Fried, neben ihr knietet, um ihr die Stirn zu halten, da saht ihr beide in dem winzigen Teich unter euch die Spiegelbilder eurer Gesichter, die beiden Briefe der Botschaft, die sich zu lange auf ihrem Weg verirrt hatten, und Ihr wußtet Bescheid, Fried.«

Und an dieser Stelle schließt Wasserman langsam, ohne ersichtlichen Grund, mit einem Lächeln sein Heft und gesteht Neigel, daß ihn der Abend hier an andere, ferne Abende in seiner Junggesellenzeit erinnere, an die Abende, bevor die Kinderzeitschrift in Druck ging und er in die Redaktion kam, um Salmanson mit zitterndem Herzen die nächste Fortsetzung zu übergeben. Die beiden sahen zusammen das Geschriebene durch, stritten und versöhnten sich wieder, und um Mitternacht, als sie erschöpft waren und das Zimmer von Salmansons kleinen Zigarren stank, entstand für ein paar Augenblicke – »nun ja, so ein angenehmes Gefühl in unseren Knochen, wenn Ihr wißt, was ich meine, und dann redeten wir über dieses und jenes... ja, es war sehr angenehm.« (»In solchen Augenblicken erzählte mir Salmanson die Wahrheit über sich. Ich hörte schweigend zu. Er konnte so schöne und tiefsinnige Dinge sagen, wenn er nur wollte! Und ohne seine verdrehten Klugheiten und seine boshaften Witze. Ich erzählte ihm nichts von mir. Was hatte ich schon zu erzählen? Von der Katze, die im Hof heulte? Von dem tropfenden Wasserhahn in meinem Haus? Und siehe da, ausgerechnet hier, mit diesem großen Goi, nu was, stellt sich heraus, daß sogar Anschel Wasserman ein Märchen spinnen kann...«)

»Dieser Salmanson«, fragt Neigel beiläufig, »war er ein Freund von dir?« Wasserman sieht ihn überrascht an und antwortet: »Ja, das war er.« Er war sein einziger Freund. Und weil Neigel es nicht eilig zu haben scheint, zu der Geschichte zurückzukehren, beginnt ihm Wasserman über Salmanson zu erzählen, anfangs etwas zögernd, bereit, sich jeden Augenblick zurückzuziehen, aber als er den Ausdruck amüsierten Interesses auf Neigels Gesicht sieht, wird er von Mut und Kraft erfüllt und redet. Dieser Salmanson, erzählt er, tat stets so, als sei er gerade der Seite eines Romans von Dostojewski oder Thomas Mann oder Tolstoi entstiegen. Und er machte die ganze Zeit Anspielungen auf die anderen Welten, in denen er sein wahres Leben lebte. Ein sehr wichtiger Mann, sagt Wasserman und macht eine verächtliche und leicht verärgerte Geste – »Sehr wichtig! *A Moische Grois!* Er hielt sich nie hier unten mit Menschen wie uns auf, Gott behüte«, fährt Wasserman wütend fort. »In dieser Welt erfüllte Salmanson nur eine unangenehme Pflicht, war er nur zu Besuch bei schwachen Verwandten, aber dort, das heißt in seinen unsichtbaren Welten, Himmelsrädern und geheimen Sphären! Oij weij! Die geplagte Seele und ihre Verstrickungen! Dieser Salmanson – feh, warum ich mich jetzt noch über ihn aufrege, Herr Neigel, weiß ich nicht, denn mit den Jahren begann ich ihn ganz gern zu haben... mit seinem klugen, feinen Lächeln und seinem aufgeblasenen Selbstbewußtsein, und was für ein eitler Geck er war, aij!« (Hier wird Wasserman von seinen Gefühlen mitgerissen und erzählt eine amüsante Anekdote: Als im jüdischen Getto die Anordnung erlassen wurde, eine Armbinde zu tragen, kaufte Salmanson seine Armbinden nicht wie alle anderen bei Schaje Ganz, sondern setzte sich hin und nähte zusammen mit seiner Frau Zilla für sich und ihre drei Töchter »so prachtvolle Armbinden, daß ein polnischer Soldat sie beinah erschossen hätte, Gott behüte, wegen Anstiftung zum Aufruhr.«) »Dieser Salmanson...«, fährt Wasserman fort, »wie hatte ich seine Art satt, erbarmungslos jeden Menschen zu beleidigen, wenn der Ärmste nur gut in einen Witz paßte, nu, und die Feiern, habe ich Euer Ehren schon von den Festen erzählt?« »Nein«, antwortet Neigel. »Aij, die Feste bei Salmansons... ganz Warschau war dort zu finden... und die Getränke flossen wie Wasser, und die armen Gäste waren gezwungen, sich anzuhören, wie Madame Zilla auf dem Klavier herumhämmerte und ihre drei Töchter Flöten und Geige quälten... Salmanson liebte es, von vielen Leuten umgeben zu sein... Und er war auch ein Schürzenjäger, ich bitte um Vergebung... Um die Wahrheit zu sagen, Euer Ehren, ich ging nicht gern zu diesen Festen, und meine Frau auch nicht... wir fühlten uns dort immer so grau... so schüchtern. Wir kannten niemanden, und niemand kannte uns. Es waren Menschen von Welt, wohingegen wir, nun ja, wir waren nur Feldmäuse. Und am Ende weigerte ich mich, dorthin zu gehen, und meine Frau ging allein, ein einziges Mal, und das war genug. Nebenbei, Salmanson war ein religiöser Mensch, sehr orthodox in seinem Glauben. Er hatte schon mehrere Glaubenswandel in seinem kurzen Leben durchgemacht, und jedesmal hatte er gute und unwiderlegbare Gründe dafür, aber in den letzten Jahren, als die Welt auf dem Kopf zu stehen begann, Ihr verzeiht, glaubte er nur noch an den Humor. Vielleicht werde ich Euch eines Tages, wenn die Zeit kommt, über seine komplizierte Theorie erzählen, die er mit seiner üblichen krummen Gedankenschärfe begründete. Er fand immer irgend etwas, worüber er lachen konnte, und er pflegte zu sagen: ›Wenn es etwas gibt, worüber ich nicht lachen kann, dann bedeutet das, daß ich es nicht richtig verstanden habe. Und du, Wasserman, du bist wie ein Mann, der fest neben seiner Frau schläft und nicht sieht, wie komisch die Situation ist, weil er die Zehen des fremden Mannes nicht sieht, die unter der Decke des Doppelbettes hervorschauen.‹ Meiner Meinung nach ist dieses Beispiel eher tragisch als komisch, aber darüber will ich nicht sprechen und will nur noch sagen, daß Salmanson auch ein paar gute Eigenschaften hatte: Es ist nicht abzustreiten, daß er, auf seine sonderbare Art, seine Mitmenschen liebte, obgleich er zu sagen pflegte, daß er die Menschheit als Ganzes hasse, aber bestimmte Menschen für ihre Verdienste liebe, ein bitterer, ewig enttäuschter Liebhaber, und wenn Ihr ihn sehen würdet, Herr Neigel, so würdet Ihr vielleicht meinen, er sei ein Aufschneider. Nicht doch, Ihr würdet ihm damit Unrecht tun, Herr Neigel! Denn ich weiß, daß er in seinem Innern anders war als außen, und wenn man ihm ein Geheimnis anvertraute, so konnte man gewiß sein, daß er es bis in alle Ewigkeiten für sich behalten und nie einem anderen verraten würde, das Problem war nur, daß er den Leuten immer seine Meinung sagte, und daher hatte er auch viele Feinde... Und als ich einmal eine Anleihe brauchte, öffnete er sofort die Hand, ohne Fragen zu stellen, und ein anderes Mal, als mir schwindlig wurde und ich in Ohnmacht fiel und eine Bluttransfusion brauchte, kam er und spendete sein Blut für mich … Vielleicht nicht der beste Freund der Welt, und doch – ich hatte keinen anderen … Und er und ich … kurzum – er war mein Freund. Aber warum spreche ich so viel über ihn?«

»Ihr habt also auch solche Leute, das heißt solche Salmansons?« fragt Neigel murmelnd, wobei sein Finger langsam über die Tischplatte wandert, und der Jude (»Ich hielt Esaus Worte nicht für dummes Geschwätz. Ganz und gar nicht. Seine Frage war äußerst wichtig!«): »Wir haben alles, Herr Neigel – Gute und Schlechte, Weise und Narren. Alles, und von allem etwas.«

Und wieder herrscht Stille, und Neigel denkt über etwas nach, oder vielleicht auch nicht, und dann schaut er auf die Uhr und ist sehr überrascht, als er sieht, wie spät es ist. Er erhebt sich und streckt sich zu seiner vollen Größe und gähnt lang und breit. Er wünscht Wasserman eine gute Nacht und tut so, als habe er ihre Abmachung vergessen. Aber in dieser Nacht befindet sich Wasserman Gott sei Dank in einer besonderen Stimmung, die er sich nicht durch eine Diskussion mit dem Deutschen verderben möchte. Also erwähnt auch er die Abmachung nicht, aber als sie sich in die Augen sehen, wissen beide, daß sie es wissen. Neigel murmelt etwas und weist darauf hin, daß Wasserman ihm noch nichts über das Baby erzählt habe und er noch immer nicht wisse, welche Aufgabe die Kinder des Herzens diesmal auf sich genommen hätten und wozu sie all diese »Kunststücke« brauchten, und außerdem: »Das ist wirklich eine merkwürdige Geschichte, ich hätte nicht gedacht, daß ich bereit sein würde, mir so etwas anzuhören.« Wasserman lächelt und dankt ihm für seine Geduld.

»Geh jetzt schlafen«, drängt Neigel ihn, und als Wasserman noch einen Augenblick dasteht, weht eine Brise guten Willens aus Neigels Herz, etwas seit Jahren Vergessenes und Verratenes, und er hört sich sagen: »Ich habe noch ein bißchen zu arbeiten, und danach möchte ich einen Brief an meine kleine Frau schreiben.« Wasserman ist verblüfft über diese Offenheit (»Die Menschen machen sich schöne Geschenke, wenn sie nichts zu verschenken haben«), und es drängt ihn zu fragen: »Werdet Ihr mich in Eurem Brief erwähnen?« Und Neigel setzt schon zu einer Antwort an, überlegt es sich aber und sagt vage: »Eigentlich nicht. Geh jetzt endlich schlafen und verdirb's nicht, Wasserman.«

Erst dann trennen sie sich.

6.

Es verging eine lange Zeit, bis es mit der Geschichte weiterging. Ein kleines Gesundheitsproblem verursachte die Verzögerung. Um das weiße Zimmer zu betreten, war ein bestimmtes Maß an Vergessen und Aufopferung nötig. Aber immer wieder waren mysteriöse Stimmen der Warnung und Drohung zu hören: Raus hier. Das weiße Zimmer ist zu gefährlich für Menschen wie dich. Also wurde die Geschichte eine Weile aufgeschoben. Aus den Gedanken verbannt und energisch vergessen. Zu dieser Zeit wurde mit dem Sammeln von Dokumentarmaterial für die Jugendenzyklopädie über den Holocaust begonnen, aber auch diese Idee scheiterte. Ein Gefühl lähmender Bedrückung setzte ein. Es besteht hier nicht die Absicht, auf Einzelheiten einzugehen (die meisten Dinge sind bereits gesagt worden), festgehalten werden kann jedoch: Zenos eisiger Wind blies einer bestimmten Person um die Ohren.

Die Geschichte erstarrte, und auch das Leben selbst erstarrte. Ununterbrochen wurden lähmende Fragen gestellt: Warum sollte sich überhaupt jemand den Gefahren des weißen Zimmers aussetzen? Und wer würde voraussagen können, was ihm geschehen würde, sollte er je freiwillig beschließen, seine wohlbekannte Fähigkeit aufzugeben, sich gegen die Forderungen des absurden weißen Zimmers zu wehren, eine Fähigkeit, die mit Qualen erworben und mit viel Mühe erhalten wurde und sich immer wieder bewiesen hatte? Und wozu war diese Aufopferung überhaupt nötig? Damit eine bestimmte Frau, Ajala, zufrieden sein würde? Damit nach der ganzen mühsamen und gefährlichen Arbeit noch ein Buch über das bekannte Thema die Regale zieren würde? Wer, zum Teufel, brauchte das?

»Ja, in der Tat«, sagte Großvater Anschel, »um ein Buch zu schreiben. Das ist sehr notwendig! Notwendig für dich, Schloimele, denn was ist dir noch geblieben außer dieser Geschichte?

Sieh selbst... und du weißt genau, daß nur meine Geschichte, diese eine Geschichte, dir den Weg weisen kann... Schreib also bitte: In die Geschichte wird ein Baby kommen. Es wird in ihr sein Leben leben.«

Nein, das wird es nicht.

Anschel Wasserman versucht mir zu helfen. Darin besteht kein Zweifel: das Baby, das ist die Hilfe, die Wasserman mir geben will. Aber es ist keine Kraft mehr für dieses Baby geblieben. Keine Kraft mehr, ein neues Leben zu schaffen, das alte lastet schon schwer genug: zum Beispiel – in einer Nacht erschoß Neigel fünfundzwanzig jüdische Häftlinge.

Das war Mitte September '43. In dem Buch, das einer der Lagerinsassen geschrieben hat, heißt es, daß es einem Häftling gelang zu fliehen. Es war der erste Häftling, der geflohen war, seit Neigel die Leitung des Lagers übernommen hatte. Er versteckte sich anscheinend in einem Steinbruch, in einer Spalte zwischen zwei riesigen Felsbrocken, die Wächter bemerkten ihn nicht. In der Nacht wurden alle Häftlinge auf den Appellplatz vor der Baracke des Kommandanten gezerrt. Es ist anzunehmen, daß Wasserman aus seinem leichten Schlaf aufwachte und ängstlich durch eine der Ritzen im Dachboden schaute. Er sah Obersturmbannführer Neigel durch die Reihen der Häftlinge schreiten. Großer Gott, dachte Wasserman, das ist der Mann, der jeden Abend mit mir dasitzt und sich meine Geschichte anhört und mir über seine Frau und seine Kinder erzählt, und ich habe sogar Saiten des Schmerzes und Lachens in seinem Herzen angeschlagen...

Neigel fällt sein Urteil. Jeder zehnte Häftling in der Reihe soll getötet werden. Insgesamt fünfundzwanzig Häftlinge. Stauke geht zu ihm hin und flüstert ihm etwas ins Ohr. Neigel weigert sich. Stauke wiederholt es und hebt seine Hand, um ihn zu überzeugen. Vielleicht reichen fünfundzwanzig Tote nicht, um ihn zufriedenzustellen. Einen Augenblick scheint es, als würde ein richtiger Streit ausbrechen. Doch Neigel beherrscht sich. Stauke kehrt auf seinen Platz zurück. Er sieht wütend aus. Seine feinen, goldgerahmten Brillengläser funkeln zornig in dem kalten Lichtstrahl der Scheinwerfer. Neigel wählt die zum Tode Verurteilten mit einem Fingerzeig. Seine Augen sind zusammengekniffen, als prüfe er mit großer Sorgfalt. Aber einige der Häftlinge können nachher schwören, daß er die Opfer mit geschlossenen Augen wählte.

Die Ukrainer trennen die Verurteilten von den anderen Männern. Zwei von ihnen halten die Angst nicht aus und werden ohnmächtig. Sie werden fortgetragen. Alles geschieht in völliger Stille. Eines Tages wird die Episode folgendermaßen in einem Buch geschildert werden: »Kein Laut und kein Schrei. Oben schien der Mond, unten die Scheinwerfer. Kommandant Neigel erschoß die verurteilten Männer. Er schoß jedem eine Kugel durch den Kopf. Schon nach dem dritten Schuß war er blutüberströmt. Dann beugte er sich vor und erschoß auch die beiden Männer, die bewußtlos auf dem Boden lagen. Wußten sie es? Und die anderen, die Lebenden, die in der Reihe standen, wußten sie es?«

Damit endete es. Neigel verschwand wieder in seiner Baracke. Als er am Dachboden vorbeikam, konnte Wasserman sehen, daß sein Gesicht verkrampft war und seine Augen geschlossen zu sein schienen. Wasserman kauerte sich zwischen den beiden Büroschränken zusammen. Er wollte – sogar zu sich selbst – etwas in Erinnerung an die Toten sagen. Aber er spürte, daß alles, was er sagen konnte, falsch sein würde. Er hatte keinen von ihnen gekannt. Und selbst wenn er jemanden gekannt hätte, so hätte er wahrscheinlich nichts Besonderes für ihn empfunden. So war es auch, als er drei Monate lang mit Salmanson und den Dentisten zusammen gearbeitet hatte. Wasserman: »Alles, was je zwischen uns gewesen war, wurde allmählich ausgelöscht. Es gab zwar Freundschaft, aber sie war eine andere. Ich kann sie nicht mit Worten beschreiben. Wir liebten uns nicht, haßten uns aber auch nicht sehr. Vielleicht weil wir hier in jedermanns Augen schon tot waren, und selbst wir begannen uns und unsere Freunde als tot anzusehen.«

Neigel duscht sich in der kleinen Dusche, die für ihn in der Baracke direkt unter Wassermans Dachboden installiert wurde. Er brummt etwas vor sich hin, und einen Augenblick erschüttert mich der Gedanke, daß er womöglich unter der Dusche singt. Aber er singt nicht. Er redet. Er sagt etwas mit lauter Stimme. Trotz des Lärms, den das fließende Wasser macht, weiß ich genau, was er sagt. Er redet zu mir. Tadelt mich für meine »Nachlässigkeit«. »Ich dachte«, meint er vorwurfsvoll zu mir, »daß Schriftsteller tief in die Seele ihrer Figuren eindringen, oder?« Aber ich bin nicht bereit. Ich bin noch nicht bereit, »tief einzudringen.« Das heißt: das muß ich Neigel ja nicht erzählen. Ich kann mich ja verstellen und mir von ihm ein paar autobiographische Details diktieren lassen, damit er nicht denkt, daß ich ihn vernachlässige. Eine Liste von Fakten, die er und Tausende SS-Offiziere wie er gemeinsam haben, nur das.

Also: Er wurde vor sechsundvierzig Jahren in Bayern geboren, in Füssen, am Fuß der Zugspitze. Mit zehn Jahren konnte er bereits die Bergsteiger auf den gefährlichsten Alpenpfaden führen. Er hatte einen Bruder, Heinz, der an Tuberkulose starb, als er noch ein Kind war. Seine Mutter wurde in Polen geboren und übersiedelte als junge Frau nach Deutschland, wo sie seinen Vater heiratete, als er aus dem Militärdienst zurückkehrte. Sie war Milchmagd, und Neigel erinnert sich – während er seine breite Brust einseift –, wie er mit ihr damals am frühen Morgen im Wagen den See entlang fuhr. Sie war, nach seinen Worten, »eine einfache, gute Frau. Sie kannte ihren Platz.« Der Vater war in seiner Jugend wie Neigel Soldat (»Aber die Wahrheit ist, daß die Soldaten des Kaisers im Vergleich zu uns bloße Kinder waren.«), und als sein langer Militärdienst beendet war, wurde er in Füssen Schreiner. Als Soldat hatte er in Ostafrika gedient, und Neigel erinnert sich, »wie er uns Geschichten über Afrika erzählte. Wir hörten ihm gerne zu. Seine Geschichten schienen aus einer anderen Welt zu kommen.« Und da Neigel nicht auf nähere Einzelheiten eingeht, zitiere ich ähnliche Erinnerungen, die Rudolf Höß, Lagerkommandant von Auschwitz, in seinem Tagebuch (›Kommandant in Auschwitz‹) über die aufregenden Geschichten festhielt, die ihm sein Vater in der Kindheit erzählt hatte: »Es waren Schilderungen über die Kämpfe mit den aufständischen Eingeborenen und über deren Leben und Treiben und ihren finsteren Götzenkult. Mit glühender Begeisterung hörte ich zu, wenn er von der segensreichen zivilisatorischen Tätigkeit der Missionarsgesellschaft in Afrika sprach. Vater verehrte sie, als wären sie Engel. Er wollte, daß auch wir Missionare würden, um in das dunkle Afrika mit seinen tiefen Dschungeln einzudringen.«

Rudolf Höß spritzt weitere biographische Fakten in Neigels durchsichtige Venen: »Es war immer ein Feiertag für mich, wenn einer von Vaters alten Freunden, den Missionaren, uns besuchen kam. Es waren alte Männer mit langen Bärten... Ich wich nicht von der Stelle, um mir ja kein Wort entgehen zu lassen... Sooft es ihm seine Zeit erlaubte, fuhr er mit mir zu all den Wallfahrtsstätten und Gnadenorten meiner Heimat, sowohl nach Einsiedeln in der Schweiz wie nach Lourdes in Frankreich... Inbrünstig erflehte er..., daß ich ein gottbegnadeter Priester würde. Ich selbst war auch tief gläubig, soweit man dies als Knabe sein kann.«

Und wieder muß ich mich mit ein paar von Neigels Aussagen über sein Elternhaus und seine Erziehung langweilen: (1) Die Eltern waren ziemlich streng mit uns, aber das war nur zu unserem Besten. Krupp macht seinen Stahl auch nicht aus Butter, nicht wahr? (2) Schon von klein auf wurde uns beigebracht, daß wir uns nur auf uns selbst verlassen können. (3) Wir hatten jedem Erwachsenen, sogar dem Dienstpersonal gegenüber, Respekt zu zeigen. (4) Ich mußte allen Wünschen und Befehlen der Erwachsenen, eines jeden Erwachsenen, bedingungslos nachkommen.

Die Landschaft, in der Neigel aufwuchs? Grüne Hügel, dunkle Wälder, Gerstenfelder, Weinberge, und über allem »der König«, die Zugspitze, der höchste Berg im Vaterland. Schon mit sieben Jahren erklomm Neigel mit seinem Vater die Spitze. Heinz verzichtete auf die Anstrengung und blieb unten im Dorf...

Neigel berichtet diese Dinge in einem sehr sachlichen Ton. Die deutsche Sprache paßt zu ihm: Er hackt die harten Konsonanten ab und hebt am Ende des Satzes, wo das Verb steht, ein wenig die Stimme. Das verleiht jedem Satz, wie persönlich er auch sein mag, einen gebieterischen Ton.

Er möchte über Pferde sprechen. Bitte sehr. In gewisser Weise bin auch ich mit diesem Thema vertraut. In Füssen gab es ein Pferd, mit dem seine Mutter die Milch ausfuhr. Ein elendes Pferd, aber seitdem ist Neigel »verrückt nach Pferden«. Und jetzt? Jetzt reitet er nicht mehr. Sein Körper ist steif geworden, und auch die Wunde, die er sich bei Verdun zugezogen hat, macht ihm zu schaffen. Aber er weiß noch, »wie man sich einem Pferd wie ein Herr nähert.« Wir unterhalten uns ein wenig darüber. Es ist ein interessanter, amüsanter Zufall, daß auch ich Pferde liebe. Ich bin zwar nie richtig auf einem Pferd geritten – es sieht irgendwie nicht sehr bequem aus –, aber als ich noch ein Junge war, arbeitete ich einmal während der Sommerferien in Jerusalem drei, vier Tage lang auf einer Reiterfarm neben der Mühle. Ich mußte aus einem dummen medizinischen Grund (asthmatische Allergie gegen Pferdemist) mit der Arbeit aufhören, aber bis heute erinnere ich mich an den warmen Geruch der schönen Pferde, an die männliche Verflechtung ihrer Sehnen, an die Bewegung der Muskeln unter ihrer Haut; ah, Neigel, ich könnte dir stundenlang von den Pferden erzählen, von dem scharfen Geruch des Öls, das man auf ihre Zügel schmiert, vom Galopp, von den glänzenden Peitschen, die in den Ställen hängen, von dem einfachen Klaps des Stallknechts auf den Hals des Pferdes, auf die breite, mächtige Brust – bis heute erinnere ich mich an das wunderschöne Plakat, das im Büro des Chefs hing und auf dem alle Pferdearten abgebildet waren – fränkische, schwäbische, westfälische, friesische, ungarische, Pferde aus Detmold und aus Arabien – wahrlich das Tier für einen Mann.

»Hmph«, brummt Neigel mit einem seltsamen Gesichtsausdruck in meine Richtung, reißt taktlos das Gespräch an sich und erklärt: »Ich bin nicht gerade ein wilder Typ, weißt du, ich betrinke mich nie, und ich habe auch keine, wie soll ich sagen, Affären mit anderen Frauen, und eigentlich –«, er zögert einen Augenblick und gesteht schließlich mit gewisser Erleichterung: »– eigentlich habe ich auch kaum Freunde. Ich brauche auch keine. Man kann sich ja ohnehin auf niemanden verlassen, und mir ist ganz wohl dabei.« Aber: »Aber ich habe Freude an meiner Arbeit, und natürlich auch an meiner Familie. Und im allgemeinen, kannst du schreiben, liebe ich das Leben, ja, ich liebe das Leben.«

Nachdem er diese Worte gesagt hat, spüre ich Wassermans Atemhauch an meinem Ohr. Ich drehe mich um und sehe, daß seine Augen geschlossen sind, als habe er gerade einen schweren Schlag erhalten. Und sehr zu meiner Überraschung begreife ich sofort, daß er leidet, bei seiner komplizierten Beziehung zu allem, was hinter dem Wort »Leben« steht. Aber

Wasserman begnügt sich nicht mit diesem Ausdruck des Schmerzes, sondern wendet sich an mich wie an einen Schiedsmann oder Richter oder was weiß ich, und verlangt, daß, solange nicht erwiesen sei, ob Neigel das »natürliche Recht« (!) habe, dieses Wort zu benutzen, »es ihm nicht erlaubt ist, es nach Belieben zu mißbrauchen.« Ich versuche Wasserman zu erklären, daß ich nicht einmal von einem einfachen handwerklichen Standpunkt aus eine meiner Figuren davon abhalten kann, von dem ganz normalen Wortschatz Gebrauch zu machen, um sich auszudrücken, aber Wasserman hält sich mit seinen runzeligen Händen die Ohren zu und schüttelt den Kopf. Ich versuche ihn zu überlisten, indem ich ihn frage, was er als Schriftsteller in solch einer Situation tun würde, und er, ohne den leisesten Zweifel: »Hering. Wenn du willst, sogar Zwiebeln.« Und als ich ihn frage, ob er so gut sein könnte, das zu erklären, antwortet er ungeduldig: »Anstatt daß Esau ›Ich liebe das Leben‹ sagt, soll er jedesmal ›Ich liebe Hering‹ oder sogar ›Ich liebe Zwiebeln‹ sagen. Er wird nicht ärmer davon, und für mich wird es eine große Erleichterung sein.«

Ich schaue zögernd zu Neigel hinüber und schreibe seine Worte auf: »Aber ich habe Freude an meiner Arbeit, und natürlich auch an meiner Familie. Und im allgemeinen kann man sagen, daß ich Zwiebeln liebe, ja. Ganz einfach: ich liebe Zwiebeln. Oh ja.«

Ich blinzele zu ihm hinüber: er reagiert nicht. Als hätte er den Austausch gar nicht bemerkt! Wie seltsam. Jedenfalls sehe ich, daß Anschel Wasserman, im Gegensatz zu Neigel, vollkommen in der Welt des Wortes lebt, und das bedeutet, wie ich annehme, daß jedes Wort, das er sagt oder hört, einen qualitativen sinnlichen Wert hat, den ich nicht ausmachen kann. Ist es möglich, daß das Wort »Mahlzeit« genügt, um ihn satt zu machen? Daß das Wort »Wunde« in sein Fleisch schneidet? Daß das Wort »Leben« ihn belebt? Diese Gedanken, das muß ich zugeben, gehen ein bißchen über meinen Verstand. Kann es sein, daß sich Großvater Anschel vor der menschlichen Sprache in sein unverständliches Gemurmel geflüchtet hat, um sich vor allen Worten zu schützen, die ihm ins Fleisch schneiden?

Aber Wasserman ist nicht bereit, meine Verwunderung aufzuklären, und sagt statt dessen zornig, daß sie, die Deutschen,

»Künstler der erbarmungsvollen Übersetzung« seien, und warum sollte man ihr Talent nicht nutzen, um manchen Wörtern den Schmerz zu nehmen? Und als ich immer noch nicht verstehe, was er meint, stößt er plötzlich ein deutsches Wort nach dem anderen aus, und erklärt mir seine Bedeutung: »Abwanderung« bedeutete die Massendeportationen in die Lager; hinter dem Begriff »Hilfsmittel« verbargen sich die Gasmaschinen, und was sagst du zu »Anweiserin«, jenem liebenswerten Mädchen, das dich zu deinem Platz im Theatersaal führt und das in ihrer Sprache zur Bezeichnung für die Kapo-Frauen wurde? Er gibt unzählige Beispiele, bis ihm schließlich die Stimme versagt und er zornig flüstert: »Vergiftet! Eine tödliche Droge ist in ihrer Sprache, von Anfang bis Ende!«

»Wasserman«, sagt plötzlich Neigel, der sich während der ganzen Zeit sozusagen außerhalb des Gesprächs befand (ich ziehe es vor, diese Situation als »Suspension« zu bezeichnen), »Wasserman! Gut, daß du hier bist. Ich möchte, daß du mit der Geschichte fortfährst.« »Jetzt, Euer Ehren? Es ist schon nach Mitternacht!« »Jetzt!« »Aber Euer Ehren, ist nach allem, was dort draußen geschehen ist... nach den Hinrichtungen, meine ich... ist Euch denn danach zumute, eine Geschichte zu hören?« »Was glaubst denn du?!«

Wasserman sieht ihn mit weit aufgerissenen Augen an. (»Geh, Anschel, und spiel vor dem König, den eine finstere Stimmung gepackt hat...«) Es sollte nicht unerwähnt bleiben (ich hasse es, wenn solche Dinge offen bleiben), daß wir nun alle von Neigels Dusche in sein Büro ziehen. Neigel streckt sich auf seinem Stuhl. Er holt eine Flasche aus einer Schublade und trinkt einen Schluck. Seine Wangen röten sich. Hier muß ich einfügen, daß Neigel entgegen Staukes Behauptung (in dem Interview, das er nach dem Krieg gab) wie ein erfahrener Trinker trinkt. Wasserman, der ihm gegenübersitzt, murmelt vor sich hin, steckt eine Hand in sein Gewand und sucht dort nach seinem Heft. In diesem Augenblick entdeckt er einen weiteren hellblauen Umschlag in Neigels Ablage, und sein Gesicht verfinstert sich. Jetzt ist es an der Zeit, noch ein paar Details hinzuzufügen, die für die Beschreibung des Zimmers notwendig sind: zum Beispiel die kleinen Militärplakate, die an den Wänden hängen. GEHORSAM – DIE FREUDE DES SOLDATEN. BEFEHL ist Befehl. Autorität nach unten, Verantwortung nach oben und andere dumme Militärsprüche mit hypnotischer Wirkung auf Menschen mit schwachem Charakter, die in diesen entschiedenen Worten das Echo eines uralten Rufes aus ihrem Blut aufsteigen hören, den Trommelschlag eines riesigen Pulses, das rhythmische Stampfen von Tausenden von Füßen, die im Takt marschieren, den scharfen Schweißgeruch im Stadion, die Kindheitserinnerung an einen Ausflug auf Vaters kräftigen Schultern, den herzhaften Rückschlag eines Gewehrkolbens gegen deine Schulter, wenn du feuerst, oder die Begeisterung, die dich ergreift, wenn das Orchester einen Marsch mit zehn Trompeten und sechs Pauken spielt und du spürst, daß jede Melodie, die es spielt, deine Hymne sein kann. Und plötzlich stößt Wasserman einen bitteren Schrei aus, als versuche er auf diese Weise einen Lärm zu ersticken, den ich nicht bemerkt habe: »Die Geschichte, die Geschichte muß weitergehen!«

»Dann erzähl weiter«, sagt Neigel mit einem feinen Lächeln um die Lippen. »Wer hindert dich daran?«

Wasserman keucht und sieht mich mit einem seltsamen Ausdruck in den Augen an. »Und so begann ich«, sagt er leise.

»Nun ist es Nacht, Herr Neigel«, sagt er schließlich. »Das Baby hörte nicht auf zu schreien, und seine bitteren Schreie übertönten beinah das dumpfe Donnern eines Panzers, der durch eine Nebenstraße rollte, und die furchtbaren Explosionen während der schweren Kämpfe, die in den umliegenden Häusern stattfanden...« Und wieder hebt Neigel seine Hand und verlangt mit stahlharter Stimme eine Erklärung. Wasserman sieht ihn ängstlich an und wendet mir sein Gesicht zu. (»Aij, ich bin dabei, Esau den Geruch ohne den Fisch zu verkaufen, wie es heißt...«) Er erklärt Neigel, daß sich der Ort des Geschehens wieder verlagert habe, diesmal in die Nalewki-Straße in Warschau »während unseres kleinen Aufstandes gegen Euch, Ihr verzeiht.«

»Ha!«, schreit Neigel verblüfft, erhebt sich und zeigt mit vor Wut zitterndem Finger auf den Juden. »Du machst also weiter so! Du versuchst noch immer, mich mit deinen elenden Waffen zu bekämpfen?!« Und wieder sind wir Zeuge seiner erstaunlichen Selbstbeherrschung: er zwingt sich, sich wieder zu setzen, und preßt seine Finger gegeneinander, als wäre ein Hals zwischen ihnen: »Ich weiß genau, was du mit diesem ganzen Unsinn beabsichtigst«, erklärt Neigel mit weicher, angsteinflößender Stimme (Wasserman: »Wie eine scharfe Klinge, die in Ziegenfell eingewickelt ist«). »Wie alle Leute, die in Worte und Reden verliebt sind, glaubst du, daß die anderen der magischen Kraft der Worte genauso erliegen wie du. Glaubst du wirklich, daß du hier mit Worten Krieg führen kannst? Daß du hier Kämpfe mit Ablenkungsmanövern, Bombardierungen und Volltreffern kämpfen kannst? Unterbrich mich nicht! Jetzt rede ich!« Er erhebt sich wieder, zerrt an seinem Gürtel und geht wütend im Zimmer auf und ab. »Du hast deine Geschichte im Wald von Borislav begonnen, in dieser elenden Mine, und als du sahst, daß ich dir glaubte, als du sahst, daß ich mich langsam an den Ort gewöhnte, hast du die Handlung sofort an einen anderen Ort verlegt, in den Zoo! Und dann hast du gewartet, bis ich mich auch dort wohlfühlte und meine Wachsamkeit nachließ, und – – schwupp! wird die Geschichte wieder verlegt! Werde ich an einer unerwarteten Front angegriffen! Warschau! Der Aufstand! Ach! Du schiebst deine dummen Figuren herum wie ein General seine Regimenter. Du kämpfst einen Guerillakrieg mit Worten! Überraschungsangriffe! Täuschungsmanöver und Zermürbung! Ich frage mich, wo du mich von Warschau aus hinführen wirst. Nach Birkenau? In den Führerbunker in Berlin? Glaub mir, Wasserman –«, er stellt sich dicht neben den Juden und redet ihm direkt ins Ohr, »– ich verachte deine lächerlichen Bemühungen. Ich bemitleide dich. Jawohl, ich bemitleide dich. Ich glaube, wenn du ein Messer in der Hand hättest, und sei es nur ein kleines Taschenmesser, wäre das überzeugender und wirkungsvoller als die Millionen Worte, die du hier noch plappern wirst.«

Er holt ein Taschenmesser hervor, klappt es mit einer nervösen Bewegung auf und legt es auf den Tisch neben Wasserman. »Da hast du eins. Was wirst du damit machen?« Wasserman schweigt. Er sieht das Messer nicht an. Neigel explodiert vor Wut: »Hier ist das Taschenmesser, Wasserman! Ein hervorragendes, scharfes Taschenmesser. Und jetzt lege ich meine Pistole ab. Ich knie hier neben dir auf dem Boden. Ich sehe dich nicht an. Was wirst du machen?!« Wasserman sieht in eine andere Richtung. Neigel wartet eine Minute lang und hält den Kopf gesenkt. Dann erhebt er sich schwerfällig, nimmt das Taschenmesser vom Tisch und klappt es zu. Etwas ist aus seinem Gesicht gewichen. Er sieht besiegt aus. »Was hast du gedacht, Wasserman?« fragt er mit leiser Stimme, ohne Haß oder Wut. »Daß du mich aus dem Gleichgewicht bringen kannst, indem du mit deiner Geschichte von Ort zu Ort springst? Hast du gedacht, daß mich das erschüttern wird? Ach, du bist so alt und trotzdem noch so kindisch, Wasserman, und so dumm. Wir hätten gemeinsam etwas Wundervolles machen können. Etwas, das niemand vor uns gemacht hat. Aber du bestehst darauf, deine jüdischen Spielchen mit mir zu treiben, du zerstörst deine letzten Geschichten mit deinen eigenen Händen und verlierst außerdem den einzigen Menschen auf der Welt, der noch bereit ist, deinem Unsinn Zeit zu widmen, du kurioser Kauz!« Und er zerrt wieder an seinem Gürtel, um seine Worte zu betonen, und kehrt schwerfällig zu seinem Stuhl zurück. Wasserman zupft seine zerrupften Federn wieder zurecht, gesteht sich ein, daß der Deutsche recht hat, und sagt sich traurig: »Neigel ist meine Strafe.« Doch gleichzeitig zeigt er unerklärlicherweise wieder Selbstbewußtsein und reckt seinen Hals. (»Nu, was, obwohl das böse Ende fast über mich gekommen ist, habe ich doch gewußt, daß Esau solche Feinheiten vorher nie nötig gehabt hat, und je mehr er sie bemühen mußte, desto mehr würde er sich in diesen Feinheiten auflösen.«) Und mit gestärkter Stimme, die aber noch reuevoll und vorsichtig klingt, entschuldigt er sich bei Neigel und schlägt vor – »wenn es Euch recht ist« –, mit der Geschichte fortzufahren, ohne Tricks, und würde Herr Neigel so gut sein, diesen kleinen Vorfall zu vergessen und zum Zoo zurückzukehren?

Neigel ist einverstanden. Es gibt keine logische Erklärung dafür. Er kann auf die Fortsetzung der Geschichte nicht verzichten, als bräuchte er sie für irgend etwas. Wasserman streitet ab, daß er weiß, wozu. Innerlich lächelt er sein feines, gebeugtes Lächeln und sagt wieder, daß auch er das Vergessene immer wieder erst finden müsse, daß er eine Pflicht habe gegenüber der Geschichte, die »wie ein lebendiges, atmendes Wesen ist, dessen Füße nicht vor dem Kopf kommen dürfen.« Er kehrt sofort wieder zu dem bitter weinenden Baby zurück und zu Fried, der es auf den Armen im Zimmer herumträgt und ihm Papperlapapp wie »da da da« und »luli luli« und auch »zip zip zip« ins Ohr murmelt. Aber nichts hilft, das Baby schreit in das große, haarige Ohr des Arztes, der noch nie solch eine Gewalt erfahren hat, denn die Schreie scheinen vorgezeichnete Nähte gespannter Wachsamkeit und uralter, seit langem erstarrter Hoffnungen in seinem Gehirn aufzutrennen.

Nein. Das Baby wird nicht hereinkommen.

Unsere kleine Geschichte wird hier enden.

Denn plötzlich ist eine bestimmte Person vor Angst gelähmt, total gelähmt: als verschlimmere sich eine Krankheit, die schon lange im Körper genistet hat, rapide, als hätte sich ein Katarakt bis ins Innerste der Seele vorgearbeitet. Und wieder gibt es Überlegungen und vage Ahnungen, wie zum Beispiel: (1) Es gibt nichts auf der Welt – weder einen Wert noch einen Menschen –, an den eine bestimmte Person wirklich glauben kann. (2) Daher kann sie weder irgendeine Form von Verantwortung auf sich nehmen, noch irgendeine Wahl und/oder Entscheidung treffen. Folglich werden alle Handlungen, Schritte und Beziehungen, die eine bestimmte Person auf sich nimmt, bedeutend reduziert – zusammen mit dem Schmerz, den diese Person anderen bereitet oder der ihr selbst bereitet werden kann. (3) Alles ist verloren. Mit anderen Worten: hätte eine bestimmte Person Hoffnungen gehegt, so hätte sie bitter enttäuscht werden können. Aber sie hat keine Hoffnungen gehegt. Selbst die Ehefrau hat unter den neuen Bedingungen ihr wahres Gesicht gezeigt und der Person geraten, im Bunde mit einer anderen Frau, die in der Vergangenheit mit dieser Person eine sexuelle Beziehung hatte, »für eine Weile« den gemeinsamen Wohnsitz (»das Zuhause«, »das Nest«) zu verlassen, bis sie sich »besser fühlt«..., »ihre Angelegenheiten geregelt hat«, usw. Natürlich wurde das unter dem Deckmantel von »Liebe«, »Sorge« und »Verständnis« getan.

Die bestimmte Person wurde also »freiwillig« in eine andere Stadt verbannt. Ein gemietetes Zimmer auf dem Dach (mit getrenntem Eingang) beherbergte sie sechs Monate lang. Während der ganzen Zeit war ihr gemartertes Hirn umnebelt. Die

Seiten blieben weiß und leer. Die bestimmte Person gehörte »zu nichts mehr«, und nichts mehr gehörte zu der bestimmten Person. In den Abendstunden weiß glänzender Tage wurden unter dem Paternosterbaum in einer ruhigen Seitenstraße in der Nähe des gemieteten Zimmers drei Zigaretten geraucht. Eine Wange wurde beim Rasieren geschnitten, (und die Wunde heilte nicht. Eine seltsame, beunruhigende Vermutung kam auf, daß ein bestimmter Körper nicht mehr die Kraft hatte, eine kleine Schnittwunde verheilen zu lassen). Verwirrung herrschte. Oder, auf die Gefahr übermäßiger Vertraulichkeit hin: die bestimmte Person war verwirrt.

Auf den leeren Seiten des Schulheftes, in das die Geschichte geschrieben werden sollte, flackerte in den schlaflosen Nächten ein einziges Wort: Vorsicht! Aber wovor Vorsicht? Und wozu hatte die bestimmte Person in all den Jahren mit solchem Geschick eine Festung um sich gebaut? Mutter und Vater hatten es nicht erklärt. Sie hinterließen nur den Befehl: Sei sehr vorsichtig. So wirst du überleben. Später, wenn alle Kriege zu Ende sind, wird genug Zeit sein, um in Ruhe dazusitzen und herauszufinden, welchen Zweck das Leben hat, das so fanatisch behütet wurde. Aber bis dahin: Vorsicht! Mehr kann momentan nicht verraten werden. Eine Zeitlang wurde vermutet, daß dieses Wort (»Vorsicht«) dasjenige war, von dem aus Wasserman Neigel seine Geschichte vorlas. Dann wurde angenommen, daß »überlebe!« das Wort war. Aber das war anscheinend auch falsch. Im weißen Zimmer gibt es einfache und direkte Wege, solche Dinge zu untersuchen: Wenn etwas aufs Papier geschrieben wird und dann erwogen und ermessen und überlegt werden muß, ob es wahr ist oder nicht – dann ist es mit Sicherheit die falsche Spur. Wenn es aber genügt, ein Paar bestimmte Augen zu schließen, um ein bestimmtes Bewußtsein zu kurieren und im Spiegel des inneren Auges eine klare Kontur erscheinen zu lassen und ohne rationale Vermittlung auf das Papier zu übertragen – dann liegt darin die Erfüllung der besonderen, leicht kapriziösen physikalisch physio-literarischen Forderungen des weißen Zimmers.

Fried legt das schreiende Baby auf den Teppich. Er ist ratlos. Wenn er vor ihm stehend auf es herunterschaut, hat er den Eindruck, als blicke er in einem Brunnen auf sein eigenes verkleinertes Spiegelbild. Zum ersten Mal an diesem Abend erlaubt er sich, die Krawatte zu lockern und die Ärmel seines Hemdes aufzurollen. Otto: »Paula und ich hatten ihn nie so gesehen – so unordentlich, meine ich. Ein richtiger *zanjedbany*.« Und weil das Gesicht des Babys schon ganz blau ist vor lauter Schreien und Atemlosigkeit, kniet sich der Arzt auf den Teppich, öffnet dem Baby mit zwei Fingern den kleinen Mund und murmelt: »Ah, Otto hat nicht richtig hingeschaut. Es hat vier Zähne.« Er legt seine lange, harte Hand auf den Bauch des Babys und massiert ihn sanft, wie er es manchmal mit neugeborenen Pavianen macht, die an Blähungen leiden und vor Schmerzen schreien. Das Kind unter seiner Hand war, nach Markus' Worten, »wie ein frisches Blatt, das aus einem vertrockneten Baumstamm sproß.«

Und während Fried diese angenehme Massage vornahm, hörte er plötzlich –: Fried: »Nu, wie soll ich es sagen, dieses Baby, es hat keine Scham... das heißt, plötzlich hörte ich...« Wasserman: »ein lautes, widerliches Gurgeln, und aus dem Hintern des Babys schoß eine Perlenkette glatter grüner Exkremente auf den Teppich.« Munin: »Man kann es noch so schön beschreiben, es bleibt trotzdem Scheiße.« Markus: »Unser guter Arzt rümpfte die Nase über die Unflätigkeit seines kleinen Gastes und ging schnell einen Lappen holen...«

Neigel hebt seine Hand. In den letzten Minuten hat er sich wiederholt Notizen gemacht. Während er seine linke Hand hochhält, schreibt er mit der rechten weiter. Er möchte jetzt endlich wissen, wer dieser mysteriöse Herr Markus ist und was er in der Geschichte zu suchen hat. Wasserman ist noch immer ausweichend. Er erzählt dem Deutschen, daß Markus Apotheker ist. Daß er sehr musikalisch ist und in seiner Freizeit Partituren für die Oper von Warschau abschreibt. Außerdem interessiert er sich sehr für Alchimie, doch zu den Kindern des Herzens war er aufgrund bestimmter Experimente gekommen, die jedoch keine direkte Verbindung mit dem Stein des Weisen hatten. »Ein einzigartiges menschliches Experiment, Herr Neigel!« verkündet Wasserman. »Ein Akt der Selbstaufopferung und der Kasteiung zugunsten eines Ideals. Mehr kann ich Euch zur Zeit nicht verraten, und ich bitte Euch noch einmal, etwas Geduld zu haben.«

Vielleicht sollte noch erwähnt werden, daß Fried es vorzog, ein altes Laken zu zerreißen und nicht die bestickten Windeln zu benutzen, die Paula für Kasik, der nicht geboren wurde, vorbereitet hatte. Er wickelte das Baby, so gut er konnte, während es sich wand und schrie und mit den Füßen in alle Richtungen trat und schließlich auch –: Fried: *»Do jasnej cholery!* Direkt in meine Nase!« Der Arzt litt und blutete so stark, daß er einen bitteren Schrei ausstieß, über den er selbst erschrak. Er versuchte so zu tun, als wäre nichts gewesen, indem er sich bei dem Baby einschmeichelte, es zwischen seinen Bauchfalten kitzelte, die großen, schweren Augenlider auf- und zuschlug und schließlich – Markus: »Halleluja, Fried! Du hast für das Baby ein Lied aus deiner Kindheit gesungen!« Fried: »Die kleinen Schafe kehren heim... mäh, mäh, mäh... Sie springen über Stock und Stein... mäh, mäh, mäh, usw. usf.« Otto: »Aber das Baby hörte nicht auf zu weinen, und wer Fried singen gehört hat, versteht vielleicht warum.« Und Fried: »Und ich saß neben ihm auf dem Teppich und war ganz verzweifelt. Ich sagte mir die ganze Zeit, daß das alles war, was dieser arme Kleine tun konnte, und daß es am besten wäre, ihn weiter schreien zu lassen. Und in dem Augenblick, in dem ich das dachte, was geschah da wohl?« Otto: »Das Baby lächelte den Arzt an!« Fried: »Was heißt hier lächelte? Es lachte! Es lachte richtig!«

Keine Kraft. Keine Kraft für dieses Baby. Keine Kraft für einen weiteren Menschen. Eine bestimmte Person hat keine Kraft mehr weiterzumachen. Wie gesagt, die schreibende Instanz hat nicht genug Lebenskraft übrig, um sich selbst und/ oder einem anderen lebenden Wesen Leben einzuhauchen, ganz zu schweigen von einer literarischen Figur. Völlige Passivität. Demzufolge sind nach und nach weitere Überlegungen angestellt worden, zum Beispiel, daß ein neues System erfunden werden muß, um mit anderen Menschen zu leben (oder mit ihnen Omeletts zu braten, um nicht zu sagen: Zwiebeln zu schälen!). Man wird einige hundert Schritte zurückgehen und alles von neuem anfangen müssen. Aber diesmal wird man sehr bedacht vorgehen, damit nicht wieder so furchtbare Fehler gemacht werden. Man wird die klügsten Fachleute zusammenbringen müssen, um das lebenswichtigste Forschungsprojekt anzugehen – den Menschen bis in seine letzte Zelle zu analysieren, um zu verstehen, was hier vorliegt. Alles, was menschlich ist, zu zerdrücken, zu glätten, flachzumachen, bis endlich die Konturen des Rätsels sichtbar werden. Das Markenzeichen. Die Kodenummer des Safes. Die Gebrauchsanweisung zu dieser Maschine, die ein für allemal erklären wird, wozu die Maschine gedacht ist und wie man sie benutzt und verbessern kann. Und was man machen muß, wenn sie kaputt geht und man ihre Fehler nicht selbst ausfindig machen kann. Und wie ein Außenstehender sie reparieren kann. Und nun erzählt Wasserman Neigel die Geschichte. Ein Jude, der nicht sterben kann, versucht die Welt mit Hilfe der Kinder des Herzens zu retten. Und es wird ein unschuldiger Wunsch geäußert – daß Wassermans naiver Versuch tatsächlich das Vertrauen der bestimmten Person gewinnen könnte, nur daß sich die bestimmte Person nicht in der Lage sieht, zu glauben oder erlöst zu werden. Ja, der Mensch muß auseinandergenommen werden. Seine Glieder müssen ausgerenkt werden. Das, was »Leben« genannt wird, muß bis in seine feinsten Fasern aufgetrennt und unter die Mikroskoplinse gelegt werden. Um auf systematische und wissenschaftliche Weise alle Dinge zu neutralisieren, die man nicht mehr aushalten kann, »Mord« zum Beispiel, und »Liebe«, bis sie entschlüsselt sind und aufhören, solche »Schmerzen« und solches »Leid« zu bereiten. Bis sie verstanden werden. Und bis dahin – wird alles suspendiert: »Liebe« und »Erbarmen« und »Moral«. Bis dahin gibt es kein »recht haben« oder »nicht recht haben«, »lieben« oder »nicht lieben«, gibt es keine »Wahl« und keine »Freiheit«. Es ist ein Notfall, eine Faust und zwei Finger, alle diese Dinge sind Luxusgüter für Zeiten des »Friedens« und für diejenigen, die bereit sind, an den »Menschen« und an sein »gutes« »Herz« und seine »moralische« »Bestimmung« und sein »Lebensziel« zu »glauben«, »aber« »Wasserman« »beschert« »uns« »ein« »Baby«...

Neigel räuspert sich und weist Wasserman auf eine kleine Ungenauigkeit hin: Das Baby ist noch zu klein, um zu lachen. Wasserman bestätigt das bereitwillig. Auch Fried war überrascht. Fried erinnerte sich, daß das gezielte, freiwillige Lächeln im Alter von, hm... sagen wir... – »zwei oder drei Monaten beginnt«, kommt Neigel bereitwillig zu Hilfe. »Bei

Karl kam es etwas später. Er ist tatsächlich ernster… Aber bei Lieschen sahen wir bereits mit zwei Monaten ein Lächeln. Sie ist immer in allem die erste. Christine sagt, daß sie als Baby genauso war.« Wasserman: »Euer Gedächtnis ist ganz erstaunlich, Herr Neigel. Habt Ihr das vielleicht in einem besonderen Notizbuch festgehalten?« »Was? Ja. Das heißt – Christine hat es in ein besonderes Heft geschrieben. Du hättest sehen sollen, wie schön ihr das gelungen ist. Wie eine Kindergeschichte. Ich kann nicht so schreiben. Das heißt – vielleicht werde ich es versuchen, wenn wir je nochmal ein Kind bekommen. Schließlich habe ich mit dir zusammen schon kompliziertere Dinge gemacht, was, Wasserman?«

»Das streitet keiner ab!« antwortet Wasserman und setzt seine Geschichte fort. Der Arzt, erzählt er, beschloß, den Grund für das unerwartete Lächeln und Lachen herauszufinden. Er machte ein kleines wissenschaftliches Experiment. Er gluckste mit tiefer, übertriebener Stimme, um das Baby zum Lachen zu bringen, aber der Kleine spürte sofort den Betrug und verzog sein winziges Gesicht. Darüber mußte der Arzt wider Willen tatsächlich lächeln, und da leuchteten die Augen des Babys auf. Das war so lustig, daß Fried sich nicht zurückhalten konnte und in ein lautes Lachen ausbrach. Das Baby erwiderte sein Lachen. Markus: »Ein ursprüngliches, eingesperrtes Lächeln suchte in seinem kleinen Körper nach dem richtigen, frohen Auslaß. Das Knie versuchte zu lächeln. Dann bemühte sich der Ellbogen und zeigte dabei einen bezaubernden Leberfleck.« Neigel: »Eh… ausgerechnet am Ellbogen?« Daraufhin Wasserman sofort: »Würdet Ihr eine andere Stelle vorziehen, Herr Neigel?« Neigel: »Warum nicht?… Es ist ein bißchen albern, ich weiß… aber würde es dir etwas ausmachen, ihn auf das rechte Knie zu tun? Direkt über das Knie? Lieselotte hat auch einen dort. Ich dachte einfach…« »Aber selbstverständlich, Herr Neigel. Seht nur: Schon ist er dort!« »Danke, Herr Wasserman.«

Wassermans Augen schließen sich flatternd vor Schmerz und Freude. Es ist das erste Mal seit Jahren, daß ein Deutscher ihn »Herr« nennt.

Das Baby zitterte am ganzen Körper, während es sich anstrengte, den Sitz des Lächelns zu finden. Sein Gesicht bebte und wurde rot. Sein helles Haar glänzte vor Schweiß. Fried: »Ich dachte, daß es vielleicht nur ein Bäuerchen machen wollte, also hob ich es hoch und gab ihm einen kleinen Klaps auf den Rücken. Markus: »Und sofort rutschte das Lächeln an seinen richtigen Platz. Das Baby öffnete erfreut den Mund, und während es herzhaft lächelte und gurgelte, sah Fried flüchtig sechs weiße Zähnchen in seinem rosigen Gaumen.«

Neigel: »Sechs? Du hast vier gesagt.«

Tod dem Baby. Tod allem. Die Kräfte einer bestimmten Person sind gänzlich erschöpft. Nur noch für ein letztes Zucken des Widerstands gegen Wasserman ist Kraft geblieben. Nur wenn die Tätigkeit des Schreibens ausgeführt wird, ist noch ein wenig »Lebenskraft« zu spüren. In den Fingerspitzen. Der Rest ist betäubt. Die beschriebenen Seiten in der Hand sehen aus wie ein frisches Blatt, das aus einem vertrockneten Baumstamm gesprossen ist. Aber wenigstens das: Wassermans heimliche, boshafte Absicht ist aufgedeckt worden, und es sind bereits alle operativen Vorbereitungen getroffen worden, um sie zu vereiteln. Die Situation ist noch immer unter der teilweisen Kontrolle der schreibenden Instanz. Die Situation ist wie folgt: Wasserman richtet seine Bemühungen auf eine bestimmte Person; er versucht sie »herauszufordern«, sie mit erstaunlich billigen Mitteln wieder zum »Leben« zurückzubringen. Aber Wasserman wird bekämpft werden. Gegen Wasserman wird ein hartnäckiger Krieg geführt werden!

In jener Nacht, auf dem schmalen Bett im gemieteten Zimmer in der fremden Stadt, wurde ein Traum geträumt. Neigel wurde geträumt, als sei *er* die bestimmte Person. Auch Neigels zwei Kinder befanden sich im Traum und erweckten weder Widerwillen noch Haß. Sie wurden sogar als »niedlich« empfunden. Sie wurden von Neigel (der die bestimmte Person war) zärtlich und hingebungsvoll umsorgt. Der Träumende erwachte mit folgendem Gedanken: Die bestimmte Person wurde als Nazi geträumt, und nichts geschah. Es löste nur eine leichte Bedrückung aus, die aber bald verflog, als hätte sie nichts, woran sie sich klammern könnte, um einen Eindruck zu hinterlassen. Der seltsame Gedanke kam auf, daß man immer von »dem kleinen Nazi in dir« (im folgenden Dknid) spricht und damit die falschen Dinge meint, die Dinge, die man mit Leichtigkeit lokalisieren und definieren kann. Zum Beispiel bestialische Graumsamkeit. Oder Rassismus in allen seinen Arten. Und Xenophobie. Und Mordlust. Aber das sind nur die äußerlichen Symptome der Krankheit. Der Schreibtischstuhl im gemieteten Zimmer wurde plötzlich von einer bestimmten zweideutigen Last niedergedrückt. Ein Kugelschreiber wurde in die Hand genommen und von Zähnen zerkaut. Das gemietete Zimmer, in dem die oben erwähnten Aktivitäten stattfanden, befand sich auf dem Dach, von dem aus ein Stück des Meeres zu sehen war. Oh, Meer. Man sagt immer Dknid und irrt sich so. Und schläfert die Wachsamkeit ein. Und bahnt den Weg für das nächste Unglück. Ja, solche Gedanken tauchten mit erstaunlicher Klarheit auf. Völlige Nüchternheit und ein klares Verständnis für die Situation wurden festgestellt, und zugleich die Unfähigkeit, das zu verändern, was bereits sicher und beschlossen war. Die bestimmte Person sah in den gesprungenen Spiegel in der Schranktür. Ein Vogelgesicht. Glänzend rote Augen. Eine häßliche Rasierwunde unter kurzen Bartstoppeln. Aber das wirkliche Problem, die Krankheit, geht viel tiefer. Und vielleicht ist sie unheilbar. Vielleicht sind wir nur ihre Bakterien. Nichts anderes als ihre Bakterien. Und wenn hier und da die Worte Dknid gesagt werden und gegen die bestimmte Person verwendet werden, kann es dann sein, daß das nichts anderes ist als ein listiger, feiger Akt der Bestechung, dessen Ziel es ist, zu einem Konsens hinsichtlich der Dinge zu kommen, mit denen man leicht und bequem einverstanden sein kann? Das heißt: zu bekämpfen, was bekämpft werden *kann*? Aber was ist die richtige Vorgehensweise? Sollen wir alles ausrotten und wieder von vorne anfangen? Und haben wir die Kraft dazu?

In jener Nacht wurden folgende Dinge untersucht: Konnte ein bestimmtes Kind (im folgenden Jariv genannt) – unter den bekannten Bedingungen – von der bestimmten Person getötet werden, die auch als sein Vater fungiert? Und wie steht es mit der Ehefrau dieser bestimmten Person, und was ist mit der Mutter?

Um 04:45 Uhr morgens wurden eine lange Hose und ein

grauer Pullover angezogen. Die Tür, die zum Dach führt, wurde geöffnet. Das Dach wurde mit schnellen Schritten auf und ab bewandert. Von der bestimmten Person wurde ein Gefühl des Erwachens und Zu-sich-Kommens erlebt. Zwischen den Antennen und den Tanks der Solarheizungen waren die blauen Ränder des gewaltigen Wasserreservoirs zu sehen. Genau in diesem Augenblick (04:49 Uhr) wurde es zur Gewißheit, das dies nicht die richtigen Fragen waren. Und vielleicht darf gewagt werden zu sagen, daß man sich meistens in den Fragen geirrt hat. An diesem Punkt wurden auf dem Dach die Fragen erinnert, die zu stellen von einem bestimmten B. Schulz gelehrt wurden, und es wurde mit Bedauern festgestellt, daß sie schlicht zu sehr gefürchtet wurden, um gestellt zu werden. Sie waren immer gefürchtet worden. Wieder wurde daran erinnert, daß die Fragen anders gestellt werden mußten: nicht »Würde die bestimmte Person X, Y und Z töten?«, sondern »Würde die bestimmte Person sie wieder zum Leben erwekken? Würden sie von ihr jederzeit von neuem zum Leben erweckt werden?« Und – das ist wohl die entscheidende Frage – würde das Ich der bestimmten Person jederzeit mit demselben Eifer, mit derselben Leidenschaft und Liebe von neuem zum Leben erweckt werden?

Und da auch hierauf keine Antwort gegeben wurde, wurde noch eine Frage, eine letzte, stichelnde Frage gestellt: Was wird wirklich gefürchtet – der Tod oder das Leben? Das wahre Leben, ohne Vorbehalt, das Leben in der Bedeutung, die das Wort bei, sagen wir – – usw. Aber plötzlich wurde der bestimmten Person sehr kalt und sie wurde zum Schreibtisch gejagt, um zu schreiben. Doch der Kugelschreiber wollte nicht schreiben. Die Tinte weigerte sich zu fließen. Die bestimmte Person erschrak. Kalter Schweiß brach plötzlich aus. Der Kugelschreiber wurde auf den Tisch gehämmert und geklopft, als würde der Versuch gemacht, jemanden darunter, dahinter zu wecken. Endlich floß die Tinte.

Wasserman ist immer noch dort. Er ist immer dort, Neigel gegenüber. Er beschreibt den verwirrten Arzt, der es nicht wagt, das Baby in sein Notizbuch einzutragen (das er schon jahrelang sowohl für die Zootiere als auch für die Arbeiter benutzt), weil es noch keinen Namen hat, und Fried: »Es ist doch nicht meine Aufgabe, Patienten Namen zu geben, oder?«

Fried schreibt folgendermaßen: »Anonymes Baby. Wurde mir am 4.5.43 um 20:05 Uhr von Otto Brigg gebracht. War in eine Wolldecke eingewickelt. Kein Zeichen von den Eltern. Geschlecht: männlich. Körperlänge: unmöglich zu messen wegen des Widerstands; schätzungsweise 51 cm. Durchmesser des Kopfes: dito; schätzungsweise 34 cm. Gewicht: dito; schätzungsweise 3kg. Um 20:20 Uhr sah Otto Brigg zwei Zähne im Unterkiefer. Um 21:10 entdeckte ich (A. F.) zwei weitere Zähne im Oberkiefer. Ca. zwei Minuten später erschienen noch zwei im Unterkiefer. Insgesamt: sechs Zähne.« Da das Baby den Rest der wissenschaftlichen Dokumentation nicht störte, belohnte es Fried in seiner zerstreuten Großzügigkeit, indem er eintrug: »21:20 Uhr. Das Baby ist hellwach, es lacht sogar.« Fried: »Und ich stand da und schrieb und gab nicht acht, während es sich auf dem Teppich bewegte oder hinfiel oder so, und als ich hinsah – ah! Da lag es plötzlich auf dem Bauch! Das arme Kerlchen. Ich drehte es sofort wieder auf den Rücken und beobachtete es, und ob ihr es glaubt oder nicht – das Baby drehte sich wieder auf den Bauch!«

Fried haßte jede Art von Betrug und Täuschung, und stets versuchten alle, ihn zu hintergehen. Armer Fried! Er lebte ständig mit dem starken Gefühl, daß irgend jemand seine momentane Zerstreutheit ausgenutzt hatte, um das Bühnenbild der Welt von Kopf bis Fuß zu verändern. Und aus zähneknirschendem Protest gegen die Lügen und die Korruption, die der Welt und ihren Kreaturen eingeprägt sind, klammerte sich Fried an seine Anständigkeit und hielt sich mit seinen Fingernägeln an ihr fest. Markus: »Und je mehr ihn die Welt betrog und ihm die Bücher der Täuschungen und Teufeleien zeigte –« Herotion: »Und alle Koffer mit den doppelten Böden und die Falltüren und die geheimen Taschen, die sich in den Falten seiner Kleider verbargen –«, desto mehr härtete der Arzt seinen haß- und schamerfüllten Glauben mit der notwendigen Logik der Dinge und damit, daß in unserer Welt eine richtige Ordnung herrscht, die klar und einfach ist und sich eines Tages zeigen wird, und wenn auch nur im Leben eines einzigen Menschen.

Neigel hebt die Hand. »Hier irrst du dich«, sagt er zu Anschel Wasserman. »Alles hat eine logische Erklärung.« Wasserman scheint Einwände dagegen zu haben. Neigel ist bereit auszuführen: »Selbst das, was am Anfang unnatürlich scheint, hat am Ende eine einfache, logische Erklärung.« Und Wasserman: »Herr Neigel. Die Logik hat eine Aufgabe und eine Mission in unserer Welt, und zwar die Dinge und die Menschen in Kategorien einzuteilen und sie miteinander zu verbinden, nach dem Motto: ein jedes Getier nach seiner Art. Nur«, sagt er traurig, »sind die Dinge selbst derart unlogisch! Und auch die Menschen. Ja, in der Tat. Ein Mischmasch von Leidenschaften und Ängsten, aij, eine schöne Welt ist das, und was ist die Logik? Nur das Aufteilende und Verbindende dazwischen, ja. Logik ist zum Beispiel Euer wunderbares Programm für den Transport in Zügen aus ganz Europa hierher. Zur Vernichtung. Logik sind die Eisenbahnschienen, die sich über die ganze Welt erstrecken, und die Waggons, die angeblich keinen Augenblick ungenutzt am Bahnhof warten. Logik, Herr Neigel, ist der unsichtbare Faden, der zwischen der Hand des gehorsamen Beamten, dessen Unterschrift den Dieselbedarf der Lokomotive genehmigt, und dem Lokomotivführer, der sie über die Schienen führt, gespannt ist, und wenn Ihr wollt, so ist Logik das, was die beiden zusammenbringt und was verhindert, daß sie dem korrupten Stationsbeamten begegnen, einem guten Menschen, der für einen Beutel voll Geld, den wir ihm heimlich durch das Zugfenster zusteckten, Wasser für mein kleines Mädchen brachte, als sie das Bewußtsein verlor. Auch er handelte nach der Logik, die in dieser Situation steckt, nur daß diese Logik, mein Herr, zwischen Dingen verbindet, die keine Logik haben – zwischen den Knäueln der Grausamkeit und der Gnade, zwischen Menschen. Zwischen dem Leben meiner Tochter und ihrem Tod ...«

Neigel, der zum ersten Mal vom Tod von Wassermans Tochter hört, zieht es vor, das zu ignorieren. Oder vielleicht hat er nicht die seelische Kraft, mit dieser Nachricht fertig zu werden. Er senkt nur seinen Blick und stößt sein »hmpf« aus, womit er Wasserman scheinbar andeutet, daß er weitererzählen soll. Wasserman sieht ihn einen langen Augenblick voller Schmerz und Bitterkeit an, sein Gesicht trägt einen Ausdruck, der fast an Haß grenzt. Dann nickt er sich selbst zu und erzählt weiter.

Markus: »Und unser Fried verflocht seine Aufrichtigkeit mit seiner enttäuschten Erwartung von der Welt, bis sie sich in einen permanenten Krampf in seiner Kehle und in seinem Magen verwandelten, und Paula behauptete stets, daß Fried mit dieser seltsamen Form von Selbstquälerei ein Unrecht beging, das nicht geringer war als eine Lüge oder Betrug.« Paula: »Und ich verstehe wirklich nicht, warum man immer meinen Fried'chik betrügen will, der doch so schrecklich klug und vorsichtig und mißtrauisch ist, während man mich, die ich so dumm bin, daß ich sogar einer Katze glaube, stets in Ruhe läßt.« Herotion: »Aber eines muß man unserem Doktor lassen: als der Augenblick kam, da er zwischen der Logik und der gnadenvollen Lüge zu entscheiden hatte, wählte er die Lüge. Und die Hoffnung. Ich schätzte das sehr, Fried.« Fried: »Ach du! Der Urvater der Camouflage!« Markus: »In der Tat. Und aus einer völlig unlogischen Liebe, Fried, aus einer regelrechten Camouflage-Liebe hast du dir erlaubt, an das Kind zu glauben, das Paula gebären wollte.« Fried: »Und ich habe gelitten. Keiner von euch weiß und wird je wissen, wie sehr ich gelitten habe. Ich werde mich nie wieder so leiden lassen.« Otto: »Nein, Fried? Wirst dich nicht mehr leiden lassen?« Und Munin: »He, ihr! Genug mit den Diskussionen! Das Baby hat sich wieder umgedreht!« Fried: *»Psiakrew!«*

Er beugte sich über das Baby und drehte es wütend und grob auf den Rücken und schrie: »So muß ein Baby in deinem Alter liegen, so!«, und er entfernte sich von ihm ein wenig mit strengem Gesicht und hochgezogenen Augenbrauen, aber das Baby, unser Baby – –

»Drehte sich wieder um?« fragt Neigel. Und Wasserman: »Genau! Und der arme Fried – –« Neigel: »Schrie auf vor Angst und drehte es schnell wieder auf den Rücken!« »Und das Baby drehte sich wieder um!« »Und wieder! Und wieder!«

In einem plötzlichen Verdacht griff der Adler-Arzt das Baby vom Teppich auf und hob es still ans Licht. »Das Baby, Herr Neigel, lachte vergnügt, und in seinem Mund glänzten, aij – –« Neigel: »Moment! Vier, sechs – acht Zähne?« Wasserman: »Genau!« Neigel: »Hör mal! Ich bin mir noch nicht sicher, ob mir das gefällt, aber hier rieche ich schon eine richtige Geschichte!« Und er schreibt ein, zwei Wörter in sein Notizbuch.

Fried blättert in der deutschen medizinischen Enzyklopädie, die er vor fünfzig Jahren als Student in Berlin gekauft hat. Eine Staubwolke steigt von den Seiten auf, und Fried muß husten. Der seltsame Ausschlag, der am Morgen auf seinem Bauch ausgebrochen ist, juckt, aber er ignoriert ihn. Zu seinen Füßen krabbelt das Findelkind und erforscht neugierig den geblümten Teppich. Die Bewegung seiner Glieder, anfangs unbeholfen, ist nun geübter. Fried: »›Im Alter von vier Monaten erscheinen die ersten Zähne... mit acht Monaten kann das Baby bereits acht Zähne vorweisen... mit drei Monaten wird das flinke Baby versuchen, sich auf den Rücken zu rollen... Nu, und ich blickte hinunter und sah, daß es schon versuchte, aufzusitzen, ob Ihr es glaubt oder nicht, und dabei war es doch erst ein paar Stunden alt, höchstens zwei Stunden, glaube ich, und in der Enzyklopädie hieß es: ›Mit vier Monaten beherrscht das Baby seine Halsmuskeln schon so gut, daß es seinen Kopf anheben kann. Mit sechs Monaten wird es mit einer gewissen Anstrengung sitzen können...‹«

Fried fluchte erschrocken und wischte den Dunst von seinen Brillengläsern. Das Baby saß aufrecht und untersuchte eingehend seine dicken Zehen. Einen letzten Augenblick tröstete sich der Arzt damit, daß der Kopf noch immer ein wenig nach vorne fiel.

Das Baby war hungrig und weinte wieder. Fried meinte mit listiger Logik, wenn sein kleiner Gast schon alleine aufsitzen könne, dann habe er das Baby-Recht verloren, mit der Flasche oder dem Löffel gefüttert zu werden. Daher goß er ein wenig Herotionsche Milch in einen Plastikbecher, drückte ihm das Gefäß in die Hand und zeigte ihm, wie man daraus trinkt. Im Nu hatte das Baby gelernt, alleine zu trinken.

Es trank aus. Der Arzt fragte ohne nachzudenken: »Noch?«, und das Baby ahmte den Tonfall und den angenehmen Klang nach und wiederholte: »Noch?« Und Fried, der alle Öffnungen seines Körpers als letzten Schutz gegen die Verwunderung verschloß, sagte sich, als schriebe er in sein Buch: »Es begann zu sprechen.« Er brachte ein Stück Brot aus der Küche, das das

Baby schnell verschlang, während es gleichzeitig versuchte, sich auf die Beine zu stellen.

Nein. Jetzt kann es formuliert werden. Gemeint ist DKNID: Es ist schließlich weniger gefährlich als die Krankheit, die in unserer Natur steckt und die wir mit jeder Bewegung in der Welt verbreiten. Die Nazis haben sie lediglich betont und ihr einen Namen und eine Armee und Arbeiter und Tempel und Opfer gegeben. Sie haben sie in die Tat umgesetzt und wurden in gewissem Sinne für sie anfällig. Sie wurden schwach und langsam ihr Opfer. Denn es ist offensichtlich, daß man nicht *anfängt*, Unrecht zu tun, sondern es nur fortsetzt. So sagt Wasserman, der nie verzweifelt. Aber um unsere Natur zu bekämpfen, brauchen wir Kraft. Ein Ziel. Doch wie erbärmlich sind unsere Ziele, unsere Ideale. Sie scheinen nicht wert zu sein, daß man für sie kämpft. Und warum kämpfen? Um ein Mensch zu sein, wie Wasserman sagt? Ist das alles? Dafür soll man ständig kämpfen? Derart leiden? Deswegen soll hier mit Entschiedenheit gesagt sein: Wasserman irrt sich. Die Menschheit hütet sich vor solch frucht- und zwecklosen Versuchen. Die Natur ist klug, sie paßt ihre Geschöpfe den gegebenen Lebensbedingungen an. Es ist ein darwinistischer existentieller Prozeß: nur diejenigen, die sich mit Klugheit zu schützen wissen, werden übrigbleiben. Ja, meine werte Dame: *mit Klugheit!*

Und jetzt, da diese Dinge gesagt waren, trat Stille ein, und ein dumpfes, beunruhigendes Gefühl verbreitete sich, und – wie sonderbar! – die Hand streckte sich aus, um ein paar Zeilen zu schreiben, eine Art reaktionäre, anachronistische Geste der bestimmten Person bezüglich ihrer vergessenen Vergangenheit, vier oder fünf Zeilen, dazu bestimmt, »das Buch der alten Geschichte« endgültig zu beenden, die Schriftrollen, die archiviert werden sollen. Und so wurde geschrieben: »Ich war tief ›darin‹ versunken, fast von dem Augenblick an, da ich geboren wurde, von dem Augenblick an, da ich die Anstrengung aufgab und die Menschen als selbstverständlich betrachtete, da ich aufhörte, mich zu bemühen, eine besondere Sprache für sie und neue Namen für jeden Gegenstand zu erfinden. Von dem Augenblick an, da ich nicht mehr ›ich‹ sagen konnte, ohne daß ein blechernes ›wir‹ darin widerhallte. Und als ich etwas tat, um mich vor dem Leid eines anderen Menschen zu schützen. Um mich vor einem anderen Menschen zu schützen. Und vor dem Augenblick, da ich nicht bereit war, mich selbst zu verstümmeln: lidlos zu werden und alles zu sehen.«

Das sind die Zeilen, die die bestimmte Person schrieb, bevor ihr die Kraft ausging. Sie konnte sich diese schönen Worte *sagen*, aber sie fühlte keine Regung von Leben in ihnen. Sie war fertig mit diesem Krieg. Dieser Krieg war fertig mit ihr. Es gab nichts für irgend jemanden zu kämpfen. Kämpfen, das war jetzt Verschwendung für sie. Sie war schon tot. Sie war für das Leben bereit.

Ich stand auf und wollte das weiße Zimmer verlassen. Ich hatte dort nichts zu suchen. Ich hatte die Sprache vergessen, die darin gesprochen wurde. Aber ich konnte die Tür nicht finden. Das heißt, ich tastete alle Wände ab. Ich ging im ganzen Zimmer herum, aber es gab keine Tür. Die Wände waren ganz glatt. Aber es mußte doch eine Tür geben!

Da kommt Anschel Wasserman und stellt sich vor mich hin. Wie damals. Gebeugt, bucklig. Die Haut gelb und schlaff. Er will mir den Weg hinaus zeigen. Er weiß den Weg. Sein Leben lang irrt er durch diesen Wald und verstreut Wortkrümel, die ihm den Weg hinaus zeigen. Er ist ein Mann der Märchen, Anschel Wasserman-Scheherezade.

»Großvater?«

»Schreib über das Baby, Schloimele. Schreib über sein lebhaftes Leben.«

»Ich will hier raus. Das weiße Zimmer macht mir Angst.«

»Die ganze Welt ist das weiße Zimmer. Komm, geh mit mir.«

»Ich habe Angst.«

»Ich auch. Schreib über das Baby, Schloimele.«

»Nein!!!«

Ich schrie und schüttelte seine weiche warme Hand ab, in der die Geschichte pulsierte. Ich warf mich gegen die glatten Wände, die Seiten meines Heftes, den Spiegel, meine Seele – es gab keinen Weg hinaus. Es war alles blockiert.

»Bitte schreib«, sagte Anschel Wasserman geduldig, sanft. »Setz dich hin und schreib. Es gibt keinen anderen Weg. Du bist genau so wie ich, dein Leben ist diese Geschichte, und du hast nichts außer ihr. Also, bitte schreib.«

Schön. Soll es sein. Das Baby. Ich muß gegen das Baby kämpfen. Gegen das Baby und den, der es hineingebracht hat. Dafür ist mir noch ein wenig Kraft geblieben. Nicht viel, das ist wahr, aber wer mir etwas antun will, wird es mit seinem Leben bezahlen. Das heißt – mit seiner Geschichte. Gib acht, Wasserman: deine Geschichte ist jetzt in Gefahr! Sogar die Nähe zwischen uns wird mich kein Mitleid mit dir empfinden lassen, denn im Krieg gibt es kein Mitleid, und ich habe dir und deiner Geschichte den Krieg erklärt.

Fried stellt Berechnungen an. Ihm ist mittlerweile klar, daß das Kind alle vier bis fünf Minuten eine Entwicklung durchmacht, die drei Monaten im Leben eines normalen Kindes entspricht. Das heißt, daß das Baby in einer halben Stunde anderthalb Jahre älter wird. Jetzt erinnert sich Fried: erst als der weiße Schmetterling aus der Halle der Freundschaft flog, begann das Baby so schnell zu atmen. Das bedeutet, daß man seine besondere Zeit erst von da an, von ca. neun Uhr an messen muß (»ca.«??! Der Arzt erschauderte, als er begriff, wie wichtig jetzt jede Sekunde war). Wasserman: »Der Arzt kratzte heftig an dem Ausschlag, der am Morgen auf seinem Nabel ausgebrochen war. Er ordnete seine Gedanken: In einer Stunde würde der Kleine drei Jahre alt sein!« Fried: »*Boze moj!* Das kann nicht sein! Das muß noch einmal überprüft werden!«

Und er überprüfte alles noch einmal in Ruhe. Seine Rechnung stimmte. Fried biß sich in seinen Finger und versuchte sich zu erinnern. Fried: »Wersus? Werblov? Wie hieß es noch?...« Wasserman: »Er blätterte hastig in seiner treuen Enzyklopädie und überflog Hunderte von Fragmenten über Zerstörung und Vernichtung in unserer Welt, über die Seuchen und Gebrechen und Mißbildungen von Körper und Seele, mögen wir sie nie erfahren, und am Ende gelangte er atemlos und wie ein Hund hechelnd zum Stichwort *Werner, Werner-Syndrom:* ›Prozeß des schnellen Alterns... beginnt mit dreißig Jahren... Degenerierung aller Systeme... vorzeitige Verkalkung... Depression... schneller, qualvoller Tod... s. Stichwort *Progeria.*‹«

Neigel richtet sich auf. Sein Gesicht ist ernst. Ein wenig blaß. Wer hätte gedacht, daß er die Geschichte so persönlich nehmen würde? Oder gibt es vielleicht etwas, das wir noch nicht wissen? »Bitte, Herr Wasserman, nicht«, sagt er leise. »Tu dem Kind nichts an.« Aber Wasserman, der einen Augenblick den Worten lauscht, als habe er sie schon vor sehr sehr langer Zeit irgendwo gehört, fährt fort: »Und mit gebrochenem Herzen, denn er ahnte es schon, machte sich der Arzt auf den Weg in das Land der Verdammnis, auf das ihn das Buch verwiesen hatte, zur – –« Fried: »›Progeria‹. Kindheitsversion des *Werner-Syndroms* (s. Stichwort). Prozeß des schnellen Alterns ab drei Jahren… Es sind nur wenige solcher Fälle in der Geschichte der Medizin bekannt… mit drei Jahren nimmt die Entwicklung ab, und akute Symptome der Degenerierung, Retardierung und Depression treten auf…«

Und Neigel: »Bitte, Herr Wasserman, hören Sie mir doch einen Augenblick zu!« Und Fried: »Großer Gott!«

Denn das Baby stand schon auf den Beinen und sah Fried mit strahlendem Lächeln an. Fried wurde von einer Woge des Mitleids überflutet, die augenblicklich die eiserne Kriegsflotte in seinem Herzen versinken ließ. Er zeigte mit ausgestrecktem Finger auf seine Brust und sagte mit harter Stimme: »Papa.«

»Papa«, erwiderte das Baby.

Markus: »Unserem guten Fried war, als würde er von der Nadel einer Medaille in die Brust gestochen. Er zögerte einen Augenblick, dann – verflucht sei der gemeine Trick, den ihm das Leben spielte – sagte er: ›Du bist Kasik.‹ Und das Baby wiederholte seinen Namen. Wieder und wieder kostete es den neuen Namen. Kasik.«

In Fried erwachte ein mächtiger Wille, es zu beschützen, sein Schwert um den kleinen, hilflosen Körper zu schwingen, damit die Krankheit es nicht wagen würde, sich ihm zu nähern. Aber die Krankheit keimte bereits mit ihrer ganzen grotesken Lebenskraft in seinem Körper. Neigel hört nicht auf, den Kopf zu schütteln, Wasserman hält nicht inne, um ihn anzusehen, er ist sicher, daß es eine direkte Verbindung zwischen Neigels Einwänden und der Tatsache gibt, daß das Baby einen reizenden Leberfleck auf dem rechten Knie hat. Neigel haut mit der Hand auf den Tisch und schreit, Genug mit dieser verzerrten

Geschichte, aber Wasserman gibt nicht nach. Er kocht. Er schreit, daß er nicht weitermachen kann, wenn er jeden Augenblick unterbrochen wird. Zum ersten Mal ist er derart außer sich, daß er mit seiner Hand vor Neigel herumfuchtelt, und diese Geste erschüttert mich, denn ich erinnere mich genau, wann ich sie zum ersten Mal bei ihm gesehen habe: vor mehr als zwanzig Jahren, in der Küche meiner Eltern in Beit-Masmil. Auch damals hatte der Deutsche versucht, sich einzumischen, und Großvater wedelte mit der *pulke* schreiend vor seinem Gesicht herum. Aber damals wollte ich noch, daß Großvater gewinnt. »Wehe, du rührst dieses Kind an!« schreit Neigel mit hochrotem Gesicht, und Wasserman sieht ihn mit finsterem, furchtbarem Gesicht an, während er jedes einzelne Wort betont: »Es gibt Dinge, die Ihr mir nicht sagen dürft, Herr Neigel. Mein Leben ist auch so schon bitter genug. Das Kind wird leben und sterben, Gott behüte, wie die Geschichte es verlangt. So wird es sein.«

Wasserman weiß genau, daß er lächerlich aussieht, wenn er wütend ist. Er sagt selbst: »Wut steht nicht jedem.« Aber diesmal ist etwas an ihm, das sofort auf Neigel wirkt, der seine Augen von ihm abwendet und mit der Feder in der Hand auf die Fortsetzung der Geschichte wartet.

Fried atmete tief. Das Leben hatte den Handschuh aufgehoben, den er ihm jeden Morgen ins Gesicht geworfen hatte. Es war nicht anders zu erklären. Nur hatte das Leben ein unerwartetes Schlachtfeld gewählt. Durch den Körper des Kindes würden ihm Leiden zugefügt werden, die er nie gekannt hatte. Wasserman: »Oij, Fried, du hättest dir denken können, daß das Leben so reagieren würde, als du anfingst, Linien in den Staub zu zeichnen.« Fried: »Mach dir keine Sorgen um mich. Der alte Fried kennt ein paar Tricks.« Darauf Neigel, unerwartet und sich deutlich Wasserman widersetzend: »Hurra, Fried! Im Krieg, wie im Krieg!« Markus: »Für einen Augenblick war unser Fried derart von Kampfeslust erfüllt, daß er sich beinah aufbäumte und wieherte. Aber dann erkannte er, wie gering seine Chancen waren, und das Herz wurde ihm schwer.«

Er überprüfte noch einmal seine Berechnungen als Mittel gegen die zweite Woge des Grauens, die schon an ihm leckte. Irgendwo mußte ihm ein Fehler unterlaufen sein. Vielleicht war es keine akute Progeria, sondern nur eine sehr schnelle Entwicklung, die bald ein normales Tempo annehmen würde. Ja. Fried rechnete im Kopf, wobei er seine großen, blutleeren Lippen bewegte. Dann schrieb er ein paar Zahlen auf und studierte sie. Der Juckreiz auf seinem Bauch wurde stärker, und er kratzte sich wütend.

Zum letzten Mal stürzte er sich zornig aufs Papier. Einen Augenblick später floß die ganze Wärme aus seinem Körper, und er wurde sehr blaß. Verschwunden war seine kleine Hoffnung, daß das Leben doch noch Erbarmen mit ihm haben würde, und sei es nur wegen ihrer langen Bekanntschaft. Zerstreut roch er an seinen Fingern. Woher kam nur der frische Rosmaringeruch? Er biß die Zähne zusammen und starrte aufs Papier. In der letzten Reihe, unter dem Schlußstrich, standen zwei Zahlen.

Wasserman hört plötzlich mit dem Lesen auf. Neigels Augen haften an seinen Lippen. Wassermans Augen sind auf sein leeres Heft gerichtet. Einen Augenblick entzündet sich ein schrecklicher Funke wilder Liebe in seinen Augen, wie bei einem Tier, das sein Junges beschützt. Und obwohl er kein prachtvolles Tier, kein Löwe oder Panther ist, sondern eher ein Hase oder ein wütendes Schaf, so ist die Wildheit und Liebe in seinen Augen kein bißchen kleiner. Jetzt hätte ich in sein Heft schauen können, um endlich zu sehen, welches Wort dort geschrieben stand, aber ich hatte Angst, es zu tun. Wasserman nickte dem Wort zu und holte tief Atem, um fortzufahren.

»Einen Augenblick bitte, Herr Wasserman – lassen Sie mich versuchen, Sie zu überzeugen – Sie können doch ni-«. Aber Fried ignoriert Neigels Flehen stur und grausam: »Es ist so, wenn sich das Baby in diesem Tempo weiterentwickelt, wird es in genau vierundzwanzig Stunden den Lebenszyklus eines normalen Menschen durchlaufen haben. Ja.«

Neigel schweigt. Er kocht vor Bitterkeit und Wut. Aber sogar jetzt ist etwas in ihm von dem Zauber der knappen biologischen Formel »vierundzwanzig Stunden« gefangen. Er will etwas sagen, überlegt es sich aber. Es vergehen einige Sekunden. Neigel beruhigt sich. Ich weiß mittlerweile, was ich machen muß. Ich habe keine Wahl. Der arme Wasserman. Aber auch ich habe eine Geschichte, die mich schreibt, und ich muß ihr folgen, wohin sie mich führt. Und vielleicht ist mein Weg der richtige.

»Deine Geschichte«, meint Neigel bitter, »ich kann mich nicht entscheiden, was ich von ihr halten soll.« Wasserman, mit größter Erleichterung: »Ihr werdet Euch noch daran gewöhnen, Herr Neigel.« Und Neigel: »Ach, mit all diesen merkwürdigen Ideen verdirbst du einfach eine gute Geschichte. Vierundzwanzig Stunden, also wirklich!« Und Wasserman: »Herrliche vierundzwanzig Stunden, das kann ich Euch versichern!« Und dann wendet er sich an mich und sagt: »Nu? Jetzt habe ich ihn gefangen – – Was ist mit dir?! Schloimele! Wie dein Gesicht sich verändert hat! Aber – –«

Das Baby tappte vorsichtig über den Teppich, die Hände hoch in der Luft. Seine Augen leuchteten vor Freude und Triumph. Als es Fried erreichte, blieb es stehen und sah zu ihm auf und sein Gesicht strahlte. »Pa-pa«, sagte es zu dem schluchzenden Arzt, »Pa-pa.«

DAS LEBEN KASIKS,
nach Stichwörtern enzyklopädisch erfaßt

Erste Auflage

An den Leser

1. Die folgenden Seiten unternehmen den einzigartigen Versuch, eine Enzyklopädie zusammenzustellen, die fast alle wichtigen Ereignisse im Leben eines Menschen erfaßt. Und nicht nur die Ereignisse, sondern vor allem die Vorgänge in Körper und Seele, die Beziehung zur Umwelt, die geheimen Wünsche, Leidenschaften, Träume usw. Alles, was sich den Interpretationsmitteln normalerweise »verweigert«, wies plötzlich neue, unbekannte Aspekte auf und kapitulierte bedingungslos vor den objektiven Forderungen einer ernsthaften Untersuchung, als es zum ersten Mal – gezwungenermaßen – im sicheren, kompromißlosen Rahmen einer (scheinbar!) willkürlichen Klassifizierung stand. Es kann mit Sicherheit gesagt werden, daß es gerade diese Willkür war – das heißt: die Anordnung der verschiedenen Stichwörter in der Reihenfolge des hebräischen Alphabets –, die alles Ausweichende und Vieldeutige in ein bequemes und effizientes Arbeitsmaterial verwandelte und dazu beigetragen hat, die Einfachheit der Mechanismen aufzudecken, von denen alle Mitglieder der Spezies Mensch um- und angetrieben werden.

2. Dem Leser wird also auf den folgenden Seiten die möglichst vollständige Biographie von Kasik präsentiert, dem Helden von Anschel Wassermans Geschichte, so wie sie Obersturmbannführer Neigel 1943 im Nazi-Vernichtungslager auf polnischem Boden von Wasserman erzählt wurde.

3. Da es nicht möglich war, Kasiks Biographie von den Umständen, unter denen sie erzählt wurde, zu trennen, wird der Leser feststellen, daß Neigel, Wasserman und einige ihrer biographischen Angaben den Seiten dieses Werkes auf die eine oder andere Weise ihren Stempel aufgedrückt haben. Dem Leser steht es selbstverständlich frei, die entsprechenden Stichwörter zu überspringen.

4. In dem Bemühen, die Authentizität der Figuren zu wahren, die auf das Leben des Forschungsobjekts (Kasik) Einfluß

nahmen, werden Monologe und Auszüge aus den Gesprächen aller Figuren wiedergegeben. Es besteht jedoch kein Zweifel, daß dieses Verfahren die akademische Objektivität des Werkes beeinträchtigt und es in gewissem Maße »volkstümlich« macht, es ist jedoch bisher noch kein Weg gefunden worden, um dies zu verhindern. Wir werden aber unser Bestes tun, diesem Mangel in den zukünftigen Ausgaben der Enzyklopädie abzuhelfen.

5. Um literarische Spannung zu vermeiden, wo immer es möglich und ratsam ist, weil sie die Aufmerksamkeit des Lesers von der Hauptsache ablenken könnte, wurde alles getan, um den Leser von der Last der Informationen, die diese Spannung erzeugen könnten, ebenso zu befreien wie von der überflüssigen Illusion eines scheinbar existierenden Sinns auf dem Grund der Dinge, eines Zwecks, auf den »das Leben« angeblich zusteuert. Daher teilen wir von vornherein mit: Kasik starb um 18.27 Uhr, 21 Stunden und 27 Minuten nachdem er als neugeborenes Baby in den Zoo gebracht worden war. Er war – nach seiner besonderen Zeitrechnung – 64 Jahre alt, als er sich das Leben nahm. Verständlicherweise ist gerade die Tatsache, daß Kasik in einer so kurzen Zeitspanne ein vollständiges Leben lebte, der Beweggrund und die Rechtfertigung für dieses bescheidene wissenschaftliche Werk, weil sich dadurch die seltene Gelegenheit zu einer vollständigen enzyklopädischen Erfassung eines Menschenlebens von der Geburt bis zum Tod bot.

6. In Anbetracht des unter 5 Erwähnten steht es dem Leser selbstverständlich frei, die Stichwörter der Enzyklopädie in deutscher (vgl. S. 414) oder in beliebiger Reihenfolge zu lesen und nach Belieben vor und zurück zu springen, obgleich wir im voraus dem disziplinierten Leser danken möchten, der den sicheren Weg der Reihenfolge des hebräischen Alphabets wählen wird.

7. Aus einer tiefen Verpflichtung den Fakten gegenüber sah sich die Redaktion der Enzyklopädie gelegentlich dazu gezwungen, bestimmte Stichwörter einzufügen, die auch Anschel Wassermans Ansichten widerspiegeln. Manche weisen deutliche Spuren eines erbitterten Kampfes zwischen der Redaktion und Wasserman auf. Die Wiedergabe dieser

Abschnitte heißt selbstverständlich nicht, daß die Redaktion mit deren Inhalt übereinstimmt. Der verständige Leser wird selbst urteilen und sich seine eigene Meinung bilden.

Zum Schluß einige persönliche Anmerkungen:

Die Redaktion ist sich bewußt, daß manche Leser schon vor der Idee einer solchen Enzyklopädie zurückschrecken. Der Redaktion sind lästige Querulanten und Nörgler, denen nichts heilig ist, hinreichend bekannt!

Zum Beispiel – das muß ich Ihnen erzählen, weil es mich wahnsinnig gemacht hat! Als ich Ajala zum ersten Mal von meiner Idee erzählte, wissen Sie, was sie da tat? Sie *lachte*. Ehrenwort! Sie brach in ein lautes Lachen aus, stand einfach da und lachte mir ins Gesicht. Gut, im ersten Augenblick war ich ziemlich gekränkt, aber dann begriff ich, was hier geschah: Ajala lachte weiter, aber nicht mehr mit Vergnügen, sondern mit einem konzentrierten Blick und vielleicht – aus Angst. Sie stand da und lachte trotzig, beschwörend. Ihr Lachen war sonderbar – ja sogar beängstigend. Es ringelte sich, es rollte, es wogte auf und ab wie ein Schwarm fröhlicher, bunter Vögel, wie Meereswellen, wie – ah! Ich begriff sofort, daß ich der Sache ein Ende machen mußte, denn Illusionen kennen keine Grenzen, und daher sagte ich mit kalter und harter Stimme:

En-zy-klo-pä-die! Und dann geschah es: Ajala verstummte. Einen Augenblick brannte noch ein Funke des Zorns in ihren Augen, der sich aber sofort in Staunen verwandelte. Sie wich zurück, sie verblaßte, sie schrumpfte zusammen wie vom Blitz getroffen, kurzum: ihr geschah, was Brunos armer Tante Retycja auf dem Platz der Heiligen Dreifaltigkeit neben dem Briefkasten geschehen war. Es blieb nichts übrig von ihr. Der Sieg der Redaktion war vollkommen.

Die Stichwörter nach dem deutschen Alphabet

אהבה

AHAWA

LIEBE

Siehe unter: → SEX

אוננות

ONNENUT

ONANIE

Tätigkeit, die dazu bestimmt ist, sich geschlechtliche Selbstbefriedigung zu verschaffen.

1. Kasik begann mit dieser Art von Befriedigung nach dem bedauerlichen Vorfall mit CHANA ZITRIN (siehe dort), der sich um 06.30 Uhr morgens zutrug, als Kasik – nach seiner besonderen Zeitrechnung – ungefähr 28 Jahre und 6 Monate alt war. Er hatte sich schon vor dem Vorfall mit Frau Zitrin »dort unten angefaßt«, um Frieds etwas verlegene Definition zu gebrauchen, aber nun kam eine weitere Dimension offener Begeisterung und Verzweiflung hinzu. Kasik onanierte ununterbrochen: Die Kinder des Herzens versuchten mit aller Kraft, es zu ignorieren, was jedoch nicht möglich war: Von der Spitze seines kleinen Geschlechtsteils spritzten feine Strahlen hoch in die Luft, wo sie mit einem feinen Knall wie ein Feuerwerk explodierten und, sobald sie das schwarze Himmelszelt erreichten, zu bunten, leicht beschädigten und skizzenhaften Menschen- und Tiergestalten gerannen, die auf ihre spermenhafte Art – voller Leben und Farbe, mit kleinen wedelnden Schwänzchen – durch den düsteren Raum segelten, ein unendlicher Strom von Fischen und Vögeln, kleinen Kindern und uralten Greisen, die kurz aufleuchteten, gleich darauf von der Dunkelheit verschluckt wurden und ein vages Gefühl der Bedrückung hinterließen, das jedoch sofort verflog. Die Kinder des Herzens hatten eine Zeitlang gehofft, daß ihnen Kasiks Phantasien eine Welt zeigen würden, die schöner, bunter und lebhafter wäre als die Welt, in der sie zu leben gezwungen waren, merkten aber bald, wie sehr diese Phantasien von der bekannten, elenden Realität infiziert waren. Sie boten keine neue Chance, keine Liebe, nur die Glut der Erregung, die von diesen Phantasien erzeugt wurde und im Nu abkühlte, bis nur noch ein zwanghaftes, gelangweiltes Reiben, ein Gefühl der

Verschwendung und Leere und der vagen Bedrückung übrigblieb, das gleich wieder verflog. Natürlich spürte auch Kasik das. Aber er konnte nicht aufhören. Er fühlte sich erniedrigt.

2. Die Onanie-Akte des Jedidja Munin, die zu seiner Kunst wurden; siehe auch unter: MUNIN, JEDIDJA; HERZENS, DIE AUFERSTEHUNG DER KINDER DES

אחריות

ACHRAJUT

VERANTWORTUNG

Das Bewußtsein einer Pflicht, die erfüllt werden muß.

Auf dem Höhepunkt der Diskussion zwischen Wasserman und Neigel über die Frage, ob Neigels Morde im Lager als »Verbrechen« angesehen werden können, behauptete Neigel, daß er keine persönliche Verantwortung für das Geschehen trage, sondern nur die Befehle der »großen Maschine« ausführe. Er bekräftigte dies mit folgender Begründung: »Die Vernichtung der Juden hier wird auch dann weiter ausgeführt, wenn eine Person, wie ich zum Beispiel, beschließt, nicht mehr mitzumachen, nicht wahr?« Wasserman: »Aber das ist doch der Kern der Sache! Und mit was kann es verglichen werden, Euer Ehren? Es kann, verzeiht mir, mit der Beziehung zwischen Mann und Frau verglichen werden. Denn wenn ein anderer Mann, verzeiht mir, Eure Gattin liebt, dann, nu, wie soll man das sagen ... – dann würde die Spezies Mensch trotzdem ihren Weg machen ... was geht mich das an, sagt sich Mutter Natur, wer die Kette fortsetzt, solange die große Maschine der Existenz weiterarbeitet, oder?« Neigel: »Hmpf. Ja. Natürlich. Wir haben ja keine Kontrolle über die großen Dinge, hab ich recht?« Und Wasserman: »Ja, Ihr habt recht. Alles ist vorbestimmt, und die Handlungsfreiheit ist so gering!« Neigel: »Aber warum plapperst du dann die ganze Zeit von Verantwortung, wenn sie gar keinen Sinn hat?« Und Wasserman: »Vielleicht, weil sie die Freiheit ist, Herr Neigel. Sie ist der einzige Protest, den ein Feigling wie ich machen kann.« Neigel: »Ach! Eine Illusion des Protests.« Und Wasserman: »Welche Wahl haben wir denn?«

siehe auch unter: → WAHL

אמנות

OMANUT

KUNST

Ausdrucksarten der menschlichen Kreativität, die zu ästhetischen und funktionalen Zwecken gemacht werden und nach Regeln und Techniken ausgeführt werden, die Spezialisierung und Übung erfordern.

Kasik war sein Leben lang von einer Atmosphäre der KREATIVITÄT (s.d.) umgeben. In der Tat waren die Künstler von OTTO BRIGG (s.d.) die einzigen Menschen, die er je kennenlernte. Kein Wunder also, daß er auf der Suche nach einer angemessenen Ausdrucksform für seine Depressionen, Zwänge und Ängste den Weg der Kunst wählte. Zuerst wurde er MALER (s.d.) und später – unfreiwillig – KARIKATURIST (s.d.). Er mußte feststellen, daß ihm nicht einmal die Kunst Erlösung brachte. Daß sie höchstens seine Sehnsüchte verschönern, sein schmerzhaftes Verlangen nach ihnen erhöhen konnte, ohne daß es der Kunst gelungen wäre, sie erreichbar zu machen. Es war diese Freiheit, die Freiheit des Künstlers, die ihm die tröstenden Illusionen raubte und die Grenze der Hoffnung bewußt machte.

s.a.u.: → ONANIE

אמנים

OMANIM

KÜNSTLER

Personen, die verschiedene Arten von menschlicher Kreativität zum Ausdruck bringen, welche zu ästhetischen und funktionalen Zwecken gemacht werden. Spezialisten auf ihrem Gebiet.

Kasik kannte nur die Künstler, die OTTO BRIGG (s.d.) von 1939 bis 1943 in den Zoo von Warschau brachte. Das waren (in alphabetischer Reihenfolge): Paula Brigg, Ottos Schwester, die mit ihrer Kunst gegen die Engstirnigkeit und Grausamkeit der Natur protestierte; GINZBURG, ILJA (s.d.), der die Wahrheit suchte; HEROTION (s.d.), der gegen die Tyrannei des geizigen menschlichen Gefühlsmechanismus kämpfte; SEIDMAN, MALKIEL (s.d.), Künstler des Überschreitens zwischenmenschlicher Grenzen; MARKUS, AARON (s.d.), der sein Leben der Erweiterung des menschlichen Gefühlsbereichs widmete; MUNIN, JEDIDJA (s. d.), der große Orgiast, Förderer der menschlichen Erhebung, Sucher des Glücks, Freund der Nähe Gottes; Albert Fried (s. u.: → BIOGRAPHIE), Arzt. Am Anfang war er sehr verbittert, daß Otto »all diese schmutzigen Irren« in den Zoo brachte, statt tüchtige und verläßliche Arbeitskräfte zu suchen. Als Paula jedoch mit einem imaginären Kind schwanger wurde, drückte Fried eine Zeitlang die Augen zu und glaubte daran. So erhielt auch er den Titel »Künstler«.

Otto nennt seine Künstler auch »Kämpfer« und »Partisanen«.

אקדח

EKDACH

PISTOLE

Leichte Schußwaffe mit kurzem Lauf, die mit einer Hand bedient wird.

1. Die Schußwaffe, mit der sich Neigel nach seiner Rückkehr aus dem Urlaub im Schoße seiner Familie in München das Leben nahm.

2. Die Schußwaffe, mit der Paula Brigg während der deutschen Belagerung Warschaus 1939 im Zoo den Löwen Cäsar tötete. Die fest angestellten Zooarbeiter waren mobilisiert worden, und der Zoo selbst war von den schweren Bombardierungen fast gänzlich zerstört. Die hungrigen Tiere streunten herum und richteten laut Frieds TAGEBUCH (s. d.) zahlreiche Verheerungen an. An einem einzigen Tag (3. 10. 39) kamen bei einer Bombardierung 74 Tiere ums Leben, unter ihnen eine Löwin und ein Tigerweibchen. Der Löwe Cäsar weigerte sich, die Kadaver der toten Tiere zu fressen. Fried hatte das vorausgesehen: aus der Fachliteratur wußte er, daß Löwen nur Kadaver von Affen fressen. Wie es der Zufall wollte, waren bei der Bombardierung keine Affen getötet worden. Daher beschlossen Otto und Fried, jede Woche einen Affen zu töten, um den Löwen am Leben zu halten. Paula: »Aber natürlich war ich damit nicht einverstanden, was sollte das überhaupt? Solche SCHWEINEREIEN (s. d.) bei uns im Zoo? Mit welchem Recht, sagt mir, mit welchem Recht?« Frieds Tagebuch zufolge kroch Cäsar schon auf allen vieren, und seine Rippen waren stark

hervorgetreten. Fried erklärte Paula, daß ein Löwe mehr als fünfzig Affen wert sei, und Paula, die eben eine Frau war, sagte: »Selbst wenn er mehr als eine Million wert ist, nein!« Fried: »Aber es gibt nur einen einzigen Löwen, und demgegenüber siebzig Affen, denk doch einmal logisch, Paula!« Und sie: »Das ist eine Frage von Leben oder Tod, Fried, keine Frage der Logik. Jeder eine von den siebzig ist ein einziger.« Am Ende nahm Paula die Parabellumpistole des Zoos – Otto: »mit Liebe, mit wahrer Liebe, wir waren ja dabei und haben es gesehen« –, schoß auf den Löwen Cäsar und tötete ihn.

אקזמה

EKSEMA

EKZEM

Entzündlicher Hautausschlag. Tritt in den verschiedensten Formen auf.

Das Ekzem, das auf Frieds Nabel wuchs, entwickelte sich in den 21 Stunden von Kasiks Leben auf sehr sonderbare Weise. Am frühen Morgen, als Fried, Kasik und die Künstler sich zum Pavillon des schlafenden Otto aufmachten (s. u.: →MONDSÜCHTIGEN, REISE DER), bemerkte der verlegene Arzt, daß frische grüne, nach Rosmarin duftende Zweige aus seinem Hemd sprossen. Ein paar Stunden lang bemühte er sich, es vor den anderen zu verbergen, doch als er schließlich begriff, daß sein Körper mit ihm reden wollte, hörte er mit den schmerzhaften Versuchen auf, sich die Zweige auszureißen, und ließ sie ungehindert wachsen. Am Abend war der Arzt bereits gänzlich von Zweigen bedeckt. Er sah aus wie ein riesiger wandelnder Strauch, aus dem ein Paar vor Müdigkeit blutunterlaufener Augen hervorschauten.

בגידה

BEGIDA

VERRAT

Verbrechen des Treuebruchs gegenüber dem Souverän.

Begriff, den Neigel benutzte, um das Komplott zu beschreiben, das Wasserman gegen ihn schmiedete. Neigel verwendete diesen Begriff immer öfter, je weiter die Geschichte, die Wasserman ihm erzählte, fortschritt, bis er schließlich jede

Beherrschung verlor und dem Schriftsteller grausame Schläge versetzte. Nach seiner Darstellung hatte ihn Wasserman verraten, da er erst in einem sehr späten Stadium »und noch dazu, nachdem du mich derart in die Geschichte verwickelt hast!« von dem Schriftsteller erfahren hatte, daß die Kinder des Herzens diesmal gegen die Nazis kämpften. Und es war tatsächlich ein seltsamer Krieg, ein Krieg von Sonderlingen, die keine Waffen besaßen, aber auf eine seltsame und verzweigte Art war dieser Krieg gegen ihn, Neigel, gerichtet. (Anmerkung der Redaktion: Zu Neigels Anschuldigung dachte sich Wasserman: »Auch ich bemerkte, daß Esau in letzter Zeit oftmals das Wort ›Verrat‹ in den Mund nahm, und es war Salmanson, der mich einmal darauf hinwies, daß in meinen Geschichten stets die Wörter ›Angst‹ und ›Erbarmen‹ wiederkehren, und er verriet mir, daß es ihm Spaß mache, nach Wörtern zu suchen, die bei wirklichen Schriftstellern (nicht bei mir, Gott behüte) immer wieder auftauchten. Jeder von ihnen, sagte mir Salmanson damals, hat solch ein Wort, zu dem er, ohne daß es ihm bewußt ist, alle paar Seiten zurückkehrt wie einer, der jeden Augenblick seine Wunde berührt.«)

בדידות
BEDIDUT
EINSAMKEIT
Alleinsein. Verlassensein.

Als die Deutschen in Warschau einzogen, beschlossen Otto und Fried, daß Paula – die Polin – nicht mehr mit Fried – dem Juden – in dessen Pavillon zusammenleben sollte. Und so kehrte Paula nach vier Jahren mit Fried – gegen ihren entschiedenen Willen (sie verstand die Sache mit den Juden und Nichtjuden nicht so recht) – zu Otto, ihrem Bruder, zurück. In jener Nacht lag Fried wieder allein in seinem Bett, und siehe da, obwohl er sich während seines Zusammenlebens mit Paula oft nach seiner Junggesellenzeit gesehnt hatte und (aufgrund seines schwierigen Charakters) die meiste Zeit mit ihr mit kleinlichen Streitereien vergangen war, spürte er plötzlich eine unerträgliche Einsamkeit, als wäre er der letzte Mensch auf Erden. Er stand von seinem zu breiten Bett auf, ging hinaus und blieb auf der Plattform der drei kleinen Treppen vor dem

Pavillon stehen. Er atmete die von den Bombardierungen versengte Luft ein und wurde plötzlich, ohne Vorwarnung, von dem stillen, dumpfen Lärm des Zoos getroffen, dem Wispern und Brummen, dem Gurgeln und Rascheln, den Gerüchen, den brunstigen Säften, die in den Tieren brodelten, dem Blut der Nachgeburt, das langsam auf den Neugeborenen trocknete, dem dampfenden Gestank der Toten, der Milch, die schwer in den Eutern der Säugetiere hing, und andächtig, wenn auch noch vorsichtig und schamhaft, schloß sich der alte Fried diesen leisen Geräuschen an und flüsterte: »Paula«, und dann drang plötzlich ein erstickter Schrei aus seiner Kehle, uralt und furchtbar wie jeder Name, mit dem ein Mann eine Frau ruft, und Fried stand da und schrie, weil man sie ihm weggenommen hatte, weil dieser fremde Krieg die beiden wie ein Käfig aus Stahl trennte, und er schrie so laut, daß – Otto: »alle Pfauen mit ihren häßlichen Stimmen zu kreischen anfingen, und der Tiger, der gerade zum Witwer geworden war, weinte mit ihm zusammen, und auch die Schleiereule und die Füchse schlossen sich ihm an, und ich erwachte von dem ganzen Lärm, und im ersten Moment hätte ich schwören können, daß es sich um eine Demonstration der Tiere gegen uns handelte, gegen den Krieg und gegen alles, was im Zoo geschah.« Markus: »Und dann wurde der Zoo von einer dicken, verzweifelten Süße überflutet, einer unerträglichen, widerlichen Süße, für die ein Ausweg gefunden werden mußte, weil sonst, Gott behüte, der ganze Zoo explodieren würde!« Und in der Tat – die Eisengitter der Käfige fingen an zu beben und sich zu biegen. Wasserman berichtet, daß die kleinen Papageien anschwollen, als hätten sie eine merkwürdige tropische Krankheit, bis sie aussahen wie farbenprächtige Truthähne oder wie Straußvögel, denen die kleinen Käfige wie Amulette am Hals hingen. »Der Zoo«, sagt Wasserman, »atmete wie eine mächtige Lunge.« Im nachhinein waren sich die Künstler einig, daß sie alle das Gefühl hatten, daß umgehend etwas geschehen mußte, weil der Zoo die Not sonst nicht mehr ertragen, sich mit Gewalt aus den Verankerungen reißen und in den Himmel abheben würde. Glücklicherweise begriff Otto, was vor sich ging, und weckte Paula (Otto: »Glaubt nicht, daß das leicht war! Jesus Maria! Unsere Paula hat einen Schlaf!«). Sie lauschte einen Augenblick und begriff sofort, und schon lief sie, die alte, schwerfällige Geliebte, in ihrem geblümten Nachthemd (Fried: »das ich hasse«) an den Käfigen vorbei, lachte und weinte dabei und stolperte und stand wieder auf und rief von weitem: »Ich komme, Fried, ich komme schon« und segelte die kleinen Treppen hinauf und prallte mit der vollen Wucht ihrer Liebe und ihres schweren Körpers gegen ihn, und dann schliefen die beiden auf der Terrasse miteinander, ohne daß es Fried einfiel, sich zu schämen.

בדיה

BEDAJA

MÄRCHEN

Lüge. Erfundene Geschichte.

Ein einziges Mal gestand Wasserman sein »seelisches Bedürfnis nach Märchen«. Das geschah, als Neigel auf Wassermans Bitte hin erzählte, wie er zum ersten Mal einen Menschen, einen indischen Soldaten in der britischen Armee, bei einer Schlacht im Ersten Weltkrieg getötet hatte. Wasserman jedoch begnügte sich nicht damit. Er bat Neigel, ihm auch über die anderen Mordtaten zu erzählen und was er gefühlt hatte, als er sie beging. Neigel erklärte sich nur widerwillig dazu bereit, doch als Wasserman ihn mit seinen bohrenden Fragen zu quälen begann (»Habt Ihr Euch je gefragt, warum gerade Ihr zum Mörder dieses bestimmten Menschen wurdet?« »Habt Ihr gut geschlafen in jener Nacht nach der Schlacht?« usw.), erklärte Neigel wütend: 1) als er tötete, habe er nur einen Befehl ausgeführt; 2) er habe nie aus Vergnügen getötet, aber auch nie aus Abscheu; und überhaupt – 3) verstehe er nicht, was Wasserman mit diesem ganzen »Quatsch mit Soße« wolle. Hier erblaßte Wasserman und antwortete, daß er fragen *müsse*: »Gezwungen bin ich, Herr Neigel, gezwungen, denn es ist meine Pflicht zu glauben, daß selbst Ihr innere Zweifel und Qualen und Stiche in Herz und Niere habt!« Und Neigel: »Wozu? Damit ich ein wenig interessanter werde in deinem elenden literarischen Kopf?!« Wasserman: »Nein, Herr Neigel. Nicht aus literarischen Gründen! Sondern um meinetwillen. Und um meiner Frau und meiner Tochter willen. Ja, denn ich habe es mit eigenen Augen gesehen, es ist eine Art Egoismus, verzeiht mir, der mich zu glauben zwingt, daß Ihr uns nicht einfach so getötet habt, als würdet Ihr einen Nagel aus der Wand reißen. Denn die Seele erschaudert, Euer Ehren, die Seele kocht vor Wut und Scham! Und mein ganzes klägliches Leben schluchzt vor mir auf, das bißchen, das ich in meinem elenden Leben gesammelt habe, all die Ängste, die ich ausgestanden habe, und meine Komplexe und unwürdigen Leidenschaften und das kleine bißchen Liebe, das ich gekannt habe, und, verzeiht mir, sogar die Gaben und Fähigkeiten, die sich von selbst an mich hefteten, kurzum, diese häßliche Karikatur, die Anschel Wasserman heißt, von der es, glücklicherweise, keine zweite gibt, die die schöne Welt verunstalten und kränken könnte, und doch – sie ist mein, diese Seele ... mein einziger Besitz; unvorstellbar, wenn sie im Handumdrehen, mit einer solchen Gleichgültigkeit zerstört worden wäre, nicht einmal unsere Namen wolltet Ihr wissen, bevor Ihr uns getötet habt, und nun laßt mich meinen Spaß haben, laßt mich ein klein wenig Reue, einen einzigen Gewissensbiß in Euch suchen, laßt mich Euch mit einem einzigen Gedanken an Mitleid ausstatten, denn ich brauche dieses kleine Märchen, und dann macht, was Ihr wollt.« Neigel: »Wie du willst, Wasserman. Aber erwarte nicht, daß so etwas irgendeinen Einfluß auf mich hat.«

בחירה

BECHIRA

WAHL

Freiwillige Entscheidung zwischen mehreren Möglichkeiten.

Nach Wassermans Ansicht ist die Wahl ein Akt des Ausschöpfens der menschlichen Seite im Menschen. Wasserman stellte diese Behauptung während einer Diskussion mit Neigel über die Zukunft des kleinen Kasik auf, der gerade erwachsen geworden war. Das geschah um 03.00 Uhr morgens, als der achtzehnjährige Kasik aus seinem PUBERTÄTSSCHLAF (s.d.) erwachte, in den Strom der Zeit zurückkehrte und von Fried wissen wollte, wer er sei. »Der, den du zu sein wählst«, antwortete ihm der Arzt und fügte zögernd hinzu, er hoffe, daß Kasik wählen werde, ein Mensch zu sein. »Vielleicht kann der werte Arzt auch mir erklären, wie man wählt, ein Mensch zu sein?« fragte Neigel spöttisch. »Ich habe immer gedacht, man wird so geboren, oder?« Woraufhin die Diskussion entbrannte. Nach Wassermans Ansicht wird man ein Mensch, wenn man die Wahl hat und sich dafür entscheidet, bestimmte Werte und Vorschriften im Leben einzuhalten. Neigel hingegen behauptete: »Ich habe doch auch *gewählt*!« Wasserman: »Pardon?« Neigel: »Ich habe gewählt, die Werte der Bewegung und der Partei aufrechtzuerhalten und die Tötungsbefehle auszuführen. Bin ich darum weniger Mensch als du? Wenn jemand fähig ist, etwas zu tun, dann ist das doch schon menschlich, oder? Was sagt deine jüdische Moral dazu?« Und Wasserman: »Herr Neigel! Es versteht sich doch von selbst, daß ich mit ›Wahl‹ die Wahl erhabenerer menschlicher Werte, ausschließlich menschlicher Werte meine. Denn dadurch erschafft man sich von neuem und erlöst sich selbst.« Neigel, mit einem hartnäckigen Lächeln: »Ich wählte den anderen Weg. Ich beschloß mit dem Töten anzufangen! Wie kannst du behaupten, daß das keine Wahl ist? Weißt du, was für eine Anstrengung nötig ist, um so einen Beschluß zu fassen?« Wasserman: »Aij... man wählt nicht, mit dem Töten *anzufangen*, Herr Neigel, man setzt das Töten nur fort... genau so, wie man nicht anfängt, seinen Nächsten zu hassen oder ihn zu provozieren... sondern es nur fortsetzt. Man muß bewußt wählen, nicht zu töten... nicht zu hassen... darin liegt der Unterschied, denke ich...«

s. a. u. → ENTSCHEIDUNG

ביוגראפיה

BIOGRAFIA

BIOGRAPHIE

Werk, das das Leben eines Menschen beschreibt.

Nach Neigels Meinung war die lückenhafte Schilderung der Lebensgeschichten von Wassermans Figuren von der Trennung ihrer Wege in der Kindheit bis zu ihrer Wiedervereinigung einer der Hauptmängel der Geschichte. »Fried, zum Beispiel«, meinte Neigel bitter. »Ich weiß fast gar nichts über ihn! Was ist mit deiner VERANTWORTUNG (s. d.) als Schriftsteller, Scheherezade?« Nachdem Wasserman einen Augenblick nachgedacht hatte, las er aus seinem leeren Heft vor: »Unser Dr. Fried, der älteste Sohn eines Arztes und einer Amateur-Pianistin, wurde im Jahre... aber was für einen Sinn haben all diese ermüdenden Biographien?! Bei allen Figuren herrscht doch das gleiche Chaos, es ist in seltsame und mannigfaltige Formen gekleidet, die dem Menschen meist nicht wohlgesonnen sind... Sagen wir also bitte: Seit siebzig Jahren läuft Dr. Fried zwischen zwei Reihen von Schlägern hindurch.«

(Anmerkung der Redaktion: Ein bestimmter Beitrag zum Verständnis von Frieds Charakter wurde von Paula beigesteuert, als sie erklärte: »Es gibt Menschen, die sich strecken, wenn sie morgens aufstehen. Mein Fried'chik zieht sich zusammen.«)

בריג, אוטו

BRIGG, OTTO

Christlicher Pole. Anführer der Kinder des Herzens in ihren beiden Phasen. Epileptiker. Laut Wasserman ist Otto »auserkoren unter vielen Tausenden«. Er kann alles. Markus: »Unser Otto – es gibt nichts, was er nicht kann! Ob er den Zoo leiten kann? Natürlich. Aber er kann auch mit seinen Fingern Schatten auf die Wände zeichnen, Tigerwelpen mit einer pendelnden Goldkette hypnotisieren, Wein aus Äpfeln und Marmelade aus Mais zubereiten, Münzen mit einem Händereiben verschwinden lassen, einen streunenden Hund mit einem einzigen langen Pfiff beruhigen, eine nervöse, verängstigte Giraffe während einer Bombardierung entbinden, damit ihr Junges lebendig geboren wird, anmutige kleine Skulpturen aus Kartoffeln herstellen, Drachen bauen, um die sich staunend die Vögel scharen, auf einer Mundharmonika spielen... wie ich schon sagte: es gibt nichts Wertvolles, das Otto nicht zu machen weiß. Und er hat auch ein wunderbares Lächeln, ein langsames, ansteckendes Lächeln, und er redet zwar wenig, aber wenn er den Mund aufmacht, hören ihm alle zu. Und er hat Großmut, jawohl, Großmut. Und obwohl Otto nie an der Universität studiert hat, ich weiß nicht, ob er je im Leben ein Buch gelesen hat, hat er ein Hirn im Kopf, und er tut immer das Richtige.« Es sollte darauf hingewiesen werden, daß Otto derjenige war, der die Bande zu ihrer letzten Aufgabe zusammentrommelte (s.u.: → HERZENS, DIE AUFERSTEHUNG DER KINDER DES), und er war es auch, der sofort verstand, daß Kasik eine Frau brauchte (s.a.u.: → ZITRIN, CHANA).

גוף, האובייקטיביות של ה-

GUF, HA-OBJEKTIVIJUT SCHEL HA-

KÖRPERS, DIE OBJEKTIVITÄT DES

Je älter Kasik wurde, desto mehr fühlte er sich seinem Körper entfremdet. Wasserman bietet folgende Analogie an: Mit der Zeit sah Kasik seinen Körper als Koffer an, den ein Unbekannter in die Hand seiner Seele gedrückt hatte, als sie die Rampe des Schiffes bestieg, das in unsere Welt segelte. Anfangs hoffte seine arme Seele, daß ihr irgend jemand bei der Ankunft am Bestimmungshafen den Koffer abnehmen würde, doch als sie ankam, mußte sie feststellen, daß am Kai niemand auf sie wartete. Da wußte sie, daß sie den fremden Koffer nicht mehr loswerden würde, in dessen Tausenden von Taschen und Fächern Geschenke aufbewahrt waren, die sie nicht haben wollte, Geschenke des Leidens, die sich im Laufe des Lebens langsam entschlüsselten, und – natürlich – auch kleine Gaben der Freude. Da sie jedoch keine Kontrolle darüber hatte, verspotteten, erniedrigten, versklavten sie sogar die erfreulichen Gaben auf ihre Art und Weise. Zu seiner Verwunderung lernte Kasik, daß er dazu verurteilt war, sein linkes Bein sein Leben lang leicht nachzuziehen, daß sein eines Auge kaum Formen und Farben unterscheiden konnte, daß, je älter er wurde, immer mehr häßliche braune Flecken auf seinen Händen erschienen, daß seine Haare ausfielen und seine Zähne locker wurden. Er fühlte einen seltsamen, irritierenden Widerspruch: er verfolgte diese Vorgänge und Veränderungen, als lese er die Geschichte eines fremden Menschen, doch der quälende Schmerz kam aus seinem Innern: der Schmerz des Verfalls, der Schmerz der Trennung. Auf seinem linken Schenkel traten plötzlich knotige blaue Venen hervor, und er beugte sich vor und betrachtete sie, als lese er die Karte einer unbekannten Gegend. Seine Augen tränten, wenn er sich in der Nähe von frischem Heu befand, er bekam Durchfall, wenn er Kirschen aß, und seltsame Ausschläge, wenn er im Zoo über eine Wiese ging, und sein rechtes Auge zuckte in Momenten großer Erregung; das waren zwar Kleinigkeiten, aber sie verdarben ihm allmählich das Leben. Er stellte fest, daß er seinem Koffer im Laufe der Zeit immer mehr Aufmerksamkeit schenken mußte, wodurch ihm immer weniger Kraft für die wirklich wichtigen

Dinge blieb. Dann dachte er, daß er einen großen Fehler gemacht hatte: daß der Koffer vielleicht die Hauptsache und die Seele nebensächlich war. Zu dieser Zeit (ca. um 16.00 Uhr des nächsten Tages, als er 57 war) war Kasik schon derart erschöpft und litt so viele körperliche Qualen, daß ihn die Antwort nicht mehr interessierte.

Weil er die schmerzliche Fähigkeit besaß, die Vorgänge von Wachstum und Verfall in jedem Lebewesen gleichzeitig zu beobachten, fühlte er, wie sehr sich seine Freunde, die Künstler, quälten. Er sah ihre vergeblichen Anstrengungen, die Gebrechen zu verbergen, an deren Entstehung sie keinen Anteil hatten; er sah, wie körperliche Mängel ein Elend erzeugten, das die ganze Lebenskraft eines Menschen verzehrte; wie sich das Leben eines Menschen in eine gewundene, mit komplizierten Taktiken gepflasterte Auseinandersetzung verwandelte, in der er sich an sein Gebrechen, an sein häßliches Körperteil anzupassen versuchte. Er begriff, daß ein Mensch, der »mein Schicksal« sagte, im Grunde einen seiner Fleischklumpen meinte, die er mit sich herumtrug. Es war Aaron Markus, der Apotheker, der die Hypothese aufstellte, daß der Mensch nach seiner zweitausendjährigen Existenz das einzige Tier auf Erden sei, das sich seinem Körper nicht vollkommen angepaßt habe und sich oft für ihn schäme. Manchmal, erklärte der Apotheker, manchmal scheine es, als warte der Mensch noch immer ganz naiv auf die nächste Phase der Evolution, in der er sich von seinem Körper loslösen und zwei getrennte Wesen werden würde. Wasserman glaubt, daß die körperlichen Qualen und Gebrechen (er hatte davon im Überfluß) nichts anderes seien als Zügel, mit denen Gott die Menschen unter Kontrolle halte und immer wieder fest an ihnen ziehe, damit der Mensch ihn, Gott, nicht vergesse. Nicht unerwähnt sollte bleiben, daß Neigel kaum etwas von den Dingen verstand, die über die Beziehung des Menschen zu seinem Körper gesagt wurden: Um in die SS aufgenommen zu werden, mußte der Kandidat vollkommen gesund sein. Er durfte nicht einmal eine Zahnfüllung haben. Die Verletzung, die sich Neigel in Verdun zugezogen hatte, galt als Ehrenzeichen des Mutes, nicht als Makel. Er erklärte mit nicht geringem Stolz, daß er und sein Körper eins seien und er nie »solche krummen Gedanken über sich selbst« habe.

גיהינום, הגירוש מן ה–

GEHENOM, HA-GERUSCH MIN HA-

HÖLLE, DIE VERTREIBUNG AUS DER

Laut Wasserman war die Vertreibung aus der Hölle eines der Verbrechen, die man den Deutschen nie verzeihen würde: »Gott vertrieb den Menschen aus dem Paradies, und Ihr habt ihn aus der Hölle gejagt.« Neigel: »Bitte erklär das!« Wasserman: »(Esau hat eine wundersame Art, diese drei Worte zu sagen: Sein Gesicht verfinstert sich, und seine Augenbrauen springen aufeinander zu wie zwei Ziegenböcke, oder wie ein Soldat, der seine Hacken zum ›Heil!‹ zusammenschlägt) Nun ja... Ihr habt uns doch die Illusion geraubt... die Illusion bezüglich der Hölle... denn auch dafür braucht man eine Illusion und ein wenig Ignoranz und Heimlichkeit... denn nur so kann die Hoffnung existieren, die elende Hoffnung, daß die Dinge nicht ganz so schlimm sind... Wißt Ihr, wir malten uns die Hölle stets mit Kesseln voll siedender Lava und brodelndem Schwefel aus, und dann kamt Ihr, verzeiht mir, Euer Ehren, und habt uns gezeigt, wie armselig unsere Bilder waren...«

גינצבורג, איליה

GINZBURG, ILJA

Ein Irrer, der sich auf den Straßen Warschaus herumtrieb. Der verstoßene Sohn einer reichen Familie von Holzhändlern. Ging nie einer festen Arbeit nach. Ein ungewöhnlich dünner Mann mit spindeldürrem Hals und knochigen Ellbogen. Sein Anblick war abstoßend: Er wusch sich nie, und in seinen Augenwinkeln und Nasenlöchern sammelten sich die Dreckbollen. Zudem litt er an einer seltsamen Hautkrankheit mit häßlichen Entzündungen auf dem ganzen Körper. Der einzige beeindruckende Zug in seinem schiefen schwarzen Gesicht waren die buschigen Augenbrauen, die ihm den Ausdruck eines zornigen Propheten verliehen. Wasserman erinnerte sich an Ginzburg noch aus der Zeit, als er – Wasserman: »durch die Straßen ging, von einer Bande von Kindern getrieben, die sangen: ›Ilja Ilja / Der gelbe Mond fragt / Wer bist du wer bist du / Fragt der gelbe Mond / Ilja Ilja / Das weiße Fohlen fragt / Wer bist du wer bist du‹...« Aaron Markus, der ihn kannte, behauptete, daß Ilja kein Verrückter sei, sondern ein Mensch mit Herz »und vielleicht gar nicht so dumm, wie die Leute meinen« – eine höchst zweifelhafte Behauptung angesichts der Tatsache, daß Ginzburg einmal einen beachtlichen Teil des Erbes eines Verwandten zurückwies, der wohl bereute, daß er Ginzburg verstoßen hatte. Der Apotheker Markus, der aufgrund seiner regelmäßigen Pflege des armen Mannes als Kenner seiner geheimnisvollen Seele galt, liebte es, Ginzburg in einem malerischen Licht darzustellen. Seiner Ansicht nach hatte Ginzburg das Geld zurückgewiesen, weil er, auf seine Art, ein Mensch mit Prinzipien war, der glaubte, daß es besser sei, sein Leben ohne Besitz oder familiäre Bindungen zu leben. Diese Ansicht stieß in der Regel auf skeptische Reaktionen, doch sah Markus in Ginzburg trotzdem einen der *lamed vavim* oder einen heimlichen Philosophen. Übrigens war er es, Markus, der Apotheker mit der großzügigen Seele, der Ginzburg wohlwollend »Diogenes« nannte, doch zu seinem Leidwesen blieb dieser Beiname sofort als Spottname an dem Verrückten haften. Ginzburg ging zwar nicht so weit wie Diogenes, der, um Körper und Seele zu stählen, im Winter seine Kleider auszog und eine kalte Bronzestatue umarmte, aber wie der griechische Philosoph suchte auch er ständig nach Beleidigungen, provozierte die Leute auf seine lästige Art, war allen im Wege, tauchte stets in unpassenden Augenblicken auf und sang auf monotone Weise die ewige Frage vor sich hin: »Wer bin ich? Wer bin ich?« Wenn sich jemand die Mühe machte, ihm zu antworten, ignorierte er es und fragte wieder mit der gleichen eintönigen Melodie, wer er sei, und wenn man ihn mit einem Tritt fortjagte, ging er hinkend davon, neigte den Kopf und streckte seine Hände mit fragender Geste aus. Gäbe es nicht ein paar gute Seelen wie Aaron Markus, die ihm ab und zu ein Stück Brot zusteckten, er wäre bestimmt verhungert, aber was Ginzburg mehr als Nahrung brauchte, war ein offenes Ohr, und dies fand er nur selten. Sehr lange konnte sich niemand die Frage ›Wer bin ich?‹ anhören. Wasserman erzählt, daß er einige Male aus Mitleid beschloß, Ilja Ginzburg zuzuhören, es jedoch schnell wieder aufgab. Er schämte sich, daß er es mit zu großer Leichtigkeit aufgegeben hatte, es war nicht wegen des Gestanks, der von dem Verrückten ausging, das störte Wasserman, der keinen Geruchsinn hatte, gar nicht, sondern weil die monotone Frage, die jedes Mal von neuem von einer tiefen, scheinbar absurden Verzweiflung durchdrungen war, ein dumpfes Unbehagen in ihm auslöste. Aaron Markus war Ginzburgs Hauptpatron, er hielt ihn zwanzig Jahre lang mit Nahrungsmitteln und Kleidung am Leben und ließ ihn in seine blitzblanke Apotheke hereinkommen, wo er sich stundenlang mit bemerkenswerter Geduld Ginzburgs Frage anhörte. Wenn die beiden allein in der Apotheke waren und Markus seine Medikamente zusammenstellte (er war der erste Apotheker in Warschau, der eigenhändig Naturheilmittel herstellte), verstummte Ginzburg manchmal, und dann fing Markus an zu reden. Er erzählte dem Verrückten von sich, spielte schmerzvoll auf sein schweres Leben mit seiner Frau an (er hätte nicht gewagt, es jemand anderem außer Ginzburg zu erzählen), und es war während eines solchen Gesprächs, daß er ihm erzählte, daß Diogenes in einem Faß gelebt hatte. Er hätte nie gedacht, daß der Verrückte seine Worte verstehen würde, doch schon am nächsten Morgen verließ Ginzburg seine Bank im öffentlichen Park, auf der er die Sommernächte verbracht hatte, und begann in einem Heringfaß zu schlafen, das ihm der Lebensmittelhändler Hirsch Winograd gegeben hatte. Nun war sein Gestank tatsächlich unerträglich, und Gitza, Markus' boshafte, scharfzüngige Frau, sagte, Ginzburg könne von ihr aus glauben, daß er ein *lamed Vav* sei, aber nach seinem Geruch zu urteilen sei er ein *mem tetnik*, womit sie auf die neunundvierzig Tore der Unreinheit anspielte. Aber anscheinend gibt es jemand, der über die Narren wacht, und vielleicht konnte Ginzburg aus diesem Grund trotz seines Wahnsinns und seines beschränkten Verstands sogar die schwersten Tage im Getto überleben. Er wurde nie von den Patrouillen gefangen und entkam zweimal wie durch ein Wunder einer Aktion. Doch später, als seine Tat bekannt wurde, begannen alle Leute zu sagen, daß er seine Schritte mit einer List geplant habe, die er hinter der Maske des Wahnsinns verborgen habe. Ginzburg hatte folgendes getan: Weil er auch nachts, wenn niemand draußen sein durfte, auf der Straße blieb, konnte er sehen, wie die Mitglieder der verschiedenen jüdischen Untergrundbewegungen wie Schatten umherschlichen und ihren Betätigungen nachgingen. Es ist nicht sicher, ob er verstand, was sie taten, aber irgend etwas mußte trotzdem in sein Hirn eingedrungen sein. Es wäre sonst schwer zu erklären, warum Ginzburg an einem eiskalten Wintertag Anfang Dezember 1942 in das Gefängnis, den Pawiak, ging. Er betrat es durch den Hintereingang, und der Wachtposten, der ihn irrtümlich für einen der Zwangsarbeiter hielt, ließ ihn passieren. Ginzburg ging durch die modrigen Korridore, öffnete Türen und schaute in die Zimmer. Er schien ein klares Ziel zu haben. Auf seine sorglose und unschuldige Art passierte er alle Wachtposten, bis er zu einer Tür kam, an der »Verhöre« stand. In dem Zimmer saß zu der Zeit SS-Verhörer Fritz Orff – ein gutaussehender junger Mann, der vor lauter Langeweile verbittert und mürrisch geworden war. Orff war vor sechs Monaten nach Warschau versetzt worden, auf Wunsch von SS- und Polizeiführer von Samern Frankenegg, der glaubte, daß ein erfahrener Ermittler wirksamer sein würde als ein Regiment dummer polnischer Soldaten, das Tag und Nacht durch die Straßen des Gettos patrouillierte. Doch die Juden, die im Getto gefangen wurden, wußten Orff nichts Interessantes zu erzählen und wurden meist noch vor dem Verhör getötet. Orff bat um eine Unterredung mit von Samern, in der er sich beschwerte, daß er in Warschau »verroste«, wo man ihn seiner Meinung nach nicht brauche, doch sein Befehlshaber rügte ihn nur für seine Unverschämtheit und wies ihn an, Befehle auszuführen und sich nicht auch noch Gedanken darüber zu machen. Also saß Orff gelangweilt in seinem Arbeitszimmer, polierte seine Instrumente und las Bücher. Seit sechs Wochen war niemand mehr auf seinen »Bügeltisch« gestiegen; kein einziger Fingernagel war ausgerissen worden, und auf dem Fußboden war nicht ein Blutspritzer. Hinter der Tür, an einem Haken, hing die Behandlungsschürze aus glänzendem schwarzem Gummi, und Orff schämte sich, zu ihr hinzusehen. Er war ein ernster, verantwortungsbewußter junger Mann, der nie wirklich »verrosten« würde, selbst wenn er seine Arbeit zehn Jahre lang nicht würde verrichten können. Er war ein Profi, und er war stolz darauf. Er fand ästhetischen Gefallen an seiner Arbeit, an den festen Regeln eines jeden Verhörs, an dessen voraussagbaren Stufen, den Augenblicken der Spannung, den Augenblicken des Schmerzes und des Höhepunktes. Mit anderen Worten: Orff hielt seine Arbeit für eine KUNST (s.d.). Er erlaubte sich nie, Freude an den Qualen des Behandelten zu empfinden. Er wußte genau, was die Genossen im Militär und bei der Polizei über ihn und seinesgleichen dachten. Er fühlte die Blicke der Abscheu und der Angst, wenn er mit ihnen im Zug fuhr. Selbst hohe Offiziere blickten furchtsam auf seine schwarze Uniform mit den weißen Epauletten. Und sein Vater fand immer einen Weg, nicht in der Stadt zu sein, wenn Orff auf Urlaub nach Hause kam. Und wenn schon – er war stark genug, diesem unausgesprochenen Bann standzuhalten. Nur die Starken konnten eine Arbeit wie die seine verrichten, und irgend jemand mußte es ja tun. Orff rechtfertigte sich damit, daß er glaubte, er habe seinen besonderen Beruf aus Idealismus gewählt. Als sich die Tür öffnete und Diogenes vorsichtig ins Zimmer schaute, war Orff in Nietzsches *Wille zur Macht* vertieft. Im SS-Verhörkurs hatte ihm sein angebeteter Ausbilder *Also sprach Zarathustra* empfohlen, woraufhin Orff, der sich für einen Intellektuellen hielt, Nietzsche zu lesen begann und von der tiefen, wilden Kraft seiner Sprache mitgerissen wurde. Es sollte erwähnt werden, daß Orff von *Wille zur Macht* ein wenig enttäuscht war, da Nietzsche darin behauptete, daß es keine »objektive Wahrheit« gebe. Orff glaubte an die objektive Wahrheit, denn wenn man einem Menschen Elektroden an Geschlechtsteil und Brustwarzen anschloß, sagte er Dinge, die eine unwiderlegbare Dimension von Wahrheit hatten, einer subjektiven Wahrheit zwar, aber der furchtbare Schmerz machte die Worte aller Behandelten gleich und erweckte den Verdacht, daß eine einzige, schrecklich gequälte Stimme die Worte schrie.

Das Merkwürdige war, daß Ilja Ginzburg zu ähnlichen Schlußfolgerungen gelangt war wie der SS-Verhörer Orff. Sonst hätte er wohl nicht getan, was er tat: Wie der alte Diogenes zu seiner Zeit, scheute Ilja weder Mühe noch Gefahr und ging mit seiner Kerze umher auf der Suche nach der Wahrheit, bis er den Verhörkeller erreichte. Orff sah den schmutzigen Juden und schreckte angewidert vor dessen Aussehen und Geruch zurück. Er fragte streng, was er hier zu suchen hätte, worauf Ginzburg seine Hand unter das dreckige Hemd steckte und drei Plakate hervorholte, welche die Juden im Getto vor den Massentransporten in den »Osten« zwecks »Neuansiedlung« warnten. »Nicht in den Osten, sondern in den Tod«, schrien die Plakate auf polnisch. Orff sprang auf und umkreiste Ginzburg, wobei er sich die Nase mit einem Taschentuch zuhielt. »Verdächtige jeden!« hatte er auf der Militärakademie gelernt. »Diejenigen, die am unschuldigsten aussehen, sind die gefährlichsten!« Auf der Stelle traf er eine Entscheidung. Schnell schloß er die Tür hinter Ginzburg und winkte ihn in die Mitte des Zimmers. Dann verriegelte er die Tür. Er hatte das dumpfe Gefühl, daß der Jude irrtümlich bei ihm gelandet war, doch er wollte die Gelegenheit nutzen. Er hatte die Absicht, die Wahrheit über die Plakatverteiler aus ihm herauszuholen. Nachdem das Verhör zu Ende war, würde er dem Vorgesetzten von Samern die Ergebnisse bringen und seinen Ruf wieder etwas aufpolieren können. Er rieb sich die Hände: eine Fliege vor ihrer Mahlzeit. Dann drehte er sich um, band sich seine schwarze Gummischürze um und strich sie mit der gewohnten Bewegung, die ihm Selbstvertrauen einflößte, glatt. Mit überraschender Sanftheit packte er Ginzburg an den Schultern und setzte ihn auf den Verhörstuhl. Dann setzte er sich ihm gegenüber hinter den Tisch, verschränkte die Arme und fragte, indem er die letzten drei Worte betonte: »Also, wer bist du?«

Er war verblüfft, als sich ein glückseliges und erleichtertes Lächeln auf dem Gesicht des Juden ausbreitete. »Wer bin ich! Wer bin ich!« nickte Ginzburg erfreut. Das Wagnis hatte sich gelohnt: *sie* waren genau so daran interessiert wie er! Und das hatte er auch über sie gehört: daß sie die Wahrheit herausfinden konnten, selbst wenn man nicht bereit oder fähig war, sie zu verraten; er hatte schon seit langem den Verdacht, daß jeder Mensch tief im Innern wußte, wer er war und wozu er geboren wurde und wofür er in diese Welt geschickt wurde und was dieses Leben war, das er lebte, aber wegen irgendeines Makels diese tiefe Wahrheit nicht einmal sich selbst verraten konnte. Ja, vielleicht gab es Leute, die das konnten, sicher gab es sie, aber ihm, Ginzburg, war es noch nicht gelungen. Vielleicht war er wirklich ein bißchen verdreht im Kopf, wie die Kinder über ihn sangen. Doch selbst mit seinem verdrehten Kopf hatte er die wunderbare Idee gehabt, hierher zu kommen, und nun saß ein sympathischer und sehr ernster junger Mann vor ihm, dem man ansehen konnte, wie sehr er darauf brannte, ihm zu helfen, und schon im ersten Augenblick hatte er die richtige Frage gestellt!

»Wer bist du?« fragte Orff wieder, diesmal ohne zu lächeln. Der Jude wiederholte die Frage mit strahlendem Gesicht, wie ein Tourist, der dem Einheimischen zeigt, daß man sich mit einer kleinen Anstrengung verständigen kann. Orff seufzte und schlug sein Notizbuch auf. Insgeheim war er ein wenig enttäuscht, weil er fast sicher war, daß es sich bei Ginzburg um einen Verrückten handelte: Niemand kam freiwillig hierher, und wer das Zimmer betrat, lächelte nicht so. Aber Orff wollte verhören. Aus irgendeinem Grund weckte der Jude erneut die Wut in ihm darüber, daß er hier in Warschau verrosten mußte, statt bei den richtigen Streitkräften zu arbeiten. Er ärgerte sich über sich selbst: Ein Verhör durfte nicht aus Wut angefangen werden. Der Verhörer hatte ruhig und vernünftig zu sein. Orff stellte Ginzburg noch ein paar Routinefragen, um der Verhörprozedur gerecht zu werden, die den ordentlichen Verlauf eines Verhörs bestimmte. Der Jude, der verstand, daß es sich lediglich um eine Formalität handelte, machte sich nicht einmal die Mühe zu antworten. Orff hatte den seltsamen Eindruck, daß der Jude versuchte, irgendein Bündnis mit ihm zu schließen, um schnell zur Sache zu kommen. Er erhob sich und wandte sich dem Behandlungstisch zu. Hier erlaubt sich die Redaktion, die detaillierte Beschreibung dessen, was sich in der folgenden einen Stunde und zwanzig Minuten im Zimmer ereignete, zu überspringen. Es soll nur mitgeteilt werden, daß in diesem Zeitabschnitt folgende Instrumente verwendet wurden: Zangen, Pinzetten, Streichhölzer, eine Gummipeitsche, ein Bolzen, eine Kerzenflamme, ein Haken, ein Metallnagel und noch ein Instrument, das man im Kurs »Gemüseschäler« genannt hatte. Der behandelte Ginzburg sah ganz anders aus als der Ginzburg, der das Zimmer betreten hatte. Aber das traf auch auf den Behandelnden zu: nicht nur, weil seine Schürze und seine Hände blutüberströmt waren oder weil ihm der Schweiß in Strömen von der Stirn rann, ihn blendete und seine Uniform befleckte; auch sein Gesichtsausdruck war ganz anders als sonst. Ihm war ein solcher Fall noch nie begegnet:

Wenn er mit heiserer Stimme schrie: »Also, wer bist du?!«, schrie dieser Behandelte mit Begeisterung »Wer bin ich? Wer?!« zurück. Und als er die Frage änderte und schrie: »Wer hat dich hierher geschickt?« schrie Ginzburg mit ihm zusammen: »Wer hat mich hierher geschickt?« Und als Orff, die Nerven bis zum äußersten angespannt, brüllte: »Was ist dein Auftrag?!«, wiederholte der Verhörte seine Frage derart sehnsüchtig, daß dem erfahrenen Verhörer ein Schauer über den Rücken lief. Die furchtbarsten Folterungen, bei denen selbst die Mutigsten weinend zusammenbrachen und ihn anflehten, zum letzten Mal die Wahrheit sagen zu dürfen, bevor sie endgültig den Verstand verlieren würden, schienen bei Ginzburg nicht zu wirken. Im Gegenteil: Orff hätte schwören können, daß jedesmal, wenn eines seiner zuverlässigen Instrumente versagte, auf dem geschwollenen Gesicht des Mannes ein der Enttäuschung nicht unähnlicher Ausdruck erschien. Das Zimmer stank bereits nach Schweiß und Blut und Exkrementen, die aus Ginzburg nur so herausflossen. Auf dem glatten Fußboden lagen Zähne verstreut. Orff goß einen Eimer Wasser über Ginzburg und wartete, daß dieser aus seiner Bewußtlosigkeit erwachen würde. Einen Augenblick sah er sich in dem großen Spiegel an der Wand und wich erschrocken zurück. Er war verkrampft und etwas ängstlich. In seinem Innern wuchs das seltsame Gefühl, daß, wenn es doch eine verborgene objektive Wahrheit auf der Welt geben sollte, sie dieser Mann für sich behielt. Es gab Augenblicke, in denen Orff dachte, der Jude sei zu ihm gekommen, um ihm zu helfen, diese Wahrheit zu finden. Und dann erlebte er ein neues, einzigartiges Gefühl von Sympathie und MITLEID (s. d.), als hätten sie in diesem Zimmer zusammen ein neues, schwieriges Experiment durchgeführt. Orff wusch sich das Gesicht mit kaltem Wasser und kämmte sich das Haar mit den Fingern nach hinten. Vor dem Spiegel tadelte er sich kalt für seine weichlichen Gedanken, dann drehte er sich wie beim Appell auf dem Absatz um und kehrte zum Tisch zurück. Der Jude war wieder aufgewacht und murmelte vor sich hin. Orff schloß kleine Metallzangen an die Ohrläppchen, die Brustwarzen und das Geschlechtsteil des Juden an. Im SS-Kurs hatte man gewitzelt, daß es leichter sei, die elektrischen Zangen an ein jüdisches Geschlechtsteil anzuschließen. Dann band er Ginzburg mit zwei breiten Ledergurten auf dem Tisch fest und fragte ihn gespannt, wer und was er sei. Ginzburg hatte keine Kraft mehr, die Frage zu wiederholen, aber in seinen Augen war das wilde Verlangen nach der Antwort zu sehen. Orff drückte auf den elektrischen Schalter. Der Magnet funktionierte. Ginzburg wurde in die Luft geworfen und schrie. Orff schloß die Augen und öffnete sie erst nach einem langen Augenblick. Dann beugte er sich über den Verhörten und fragte, wer er sei. Ginzburgs Lippen bewegten sich nicht. Orff legte sein Ohr an die magere Brust. Wie aus der Ferne kam das Pochen des Herzens. Es war schwach und langsam, und es sprach zu Orff. Es sagte: Wer bin ich? Orff war entsetzt. Ein merkwürdiger Laut brach aus ihm hervor, eine Art Stöhnen. Er befreite den Juden von den Gurten und goß noch einen Eimer Wasser über ihn. Dann zündete er sich eine Zigarette an und merkte dabei, daß seine Hände zitterten. »Er ist verrückt«, sagte er sich, »einfach verrückt. Er weiß nichts.« Aber tief im Innern wußte er, daß Ginzburg zwar verrückt sein mochte, daß es aber nicht stimmte, daß er nichts wußte. Orff überlegte, was er mit dem Juden machen sollte. Er wollte ihn nicht der polnischen Polizei übergeben, damit diese keine überflüssigen Fragen stellte und von seinem schmählichen Mißerfolg erfuhr, und beschloß daher, Ginzburg eigenhändig durch den Hinterausgang aus dem Gebäude zu schmuggeln. Es war die Zeit des Abendessens, und es bestand die Chance, daß er niemandem begegnen würde. Er half Ginzburg auf und stützte ihn, bis er auf den Beinen stehen konnte. Das dauerte ziemlich lange, und die Berührung mit dem Juden war ihm unerträglich. Ginzburgs Schmerz war so greifbar, daß er in Orffs Körper überfloß. Er fühlte sich schwach und verloren. Als Ginzburgs Beine ein wenig sicherer waren, führte ihn Orff zur Tür. Er mußte ihn stützen, als sie den Gang entlanggingen, und betete, daß er niemandem begegnen würde. Aber sein Gebet wurde nicht erhört: eine Gestalt kam ihm entgegen, ein kurzgewachsener, kräftiger Mann. Sie trafen sich unter der gelben Lampe mit dem Drahtgitter. Gott sei Dank, dachte Orff, der Mann ist irgendein polnischer Zivilist. Der Gang war zu schmal für drei Leute, und der Mann machte ihnen Platz, wobei er sie genau beobachten konnte. Ein Blick genügte. Das heißt: im nachhinein war Orff überzeugt, daß dem kleinen, blauäugigen Polen ein Blick genügt hatte, um alles, was zwischen den beiden geschehen war, zu verstehen. Der Mann ging ihnen nach und räusperte sich höflich. Orff, der Ginzburgs ganzes Gewicht stützte, drehte sich wütend zu ihm um. Der Mann sagte hastig: »Pardon, mein Name ist Otto Brigg, und ich habe eine Genehmigung, zwei jüdische Häftlinge zum Arbeiten zu holen.« Orff nahm die Gelegenheit wahr: »Nehmen Sie ihn!« brüllte er fast. »Nehmen Sie ihn, und verschwindet!« Als er jedoch sah, wie Otto das blutende Wrack um die Hüfte faßte und die beiden sich aneinander gelehnt entfernten, hatte er plötzlich das bedrückende Gefühl, daß er vielleicht gar nicht verstanden hatte, was in dem Verhörkeller geschehen war, daß jener schreckliche Jude vielleicht auf irgendeine merkwürdige und unverständliche Weise die tiefste Wahrheit des Menschen ausgestoßen hatte.

הארוטיון

HEROTION

Bekämpfer der Tyrannei des sinnlichen Wahrnehmungsmechanismus. Von Beruf Zauberer.

Herotion wurde im letzten Viertel des vergangenen Jahrhunderts in dem kleinen armenischen Dorf Faradian geboren. Seine Zaubergabe wurde ganz zufällig – und eigentlich aus einer Notlage heraus – entdeckt: Die Kinder des Herzens, die in der Zeitmaschine ins Jahr 1885 geflogen waren, um das armenische Dorf vor den Überfällen der türkischen Soldaten zu retten, versteckten sich in einer Höhle, die von einem Regiment grausamer türkischer Soldaten umzingelt war. Die Soldaten drohten jeden Augenblick in die Höhle einzudringen. So endete das 9. Kapitel der Geschichte. Eine Woche später brachte Wasserman die Fortsetzung, das 10. Kapitel, in die Redaktion: Im letzten Augenblick gelang es den Kindern des Herzens, durch einen anderen Ausgang aus der Höhle zu fliehen, sie waren gerettet. Das war Wassermans Art, seine Helden aus Notsituationen zu retten, in die er sie hineingebracht hatte. Das neue Kapitel war bereits in Druck gegangen, und Salmanson und Wasserman unterhielten sich noch ein wenig, dann verabschiedeten sie sich voneinander und gingen nach Hause.

Kurze Zeit später, um Mitternacht, hämmerte Salmanson an Wassermans Haustür und hätte mit seinem Geschrei beinah die Toten aufgeweckt. Wasserman (in einem glatt gebügelten gestreiften Pyjama und weichen Pantoffeln, das spärliche Haar leicht zerzaust und mit höchst erschrockenem Blick) öffnete vorsichtig die Tür und wurde von Salmansons vollem Zorn getroffen: Es stellte sich heraus, daß ihm ein entsetzlicher Fehler unterlaufen war. Als Salmanson schon im Bett lag, erinnerte er sich plötzlich, daß Wasserman in einem der vorigen Kapitel ausdrücklich darauf hingewiesen hatte, daß Otto die Höhle ausgekundschaftet und keinen anderen Ausgang gefunden hatte! Wasserman schauderte es. Salmanson stand im Mantel, den er über seinen roten Seidenpyjama geworfen hatte, in der Tür und kreischte mit seiner etwas weibischen Stimme: »Ge-nau-ig-keit, Wasserman, Ge-nau-ig-keit!« Die beiden eilten in die Redaktion und hielten die Druckmaschine an. Wasserman war ängstlich und verwirrt. Man machte ihm einen Tisch neben der Maschine frei, und die Drucker, die ihre Arbeit hatten unterbrechen müssen, standen da und beobachteten ihn. Er wußte, daß es ihm nicht gelingen würde, auch nur ein einziges Wort zu schreiben. Er brauchte immer eine volle Woche, um zu »reifen«. Im Raum stand der Rauch und ein erstickender Geruch von Druckfarbe. Die Arbeiter kamen ihm schmutzig, feindselig und aggressiv vor. Salmanson saß ihm gegenüber und trommelte mit den Fingern auf den Tisch. Wasserman verstand genau, wie den Kindern des Herzens in der belagerten Höhle zumute war. Er stöhnte verzweifelt. Seine Brillengläser waren beschlagen. Er wußte, daß ihn jetzt nur ein WUNDER (s. d.) retten konnte. Und so kam Herotion mit dem folgenden Satz in die Serie: »›Hört‹, flüsterte Otto seinen erschrockenen Freunden ins Ohr, ›mir scheint, ich habe das Wimmern eines Säuglings vernommen, oder war das vielleicht ein kleiner Junge aus dem Dorf?‹« Salmanson wies boshaft, aber nicht zu Unrecht darauf hin, daß es, wenn Otto beim Absuchen der Höhle das Kind übersehen konnte, vielleicht auch einen geheimen Ausgang gebe, aber nun war keine Zeit für solche Spitzfindigkeiten. Wenige Minuten später, als die Säbel der Türken schon im Eingang der Höhle blitzten, stürzte ein Schwarm mysteriöser weißer Adler aus ihr hervor und brachte den kleinen armenischen Jungen dank des Zaubers hoch über den Köpfen der verblüfften Türken davonfliegend in Sicherheit, und die Türken warfen sich auf die Erde und schrien »Allah! Allah!«. Das 10. Kapitel löste so begeisterte Reaktionen aus, daß Salmanson Wassermans Honorar um fünfundzwanzig Prozent erhöhte, obwohl der Gesichtsausdruck, mit dem er ihm dies mitteilte, Wasserman die Freude darüber verdarb. Von jenem Tag an war Herotion von den Kindern des Herzens nicht zu trennen und nahm an allen ihren Abenteuern teil. Er vollbrachte erstaunliche Zauberstücke und konnte auf seiner Flöte Melodien spielen, die »den arglistigsten Bösewichten Tränen entlockten«. Als sich die Kinder des Herzens trennten (1925 wurde die letzte Geschichte geschrieben), reiste Herotion in der Welt herum und wurde sehr erfolgreich. Er trat in allen großen Zirkuszelten als Zauberer und Clown auf. Bei Barnum arbeitete er ganze fünf Jahre lang. Er lernte nie lesen und schreiben, aber er war klüger und weiser als die meisten Menschen, denen er im Leben begegnete. Vielleicht war das auch der Grund, warum er seinem Publikum nur die banale Seite der Zauberei zeigte, die bekannten Zauberkunststücke, die jeder andere Zauberer auch vollbringen konnte. Er lernte ein paar nette Tricks von dem berühmten Clown Grok und von dem verrückten ungarischen Zauberer Hornak. Wasserman betonte immer wieder, daß keine Verbindung zwischen Herotions natürlicher Gabe, Wunder zu vollbringen, und seiner Fertigkeit als Zirkuszauberer bestand. Er gab sich große Mühe mit dem Lernen und Üben, aber er erreichte nie die Vollkommenheit, die seine natürlichen Fähigkeiten ihm verliehen. Er zog Tricks und Täuschungen der wahren Magie vor. Er liebte seine Arbeit und widmete die meiste Zeit dem Training. Er freute sich über die bunte Kette von Tüchern, die er aus dem Ärmel zog, und lachte jedesmal und war überrascht, wenn die sieben weißen Tauben aus seinem schwarzen Zylinder flogen; er konnte nicht oft genug die verwunderten Ausrufe der Kinder und der arglosen Erwachsenen hören. Er liebte es, ihnen Freude zu machen.

Doch je älter und erfahrener er wurde, desto mehr erlosch dem lächelnden Armenier die Lebensfreude. Er hatte immer zurückgezogen gelebt und nie eine tiefe Beziehung zu einer

Frau gehabt (nur zahlreiche flüchtige Affären); und bei dem Massaker in seinem Dorf war seine ganze Familie vernichtet worden. Er hatte keine Vergangenheit. Er hatte keine Heimat. Er hatte keine Zukunft. Er war reich genug, um Barnum verlassen und zu seinem eigenen Vergnügen durch die Welt reisen zu können. Wenn er Geld brauchte, schloß er sich eine Zeitlang einem Provinzzirkus an und verblüffte die Zuschauer mit seinen Zaubertricks. Aber das Leben begann ihn zu bedrücken: Er spürte immer mehr, was auch die anderen Mitglieder der Bande, die in der ganzen Welt verstreut waren, spürten: die Sinnlosigkeit einer Existenz ohne kühne, absurde Abenteuer. Die deprimierende Fadheit eines Lebens ohne Sinn und ohne Ziel, kurzum – die bedauerliche Abwesenheit eines Schriftstellers, der diesen traurigen Weg, den sie schon mehr als sechzig Jahre gehen mußten, wieder zu einem abenteuerlichen Weg machte. Herotion beschloß, daß er dieses elende Leben nicht länger leben wollte. An diesem Punkt mischte sich Obersturmbannführer Neigel in die Geschichte ein und fragte, warum Herotion seine wunderbare Gabe nicht ausnutzte, um sich in einen glücklichen Menschen zu verwandeln. Es schien, als habe Wasserman ungeduldig auf diese Frage gelauert. Herotion verabscheute seine Fähigkeit zu zaubern, erklärte Wasserman. Er hielt sie für einen Vorteil, den er unverdientermaßen erhalten hatte. Und je weiser er wurde und je mehr ihm bewußt wurde, daß der Mensch von Natur aus in einem Labyrinth gefangen war, desto mehr haßte er sein übernatürliches Talent und den, der es ihm verliehen hatte. Er sah in seiner Fähigkeit zur Zauberei eine Art heimliche Bestechung, die ihm der Schöpfer der Welt zugeschanzt hatte, um sich von seinen eigenen Gewissensbissen zu reinigen; es kam ihm vor wie ein allzu großzügiges Almosen an einen von vielen Bettlern: an nur einen. Diese Bestechung würdigte seiner Meinung nach die menschliche Seite in ihm herab, jene Seite, die vollkommen frei von jedem Zauber war.

Als der Krieg ausbrach, fand sich Herotion der Armenier im jüdischen Getto von Warschau wieder: gefangen. Zu jener Zeit war er bereits ein verbitterter alter Mann. Es ist nicht genau bekannt, was ihm widerfahren war, bevor ihn Otto eines Nachts rückwärts auf der Straße gehen und wie ein verlorenes

Kind mit lauter Stimme weinen sah, sein eines Bein mit großen, schweren Schritten auf dem Bürgersteig nachziehend, während das andere mit flinken kleinen Sprüngen auf der Fahrbahn hüpfte. Er erklärte Otto, daß seine Beine ein religiöses armenisches Lied im Kanon sangen, und lud ihn ein, es sich anzuhören. Otto: »Um die Wahrheit zu sagen, – ich hörte nichts, vielleicht, weil ich nicht sehr musikalisch bin, aber ich begriff sofort: Herotion war wieder einer von uns.« In der Tat – erklärte Wasserman – hatte Herotion einen einzigartigen Weg gefunden, um seine magischen Fähigkeiten einzusetzen, ohne seine ursprüngliche Zaubergabe gebrauchen zu müssen; so erhob er sich über den Spender des erniedrigenden Almosens. Es begann eines Abends im Café Britannia, in dem Herotion als Zauberer auftrat. Sein Lohn war ein Abendessen. In jener Nacht saß er nach dem Auftritt an einem Nebentisch und verschlang seine Mahlzeit wie ein hungriger Wolf. Er war sehr mager, und seine Augen hatten einen seltsamen Glanz. Die meisten Zauberkunststücke waren ihm bei der Vorführung mißglückt, und das Publikum hatte ihn mit Pfiffen von der Bühne gejagt. Die meisten Zuschauer hatten ihn nun schon zum zehnten Mal gesehen und kannten alle seine Zaubertricks. Er hatte keine Kraft mehr, sie richtig vorzuführen. Er hegte keinen Groll gegen die Leute, die ihn auf der Bühne verspottet hatten. Im Gegenteil: er beschuldigte sich selbst, daß er sie ihres harmlosen Vergnügens beraubt hatte – des Vergnügens der einfachen optischen Illusion. Wieder überfiel ihn jener seltsame Schauder. Schon seit einigen Tagen zitterten ihm die Hände, und wenn er die Bühne betrat, wurde es noch schlimmer. Plötzlich hörte er mit dem hastigen Kauen auf: auf seinem Tisch stand eine kleine Vase mit einer Papierblume. Auf jedem Tisch im Café Britannia stand eine Vase, in der eine braune Papierblume steckte. Herotion hatte seit Monaten keine echte Blume mehr gesehen. Er wünschte sich, die Blume wäre grün. Er wollte die Blume nur für seine Augen grün haben, so grün, wie eine Blume eben sein sollte. Neigel rümpfte geringschätzig die Nase. Wasserman ignorierte es. Er betonte noch einmal, daß Herotion sich davor hütete, die Blume durch seine Zauberkraft grün werden zu lassen, daß er andere Kräfte in sich suchte, Kräfte, wie sie jeder normale

Mensch besaß. Er starrte die Blume minutenlang an. Vor Anstrengung traten ihm Tränen in die Augen, und seine Gesichtsmuskeln fingen an zu zucken. Die Leute zeigten auf ihn und kicherten. Er beachtete sie nicht. Er biß die Zähne zusammen und starrte durch seine Tränen hindurch, bis der Rand der Blume nachgab und grün wurde. Dann breitete sich das Grün langsam auf den Blättern aus. Herotion spürte die neue Stelle der Anstrengung in seinem Körper: irgendwo in der Mitte des Kopfes, dort wo sich – laut Descartes – Körper und Seele vereinen. Der alte Armenier saß vor der Papierblume, bis der Club schloß. Der Kellner, der den Teller abräumte, ließ das übriggebliebene Stück Pferdefleisch in seine Tasche gleiten. Der Clubbesitzer half Herotion grob in seinen abgetragenen Mantel und schrie ihm ins Ohr, daß er ab morgen nicht mehr aufzutreten brauche: man brauche hier keinen so jämmerlichen Zauberer wie ihn. Herotion hörte ihn nicht. Er nahm seine grüne Papierblume und ging mit ihr in die Nacht hinaus. Er ging rückwärts, weil er seine normale Gangart plötzlich nicht mehr ertragen konnte, da sie ihm seiner Meinung nach gegen seinen Willen aufgezwungen worden war. Die Idee war etwas unsinnig, aber ein AUFSTAND (s. d.) – und es war tatsächlich ein Aufstand – muß mit irgendeinem Symbol anfangen, und Herotion (wie auch Wasserman) fürchtete sich nicht davor, ausgelacht zu werden. Er hatte ein Ziel, das ihn über den kleinlichen Spott der Menschen (wie zum Beispiel Neigel) erhob. Er blieb unter einer Straßenlaterne stehen und dachte lange nach. Die Laterne leuchtete mit ihrem trüben, kränklichen gelben Licht, und Herotion fragte sich wütend, warum er das Licht so sehen mußte, wie es die anderen sahen. Auch das war eine Beleidigung, die ihm plötzlich unerträglich vorkam. Er berührte die zerdrückte Papierblume in seiner Tasche, und sein Kehlkopf hüpfte auf und ab. Er heftete seine Augen auf die Laterne und sah sie so lange an, bis ihm schwindlig wurde. Seine Augen tränten und schwollen an. Eine deutsche Patrouille marschierte durch die Nebengasse. Herotion zog sich in ein dunkles Treppenhaus zurück und starrte von dort aus weiter auf die Laterne. Vier Stunden lang rührte er sich nicht von der Stelle. Irgendwann in dieser seltsamen Nacht versagten seine Beine und er fiel auf den Rücken, doch er hörte nicht auf, die Laterne anzustarren. Im Morgengrauen begann sie nachzugeben. Sie strömte Abertausende von Pollen aus, die nach Orangen dufteten. Er atmete sie mit Wonne ein. Die Straße füllte sich mit einem scharfen Geruch, den er aus seiner Kindheit in Armenien kannte. Der Kopf des alten Mannes schmerzte, schwere Hämmer schlugen hallend in seinem Innern, aber er war zu erregt, um darauf zu achten. Das Erstaunliche war, sagte Wasserman, daß in dem Augenblick, als Herotion die Schranke zum Unglaublichen überschritten hatte, alles möglich und einfach und auf seine Art sogar logisch wurde: Er bekam die fünf Sinne in seine Gewalt und bemerkte auf diese Weise, daß er ein natürliches Recht verwirklichte, das den Menschen geraubt worden war. Wasserman verglich ihn mit einem Häftling, der aus den Eisengittern seiner Zelle phantastische Skulpturen schuf. Als Herotion mit seinen Fingerkuppen einen Zaun aus Holz und Metall befühlte, hörten seine Ohren (oder seine Finger?) fremde Klänge, die sich melodisch ineinanderwoben. Bald konnte er die Rauheit und Weichheit der verschiedenen Materialien, ja sogar deren Dichte oder Konsistenz »hören«, ohne den Zaun berühren zu müssen. Die Welt offenbarte ihm plötzlich eine Fülle kaleidoskopischer Schätze. Er konnte verschiedenen Gerüchen Geschmack verleihen, er konnte die vorbeischwebenden Klänge eines Liedes, das ein Mädchen sang, anhalten, sie für einen kurzen Augenblick nur mit der Kraft seines Blickes lila färben und wie einen Schwarm Feuerfliegen hochwirbeln, sie wieder ertönen und verklingen lassen. Sein neues Talent füllte seine ganze Welt. Er hörte auf, sich um Nahrung zu kümmern, und sein Gesicht wurde spitz wie das Gesicht eines Fuchses. Seine Kleider zerrissen, und seine Arme und Beine schauten aus den Löchern hervor. Die Leute auf der Straße schüttelten voller MITLEID (s. d.) den Kopf, aber er hatte ihr Mitleid nicht nötig. Er war glücklich.

Aber dann wachte er eines Nachts in großer Angst auf dem Lumpenhaufen auf, der ihm in einem der Hinterhöfe als Bett diente, und schleppte sich mit letzter Kraft zu der Straße, in der er die Laterne gesehen hatte. Ein schrecklicher Gedanke ließ sein Herz erstarren. Er blieb neben der Mauer stehen und schaute: Das trübe Licht der Laterne leuchtete noch immer einen engen Kreis aus, doch Herotion konnte es nicht sehen: er konnte nur den Duft der Orangenpollen riechen, der in der Luft hing. Er setzte seine vor Schwäche zitternden Beine fest auf den Boden auf und reckte seine Schultern, so wie er es vor jedem schwierigen Akt einer Vorführung tat. Das war die entscheidende Prüfung: Er wollte wieder das Licht der Laterne sehen. Seine gewaltige Anstrengung war sinnlos, wenn es ihm nicht gelang, in die alte, gewohnte Wirklichkeit seiner fünf Sinne zurückzukehren. Einen langen Augenblick geschah nichts, und Herotion brach der kalte Schweiß aus. Doch dann kehrte allmählich tatsächlich das trübe Licht der Laterne zurück, wie der Scheinwerfer eines Rettungsbootes, das aus dem Nebel auftaucht. Nun wußte er, daß sein Kampf siegreich war: Jetzt konnte er sich die Welt, in der er lebte, »aussuchen« wie jemand, der zum Vergnügen in einem großen Katalog von Angeboten blätterte. Er hatte sich fast vollständig von den gewohnten Fesseln der sinnlichen Wahrnehmung befreit. Die rote Farbe gehörte ihm nun ebenso wie der Geruch der Erde, die Textur einer Baumrinde, der Geschmack der Regentropfen und die Klänge einer Mundharmonika, die aus einem der Fenster ertönten. Er war, laut Aaron Markus, »der Wiederbeleber des Offensichtlichen. Der Autodidakt der Sinne.« Er hätte glücklich sein können, wenn nicht doch noch alles durcheinander geraten wäre. »Was ist durcheinander geraten?« knurrte Neigel, der in den letzten Minuten mit einem gewissen Interesse zugehört hatte. »Der Krieg«, erklärte Wasserman. »Der Krieg mischte die Karten. Hört und urteilt selbst.« Herotions erste Schwierigkeiten begannen, als die alte Wirklichkeit, an die er sich erinnerte, immer unverständlicher und widersprüchlicher wurde. Auch sie schien in den Bereich der Phantasie überzufließen. Wenn er durch die Straßen ging, erschienen sie ihm leerer denn je. Er hörte sonderbares Gerede über Menschen, die aus dem Getto geholt und an Orte gebracht wurden, von denen sie nicht zurückkehrten. Herotion traute seinen Ohren nicht. Er befürchtete, daß ihn seine neue Gabe täuschte; menschliche Stimmen sagten völlig unlogische Dinge, die ganz und gar nicht in die alte Welt, die er kannte, paßten: Sie sprachen von geschlossenen Kammern, von deren Decken ein merkwürdiger Dampf komme, der alle in der Kammer tötete; ein Mann, der einem solchen Ort entkommen war, stand an einer Straßenkreuzung auf einem alten Fischfaß und erzählte den Passanten, was Dort vor sich ging. Er erzählte von Öfen, in denen man Hunderte von Menschen auf einmal verbrannte; von Experimenten, bei denen Ärzte gesunde Menschen mit Krebszellen infizierten; er schwor, daß er mit eigenen Augen gesehen habe, wie man einem Menschen bei lebendigem Leibe die Haut abzog, um einen Lampenschirm daraus zu machen. Er sagte, er habe gehört, daß man Dort einen Weg gefunden hätte, aus Menschen Seife zu machen. Herotion stand da und dachte, daß irgend etwas mit seinem Gehör nicht in Ordnung sei: daß die menschlichen Laute von seinem Gehirn nicht richtig übertragen wurden. Aber auch seine Sehkraft begann ihm Sorgen zu machen: Als der Mann seine Hand hob, um zu schwören, daß er die Wahrheit sprach, sah Herotion, daß auf seinem Arm eine Nummer eingebrannt war, wie ein grünlicher Ausschlag, der die Form von Ziffern hatte. Herotion lief davon, doch seine Augen nahm er mit. Er hatte so lange nicht mehr gesehen, was um ihn herum geschah, und nun schlugen die Anblicke auf ihn ein: Menschen, die wie er im Getto geblieben waren und hungerten, nahmen vor seinen Augen seltsame Formen an; ihre Haut wurde bläulich, ihre Fingernägel wurden hart und krallig. Der Körper schwoll an, und das Gesicht wurde starr wie eine Maske. Herotion sah es und glaubte es nicht: den Frauen wuchs dichtes Haar auf Gesicht und Körper. Manchen Menschen sprossen glatte Haare auf den Augenlidern, und die Wimpern wurden so lang, daß sie den Flügeln großer Nachtfalter glichen. Es war Hunger, der das bewirkte, doch Herotion verstand es nicht. Er war von allem abgeschnitten, mißtrauisch und erschrocken. Wenn er nachts durch die dunklen Straßen des Gettos ging, flackerten Fabeltiere vor seinen Augen auf: bunte geflügelte Seepferdchen, winzige Waldzwerge, die in sanftem Licht glänzten; Hexen, Einhörner, Aschenputtel, der Phönix und Peter Pan eilten auf den Bürgersteigen an ihm vorbei. Das waren natürlich die leuchtenden Anstecknadeln, die einer der Juden im Getto verkaufte, damit man in den verdunkelten Straßen nicht zusammenstieß. Herotion wußte nichts davon. Er war entsetzt. Er spürte vage, daß sich irgendwo im Weltall ein größerer Zauberer erhoben hatte, der, wie er selbst, von den einfachsten und menschlichsten Dingen Gebrauch machte, nur daß er sie nach einer furchtbaren Geheimformel miteinander kreuzte, um etwas ganz Grauenvolles daraus zu machen. Herotion wurde von großer Angst ergriffen. Er begann fieberhaft in seinem gewaltigen Katalog zu blättern, aber er war sich nicht mehr sicher, auf welcher Seite sich die alte, einfache Wirklichkeit, an die er sich erinnerte, befand. Er schleppte sich durch die leeren Straßen und entging der Patrouille jedesmal wie durch ein Wunder. Die Plakate an den Mauern sandten gellende Schreie aus, die ihn erschauern ließen. Er erstickte beinahe an dem Gestank der Schmach, der von einem im Schlamm liegenden gelben Stern ausströmte. Er begann zu schluchzen, und ihm fiel ein religiöses Lied ein, an das er sich aus seiner Kindheit erinnerte. Im selben Augenblick hörte er die nahenden Schritte der Patrouille und versteckte sich mit dem Instinkt eines gejagten Tieres in einem Hinterhof; an der Spitze der Patrouille marschierte ein älterer, kleingewachsener Zivilist, ein gewisser Heinrich Lamberg aus Köln, von Beruf Parfümeur. Die Deutschen hatten ihn ins Getto geholt, um mit Hilfe seines ausgeprägten Geruchssinns unterirdische Verstecke von Juden ausfindig zu machen. Er spürte sie anhand der feinen Kochgerüche auf, die von dort aufstiegen. Herotion wußte nichts davon. Er sah den kleinen Mann, der an der Spitze der Patrouille lief und seine Nase hierhin und dorthin drehte. Plötzlich blieb er vor einem bestimmten Haus stehen, schnupperte aufmerksam mit geweiteten Nüstern und stieß einen kurzen Schrei aus. Die Patrouille brach die Tür auf, wenige Minuten später zerrte sie eine Familie aus dem Haus: Vater, Mutter und zwei kleine Kinder. Sie wurden auf der Stelle erschossen. Dann ging die Patrouille weiter, der Parfümeur mit der feinen Nase an der Spitze. Herotion begriff, daß ihn das Böse eingeholt hatte: Selbst ihm, mit all seinen Talenten, war es nie in den Sinn gekommen, daß ein Mensch das Fleisch eines anderen Menschen riechen konnte. Nun wußte er, daß er seine alte Welt nie mehr wiederfinden würde. Er war von allem verbannt. Er schluchzte vor Angst, während er rückwärts ging, das eine Bein auf dem Bürgersteig, das andere auf der Fahrbahn. Seine Tränen kamen ihm lila und phosphoreszierend vor und schmeckten kalt und metallisch. Alle seine Fäden trennten sich auf. Herotion war wieder das erschrockene Kind, das sich in die einsame Höhle am Rand der Welt geflüchtet hatte. Und wieder, wie damals, rettete ihn Otto Brigg, der zu später Nachtstunde von einer ermüdenden und fruchtlosen Wanderung durch die Straßen des jüdischen Gettos zurückkehrte, immer auf der Suche nach Künstlern, die, mit seinen Worten, »zu uns passen würden«. Herotion fiel ihm erleichtert um den Hals. Wenigstens Otto hatte sich nicht verändert. Selbst die fünfzig Jahre, die seit ihrer Trennung vergangen waren, und alle Katastrophen der Welt konnten einen Menschen wie Otto nicht verändern. Die beiden umarmten sich lange stumm und weinten ohne Scham. Herotion berührte Ottos Tränen schüchtern mit der Zunge und weinte um so mehr vor Freude: Sie waren salzig, Gott sei Dank. Genau so, wie Tränen sein sollten. So kehrte Herotion zu den Kindern des Herzens zurück. Übrigens hörte Otto seitdem nicht auf, ihn zu unterstützen, und als die Zeiten wirklich hart wurden, weinte er mit ihm zusammen, so wie er Fried seine blauen Augen zu Hilfe nehmen ließ, damit er in ihnen seine Paula sehen und neue Kräfte sammeln konnte. Wann immer der alte Armenier spürte, daß die alte Welt vor seinen Augen zusammenbrach, brauchte er nur Ottos salzige Tränen zu lecken, um sich wieder zu beruhigen. Das erforderte keine besondere Anstrengung von seiten Ottos, denn er gehörte zu denen, die mit Leichtigkeit weinen konnten.

הומור

HUMOR

HUMOR

Anschauung oder Charaktereigenschaft, welche die amüsante Seite der verschiedenen Erscheinungen hervorhebt.

1. Laut Schimon Salmanson, dem Redakteur der Zeitschrift *Kleine Lichter*, ist der Humor nicht nur eine Anschauung oder Charaktereigenschaft, sondern die einzig wahre Religion. »Wenn du Gott wärst, *nebbich*«, sagte Salmanson einmal zu Wasserman, als sie sich noch zu später Nachtstunde in der Redaktion unterhielten, »und deinen Gläubigen die Fülle der von dir geschaffenen Möglichkeiten offenbaren wolltest, all die Zu-

fälle, die Welten, die Widersprüche, den Reichtum, die Mannigfaltigkeit und Vieldeutigkeit und Täuschung, die deine göttliche Schaffenskraft jeden Augenblick in die Welt setzt, und angenommen du wolltest, daß man dir dient, so wie es Gott gebührt, das heißt, ohne überflüssige Sentimentalitäten und schmeichlerische Hymnen, sondern mit klarem, nüchternem Kopf – welches Mittel würdest du wählen, eh?« Salmanson (der, nebenbei bemerkt, der Sohn eines großen Rabbiners war und zum Ketzer wurde) berief sich sogar auf Bertolt Brecht, der den Humor als den geschworenen Feind des Gefühls definierte. Der Humor, sagte Salmanson, ist der einzige Weg, um Gott und seine Schöpfung mit all ihren Merkwürdigkeiten und Widersprüchen begreifen und ihm weiterhin mit Freude dienen zu können. Salmansons Gott verteilte auf Schritt und Tritt kleine Almosen göttlichen Wohlwollens: »Anschel, du erinnerst dich bestimmt, welcher Anblick uns vor dem Eingang zum Allerheiligsten, zur kleinen Gaskammer, erwartete?« Wasserman erinnerte sich genau: die Deutschen hatten sich den Vorhang des Thora-Schranks einer Synagoge in Warschau geholt und ihn am Eingang zu den Gaskammern aufgehängt. (Das hatten sie übrigens auch am Eingang zu den Gaskammern in Treblinka so gemacht.) »Dies ist das Tor Gottes, die Gerechten werden eintreten«, stand darauf geschrieben, und Salmanson fing an zu lachen, und er starb lachend, als er begriff, daß sogar ein so »trockener« Mensch wie Wasserman seine Komik hat. Laut Salmanson ist das Lachen das spontane Ritual dieser einzig wahren Religion. »Jedesmal, wenn ich lache«, erklärte er, »weiß mein Gott, der natürlich nicht existiert, daß ich Ihm einen Augenblick lang treu gewesen bin, daß ich Ihn einen Augenblick in Seiner ganzen Tiefe verstanden habe. Denn Er, mein kleiner Wasserman, Er, gelobt sei Er, erschuf die Welt aus dem Nichts, aus dem Tohuwabohu. Und daher konnte Er seine Entwürfe und Baustoffe nur von diesem Tohuwabohu nehmen… nu, was sagst du dazu, alter Galizier?«

Salmanson hält zum Beispiel Witze für eine rührend primitive Form des Gottesdienstes: »Denn was ist der Witz, wenn nicht eine seltsame, bastardartige Schöpfung: Stell dir einen Mann vor, der an einer Straßenecke steht und seinem Freund eine Geschichte erzählt, die er erfunden hat, nur um ihm ein Lächeln zu entlocken! Wird er ihm etwa eine Arie vorsingen oder auf der Garmuschka etwas vorspielen? Nein, aber einen Witz wird er ihm erzählen! Und manchmal kommen ein paar Freunde zusammen, sehr seriöse Leute, und erzählen sich den ganzen Abend lang Witze!« Salmanson nennt Witze »die falschen Gebete der Götzendiener«. Er unterschätzt die Witzeerzähler nicht, im Gegenteil: seiner Meinung nach stecken wahre Sehnsüchte in ihnen, sie ahnen etwas, aber »ihre Mittel sind kläglich, ah, regelrecht Mitleid erregend!«, denn – »die meisten Menschen sind nicht für einen wahren, durchdringenden Humor begabt, sondern können höchstens ihre elenden Gebete deklamieren, Gebete aus zweiter und dritter Hand, ohne dabei eine wahre geistige Erhebung zu erleben…« Salmansons Lachen beschrieb Wasserman folgendermaßen: »Er hatte ein piepsendes, weibisches Lachen, das zu Gedanken führt, die seine krumme Theorie bestätigen: Die meisten Menschen lachen mit einer ganz anderen Stimme als der, die sie zum Reden gebrauchen. Als würden zum Lachen – schlägt Wasserman mit schamhaftem Kichern vor – andere Stimmbänder benutzt, Stimmbänder, die nicht für, sagen wir ›weltliche Zwecke‹ benutzt werden dürfen.«

2. Kasiks Humor

Kasik zeichnete sich – laut OTTO BRIGG (s.d.) – durch einen eigenartigen Humor aus; eigentlich war es eher eine schmerzliche Ironie, die von seiner Eigenschaft herrührte, die Vorgänge von Wachstum und Verfall in jedem Lebewesen simultan zu erfassen und zu erleben. Wann immer die KÜNSTLER (s.d.) in seiner Gegenwart über ihre Erwartungen an die ferne oder sogar nahe Zukunft sprachen oder Worte wie »Hoffnung«, »Verbesserung«, »Sieg«, »GEBET« (s.d.), »Ideal«, »Glaube« usw. benutzten oder einen Augenblick lang Nähe und Zusammengehörigkeit empfanden, oder wann immer sich das Gefühl von FREMDHEIT (s.d.) verlor und eine flüchtige Illusion von Gemeinschaft und Trost entstand – in solchen Augenblicken entschlüpften Kasik kurze, zwanghafte Lachsalven, über die er keinerlei Kontrolle hatte: ein fast physischer Reflex, der so unvermeidbar war wie das Zischen einer kochenden Pfanne unter einem kalten Wasserstrahl. Diese Lachsalven bereiteten

Kasik keine Freude: er verstand eigentlich gar nicht, warum er sie ausstieß, und bemerkte nur den Ausdruck von Schmerz, Trauer und Schmach, der dann jedesmal auf den Gesichtern der Künstler erschien. Die Redaktion hat sich bereit erklärt, diese Eigenschaft von Kasik »Humor« zu nennen, und das deshalb, weil Otto Brigg so edel und großmütig war, diesen Begriff für Kasiks Lachsalven zu verwenden. Es sollte aber auch erwähnt werden, daß diese seltsame Eigenschaft für kurze Zeit aus Kasiks Leben verschwand, nämlich, als er selbst KÜNSTLER (s.d.) wurde.

S.a.u.: → MALER

החלטה

HACHLATA

ENTSCHEIDUNG

Engültiges Urteil nach Betrachtung und Erwägung. Entschluß.

Infolge ihrer Diskussion über VERANTWORTUNG (s.d.) und WAHL (s.d.) behauptete Wasserman, daß sich Neigel mit seiner prinzipiellen Entscheidung, die er vor zehn Jahren getroffen hatte, als er der SS beitrat, nicht zufrieden geben dürfe. Um bestimmte Tätigkeiten auszuführen, die Wasserman aus Takt nicht beim Namen nannte, hatte Neigel beschlossen, sein Gewissen »zu suspendieren, auf Urlaub zu schicken«. Nein, nach Wassermans Ansicht ist es die Pflicht eines jeden Menschen, die moralische Gültigkeit seiner Entscheidungen immer wieder zu erneuern, solange sie in die Tat umgesetzt werden. Mit seinen Worten: »Es gibt keine Entscheidung, die permanent gültig ist, Herr Neigel, und wenn Ihr tatsächlich ein Ehrenmann seid, wie Eure Worte bisher bezeugen, so müßt Ihr Eure Entscheidung Tag für Tag, bei jedem Menschen, den Ihr hier im Lager tötet, von neuem fassen, jawohl, Euer Ehren, Ihr müßt Eure Entscheidung jedesmal von neuem in neue Worte kleiden und horchen, ob in den neuen Worten auch tatsächlich Euer ursprünglicher Wille, Eure Stimme, Euer Wesen liegt.« Darauf antwortete Neigel übrigens: »Du wirst dich wundern, Wasserman. Ich habe keine Angst davor. Im Gegenteil: es gefällt mir sogar. Es wird mich stärken. Ich werde deinen kleinen Ratschlag befolgen.« Wasserman: »Tag für Tag, Her Neigel. Und jedesmal, wenn Ihr mit Eurer Pistole einen Menschen erschießt. Und fünfundzwanzig Mal, wenn Ihr fünfundzwanzig Häftlinge tötet. Eine Entscheidung und noch eine Entscheidung und noch eine Entscheidung. Werdet Ihr das aushalten können? Werdet Ihr Euch das versprechen können, Herr Neigel?« Und der Deutsche: »Ich verstehe nicht, warum du so eine Geschichte daraus machst. Ich habe dir doch gesagt – kein Problem. Es wird nur meinen Glauben an mein Reich und meine Aufgabe stärken. Ich werde meine Arbeit – mit den Worten des Führers – ›mit Einsatzfreudigkeit‹ verrichten.«

s. a. u.: → AUFSTAND

היטלר, אדולף

HITLER, ADOLF

(1889–1945) Deutscher Führer. Direkt verantwortlich für den Zweiten Weltkrieg, und indirekt – für die Liebe zwischen Paula und Fried.

Während all der Jahre, in denen Fried als Chefveterinär im Zoo arbeitete, war er – wie auch in den zahlreichen Jahren, die seit den Glanzzeiten der Kinder des Herzens vergangen waren – stillschweigend und hoffnungslos in Paula Brigg verliebt. Paula, die für alle administrativen Angelegenheiten des Zoos zuständig war, sorgte für Otto, ihren Bruder, und vernachlässigte aus Gutherzigkeit auch den einsamen Fried nicht. 1931 verkaufte Fried seine sterile luxuriöse Wohnung in einem der vornehmen Stadtviertel Warschaus und übersiedelte in den Zoo, in den kleinen, sechseckigen Pavillon neben dem Reptilgehege. An den Abenden begab sich Fried zu Ottos und Paulas Pavillon neben dem Zooeingang, wo die drei zusammen zu Abend aßen, Schach spielten, rauchten und die Arbeit für den nächsten Tag planten. Ihr Leben hätte so, ohne besondere Ereignisse, weitergehen können, wenn – Otto: »es diesen Hitler nicht geben hätte, der unsere Paula so wütend machte mit seinen Rassengesetzen, ja, Paula hatte sich nie für Politik interessiert, und das Radio war an jenem Morgen nur zufällig eingeschaltet, sie hörte diese schändlichen Bestimmungen der Nürnberger Gesetze, das war um die Mittagszeit, nur sie und ich waren zu Hause, und sie sprang wie von der Tarantel gestochen auf und teilte mir mit, daß sie sofort in die Stadt gehen müsse, sie sagte: ›Ich denke an Fried, an ihn denke ich jetzt, die Schande wird ihm das Herz brechen.‹ Und sie nahm das ganze Geld aus dem Sparschweinchen, in das wir in all den Jahren Zloty für Zloty gesteckt hatten, und murmelte ununterbrochen vor sich hin: ›So eine Schweinerei‹, und auch: ›Was bilden sich diese gemeinen Deutschen ein, sie beleidigen doch die Menschen damit, sie können sie damit doch nur verletzen!« Und sie ging wütend und verwirrt aus dem Haus, verabschiedete sich nicht einmal und fuhr mit der Straßenbahn zu den protzigsten Geschäften am Potocki-Platz, wo sie in zwei Stunden tak! tak! soviel Geld ausgab wie noch nie in ihrem Leben!« Paula: »Ich kaufte mir ein wunderschönes Kleid aus einem Stoff, der bei uns Koronka heißt, und einen niedlichen kleinen Hut aus ganz hellem Brokat mit Schleifchen, Ideen haben diese Näherinnen in Paris! Schleifchen, die über Stirn und Ohren fallen, stellt euch vor, und etwas, das Cape genannt wird und über die Schultern gelegt wird, und auch das war aus Samt und Brokat, eine Art *entree*, wie die Verkäuferin meinte, und ich kaufte mir auch Unterwäsche, pardon, aus echt synthetischer englischer Seide! Und ich kaufte auch Crêpe de Chine und französische Seife und Eau de Cologne aus Paris für den angenehmen Duft, und wieviel mich das gekostet hat, *mamo droga!* Und am Abend kehrte ich nach Hause zurück und schrubbte mir den ganzen Zoogestank ab, der mir in all den Jahren unter die Haut gegangen war, und zog mir das neue Kleid und das Cape an und lackierte mir die Fingernägel und legte ein wenig Rouge auf und kämmte mich vielleicht eine Stunde lang, bis alle Knoten gelöst waren, ich hatte Haare bis zu den Hüften, mein Herr! Mir hat man nur einmal im Leben die Haare geschnitten, während der Typhusepidemie 1922! Gut, dann ging ich zum Flamingoteich, denn es gab ja keine Spiegel im Zoo, und dort sah ich im Wasser, wie schön ich war, ein bißchen zu sehr herausgeputzt vielleicht, aber eindeutig eine Frau, auch wenn mir ›die Tante‹ schon seit zwanzig Jahren keinen Besuch mehr abgestattet hatte, und dann ging ich schnell nochmal zurück, um Otto Aufwiedersehen zu sagen, dem ich natürlich nichts erklären mußte, er hatte das alles von Anfang an verstanden.« Otto: »Und sie machte sich auf ihre Hochzeitsreise, vorbei an allen Käfigen am ›Pfad der ewigen

Jugend‹, und die Tiere starrten sie so an, daß ich innerlich betete, daß sie nicht anfangen würden, über sie zu lachen. Aber auf die Tiere war mehr Verlaß als auf gewisse andere Leute, deren Namen ich jetzt nicht nennen möchte, und man sah ihnen an, daß sie genau wußten, was hier vor sich ging.« Fried: »Nu, und nur ich, dumm wie ich war, verstand nichts, und als ich ihr die Tür öffnete, war ich ganz verwirrt von dem ganzen Karneval, den sie da trug, und von der Parfümerie –« Wasserman äußerte an dieser Stelle die plausible Vermutung, daß der Arzt die derart herausgeputzte Frau sogar ein wenig bemitleidete, da sie auch jetzt, mit all den weiblichen Hilfsmitteln, nicht wirklich schön war: Das Alter war ihr anzusehen, und ihre Arme und Beine waren rauh und zerkratzt, aber ihre Augen strahlten blau, und Fried schenkte ihr ein schiefes, verlegenes Lächeln, weil er das alles nicht so recht verstand, oder weil er vielleicht nicht zu hoffen wagte, daß seine heimliche Liebe endlich erwidert und seine Einsamkeit bald ein Ende finden würde. Wasserman: »Weil es uns schwerfällt, Abschied zu nehmen von unseren Enttäuschungen und Sorgen, mit denen wir uns mittlerweile abgefunden haben wie ein Hund, der sich bekanntlich mit den Flöhen auf seinem Rücken auch abfinden muß.« Paula ließ Fried keine Zeit, sich zu erholen. Sie stellte sich auf die Zehenspitzen und küßte ihn begeistert auf den Mund. Doch Frieds Mund, ein erschrockener Mund, der die Schmach langjähriger Trockenheit erfahren hatte, wich zur Seite, und der Arzt spürte ihr feines, lebhaftes Lächeln in den Falten seines Halses flattern wie einen Wassertropfen, der auf felsigen Boden fiel, aber gleich darauf, ohne überflüssige Worte, stürzten sich die beiden aufeinander mit einer Leidenschaft, die lange, lange gewartet hatte – Wasserman: »Und der alte Arzt empfand Wonne – und erlaubt mir, Euch zu sagen, Herr Neigel, daß wir nur in Fällen wie diesen das Wort ›Wonne‹ verwenden dürfen –, denn alle seine Gefühle und Regungen und sogar, verzeiht mir, seine Lust waren in den vielen Jahren der Einsamkeit fern von der zerstörerischen Zeit aufbewahrt worden, und danach, nu, Ihr versteht schon, lagen die beiden dicht beieinander, seine linke Hand unter ihrem Kopf, seine rechte sie umarmend, beide halb tot, Gott behüte, von der bebenden Wildheit, die beinah die Wurzel ihres Seins ausgerissen hätte.« Paula: »Und dann mußte ich natürlich, dumm wie ich war, den Mund aufmachen und ihm von den Schweinereien erzählen, die ich im Radio gehört hatte, und Fried verstand zuerst nicht, warum ich gerade jetzt davon anfangen mußte und was das eine mit dem anderen zu tun hatte, er hatte ja nie an sich selbst als Juden und an mich als Polin gedacht, er sagte immer: Ich bin ein Pole Fried'schen Glaubens (das war so ein Spruch von ihm), und als er endlich begriff, warum ich es gesagt hatte, oh, Jesus Maria! Da wurde er weiß wie diese Wand da, und zuerst dachte ich, daß er sich über die Schweinereien aufregte, aber dann begriff ich, daß er gekränkt war, weil ich nicht aus LIEBE (s.d.) zu ihm gekommen war, sondern aus politischen Gründen, wie man dazu ja wohl sagt, ja, mein Fried'chik regte sich immer über die falschen Dinge auf, und ich, was denn sonst, natürlich verletzte mich das sehr, denn so benimmt man sich doch nicht bei einer Dame, (so glaube ich zumindest), und ich stand auf und wollte schon für immer weggehen, aber da –« Fried: »Aber da, nu, da sah ich plötzlich den Blutfleck auf dem Laken, ja, und dann, gut, der Rest ist klar, denke ich.«

(Anmerkung der Redaktion: Neigel verlangte natürlich von Wasserman, alle Äußerungen über den Führer und die Nürnberger Gesetze aus der Geschichte zu entfernen. Wasserman weigerte sich kategorisch. Es entbrannte eine heftige Diskussion.)

s. a. u.: → FALLE

התאבדות

HITABDUT

SELBSTMORD

Gewaltsamer Akt, den ein Mensch an seinem Körper vornimmt mit der Absicht, sich zu töten.

1. Eines Abends, nachdem Wasserman die tägliche Fortsetzung der Kinder des Herzens zu Ende erzählt hatte, bat er Neigel wie immer um »meine Arznei, Euer Ehren«. Zwischen den beiden war an jenem Abend infolge der Geschichte eine gewisse Nähe entstanden, und Neigel erklärte entsetzt, daß er Wasserman auf keinen Fall erschießen werde. Übrigens hatte er sich an diesem Abend anders verhalten als sonst: Er hatte

sich die Geschichte mit großem Interesse angehört, er hatte gekichert, sogar laut, manchmal zu laut an den richtigen Stellen gejubelt, war ganz begeistert über die rührenden Beschreibungen gewesen, hatte großzügig intime Einzelheiten aus seinem eigenen Leben beigetragen, kurzum – er war der ideale Zuhörer. Vielleicht hatte die neue Flasche mit 87prozentigem, die auf seinem Tisch stand und nur noch zu einem Drittel voll war, zu seiner seelischen Entspannung beigetragen, vielleicht war es der gerade eingetroffene Brief aus München in dem blauen Kuvert, der dazu verhalf, vielleicht gab es aber auch ganz andere Gründe dafür, wie zum Beispiel die immer häufigeren Andeutungen, die aus Berlin eintrafen und denen zufolge Neigels patriotische Bitte, noch mehr Vorrichtungen zur Vergasung in sein Lager zu schicken, von den Zuständigen bewilligt wurde und daher schon ab kommender Woche Zehntausende von Juden über der Quote, die anfangs festgesetzt worden war, in sein Lager kommen und die Züge auch nachts eintreffen würden, und all das, weil man sich in Berlin sicher war, daß ein Mann wie Neigel dazu fähig sei, jede Arbeitslast zu bewältigen; man bereitete ihm sogar schon »ein kleines Geschenk« vor, als Anerkennung für sein gewaltiges Werk im Dienste von Reich und Führer. Es ist wie gesagt möglich, daß Neigel sich aus diesen Gründen in so einer heiteren Stimmung befand, die er sich nicht verderben wollte, indem er Wasserman in den Kopf schoß. Der Jude bestand jedoch darauf, worauf ein kurzer Streit entbrannte, der Neigel die gute Laune schnell verdarb. Sein Gesicht wurde grau, bis auf die Nasenspitze, die feuerrot wurde, als wäre er betrunken. Tatsächlich schüttete der Deutsche im Laufe der Diskussion drei Gläser 87prozentigen in sich hinein, das letzte Glas schon mit leicht zitternder Hand. Die Kühnheit und stolze Verachtung war aus seinem Blick verschwunden und von etwas anderem ersetzt worden, das man versuchsweise Horror nennen könnte. Plötzlich sprang er auf, zog die Pistole und reichte sie Wasserman wortlos, den Lauf auf sich selbst gerichtet. »Da hast du die Pistole!« schrie er mit heiserer Stimme, »mach damit, was du willst. Ich habe keine Kraft mehr. Mach was du willst.« Dann setzte er sich wieder, drehte sich entschlossen mit dem Rücken zu Wasserman und erklärte mit seltsamer Stimme: »Ich werde dich nichtmal ansehen. Ziel, drück auf den Abzug. Aber beeil dich bitte.« Wasserman, ein Jude, der noch nie eine Waffe in der Hand gehalten hatte, nutzte die einmalige Gelegenheit nicht. Er schoß Neigel nicht ins Genick, obwohl Neigels seltsame, leicht vorgebeugte Haltung das regelrecht verlangte; er nahm ihn nicht als Geisel, um Reichsführer Himmler ins Lager zu locken und auch ihn zu töten; er stürzte nicht hinaus, um die Wachtposten niederzuschießen und einen Aufstand unter den Häftlingen auszulösen. Diese einfachen, naheliegenden Gedanken kamen ihm gar nicht in den Sinn. Einen Augenblick legte er die Pistole an die eigene Schläfe, doch seine Knie zitterten so heftig, daß er beinah zu Boden fiel. Er schoß nicht. Er legte die Pistole auf den Tisch und räusperte sich höflich. Erst nach einer langen Minute drehte Neigel seinen Stuhl um: Sein Gesicht war das Gesicht eines Toten. Nun konnte man sehen, daß er die ganze Zeit das blaue Kuvert in der Hand gehalten hatte. Es war feucht und zerknittert. Er sagte nur: »Du bist ein Feigling. Schade. Schade.« Wasserman aber sagte sich: »Doch dem Verständigen ist die Erkenntnis leicht, und ich wollte ihn nicht sofort töten und Schluß! Ich hatte ihm ein anderes Schicksal zugedacht, und ich bin auch nicht der Mann, der eine gute Geschichte in der Mitte verdirbt, nicht wahr, Schloimele?«

2. Kasiks Selbstmord, s. u.: → KASIK, TOD DES

התבגרות, תרדמת ה–
HITBAGRUT, TARDEMAT HA-
PUBERTÄTSSCHLAF

Kasiks gesamte Kindheit stand im Zeichen seines wachen, energischen und etwas wilden Charakters (s. a. u.: KINDHEIT), der den erschöpften Fried zur Verzweiflung brachte, da er dem Kind ständig durch das ganze Haus nachjagen mußte. Um 02.45 Uhr morgens, als Kasik ungefähr 16 Jahre alt war, fand der Arzt zwar ein paar Minuten der Ruhe, aber nicht der Erholung: Der Junge lief durch den Flur und stieß besonders laute Schreie und Triller aus, die Fried insgeheim »barbarische Laute« nannte, blieb plötzlich abrupt stehen, seine Bewegungen wurden schwerfällig und – Fried: »Gut, ich war mir sicher, daß alles aus war. Kaputt.« Im matten Schein der Lampe schien es dem Arzt, als sähe er ein silbriges Glitzern auf dem Körper des Jungen. Als er die Brille aufsetzte, erkannte er, daß es hauchdünne, halb durchsichtige Fäden waren, die kreuz und quer um seinen Körper gewickelt waren. Aaron Markus vermutete, daß es sich um »einzigartige physische Manifestationen der mit der Pubertät verbundenen Komplexe« handelte, Fried jedoch dachte: »Nein, nein, er fängt schon zu faulen an, jawohl.« Aber zu seiner großen Verwunderung erkannte er einen Augenblick später, daß sich der Junge einfach wie ein riesiger Schmetterling in gewaltige Fadenmengen *einpuppte*; daß er hier, vor Frieds Augen, der absoluten Macht der dumpfen, tyrannischen Pubertätsdrüsen, die jeder hat, ausgesetzt war und sich in Kürze als reifer Mensch entpuppen würde. Der Arzt bedauerte das, weil ihm die Kindheit im Gegensatz zur Pubertät, die alle Menschen auf beleidigende Weise einander ähnlich machte, stets als eine Zeit der Einmaligkeit und Inspiration erschien – seine eigene Kindheit jedenfalls war so gewesen. Selbst die körperlichen Anzeichen – die rauh werdende Haut, die Behaarung, die Verknöcherung, die wachsende Tyrannei des Sexualtriebs – kamen ihm vor wie die Gitterstäbe einer Zelle, in die der Erwachsene das Kind einsperrt. Aber während Fried den schlafenden Jungen betrachtete, wurde er auch von Rührung ergriffen, denn zum ersten Mal an diesem Abend, und vielleicht in seinem ganzen Leben, empfand er Ehrfurcht vor dem mächtigen Lebensstrom, der seinen Willen hier in diesem Zimmer, direkt vor ihm, durchsetzte, und es war anscheinend das erste Mal in Frieds Leben, daß er selbst sich in der Zeit aufhielt, und zwar auf die – laut Wasserman – »einzig angemessene Art, in der man sich im Fluß von ›Großvater Zeit‹ aufzuhalten hat, jener menschlichen Kontinuität, in der des Menschen Platz »zwischen seinen Eltern und den Früchten seines eigenen Leibes« bestimmt ist. Fried begriff erstaunt, daß das, was er immer gedacht hatte – daß der Vater seinem Kind Leben gibt –, grundsätzlich falsch war; er begriff, daß der Vater das Kind braucht, da nur das Kind den Erwachsenen aus seinem Gefängnis befreien und ihn an alles, was er vergessen hat, erinnern kann; Fried: »Ah, das ist alles schön und gut, aber das Wichtigste war, daß sich mein Kasik in diesen Momenten des Schlafes außerhalb der Zeit befand. Ungefähr eine Viertelstunde lang wuchs er überhaupt nicht, und das war auch die einzige Zeit, seit er zu mir gekommen war, in der ich nachdenken konnte über alles, was bisher geschehen war und was noch geschehen würde, aber dann wachte er auf, so schnell wachte er auf…«

Kasik erwachte und zerrte mit schwerfälligen Bewegungen an den sonderbaren Fäden, die sich sofort auflösten. Sein Pubertätsschlaf endete nach dreizehn Minuten, und er stand wieder im »Fluß der Zeit«. Er war verwirrt und gereizt. Vielleicht sollte noch erwähnt werden, daß sein Kopf trotz der körperlichen Reife, die er durchgemacht hatte, nicht bis zur Höhe des Stuhlsitzes reichte. Kasik blieb bis zur letzten Minute seines Lebens »milchig«, mit nasser Windel, das Bäuchlein nach vorn und den Po nach hinten gestreckt, aber das Gesicht war bereits hart und bissig vor Angst und Verlegenheit und einem unbändigen, ihm unerklärlichen Willen. Kasik: »Ich-wer-bin-ich-wer-bin-ich.«

s. a. u.: → WAHL; GINZBURG

זיידמן, מלכיאל

SEIDMAN, MALKIEL

Biograph. Einer der KÜNSTLER (s. d.), die Otto seit Dezember 1939 im Warschauer Getto aufsammelte (s. u.: HERZENS, DIE AUFERSTEHUNG DER KINDER DES).

Forscher, der sich mit den ersten zwei Bänden seiner ausführlichen Biographie von Alexander dem Großen einen gewissen Namen gemacht hatte. Ein alter, zart aussehender Mann, der in abgetragenen Schuhen herumschlurfte, die Otto ihm gegeben hatte, ständig eine alte, zerrissene Ledermappe mit sich herumtrug, die nach verfaultem Obst stank und in der er sein letztes Werk aufbewahrte: »Die wichtigsten Vorgänge und Ereignisse, die zum Selbstmord des Uhrenmachers Laiser Melinsky aus der Karmelicka-Straße führten«, ein Werk, dem er sich, laut Wasserman, »neun Jahre lang widmete, sein Glanzstück, sein Unglück.« Wasserman erzählt von einem peinlichen Treffen, das zwischen Fried, Paula und Seidman stattgefunden hatte: Einmal, um drei Uhr morgens, klopfte der Biograph an die Haustür des Ehepaares, um mit seiner ganzen sanften, kindischen Entschlossenheit gegen das, was der Arzt an jenem Morgen vor dem Papageienkäfig zu Otto gesagt hatte, zu protestieren. Malkiel Seidman hatte in der Nähe gearbeitet und genau gehört, wie der Arzt Otto anschrie, daß man den Zoo so nicht weiter halten könne, weil Otto seine ganze Zeit im jüdischen Getto verbringe und sich die unmöglichsten Arbeiter von dort hole: Sonderlinge, Verrückte, primitive, barbarische Menschen, die nie auch nur einen Finger krümmten, um Fried bei der Arbeit zu helfen. Fried: »Na ja, wie das eben so bei Verrückten ist, sie waren so mit sich selbst beschäftigt, so egoistisch und egozentrisch waren sie alle, daß sie einander kaum wahrnahmen! Jeder kümmerte sich nur um seine eigene Idee, seine ›Kunst‹, wie Otto es nannte, ha! Und sie taten natürlich nichts, um sich das Essen zu verdienen, das Otto ihnen hier kostenlos gab, obwohl sie, um die Wahrheit zu sagen, nicht sehr viel aßen, eigentlich fast gar nichts, Chana Zitrin aß nur Obst, weil sie kein Fleisch sehen konnte, und Markus vergaß sowieso immer zu essen, und dem armen Ginzburg waren nach dem Verhör der Gestapo keine Zähne mehr geblieben, nur Munin, dieser Verrückte, dieser Barbar, er fraß für alle zusammen! Weil er Kraft brauchte, wie er immer sagte, dieser Perverse, und der Kleine, Verschreckte, Seidman, gut, der aß nur den Fraß der Tiere, in deren Käfig er im Moment gerade arbeitete, Weizenkörner und ähnliches. Nein, sie aßen zwar nicht viel, aber sie halfen uns auch kaum, und wie sie sich benahmen, *boze moj!* Wie Tiere. Wie Tiere! Tiere benehmen sich besser als sie!« Also kam der kleine Biograph zu Fried, um gegen die Bezeichnung »primitiv und barbarisch« zu protestieren. Er weckte das Paar aus dem Schlaf und ermüdete (den vor Wut kochenden) Fried und (die verblüffte) Paula stundenlang mit der Schilderung seiner Lebensgeschichte.

Nach seinen Worten war er vor etlichen Jahren zu dem Schluß gekommen, daß es als Biograph und als Mensch seine Pflicht sei, die umfassende und getreue Biographie eines einfachen Menschen zu schreiben, eines Menschen, der sich keinen Namen in einem öffentlichen Bereich gemacht hatte und nie weltberühmt geworden war. Seit ihm die Idee in den Sinn gekommen war, ließ sie ihn nicht mehr los: Er war überzeugt, daß eine solche Biographie mindestens ebenso wertvoll und wichtig sein würde wie die über Alexander den Großen, die ihm einen gewissen Ruf bei Historikern und Sachverständigen eingebracht hatte. Seidman: »Ah, zwei große Bände habe ich über den Mazedonier geschrieben, Panie Fried, und zuerst fand ich ihn hochinteressant! Sehr faszinierend! Doch ich beendete den zweiten Band in großer Langeweile! Schrecklich großer Langeweile! Denn dieser Alexander, der Berge versetzte und ganze Völker umsiedelte und seine Armeen um die halbe Welt sandte, war in meinen Augen bereits wie eine Art Naturkraft, wie ein Sturm oder ein Erdbeben, und ich wurde seiner überdrüssig! Ja, manchmal, während ich über ihn, über Alexander schrieb, dachte ich mir, dieser Alexander, was hätte er mir und meinesgleichen wohl angetan, wenn er mir auf seinem Weg begegnet wäre... Versteht Ihr? Ich hätte nicht an solche Dinge denken dürfen... ich war ein Mann der Wissenschaft, ich habe an der Universität studiert, aber ich konnte mein Auge nicht verschließen vor all dem, was in der Welt, das heißt außerhalb des Elfenbeinturms geschah! Ja ja, dieser Alexander begann mir solche Angst einzujagen, daß ich mich nicht mehr hinsetzen konnte, um den dritten und letzten Band zu schreiben! Und ich sagte mir, daß ein Mann wie ich aus dem Leben des Mazedoniers keine gute Lehre ziehen kann... ein Mann eine Generation später könnte das vielleicht, so ein Hitler zum Beispiel, der könnte das! Bestimmt könnte er das! Tfu! Pardon! Aber ich wollte doch für kleine Menschen wie mich und Euch schreiben. Versteht Ihr, Panie Fried (Anmerkung der Redaktion: Seidman, und auch einige andere Künstler im Zoo, halten Fried für einen christlichen Polen), es bedarf großer, ja sogar tragischer Anstrengungen, um eine präzise Biographie über einen Menschen zu schreiben. In der Tat, es ist fast unmöglich, ah ja, und in Wahrheit kennen wir niemanden. Wir sind einander völlig fremd (s. u.: → FREMDHEIT). Jeder ist ein Königreich für sich, eine Festung mit eigenem Gott, eigenem Teufel und tausend Geheimnissen, die sich sogar ihm selbst nur allmählich entschlüsseln. Wir sind alle endemisch, um einen wissenschaftlichen Begriff aus dem Arbeitsbereich des werten Panie Fried zu gebrauchen, als wäre ein jeder von uns eine andere Art von Lebewesen, und die Ähnlichkeit zwischen uns nichts anderes als eine optische Täuschung, ein Wunschdenken, die Frucht der Verzweiflung und Einsamkeit... Und der Mazedonier ist zwar sicherlich interessant, aber auch der Uhrenmacher Laiser Melinsky ist erstaunlich! Glaubt es mir! (Fried blätterte in den zerrissenen, verstaubten Seiten von Seidmans Forschungsmanuskript, das mit häßlicher, kritzliger Handschrift geschrieben war, und las staunend die Kapitelüberschriften: »Der Kampf mit dem Bruder Zwi-Hirsch um die Wanduhr, ein Erbstück des gottseligen Vaters«; »Laisers Sehnsucht nach den Zeichnungen auf der Tapete in der Schlafkammer seiner gottseligen Mutter«; »Die Mäßigkeit der Sara-Baile«; »Die heimliche Diplomatie des Abraham Pessach (›des Lubliners‹), der Streit schlichten wollte und statt dessen Unruhe stiftete«; »Laisers Hoffnung, Kompagnon im Stoffgeschäft seines einzigen Freundes Meirsohn zu werden, und Saras Krankheit, die alle seine Ersparnissse verzehrte«. »Ah, wir sind alle so einsam«, sprach Seidman zu Paula, die ihm mit großen runden Augen zulächelte, als wäre er ein Blatt, das aus ihrem Traum wehte. »Und ich stellte fest, daß es keinen großen Unterschied gab zwischen der Mühe, mich in den Mazedonier oder in den Warschauer hineinzuversetzen ... denn die Hauptsache war, sich über die Grenze zu stehlen, nicht nur über die Grenze eines anderen Menschen, sondern auch über die eigene Grenze, und sei es nur, um vor mir selbst zu fliehen, damit ich in sie, die andere Figur, hineinschlüpfen kann! Die Zwiebelkekse sind köstlich, wenn Ihr gestattet, werde ich noch einen kosten ... hmm! Ganz ausgezeichnet! Ich wünschte, ich könnte selbst solchen Genuß bereiten ... Und nun zurück zur Sache! Es leben Millionen von Menschen um uns herum, so sagte ich mir, da können wir uns doch nicht damit einverstanden geben, keinen Menschen außer uns selbst zu kennen! Richtig zu kennen! Von *innen* zu kennen! Den Puls seiner Existenz für einen flüchtigen, heimlichen Augenblick in unserem Innersten zu fühlen! Nun ja, manchmal meinen wir, daß wir jemanden kennen, ich hatte mir stets eingebildet, meine Gattin zu kennen, doch später erfuhr ich Dinge über sie ... Ah, seht Ihr? Ich rede, und Euch fallen schon die Augen zu, ja, wenn ich in Stimmung bin, überkommt mich das Reden! Nu, Ihr werdet sicher verstehen, daß ich schon seit Jahren, seit vollen drei Jahren schweige! Seit Laiser sich das Leben genommen und mich mit leeren Händen zurückgelassen hat, mitten im Gesang seines elenden Lebens hat er sich umgebracht, hat seine Kraft versagt, und ich, ich wollte ihm natürlich folgen! Nun ja, vor drei Jahren ist es gewesen, als die Welt vom Grauen gepackt wurde… ah, ich habe vergessen, Euch zu erzählen, daß ich in jenen Tagen mein Talent schon so vergrößert hatte, daß ich nicht mehr wußte, ob ich es beherrschte oder ob es mich schon so beherrschte, daß ich es begehrte… versteht Ihr: in den Jahren, in denen ich meinem Laiser Tag für Tag und Stunde für Stunde folgte, entwickelte ich in meinem Innern gewaltige, erhabene Mächte der Schicksalsgemeinschaft, des Miteinanderseins. Und er, die gute Seele, er protestierte nicht dagegen, warf mich nicht die Treppe hinunter und Schluß! Sondern er verstand, er sah, wie sehr ich ihn brauchte… versteht Ihr? In jenen Tagen hatte ich bereits ein wenig von meiner Größe verloren, ja, aus der Universität warfen sie mich schon 1935 wie einen unerwünschten Sproß hinaus, und meine Frau lief mit einem Schuft davon, möge sein Name ausgelöscht werden, und meine Kinder, mein eigen Fleisch und Blut, begannen sich meiner zu schämen, weil ich nicht mehr so auf meine Toilette achtete! So sagten sie! Meine eigenen Kinder, die ich zu kennen meinte! Ah, wo war ich stehengeblieben? Ja, er, Laiser, war klug, sicherlich klüger als ich, und während ich versuchte, ihn kennenzulernen, schaute er in meine Seele und sah alles, was in ihr war, und vielleicht ließ er es aus diesem Grunde zu, daß ich ihm tagtäglich folgte, und erzählte mir gerne alles, was ihm widerfahren war, sogar Familienangelegenheiten vertraute er mir an, ja, ohne seine Herzensgüte und die Gutherzigkeit seiner armen Sara-Baile wäre mir mein Werk nicht so gut gelungen… Und die Leute pflegten über Laiser zu lachen und zu sagen, daß ein Schatten an ihm hafte, Mupim und Chupim nannten sie uns, Chilek und Bilek…, aber Laiser verstand und ließ mich weitermachen, denn was wollte ich?!« brüllte plötzlich der kleine, erregte Mann und fuchtelte dramatisch mit seinen zarten, sanften Händen. »Wollte ich denn jemandem Böses antun?! Wollte ich denn jemand verleumden?! Ah, alles, was ich tat, tat ich aus Liebe. Aus dem Wunsch, den Menschen kennenzulernen, der *außerhalb von mir* lebt, der außerhalb meiner Haut umhergeht! Zu wissen, oij, zu wissen! Den hauchdünnen Umschlag der Haut aufzureißen, in den alle unsere Briefe gefaltet sind, der uns trennt, der stärker ist als Stahl! Stärker als

Stahl! Ich quäle mich mein Leben lang damit, das heißt, ich habe mich gequält, denn jetzt habe ich es ja besiegt! Eine vernichtende Niederlage habe ich ihm beigebracht! Fragt mich nicht, wie! Fragt mich nicht! Ich weiß es selber nicht: Irgend etwas ist in mir geborsten, irgend etwas riß ab wie ein Hemdknopf, zack, und aus! Und plötzlich konnte ich tun, was ich wollte! Wißt Ihr, wann das geschah?« (Fried und Paula schüttelten mit offenem Mund den Kopf.) »Ich werde es Euch sagen, damit auch Ihr Euch freuen könnt! Es geschah, als mir Laiser in einer Nacht von dem Bücherschrank erzählte, der im Hause seines Vaters gestanden hatte! So war das, ja, so war das! Ein lackierter Schrank mit zwei großen Vitrinen, in dem das Silbergeschirr und die Lieblingsbücher seines gottseligen Vaters aufbewahrt wurden. ›Sroantka‹ wird so ein Schrank bei uns genannt, gnädige Frau, und man kann ihn mit einer Papiertapete und einem niedlichen bunten Streifen mit klitzekleinen Messingnägeln schmücken, kennt Ihr das? Und in diesem Schrank bewahrten wir unser Silbergeschirr auf, und in der untersten Schublade lagen besondere Kleidungsstücke wie die Halstücher, die meine Mutter meinem Vater als Braut genäht hatte, Ihr wißt schon, aus dichtem Webstoff, mit dunkelgrünem Seidenfaden und eingeflochtenen Rosenknospen und Blättchen verziert, man hätte meinen können, sie wären echt!« (Fried sah Seidman erstaunt an, er hörte ihm kaum zu, sondern versuchte herauszufinden, an wen ihn Seidman in den letzten Minuten mit seinen runden, anmutigen Gesten und seinem sanften, nachsichtigen Lächeln erinnerte.) »Ja, was? Was habe ich gesagt? Pardon! Ich habe mich einen Augenblick vergessen! Also, als mir Laiser von dem Schrank erzählte, fühlte ich plötzlich, daß ich selbst Laiser war! Ein vollkommener Laiser von A bis Z! Daß ich alle seine Geheimnisse und Herzensqualen kannte und wußte, daß er gleich seine Hand heben und sich mit ihr über das asketische Gesicht streichen würde, ja, ich wußte alles, alles! Und so war ich einige Monate lang Laisers Ebenbild, und ich hielt mich so lange an ihn, bis ich nicht mehr aufhören konnte, denkt nur – es lag nicht mehr in meiner Hand! Ich begann mir vorzustellen, daß ich Laiser sei! Daß ich mit Sara-Baile verheiratet sei... Und er, gerecht wie er war, wies mich nicht zurecht, ließ mich ihm überall folgen, den ganzen Tag mit ihm zusammen in seiner kleinen Uhrenmacherstube sitzen und den Menschen an seiner Stelle auf ihre Fragen antworten, ah, denn ich wußte genau, was er sagen wollte, noch bevor er den Mund öffnete! Ich wich nicht von seiner Seite, weder Tag noch Nacht! Und daher, ah ja, daher folgte ich ihm auch zum Strick... das Leben war ihm zur Last geworden, versteht Ihr, und es wurde noch unerträglicher nach dem Tod von Sara-Baile, meiner Gattin – pardon! – seiner Gattin... Sara-Baile, möge sie in Frieden ruhen. *Sie* haben sie getötet, versteht ihr, sie lag krank im Bett, und sie kamen ins Haus und töteten sie vor unseren Augen... wir weinten eine Woche lang. Vor unseren Augen! Nu, und dann, mitten in der Nacht, sagte Laiser plötzlich zu mir, die Zeit ist gekommen! Du, sagt er zu mir, ein Gerechter unter den Gerechten, es gibt niemanden auf der Welt, der so ist wie du, der die Menschen so liebt wie du, aber ich kann es nicht mehr ertragen, sagte er mir, ich kann deine Gutherzigkeit nicht mehr aushalten... denn deine Gutherzigkeit bringt mich vor Kummer und Erbarmen um... daher werde ich jetzt eine Tat begehen, und ich möchte dich bitten, mich nun zu verlassen... mich eine Weile allein zu lassen... so sprach er zu mir. Er hatte Angst, daß auch ich mir den Strick umlegen würde. Ich verließ das Zimmer, ich wußte, was er nun tun würde, und ging in die Speisekammer und machte auch mir eine Schlinge... denn was hatte mein Leben für einen Sinn ohne ihn? Das heißt ohne mich? Was war von dem alten, vergessenen Malkiel Seidman geblieben? Nichts! Staub und Asche! Ah, er starb, und ich, *nebbich*, wurde gerettet. Mich hat man vom Strick heruntergeholt und in die Irrenanstalt gebracht, und dort, nu, Spritzen und Verbände und Kompressen, die Pest soll alle Doktoren holen! Tfu! Pardon. Und als ich entlassen wurde, das heißt, als die Deutschen kamen, möge ihr Name ausgelöscht werden, und unser Haus der Weisen auflösten und uns auf die Straße setzten, da war alles leer und tot in mir. Mein Inneres war zerfressen. Ich weiß nicht, vielleicht war es Laisers Tod, der in mir weiterlebte, der mich zu einem hohlen Kontrabaß machte und so völlig widerstandslos; wenn Ihr wollt, bin ich Rabbiner, wenn Ihr wollt, eine stillende Frau, ich beklage mich nicht, warum soll ich mich beklagen? Das Leben scheint doch interessanter so, und ich habe ohnehin keine

Wahl mehr, denn ich sickere wie Wasser in andere Menschen ein und stehle ihnen ihr Inneres, aber äußerlich ist das nicht zu erkennen, und selbst jetzt, in diesem Augenblick, oh weh! Nein, nicht jetzt!« (er schlug seine linke Hand mit der rechten) »Beherrsch dich zumindest hier! Zumindest hier, du Elender! Wo waren wir stehengeblieben? Ach ja, diese Schwächen beherrschen mich... sie befallen mich in Gegenwart von Menschen... die Poren meiner Haut öffnen sich wie Blumen, die nach Sonne dursten, die Knochen strecken sich in ihren Gelenken, und alles in mir wird derart gelöst und matt und offen, daß der andere, dessen Wesen sich mir nicht widersetzen kann, ohne es zu wissen, ohne es zu spüren, in mich hineingesogen wird, um den Hohlraum zu füllen... eine Art heimliches PLAGIAT (s. d.); sein ganzer Besitz fließt sanft in mich über, ja, alle seine Sehnsüchte, seine heimlichen Ängste, seine Leidenschaften, die Lügen, die er sich selbst erzählt, ah, Fried, mein Fried'chik, es würde dich sicher verrückt machen, du kannst dir gar nicht vorstellen, in was für einer Hölle die Menschen leben, du sollst es nie wissen, und was für Teufel sie in sich haben, sie alle, *mamo droga*, aber iß nicht soviel von diesen Keksen, Fried'chik, sonst wirst du wieder Sodbrennen kriegen und nicht schlafen kön-«. »Genug!« schrie Fried und sprang auf, und Paula, erstaunt: »Er redet wie ich, nicht wahr, Fried'chik?« Der hohle Biograph entschuldigte sich und erklärte, nun ja, er habe eben diese Anfälle, manchmal stärker als sonst, denn alles in ihm sei ausgehöhlt und zerfressen wie ein leeres Haus, das von Gespenstern heimgesucht wird, wie eine geisterhafte Uhr, deren Zeiger weiterlaufen, obwohl der Uhrmacher, mein Gott, schon tot ist und das Räderwerk von anderen aufgezogen wird... Man nehme zum Beispiel den Trödler, der am Eingang zum Zoo *kapusniak* verkauft. »Ich brauche nur ein paar Augenblicke neben ihm zu stehen, und schon ist er in mir, sein ganzes Wesen, das summende Blut in seinen Adern und das Pochen seines Herzens und das Geheimnis seiner unheilbaren Krankheit, die er sogar vor seiner Frau und seinen Kindern verbirgt... Und so geschieht es auch, wenn ich neben dem Papageienkäfig arbeite, ah, ich fühle mich sogleich gefiedert und bunt und gesprächig« (Fried notierte sich innerlich mit Entsetzen: dafür sorgen, daß dieser kleine Sonderling niemals in der

Nähe der Raubtierkäfige arbeitet!). »Aber das Merkwürdige ist, Panie Doktor, daß bösherzige Menschen keine Macht über mich, das heißt über meine Kunst haben… gewöhnliche Boshafte vielleicht ja, aber Herzlose nie. Niemals! Eine Art Barriere liegt zwischen uns. Ich kann zum Beispiel hundertmal an *ihren* Wachtposten vorbeigehen, Ihr weißt schon, wer gemeint ist, und nichts wird mir geschehen! Und ich werde Euch jetzt ein Geheimnis verraten: ich *liebe* es, an ihnen vorbeizugehen, weil ich dann für einen Augenblick von meiner tyrannischen Kunst, von meinem Unglück befreit bin und fühlen kann, daß ich tatsächlich ich selbst bin, der arme Malkiel Seidman… Und darum sage ich: Herzlose – nie. Mörder – nie und nimmer. Ich weiß nicht den Grund dafür. Ein Rätsel ist das, und ein Rätsel wird es bleiben! Aber was den ganzen Rest anbelangt – das genaue Gegenteil! Die gutherzigen Menschen richten in mir Verheerungen an… ich fließe unaufhaltsam in sie über, und sie in mich! Selbst hier, in unserem Zoologischen Garten, nun ja… höre ich nicht auf damit! Otto war derjenige, der mich darum bat. Er sagte, daß wir, die keine Körperkräfte haben, alles tun müssen, was wir können, und ich mache, was er sagt, denn Otto verweigert man nichts, und daher gebe ich mir soviel Mühe und riskiere es, meine Seele zu verlieren, und überschreite alle Grenzen! Ja, so ist es! Nennt mich einen Rebellen, wenn Ihr wollt, der seine Fäuste gegen den Himmel reckt! Der jeden Augenblick aus dem bestbewachten Gefängnis der Welt flieht, nur um sofort wieder in ein anderes einzudringen! Und so allmählich die Hindernisse überwindet, die von wem auch immer zwischen die Menschen gestellt wurden… und dadurch ein klein wenig die Liebe und Barmherzigkeit zwischen den Menschen verstärkt, denn, nu, sie sind alle so einsam, eingeschlossen in ihre Kisten, blind und taub und stumm sind sie alle… und ich, ah, ich kann wenigstens frei umhergehen… alle aufnehmen… einen wortlosen Gruß übermitteln… eine Art Herberge bin ich für sie, ein stummer Übersetzer zahlloser fremder Sprachen, denn sie alle können die Worte sagen, nu, zum Beispiel Elend, Qual, Hoffnung, Sehnsucht, ah, aber nur ich weiß wirklich, was sie mit diesen Worten meinen. Was Ihr, Panie Doktor, zum Beispiel meint, wenn Ihr ›Schmerz‹ sagt, und was die gnädige Frau Paula damit meint, ist genauso grundverschieden, wie wenn Ihr ›Mutter‹ sagt und zwei ganz verschiedene Frauen meint, ja, ja, und nur in mir werden sich diese blinden, tauben Schmerzen begegnen können, nur in mir werden sie sich einander in ihrer ganzen Tiefe anvertrauen können… ein Wörterbuch bin ich geworden, ein zwischenmenschliches Wörterbuch… und es gibt keinen, der darin lesen kann, auch ich selbst kann es nicht… nein, ich kann es nicht, ich bin nur die Seiten, und der Doktor sagte sicherlich nur aus Spaß ›primitiv‹, und nun, da ich es endlich gesagt habe, werde ich mich auf den Weg machen, ja, das wollte ich schon seit ein paar Minuten tun, nur… nu, irgend etwas hält mich hier noch auf, eine Art Stechen in der Tiefe meines Magens, nein, nicht von Euren köstlichen Zwiebelkeksen, gnädige Frau, sondern eine Art Wölbung, eine Art Empfängnis, großer Gott, was ist das, helft mir, helft mir, Pani Paula, oh, dieser Schmerz, fühlt Ihr ihn auch? Nehmt ihn fort, nehmt ihn mir fort, er ist von Euch, von Euch beiden, nicht von mir… bitte…«

Und vor den verblüfften Augen von Paula und Fried brach der Biograph zusammen, krümmte sich auf dem Boden – Wasserman: »und keuchte wie eine Gebärende!« Er kämpfte mit unsichtbaren Schnüren, die sich um und in ihm zu wickeln schienen, die ihn zu Paula hinzuziehen schienen, zu dem, was jenseits von ihr lag, was sie zu dieser Stunde selbst noch nicht ahnte, und schließlich wurde sein ganzer Körper in die Luft geworfen und zusammengerollt und verhüllt wie ein Embryo mit einem seltsamen, schrillen Schrei aus der Tür, durch die er hereingekommen war, hinausgestoßen, und Fried und Paula sahen sich an, und plötzlich spürte Paula zum ersten Mal die Bisse in ihrer Gebärmutter.

זמן

SMAN

ZEIT

Eines der ersten Daten des Bewußtseins. Nicht eindeutig definierbar aufgrund ihrer Ursprünglichkeit und Allgemeinheit. Bestimmt Verlauf und Fortdauer von Erscheinungen.

1. Kasiks Zeit

Fried begann Kasiks Zeit um 21.00 Uhr jenes Abends zu messen, an dem er ihm gebracht worden war, und zwar von dem Augenblick an, als der weiße Schmetterling über das Gesicht des Kindes flatterte. In der Annahme, daß die durchschnittliche Lebensdauer eines Mannes zweiundsiebzig Jahre beträgt, errechnete Fried, daß eine Minute von Kasiks Zeit achtzehn Tagen eines normalen Lebens glich. Eine Sekunde in Kasiks Leben war demnach so lang wie acht Stunden in Frieds Leben, und eine Minute und vierzig Sekunden waren für Kasik ein Monat. Zehn Minuten stellten für Kasik sechs Monate dar, und eine Stunde – ganze drei Jahre. Fried war entsetzt. Es sollte vielleicht erwähnt werden, daß Fried im Laufe der Nacht zwei verzweifelte Versuche machte, Kasiks galoppierende Zeit zu bremsen: Zuerst löschte er alle Lichter im Haus, weil er – Markus: »aus Verzweiflung, nicht aus Dummheit, Gott behüte« – hoffte, daß die Tyrannei der Zeit im Dunkeln ein wenig abnehmen würde. Dann, kurz vor Sonnenaufgang, als Kasik bereits einundzwanzig Jahre alt war, tauchte ihn der Arzt in eine Wanne mit kaltem Wasser, wieder in der törichten Hoffnung, daß das Wasser den Lauf der Zeit verzögern würde. Selbstverständlich nahm all das keinen Einfluß auf die Zeit, sondern verstärkte nur das Gefühl des Arztes, daß seine eigene Zeit mit der gleichen entsetzlichen Geschwindigkeit voranschritt und verstrich; daß, sobald die Zeit Kasik zu Ende gequält haben würde, die ganze Welt in demselben Wahnsinnstempo verfallen würde. Der Arzt – das muß betont werden – spürte manchmal, daß er nicht nur für Kasik kämpfte.

2. Die äußere Erscheinung der Zeit

Die äußere Erscheinung der Zeit offenbarte sich dem überraschten Fried durch einen unglücklichen Zufall: Während er Kasik mit letzter Kraft hinterherlief (s.u.: KINDHEIT; FREMDHEIT), zog dieser am Zipfel des Deckchens, das auf dem Regal lag, wobei eine große Porzellanschüssel, auf der sich vier blaue Hirsche jagten und die Paula verträumt anzusehen pflegte, zu Boden fiel und in Scherben ging. Woraufhin Fried, ohne zu überlegen, seine Hand ausstreckte und das Kind ohrfeigte. Es ertönte ein kurzer, durchdringender Aufschrei, dann war Ruhe. Fried: »*Moj boze!* Was habe ich getan?!« Kasik vergaß übrigens sofort die Ohrfeige und den Schmerz, der ihr folgte, und wandte seine Aufmerksamkeit den Porzellanscherben zu.

Es wunderte ihn, daß ein Gegenstand durch Zerbrechen und nicht durch Dahinsterben enden konnte. Fried schloß die Augen vor herzzerreißender Reue darüber, daß er das verurteilte, schutzlose Baby derart mißhandelt hatte, aber nicht einmal dafür blieb ihm genügend Zeit, denn genau in diesem Augenblick trat Kasik barfüßig auf eine spitze Scherbe und schrie auf. Er schrie mehr aus Überraschung als vor Schmerz und schmiegte sich sofort an Fried, der ihn noch vor einem Augenblick geschlagen hatte. Fried schrie mit ihm, weil er mit eigenen Augen sehen konnte, wie das Leben aus dem Kind floß, wie Kasik den Schmerz kennenlernte, den Fried weder verhindern noch an seiner Stelle erleiden oder mit dem er verhandeln konnte, doch als Fried sich bückte, um Kasik zu umarmen, sah er, daß es kein Blut war, das aus dem tiefen Schnitt im Fuß floß, sondern eine Art durchsichtiger Flocken, die weder aus Wasser noch aus Luft bestanden, eine Art federleichter Späne, die im Takt der Herzschläge aus dem Körper schwebten und sich sofort in Luft auflösten, und Fried wußte ohne jeden Zweifel, daß es die Zeit war.

3. Nicht-Zeit. s. u.: → PROMETHEUS

זרות

SARUT

FREMDHEIT

Eigenschaft des Fremden. Entfremdung. Abstand und Andersartigkeit.

Fried fühlte sie in all ihrer Schärfe, als er mit Kasik dem Kind (s. u.: → KINDHEIT) allein in seinem Pavillon blieb. Die Entwicklung des betreffenden Gefühls war wie folgt: Kasik war ein lebhaftes und wildes Kind, das die ganze Zeit Unfug anstellte. Er zerbrach alles, was ihm in die Hände fiel, machte alles in seiner Umgebung schmutzig und brachte sich ständig mit gewagten Streichen in Gefahr. Er wuchs schnell heran, das heißt, er wurde zwar nie größer als die einundfünfzig Zentimeter oder schwerer als die drei Kilogramm, auf die ihn Fried das erste Mal geschätzt hatte, aber man konnte sehen, daß er kräftiger und robuster wurde. Er wankte auf seinen nackten Beinen wie ein kleiner Strolch in Windeln. Sein schneeweißes, albinohaftes Haar wurde so dicht und lang, daß Fried es zu einem Zopf zusammenflocht, damit es den Buben nicht bei seinen Bewegungen störte. Der Arzt mußte ihm, gestützt auf seinen Stock, im ganzen Haus nachlaufen, um ihn sanft von den Türklinken loszureißen und ihn aus Spül- und Klosettbecken herauszuholen, und währenddessen ärgerte er sich unentwegt über sich selbst: »Nu, daß ich mich in den ersten und wichtigsten Jahren nicht besser um seine ERZIEHUNG (s. d.) gekümmert habe, und daß ich zu sehr mit mir selbst beschäftigt war, mit allem, was ich fühlte, und mit der Abrechnung mit meinem Leben und den Erinnerungen an meine eigene Kindheit, ja, und jetzt kenne ich dieses Kind kaum, ich kenne nur seine Aggressionen und die Energie, mit der es rennt und hinfällt und wieder aufsteht, und die tyrannische Leidenschaft, mit der es nach seiner Umwelt greift und siegreich seinen Fuß auf sie setzt, und das macht mir Angst, jawohl.« An diesem Punkt sollte näher ausgeführt werden: Es machte Fried Angst, daß sein Kind so stark und so fremd war und daß er nichts über seine Gedanken wußte, ob es ihn überhaupt liebte oder ihn für seinen unvermeidlichen und lästigen Diener hielt, und ob es als Erwachsener Fried oder vielleicht eher Paula ähneln würde. Fried hoffte, daß es so wie Paula werden würde, aber es gab keine Möglichkeit, darauf Einfluß zu nehmen. Er fragte sich, ob er das Kind mit all seiner Kraft und Lebenserfahrung bekämpfen sollte, um es auf das Leben vorzubereiten, oder ob es besser wäre, ihm Lügen über die Welt zu erzählen, da dem Kind ohnehin nur so kurze Zeit gegeben war. Er betrachtete Kasik, der sich tief im großen Kleiderschrank vergrub, und fragte sich, ob er ihm je nahe genug sein würde. Ihm war, als betrachtete er sein eigenes Spiegelbild: Selbst wenn man tausendmal ›ich‹ sagt, weiß man nie wirklich, was es bedeutet. Man ist sich immer zu nah und zu fern. Zum ersten Mal beneidete der Arzt den Biographen SEIDMAN (s. d.) um sein merkwürdiges Talent, in die Mitmenschen eindringen und sie von innen fühlen zu können.

Der alte Arzt schloß die Augen und war erschüttert über die bittere Erkenntnis, daß das Kind ihm fremd war, daß es ihm immer fremd bleiben würde. Daß er Kasik stets mehr lieben würde als Kasik ihn. Und selbst wenn es ihm auf wundersame Weise gelänge und Kasik tatsächlich ein glückliches und zufriedenes Leben leben würde (s.u.: → GEBET), so würde Fried immer denselben Hunger und Kummer darüber empfinden, daß er nicht einfach Kasik sein konnte, um so die Fremdheit zu besiegen, die Abtrennung und Verbannung eines Teils seiner selbst, der alleine durch die Welt zog. Er überlegte, ob er nicht besser daran täte, sich zusammenzureißen und sich vor dieser enttäuschten Liebe und dem unerträglichen Schmerz, der ihn so gefangen nahm, zu schützen. Er wußte auch, daß es irgend etwas in den Eltern gab – selbst in den besten und empfindsamsten –, das ein Kind töten mußte, um sich selbst den Weg zu Luft und Licht zu bahnen, wie im Wald die jungen Bäume gegen die alten. Da begriff der Arzt, daß dem Kind und ihm sehr wenig Zeit blieb und sie nur ein paar sehr dürftige Mittel hatten, um einander zu verstehen, zu lieben und Erbarmen zu haben, und während er noch in die Luft starrte, kletterte Kasik aus dem Schrank heraus und zog im Vorbeilaufen an dem Deckchen, das auf dem Bücherregal lag, wodurch die Porzellanschüssel, auf der sich vier blaue Hirsche jagten, herunterfiel und in Scherben ging.

s.a.u.: → ZEIT

חדש, האדם ה־

CHADASCH, HA-ADAM HA-

(DER) NEUE MENSCH

Prototyp, den die Theoretiker der Naziideologie gestalten wollten.

Der N.M. war auch der Prototyp, den Obersturmbannführer Neigel als absoluten Gegensatz zu Wasserman darstellte, als er von der »neuen Zukunft« sprach, die ihm das Reich und sein Führer versprachen. Um der Genauigkeit willen wird an dieser Stelle auf das Thema des N.M. etwas näher eingegangen: In seinem Buch *Mein Kampf* behauptet Hitler, daß die nordische Rasse der Träger der gesamten Zivilisation und sein Kampf gegen den Fremden, den Juden, den Slawen – kurzum: gegen alle minderwertigen Rassen – daher ein heiliger Kampf sei. Hans Günther, der offizielle Theoretiker der Nationalsozialistischen Partei, entwarf anhand einer Studie von zehn Millionen Deutschen den Prototyp des N.M.: großgewachsen, glattes, blondes Haar, länglicher Schädel, schmales Gesicht, wohlgeformtes Kinn, dünne Nase, helle, tiefliegende Augen und eine rosig-helle Hautfarbe. (Neigel hatte, wie die meisten Bayern, dunkles Haar und dunkle Augen.) Da sich in Deutschland nicht genügend Menschen dieses Idealtypus fanden, um die Vorherrschaft des Reiches für die nächsten tausend Jahre zu garantieren, begannen die Anführer des deutschen Volkes nach Wegen zu suchen, um die menschlichen Reservoirs des N.M. zu vergrößern. Hinsichtlich der Verbesserung der Bayern zum Beispiel beabsichtigte man zuerst, Norweger nach Bayern zu importieren, um die Ortsansässigen mittels gesteuerter Kreuzung und richtiger Ernährung schon in wenigen Generationen rein nordisch zu machen. Diese Idee war nur der Anfang eines weit umfassenderen Programms. Dr. Willibald Hentschel schrieb im *Hammer*, dem offiziellen Propagandablatt der Nationalsozialisten in Berlin: »Versammelt tausend Mädchen, isoliert sie in einem Lager, paart sie mit hunderttausend gesunden deutschen Jungen. Mit Hunderten solcher Lager wird man eine Generation von hunderttausend blutreinen deutschen Kindern erzeugen.« Am 19.2.39 hielt Bayerns Gauleiter Paul Gießler vor den Studenten der Universität München eine Rede, in der er die weiblichen Zuhörer daran erinnerte, daß SEX (s.d.) nach nationalsozialistischer Auffassung ausschließlich Mittel zur Fortpflanzung sei. Er betonte, daß jede Frau dazu verpflichtet sei, dem Führer Kinder zu schenken, und rief die Zuhörerinnen dazu auf, zur Vermehrung des deutschen Volkes beizutragen, und: »Wenn ihr niemand habt, mit dem ihr Kinder machen könnt, leih ich euch meine Adjutanten. Ihr werdet es nicht bereuen!« Außerdem sollte auch Reichsführer Himmlers intensive Beschäftigung mit dem Problem der Vermehrung des deutschen Volkes und der Vervollkommnung des N.M. erwähnt werden: Es war Himmler, der sich dem Führer gegenüber verpflichtete, Deutschland bis zum Jahre 1980 mit hundertzwanzig Millionen nordischer Deutscher zu bevölkern. Er ernannte sich zum Paten eines jeden Kindes, das am 7. Oktober – seinem Geburtstag – geboren wurde. Jedem dieser Kinder wurde am Tage der Geburt ein Leuchter und zu jedem weiteren Geburtstag eine Mark und Kerzen für jedes Lebensjahr geschenkt. Die ersten zehntausend Lampen wurden von den Häftlingen in Dachau hergestellt. Wie Himmler zu sagen pflegte: »Wenn nun Mutter Bach bei ihrem fünften oder sechsten oder auch nach dem zwölften Kind gesagt hätte, nun ist es genug, dann wären die Werke Bachs nie geschaffen worden!« Himmler interessierte sich auch sehr für verschiedene Volksbräuche, welche die Geburt von männlichen Nachkommen versprachen. Die Ergebnisse seiner »Untersuchungen« wurden in offiziellen Rundschreiben an die SS-Männer verteilt. Er beklagte mehr als einmal, daß seine SS-Männer kein Interesse für die anständigen nordischen Mädchen zeigten, sondern aus irgendeinem Grund plumpe, kurzbeinige Frauen vorzögen. Im Rahmen der Anstrengungen zur Verbesserung der Rasse sind vor allem die Einrichtungen des ›Lebensborn‹, die auf Himmlers Inspiration hin gegründet wurden, erwähnenswert. (An dieser Stelle möchte die Redaktion Mark Hillel für sein bemerkenswertes Buch *Lebensborn e.V. Im Namen der Rasse* ihren Dank aussprechen.) ›Lebensborn‹ hießen die Geburtshäuser, die Himmler im ganzen Reich errichten ließ. Diese »menschlichen Zuchtstätten« dienten sowohl als Waisenhäuser wie auch als Bordelle und waren dazu bestimmt, mit Hilfe von Männern und Frauen, die mit großer Sorgfalt nach den rassischen Maßstäben des Reiches ausgesucht wurden, eine neue nordische Herrenrasse hervorzubringen. Zu diesem Zweck wurden Hunderttausende von »rassisch wertvollen« Kindern von den Deutschen entführt und auf den Zuchtfarmen großgezogen, um sie dann untereinander und mit reinblütigen Deutschen zu kreuzen. Der oberste Chef dieser Einrichtungen war Max Solmann (NSDAP-Nummer 14528), der 1937 der SS beitrat. Frau Inge Weiermetz war für die Verteilung der entführten Kinder unter den kinderlosen SS-Familien zuständig. Auf den SS-Zuchtfarmen wurden Kinder aufgenommen, die in Ost- und Nordeuropa gefangen wurden. Die Entführertrupps hatten Anweisung, nur die hübschesten Kinder zu entführen. Die Methode war einfach: Man machte auf der Straße ein Kind aus, das den rassischen Anforderungen zu entsprechen schien, lockte es mit Süßigkeiten und erfuhr von ihm, wie es hieß und wo seine Eltern wohnten. Die Information wurde noch am selben Tag an die Entführertrupps weitergeleitet. Die Methode war effizient, weil man sich auf diese Weise gleich mehrere geeignete

Kinder aus derselben Familie holen konnte. Die ungeeigneten Kinder wurden getötet. Meistens wurden auch die Eltern umgebracht, um die Kinder ohne unnötige Komplikationen mitnehmen zu können. Sobald man die Kinder entführt hatte, wurde ein enormer psychologischer Druck auf sie ausgeübt, um zu erreichen, daß sie ihre Herkunft vergaßen und ihre Eltern haßten. Die Kinder hörten unentwegt, daß ihre Eltern krankhafte Verbrecher wären. Die Väter wurden als Säufer und Mörder beschrieben, die Mütter als leichtfertige, ausschweifende Frauen, die an Tuberkulose und Alkohol starben. Den Kindern war es verboten, in ihrer Muttersprache zu sprechen. Sie wurden gefoltert, wenn sie es wagten, ihre Herkunft zu erwähnen. Mark Hillel traf in Deutschland eine Frau, der die Nazis als Fünfjährige den Sarkophag eines Bischofs gezeigt hatten mit der Erklärung, ihre Mutter sei darin begraben. Nach dem Krieg fand die Mutter sie wieder (sie war in einem Konzentrationslager gewesen), doch das Kind weigerte sich, zu ihr zurückzukehren mit der Begründung: »Ich sah meine Mutter einmal sterben, ich wollte sie nicht ein zweites Mal sterben sehen.« Der ›Lebensborn‹ kümmerte sich auch um norwegische, holländische und französische Frauen, die von deutschen Soldaten schwanger wurden, weil Himmler den vortrefflichen deutschen Samen nicht an andere Völker verlieren wollte. Diese Frauen wurden – manchmal gegen ihren Willen – in die Einrichtungen nach Deutschland überführt, wo sie die entsprechende Pflege bis zur Geburt erhielten. Kinder, die nach den rassischen Anforderungen mit irgendeinem Makel geboren wurden, – wurden vernichtet. Ebenso wurden Kinder aus Waisenhäusern in allen eroberten Ländern entführt und in die Einrichtungen des ›Lebensborn‹ gebracht. Allein in Ungarn und der Ukraine wurden über fünfzigtausend Kinder entführt, in Polen rund zweihunderttausend. Die Kinder wurden sofort Rasseuntersuchungen unterzogen. Man maß Schädel, Brustkörper, Penis (bei Jungen) und Becken (bei Mädchen). Die erklärte Absicht war, sie miteinander zu kreuzen, sobald sie die geschlechtliche Reife erreicht hatten. Die Mädchen erhielten Hormonspritzen, damit sie schneller reiften. Im Alter von fünfzehn Jahren sollten sie von SS-Männern befruchtet werden. So verwandelten sich die Zentren des ›Lebensborn‹ zu halboffiziellen Bordellen für SS-Männer, die häufigen Gebrauch von ihnen machten. Die entführten Kinder wurden an Nacken und Arm gebrandmarkt. Himmler höchstpersönlich überwachte die Einrichtungen und kümmerte sich um die kleinsten Einzelheiten: So schickte er zum Beispiel ein Glückwunschtelegramm – das in den Protokollen aufbewahrt ist – an eine Frau Anni O. (der volle Name fehlt), deren Brüste in einer einzigen Woche, zwischen dem ersten und dem siebten Januar 1940, in ihrem Dienst als Hebamme im ›Lebensborn‹ 27870 Gramm Milch abgaben! Himmler ermutigte auch unverheiratete Mütter zur Geburt und versprach ihnen finanzielle Unterstützung durch das Reich. Er wandte sich an deutsche Mädchen mit der Bitte, es in dieser Kriegszeit mit der Keuschheit und Reinheit nicht zu genau zu nehmen und forderte sie auf, Geduld zu haben mit den Forderungen der jungen Männer, die für den Führer an die Front zogen. Noch heute, Jahrzehnte nach Kriegsende, suchen entführte Kinder und deren Eltern einander in ganz Europa. Bei den Nürnberger Prozessen im Oktober 1947 wurden die für den ›Lebensborn‹ Verantwortlichen für ihre *Mitgliedschaft in der SS* verurteilt. Sie wurden in keinem anderen Anklagepunkt für schuldig befunden.

חופשה

CHUFSCHA

URLAUB

Ferien. Zeitweilige Befreiung von einer bestimmten Arbeit oder Pflicht.

Neigels Urlaub wurde zweifellos zum Wendepunkt in Wassermans Geschichte. Am Vorabend seiner Abreise verlangte Neigel von dem Juden, ihm die Geschichte von Kasik, der mittlerweile ungefähr vierzig Jahre alt war, weiterzuerzählen. Wasserman weigerte sich aus irgendeinem Grunde und bestand darauf, ihm weitere Einzelheiten, die noch in der Geschichte fehlten, erzählen zu müssen, und zwar, warum die Kinder des Herzens zu ihrem letzten Abenteuer zusammengekommen waren und wen sie diesmal bekämpften (s. u.: →HERZENS, DIE AUFERSTEHUNG DER KINDER DES), denn ohne diese Informationen würde die Geschichte »nicht richtig gar sein«. Neigel schäumte vor Wut. Er bezichtigte Wasserman des VERRATS

(s. d.), doch Wasserman weigerte sich nachzugeben und über Kasiks Leben zu erzählen. Neigel verlor die Beherrschung und schlug auf Wasserman ein. Später, als er selbst zusammenbrach und den Juden um Verzeihung bat, wurde sein häßliches Geheimnis entlarvt (s. u.: → PLAGIAT).

Und so begab sich Neigel ohne die Fortsetzung von Kasiks Geschichte auf Urlaub. Als er, von Angst und Reue über das geplagt, was er zu Hause angerichtet hatte, ins Lager zurückkehrte, waren Wasserman, Fried, Otto und die anderen bereits Neigels Familienangehörige geworden. Seine Liebsten, seine ganze Welt. Neigel war – wenn man das so sagen darf – gänzlich in Phantasie aufgelöst, in die Phantasie von Anschel Wasserman.

(ה)חזירויות האלה

(HA)-CHASIRUJOT HA-ELLE

(DIESE) SCHWEINEREIEN

So nannte Paula die Nürnberger Gesetze.

s. a. u.: → HITLER

חיים, משמעות ה-

CHAIM, MASCHMA'UT HA-

LEBENS, SINN DES

חיים, שמחת ה-

CHAIM, SIMCHAT HA-

LEBENSFREUDE

Einmaliges oder anhaltendes Gefühl der vollkommenen Identifizierung mit dem Dasein.

Um 04.25 Uhr morgens fühlte Kasik die Lebensfreude mit voller Kraft. Er war damals ungefähr 22 Jahre alt und befand sich gerade mit Fried zusammen auf dem Weg zu Otto, um ihn zu wecken und ihm zu erzählen, was er selbst noch nicht wußte: daß er eintägig war. Während die beiden langsam voranschritten, gesellten sich ihnen die KÜNSTLER (s. d.) zu, die lebenden Toten, die nie ihre Augen schlossen, einer nach dem anderen, aus allen Ecken und Enden des Zoos. Der Zoo war dunkel und der Mond schien hell, und Kasik sah überall Schatten der Morgendämmerung, die sich sanft zusammenfalteten, sobald er sich ihnen näherte; er sah geheimnisvolle Pfade, die sich von der Dunkelheit in die Zukunft erstreckten; das frische Gras, das im Tau schimmerte; den weiten Nachthimmel, mit Tausenden von langsam atmenden Sternen bestreut, die sein Gesicht mit ihrem weichen Schleier streiften ..., und obwohl die schrillen, metallischen Töne der Lautsprecher und das Knattern der Maschinenpistolen in der Ferne zu hören waren und der Horizont mit roten Flammen bedeckt war, weil die Deutschen das jüdische Getto in Brand gesetzt hatten, wußte Kasik nicht, was das bedeuten sollte, er wollte es auch nicht verstehen, auch nicht die Verzweiflung und Trauer auf den Gesichtern seiner Begleiter. Denn plötzlich fühlte er, wie sein Herz anschwoll, bis er es kaum noch aushalten konnte, wie sein Körper leicht wurde, voller Kraft und kleiner sprudelnder Bläschen, voller Flüstern und Knistern des Glücks, ja, und er begann: 1. über den nassen Rasen zu purzeln; 2. auf einem Bein zu hüpfen und die Arme zu schwenken; 3. mit seiner dünnen, vor Glückseligkeit trunkenen Stimme zu jauchzen, weil – a. da ist er, zum Teufel! b. er ist so lebendig, wie man nur lebendig sein kann! c. er wird für immer da sein! Der ewige Kaiser dieses Augenblicks! Der göttliche Sänger seiner eigenen Herzschläge! Maler der Wiese und des nächtlichen Himmels! Er lebt! Er lebt! Es gibt keine tiefere oder einfachere Erklärung dafür! Zum Teufel mit den Schatten der Trauer, die dort hinter ihm rascheln! Zum Teufel mit allem, was wir über dieses beschissene Leben und über Kasiks nahendes, unausweichliches Ende wissen (s.u. KASIK, TOD DES)!!! Und angesichts Kasiks unbändiger Freude begriff Fried mit finsterem Grauen, wie unendlich der große Fluß der Zeit war, in dem er, Fried, nur ein Komma war, ein leichter Einschnitt, eine flüchtige Versteinerung im Strom; vor siebzig Jahren hatte sich Fried nicht in der Zeit aufgehalten, und bald würde er sich nicht mehr, nie mehr in ihr aufhalten, und er und seine Welt und alles, was er liebte und was ihm wichtig war, würden ausgelöscht sein, als wäre es nie gewesen, und er betrachtete die Künstler um sich herum und überlegte, daß es allen so ergehen würde, daß sie alle so schnell erlöschen würden wie Fußspuren im Schlamm. Das war nichts Neues, und doch erschütterte es ihn, denn einen Augenblick lang konnte er fühlen, wie sie alle aus der Zeit gelöscht würden, wie sie alle verschwinden würden, fremd und verloren, ohne jede Hoffnung, und da wurde auf einmal auch der vernünftige Fried ohne jeden Grund von dieser panischen, fieberhaften Freude gepackt, und er hob seine Arme und erstickte ein kleines, glückliches Wimmern und fühlte sofort, wie tausend winzige, duftende Rosmarinblüten auf seinem Körper sprossen und sich mit süßem Nektar füllten.

חינוך

CHINUCH

ERZIEHUNG

Handlung, deren Ziel es ist, die Persönlichkeit eines Menschen zu beeinflussen oder dessen Verhalten auf eine bestimmte Weise zu formen oder zu ändern.

Als Fried begriff, wie kurz Kasiks Zeit bemessen war, beschloß er, sich voll und ganz der Erziehung des Kindes zu widmen und keinen Augenblick zu vergeuden, vor allem nicht die Jahre der Kindheit, in denen das Gehirn noch wach und aufnahmefähig ist. Er nahm Kasik an die Hand – was für ein kleines architektonisches Wunder! –, beugte den Rücken und führte ihn im Zimmer herum, wobei er auf jeden Gegenstand zeigte und ihn beim Namen nannte. Fried: »Teppich. Lampe. Tisch. Stuhl. Noch ein Stuhl. Noch ein Stuhl...«, und das Kind wiederholte jedes Wort und vergaß nichts, und Fried erzählte ihm hastig, panisch fast, über das Haus voller Zimmer, die aus Ziegelsteinen gemacht sind, und über den Zoo, der aus Käfigen besteht, und über die Menschen, die kommen, um sich die Tiere anzuschauen, die auch aus verschiedenen Körpergliedern bestehen, aber er spürte sofort, daß seine Beschreibung irgendwie die Wahrheit verfehlte, nicht die Wahrheit der einfachen, bekannten Tatsachen, sondern die Wahrheit, die dahinter lebte, also hörte er damit auf und rügte sich. Fried: »Also wirklich! Was für einen Unsinn erzählst du ihm da! Zuerst mußt du ihm doch die wirklich wichtigen Dinge erzählen!« Und er bückte sich und hielt Kasik an beiden Armen fest und begann ihm einen warmen, fließenden Vortrag zu halten über die Menschen, die auf der Welt leben und in Staaten und Religionen aufgeteilt sind, in Parteien... hier bremste er sich und meinte noch zögernd: »und in Ideologien«, doch auf seiner

Zunge lag bereits der trockene, schale Geschmack dieser Einteilungen, und als er Polen, Deutschland, Christentum, Kommunismus, England, Judentum usw. sagte, empfand er, was er vor fünfzig Jahren bei seinem Abschlußexamen an der Medizinischen Fakultät in Berlin empfunden hatte, als er vor vollem Saal eine Reihe unheilbarer Krankheiten aufsagen mußte, die den Menschen stufenweise und ohne Erbarmen töteten, und hörte sofort auf und rügte sich wieder. Fried: »Also wirklich, was für einen Unsinn redest du da, zuerst mußt du ihm doch beibringen, was er sein soll, das heißt – –«, aber trotz seiner edlen Absichten konnte Fried sich nicht zurückhalten, dem Kind ein paar hastige Ratschläge zu geben, wie zum Beispiel: Nimm dich in acht vor Leuten, die du nicht kennst, und mißtraue auch denen, die du kennst, und verrate nie, was du wirklich denkst, und traue keinem, und sag nur die Wahrheit, wenn du keine andere Wahl hast, irgend jemand wird sie sicher gegen dich verwenden, und liebe niemanden zu sehr, nicht einmal dich selbst. Die Worte erbrachen sich mit fieberhaftem Eifer aus Frieds Seele, und zwar in dem Ton und in der Art seines mürrischen Vaters. Dabei hatte Fried dessen bittere Ratschläge sein Leben lang mißachtet, und je sicherer er sich war, daß sie richtig waren, desto mehr verachtete er sie, desto mehr wünschte er sich, daß sie sich als falsch erweisen würden; und dann wollte er seinem Kind auch tröstende Worte sagen, so wie seine Mutter sie ihm wortlos übermittelt hatte, ach, wie sehr er sie geliebt hatte, sie und Klein-Fried pflegten zusammen Klavier zu spielen, und die Melodie floß wie eine Art Nebel aus ihren Fingern und hüllte sie beide ein, und sein Vater meinte immer spöttisch, daß aus Fried noch ein »Artist und Bohemien« werden würde, Fried konnte den verächtlichen Ton in seiner Stimme nicht vergessen, und später hörte er dann, wie dieser Ton mit einer grausamen Genauigkeit, die ihn selbst schmerzte, aus seinem eigenen Mund kam, als er Otto genau dieselben Dinge sagte, nachdem dieser angefangen hatte, seine Verrückten (s. u.: → HERZENS, DIE AUFERSTEHUNG DER KINDER DES) in den Zoo zu bringen. Ja, Fried hatte in seiner Kindheit davon geträumt, Pianist zu werden, aber dann war die Mutter krank geworden, und eines Tages war sein Vater ins Zimmer gekommen und hatte mit harter Stimme gesagt, daß die Mutter weit weggefahren sei. Wie, sie war einfach so weggefahren, ohne sich von ihm zu verabschieden? Er stellte keine Fragen und versuchte, sie so schnell wie möglich zu vergessen, voller Haß auf sie, weil sie ihm so etwas angetan hatte. Er begann sich von den anderen Kindern in seinem Alter zurückzuziehen und auf den Feldern neben dem Haus herumzuwandern. Dort begegnete er kleinen Tieren und entdeckte, daß sie nicht vor ihm wegliefen. Es gab keine Erklärung dafür: selbst wilde Kaninchen warteten ruhig, bis er herankam und sie sanft berührte. Um diese Zeit lernte Fried OTTO BRIGG (s. d.) und dessen Schwester Paula kennen, und so begannen seine glücklichsten Jahre mit den Kindern des Herzens. Doch auch diese Zeit ging vorbei. Fried wuchs heran und wurde Arzt wie sein Vater und sein Großvater vor ihm. Das war so Brauch in seiner Familie: der ältere Sohn wandte sich dem Handel zu, der jüngere der Medizin. Dann brach der Erste Weltkrieg aus. Fried wurde als Arzt eingezogen, geriet sogar in Schlachten und sah Dinge, von denen er nicht geglaubt hätte, daß Menschen zu so etwas fähig sein könnten. Es gab noch viele andere Ereignisse, aber es wäre sinnlos, hier auf sie einzugehen. Das Leben schlug von allen Seiten auf Fried ein (s. u.: → BIOGRAPHIE), und aus Rache lebte er es wie jemand, der eine Beute mißbraucht, die er von seinem Feind geraubt hat. Und als er nun zu Kasik sprach, stellte er traurig fest, daß sich alles, was ihm sein Vater und sein Großvater ausdrücklich oder durch eine angewiderte Grimasse gesagt hatten, buchstäblich in seinem eigenen Leben verwirklicht hatte, und er fragte sich, ob alles anders gekommen wäre, wenn er gewagt hätte, mutig für den nebelhaften Trost zu kämpfen, den seine Mutter ihm mit ihrer Zartheit und ihrer Schönheit angeboten hatte, mit dem angenehmen Duft, den ihr Körper verströmte, wenn sie ihre Hand bewegte, und erst dann hörte er auf, Kasik unsinnige Dinge zu erzählen, und ging zum Wesentlichen über: Er erzählte ihm von Paula, und das Kind war in seinen Armen gefangen und wand sich und trat, aber Fried bemerkte es gar nicht, weil er so sehr mit dem Erzählen *seiner* Geschichte beschäftigt war, er hatte bisher nie gewagt, darüber zu reden oder nur daran zu denken, ja, selbst Paula hatte er nie auch nur ein einziges Wort der Liebe oder Zärtlichkeit gesagt. Otto: »Aber sie wußte es, Fried, ich weiß, daß sie es wußte.« Und Fried starrte vor sich hin und sah nichts durch seine Tränen, und er erzählte Kasik von seiner großen Sehnsucht nach dem Geruch ihrer Achselhöhlen, nach den Falten, die sich um ihre Augen bildeten, wenn sie lächelte, und nach jenem Schönheitsfleck, seinem Privatbesitz – er war der einzige, der davon wußte, selbst Paula konnte ihn *dort* nicht sehen –, und nun begriff Fried wieder die Tiefe des Verlusts, den er erlitten hatte, denn er liebte Paula über alles in der Welt, sie hatte ein herrliches Talent für das Leben, für ihr Leben, und alles, was sie machte, das machte sie richtig, sogar wie sie sich auf einen Stuhl setzte oder eine Wunde verband, und in ihrer Gegenwart konnte Fried ab und zu fühlen, daß auch er lebte, daß auch in ihm irgend etwas Lebenswertes war, und er sprach zu Kasik mit geschlossenen Augen und glühenden Wangen, und er empfand eine tiefe Dankbarkeit, denn dank dieses Kindes, das ihm in seinem hohen Alter geboren worden war, konnte er einen Augenblick lang das Chaos seines Lebens ordnen und sich in seiner eigenen Zeit einrichten, wie ein seit vielen Jahren trockener Same, der plötzlich vom Wind aufgewirbelt wird und auf fruchtbaren Boden fällt, wo er zu keimen beginnt. Und Fried redete, aber eigentlich redete er nicht, sondern er brummte und schmetterte Worte und Seufzer in Kasiks Gesicht, weil er spürte, wie knapp, wie schrecklich knapp die ZEIT (s. d.) war, und Kasik erstickte beinahe unter der Lawine, die auf ihn niederprasselte und sein rasch ablaufendes Leben aufzehrte, indem sie ihm eine Lebenserfahrung auflud, von der er nie Gebrauch machen würde, weil er sein eigenes Leben leben, seine eigenen Fehler machen wollte, und Fried öffnete die Augen und schaute den Jungen voller MITLEID (s. d.) an und sah, wie klein und schwach und unglücklich er war, und er verstummte traurig. Die beiden saßen einen langen Augenblick umarmt. Und da wußte der Arzt, daß er jetzt, erst jetzt das Wichtigste für seinen Sohn tat.

חמלה

CHEMLA

ERBARMEN

S. U.: → MITLEID

חשד

CHASCHAD

VERDACHT

Zweifel bezüglich einer Sache. Die Vermutung einer negativen Erscheinung.

Während sich Neigel auf URLAUB (s. d.) in München befand, bedrängte sein Stellvertreter, Sturmbannführer STAUKE (s. d.), Wasserman bei seiner Arbeit im Garten. Stauke verhörte ihn listig: »Stimmt es, was man über dich erzählt, daß du nicht sterben kannst?« (Wasserman leugnete es ab), dann fragte er ihn nach seiner Beziehung zu Neigel. Wasserman: »Dieser Stauke, soll man schon von ihm als dem seligen sprechen, Amen! Einen Blick hat er, Gott bewahre, als hätte man ihm die Wimpern eine nach der anderen ausgezupft! Mir scheint, er wollte das Atmosphärische abtasten, um herauszufinden, ob Neigel und ich schon Busenfreunde waren und zusammen einen Kuchen buken, wie David und Jonathan, in Liebe und Zuneigung! Nu was, auch ich war nicht in Chelm aus meiner Eierschale geschlüpft, und ich tat so, als sei ich ein kompletter Narr, und sagte demütig, mit niedergeschlagenen Augen, daß er doch nicht wolle, daß ein Dreckjude wie ich über einen ehrenhaften deutschen Offizier tratsche! Er sah mich finster wie ein verbrannter Kochtopf an und machte sich davon. Gegen Abend kehrte er zurück, auf und ab schreitend mit seinem Entengang, und begann wieder nach den Angelegenheiten zwischen Neigel und mir zu fragen. (Das heißt, man begann meinem Offizier etwas anzumerken!) Er nahm sogar seine schwarze Mütze ab und blendete mich mit der Ödnis seines kahlgeschorenen Schädels. Er dachte gewiß, daß er mir große Angst einjagte. Aber ich blieb Neigel gegenüber loyal. Am Ende sah er mich an mit einem Lächeln, daß ich zwischen den Zähnen zu schwitzen begann, und ging seiner Wege. Er verdächtigte mich, was mich nicht störte, doch war es klar wie die Sonne am hellichten Tag, daß auch Herr Neigel nicht frei vom Verdacht dieses Stauke war!«

חתונה

CHATUNA

HOCHZEIT

Fest der Eheschließung. Vermählungsfeier.

Als ich Ruthi heiratete, erschien Tante Itke auf unserer Hochzeit mit einem Heftpflaster auf dem Arm. Sie versuchte damit die Nummer, die ihr eingebrannt war, zu verdecken, weil sie unsere Freude nicht trüben wollte. Und mir zog sich das Herz zusammen vor Kummer und Mitleid mit ihr, wegen allem, was sie durchgemacht haben mußte, bis zu dem Entschluß, das Pflaster auf den Arm zu kleben. Den ganzen Abend konnte ich meine Augen nicht davon abwenden. Mir war, als wäre unter dem kleinen, sauberen Pflaster ein tiefer Abgrund, der uns alle, den festlichen Saal, die Gäste, die Freude, mich selbst aufsaugte. Ich mußte das hier erzählen. Tut mir leid.

טבח, כצאן ל–

TEWACH, KE-ZON LA-

SCHLACHTBANK, WIE SCHAFE ZUR

Nur ein einziges Mal machte sich Wasserman Gedanken über das resignierte Verhalten der Lagerhäftlinge und ihre Bereitschaft, unter ihren Peinigern zu leiden, ohne sich gegen sie zu erheben. Das geschah, als Neigel aus dem Transport, der gerade eingetroffen war, neue Arbeiter aussuchen ging, und Wasserman wieder die »Blauen« beobachtete, die jüdischen Häftlinge, die die Transporte am Bahnsteig in Empfang nahmen. Sie sahen Neigel herankommen und wußten, was das für sie bedeutete. Trotzdem setzten sie ihre Arbeit wie gewöhnlich fort, wie es auch ihre Vorgänger vor zwei Wochen getan hatten, als sich Neigel eine neue Schicht von Arbeitern aussuchte. Wasserman: »Großer Gott, als man uns *dorthin*, das heißt zum Gas brachte und nur ein Ukrainer uns bewachte, kam es uns auch nicht in den Sinn, uns gegen ihn zu erheben! Es galt das Gesetz des Herrschers! Und man kann nicht sagen, daß wir nicht wußten, was uns erwartete, denn wir lebten drei Monate im Lager, und unsere Augen waren nicht getrübt und unsere Nase war nicht verstopft, um den Rauch nicht zu riechen, warum also, wenn schon kein richtiger Aufstand, nicht zumindest ein Schlag ins Gesicht des Wächters, soll ihm Gras auf der Wange wachsen, oder ein feiner Faden von Spucke, eine einzige Spuckblase in ganz Sodom? Nein? Aij, ich glaube, die Schmach floß wie ein Schlafmittel in unseren Adern, die Schmach darüber, daß es, wenn man den in Gottes Ebenbild Erschaffenen so etwas antat, nichts mehr auf Erden gab, das wert war, sich dagegen zu erheben. Ist das die richtige Antwort, Herrscher der Welt? Haben deine Menschen sich selbst so sehr verraten, daß die eine Strafe, die ihnen von meinen erbärmlichen Händen gebührt, die ist, daß ich nie mehr auch nur einen Finger krümmen werde für das zweifelhafte Privileg, wieder ›Mensch‹ genannt zu werden? Et, schöne Gedanken waren das, während ich in meinem Garten grub und hackte. Doch als wir zur Gaskammer getrieben wurden, hatte ich keine solchen Gedanken. In uns allen spielte, glaube ich, dieselbe Melodie, ein von Trauer und Verzweiflung betäubtes Wiegenlied im uralten, trockenen Takt des großen Metronoms von Großväterchen Zeit, dessen mächtige Kiefer uns zu Ehren mahlten, die uns aufsogen und zerkauten, tick tack, tick tack, während wir alle ein Teil dieser Todesmaschine wurden, aij, es sind keine Menschen, die hier in ihren Tod gehen, nein, sondern nur das, was vom Menschen übrigbleibt, nachdem man ihn so gedemütigt hat, nachdem man ihn seiner selbst beraubt und ihm nur das Metallskelett des menschlichen Charakters gelassen hat, das seelenlose Getriebe, das aller und jeder Kreatur gemein ist... nur das konnten wir als eine Art elenden, ironischen Widerstand gegen unsere Mörder aufbieten, ja, in der Tat, dies war der Reflex, das grausame Spiegelbild ihrer eigenen Gestalt, denn es waren nicht Juden, die hier in den Tod gingen, sondern lebendige Spiegel, die der Welt mit dieser traurigen, endlosen Prozession vorgehalten wurden, auf diese Weise verurteilten wir die Welt durch unseren Tod, aij, unseren Massentod, unseren sinnlosen Tod, er ist es, der sich für immer in der öden Wildnis eures Lebens widerspiegeln wird...«

Wassermans Worte werden hier vollständig, ohne Auslassungen und Kürzungen wiedergegeben. Doch um des Gleichgewichts willen soll folgendes gesagt sein: Nicht einmal ein Fluch? Wirklich? Nicht einmal ein Schlag ins Gesicht des Ukrainers? Einfach so? Wie Schafe zur Schlachtbank?

יומן

JOMAN

TAGEBUCH

Buch, in das täglich oder des öfteren Ereignisse, Tätigkeiten, Gedanken usw. eingetragen werden.

Das Tagebuch des städtischen Zoos von Warschau, das von Dr. Fried geführt wurde, ist das einzige Zeugnis der weitgehenden Veränderungen, die der Zoo seit den späten dreißiger Jahren durchmachte. Am Anfang notierte Fried jeden Abend nur die rein fachbezogenen Tatsachen, die mit dem Zustand der Tiere und deren An- und Verkauf zu tun hatten (hier ist zum Beispiel ein Auszug aus dem Tagebuch vom 3.8.37: »1. Röntgenaufnahme des Tigerbabys Max. Es wurden Hüftknochen und Hinterbeine untersucht. Keine Indikation einer Beschädigung der Wirbelsäule. 2. Knochen des Beckens und des Coxo-Femural-Gelenks intakt. Einige Linien der Epiphyse lassen eine Verkalkung der Epiphyse am Femur-Knochen, am Kniegelenk mit Tibia erkennen. Der Pavian Amadea uriniert Blut, das heißt die Brunst hat angefangen;... Es wurden Anträge gestellt, zwei Paar Nandu-Kondore zu importieren; Angebote erfolgten von Rabitsden Garden, England, Boros, Schweden, dem Zoologischen Garten De Branfer, Frankreich, und der Wild Life Society, Redding Center, White Hampstead, England.«). Aber je mehr der Zoo seine »Interessengebiete« erweiterte und wider Willen für Ottos Krieg »engagiert« wurde, desto mehr füllte sich das Tagebuch mit Berichten und Informationen über die neuangekommenen KÜNSTLER (s.d.). Zum Beispiel: »2.11.42: ILJA GINZBURG (s.d.): Körperlicher Zustand: stark heruntergekommen. Lebensgefahr. Physische und seelische Traumata infolge Elektroschock. Alle zehn Fingernägel ausgerissen... sechzehn Zähne gezogen... Verbrennungen um Geschlechtsteil und Brustwarzen... 5.2.43: MALKIEL SEIDMAN (s.d.): Abszesse in beiden Achselhöhlen. Wie zwei offene Wunden, die auf keine Behandlung reagieren. Empfehlung: umgehende Versetzung an einen anderen Arbeitsplatz im Zoo, fern von den jungen Flamingos, denen gerade Flügel wachsen... 6.9.43: RICHTER (s.d.): Mittlerweile völlig blind. Hornhauttrübungen sind ständig mit einem weißen, phosphoreszierenden Puder bedeckt, Ursprung unklar. Wenn man ihn wegwischt, taucht er von neuem auf…« Und so weiter und so fort.

ילדות

JALDUT

KINDHEIT

Lebensspanne des Menschen von der Geburt bis zum Ende der Pubertät.

Kasiks Kindheit dauerte rund sechs Stunden, von 21.00 Uhr, als der weiße Schmetterling über sein Gesicht flatterte, bis zirka 03.00 Uhr, als er aus seinem PUBERTÄTSSCHLAF (s. d.) erwachte. Er war ein lebhaftes, wildes, neugieriges Kind, das auf Tische und Stühle kletterte und furchtlos von den Klippen der Möbel heruntersprang. Hin und wieder bat ihn der Arzt nachsichtig und mit milder Stimme, damit aufzuhören, doch – Fried: »Ich spürte, daß ich dieses Kind, das nur so wenig ZEIT (s. d.) hatte, nicht einschränken durfte, und ob ihr es glaubt oder nicht, mir gefiel sogar seine Hartnäckigkeit und wie er jedesmal, wenn er hinfiel, sofort wieder aufstand und sich erneut mit all seiner Kraft, mit soviel Mut und ohne zu zögern hochwarf, und wenn es mir erlaubt ist, mich ein wenig zu rühmen, so möchte ich sagen, daß dieser Mut und diese Selbstsicherheit eindeutig die Früchte der ERZIEHUNG (s. d.) sind, die ich ihm angedeihen ließ. Jawohl.« Fried bemerkte auch, daß Kasik alle paar Sekunden wie abwesend die Augen schloß, und hoffte, daß es sich nicht um eine weitere sonderbare Auswirkung der Krankheit handelte, doch dann erkannte er, daß es nur flüchtige Schlafpausen waren, da eine Sekunde von Kasiks Leben acht Stunden im Leben eines normalen Menschen entsprachen und diese Schlafpausen die Nächte des Kindes waren, nach denen es dann voller Kraft und Energie aufwachte, Stühle durch das Zimmer schob, mit dicken Büchern um sich warf und ihre verstaubten Seiten ausriß, schamlos in den Schubladen wühlte (Fried: »Er berührte meine intimsten Sachen! Woher hatte ich so ein Kind?!«) und kraftvolle Schreie ausstieß, einfach weil ihm das Schreien Spaß machte und der Klang seiner eigenen Stimme ihn erfreute; Fried: »Und er stellte unaufhörlich Fragen, warum und warum und warum und wie und was, kleine

Fragen und große Fragen, und er wartete nie die Antwort ab!« Und es kann tatsächlich und mit Sicherheit gesagt werden, daß es das Aussprechen der Worte in dem besonderen Tonfall der Frage war, das das Kind stimulierte, als würde jeden Augenblick in seinem Inneren eine schmerzhafte Sprungfeder in Form eines Fragezeichens aufschnellen und ihm dadurch eine flüchtige Entspannung bringen. Mit genau denselben graphischen Bewegungen – wenn es erlaubt ist, das hier zu erwähnen – springen Salme die Wasserfälle hinauf. Otto: »Der arme Fried! Zuerst versuchte er noch, jede von Kasiks Fragen ernsthaft zu beantworten, und manchmal lief er sogar zu seinen Büchern, um nachzuprüfen, ob er auch richtig geantwortet und das Kind nicht irregeführt hatte.« Paula: »Deswegen hatte ich ja immer Angst, Fried selbst die einfachsten Fragen zu stellen, weil er mir dann sofort einen ganzen Vortrag hielt...« Zuerst wollte sich der Arzt über die Oberflächlichkeit des Kindes aufregen, dann beherrschte er sich jedoch und begann sich über Kasiks sprunghaften Gedankengang zu wundern, denn die Fragen erschienen ihm wie die Körperzuckungen eines der Lebewesen, die er in seiner Studienzeit unter dem Mikroskop betrachtet hatte und die mit jeder Zuckung eine Lebensphase abschließen, um sogleich zur nächsten zu springen. Markus: »Und Ihr müßt zugeben, mein lieber, lieber Fried, daß seine Fragen immer interessanter und voller Phantasie und Hoffnung waren, viel reicher als die Antworten, die Ihr Kasik anbieten konntet...« Kurze Zeit später fühlte sich der alte Arzt plötzlich deprimiert, weil ihm das Kind so fremd, so hoffnungslos fremd vorkam (s.u.: FREMDHEIT). Fried: »Aber das hielt nur eine kurze Zeit an. Wirklich. Es gelang mir sofort, mich zu überwinden und nicht mehr an mich selbst zu denken, sondern nur daran, wie ich ihn glücklich machen konnte, so wie es jedes normale Kind verdient.«

s.a.u.: → KINDHEIT, DIE FREUDEN DER

ילדות, מחלות

JALDUT, MACHALOT

KINDERKRANKHEITEN

Zusätzlich zu allen anderen Körperbeschwerden litt Kasik die ganze Nacht hindurch an Schüttelfrost und Fieber. Er wimmerte wie ein kleines Hündchen, und Fried schmolz das Herz. Der Arzt vermutete, daß das Kind alle Kinderkrankheiten nacheinander durchmachte, den Anfang der zwei Reihen von Schlägern (s. u.: → BIOGRAPHIE). Vor Frieds Augen erschienen und verschwanden die Arabesken der Windpocken, die kleinen Erdbeerfelder der Röteln und das narbige Mondgesicht der Masern auf Kasiks magerem Körper, und so war es mit allen Krankheiten, keine einzige fehlte, und Fried küßte angsterfüllt die feuchte kleine Stirn und flößte Kasik mit einem Löffel Flüssigkeiten ein und verbrachte lange Nächte an seinem Krankenbett, Nächte, die zwar nur einen Augenblick dauerten, doch die Angst hat ihre eigene Zeit, und durch das Leiden des Kindes – mehr noch als durch dessen Freude und Lächeln – fühlte Fried, wie sehr er an Kasik hing und wie sehr er ihn liebte.

ילדות, מנעמי ה–

– JALDUT, MINAMEJ HA-

KINDHEIT, DIE FREUDEN DER

Auch als Kasik unausstehlich war (s. u.: → KINDHEIT), tat der alte Arzt sein Bestes, ihm das Leben angenehm zu machen. Er versuchte, sich mit aller Kraft zu erinnern, was ihm selbst Freude bereitet hatte, als er ein kleiner Junge war, und wollte sich vor allem die Dinge ins Gedächtnis rufen, die mit seinem Vater verbunden waren, der in Frieds ersten Lebensjahren noch nicht so streng mit ihm umgegangen war. Und so schmierte sich Fried um 22.13 Uhr, als Kasik ungefähr drei Jahre und drei Monate alt war, Rasierseife auf das Gesicht und rasierte sich schnell, um Kasik sein dampfendes, angenehm glattes Gesicht riechen zu lassen. Doch der Arzt begnügte sich nicht damit: Er machte überall im Pavillon die Lichter aus und warf ein paar Geldmünzen auf den Boden. Fried: »Das war wirklich ein bißchen albern, und ich schäme mich auch ein wenig, es zu erzählen, aber ich hatte einen Grund, es zu tun, denn immer, wenn mein Vater abends von der Arbeit nach Hause kam und die Hose auszog, fielen ihm ein paar Münzen heraus, und ich wartete jede Nacht auf dieses Klimpern.« Markus: »Und unser so verehrter Fried schonte seinen alten, schmerzenden Körper nicht und kämpfte voller Liebe und Zärtlichkeit mit seinem wilden kleinen Welpen auf dem Teppich und drehte ihm mit großer Zartheit seine kleine Hand um und zwang ihn, sich nach der Familienformel zu ergeben – Fried: »Hiermit erkläre ich meine totale und bedingungslose Kapitulation an meinen Herrn Vater, den Hausarzt des Großherzogs...« Und schließlich marschierte der Arzt, das Kind auf seinen riesigen, sehnigen Füßen, im Zimmer auf und ab und sang ihm – Fried: *»spij malenki / zamknij oczke twe...* Schlaf mein Kindlein / Schließ deine Äugelein...« Und als Kasik vor Wonne ein kehliges, kullerndes Lachen ausstieß, fühlte Fried, daß er zum ersten Mal in seinem Leben tatsächlich ein Arzt war.

יצירה

JEZIRA

SCHÖPFUNG

1. Kreation. Erschaffung von etwas völlig Neuem. 2. Werk eines Künstlers.

Während des großen Streits zwischen Wasserman und Neigel (s. u.: → FALLE), bei dem der Deutsche von dem Schriftsteller verlangte, die Geschichte so zu ändern, daß die »antideutschen Abschnitte« entfielen, gestand Wasserman der Redaktion, daß er selber die meisten Hinweise, die er in den verschiedenen Schreibphasen der Geschichte verstreut hatte, nicht ganz verstehe. Er schwor, daß er sogar lange Zeit gar nicht gewußt habe, zu welchem Ziel sich die Kinder des Herzens diesmal versammelt hätten und wen sie bekämpfen würden. Er wußte nur, daß er, wie er sich ausdrückte, »Leib und Seele aufs Spiel setzen mußte« (der pathetische Wasserman!), damit es ihm gelang, »sich an die Geschichte von Anfang an zu erinnern, eine Geschichte, welche die Eigenart hat, dem Gedächtnis fortwährend zu entfallen.« Wasserman: »Aij, ich weiß noch immer nicht, wie meine Geschichte enden wird, doch nun ist der Funke in mir, eine Art Leidenschaft, die es noch vor mir weiß... ein Funke, der in meinem Inneren von Buchstabe zu Buchstabe und von Wort zu Wort springt und die Geschichte wie einen Chanukka-Leuchter entzündet... und vorher besaß ich die wahre Kunst des wahren Schreibens nicht, in der Tat – der Funke wohnte nicht in mir... selbst die Leidenschaft war verborgen... und nun – seht nur! Ein strahlendes

Licht! Nun weiß ich, daß selbst ein Pechvogel wie ich, der keine großen Taten vollbracht und die Welt mit seiner Größe nicht in Staunen versetzt hat, der weder Herzog noch Gouverneur noch Feldherr war, der nie hübsche Mädchen erobert oder die Welt erforscht hat, kurzum – daß selbst ein einfacher Jude wie ich genug Teig hat, um so ein *baigel* zu backen, möge Neigel daran ersticken, Gott behüte. Nimm dich in acht, Neigel, sagte ich ihm im Herzen, nimm dich in acht! Ich bin ein Schriftsteller, Neigel!«

Kurze Zeit später, als Neigel behauptete: »Wasserman, du ruinierst die Geschichte! Ich verstehe nicht, warum du nicht wie ein Mensch schreiben kannst! Warum denkst du nicht auch an deinen Leser?«, antwortete ihm der Schriftsteller mit einer leichten Röte des Stolzes in seiner Stimme: »Ich erzähle die Geschichte nur mir selbst… das ist die wichtigste Lektion, die ich hier erteilt bekam, Herr Neigel, eine Lehre, die mir in all meinen Jahren nicht zu lernen gelang, doch nun weiß ich, daß es keinen anderen Weg gibt, wenn man ein Kunstwerk schaffen will. Ein wahres Werk, meine ich. So ist das: nur mir selbst!«

כוח

KO'ACH

MACHT

S. U.: → GERECHTIGKEIT

לב, תחיית ילדי ה-

LEW, TECHIJAT JALDEJ HA-

HERZENS, DIE AUFERSTEHUNG DER KINDER DES

Es besteht kein Zweifel, daß die Aktivitäten der Kinder des Herzens nach rund fünfzig Jahren der Tatenlosigkeit nur dank OTTO BRIGG (s.d.) wieder aufgenommen wurden. Die Ereignisse, die dazu führten, sind wegen mangelhafter DOKUMENTATION (s.d.) als Folge von Ottos bedauerlicher und sogar verbrecherischer Ignoranz hinsichtlich der enormen Bedeutung historischer Dokumentation und der Verewigung einer jeden Handlung etwas unklar. Es ist jedoch trotzdem möglich, ein (ungefähres) Bild von den Tagen zu rekonstruieren, die der Auferstehung der Bande vorangingen: Als die Welt anfing, »auf dem Kopf zu stehen« (Wasserman), wanderte Otto tagelang durch die Straßen des jüdischen Gettos und suchte für die festen Zooangestellten, die eingezogen wurden und nicht mehr in den Zoo zurückkehrten, als die Kämpfe zu Ende waren, nach Arbeitern. Die polnischen Patrouillen prüften Ottos Papiere und schickten ihn in die Grzybowska-Straße, wo Juden – Bauarbeiter, Schuster, Professoren, Geigenlehrer usw. – in einer langen Schlange standen, um als Zwangsarbeiter zum Putzen von Warschaus Straßen und Latrinen eingeteilt zu werden. Doch Otto wollte nur freiwillige Arbeiter. Er hatte nicht die Absicht, irgend jemandem irgend etwas aufzuzwingen. In der Karmelicka-Straße, bei der letzten Linde, die noch im Getto geblieben war (die Juden wurden von ihr angezogen wie die Bienen vom Nektar und starrten sehnsüchtig auf ihre lebendigen goldenen Blüten), erklärte ihm ein alter Jude, daß die Juden von Natur aus ungern mit Tieren arbeiteten, »und es ist etwas spät, uns jetzt noch zu ändern.« Andere Juden schreckten ohne jede Erklärung vor ihm zurück. Sie fürchteten, daß er ihnen eine Falle stellen wollte. Ein Mann, den Otto noch aus der Zeit kannte, als er bei ihm Fleischreste für den Zoo kaufte (er war Lebensmittellieferant für Hotels), riet ihm, zum Pawiak in der Delizne-Straße zu gehen und den Zuständigen zu bestechen, ihm freiwillige Häftlinge für einen Arbeitstag zu geben. Das Wort »Häftlinge« berührte Otto aus irgendeinem Grund, und er eilte zum Gefängnis. Auf dem Weg wurde er wegen des Gefühls der Katastrophe, das von jedem Menschen auf der Straße ausging, immer deprimierter. Otto: »Es war wirklich schlimm. Herzzerreißend. Alle diese Juden mit dem Blick eines gehetzten Tieres, das keine Kraft mehr hat zu fliehen. Ja. Damals begriff ich, daß ich irgend etwas tun mußte. Helfen mußte. Ja, kämpfen mußte. Als ich in jenen ersten Tagen im Getto nach Arbeitern suchte, dachte ich mir, So, Otto, du wirst diesen armen Leuten helfen, du wirst ihnen eine gute Mahlzeit geben und sie gut behandeln, so wie es jeder Mensch verdient. Aber nach einigen Tagen begriff ich, daß das nicht genug ist, daß viel mehr getan werden muß. Denn in den Schaufenstern in der Krakowska-Straße und der Przedmiescie-Straße und auch auf dem Jerusalimska-Boulevard hatten die Deutschen riesige Bilder aufgehängt, auf denen die armen Juden als furchtbare Mörder abgebildet waren, und darunter stand geschrieben ›Das jüdisch-bolschewistische Übel‹, als wären wir alle so dumm, das zu glauben, und an jeder Straßenkreuzung stellten sie diese Kläffer auf, so nannten wir sie damals, weil sie von morgens bis abends die Mitteilungen des OKW bellten und über die neuesten Siege berichteten und von dem jüdischen Verrat erzählten, dessentwegen zehntausend polnische Offiziere in der Schlacht gegen die Russen in Katyn bei Smolensk in Kriegsgefangenschaft gingen, und das war eine so gemeine Lüge, daß ich mir sagte, Otto Brigg, sagte ich mir, vor fünfzig Jahren warst du wesentlich mutiger als jetzt, du hattest vor nichts Angst, jeden Winkel der Erde hast du erreicht, wenn jemand Hilfe brauchte, Armenien, wo die Türken die Bevölkerung niedermetzelten, und den Ganges in Indien, als es dort Überschwemmungen gab, und sogar den Mond (zusammen mit den Indianern), und was war mit jenem alten Mann, Beethoven, der sein Gehör verlor, und Galilei mit all seinen Problemen, du bist überall hingeflogen mit deiner Bande, und als ich an die Bande dachte, ah, *boze swiety!* Da schoß mir wieder Blut durch die Adern, wie Jesse Owens bei der Olympiade, wum! wum! Und ich sagte mir, wir müssen wieder etwas unternehmen, denn wer sonst außer den Kindern des Herzens kann die Welt retten, wenn sie durchdreht, wer sonst hat so viel Erfahrung mit Rettungsaktionen, eh? Denn wenn wir nichts tun in einer Zeit wie dieser, in der wir so gebraucht werden, dann sind wir wirklich nicht viel mehr wert als das Papier, auf dem wir geschrieben stehen, dann sind wir nur ein Haufen jämmerlicher Phantasiefiguren, Schwächlinge, die dahin gehen, wo man sie hinführt. Nein, Otto Brigg, (so sagte ich mir), nein! Wir müssen etwas unternehmen! Wir müssen uns wieder zusammentun und den gerechtesten und wichtigsten Krieg kämpfen! Und obwohl ich noch nicht genau wußte, was für eine Art von Krieg das sein würde, begann ich schon unsere Parole zu singen: ›Ist das Herz bereit?‹ und antwortete mir sogleich: ›Das Herz ist bereit!‹ ›Zu jeder Zeit?‹, und ich antwortete: ›Zu jeder Zeit!‹. Ja, das war damals unsere Parole, und wenn ich in jenen Tagen die Bande zu einer neuen Aufgabe zusammentrommeln wollte, malte ich mit Kreide Herzen auf die Bäume und Zäune, und schon wußten sie Bescheid, und nun wußte ich, daß es an der Zeit war, neue Herzen zu malen, und mit diesen Gedanken kam ich zum Pawiak, gerade als man das Haupttor öffnete und einen alten Juden mit einem Fußtritt hinauswarf, der zu mir hinrollte, mich von unten mit einem seelenruhigen, fast gänzlich zahnlosen Mund ansah und mich fragte, ob ich eine Zigarette für ihn hätte.« (Über Ottos erste Begegnung mit Jedidja Munin s. u.: → MUNIN, JEDIDJA) Fried: »Wenn wir schon über die ersten Tage der Bande reden, so sollte der Wahrheit halber gesagt werden, daß Otto sich damals sehr veränderte. Es fiel mir schwer, ihn anzuschauen. Er sah aus, als hätte er hohes Fieber. Sein Gesicht glänzte. Er war immer beschäftigt und sprach zu sich selbst und lief ständig herum. Ständig. Er überließ mir die Verantwortung für den Zoo, während er den ganzen Tag lang durch das Getto wanderte, mit seinen besonderen Papieren ein und aus ging, die Straße und Gefängnisse und Irrenhäuser und Jugendstrafanstalten absuchte...« Otto: »Ihr dachtet bestimmt, daß ich nicht mehr ganz richtig bin hier oben, wie?« Fried: »Was denn sonst? Du hättest dich mal sehen sollen! Und eines Morgens wachten wir auf und sahen – –« Paula: »ein riesiges Herz, das mit Kreide auf die Eiche neben unserem Haus gemalt war.« Fried: »Und auf allen Bänken auf dem Pfad der ewigen Jugend und auf dem runzeligen Körper des kleinen Elefanten.« Paula: »Mein Fried war ganz verzweifelt, und ich natürlich auch. Es konnte einem wirklich das Herz brechen, wenn man sah, wie merkwürdig und anders sich unser Otto benahm. Und das Schlimmste war, daß er uns nicht erzählen wollte, was er auf dem Herzen hatte. Er sagte nur immerzu, daß er kämpfen müsse, *mamo droga*, was hatte ich für eine Angst!« Otto: »Du hast bestimmt gedacht, daß ich mit Gewehren kämpfen will, wie?« Paula: »Was sollte ich denn sonst denken? Natürlich habe ich das gedacht! Wie auch hätte ich etwas wissen können? Und dann begann sich der Zoo mit allen möglichen Verrückten zu füllen, daß einem angst und bange wurde, jene arme Frau zum Beispiel, die jede Nacht nackt an den Käfigen der Raubtiere vorbeiging (s. u.: → ZITRIN, CHANA), oder der kleine Biograph mit der stinkenden Aktentasche, eigentlich war er ja ganz süß, aber er schlüpfte mir ständig unter die Haut und wurde mir immer ähnlicher (s. u.: → SEIDMAN, MALKIEL), und sogar Ihr, verzeiht mir, Herr Markus (s. u.:

→ GEFÜHLE), der uns den ganzen Tag lang über unsere Gefühle ausfragte und was wir in diesem Augenblick gerade empfanden, geschweige denn der arme Kerl, der so eigenartig roch (s. u.: → MUNIN, JEDIDJA), daß man gar nicht neben ihm stehen konnte!« Fried: »Ach ja, ekelhaft! Einmal beschloß ich, daß es nun zuviel sei, und ging zu ihm hin und fragte ihn, als Arzt natürlich, was das für ein Geruch sei, den er da verströme, und warum er so sonderbar gehe, und da ließ der Bandit mitten im Zoo ohne jede Scham seine Hose fallen und zeigte mir eine riesige Stofftasche mit Gürteln und Schnallen und weiß der Teufel was noch alles.« Munin: »Hoden wie ein Strauß habe ich dort, Panie Doktor, und das ist alles wegen meiner KUNST (s. d.), von der Ihnen Panie Otto sicherlich erzählt hat, und das tut weh, was denn sonst? Soll es etwa nicht wehtun? Und wie es wehtut! Man muß immer leiden für die Kunst! Man muß viel erdulden für die rasche Erlösung durch den Herrn, so ist das immer bei uns Juden, es gibt keine wundersame Abkürzung für uns, auch für unsere Propheten nicht. Und so wie der Prophet Hosea gezwungen war, sein Leben lang mit einer, verzeiht mir, einer Hure, jawohl, einer Hure zu leben und drei Kinder mit ihr zu zeugen, um seine göttliche Bestimmung, seine Kunst zu erfüllen, so reibe auch ich, Euer Ehren, den ganzen Tag lang, ohne einen Augenblick der Ruhe, mein kleines *schofar*, ich reibe es, aber ich stoße es nicht! Gott behüte, daß ich es stieße! Dann wäre alles verloren! Meine ganze Arbeit wäre vergebens! Und wenn Ihr zu mir sagt: Asche in deinen Mund, du Wurm, wie wagst du es, dich auf eine Stufe mit dem Propheten Hosea zu stellen, so werde ich Euch antworten, daß der Baal Schem Tov uns in seinen Schriften hinterlassen hat, daß man dem Herrn, gelobt sei Er, auf viele Arten dienen soll, manchmal auf die eine Art, und manchmal auf die andere, und in der Kabbala heißt es, daß die Gefräßigkeit nur daher kommt, daß der Funke in uns danach strebt, sich mit dem göttlichen Funken, der in der Speise wohnt, zu vereinen, eine Art Paarung, was bedeutet, daß auch dort unten, das heißt im Glied, im Stehaufmännchen, Ihr verzeiht, dieses Summen ertönt, und das heißt, daß auch in einem Geringeren wie mir ein Funken einen anderen Funken entzünden und sich an den göttlichen Funken heften kann, ah, möge es so kommen ...« Fried, der nichts verstand, sondern nur spürte, daß irgendeine fremde, abscheuliche Absicht in den krummen Anspielungen des übelriechenden alten Mannes verborgen lag, lief mitten im Satz zornig davon, stürzte in Ottos Büro und drohte, daß er das Zimmer nicht verlassen würde, bevor er nicht eine Erklärung erhielt. Auch Paula war da, und sie teilte Frieds Meinung. Otto spürte die Wut und Angst der beiden, überlegte kurz und beschloß, sein Geheimnis zu verraten. Er erzählte ihnen, daß er vorhabe, die Nazis zu bekämpfen. Fried unterdrückte einen verzweifelten Schrei und sagte mit zusammengekniffenen Lippen, wenn Otto sie wirklich bekämpfen wolle, solle er Gewehre und richtige Kämpfer bringen, und dann würde auch er sich ihm anschließen. Otto hörte ihn an und erklärte dann sanft, daß sie nicht genug Kraft dafür hätten. »Man muß realistisch sein«, sagte er, und Fried starrte ihn an und schüttelte den Kopf vor Verblüffung, Zorn und Ohnmacht. Er fragte Otto, wo er Seidman, den neuesten »Kämpfer«, der zu den Nichtstuern des Zoos hinzugekommen war, aufgegabelt habe, und Otto erzählte, daß die Deutschen die Irrenanstalt in der Krochmalna-Straße geschlossen und die Insassen nackt auf der Straße gestanden hätten, und zwar vor Kälte zitternd und völlig verwirrt. Fried: »Nu, und du hast dir einen besonders Gelungenen unter ihnen ausgesucht!« Otto, erfreut: »Richtig! Ah... du lachst. Hör auf mich, Fried, so ein Mann allein vielleicht nicht. Aber drei wie er, zehn wie er, die könnten vielleicht etwas retten. Etwas verändern.« Fried fragte, was Seidman denn machen könne, und Otto erzählte ihm mit herzzerreißender Bewunderung, daß Seidman ein Biograph sei, der die Grenzen der Menschen überschreiten und sie von innen verstehen könne. Fried, mit Abscheu: »Und vielleicht hat er auch ein Mittel gegen die Deutschen?« Otto: »Aber das ist doch gegen die Deutschen! Versteht Ihr nicht?« Und Fried dachte sich mit schmerzlicher Ironie: Man muß realistisch sein, was? Übrigens verlangte Neigel an dieser Stelle von Wasserman, sofort mit der »anti-deutschen Propaganda« aufzuhören und wieder zur Sache zu kommen. Neigel sollte in jener Nacht auf einen achtundvierzigstündigen URLAUB (s.d.) zu seiner Familie nach München fahren und drängte Wasserman pausenlos, die Geschichte von Kasiks Leben fortzusetzen. Doch Wasserman bestand darauf, dem Deutschen statt dessen von den ersten Tagen der Kinder des Herzens zu erzählen. Es gab keinen logischen Grund dafür außer dem Wunsch, den Deutschen zu ärgern. Und als Neigel ihn bat, mit den Provokationen aufzuhören und zur Geschichte zurückzukehren, sagte Wasserman: »Wartet noch ein wenig, Herr Neigel« und versprach, daß er ihm in einer kleinen Weile von Kasik erzählen werde, wenn er ihn nur den Faden der Handlung weiterspinnen ließe. Neigel schaute nervös auf die Uhr und willigte mit einem wütenden Kopfnicken ein. Wasserman dankte ihm. Er erzählte dem Deutschen, wie die drei ein langes Schweigen befiel. Wie Fried und Paula erstmals begriffen, wie tief der Krieg in ihr Leben eingedrungen war und die feine Intimität, die im Laufe der Jahre zwischen ihnen entstanden war, erstarren ließ und sie einander fremd und kalt machte. Wasserman: »Habe ich es doch am eigenen Leib erfahren, Herr Neigel, als meine Sara, meine Seele, unserer Tirzale den gelben Stern auf das Geburtagskleid nähte... aij, wie bitter weinte da das Kind! Ihr Kleid wurde von Tränen durchnäßt! Ihr seht, Herr Neigel: der Stern ruinierte ihr das hübsche Kleidchen...« Neigel: »Wasserman! Ich verliere langsam die Geduld! Mein Chauffeur wird in einer halben Stunde hier sein, und ich glaube, du drückst dich einfach davor, mir Kasiks Geschichte weiterzuerzählen!« (s. u.: → FALLE). Wasserman, der noch nicht verstand, warum der Deutsche unbedingt wissen wollte, was mit Kasik geschah, und so darauf beharrte, schwitzte vor Angst. Aber er wußte, daß Neigels Eifer ein gutes Zeichen war und daß er jetzt auf keinen Fall nachgeben durfte. Folglich flüsterte Otto: »Noahs Arche.« Das heißt, er flüsterte es nicht, sondern sprach es mit tiefem Widerwillen, als habe er beschlossen, einen kleinen Teil seines Geheimnisses preiszugeben, um den wichtigeren Teil für sich behalten zu können. Neigel starrte Wasserman an. Fried und Paula starrten Otto an. Otto erklärte allen dreien: »Ah, es ist wie im Alten Testament, nur umgekehrt. Hier werden die Tiere die Menschen retten, versteht ihr? Das ist doch ganz einfach, nicht wahr?« Neigel: »Was ist ganz einfach?« Otto: »Wir werden die alte Bande wieder zusammentrommeln und neue Mitglieder hinzunehmen. Diesmal werden wir viele Kämpfer brauchen. Es wird nicht einfach sein, das ist klar. Und nachdem wir diese Sintflut besiegt haben, werden wir wieder zum normalen Leben zurückkehren können, nicht wahr?« Fried und Paula sahen ihn an und fühlten, wie ihnen das Herz brach. Ottos Augen strahlten unendlich blau. Fried erhob sich blaß und erschöpft und trat ans Fenster. Er schaute genau in dem Augenblick hinaus, als ein mythologisches Tier, vorne Schaf, hinten Mensch (s. u.: → MUNIN), mit abscheulichem Blöken und Stöhnen den Pfad überquerte. In dem verzweifelten Gefühl, daß die ganze Welt verrückt geworden war und ausgerechnet auf seinen Schultern zusammenbrach, eilte Fried hinaus, um dem geschändeten Tier nachzujagen. Währenddessen begriff er plötzlich Ottos Absicht und wurde noch bedrückter. Der alte Arzt hatte keine Zweifel, daß die Zeit der Kindermärchen für immer vorbei war.

לידה

LEJDA

GEBURT

Das Zur-Welt-bringen eines lebenden Wesens.

Die Geburt von Paulas imaginärem Baby. Otto erinnerte sich in seinem Pavillon daran, als sich Kasik, Fried und die anderen KÜNSTLER (s. d.) auf dem Weg zu ihm befanden (s. u.: → MONDSÜCHTIGEN, DIE REISE DER). Otto wachte auf, lag im Bett und dachte über das Baby nach, das er Fried wenige Stunden zuvor gebracht hatte. Dann erinnerte er sich an die Nacht, in der Fried und er Paula zur Entbindung in Dr. Worclaws Abteilung im Krankenhaus brachten, das damals auch als Militärkrankenhaus fungierte. Otto: »Dort lagen Wöchnerinnen und ganz gewöhnliche Polen, und auch deutsche Soldaten, die bei den Kämpfen gegen die Juden im Getto verwundet worden waren, und die Schreie der Wöchnerinnen und der Soldaten waren genau die gleichen, und jeden Augenblick wurde einer geboren und ein anderer starb, es war wie ein verrückter Staffellauf, und Fried kam auch mit, natürlich kam er mit, obwohl seine Papiere nur für den Zoobereich gültig waren und man ihn mir nichts dir nichts hätte erschießen können, aber ihm war alles egal, und er kam mit, und wir standen beide da und sahen, wie unsere hübsche Paulinka schwitzend und lächelnd in einem ganz weißen Bett lag.« Dann wurden die beiden von den Ärzten hinausgeschickt, und drei Stunden später rief Dr. Worclaw sie herein und zeigte ihnen Paula und verließ mit zorniger Miene den Raum – er hielt sie beide für ihren Tod verantwortlich. Fried trat näher und tat etwas, das Otto nie von ihm gedacht hätte: Er schob seine Hand vorsichtig unter das weiße Laken und entband sanft und galant Paulas imaginäres Baby und legte es er ihr an die stille Brust, und der sentimentale Otto, der zu weinen begann, sah durch seine Tränen hindurch die Geburt des Schreis gegen das, was das Leben den Träumern antat, und er sah auch – Otto: »wie eine senkrechte Linie Frieds Stirn spaltete, als hätte ihn das Leid mit einem Schlag von innen zerbrochen.« Und am nächsten Morgen, nachdem sie Paula auf dem Zoofriedhof neben den Vogelkäfigen beerdigt hatten, sah Otto zum ersten Mal, wie der Arzt mit seiner Schuhspitze eine Linie in den Staub ritzte, und es war die gleiche senkrechte Linie. Da begriff Otto, daß irgend jemand Fried von innen mit einem Zeichen versehen hatte, um ihn später, wenn er ihn brauchte, wiedererkennen zu können. Otto sah Frieds Schicksal in dessen Stirn eingebrannt und bemühte sich daher ständig, ihn zum Leben zu ermuntern, damit er zu gegebener Zeit zurückschlagen würde. Fried selbst wußte nichts von der neuen Narbe auf seiner Stirn: Es gab keine Spiegel im Zoo außer denen im Spiegelsystem (s. u.: →PROMETHEUS), die man nicht benutzen konnte, ohne sich in Todesgefahr zu begeben.

מונין, ידידיה

MUNIN, JEDIDJA

Laut Wasserman: »Ein Mann der ungeahnten Sehnsüchte... ein Mann der blühenden Träume, geflügelt wie ein Engel... ein Ritter des unvergossenen Samens, ein Künstler des zurückgehaltenen Ergusses, ein Erzbegatter, der schon seit Jahren keine Frau mehr berührte, ein Casanova der leeren Phantasien, ein Don Quichotte der Illusionen...«

Nach seiner eigenen (zweifelhaften) Aussage war Munin ein Sohn von Meseritzer Chassiden aus Pschemischel (»Essig aus Wein gemacht«, erzählte Munin Otto, als er ihm zum ersten Mal vor dem Pawiak begegnete), der seine starken Triebe schon in seiner Kindheit nicht zügeln konnte (»Der Teufel tanzte in meiner Pfanne«) und nach einer gescheiterten Ehe nach Warschau floh, wo er sich in Hunderten von undefinierbaren Geschäften versuchte und in allen scheiterte. Seine ganze Freiheit und Energie widmete er jedoch jener Aktivität, der nur der edle Otto den erhabenen Titel »KUNST« (s. d.) verleihen konnte. Als sie sich zum ersten Mal begegneten, sah Otto einen großen, mageren, gebeugten alten Mann vor sich, der einen schmutzigen Schoßrock trug und eine dunkle Sonnenbrille vor seiner normalen Brille. Die zwei Brillen waren mit einem gelben Gummi zusammengebunden. Auch sein kleiner, etwas geckenhafter Schnurrbart war dreckig und gelb. Er verströmte einen starken Geruch, wie von Johannisbrot. Munin wurde mit einem Fußtritt aus dem Gefängnishof hinausgeworfen, kam wieder auf die Beine und bat Otto mit stoischer Ruhe um eine Zigarette. Otto hatte keine und schlug dem Mann vor, zusammen welche kaufen zu gehen. Auf dem Weg fiel Otto zum ersten Mal Munins seltsamer Gang auf: die Schenkel bogen sich mit jedem Schritt von außen nach innen, als würden sie – Markus: »die Hoden buttern.« Otto: »So ungefähr. Und er kicherte und flüsterte die ganze Zeit vor sich hin und faßte sich überall an, und ich wußte nicht, wie ich es anfangen sollte, mit ihm zu reden, ich dachte, er ist ein armer Irrer, und wußte sofort, daß wir Freunde sein würden, und schließlich wagte ich ihn zu fragen, ob er dort, im Pawiak, arbeite«, Markus: »Otto mit seinen ausgezeichneten Manieren.« Jedidja Munin blieb verblüfft stehen und brach in ein häßliches Lachen voll Speichel und Schleim aus, dann stieß er einen spitzen Finger in Ottos Brust und sagte – Munin: »Ich, Jedidja Munin, werde Euren Samen wie Sand am Meer vermehren, Sittlichkeitsdelikte, Euer Ehren.« Stolz zog er die Hosen bis zur Brust hoch und erklärte mit geheimnisvoller Stimme: »Eintausendeinhundertsechsundzwanzig bis gestern nacht, als man mich verhaftete. Man verhaftet mich immer nachts und läßt mich am nächsten Morgen frei.« Otto: »Ich verstand nicht, wovon er sprach, aber ich hatte das Gefühl, daß es besser sei, ihn nicht zu fragen.« In der Novolipki-Straße kauften sie von einem Hausierer zwei Machorkowa-Zigaretten, dann setzten sie sich auf eine leere Bank und rauchten. Otto: »Die Straße war voller Leute. Massen. Aber es war trotzdem sehr ruhig. Hätte ich einen Freund am Ende der Straße rufen wollen, ich hätte nur seinen Namen zu flüstern brauchen. Der Herr, der neben mir saß, paffte eifrig an seiner Zigarette, und als er sie bis zur Hälfte geraucht hatte, drückte er sie mit zwei Fingern aus und ließ sie an seiner Oberlippe hängen. Erst da erlaubte ich mir, ein Gespräch mit ihm anzufangen, und wie freute ich mich, als er keine Angst hatte und sich mir sogleich anvertraute!« Wasserman: »Die Wahrheit ist, Herr Neigel, daß Herr Munin äußerst mißtrauisch und vorsichtig war, weil es in jenen Tagen zahlreiche Denunzianten und Verräter unter uns gab, und erst als Otto mit ihm zu sprechen begann, legte Munin sein Mißtrauen und seine Heimlichtuerei und seine Unanständigkeiten ab, ja, er selbst gestand – Munin: »daß ich mit niemandem so über... meine Kunst gesprochen hatte, bevor ich ihm begegnete, gut, wer außer Otto wußte überhaupt, daß das eine Kunst ist? Und die Wahrheit ist, daß sich dort auf der Bank in der Novolipki-Straße ein ganzer Wortschwall aus mir ergoß, und das machte mir ein wenig Angst, als hätte der kleine Pole magische Kräfte, Gott behüte, tfu, tfu, tfu!« Otto: »Und ich schloß dich an Ort und Stelle ins Herz! Was für ein Glückspilz ich doch war, dich an jenem Morgen zu treffen!« Markus: »Es ist zwecklos, Otto darum zu bitten, jemanden zu beschreiben. Man könnte ebenso gut eine Lampe bitten, zu beschreiben, was sie sieht – sie würde sagen: alles ist lichtumflutet.« Munin zeigte Otto die Karte, die er in einem zerfetzten braunen Kuvert in seiner Tasche aufbewahrte. Das Kuvert war Munins kostbarstes Geheimnis, und er reichte es Otto mit großer Ehrfurcht. Es enthielt eine Karte des jüdischen Gettos, mit seltsamen Zeichen und Hunderten von kleinen Davidsternen, aufs Geratewohl über verschiedene Straßen verstreut. Otto vermutete, daß es sich dabei um einen Geheimplan von verborgenen jüdischen Waffenlagern im Getto handelte. Munin redete ununterbrochen, während Otto gebannt auf die kalte Zigarette starrte, die auf Munins Oberlippe ein eigenes Leben führte. Plötzlich verstummte der Jude, sah sich mißtrauisch und vorsichtig nach allen Seiten um und flüsterte Otto ins Ohr: »Hier sterben sie alle.« Dann rutschte er ans Ende der Bank, schloß seinen Mund und schwieg. Es sollte nicht unerwähnt bleiben, daß Otto sofort begriff, daß Munin nicht nur die Juden im Getto meinte. Nach einigen Minuten rückte Munin wieder verschwörerisch an Otto heran und flüsterte, daß er von hier herauskommen werde. Munin: »Ihr werdet sehen, Panie. Ich werde wie Funken hoch emporfliegen. Ich werde von hier herauskommen. Die ganze Welt wird davon hören. Selbst den Brüdern Wright ist solch eine Erfindung nicht in den Sinn gekommen. Auch nicht den Brüdern Montgolfier, den Erfindern des Warmluftballons, ja, nicht einmal Dedalus und Ikarus aus der Mythologie der Griechen, den Zerstörern unseres Tempels! Nun seht Ihr, mein Herr, wie bewandert ich in all diesen Dingen bin! Mir ist kein einziges Buch entgangen!« Otto – von Munins Mischung aus Unanständigkeit und Geistigkeit fasziniert – bot ihm auf der Stelle eine Arbeit im Zoo an. Munin sah ihn überrascht an, verzog seinen Mund zu einem zahnlosen Lächeln und sagte: »Mein ganzes Leben, Panie, habe ich davon geträumt, die Kacke eines Löwen aufzuwischen.« Sie gaben sich die Hand, aber erst als sie sich verabschiedeten, wagte der zartbesaitete Otto nach der Zahl zu fragen, die Munin vorher erwähnt hatte. Der Jude sah ihn verblüfft, ja sogar leicht enttäuscht an, weil er sicher gewesen war, daß Otto sofort verstanden hatte. Dann lächelte er – Otto: »ein breites Lächeln, das über die beiden Seiten des Gesichts hinausging«, und erklärte einfach: »Nu, eintausendeinhundertsechsundzwanzig Ergüsse natürlich, besser bekannt als Orgasmen, was denn sonst?« Otto errötete bis in die Haarwurzeln, sah auf seine Schuhe, sah zum Himmel und wagte schließlich im Flüsterton zu fragen, ob Herr Munin denn mit so vielen Frauen geschlafen habe. Munin brach wieder in ein abscheuliches Lachen aus und rief: »Beischlaf? Und was ist schon dabei? Schon Rabbi, nu, ich habe seinen Namen vergessen... ah ja! Rabbi Dov Beer sagte in seinen *Kapiteln des Verkehrs*, daß Leidenschaften geläutert und geheiligt werden müssen. Und dann wird sich das Herz wie von einer bösen Liebe zur göttlichen Liebe hinwenden, damit es nicht die Funken verbotenen Feuers begehrt, sondern nur Gott allein, natürlich. Jeder Depp kann mit Frauen schlafen, Euer Ehren, ich aber habe mich *zurückgehalten*!«

Die zweite Begegnung zwischen Munin und Dr. Fried fand statt, als der Arzt verzweifelt aus dem Fenster von Ottos Pavillon schaute (s. u.: → HERZENS, DIE AUFERSTEHUNG DER KINDER DES) und sah, wie ein seltsamer Minotaurus – halb Schaf, halb Mensch – den Pfad überquerte. Zornig und an seinem Stock hinkend eilte Fried ihm nach, lief um den Krokodilsteich herum, nahm einen kleinen Geheimpfad als Abkürzung und stieß frontal mit der furchtbaren Kreatur zusammen. Munin kam als erster zu sich. Er erhob sich vom Rasen und knöpfte sich die Hose über dem eingenähten Stoffbeutel aus Gürteln und Schnallen zu. Das große Schaf machte sich mit klagendem Blöken davon (Munin: »dem Blöken bitterer Enttäuschung«), und Fried, Feuer und Galle speiend, stand schwerfällig vom Rasen auf, hob seine Hand wie ein zorniger Prophet und verlangte eine Erklärung. Munin behauptete zu seiner Verteidigung: »Was gibt es zu erklären? Man muß sich beeilen! Die Zeit ist knapp, und es ist so viel zu tun, Panie Doktor, und es gibt keine Frauen hier außer Frau Chana (s. u.: → ZITRIN, CHANA), die ja bekanntlich Gott gehört, und Frau Doktor Paula, die Euer Ehren gehört.« Fried: »Wie können Sie es wagen, Sie Schuft, den Namen der Dame in den Mund zu nehmen?!« Munin: »Verzeiht mir, aber ich spreche immer die Wahrheit. Und jetzt sind es schon eintausendeinhundertachtunddreißig. Es wird alles notiert! Vielleicht möchte der Herr Doktor die Quittungen sehen? Bei mir ist alles notiert, und es gibt auch eine Karte. Ja, Panie Doktor kann sich darauf verlassen, daß Jedidja Munin seine Kunst getreu ausführt!« Fried, der sich dunkel an eine andere, niedrigere Zahl erinnerte, die Otto ihm eine Woche zuvor genannt hatte, erstickte fast vor Zorn, als er mit Abscheu an die Schandtaten des alten Satyrs in seinem Zoo dachte. Fried: »Aber erklären Sie, erklären Sie mir doch bitte, warum?« Munin: »Warum? Um mich zurückzuhalten. Wie, hat Euch Panie Otto denn nichts erzählt?« »Nein!« »Ah!! Und ich dachte, daß Panie alles wisse! Daß Panie hier sei, um zuzusehen, daß wir unsere Kunst getreu ausführen! Darum sind Panie so wütend! Panie kennen einfach nicht die Geschichte! Nu, ich werde Euch alles der Reihe nach erzählen. Denn es ist keine Schande. Es geschieht alles um des Himmels willen. Und es ist ganz einfach, denn ich, Euer Ehren, wiege gegenwärtig sechzig Kilogramm, vielleicht auch etwas weniger, weil es hier nicht viel zu essen gibt, wenn ich mir erlauben darf, Euch darauf hinzuweisen, aber –« »Was hat Ihr Gewicht mit dem, was Sie mit dem Schaf hier angestellt haben, zu tun?!« »Ah ja... das Schaf... ein reizendes Geschöpf... so hört: jedes Mal, wenn ich... nu... der Herr ist doch Arzt und hat sicher schon von solchen Dingen gehört, was? Richtig?« Fried: »*Do jasnej cholery*, willst du mich wahnsinnig machen? Was soll ich gehört haben?« »Na, na, na, das ist nicht schön, Herr Doktor. Mehr Wut, mehr Leid... Ha! Ha! Ein Scherz... Und der Samen, Euer Ehren weiß sicher, daß der Samen, der sündige Tropfen, mehr als nur ein sündiger Tropfen ist...« »Tatsächlich?« »Absolut! Auch in ihm steckt ein göttlicher Funke! Und im Schmitschikel, das heißt im Glied, um so mehr. In den Schriften des Rabbi Nachman steht geschrieben, daß die ganze Welt für Israel erschaffen wurde, selbst für die Geringeren von Israel, wie für mich zum Beispiel, und sogar für den minderwertigsten aller Körperteile, und all das, damit Israel die Erlösung näherbringen und das göttliche Werk vollbringen kann, und vielleicht haben Euer Ehren zufällig von den Kabbalisten von Safed im Lande Israel gehört, die den *Sohar* schrieben, in dem es heißt, daß jeder Schritt, den der Mensch in den unteren Sphären macht, die höheren in Bewegung setzt! Und was ist mit dem Schuster, ja, selbst der Schuster, er näht die Sohle und verbindet dadurch das Hohe mit dem Niedrigen, also gilt das für mich um so mehr!« Fried: »Bitte, ich flehe Sie an, hören Sie auf, sich dort unten zu reiben, wenn Sie mit mir sprechen. Und reden Sie in der Sprache der Menschen! Was machen Sie hier in meinem Zoo?!« Munin: »Aber ich habe es Euch doch schon erklärt, Euer Ehren! Er, ich meine der Samen, schießt doch mit gewaltiger Kraft aus dem Körper! Fiiiuuu! Und ich sage hier nichts Ungewisses! Nein! Ich, Panie, bin in den wissenschaftlichsten Journalen bewandert! Und ich habe in ihnen gelesen, daß die Flugkraft des Samens die Antriebskraft eines Flugzeugs am Himmel aufwiegt! Relativ gesehen, natürlich.« Fried: »Nana-natürlich... Und was ist mit – aber so hören Sie doch endlich zu reiben auf!!« Munin: »Ich bin auf so etwas gekommen, und ich, Euer Ehren, bin nur ein einfacher Mann. Der Geringste von Israel. Essig aus Wein gemacht. Baba Jagas Katze. Ich habe nicht viel studiert in meinem Leben. Bei meinem Vater – nu, natürlich, da lernte ich die Psalmen auswendig, und später, hie und da, die Schriften des Rabbi Nachman, und ein bißchen den *Sohar*, und einer ließ mich im *Engel Rasiel* und im *Buch der Seelenwanderungen* blättern. Aber auch sekuläre Studien mied ich nicht, obgleich sie bei uns als verbotenes *treif* galten, ja, und in der Hauptstadt Warschau öffneten sich mir die Augen angesichts der Wunder der Schöpfung, und ich nahm auch wissenschaftliche Journale in die Hand und fand dort Zeichen und Wunder! Und ich saß in den Bibliotheken und las die neuesten wissenschaftlichen Untersuchungen! Haben Euer Ehren von Ziolkowsky gehört? Nein? Nun ja. Aber ich habe von ihm gehört. Dieser Mann war der größte russische Naturwissenschaftler. Demütig und bescheiden wie kein anderer! Er ersann die Idee des Fluges mittels Raketen! Nu, sagt selbst: ist er kein Genie? Raketen! Und ich las natürlich auch die gesamten Schriften des Amerikaners Goddard und des Deutschen Oberth, und dank all dieser Hinweise erkannte ich –« Fried: »Vielleicht erklären Sie es endlich, damit auch ich etwas verstehe?« Munin: »Aber ich habe es doch schon erklärt! Warum hören mir Euer Ehren nicht zu, statt mich die ganze Zeit dort unten zu beobachten! Ich sagte, wenn ich Samen von meinem Körper gebe, so mache ich von einer gewaltigen Kraft Gebrauch, aber vielleicht, ich meine – wenn ich diese Kraft aufsparen würde ... versteht Ihr jetzt, Euer Ehren? Und nicht nur ein Mal aufsparen würde! Ein Mal? Ha! Ein Mal wird nicht ausreichen, nicht wahr?« Fried, matt: »Nein?« Munin: »Der Doktor scherzt natürlich. Ha ha! Ein Mal – nein, aber hundert Mal – ja. Tausend Mal – ja ja! Und es ist bekannt, daß der Mensch, selbst der geringste aller Menschen, Tausende und Abertausende von Samen in seinem Körper hat, so zahlreich wie die Sterne am Himmelszelt, wie es heißt, nu, und wenn ich sie alle aufspare, sie zurückhalte und sie ein Mal, nur ein einziges Mal aus mir herausbrechen lasse, das heißt eine Art ›Laßt mein Volk ziehen‹, was für ein großes und mächtiges Volk das sein wird! Ein gewaltiges Volk! Denn die Kraft des Rückstoßes allein könnte sogar ein Leichtgewicht wie mich, sechzig Kilogramm und jetzt sogar noch weniger wegen des, verzeiht mir, des Essens hier, kurzum: sie könnte mich von hier fortnehmen, nicht wahr?« Fried: »Fortnehmen? Wohin fortnehmen?« Munin: »Nu, wohin immer sie mich fortnehmen mag ... Wie

Funken, die hoch emporfliegen...« Fried: »Aber wohin? Wohin werden Sie fliegen? Zu Gott?« Munin: »Wer ist so weise und kann das wissen? Wenn sie mich zu ihm nimmt, dann gehe ich zu ihm. Wo immer sie mich hinschickt, dort fliege ich hin. Vielleicht zu Gott, aber das wichtigste ist, daß ich emporfliegen werde, hoch über allen hier, über allen, die Menschen genannt werden. Es ist ein Fehler. Ich weiß, daß es einen anderen Ort für mich gibt. Nicht hier. Hier nicht.« Fried: »Wollen Sie damit sagen – – daß Sie einfach so hinauffliegen werden? Zu Gott?« Munin: »Nu, hat man je einen so hartnäckigen Mann gesehen! Ich habe Euch doch schon gesagt, tausend Mal habe ich Euch gesagt: Er, gelobt sei Sein Name, ist in jedem Samen enthalten. Er ist die Seele eines jeden Lebewesens.« »Glauben Sie das wirklich? Glauben Sie, daß Sie dorthin kommen werden? Daß es Ihnen gelingen wird, sich auch nur einen Zentimeter vom Boden abzuheben?« »Von ganzen Herzen glaube ich das, Euer Ehren, wie eine Brieftaube, die stets zu ihrem Herrn zurückkehrt.« »Aber Gott – – ist doch heilig! Die Erhebung der Seele und das alles, während Sie, pfui! Eine Schande!« Munin: »Nur augenscheinlich, Euer Ehren! Augenscheinlich ist es tatsächlich eine Schande, aber die Herrlichkeit Gottes ist überall, wie es im *Sohar* geschrieben steht; Munins Erläuterung – es gibt keinen Ort, an dem Gott nicht ist, er ist sogar in dem, was wir Sünde nennen, und die herabgefallenen Funken sind doch mit jeder Art von Schmutz besudelt, auch mit dem vergossenen Tropfen, und für uns, die Kinder Israels, gilt das Gebot, dem Allmächtigen, gelobt sei Er, mit Hingabe zu dienen, um diese Funken wieder an ihren rechten Platz zu bringen, und selbst den größten Sünder wird Er unterstützen, denn wer, wenn nicht Er, gelobt sei sein Name, brachte König David dazu, das Volk zu zählen? Im Buche Samuel steht geschrieben: ›Gott‹ hat ihn verlockt, aber in der Chronik heißt es: ›Der Teufel!‹ Verstehen Euer Ehren? Und ich, ich habe die Seele eines Viehs, schon in meiner Kindheit wurde ich ›Kalb‹ genannt, aber selbst die tierische Seele eines Geringen wie ich hat ihre Wurzel in der Fülle des Lichts und kann sich daher vom Bösen zum Guten wenden, und hier auf dieser Karte trage ich auf allen Straßen der Hauptstadt Warschau die Buchstaben des Wortes LICHT ein, ein System, das ich mir selbst ausgesucht habe! Hier, in diesem Kopf! Und sie nennen mich ›Kalb‹. Nun ja, warum soll ich mich darüber ärgern, bald wird mein Los nicht mehr das ihre sein, eine andere Welt erwartet mich, eine Welt von Geflügelten! Von Engeln! Seht Ihr, mein Herr? Kommt ruhig näher! Geniert Euch nicht! Kommt näher und schaut Euch die Karte an! Seht Ihr, überall, wo ich mich rieb, aber zurückhielt, habe ich einen kleinen Davidstern eingezeichnet, und hier, entlang den Straßen Genscha und Lubetzky, habe ich schon den Großteil eines ›L‹, und aus den Straßen Niska und Samenhof habe ich fast ein ganzes ›I‹ geformt, das ich bald in der Wolinska-Straße zu Ende führen werde... das ›C‹ ist noch fehlerhaft, aber ich werde es in Kürze ausbessern. Versteht Ihr jetzt, Euer Ehren?« Fried: *»Boze moj!* Das stellen Sie mit meinen Schafen an?! Sie spielen mit ihnen, um sich zurückzuhalten? Und Sie glauben, daß Gott Sie darum zu sich nehmen wird?« Munin: »Oh ja, Euer Ehren, nu, endlich hat dieser Unbeschnittene verstanden. Bei uns Juden –«. Fried: »Aber so hören Sie doch endlich auf, mir Märchen zu erzählen! Auch ich bin Jude!« Munin: »Euer Ehren sind einer von uns? Ein unsriger? Das wußte ich nicht! Willkommen! Ihr seht gar nicht wie einer aus... und Frau Paula wohnt mit Euch in einem Zimmer... wer hätte das geahnt?! Einer von uns! Nu, jetzt kann ich ganz offen reden. Einer von uns! Denk dir! Wenn das so ist, weiß der Herr bestimmt, daß selbst abartige Gedanken, wenn richtig verwendet, zu einer Art Hebel von Großvater Archimedes werden, wie die Flügel eines Adlers, ein himmlisches Erwachen. Aber Ihr seht ein wenig müde aus, mein Herr. Setzt Euch doch auf diese Steine hier... (er mag zwar ein Jude sein, aber denken tut er wie ein Goi, und das bißchen Thora-Unterricht hat ihn ermüdet)... ja, und nun, mein Herr, versteht Ihr, was ich vorhabe, von Kindheit an wohnte in mir der böse Trieb, und ich litt und quälte mich arg, und ich war klein und erbärmlich. Ein viertel Huhn. Und ein Glied hatte ich, nu, winzig wie das Gebet für Tau und Regen! Aber mein Trieb, ha! Wie Feuer in den Knochen. Ich hielt es nicht aus, meine bösen Gedanken verwirrten die Gebete und *mizwot*, und obwohl meine Eltern, gesegnet sei ihr Andenken, viel Mühe darauf verwendeten, eine Frau für mich zu finden, wollten die Gedanken mich nicht loslassen... und meiner armen Frau tat es sehr leid um mich, sie war schwach und konnte nicht die Hälfte meiner Lust befriedigen... und am Ende lief ich davon. Ich ließ sie als lebende Witwe mit sechs kleinen Kindern zurück, denn eine Stimme in mir sagte: Geh fort, flieh, ein Wanderer wirst du sein im Lande, ja ja, aber ich will Euch nicht weiter ermüden, Herr Doktor (man sieht auf den ersten Blick, daß er kein gläubiger Jude ist, seiner Stirn wurden nie *teffilin* angelegt!), und ich hoffe nur, daß der Allmächtige, gelobt sei Er, an meinen Taten Gefallen findet, denn selbst der heilige Ari von Safed sagte, nicht nur, daß die Thora siebzig Gesichter hat und ein jedes sich in seiner Generation und seiner Zeit offenbart, sondern sie hat sechshunderttausend Gesichter, und jeder Sohn Israels hat seine eigene geheime Art, die Thora zu lesen, wie ein lebendiger Körper, der an dem göttlichen Wort haftet, eine geheime Art, welche die Wurzel der Seele des einzelnen in den oberen Sphären umhüllt, und die nur er allein kennt, ja, und jeder Mensch dient dem Allmächtigen auf seine Art, und ich diene ihm auf meine, das ist mein Gebet, eine andere Art kenne ich nicht, und vielleicht bin ich es, von dem geschrieben steht, daß das Gebet ein Pfeil ist, den der Betende zum Himmel emporschießt, was heißen will, daß es kein böser und niederer Trieb ist, wie ich in meiner Jugend dachte, sondern ein heiliger Engel, denn wie Rabbi Nachman sagte, wer Gott gekannt hat, besitzt den bösen Trieb und muß ihn überwinden um der göttlichen Gnade willen, und so wie das Licht einer Kerze scheint, indem der Docht zerstört wird, so scheint das Licht der *schechina* auf die göttliche Seele, indem es die viehische Seele vernichtet und sie aus der Finsternis ins Licht bringt und Bitterkeit in Süße verwandelt, und denkt nicht, Euer Ehren (ein Jude! Wer hätte das gedacht!), daß es so leicht ist, was ich mir aufgebürdet habe! Es ist nicht leicht! Und manchmal kann man vor lauter Zurückhaltung den Verstand verlieren! Und es gibt auch Gefahren...« Fried: »Gefahren?« Munin: »Gefahren, tödliche Gefahren! Was habt Ihr denn gedacht, mein Herr? Lilith, verdammt sei ihr Name, lauert doch auf mich. Und wie sie lauert! Sie hofft, aus den Samen, die mir entgehen, einige böse Geister zu gebären! Und jedesmal, wenn ich meine Hand nach meinem kleinen *schofar* ausstrecke, kommt sie sofort mit einem Pfiff aus ihrer Hölle geflogen, fiiiuuu! Aber ich, wie Ihr schon wißt, ich halte mich zurück. Beiße meine Zähne in die Wangen! Noch eine Sekunde und... aber ich halte mich zurück! Ich muß keine Buße tun wie die armen Kerle, die der Versuchung nicht widerstehen können und ihren Samen vergießen!« Fried: »Genug! Schweigen Sie! Mir platzt der Kopf von diesem Gerede! Wie lange haben Sie... ich meine – wie viele Jahre haben Sie sich schon – –« Munin: »Zurückgehalten? Schon seit über sieben Jahren, Euer Ehren. Seit alles schlecht zu werden begann.«

מין

MIN

SEX

1. S. U.: → LIEBE

2. Ein untypisches Gespräch über dieses Thema fand eines Abends zwischen Wasserman und Neigel statt, als Dr. Fried in Sehnsucht nach seiner toten Paula versunken war (s. u.: → ERZIEHUNG) und Markus den Arzt auf »den traurigen und banalen Widerspruch in unserer Natur« hinwies: »Alle Kräfte der Liebe, alle gewaltigen Mächte der Leidenschaft, gegen wen sind sie gerichtet? Gegen eine einzige Seele. Gegen ein Lächeln, einen Schönheitsfleck, ein Bündel von Gewohnheiten und Meinungen, einen mit Kapricen gefüllten Sack Fleisch, sozusagen. Wie wunderbar, ah, wie wunderbar: der Mensch liebt einen Menschen. Nicht mehr und nicht weniger.« Hier legte Wasserman sein Heft nieder und verlor sich in Gedanken. Dann begann er, Neigel etwas zu erzählen, das nicht zur Sache gehörte. Er zitierte Salmanson, seinen ehebrecherischen Freund, der ihm einmal gestanden hatte, daß ihn, wann immer er durch die Straßen Warschaus ging, besonders im Frühling, wenn die Frauen ihre hübschen Kleider anzogen und in spitzen Schuhen herumspazierten, eine große Leidenschaft befalle. Salmanson: »Dann möchte ich am liebsten die ganze Welt vertilgen! Zerstampfen! In die Erde stampfen! Und ich gehe durch die Straßen und stöhne, ich stöhne laut und schamlos, und die Frauen... sie sehen mich an und lächeln, diese Biester! Und ich gehe wie ein Satyr zwischen ihnen, und ausgerechnet in solchen Augenblicken empfinde ich Feindseligkeit, eine seltsame Feindseligkeit ihnen gegenüber...« Was-

serman, der sich Salmansons Beichte mit gemischten Gefühlen anhörte (»Dieser Schuft hat beinah meine Frau vergewaltigt! Und hier sitze ich ihm nun in der halbdunklen Redaktion gegenüber, und ein Lächeln spielt um meine Lippen... ein Lächeln der Übereinstimmung, feh!«), fragte Salmanson, was er mit »Feindseligkeit« meine, und der Redakteur der Zeitschrift, dem einen Augenblick die gewohnte Arroganz und Bissigkeit genommen war, erklärte, daß er den Frauen gegenüber Feindseligkeit empfinde, nicht weil sie ihm etwas angetan hätten, Gott behüte, die Frauen, alle Frauen hätten ihm doch nur Gutes getan, und er sei doch ein geschworener Frauenliebhaber (die Redaktion ist bereit zu wetten, daß Wasserman ihm an dieser Stelle ein wohlwollendes Lächeln schenkte), sondern dessentwegen, was sie ihm aufgrund ihrer Natur, aufgrund seiner Natur aufzwängten. Denn er, wenn man ihn frage, er könne alles lieben, alles. Salmanson: »Ich könnte die ganze Welt und nichts mit genau derselben Leidenschaft lieben.« Die neuen, feinen Nuancen kennenlernen, die das Verliebtsein in blühenden Flieder, in einen wilden Schwarm von Schmetterlingen oder in die Klänge eines Akkordeons in einem erwecken kann. Salmansons Gedanken sind etwas unklar. Vermutlich fühlte er sich erniedrigt, weil er die Frauen derart begehrte, weil er von Natur aus ein Rebell war und den Drang, sie zu lieben, in seinem krummen Hirn als Einschränkung empfand. Er fühlte sich erniedrigt, so wie Aaron Markus sich erniedrigt fühlte (s.u.: → GEFÜHLE), als er erkannte, daß wir alle in unseren beschränkten Gefühlen gefangen sind und daher – Markus: »unsere Ohren wie Sklaven an die Tür einer blassen, erbärmlichen Welt genietet sind, die in einer derart stammelnden Sprache zu uns spricht!« Salmanson mit einem Stöhnen: »Frauen, ich bin ganz verrückt nach ihnen, wie du weißt, ich bete sie an, ihre Bewegungen, ihren Duft, ihren prachtvollen Körper, und doch sind sie nichts anderes als die kleine, beschränkte, endgültige, monotone Verwirklichung der übermenschlichen Leidenschaft, die in mir, die in allen steckt... sie sind das Gefängnis, der schmale, elende Kanal, die dürftige Sprache, in die ich die ganze Fülle in mir übersetzen muß...« Wasserman, mit ungewöhnlichem Mut: »Ich nehme an, daß die Frauen das gleiche für dich, das heißt für uns empfinden.« Salmanson: »Aber gewiß doch! Ich bin mir ganz sicher! Wir und sie sind wie zwei Gefangene, die dazu verurteilt sind, gemeinsam auf einer verlassenen Insel in einfallsloser Verbannung zu leben.« Nachdem Wasserman Neigel das erzählt hatte, verstummte er einen Augenblick lang. Auf seinem Gesicht zeichneten sich alle menschlichen Regungen ab, die signalisierten, daß sich irgend etwas in seinem Inneren in einem schweren Dilemma befand, und plötzlich, mit einem unerklärlichen Drang, erzählte Wasserman dem Deutschen etwas äußerst Intimes, das sogar der Redaktion, und erst recht Neigel, peinlich zu hören war. Wasserman erzählte ihm von der Vereinigung mit seiner Frau. Vielleicht tat er das, weil er sich angewöhnt hatte, mit Neigel so zu sprechen, als spräche er mit sich selbst. Vielleicht gab es aber auch einen anderen, völlig unbegreiflichen Grund. Jedenfalls fragte er verwundert: »Sagt mir, Herr Neigel, Ihr seid doch ein kluger Mann, sagt mir, wie kann so etwas möglich sein, eine so große Liebe zwischen einem Mann und einer Frau, und solch eine Leidenschaft, die Herz und Fleisch verzehrt, und dabei steckt man doch nur den *schmitschikel* in ein kleines Loch, und fertig! Ist das alles? Der Körper der Frau sollte sich doch teilen wie das Rote Meer vor Moses' Stab! Der reißende Sambation-Fluß sollte zwischen ihnen fließen, und sie sollten siebenmal darin sterben und danach ohmächtig und grau wie Asche wieder auftauchen, mit staunenden Augen, ein ganzes Jahr lang unfähig, auch nur ein einziges Wort hervorzubringen, denn sie hatten das Land der Liebe erreicht! Als hätten sie das Antlitz von Gott-weiß-wer-was erblickt und wären nur durch ein Wunder errettet worden!« Neigel schwieg und nickte in stummem Einverständnis. Für einen Augenblick schien es, als beneide er den Juden, daß der diese Dinge laut aussprechen, einem anderen Menschen solches Vertrauen schenken konnte. Markus sagte: »Hört Ihr, Reb Anschel? Ich sage, über die Liebe sage ich, daß der Mensch alles lieben kann, alles auf der Welt, aber die wahre Liebe, ah, die wahre Liebe kann er nur für einen anderen Menschen empfinden.« Wasserman: »Aber Sie selbst, wenn ich mich nicht irre, lieben doch Musik so sehr, daß ihnen manchmal sogar Tränen in den Augen stehen?« »Ah, eine große Liebe ist das, ja. Aber sie ist abstrakt und daher keine wahre

Liebe. Es fehlt ihr irgend etwas. Sie ist zu erhaben und ideal.« Fried: »Und ich ziehe es vor, Ihre Formel umzukehren, Herr Markus, und zu sagen, daß der Mensch alles hassen kann, alles auf der Welt, aber es gibt nichts, was er noch mehr hassen kann als einen anderen Menschen.«

מלכודת

MALKODET

FALLE

Im Verlauf ihrer Treffen behauptete Neigel zweimal, daß Wasserman ihn »in eine Falle gelockt hat«. Das erste Mal geschah es, als Wasserman Hitler und die Nürnberger Gesetze mit der Beziehung zwischen Fried und Paula in Verbindung brachte (s. u.: → HITLER; (DIESE) SCHWEINEREIEN). Neigel verlangte von Wasserman, die provokativen anti-deutschen Bemerkungen zu streichen. Es sollte auch erwähnt werden, daß Neigel sehr aufgebracht war: Er stampfte mit großen, gewaltsamen Schritten durchs Zimmer, trat wütend gegen die offene Tür des Büroschranks, stützte sich auf den Tisch und drückte kraftvoll alle zehn Finger darauf. Wasserman sah ihn nicht an. Er lehnte sich innerlich gegen diese Zensur auf. Er lächelte verbittert Neigels leeren Stuhl an, zupfte zornig und nervös an seinem spärlichen Bart und erklärte: »Die Geschichte wird uns hinführen, wo immer sie uns hinführen will.« Mit dem Rücken zu Wasserman und dem Gesicht zum verhangenen Fenster beharrte Neigel darauf, daß Wasserman versteckte Absichten habe, die er nicht zu übersehen bereit sei, und regte sich darüber auf, daß Wasserman so tat, als habe er die Wahl, über den Krieg zu schreiben, rein zufällig getroffen: »Du hast doch immer über ganz andere Dinge geschrieben! Über die Indianer in Amerika und über die Überschwemmungen in Indien und über Beethoven und Galilei – ganz andere Geschichten waren das! Über gegenwärtige Themen hast du doch nie geschrieben! Unser beschissenes Leben hier kenne ich schon! Ich möchte es für eine Weile vergessen, wenn ich mir eine Geschichte anhöre! Wozu sind denn deiner Meinung nach Geschichten da?!« Wasserman, der zornig, aber mit großem Interesse zugehört hatte, antwortete in seine Hände, die den Mund versteckten: »Es ist immer der gleiche Krieg. Es ist immer nur der eine Krieg. Meine Geschichten sind schriftliche Zeugnisse davon. So ist es.« Neigel schäumte vor Wut, er stampfte mit dem Fuß, als wollte er den Holzboden zertreten, und verlangte mit einem bitteren Aufschrei vom Schriftsteller, »alle Provokationen bezüglich Nürnberg zu streichen!« Er schleuderte mehrmals das Wort »Falle« gegen den Riß in der Holzwand vor ihm. Wasserman verstand natürlich nicht, was für eine Falle der Deutsche meinte, doch während die beiden voreinander abwechselnd anschwollen und zusammenschrumpften und ihren Zorn in einer Art lächerlicher Pantomime gegen diverse Gegenstände im Raum, doch keinen Augenblick gegeneinander richteten, spürte der Jude, daß Neigel nicht die Falle meinte, die er ihm zu legen gedachte, die Falle der Menschlichkeit. Nein: Neigel war noch nicht in ausreichendem Maße »mit Menschlichkeit infiziert«, um Wasserman zufriedenzustellen. Neigel fürchtete sich vor etwas ganz Unmittelbarem und Konkretem, doch Wasserman konnte sich nicht vorstellen, was es war. Es irritierte ihn, daß der Deutsche plötzlich mit einem so schicksalhaften Ernst auf die Geschichte einging, wo er doch erst wenige Tage zuvor gesagt hatte, daß Wasserman sich über die Macht der Wörter täusche!

Das zweite Mal, daß Neigel »Falle!« schrie, war in der Nacht vor seinem URLAUB (s. d.). Der Zug nach Berlin sollte um sechs Uhr morgens aus Warschau abfahren. Sein Chauffeur nahm bereits die notwendigen Vorbereitungen am Auto vor. Doch Neigel weigerte sich loszufahren, bevor er nicht die Fortsetzung der Geschichte über Kasiks Leben gehört hatte. Und da bestand Wasserman mit großer List darauf, dem Deutschen ausgerechnet die Geschichte der Auferstehung der Kinder des Herzens zu erzählen (s. u.: → HERZENS, DIE AUFERSTEHUNG DER KINDER DES), und er zog sie die ganze Nacht hindurch in die Länge, wie damals Scheherezade. Als Wasserman schließlich zu Ende erzählt hatte, verlangte Neigel von ihm, sein Versprechen einzuhalten und ihm nun von Kasiks restlichem Leben zu erzählen, »und sei es nur in Stichworten, Scheherezade, es ist sehr wichtig!« Wasserman weigerte sich. Er war blaß vor Angst, wußte aber, daß er sich weigern mußte. Neigel fühlte sich verraten. Er schrie wütend »VERRAT« (s. d.), schlug auf den Tisch und verlangte noch einmal die Fortsetzung der Geschichte.

Wasserman, der zu diesem Zeitpunkt schon begriffen hatte, warum Neigel unbedingt die Fortsetzung wissen wollte (s. u.: → PLAGIAT), weigerte sich um so mehr. Er lächelte und sagte, wenn Neigel wolle, könne er die Geschichte selber weitererzählen. Neigel warf einen erschrockenen Blick auf die Uhr, stürzte sich auf Wasserman und begann ihn zu schlagen. Es war das erste und letzte Mal, daß er ihn schlug. Wasserman: »Er packte meinen armen Hals und schlug mit der Faust auf mich ein, er schlug mit all seiner Kraft, aber ich gab keinen Laut von mir, ich machte mich nur klein und hoffte, daß mein Ende kommen würde, denn auf diese Art und Weise, aus solch einer Nähe, hatte man mich noch nie zu töten versucht, man versuchte es immer nur von weitem, ohne mich zu berühren.« Aber plötzlich brach Neigel zusammen; er lag einen Augenblick keuchend und stöhnend neben Wasserman, dann erhob er sich schwerfällig, ging sich das Gesicht waschen und reichte dem Juden einen Lappen, damit er sich saubermachen konnte. Wasserman: »Mein Scheißmeister-Gewand war blutüberströmt. In meinem Mund wackelten die Zähne, und als ich sie berührte, fielen drei von ihnen zu Boden. Nun ja. Dafür würde ich Doktor Blomberg weniger zahlen müssen.«

מצפון

MAZPUN

GEWISSEN

1. s. u.: → MORAL

2. Als Neigel im Laufe eines Gesprächs zu Wasserman sagte: »Das Gewissen ist eine jüdische Erfindung, sogar der Führer hat das in seiner Rede gesagt«, antwortete ihm der Jude sogleich: »Ja tatsächlich, es ist eine große VERANTWORTUNG (s. d.) und eine schwere Bürde, wir haben es nie vergessen… manchmal waren wir die letzten auf Erden, die sich erinnerten, was ein Gewissen ist, und wir waren so einsam, wir und das Gewissen, so verlassen, daß man vergessen konnte, wer der Erfinder war und wer die Erfindung…« (Anmerkung der Redaktion: Wassermans Bemerkung sollte mit der bekannten Nachsicht begegnet werden, da von einem Juden wie ihm, der zu einem Leben mit absoluten Wertvorstellungen von Moral und Gewissen »verurteilt« war (vor allem, weil er keine andere

Waffe zu benutzen wußte), natürlich nicht erwartet werden kann, daß er die Komplexität und Vielschichtigkeit der Frage des Gewissens erfaßt. Es sollte daran erinnert werden, daß es für den Schwachen, der keine Möglichkeit des Schutzes hat oder der nicht fähig ist, seine Macht auszudrücken, nur eine Handlungsweise gibt: auf Situationen zu reagieren, die andere schaffen. Er kennt nicht die grausame und allgemein übliche Entscheidung zwischen zwei gerechten Handlungsmöglichkeiten. Wenn man Macht hat und diese Macht ausgeübt werden muß, schafft sie komplexe Situationen, in denen man sich manchmal zwischen zwei gleichermaßen unzulänglichen Arten von Gerechtigkeit entscheiden muß, was unweigerlich zu einer *relativen* Ungerechtigkeit führt. Der gute, naive Wasserman!)

מרד

MERED

AUFSTAND

Akt der Revolte gegen den Souverän.

Der einzige Aufstand in Neigels Lager fand eines Morgens statt, als Wasserman im Garten arbeitete. Ein neuer Transport war mit dem Zug aus Warschau eingetroffen, und die Häftlinge wurden bereits nackt durch die »Himmelstraße« getrieben. Das war kein ungewohnter Anblick, da es zu jener Zeit bereits viermal am Tag und zweimal in der Nacht geschah. Doch dieses Mal ereignete sich etwas Ungewöhnliches: Ein elend aussehender junger Mann stürzte sich auf einen der ukrainischen Wächter und riß ihm die Waffe aus der Hand. Er begann zu schießen und furchtbar zu schreien und rannte blindlings in Wassermans Richtung. Vor Angst standen seine Augen wie die eines Krebses hervor. Die ukrainischen Wächter kamen erst nach ein paar Sekunden zur Besinnung und fingen an zu schießen. Großer Aufruhr brach los. Die erschrockenen Juden liefen in alle Richtungen und wurden von den Kugeln der Wächter getroffen. Als Neigel den Lärm hörte, stürzte er aus seiner Baracke, in der Hand die Pistole, die Wasserman so gut kannte. (Anmerkung der Redaktion: Es sollte erwähnt werden, das sich dieser Vorfall nach der Nacht ereignete, in der die beiden über VERANTWORTUNG (s.d.), WAHL (s.d.) und ENT-

SCHEIDUNG (s. d.) gesprochen hatten und Neigel Wasserman versprochen hatte, jedesmal, bevor er einen Menschen tötete, die prinzipielle Entscheidung darüber wieder von neuem zu treffen. »Das wird nur meinen Glauben an den Führer und sein Werk stärken«, hatte Neigel behauptet.) Die Kette der Ereignisse war wie folgt: Neigel stürzte aus seiner Baracke und wäre fast mit dem bewaffneten Juden zusammengestoßen. Er schlug ihm sofort das Gewehr aus der Hand. In diesem Augenblick kam STAUKE (s. d.) aus dem »Lazarett«, wo er eigenhändig die Kinder, die alten Leute und die Krüppel getötet hatte, die mit dem letzten Transport gekommen waren. Totenstille trat ein. Die »Himmelstraße« war mit Verwundeten und Toten übersät. Der junge Jude fiel auf die Knie, den Kopf gesenkt, und hechelte wie ein Tier, wobei sich seine dürren Rippen mit furchtbarer Geschwindigkeit hoben und senkten. Vor Angst stieß er einen Strahl von Exkrementen aus. Neigel richtete die Pistole auf ihn. Er tat das sehr langsam, damit alle es sehen und eine Lehre daraus ziehen würden. Er warf einen Blick auf die Menge. Einen flüchtigen Moment trafen seine Augen die Augen Wassermans, der in der Nähe stand. Wassermans Augen sprühten Funken. Sie riefen Neigel etwas zu. Sie erinnerten ihn an etwas, verlangten etwas von ihm. Wasserman: »Neigel zögerte nur eine Sekunde lang. Du wirst sagen, was ist eine Sekunde? Alle Schreibfeder-Wälder und alle Tinten-Flüsse usw. der Welt reichen nicht aus, um die Chronik dieser einen Sekunde zu schreiben. Ich werde mich daher kurz fassen: Neigel schoß einmal und zweimal und zehnmal. Er feuerte alle Kugeln in den Körper des reinen Jünglings. Und er schoß noch weiter, als es keinen Zweck mehr hatte. Denn nicht auf den Jüngling war Neigel wütend, sondern auf sich selbst, oder vielleicht auf mich. Denn Neigel hatte gegen seinen Willen das Versprechen, das er mir gegeben hatte, eingehalten. Vielleicht hätte er es vergessen, wenn ich mich nicht gerade in jenem Augenblick dort befunden hätte, doch meine Augen befahlen es ihm, und er gehorchte. Er zögerte für den Bruchteil einer Sekunde, bevor er schoß, und alle sahen es, alle: Stauke, die Ukrainer, alle.« Nachdem er geschossen hatte, drehte er sich auf dem Absatz um und schlug die Barackentür hinter sich zu. Man kann das Grauen, das ihn ergriff, nur ahnen: ein Mensch, dessen natürliche Talente ihn plötzlich verlassen haben; ein Schwimmer, der mitten im Ozean entdeckt, daß er vergessen hat, wie man schwimmt. Die Ukrainer verloren keine Zeit und begannen die übrigen Juden niederzumetzeln. Auch Wasserman wurde von zwei Kugeln getroffen, die ihm aber keinen Schaden zufügen konnten. Er blieb sitzen, den Kopf zwischen den Schultern, den Buckel so hoch wie möglich. Zehn Minuten später war alles ruhig. Die Blauen wurden gerufen, um die Leichen fortzuschaffen. An jenem Abend bat Neigel Wasserman nicht, ihm vorzulesen.

מרכוס אהרון

MARKUS, AARON

S. U.: → GEFÜHLE

נחות, האדם ה–

NACHUT, HA-ADAM HA-

UNTERMENSCH

Allgemeiner Begriff, der von den Nazis für die Angehörigen von Rassen verwendet wurde, die nicht zur »Herrenrasse« zählten.

Um eine HEIRATSERLAUBNIS (s. d.) zu erhalten, hatte jedes SS-Mitglied darauf zu achten, daß seine Braut nicht zu der Sorte Menschen gehörte, die als *Untermenschen* galten. Neigel zeigte Wasserman das diesbezügliche Rundschreiben. In dem Dokument, das in allen SS-Einheiten verteilt wurde, waren Auszüge aus einer Broschüre mit dem Titel »Der Untermensch« (Nordland Verlag, Deutschland) enthalten. Unter anderem hieß es darin: »Der Untermensch, jene biologisch scheinbar völlig gleichgeartete Naturschöpfung mit Händen, Füßen und einer Art Gehirn, mit Augen und Mund, ist doch eine ganz andere, furchtbare Kreatur. Ist nur ein Entwurf zum Menschen hin, mit menschenähnlichen Gesichtszügen, geistig, seelisch jedoch tieferstehend als jenes Tier... Denn es ist nicht alles gleich, was Menschenantlitz trägt. Wehe dem, der das vergißt.«

נישואין, אישור ה־

NISSUIN, ISCHUR HA-

HEIRATSERLAUBNIS

Dokument, ohne das es einem SS-Mitglied nicht erlaubt war, die Frau seiner Wahl zu heiraten.

Dieses Dokument trat im Jahre 1932 mit der Veröffentlichung der »Ehegesetze für SS-Leute« in Kraft. Die Erlaubnis konnte nur von Reichsführer Himmler erteilt werden. Als Neigel Wasserman von seiner Ehe erzählte, meinte er: »Zum Glück heirateten wir vor '32.« »Zum Glück«, weil Christines anhaltende Unfruchtbarkeit am Anfang der Ehe Neigels Beförderung in der »Bewegung« hätte schaden können. Wasserman verstand nicht, was Neigel damit meinte. Neigel erklärte ihm, daß der Erhalt einer Heiratserlaubnis von der Empfehlung eines Arztes abhing, der die Anwärterin auf ihre Fähigkeit hin untersuchte, dem Reich Kinder zu gebären. Zu diesem Zweck hatten die Antragsteller auch ein Foto der Anwärterin, ihrer Auserwählten, hinzuzufügen – »nackt oder im Badeanzug«, wie das Ehegesetz lautete, damit die Experten für die deutsche Rasse das Foto unter die Lupe nehmen konnten. Wasserman schüttelte verwundert und traurig den Kopf. Neigel erklärte, daß es den Experten vor allem darum ging, Paarungen mit der Sorte Menschen zu verhindern, die als *minderwertig* galt (s. u.: → UNTERMENSCH). Der Jude dachte sich: »Vielleicht ist das der Lauf der Welt: Wer seine Mitmenschen für Unmenschen hält, wird selbst zum Unmenschen.« Neigel, der sich in einer Stimmung der Offenheit befand, erzählte: »'38 wurde die Lage sogar noch, eh... komplizierter. Das heißt – sie wurde etwas heikel«, denn in jenem Jahr trat das »Scheidungsgesetz« in Kraft, nach dem es einem Mann erlaubt war, sich von seiner Frau scheiden zu lassen, wenn sie sich weigerte, ihm Kinder zu gebären, oder unfruchtbar war. Nicht nur das: Wenn die Frau älter als vierzig war und sie dem Ehemann in ihrer Jugend so viele Kinder geboren hatte, wie er nur wollte, so durfte er nun ihre biologische Unfruchtbarkeit ausnutzen und sich von ihr scheiden lassen, um eine jüngere Frau zu heiraten. Wasserman empört: »Das Reich braucht Kinder, eh?« Und Neigel: »Genau! Jede Frau ist dazu verpflichtet, dem Reich und seinem Führer Kinder zu gebären. Das ist Himmlers persönliche

Manie. Übrigens hat er seine Frau, seine Marga verlassen. Ich habe sie gekannt. Er lebt jetzt mit seiner Geliebten zusammen, und Marga hat ihm eine Glückwunschkarte geschickt. Stell dir vor. Sie schrieb: ›Möge Hedwig Dir Kinder schenken!‹ Was sagst du zu diesem Großmut, Wasserman? Ist man bei euch zu so einem Großmut fähig?« Wasserman ignorierte die Frage: »Und was habt Ihr, das heißt Ihr und Eure Frau getan, als dieses Scheidungsgesetz veröffentlicht wurde?« Neigel, in einem Ton, der die Bedeutung seiner Worte herunterzuspielen versuchte: »Meine Christine schlug natürlich sofort vor, daß wir uns scheiden lassen sollten. Sie wollte meiner Karriere nicht schaden.« Und nach einer kurzen Pause: »Und das Merkwürdige an der Sache war, Wasserman, daß Tine schon wenige Monate später schwanger wurde. Es renkte sich alles ein. Alles. Karl wurde vier Monate nach Kriegsbeginn geboren, im Februar 1940, und Lieselotte vor einem Jahr.« Wasserman: »Das kommt daher, weil Eure Frau Euer Herz berührte.« Neigel wollte dieses sentimentale Argument mit einem üblichen ›Quatsch mit Soße‹ abtun, hielt sich jedoch zurück. Die Idee schien ihn zu belustigen. Schweigen trat ein. Dann sagte Wasserman laut: »Herr Neigel, einmal, vor vielen Jahren, ging meine Frau zu einem Fest bei Salmanson, von dem Ihr schon gehört habt, und dort drängte er sie in die Garderobe und küßte sie auf die Lippen.« Neigel sah Wasserman verständnislos an, dann aber sickerte die Bedeutung der Worte langsam in seinen Kopf. Nicht der Vorfall an sich war wichtig, sondern die Tatsache, daß Wasserman ihm davon erzählt hatte. Er verstand. (Wasserman: »Was für ein *dybbuk* ist in mich gefahren, daß ich es ihm erzählte? Das weiß nur Gott allein. Vielleicht, weil ich der Sohn eines Krämers bin und von meinem Vater, Gott hab ihn selig, gelernt habe, daß man keine Ware unentgeltlich erhalten soll. Ja, ich war gezwungen, ihm mit einem kostbaren Geheimnis zu zahlen im Austausch für das, was er mir über seine Frau und über die Liebe zwischen ihnen erzählte. Feh, Anschel! Ein Schwätzer bist du auf deine alten Tage geworden!«)

נכות

NACHUT

INVALIDITÄT

Zustand des Invaliden. Körperlich behindert sein.

Laut Wasserman ist das der Zustand aller »in Gottes Ebenbild erschaffenen Geschöpfe«. Er äußerte diese Ansicht, als Fried von Kasik gefragt wurde, wie die Menschen zu ihrem Leben stünden und ob sie es liebten (s. u.: → JUGEND). Neigel, zu der Zeit müde und niedergeschlagen, protestierte matt gegen »deine Grausamkeit, Wasserman« und war bereit zu schwören: »Bevor ich dich kennenlernte, hatte ich Freude am Leben, ich liebte das Leben, verstehst du? Ich liebte es, morgens aufzustehen und meine Arbeit zu verrichten! Ich liebte es, die Luft zu atmen und auf Pferden zu reiten und mit meiner Frau und den Kleinen zusammen zu sein, ich liebte das!« Worauf Wasserman mit einem bitteren Lächeln erwiderte: »Wir sind alle beschädigt, alle, Herr Neigel, körperlich und geistig behindert. Amputiert, verstümmelt, verkrüppelt. Und wenn Ihr der Sache auf den Grund geht, so werdet Ihr feststellen, daß wir alle, selbst diejenigen, die sich glücklich nennen, im Grunde unseres Herzens eine nagende Trauer, denselben bitteren Wurm der Enttäuschung empfinden. Wir spüren sehr wohl, daß das Glück, ah, jenes Wesen, das so transparent und ausweichend ist wie eine Seifenblase, für immer von uns genommen und verloren ist. Daß wir zwar von unserer Natur her dem Glück würdig waren, aber etwas Böses daherkam und es uns raubte. Und darum, sage ich Euch, darum sind wir alle zu Invaliden geworden. Abgeschnitten von der Freude, abgerissen vom Glück, abgetrennt von der Bedeutung, Herr Neigel. Aber der Körper sehnt sich noch danach wie nach einem amputierten Glied und bildet sich mit seiner ganzen Einbildungskraft ein, daß er dessen Pochen und Wärme spürt, und es ist diese Trauer, die Trauer der Sehnsucht nach dem, was abgetrennt und für immer verloren ist, die unser Herz in ihrem Mörser zerstampft, ist es nicht so, Herr Neigel?«

נס

NESS

WUNDER

Außergewöhnliches Phänomen hinsichtlich Ursache, Bedeutung und Zweck.

1. Wasserman wurde durch ein Wunder gerettet. Das Wunder geschah, als er den Faden der Geschichte verlor und Neigels logische Frage nicht beantworten konnte, eine Frage, die nun schon zum dritten Mal aus reiner Dickköpfigkeit gestellt wurde: Wie konnte es sein, daß Paula, die Polin, mitten im Krieg trotz des Verbots mit Fried, dem Juden, zusammenlebte? Wasserman konnte keine adäquate Erklärung dafür finden. Ihm kamen verschiedene kluge Antworten in den Sinn, die er jedoch eine nach der anderen verwarf. Es schien, als könnte er sich nicht mehr an »die Geschichte, die man immer wieder vergißt«, erinnern. Genau da verspürte Neigel den Drang, ihm von dem Vorschlag seiner Frau von vor ein paar Jahren zu beichten, daß sie sich scheiden lassen sollten, damit ihre Unfruchtbarkeit seiner Beförderung in der SS nicht schaden würde (s.u.: → HEIRATSERLAUBNIS), und von der neuerlichen Annäherung, die damals zwischen den beiden aufgrund der äußeren Bedrohung ihrer Beziehung entstanden war. Wasserman: »In diesem Augenblick wußte ich, was für eine Geschichte ich ihm servieren würde! Und ich erzählte ihm, wie Paula von den abscheulichen Gesetzen hörte (s.u.: → (DIESE) SCHWEINEREIEN) und zu Fried ging und die beiden sich liebten, und... Vielleicht war es ein Wunder, und vielleicht war es töricht, daß ich nicht schon früher auf die Idee gekommen war, nu, und vielleicht ist beides möglich. Und es ist bekannt, daß man Glück braucht, um an Wunder glauben zu können, und bei uns pflegte man zu singen: ›Der Rabbi vollbringt Wunder / Ich hab es selbst gesehen / Er erklomm eine Leiter / und fiel tot herab. / Der Rabbi vollbringt Wunder / Ich hab es selbst gesehen / Er stieg ins Wasser / Und kam naß hervor...«

s.a.u.: → HITLER

2. Zwei Tage nach dem AUFSTAND (s.d.) in der »Himmelstraße«, nachdem Wasserman Neigel am Abend das tägliche Kapitel der Geschichte erzählt hatte und die beiden im Begriff waren, sich zu verabschieden, verlangte der Jude seinen

Schuß. Neigel sprang erschrocken auf: »Auf gar keinen Fall!« verkündete er. »Aber Ihr habt es mir versprochen! Ihr habt es versprochen!« schrie Wasserman, und Neigel: »Vergiß es heute nacht.« »Ist Euch denn das Wort eines deutschen Offiziers nichts mehr wert?« fragte Wasserman, woraufhin Neigel errötete, seine Fingerknöchel knackte und zornig schrie: »Hör zu, Wasserman, du hast selbst gesagt, daß ich jedesmal vor dem Schießen die Entscheidung von neuem treffen muß, das hast du mir in den Kopf gesetzt! Und jetzt entscheide ich: Ich werde dich nicht erschießen! Jetzt nicht und überhaupt nie! Nein, nein, nein! Verstanden?!« Wasserman, mehr Wut zur Schau stellend, als er tatsächlich empfand: »Ihr habt es mir versprochen, Ihr habt es versprochen! *In der erd,* Neigel!« Und Neigel, mit verzerrtem Gesicht: »Nein! Ach, für dich ist das nichts! Du spürst wahrscheinlich gar nichts, wenn ich auf dich schieße! Keinen Schmerz! Aber bei mir ist das anders! Ich kenne dich doch schon ein wenig! Du bist nicht irgendein Jude für mich, wie die anderen da draußen!« (Er zeigte zum verhangenen Fenster hin.) »Nein, Wasserman. Vergiß es. Ich bin dazu nicht mehr fähig.« Er verstummte vor Angst über die Wörter, die seinem Mund entschlüpft waren. Wasserman, ihn bis zur äußersten Grenze provozierend: »Ihr seid ein deutscher Offizier, Herr Neigel, ein Vorbild des Dritten Reiches, und ich bin nur der Abschaum der Menschheit, ein UNTERMENSCH (s.d.), erschießt mich, Herr Neigel, sonst werde ich Euch meine Geschichte nicht weitererzählen!« Neigel schrie: »Du mußt aber! Du mußt sie erzählen!« »So? Warum, glaubt Ihr, plage ich mich jeden Abend so vor Euch? Weil Ihr so schöne Augen oder eine so reizende Figur habt?« Neigel, der nun fast gänzlich zusammenbrach: »Weil du so gerne erzählst! Du liebst es!« »Nein! Weil ich sterben will, Neigel! Shylock der Jude verlangt sein Pfund Fleisch! Feuer, Herr Neigel!« Wassermans Brüllen brachte Neigel wieder zur Besinnung. Oder vielleicht hatte das Schreien eine unmittelbare Wirkung auf jenen Teil in ihm, der auf das Gehorchen dressiert war. Er erhob sich, weiß wie Kalk, zog die Pistole, lud sie und legte sie an Wassermans Schläfe. Der Lauf tanzte auf seiner Haut (Wasserman: »Wie ein Komödiant vor der Braut«). Wasserman bat Neigel mit harter Stimme, sich zusammenzureißen und aufzuhören zu zittern.

Neigel gestand, daß er das nicht könne. Daß ihm so etwas noch nie passiert sei. Ängstlich fragte er: »Und wenn du mir diesmal stirbst?« Innerlich lächelnd befahl Wasserman in einem fast militärischen Ton: »Schießt, Neigel! Feuert! Die Kugel! Ich bin nur ein Jude, ein Jude wie alle anderen Juden!« Aber es dauerte noch ein paar Sekunden, bis Neigels Hand, die die Pistole hielt, zu zittern aufhörte. Dann räusperte er sich und meinte zaghaft: »Hmpf, vielleicht… das heißt – könntest du dich in eine andere Richtung drehen? Sagen wir: zur Tür.« Wasserman: »Was soll dort sein? Das Mekka der Mörder?« Neigel: »Nein, es ist nur… kurzum: es wäre schade, wieder das Fenster zu zerschmettern, oder?« Wasserman fing an zu lachen. Einen Augenblick später begriff auch Neigel die Absurdität seines Vorschlags und lachte mit ihm zusammen. Es muß betont werden: Sie lachten zusammen. Einen flüchtigen Augenblick fühlten sie, wie gut sie einander verstanden. Der Mensch, sagte Wasserman einmal, ist aus einem nachgiebigen Stoff gemacht. Er hatte recht: anscheinend gewöhnt man sich ebenso ans Töten wie ans Nicht-Sterben. Und mit dem Wunder werden kleine Geschäfte gemacht. Nachdem das Lachen verklungen war und die beiden sich beruhigt hatten, sagte Wasserman in einem sanften, freundschaftlichen Ton: »Und jetzt erschießt mich bitte.« Neigel schloß die Augen und schoß. Wasserman: »Das Summen sauste von einem Ohr ins andere, und da wußte ich plötzlich, was Neigel sich notierte, während ich ihm die Geschichte erzählte. Aij! Neigel ließ die Pistole fallen und fing wieder an zu lachen, weil ich am Leben geblieben war und er sich erleichtert fühlte, aber auch, weil etwas Wunderbares geschehen war: Die Kugel hatte den Türrahmen getroffen, war zum Fenster zurückgeprallt und hatte die Glasscheibe zerschmettert. Das Wunder vermasselte das Geschäft.«

3. Als Kasiks Ende nahte (s. u.: → KASIK, TOD DES) und es klar wurde, daß die Hoffnungen, die die Künstler auf ihn gesetzt hatten, enttäuscht werden würden und die Kinder des Herzens bei ihrer letzten Aufgabe gescheitert waren, versuchten Neigel und Wasserman mit leiser Stimme, in der ein Ton der Niederlage mitschwang, diesem Scheitern auf den Grund zu gehen. Wasserman vermutete, daß die Ursache in der Beschaffenheit des Wunders lag. Neigel war erstaunt (»Wunder? Wieso

denn Wunder?«), und Wasserman: »Ah, ja, nu, sowohl Ihr, Herr Neigel, als auch meine Kinder des Herzens habt eine Art Wunder vollbringen wollen ... eine Übertreibung der menschlichen Natur ... Ihr auf Eure Art, und die Kinder des Herzens auf ihre ... wir wollten beide einen neuen Menschen schaffen ... aber es ist uns nicht gelungen. Alles ist mißlungen ... mit Euren Taten habt Ihr ... nu, Ihr wißt selbst, was Ihr angerichtet habt, und ich, mit meinen Taten, nu, et, wie üblich: ich wollte einmal im Leben eine schöne Geschichte erzählen. Eine wohlersonnene Geschichte mit einer Moral, eine Art Philosoph wollte ich sein, feh! Ich alter Narr! Dazu braucht man Talent und Intelligenz und Herz! Wohingegen ich, was für großartige Dinge habe ich in diesen Wochen hier vollbracht? Nur einen erbärmlichen Witz. Einen elenden Scherz. Einen Munin, einen Seidman, eine Chana Zitrin ... Eure Frau hat recht, Herr Neigel: Ich bin ein Kuriosum. Eure Frau hat mich von Anfang an durchschaut! Und ich wollte hier Wunder vollbringen! Einen Mann, der zum Himmel emporfliegt, eine Frau, die Gottes Herz verführt! Ein Moses von Warschau wollte ich sein! Aij! Nein, Herr Neigel, es gibt keine Hoffnung auf Wunder, weder auf Wunder des Bösen noch auf Wunder der Gnade. Aus dem Teig der Menschheit kann man kein Wunder backen! Man muß, *nebbich*, Schritt für Schritt gehen und sich mit dem Notwendigsten begnügen, ja, indem man das Vorhandene liebt und haßt, liebe deinen Nächsten wie dich selbst, und hasse deinen Nächsten wie dich selbst, das ist die ganze Lehre. Und man muß ERBARMEN (s. d.) haben. Wir werden nicht durch ein Wunder zu Ruhm gelangen, Herr Neigel ...«

נעורים

NE'URIM

JUGEND

Periode zwischen Kindheit und voller Reife.

Um 03.00 Uhr morgens wurde Kasik achtzehn Jahre alt. Er war gerade aus seinem raupenhaften Schlaf erwacht (s. u.: → PUBERTÄTSSCHLAF) und stand wieder fest in der Zeit. Nun machte er eine schwere Zeit durch. Er wurde von tyrannischen Mächten bewegt und von kraftraubenden, deprimierenden Stimmungsschwankungen hin- und hergerissen. Er hatte keine Kontrolle über sie und fühlte sich deshalb erniedrigt. Selbst die Freude, die er gelegentlich empfand, war eine angespannte Freude. Auf seinem nackten, nur in eine Windel gewickelten Körper begannen Haare zu wachsen, was ihm peinlich war. Seine Stimme wurde tief und rauh, sein Gesicht gröber. Fried, der nicht von seiner Seite wich, hörte plötzlich winzige Explosionen und sah im Lampenlicht, wie häßliche kleine Pickel auf Kasiks Gesicht sprossen, die sich sofort mit Eiter füllten und aufplatzten. Die Lebenskraft sprudelte unter seiner Haut. Ein weißlicher Flaum zeichnete sich wie Nebel auf seinen Wangen ab. Kasik war gegen alle mißtrauisch, auch gegen Fried. Wenn der Arzt nicht auf eine seiner Launen eingehen wollte, stampfte Kasik mit seinen kleinen Füßen und sah dabei so wütend und feindselig aus, daß Fried ihm hastig seinen Wunsch erfüllte – Fried: »Er ist doch ein armer Kerl. Er weiß noch nicht genau, was er will. Man muß ihm helfen, es zu überstehen.« Fried kam es manchmal vor, als befände er sich in der Werkstatt eines zornigen Künstlers, der mit beiden Händen zugleich malte und das Blatt zerriß, um sich mit verzerrtem Gesicht sofort auf das nächste zu stürzen. Fried konnte sich nicht einmal mehr an die Illusion klammern, daß das Kind ihm gehörte. Kasik war gräßlichen Gedanken ausgeliefert. Eine unangenehme Glut zeichnete sich auf seinem Gesicht ab und suchte verzweifelt den richtigen Ausgang. Trotzdem hörte Fried keinen Augenblick auf, ihn zu lieben. Er erfand ununterbrochen Gründe, den Jungen zu lieben und ihm zu verzeihen und schrieb ihm Charaktereigenschaften, Beweggründe und Gefühle zu, an die er sich zu klammern versuchte, um seine Beziehung zu dem fremden Jungen aufrechterhalten zu können. Zudem war Kasik mit einem deprimierenden Talent gesegnet: Aufgrund seines vieldeutigen Verhältnisses zur ZEIT (s.d.) konnte er, wie gesagt, den Vorgang von Wachstum und Verfall in jedem Gegenstand und jedem Menschen simultan verfolgen. Er sah in jedem Lebewesen und in jeder Pflanze ein grausames Schlachtfeld dieses nie endenden Kampfes. Das bedrückte ihn und erhöhte die Aggression, die nun schrankenlos aus ihm hervorbrach.

Doch wie es manchmal eben so geht, wurde in diesem Gewirr von Gefühlen ein Junge sichtbar, der sogar den Arzt erstaunte mit seiner Kraft und seiner Bestimmtheit und mit dem Optimismus, den er ausstrahlte wie ein Heilmittel, das der Körper gegen die Schmerzen der Pubertät erzeugt hatte. Ungefähr um 03.30 Uhr legte sich Kasiks Unbändigkeit ein wenig. Es enstand in den Bewegungen seiner Körperglieder eine gewisse Koordination, und ein neuer Blick, neugierig, selbstbewußt, sehr klar, leuchtete in seinen Augen auf. Des Doktors Herz schwoll vor Freude. Kasik setzte sich auf den Boden, ergriff Frieds alte Hand und fragte ihn, ob das, was er einst, vor vielen Jahren, in seiner Kindheit, von ihm gehört hatte, auch wahr sei. Kasik erinnerte sich vage an bestimmte Dinge, die ihm Fried einmal über die Welt außerhalb des geschlossenen Pavillons und die Menschen in ihr erzählt hatte (s. u.: → ERZIEHUNG). Dem Arzt wurde das Herz schwer. Jetzt würde er auch dieses Kind verlieren. Wie viele Trennungen konnte ein Mensch ertragen? Mit leiser Stimme gestand er, daß es auch eine Welt außerhalb des Pavillons gebe. Daß es dort auch Menschen gebe. Einen Augenblick verabscheute er das erfreute Lächeln, das in den Mundwinkeln des Jungen erschien. Kasik fragte, was für ein Leben man dort lebe, und der Arzt antwortete: »Ein Leben.« Dann fragte Kasik, ob die Menschen auf der Welt ihr Leben liebten. Fried wollte lügen, konnte aber nicht. Es war etwas an dem Jungen, das das Lügen zu etwas Abscheulichem machte. Zu einem Umweg, der eine Verschwendung von Zeit und Leben war. Kasik hörte sich Frieds Anwort an (s. u.: → INVALIDITÄT) und dachte verwundert darüber nach. Dann fragte er, wie viele Menschen es dort draußen gebe, und der Arzt nannte eine Zahl, die ihm der Wahrheit am nächsten schien. Der Junge sperrte den Mund auf. Er begriff die Zahl nicht. Dann lächelte er wieder sein schmerzhaftes Lächeln und meinte, egal wie viele es gebe, einer von ihnen werde bestimmt sein Leben lieben, und er, Kasik, wolle dieser eine sein. Der ergriffene Arzt fragte Kasik, wie er sich diese Liebe zum Leben vorstelle, und was das Glück für ihn bedeute. Aber diese Fragen waren zu kompliziert für Kasik, dessen Fähigkeit zu denken und sich auszudrücken leider sehr beschränkt war. Er konnte nur sagen: »Es ist etwas Gutes. Etwas, das ich will. Etwas, das dort draußen ist. Wir gehen es holen.« Und so machten sich die beiden ohne überflüssige Vorbereitungen auf den Weg.

s. a. u.: → MONDSÜCHTIGEN, REISE DER

סבל

SEWEL

LEID

1. Gewicht, Bürde, Last. 2. Im übertragenen Sinn: Sorgen, Kummer oder Qualen. Körperliche oder seelische Bedrükkung.

Laut Wasserman: Der Kompaß, der Leuchtturm, das Kriterium für jede menschliche Entscheidung. Wasserman sieht die Sensibilität für das Leid, das Bewußtsein dafür als höchstes Ziel der Menschheit an. Mehr noch: es ist der Protest des Menschen. Der äußerste Ausdruck seiner Freiheit. Die Humanität eines Menschen wird, laut Wasserman, anhand des Maßes an Leid bestimmt, das ihm zu vermindern oder zu verhindern gelingt. (Anmerkung der Redaktion: Es ist fast überflüssig, darauf hinzuweisen, daß Wasserman nie vor dem Dilemma stand, zum Beispiel einem anderen Menschen Leid *zufügen* zu müssen, um das eigene Leben zu retten. Trotzdem vermutet die Redaktion, daß seine passive, selbstgerechte Weltanschauung so tief in ihm verankert war, daß er es wahrscheinlich vorgezogen hätte, lieber vernichtet zu werden, als einem anderen Menschen Leid zuzufügen. Mit Wasserman über dieses Thema zu diskutieren wäre so, als spräche man mit einem Blinden über die Farben des Regenbogens.)

סהרורים, מסע ה־

SAHARURIM, MASSA HA-

MONDSÜCHTIGEN, REISE DER

Die Reise, die Fried, Kasik und die KÜNSTLER (s. d.) von Frieds Pavillon aus in den von Otto unternahmen. Die Reise begann um 04.27 Uhr, als Kasik 22 Jahre alt war. Sie gingen die Allee der Vogelkäfige hinunter, vorbei an dem Hügel, auf dem sich Paulas Grab befand, und gelangten zum Pfad der ewigen Jugend. Es war eine Gruppe von müden Menschen, fast am Ende ihrer Kräfte, und Kasik war ihre letzte Hoffnung. Jeder Künstler erklärte ihm, wer er war und was seine Kunst war und zeigte ihm, wo er wohnte oder übernachtete oder seine Kunst ausübte. Die Künstler sprachen nicht viel. Nur ein paar Worte oder Handbewegungen (Munin: »Mir genügte eine Handbewegung«). Markus: »Weil es einige unter uns gibt, die keinen Augenblick aufhören, zu sich selbst oder zu anderen zu reden, aber vor Verlegenheit verstummen, wenn man ihnen eine wichtige Frage stellt. Und in der Tat, was waren wir alle, die Kinder des Herzens von Otto Brigg? Eine Handvoll elender Partisanen, die in der Wildnis außerhalb der menschlichen Rasse lebten, wie konnten wir da alleine siegen?« Zweifellos begann etwas von dem Elend und der Verzweiflung der Künstler in Kasiks Seele einzusickern. Er lauschte mit offenem Mund den Beschreibungen ihrer sonderbaren Kriege. Er spürte die gewaltigen Anstrengungen, die sie darein investierten. Zum ersten Mal in seinem Leben berührten seine feinen Fühler die Grenzen der menschlichen Möglichkeiten, und er entdeckte erstaunt, wie nahe sie ihm waren. Die Reise ging äußerst langsam voran (sie dauerte 34 Minuten), weil die Gruppe an bestimmten Plätzen stehenblieb, um Kasik dieses oder jenes zu erläutern und seine vielen Fragen zu beantworten. Auf seiner Reise kam Kasik am SCHREI (s.d.), an der gestohlenen Zeit (s.u.: → PROMETHEUS), an Paulas Grab, an GINZBURGS (s.d.) von Folterungen entstelltem Gesicht und anderen Wegzeichen dieser Art vorbei. Fast zwei Jahre von Kasiks Leben vergingen dabei, hinsichtlich seiner Charakterbildung wahrscheinlich die entscheidenden Jahre. Während dieser Reise, auf der Kasik die Welt kennenlernte, gab es zwar Momente höchsten Glücks (s.u.: → LEBENSFREUDE), die meiste Zeit jedoch erlebte er hinsichtlich des Lebens und was es beinhaltete, eine schmerzvolle Ernüchterung (s.u.: → LEID). Wasserman: »Und als wir ihm folgten, Herr Neigel, als wir ihm folgten, gebeugt und erschöpft und tot und mondsüchtig, da spürten wir alle, wie sehr wir ihn brauchten... wie unser Schicksal und unser Krieg mit seinem Schicksal und seinem Willen verknüpft waren... und es gibt nichts Grausameres, als an einen so kleinen Jungen Forderungen zu stellen, aber en la guerre comme en la guerre, und welche Wahl hatten wir?« Es war eine warme Nacht, Anfang April 1943. Der Horizont leuchtete feuerrot, und der Geruch von versengtem Fleisch wehte aus der Ferne herüber. Um 05.01 Uhr erreichte die Gruppe den Pavillon von Otto, der schon vor der Tür auf sie wartete.

סיגריה

SIGARIA

ZIGARETTE

Kleine, mit Tabak gefüllte Papierhülse, die zum Rauchen gedacht ist.

Als Neigel aus seinem URLAUB (s.d.) in München zurückkehrte, begann er eine Zigarette nach der anderen zu rauchen. Eines Abends, in einem Anfall von Großzügigkeit, bot er auch Wasserman eine an. Der Schriftsteller, der noch nie in seinem Leben geraucht hatte, nahm sie an – um Salmansons willen, der sich während seines ganzen Aufenthalts im Lager unablässig nach seinen kleinen Zigarren gesehnt hatte. Wasserman nahm einen Zug und fiel beinah in Ohnmacht. Wasserman: »Wie ein Rad drehte sich mir der Kopf! Und wer war so klug und konnte wissen, daß eine Zigarette so beißend war? Möge sie verbrennen!« Er nahm mutig noch einen kleinen Zug von der Zigarette, dann warf er sie fort: »Möge ein schwarzes Jahr auf diesen Salmanson kommen! Muß ich denn um seinetwillen ersticken?«

סרגיי, סמיון יפימוביץ

SERGEJ (SEMION JEPIMOWITSCH)

Russischer Physiker. In seiner Jugend Mitglied einer Bande, die sich die Kinder des Herzens nannte. Nachdem er sich von ihr getrennt hatte, machte er sich mit seinen Forschungen über die Lehre des Lichts weltweit einen Namen. Er war ein einsamer, verschlossener Mensch, der sich lieber in seinem Laboratorium mit all seinen Instrumenten und Berechnungen als unter Menschen aufhielt. Schon in der Kindheit war er so gewesen: goldene Hände und ein versiegeltes Herz. Wassermans gemischte Gefühle für ihn können dadurch charakterisiert werden, daß er in sieben von insgesamt sechzehn Abenteuern der Kinder des Herzens einfach »vergaß«, Sergej mit der restlichen Bande auszuschicken. Wasserman gestand der Redaktion freimütig: »Es ist etwas an unserem guten Sergej, das… kurzum: er scheint Gegenstände und Getriebe von ›innen‹ zu verstehen, als wäre er einer von ihnen… es gelang mir nie, ihm ein lustiges oder sanftes Wort in den Mund zu legen…« Wasserman hatte stets den leisen Verdacht, daß Sergej nicht wirklich an den humanitären Missionen der Bande interessiert war, sondern nur an den Apparaten, die er für die Bande bastelte. Da Sergej selbst kaum etwas sagte und auch Anschel Wasserman wenig über ihn erzählte, ist unklar, wie er sich zum zweiten Mal der Bande anschloß. Bekannt ist lediglich, daß er während des Krieges von der russischen Armee wegen seiner wissenschaftlichen Kenntnisse des Lichts eingezogen wurde. Er war in einer von Budyonnis Divisionen an der Südwest-Front stationiert, wo er half, das System der Distanzgeschütze zu verbessern. Er wurde von den Deutschen gefangengenommen und nach Berlin gebracht, kam später in ein Kriegsgefangenenlager und gelangte schließlich als Schwarzarbeiter nach Warschau in eine Fabrik, die Brillengläser für die Wehrmacht herstellte. Die Deutschen fanden nie heraus, wer Sergej war und wie groß seine Fachkenntnis war. Ab hier wird sein weiterer Weg unklar. Ende 1942 kam Otto in die erwähnte Militärfabrik im Zentrum von Warschau. Er sah Sergej in der Uniform eines Kriegsgefangenen und erkannte ihn sofort. Sergej jedoch erkannte Otto nicht. Er befand sich schon »jenseits seines Lebens« (Markus). Otto bestach den Mann, der für die Gefangenen verantwortlich war (Fried: »Mit der Hälfte des monatlichen Zoobudgets!«) und brachte Sergej in den Zoo. Nachdem man ihn gewaschen und angezogen und ihm ausreichend zu essen gegeben hatte, begann sich Sergej wieder zu erholen. Aber er wurde nie mehr ganz derselbe. Er war ein kränklich aussehender Mann mit einem merkwürdigen Gang (»Er hielt seinen Kopf, als wäre er aus Glas!«) und einem Körper, der aus zarten, zerbrechlichen Gliedern zusammengesetzt schien. Er war äußerst scheu, und wenn er einen Menschen sah, wich er sofort in die Büsche aus. Nur mit Otto wechselte er gelegentlich ein paar Worte, wobei er errötete und sein eines Auge sofort zu tränen begann. Einige Wochen nach seiner Ankunft im Zoo begann er unsinnige wissenschaftliche Experimente anzustellen. Aber als Otto ihm behutsam erzählte, was die anderen Künstler im Zoo taten, leuchteten seine Augen auf. Auf diese Weise hatte Otto früher Sergejs Herz immer für eine neue Idee entflammt. Otto: »Aber diesmal, was soll ich euch sagen, diesmal machte mir dieses Leuchten in seinen Augen ein bißchen Angst. Ich weiß nicht, warum. Ich dachte, daß ich vielleicht einen Fehler gemacht hatte, als ich diesen Mann wieder in die Bande aufnahm. Niemand hat mir versprochen, daß einer, der einmal zu uns gehört hat, sich nicht verändern und anders werden würde, nicht wahr?« Von den Experimenten, die Sergej anstellte, sind zwei erwähnenswert: der SCHREI (s.d.) und das System der parallelen Spiegel, das zum Stehlen der Zeit gedacht war (s.u.: → PROMETHEUS). Die Experimente waren etwas unbeholfen und benötigten komplizierte technische Instrumente, die der Zoo nicht immer besorgen konnte. Sergej war bei den anderen Künstlern unbeliebt, nicht nur, weil er sich absonderte, sondern weil er der einzige war, der, statt Leib und Seele zu seinen Waffen, zu seinem Schlachtfeld zu machen, für seine Kunst Instrumente benutzte. Das gilt natürlich nicht für sein letztes, berühmtes Experiment, bei dem er unter verdächtigen Umständen verschwand (s.u.: → PROMETHEUS).

עינויים

INUJIM

QUALEN

Absichtlich zugefügte körperliche oder seelische Schmerzen.

Kasiks Qualen. Als Kasik sich dem Ende seines Lebens näherte, blickte er zurück und stellte fest, daß die meisten Jahre mit Leiden vorbeigegangen waren, die im wesentlichen sinnlos gewesen waren. Seine Wünsche, Hoffnungen und Triebe, seine Kraft und seine Angst – kurzum, die meisten seiner seelischen Befindlichkeiten waren mit einer solchen Macht und in solchen Mengen in ihn eingepflanzt worden, als hätten sie auf Naturkräfte, auf Stürme und Meere wirken sollen, sich aber statt dessen mit Menschen wie Kasik begnügen müssen, an denen sie nun ihre Verheerungen anrichteten. So war zum Beispiel Kasiks Selbsthaß gegen Ende seines Lebens so stark, daß er die Erdkugel von einem Pol zum anderen hätte spalten mögen, doch dieser Selbsthaß vermochte sich nur gegen Kasik selbst und gegen die ihn umgebenden KÜNSTLER (s.d.) zu richten. Er hätte wahrscheinlich Tausende von Jahren gebraucht, um alle Kräfte und Triebe abzuschwächen, mit denen sein Körper, der Körper eines einzelnen Menschen, geladen war, aber ohne das verdünnende Wasser der Zeit hatte er von vornherein keine Chance, glücklich zu sein. Seine Bedrückungen und Leidenschaften schmerzten und demütigten ihn, löschten jedes Aufflackern der Gnade. Keine einzige Forderung seiner gemarterten Seele, kein einziger seiner starken Triebe konnte zur richtigen Zeit keimen, reifen und welken, damit Kasik zu einer wahren SCHÖPFUNG (s. d.) werden würde, zu dem, was mit Sehnsucht die Krone der Schöpfung genannt wird. Wasserman: »Er war verloren, Herr Neigel, von Anfang an verloren… besser, er wäre nicht geboren… Was sind die wenigen Stunden, die wir ›ein Menschenleben‹ nennen? Was kann der Mensch damit anfangen? Wie gut kann er sich selbst und die Welt kennenlernen? Et! Glaubt Ihr etwa, daß Methusalem am Ende seiner Tage mehr wußte als Kasik um sechs Uhr zwanzig am Abend desselben Tages?«

Wasserman fragte das mit müder, gebrochener Stimme. Es war der letzte Abend, an dem er mit Neigel zusammen die Geschichte weiterspann. Kasik näherte sich bereits dem Ende seines Lebens, ebenso Obersturmbannführer Neigel, der erschöpft aus seinem Urlaub in München zurückgekehrt war (s. u.: → KATASTROPHE). Als Neigel die Beschreibung von Kasiks Qualen hörte, murmelte er: »Etwas mehr Erbarmen, Herr Wasserman.« Sein Kopf war auf einen Arm gestützt, der andere lag langgestreckt auf dem Schreibtisch. Wasserman erzählte ihm, wie sich Kasik wutentbrannt auf den Rest seines Lebens stürzte: Er verlangte, daß die Künstler ihm endlich sagten, wer er war, warum er geschaffen wurde und wozu er bestimmt war. Aber sie wußten keine Antwort darauf. Kasik wurde jeden Augenblick von einem anderen peinlichen Impuls fortgerissen. Er hatte nichts Beständiges oder Vorhersehbares an sich. Den Künstlern erschien sein kurzes Leben wie eine Kette von Impulsen, von widersprüchlichen Kapricen. Wasserman: »Seine Begeisterung und seine Depressionen, ah, ein widerlicher Brei!« Erst wenige Monate vor seinem Tod (s. u.: → KASIK, TOD DES), ungefähr um 18.22 Uhr, kam er wieder zur Vernunft, vielleicht aus körperlicher Schwäche, vielleicht aber auch, weil er einfach von dem Wissen um die Sinnlosigkeit und die Verzweiflung dazu gezwungen wurde. Erst da schaute er zurück und stellte verblüfft fest, daß alles, was ihm bis jetzt als gewöhnliches Leben – bedrückend, aber beständig – vorkam, nichts anderes war als eine Abfolge tragikomischer Zuckungen. Markus: »Sein Geschmack veränderte sich jeden Augenblick, und mit welcher Geschwindigkeit er die Hüte endgültiger Beschlüsse und ewiger Meinungen aufsetzte und ablegte...« Kasik begriff niedergeschlagen, daß er im Grunde genommen keine wirkliche Lebenserfahrung hatte. Daß ihn sein ganzes Leben auf das Leben vorbereitet hatte, das er gerade zu dem Zeitpunkt aufgeben mußte, als er es zu verstehen begann. Markus: »So ist das nun mal, lieber Kasik, im Austausch für unsere Lebenserfahrung zahlen wir mit dem Leben. Mit unserem eigenen Leben... das ist ungefähr so, wie wenn jemand sein Haar verkauft, um mit dem Geld einen Kamm zu kaufen.« In seinen letzten Stunden war Kasik unerträglich. Er verweste bei lebendigem Leibe. Es gab Momente, in denen ihn Reue und Liebe packten, die er in schmerzhaften, brennenden Wellen ausstrahlte, und ebenso erging es ihm mit seinen Anfällen von Bosheit und Haß. Einen Augenblick schmiegte er sich zärtlich an Fried und bedeckte sein Gesicht mit heißen Küssen, im nächsten entzündete sich in seinem Herzen ein Funke der Hinterlist, und er bückte sich und warf dem Arzt eine Handvoll Sand in die Augen. Wasserman: »Und Fried, dieser alte, gebrochene Demiurg, wischte sich den Sand nicht aus den Augen, sondern stand reglos da und betrachtete das winzige, elende Geschöpf, dem das Leben Körper und Seele in Fetzen riß.« Und das Schlimmste war das Gefühl der Verfehlung, bei den Künstlern ebenso wie bei Kasik selbst: die klare, absolut unbezweifelbare Gewißheit, daß sie die naheliegende Chance nicht hatten wahrnehmen können. Und daß es sehr gut möglich war, daß das Glück sie ein Stück des Weges begleitet und dann wieder enttäuscht verlassen hatte. Sie spürten, daß sie etwas verraten hatten, aber sie wußten nicht was.

פלגיאט

PLAGIAT

PLAGIAT

Literarischer Diebstahl.

Das Verbrechen von Obersturmbannführer Neigel flog am Abend seiner Fahrt in den URLAUB (s. d.) nach München auf. Die Kette der Ereignisse im einzelnen: Abends verlangte Neigel von Wasserman, die Geschichte von Kasiks Leben fortzusetzen, die an der Stelle unterbrochen worden war, an der sich Kasik im Alter von zirka dreißig Jahren von CHANA ZITRIN (s. d.) trennte. Wasserman erklärte – überraschenderweise –, daß er zu einer Fortsetzung nicht bereit sei, und stellte die Bedingung, daß er nur dann weitererzählen werde, wenn sich Neigel zuerst einen anderen Teil der Geschichte anhöre, den Wasserman übersprungen habe, da er noch nicht ausreichend überarbeitet gewesen sei. Neigel wollte wissen, welchen Teil er meine, worauf Wasserman antwortete, daß es sich um das Kapitel über die AUFERSTEHUNG DER KINDER DES HERZENS (s. d.) handele. Neigel sah auf die Uhr: Der Zug nach Berlin fuhr um sechs Uhr morgens. Um vier Uhr sollte ihn sein Chauffeur zum Bahnhof nach Warschau bringen. Er hatte noch volle drei Stunden Zeit, und er beschloß, großzügig zu sein und Wasserman dieses unwichtige Kapitel erzählen zu lassen. Wasserman dankte ihm und begann zu erzählen (s. u.: → HERZENS, DIE KINDER DES). Neigel hörte sich stumm und zornig »die anti-deutschen Provokationen« an, wie er sie nachher nannte. Nebenbei: Wasserman zog die Geschichte unendlich in die Länge, als versuchte er Zeit zu gewinnen, und zwar mit allen literarischen Mitteln, die ihm zur Verfügung standen. Als er zu Ende erzählt hatte, war es zwei Uhr morgens. Neigel fragte giftig, ob der Jude seinen Spaß gehabt habe und er nun so gut sein werde, mit Kasiks Geschichte fortzufahren. Wasserman zog den Kopf ein, streckte den Buckel vor und erklärte mit ängstlichem Mut, daß er sich weigere, die Geschichte fortzusetzen. Neigel traute seinen Ohren nicht. Er erhob sich und schrie »FALLE« (s. d.), stürzte sich wutentbrannt auf Wasserman und schlug heftig und grausam auf ihn ein. Doch offenbar brachte ihn die (erste) Berührung mit Wassermans Körper sofort zur Besinnung. Er ging zu dem kleinen Waschbecken in einer Ecke des Zimmers, um sich das Gesicht zu waschen, und brachte Wasserman einen Lappen, damit er sich abwischen konnte. Dann setzte er sich neben Wasserman auf den Boden und bat ihn kleinlaut, er solle aufhören, ihn so zu quälen. Der übel zugerichtete Wasserman notierte sich innerlich, daß diese Worte mit sanfter Stimme gesprochen wurden, nicht als Befehl, sondern als Bitte um einen persönlichen Gefallen. Er erwiderte: »Nein, nein, Herr Neigel. Es tut mir leid, aber Ihr werdet statt dessen eine andere Geschichte erfinden müssen.« Zuerst dachte Neigel, daß er Wasserman wegen des geschwollenen Mundes und der herausgefallenen Zähne nicht richtig verstanden habe. Dann sah er ihm in die Augen und begriff. Er senkte den Kopf und fragte mit gedämpfter Stimme, während sein Finger mit der Schnalle seines schwarzen Stiefels spielte: »Woher weißt du das? Wie hast du das herausgefunden?« Und Wasserman, langsam: »Ich habe ein wenig nachgedacht.« Neigel: »Ja. Jetzt weißt du es.« Wasserman, der noch nicht so viel wußte, wie er zu wissen vorgab, versuchte es auf gut Glück: »Ihr habt ihr meine ganze Geschichte geschrieben, was? Ihr habt meine Geschichte in Euren Briefen vor ihr ausgebreitet, nicht wahr?« Und Neigel: »Die ganze Geschichte. Ja.« Wasserman lachte verkrampft: »Nu, ja... und... sagt mir... glaubt sie noch immer, daß ich ein... das heißt ein Kurio – – ein Witz bin?« Und Neigel: »Nein. Nein. Weißt du, sie sagt, das ist die beste Geschichte, die du je geschrieben hast. Das heißt...« »Das heißt was? Was? Sagt es mir rasch!« »Das heißt... hmpf, du verstehst natürlich, daß – –« »Was, was soll ich verstehen?« »Daß sie, Christine meine ich, sie weiß eigentlich nicht über dich Bescheid. Das heißt – über uns beide. Hmpf.« »Gesundheit, Herr Neigel, aber bitte sagt mir, habe ich nicht aus Eurem eigenen Mund gehört, daß Ihr Eurer Frau bei Eurem ersten Urlaub von mir erzählt habt, erinnert Ihr Euch nicht? Ihr müßt Euch erinnern, das war, als Ihr zur Mine bei Borislav fuhrt? Nu? Was?« »Ja, ja, ich habe es ihr erzählt, aber du mußt verstehen, Wasserman« – er kicherte verlegen, senkte seine Augen, öffnete und schloß seine Stiefelschnalle, versuchte etwas zu sagen: »Natürlich habe ich es ihr erzählt. Ich habe ihr gesagt, daß du hierher kamst. Sie weiß genau, was das bedeutet. Sie war einmal zu Besuch hier, verstehst du?« »Sie? Hier?!« Wie enttäuscht Wassermans Stimme klang! Aus irgendeinem Grund wollte er diese so zerbrechliche und so häßliche Frau vor diesem Ort bewahren. Um ihretwillen. Um seinetwillen. Neigel nickte. Wasserman: »Nu, was ist also? Denkt sie, ich bin, das heißt – tot?« »Ja, so ist es. Tut mir leid, Herr Wasserman. Aber es wurde alles so kompliziert. Es hat als Scherz angefangen. Nicht genau als Scherz, nein, aber sagen wir – als ein Spiel. Es ist schwer zu erklären. Du wirst es nicht verstehen. Und plötzlich ist es soweit gekommen, daß ich ihr nicht mehr die Wahrheit sagen konnte, verstehst du?« »Was verstehe ich?« (Wasserman: »Nu, und plötzlich begriff ich alles. Ohne Schuß und ohne das Summen in meinen Ohren. Einem Dummkopf wie mir muß man mit dem Finger darauf zeigen! Ah! Dieses große Biest Neigel! Obersturmbannführer Neigel! Hatte er doch seiner Frau einfach meine Geschichte geschrieben, als hätte er sie selbst verfaßt! Oij, eine schändliche Tat, die ihresgleichen nicht auf Erden kennt! Oij, wie entbrannte ich da vor Wut!«) »Hört, Neigel!« schrie Wasserman, »das ist ein glattes Plagiat! Das furchtbarste Verbrechen, das Ihr mir hier antun konntet! Aij!« Und er schlug sich vor die Brust und wand sich mit einem plötzlichen Schmerz auf dem Boden und röchelte: »Furchtbarer als der Tod, Neigel! Ihr habt mir meine Geschichte gestohlen, Neigel, Ihr habt mir mein Leben gestohlen!« Der Deutsche stand neben dem Büroschrank, entkorkte eine neue Flasche 87prozentigen, nahm ein paar hastige Schlucke aus der Flasche, wischte sich mit dem Handrücken die Lippen ab und sagte, den Rücken zu Wasserman gekehrt: »Aber ich habe doch schon gesagt, daß es mir leid tut! Wie oft willst du das noch von mir hören? Verzeihung! Verzeihung! Verzeihung! Soll ich vor dir niederknien? Ich hatte keine andere Wahl, das mußt du mir glauben! Hör mal – –« Er drehte sich zu dem Juden um, der zusammengekauert auf dem Boden lag, und lächelte gezwungen, einschmeichelnd: »Du kannst stolz auf dich sein, Scheherezade, dank deiner Geschichte treffen wir uns wieder, Tine und ich. Verstehst du? Sie hat mir geschrieben, ich soll sofort Urlaub nehmen und zu ihr kommen. Deshalb fahre ich doch heute nacht, das heißt gleich, dorthin. Sie hat geschrieben, daß sich die Dinge bei ihr geändert haben. Ja, ich habe solche Töne schon lange nicht mehr von ihr gehört.

Und das habe ich alles dir zu verdanken, Scheherezade. Nun, bist du jetzt zufrieden?«

(Wasserman: »Großer Gott! Anschel Wasserman, der Vereiniger von Nazifamilien! Nun begriff ich endlich alles. Die Notizen, die Esau sich machte, während ich erzählte, die Anspielungen, die er hinsichtlich seiner Schwierigkeiten und Probleme hier verstreute, und jener intime Vorfall, von dem er mir erzählte, et! Und ich habe seinen Hausfrieden wiederhergestellt?!«) Neigel nahm Wasserman an den Händen, zog ihn behutsam vom Boden auf und legte ihn auf das Feldbett. Wasserman wandte wütend sein Gesicht ab, Neigel drehte es zu sich her, als wollte er in den schwarzen, geschwollenen Augen des Juden eine Spur von Vergebung suchen (Wasserman: »Er beugte sich über mich wie Elisa über den Erstgeborenen der Sunamiterin!«) und redete ununterbrochen. Er roch abstoßend säuerlich nach Wein. Er erzählte fieberhaft von dem Leben mit seiner Frau, seit der Krieg ausgebrochen war (s. u.: → KATASTROPHE). Seinen Worten zufolge wußte Christine kaum etwas über seine Arbeit, »und vielleicht wollte sie auch nichts davon wissen.« Er erinnerte Wasserman daran, daß Christine von der Hochzeit an bis Mitte '39 »ihre eigenen Sorgen hatte mit den Versuchen, schwanger zu werden, und mit den Behandlungen, und ich muß dir nicht erzählen, mit was noch, und ich glaube, es reichte ihr zu wissen, daß ich glücklich war in der SS. Und daß ich nach all den Jahren, in denen ich schwarz alle möglichen Arbeiten angenommen hatte, plötzlich in der Bewegung eine geregelte Arbeit und ein anständiges Gehalt hatte und jeden Abend nach Hause kam, ja, und sie wurde ja nicht mal Parteimitglied, nein, sie ist ein bißchen so wie deine Paula, ja, es ist wirklich merkwürdig, weißt du, plötzlich erinnere ich mich, daß ich in meiner Jugend immer solche Mädchen wie Paula gesucht habe, so eine, mit der man... du weißt schon, was ich meine, und auch Tine versteht nichts von Politik, nein, überhaupt versteht sie nichts von dem, was jetzt geschieht... Stell dir vor, Wasserman, ich habe sie einmal im letzten Augenblick davon abgehalten, einen Verehrerbrief an einen Schriftsteller zu schicken, von dem du vielleicht gehört hast – Thomas Mann, ich kannte den Namen von der schwarzen Liste. Stell dir vor: 1941 wollte sie ihm einen Brief schikken, und damals lebte er doch schon in Amerika, der Verräter! Oder sie ging manchmal mit einer Mütze und einem Wollschal nach draußen, beide knallrot! Und das Ende '41, als wir vor Woroschilows Divisionen in Leningrad Blut spuckten, aber zum Glück kam es niemand in den Sinn, sie zu verdächtigen, sie ist keine Schwätzerin, die alles überall rumerzählt, nein, sie hat keine Freunde außer mir, wir sind immer allein gewesen, wir beide, ja, und dann war da noch die Sache mit Karls Fingern – –« »Was für eine Sache, Herr Neigel?« »Er brach sich zwei Finger seiner rechten Hand, und sie gipste sie ihm ein, sie ist Krankenschwester, weißt du, sie gipste die Finger in der Form eines V ein, und einen ganzen Monat lang, während ich an der Front war, lief bei mir im Haus ein kleiner Churchill herum, verstehst du, was sie da tut? Oder die Petunien.« »Was war mit den Petunien, Herr Neigel?« »Wir haben Blumenkästen in unseren Fenstern. Tine liebt Blumen. Manchmal kann sie stundenlang eine Blume...« Sie schauten sich an und lächelten ohne es zu wollen. »Ja, genau wie Paula. Aber nachdem Tine hier zu Besuch war, begann sie seltsame Sachen zu machen: Sie riß die braunen Petunien aus und pflanzte stattdessen gelbe, rote und rosafarbene. Jetzt blühen in allen Fenstern meines Hauses in München gelbe, rote und rosa Sterne. Sie sagt, sie hat es getan, weil es schön aussieht, aber ich weiß, daß sie es getan hat, um mich an die Juden, Kommunisten und Homos zu erinnern, die in mein Lager kommen. So rächt sie sich an mir, verstehst du? Denn als ich sie fragte, warum, ja? Warum sie zum Beispiel mit roter Mütze und rotem Schal aus dem Haus geht, warum sie mir so etwas antun muß, da antwortete sie ohne Scham oder Reue, daß sie diese Mütze und diesen Schal bei unserem ersten Rendezvous getragen habe, wir gingen uns damals einen Charlie-Chaplin-Film ansehen, denn Tine liebt lustige Filme, und ich mag es, wenn sie lacht, und wegen dieses Abends trug sie 1941 diese bolschewistische Aufmachung! Und sie war nicht bereit, mir zu versprechen, daß sie es nicht wieder tun würde, und meinte, daß es ihr ein bißchen schwerfalle, mit dem raschen Wechsel der Mode mitzuhalten – und damit meinte sie nicht die Kleidermode, Wasserman –, einmal dürfe man Rot tragen und ein andermal wieder nicht, und einmal dürfe man einen Schriftsteller wie Thomas Mann lieben, und dann sei es plötzlich verboten, ja, jetzt weißt du alles, sie lebt alleine mit den Kindern in München, in einer winzigen Wohnung, die sie sich gemietet hat, und sie ist nicht bereit, mit mir zu sprechen, sie erlaubt mir höchstens, die Kinder während meines Urlaubs für ein paar Stunden zu besuchen, aber mit ihr – nichts. Und dabei brauche ich nur irgend jemandem ein Wort zu sagen, und sie ist verloren!« Wasserman, spöttisch: »Und warum tut Ihr es nicht?« Neigel senkte seinen Kopf und schwieg. Wasserman sah ihn an und nickte mit dem Kopf. »Sie sagt«, fuhr Neigel schließlich fort, »daß sie weiterhin mit mir zusammen lebt. Aber sie meint einen anderen. Den, der ich früher einmal war. Und für ihn trägt sie die Mütze und den Schal, und für ihn hängt sie das Bild von Chaplin im Schlafzimmer auf, stell dir vor – Chaplin, nach seinem schrecklichen Film über den Führer! Selbst ihre Frisur hat sie nicht geändert, bei uns tragen die Frauen ihr Haar doch ganz anders seit Adolf, und neben unserem Bett sehe ich immer einen Haufen Bücher – ich weiß gar nicht, wie sie an die herangekommen ist – von Schriftstellern, deren Namen ich nicht mal laut sagen darf, und wenn ich sie anschaue, bin ich entsetzt, Wasserman, denn sie hat einfach ihr Leben eingefroren, ja, selbst ihr Gesichtsausdruck ist anders als der aller anderen. Ihrer ist ganz langsam, wenn du verstehst, was ich meine. Sie lebt und sieht genauso aus, wie sie 1930 gelebt und ausgesehen hat, als ich der Bewegung beitrat. Meine Frau betrügt mich – mit mir selbst. Kannst du das verstehen?« Wasserman antwortete nicht. Er dachte, daß Blumen manchmal gerade unter einer dicken Schneeschicht weiterblühen. Neigel redete weiter, er konnte nicht mehr an sich halten. (Wasserman: »Wie ein unerfahrener Trinker, der zum ersten Mal Wörter kostet und sich an ihnen berauscht!«) Er sagte: »Und dabei ist sie keine Kommunistin oder so. Ganz und gar nicht. Sie ist eine Frau, verstehst du, sie hat keine politischen Ansichten. Sie hat es immer gehaßt, Zeitung zu lesen. Sie versteht nichts davon. Menschenmassen machen ihr Angst. Und Gewalt macht ihr Angst. Sie ist sehr sensibel, sie –«, er grinste verlegen, und einen Augenblick sah er so dumm und hilflos aus, daß Wasserman schmerzvoll seine Augen abwandte. »Und so eine Frau habt Ihr hierher gebracht?« fragte er. Neigel: »Nein. Das war ein Fehler. Eine

Dummheit. Sie haben uns eine Überraschung machen wollen und die Offiziersfrauen vor Weihnachten zu Besuch hierher gebracht. Vorigen Winter war das. Wir wußten von gar nichts. Die Frauen kamen genau in dem Augenblick, als ein neuer Transport durch die ›Himmelstraße‹ lief. Es schneite, und die Juden waren ganz blau vor Kälte. Zum Glück verlor Tine das Bewußtsein, noch bevor sie etwas sagen konnte. Es gab noch zwei andere Frauen, die ohnmächtig wurden. Du kannst dir denken, daß ich nach diesem Vorfall noch mehr Härte demonstrieren mußte, damit man hier nicht über uns beide reden würde.« Er verstummte und breitete seine Arme mit einer schweren, niedergeschlagenen Geste aus: »Du mußt verstehen, Wasserman, ich habe ihr nie, auch nicht in meinen Briefen, genau erzählt, welche Aufgabe ich hier habe. Ich wollte nicht, daß sie irgend etwas mit diesem – mit all dem zu tun hat. Nicht alle können das verkraften. Die meisten Zivilisten in der Heimat haben gar keine Ahnung. Ist auch besser so. Tine wußte nur, daß ich einen wichtigen Posten hatte. Aber sie wußte nicht, was für einen. Und in meinen Briefen schrieb ich ihr nur so… über Liebe… ich schreibe schöne Briefe, Herr Wasserman. Mit viel Gefühl, wirklich. Sie werden lachen, aber manchmal war es fast Poesie. Und um die Wahrheit zu sagen, war es Tine, die mir, ohne es zu merken, die Idee gab, ihr eine Geschichte in Fortsetzungen zu schreiben. Das war so: Als ich ihr vor einigen Wochen erzählte, daß du hierher kamst, fing sie an zu weinen. Sie weint immer sehr leicht… wie dein Otto… sie sagte, daß es ihr leid täte um dich. Du bist der einzige Jude, dessen Namen sie kennt und von dem sie wußte, daß er zu mir ins Lager kam, um zu sterben. Das erschütterte sie, glaube ich. Sie sagte mir auch ganz deutlich, was sie von deinem Schreiben hielt. So ist sie eben. Sie muß immer sagen, was sie denkt, das ist doch das Problem, da gibt's nichts, ja, und als ich versuchte, dich in Schutz zu nehmen, Herr Wasserman, da sagte sie, daß sogar die Briefe, die ich früher geschrieben hätte, bevor ich zum ›Mörder‹ wurde – so nennt sie das –, viel schöner gewesen seien als deine Geschichten. Und da hatte ich plötzlich eine sonderbare Idee und dachte mir, wenn ich ihr vielleicht eine Geschichte schreiben würde, das heißt etwas, das sie Karl vor dem Einschlafen vorlesen kann, das aber gleichzeitig mehr ist als nur ein Märchen für Kinder, denn Karl ist ohnehin noch zu jung, um es zu verstehen, dann würde sie vielleicht begreifen – – stimmt's?« »Was würde sie begreifen? Um Himmels willen, Herr Neigel, so redet doch nicht so um die Sache herum!« »Dann würde sie begreifen, daß ich, ich meine, daß ich... daß man ein treues Mitglied der Bewegung sein kann und die Befehle ausführen kann und trotzdem so ein – das heißt ein Mensch bleiben kann.« Plötzlich schlug er erregt die Fäuste zusammen: »Jawohl! Das ist es, was sie verstehen muß! Genau!« Er richtete sich keuchend auf und strich seine verschwitzte Uniform glatt. Plötzlich sah er wieder kraftstrotzend und kampfeslustig drein: »Genau das werde ich ihr sagen, mit diesen Worten!« Er warf wieder einen Blick auf die Uhr. Es waren nur noch wenige Minuten bis zur Abfahrt geblieben. »Hören Sie zu, Herr Wassermann«, sagte er hastig, gespannt: »Sie wissen gar nicht, in was für einer Hölle ich lebe. Sie gestattet mir nicht, sie anzufassen. Sie sagt, daß ich ihr Angst einflöße. Daß Tod an meinen Händen sei, und noch anderen solchen weibischen Schwachsinn... Sie sagt, nur wenn ich hier alles aufgebe, wird sie sich überlegen, ob sie zu mir zurückkehrt oder nicht! *Sie* wird es sich überlegen! *Sie!* Sie merkt ja gar nicht, was sie sagt! Sie bittet um etwas Unmögliches, wie ein Kind! Ich soll alles aufgeben? Jetzt? Mitten im Krieg? Was wird mir denn dann übrigbleiben? Aber sie hat gesagt: ›Erinnerst du dich, wie sehr wir gelitten haben, bis wir Karl zur Welt brachten? Nur *ein* Kind, und wieviel Anstrengung und Hoffnung und Verzweiflung und LEID (s. d.), nur ein Kind, und bei dir werden jeden Tag Dutzende von Menschen...‹ Sie hat keine Ahnung, wie viele Menschen ich tatsächlich jeden Tag...« (Wasserman: »Dieser große Nazi, diese rohe Bestie sitzt neben mir auf dem Boden, hohl wie ein leerer Sack, redet auf sich ein, redet auf sie ein, diskutiert mit ihr, fleht sie an, so schwach und töricht, so menschlich, und ich, nu was, ich muß gestehen, daß er in diesem Augenblick mein hartes Herz berührt.«) Neigel: »Verurteilen Sie mich nicht, Herr Wasserman. Verurteilen Sie mich nicht und verachten Sie mich nicht. Tine und die Kinder sind das Wichtigste, was ich im Leben habe. Ich habe keine Freunde, ich habe keine Verwandten mehr –« (Wasserman: »Gleich wird er mir singen: ›Juden,

Juden, erbarmt Euch meiner, weder Vater noch Mutter hab ich!‹«) »Ich bin nicht der Typ, der sich leicht mit Menschen anfreundet. Mir ist am wohlsten, wenn ich mit ihr und den Kindern zusammen bin. Du wirst es bestimmt nicht glauben, aber was ich mit dir hier hatte, unsere ganzen Gespräche und alles, was ich dir erzählt habe, und die Geschichte, die wir uns gemeinsam ausgedacht haben, so etwas hatte ich noch nie im Leben. Nein. Hier und da in der Armee, in einer Nacht, vor einer schweren Schlacht, manchmal fängt einer mit dir an zu reden, und auch du erzählst ihm etwas... nie zuviel, heutzutage kann man sich ja auf keinen mehr verlassen, manchmal geschieht so etwas auf langen Zugfahrten... aber das sind dann Leute, die man danach nie wieder sieht... aber auch mit ihnen konnte ich natürlich nicht über Tine reden, weil sie es sofort weitererzählt hätten und man sie mir weggenommen hätte. Aber mit Ihnen, Herr Wasserman, mit Ihnen war das anders. Ja.« Wasserman: »Und Ihr habt ihr meine Geschichte geschrieben und ihr die ganze Zeit nichts verraten?« Anscheinend hatte Wasserman endlich die volle Bedeutung der Sache verdaut. Vielleicht erboste ihn am meisten die Tatsache, daß Neigel ihn in Christines Augen um seinen Ruhm und seine ›Läuterung‹ gebracht hatte. (Wasserman: »Großer Gott, wenn es einen Weg gibt, mich umzubringen, dann hat Neigel, dieser böse Armilos, ihn gefunden: Er hat mir meine Geschichte gestohlen!«) Neigel gestand erneut sein Verbrechen. Er erklärte: Als er aus jenem Urlaub zurückgekehrt sei, habe er seiner Frau schon im Zug einen Brief geschrieben, in dem er sie um Erlaubnis gebeten habe, für sie eine Geschichte schreiben zu dürfen. Die letzte Geschichte, die Scheherezade nicht mehr zu schreiben geschafft hätte. »Eine Ehrenschuld gegenüber dem toten Schriftsteller«, schrieb er ihr listig, mit boshaftem Zynismus, aber – nach seinen Worten: »mit guter Absicht. Es ist, glaube ich, ein großes Kompliment für einen Schriftsteller, wenn seine Geschichten solchen Einfluß auf die Wirklichkeit haben, nicht wahr?« Wasserman überlegte einen Augenblick. Es war eine verlockende Idee, doch er achtete darauf, weiterhin ein wütendes Gesicht zu machen. Neigel versprach seiner Frau das schönste und kühnste aller Abenteuer der Kinder des Herzens, und noch im selben Brief begann er, ihr die gealterten Kinder und deren Leben in der Lepek-Mine zu beschreiben. Wasserman: »Und als Ihr dann hierher kamt, veränderte und verdrehte ich alles!« »Ja. Und dann hast du noch einmal alles geändert, wenn ich dich daran erinnern darf. Und das machte mich verrückt, denn ich war ja völlig abhängig von dir. Aber Tine schrieb sogleich zurück, daß die Geschichte schön sei. Daß sie meinen Brief neben ihrem Bett aufbewahre, auf dem Haufen Bücher, die sie so sehr liebt, du weißt schon welche. Ja, Herr Wasserman, das war ihr erster Brief seit einem ganzen Jahr, in dem mehr als drei Zeilen über Karl und Liese standen. Im nächsten Brief schrieb sie schon etwas über meine Phantasie, daß sie in ihr eine Quelle der Hoffnung für uns beide sehe. Den Satz weiß ich auswendig. Sie meinte wahrscheinlich die Tatsache, daß ich ständig den Handlungsort wechselte.« »Eh? Was? Möglich. Hmm. Möglich.« »Und seitdem habe ich ihr noch viele Briefe geschrieben. Das hättest du nicht von mir gedacht, was? Ja, wenn du schlafen gingst, saß ich noch stundenlang da und schrieb. Ein wenig über mich und ein wenig über sie und viel über die Kinder des Herzens. Glaub mir, das fiel mir gar nicht so leicht. Erstens habe ich keine Erfahrung im Schreiben, auch wenn man uns in Braunschweig drei Monate lang Militärkorrespondenz beigebracht hat und ich gar nicht so schlecht darin war, aber eine Geschichte zu schreiben – ah, das ist doch wohl etwas ganz anderes. Und außerdem habe ich nie Bücher gelesen. Nur als kleiner Junge, die Bibelgeschichten und die Reiseberichte der Missionare, die Vater uns brachte, und Karl May, und deine Märchen natürlich, und jetzt saß ich plötzlich da und schrieb selbst eine Geschichte. Nein, Herr Wasserman, das war nicht leicht! Es war wesentlich einfacher, meine normale Arbeit da draußen zu verrichten! Aber ich gab nicht auf. Das war meine ENTSCHEIDUNG (s.d.)! Abend für Abend saß ich da und kämpfte. Und deinetwegen war es noch schwerer, denn dein Hauptproblem (Anmerkung der Redaktion: sic !!!) ist meiner Meinung nach, daß deine Gedanken ziemlich wirr sind. Sie springen ständig von einer Sache zur anderen, und außerdem ist es ziemlich schwierig, eine Geschichte zu schreiben, wenn man noch nicht weiß, wie das Ende sein wird, stimmt's?« »Ah ja, Herr Neigel, das ist wohl wahr, das kann ich mir vorstellen.«

»Das kannst du nicht. Du kennst ja das Ende. Aber für mich war es schwierig. Es war fast unerträglich: denn plötzlich mußte ich mich zusätzlich zu allen meinen anderen Sorgen hier im Lager mit einer völlig wilden, völlig verrückten Sache befassen, die meiner Meinung nach auch für schwächere Menschen als für mich auf gefährliche Weise phantasievoll ist... Hör mal, du wirst lachen, aber manchmal konnte ich nachts nicht einschlafen, weil ich mir vorzustellen versuchte, wie du die Geschichte fortsetzen würdest (s. u.: → SCHÖPFUNG). Ich glaube, daß ich mich damals ein bißchen wie ein, nun, wie ein Schriftsteller fühlte.« »Das glaube ich Euch.« »Und vergiß nicht, daß es mir viel schwerer fiel als dir, denn ich mußte alles, was du mir erzähltest, umschreiben, damit unsere Zensoren nicht mitbekamen, um was es ging, kapiert? Sie lesen ja alle unsere Briefe. Ja, und ich, Herr Wasserman, ich erfand ein geniales System. Sie werden stolz auf mich sein.« (Wasserman erbittert: »Nu, endlich ein wenig Freude.«) »Ich schrieb es in Form eines Märchens, verstehst du? Eines einfachen, unschuldigen Märchens für Kinder. Wie *Die Geschichte vom kleinen Muck* oder *Schneewittchen*. Die Tatsachen ließ ich so, wie du sie mir erzählt hast – abgesehen von den ganzen Provokationen natürlich – aber ich schrieb alles in dem Stil und der Sprache deiner früheren Geschichten. Ich denke, ich habe keine schlechte Arbeit geleistet, Herr Wasserman. Wer die Geschichte einfach so liest, wird denken, daß sich Lagerkommandant Neigel die Zeit damit vertreibt, für seinen Sohn eine Geschichte zu schreiben, aber wer zwischen den Zeilen liest, so wie meine Tine, wird genau wissen, um was es geht.« »Sehr schön, Herr Neigel. Auch der Herr Lofting begann seine Karriere als Schriftsteller mit Briefen, die er seinem Sohn von der Front schrieb.« »Lofting? Wer ist das?« »Doktor Dolittle.« »Noch nie gehört. Ich war nur dir treu, Herr Wasserman.« (Wasserman: »Und einen großen Gefallen hat er mir damit getan!«) Neigel streckte sich, strich wieder seine Uniform glatt und nahm noch einen Schluck aus der Flasche. Er hatte sich wieder erholt. Er fühlte sich erleichtert. Sein Gesicht entspannte sich. Er hatte sich von seiner Last befreit und war nun bereit, so weiterzumachen, als wäre nichts geschehen. Er fragte Wasserman, ob er nun verstehe, warum kein Krieg gegen die Deutschen in die Geschichte habe hineinkommen dürfen. Wasserman tat ahnungslos und verneinte. Neigel regte sich von neuem auf. Seine Seelenruhe war sofort wieder erschüttert. Was Wasserman da schreibe, erklärte er, sei eine ausdrückliche Aufhetzung zum Aufstand, und wenn man einen Brief dieses Inhalts je abfinge, werde Neigel ohne viel Aufhebens hingerichtet werden. Wasserman schlug vor, daß der Deutsche auf seine eigene Art schreiben solle – »jetzt, da Ihr ein wahrer hebräischer Schriftsteller seid.« An dieser Stelle schrie Neigel wieder »VERRAT« (s. d.). Wasserman, der ein Lächeln nicht unterdrücken konnte, fragte den wütenden deutschen Offizier: »Glaubt Ihr denn wirklich, Herr Neigel, daß Ihr das Herz Eurer Gattin noch zurückgewinnen könnt, wenn ich Euch jetzt die Geschichte von Kasiks Leben erzähle? Wir leben nicht in einer Märchenwelt, wie Ihr wißt...« Der Deutsche erklärte, das sei nicht die Frage, nicht das Märchen selbst sei wichtig, sondern die Tatsache, daß er ein Märchen erzählen könne, das sei es, was Christine dazu bewege, wieder an ihn zu glauben. Dann sah er auf die Uhr und riß erstaunt die Augen auf. Es blieben ihm noch fünf Minuten. Er bettelte um einen Hinweis. »Nur ein paar Worte, bitte, bitte, nur die generelle Richtung der Handlung, damit ich ihr irgend etwas erzählen kann, wenn ich sie heute treffe. Sie müssen mir helfen, Herr Wasserman. Es ist der wichtigste Tag in meinem Leben, ich bitte Sie!« Doch der Schriftsteller, mit hartnäckigem Gesicht: »Ihr habt heute schon alles erhalten, was Ihr braucht, um ihr Herz zurückzugewinnen.« »Nein! Nein!« Neigel schüttelte entsetzt seinen Ochsenkopf. Seine Augen waren blutunterlaufen: »Ich kann ihr solche Dinge nicht erzählen! Nicht über den Krieg der Bande gegen die Deutschen, nicht darüber!« »Aber warum denn nicht? Das geht doch nicht durch die Hände der Zensur?« »Nein. Hör mal, ich kann doch nicht die Dinge, die du da schreibst, laut sagen. Das wäre doch ein Bruch meines Eids, meines Offiziereids, das wäre doch... ach!« »Und was ist mit Eurem Eid als Mensch?« verlangte Wasserman zu wissen, die Lippen fahl, die Barthaare gesträubt. »Welchen Eid, Wasserman? Wer hat einen Eid geschworen?« Und der Jude, kalt und gewaltsam die Worte abhackend: »VERANTWORTUNG! (s. d.) WAHL! (s. d.) ENTSCHEIDUNG! (s. d.)« Und Neigel: »Helfen Sie mir, Herr Wasserman, so helfen Sie mir doch. Mein Leben liegt jetzt in Ihrer Hand. Auch Sie hatten irgendwo Frau und Kind. Sie müssen mich verstehen.«

Wasserman erstarrte zu Stein. Neigels Chauffeur klopfte an die Tür, und Neigel schrie, er solle im Auto warten. Wasserman sprach: »Hört zu, Herr Neigel. Vor zweieinhalb Monaten, genauer gesagt vor siebenundsechzig Tagen, kam ich eines Morgens unfreiwillig mit dem Zug hierher. Ich kam mit meiner Frau und meiner Tochter. Wir stiegen aus, und meine Tochter lief pfeilschnell auf das Attrappen-Buffet von Offizier Hopfler zu. Eine Schokolade begehrte ihr Herz. Obwohl Doktor Blomberg ihr immer gesagt hatte, daß Schokolade ihren Zähnen schade, und ihr Enthaltsamkeit gebot.« »Zur Sache, Wasserman, mein Chauffeur wartet.« »Das ist die Sache, Herr Neigel. Es gibt nichts anderes. Ihr standet dort mit Eurer Pistole in der Hand. Meine Tochter lief zum Buffet und streckte ihre Hand nach dem Regal mit der Schokolade aus. Und da, nu was, so geschah es, versteht Ihr... kurzum: Ihr habt sie erschossen. Das ist alles, Herr Neigel.« Neigel wurde blaß. Sein Gesicht leuchtete einen Augenblick in einem unnatürlichen Licht, als wäre eine Magnesiumbirne in seinem Gehirn explodiert. Seine Knie wurden weich. Er lehnte sich an den Büroschrank. (Wasserman: »Erst da begann er mich zu fürchten. Erst da verstand er, was auf der Waagschale lag.«) Neigel stöhnte: »Und du hast die ganze Zeit geschwiegen?« »Was hätte ich sagen sollen?« Der Deutsche drückte die Hände an die Schläfen und preßte seine Lippen vor Schmerz zusammen. Dann hob er sein Gesicht. Seine Augen waren rot und ängstlich: »Glaub mir, Wasserman«, sagte er, »ich liebe Kinder.«

Draußen wurde der Motor angelassen. (Anmerkung der Redaktion: Bisher fiel es der Redaktion schwer, sich zu entscheiden (s.u.: → ENTSCHEIDUNG), welches Auto sie Neigel geben sollte. Es war eine schwierige WAHL (s.d.) zwischen einem schwarzen Horch Cabriolet und einem massiven BMW, dem Prachtstück der Bayerischen Motorenwerke. Um die Wahrheit zu sagen, neigt die Redaktion zu dem BMW, der eindeutig der Inbegriff von Macht ist. Die Redaktion hatte zwar nie Gelegenheit, ihn zu fahren, aber die Informationen, welche die Hersteller in ihrem eleganten Katalog liefern, haben sogar auf so vorsichtige Fahrer wie hier in der Redaktion eine berauschende Wirkung. Allein von der Beschreibung des Fahrzeugs bekommt der Leser das Gefühl, daß das Gaspedal unter seinen Füßen nachgibt und die Reifen quietschen, wenn er auf dem wilden, aristokratischen Hengst abzieht, und all das mit der vollen Garantie und VERANTWORTUNG (s.d.) der Hersteller! Jawohl! Die Redaktion entscheidet sich daher für den BMW!) Neigel und Wasserman standen einander gegenüber. Wassermans Bart war gesträubt, seine Augen blitzten. »Fahrt jetzt nach Hause, Herr Neigel«, sagte er, »und erzählt Eurer Frau meine Geschichte. Erzählt ihr von Otto und Munin und Seidman und Ginzburg und Chana Zitrin und Paula und Fried und Kasik, erzählt ihr von allen. Und von den Herzen, die mit Kreide auf die Bäume gemalt wurden. Und erzählt ihr von dem einen Krieg. Ich glaube, sie wird alles verstehen. Sagt ihr offen und mutig, daß es eine Geschichte für Erwachsene ist, eine Geschichte für uralte Leute, älter als jede Partei, jede Kirche, jeder Staat. Erzählt es ihr schön, Herr Neigel, denn es ist meine Geschichte, und ich verlange von Euch, daß Ihr sie hegt und pflegt, als wäre sie ein kleines Kind, das ich Euch zur Aufbewahrung gegeben habe. Ihr habt eine lange Fahrt vor Euch, bis Ihr Eure Frau sehen werdet, und in dieser Zeit, im Auto und im Zug, könnt Ihr Euch die Geschichte immer wieder erzählen, bis Ihr sicher seid, daß Ihr Eure Frau überzeugen könnt, daß es Eure Geschichte ist, daß Ihr sie tief in Eurem Herzen ersonnen habt und daß sie wahr ist, obgleich sie augenscheinlich nicht der Wahrheit entspricht.« Neigel stand mit seinem kleinen Koffer an der Tür. Schwerfällig drehte er sich zu Wasserman um, und einen Augenblick sah er wie ein großes, einsames Tier aus, das in den Gewehrlauf des Jägers blickt. »Und denkt daran, Herr Neigel, es gibt nur einen Weg, die Geschichte so zu erzählen, wie sie erzählt werden muß.« »Wie?« fragte Neigel tonlos, und Anschel Wasserman, mit kaum hörbarer Stimme: »Indem man an sie glaubt.«

–פרוטה, פילוסופיה ב

PRUTA, FILOSOFIA BE-

GROSCHENPHILOSOPHIE

So nannte Wasserman Neigels etwas wirre Gedankengänge in den letzten Tagen vor seinem URLAUB (s.d.). Es war überraschend, ja sogar peinlich zu hören, wie Neigel – ein einfacher, ungebildeter Mann – sich plötzlich in hohlen, abstrakten Betrachtungen verfing. Wasserman sah darin ein weiteres Zeichen für seinen nahenden Sieg. Neigel sprach damals viel über »das neue Zeitalter«, das dem »Zeitalter von Krieg und Blut« folgen würde, in der sich gegenwärtig die Welt befand. Er stellte sogar einen ungeschickten Vergleich zwischen seinem Sohn und der ganzen Welt (!) an: »Wenn mein Karl krank wird, ist die Krankheit immer ein Sprungbrett in seiner Entwicklung. Nach jeder Krankheit macht er einen neuen Sprung nach vorn, und ich bin sicher, Wasserman, daß auch die deutsche Nation in Kürze solch einen Fortschritt machen wird.« Wasserman: »Das heißt, daß ihr Deutschen zur Zeit krank seid?« »Möglich. Möglich. Aber es ist eine notwendige Krankheit. Wie eine Kinderkrankheit. Die deutsche Natur wird einer harten Prüfung unterzogen. Wir sind auserwählt worden, die Bakterien zu bekämpfen, die unseren Körper zu infizieren versuchen.« »Vielen Dank!« Daraufhin verstrickte sich Neigel in einen Vortrag über die verborgenen Absichten der Natur. Er sagte, daß die Massenvernichtung einer bestimmten Art von Menschen vielleicht die Erfüllung des Willens der Natur sei. »Wie der Verdauungsmechanismus der Natur, oder so ähnlich. Sie reinigt sich einfach von euch.« Er begründete seine Behauptung mit einem irrelevanten Argument: »Tatsache ist, daß sich die ganze Welt damit abfindet. So viele Menschen können sich doch nicht irren, oder? Ich erinnere mich, daß auch ich meine Zweifel hatte. Das war vor fünf Jahren, im November '38, als ich mithalf, eure Synagogen und Geschäfte niederzubrennen. Alles brannte, alles ging kaputt. Wir tobten in den Straßen, töteten Menschen ohne Grund und ohne Prozeß und ohne zu versuchen, es zu verbergen. Ich erinnere mich noch genau, wie ich in den darauffolgenden Wochen auf irgend etwas wartete, ich weiß nicht auf was. Ich dachte, daß vielleicht doch noch eine Hand vom Himmel kommen und uns ins

Gesicht schlagen würde. Aber du weißt ja, was geschah: Keine einzige Kirche, weder die katholische noch die protestantische, sagte einen Ton. Kein einziger Bischof in ganz Deutschland trug einen gelben Stern aus Solidarität mit euch. Wir sind einfache Leute, Wasserman. Vielleicht sagst du mir, was wir hätten denken sollen. Und darum sage ich dir: Das ist der Wille Gottes und der Wille der Natur. Die Welt bereitet sich auf ein neues Zeitalter vor.« (Wasserman: »Esau versucht zwei *lokschen* miteinander zu verbinden. Innerlich ist er schon gespalten. Sein Geplapper hört sich wie das Weinen eines erschrockenen Kindes an. Warte noch ein wenig, Neigel. Du bist schon verloren.«) Bezüglich des »neuen Zeitalters« erzählte Wasserman Neigel über »Duvidl, unseren König David, den Gott nicht den Zweiten Tempel erbauen ließ, da seine Hände mit Blut besudelt waren.« Neigel: »Ha! Ihr mit eurem jüdischen Gott!«

פרומתיאוס

PROMETHEUS

1. Figur aus der griechischen Mythologie. Einer der Titanen. Als Zeus die Menschen strafte, indem er ihnen das Feuer nahm, stahl es Prometheus den Göttern und gab es den Menschen zurück.

2. Der Name, der AARON MARKUS (s. d.) dem optischen System gab, das von dem russischen Physiker SERGEJ (SEMION JEPIMOWITSCH) (s. d.) im Zoo gebaut wurde.

Der Zweck dieses Systems wurde nie hinreichend geklärt. Der Erfinder selbst sprach kaum davon, und auch wenn er es getan hätte, so hätte es niemand im Zoo verstehen können. Sergej erzählte Otto ein paar vage Dinge darüber, der es dann mit Fried und Markus besprach, woraus seltsame Hypothesen erwuchsen. Auf eine allgemeine, nebelhafte Weise verstanden die drei, daß das System dazu bestimmt war, ZEIT (s. d.) zu »stehlen«. Es basierte auf einem unerklärlichen physikalischen Phänomen, das in einem von Sergej gebauten Raum entstand. Dieser Raum bestand aus 360 schmalen, hohen Spiegeln (jeder ca. einen halben Meter hoch), die im Kreis auf einer der Wiesen aufgestellt waren. Jeder Spiegel reflektierte den gegenüberliegenden und den neben diesem stehenden Spiegel. Dadurch entstand eine ständige »Bewegung« von einander unendlich kreuzenden Lichtstrahlen. Wie diese »Bewegung« ihre einzigartigen Eigenschaften erhielt, ist unerklärlich. Höchstwahrscheinlich vermochte nicht einmal der Erfinder dieses Phänomen von einem wissenschaftlichen Standpunkt aus zu enträtseln. Jedenfalls war es klar, daß eine unbekannte Dimension in dem Raum entstand, die der Erfinder »Nicht-Zeit« nannte. Diese Nicht-Zeit hatte eine wundersame Wirkung auf Gegenstände, die in ihren Wirkungsraum gelegt wurden. Kasik wurde Zeuge davon, als er auf seiner REISE DER MONDSÜCHTIGEN (s. d.) an den seltsamen Spiegeln vorbeikam, die im Mondlicht wie hohe Grabsteine aus Eis glänzten. Aaron Markus versuchte, dem Jungen den Zweck der Spiegel zu erklären, doch Kasik begriff nichts. Also versuchte der kleine Apotheker die Spiegelwirkung zu demonstrieren, indem er die originale Vorstellung wiederholte, die vor über zwei Jahren vom Erfinder Sergej im Zoo veranstaltet worden war. Sergej (Wasserman: »Der Beamte des Rätselhaften, der Sekretär des Wundersamen!«) hatte damals eine Rose von einem Strauch gepflückt, eine frische rote Rose, die mit Abendtau bedeckt war wie die Lippe einer Frau mit Schweißtröpfchen. Nun pflückte auch Markus eine solche Rose und legte sie vorsichtig vor einen der Spiegel. Er wartete einen Augenblick, bis der Spiegel ihre Reflexion aufgefangen hatte, dann nahm er sie wieder an sich. Die Rose leuchtete und verschwand in einem Spiegel nach dem anderen: Sie wurde mit unglaublicher Geschwindigkeit von einem Spiegel zum anderen gereicht, als erste Widerspiegelung projiziert, dann als zweite, dann als Illusion der Widerspiegelung, als Widerspiegelung der Illusion ... es nahm kein Ende: rote Lichtrosen kreuzten sich, flammten einen Augenblick rötlich auf, verblaßten und erloschen. Der Kreis wimmelte von lebendigen roten Rosen, und dann sahen alle, wie die Rose selbst, also nicht die Blüten oder der Stiel oder die rote Farbe oder der Duft einer bestimmten Rose, sondern *die Rose selbst* in allen Spiegeln aufleuchtete und verblaßte, bevor sie Form, Farbe und Duft annahm, wie Feuer in ihnen brannte und sie der Essenz ihrer feuchten, nackten, königlichen Rosenhaftigkeit unterwarf – all das in nur einer Sekunde, nicht mehr, danach war die Rose wieder im ersten Spiegel zu sehen, in dem sie die Reise zu ihrer eigenen Essenz begonnen hatte, dort flatterte sie noch einen Augenblick, gerötet und mit keuchenden Blättern, und schwand dann dahin. Erst da fingen die KÜNSTLER (s. d.) wieder an zu atmen. Aaron Markus zeigte Kasik die Rose in seiner Hand: Sie war zerfallen, verwelkt, und als er sie leicht berührte, fielen ihre Blätter eines nach dem anderen auf die Erde. Auch der Stiel zerbröselte. Die Künstler betrachteten sie ehrfurchtsvoll. Kasik jedoch sagte: »Aber-sie-war-von-Anfang-an-tot.«

Sie versuchten es ihm noch einmal zu erklären. Sie erzählten ihm, daß Sergej versucht hatte, ein paar Sekunden von der Zeit zu stehlen, um sie in seinem gläsernen Gefängnis aufzubewahren. Sergej glaubte, wie sie vermuteten, daß im Spiegelkreis eine andere Zeit, eine umgekehrte Zeit entstand, welche die Substanz der gewöhnlichen Zeit aufsaugte. Sergej hatte Otto einmal ganz aufgeregt erzählt, daß er die Menschen sowohl vom Leid als auch vom Glück befreien wolle. Damit sie nicht so leiden müssen, sagte er. Damit sie wie Möbelstücke, wie Gegenstände sind. Wahrscheinlich hatte er aus diesem Grund den metaphysischen Zustand des Menschen ändern wollen: um ihn zum einzigen Lebewesen zu machen, das nur in der Dimension des Raums und nicht in der Dimension der Zeit existiert. Denn nur von eindimensionalen Wesen können Teile entfernt werden, ohne daß sie dabei Schmerzen empfinden. Ein Stuhl trennt sich ohne Trauer von einem anderen Stuhl. Ein Haus stürzt ohne Schmerzen ein. Ein ausgerissenes Blatt Papier weint nicht. Er hatte anscheinend gehofft, daß die mysteriöse Substanz, die sich im Kreis ansammelte – die »Nicht-Zeit«, die bewirkte, daß Gegenstände, die vor die Spiegel gelegt wurden, sofort zerbröselten, verwelkten, sich auflösten – letzten Endes alles aufsaugen würde, was den Menschen daran hinderte, eindimensional zu sein: das Gedächtnis, das Gefühl für Vergangenheit und Zukunft, die Hoffnung, die Sehnsucht, die Ideale, die Erfahrung, den Schmerz und die Freude, kurzum – Sergej hatte versucht, eine bizarre Revolution auszulösen: die Zeit zu entthronen und die Menschen von allem, was er einmal »die Nebenwirkungen der Zeit« genannt hatte, zu befreien. Damit ihm das gelang, glaubte er die Sergejsche Dimension der Nicht-Zeit in seinem System »konzentrieren« und »verbessern« zu müssen. Also saß er viele Monate lang bei seinem

»Prometheus« und wiederholte das Experiment mit Rosen, frischen Äpfeln, Mäusen, Hautfetzen seines eigenen Körpers, Bildern aus Zeitungen und alten Fotoalben, Plakaten und Tagesbefehlen, die Otto ihm auf eigene Gefahr von den Gettomauern abgerissen hatte, Listen mit Juden, die vom Umschlagplatz abtransportiert wurden, um in Treblinka zu sterben, Liebesgedichten eines gewissen Jurek Wilner (»Noch ein Tag / und wir begegnen einander nicht mehr; noch eine Woche / und wir grüßen einander nicht mehr; noch ein Monat / und wir vergessen; noch ein Jahr / wir kennen einander nicht mehr; und heute nacht / mit einem Schrei auf dem schwarzen Fluß / hob ich beinah den Deckel von der Grube; hör mich / rette mich; hör mich / ich liebe dich; hörst du/ schon zu weit«). Sergej legte auch Gegenstände und Informationen von persönlichem, intimem Wert, die nur der Besitzer kannte, vor die Spiegel. Wasserman: »Ich nannte sie ›heimlicher Besitz‹, wie das verwelkte gelbe Blatt, das meine Sara und ich aus Paris mitbrachten, oder wie Paulas verborgener Schönheitsfleck, von dem nur Dr. Fried wußte, oder wie das Geheimnis, das ich in meinem Inneren bewahrte: wie das rechte Auge meiner teuren Sara zu flattern pflegte, wenn sie in meinen Armen lag... Nu, Herr Neigel, welches Geschenk würdet Ihr unserem Sergej bringen?« Neigel war pikiert über die peinliche Frage. Er hustete, überlegte, strich sich mit der Hand über die Wange. Vor zwei, drei Wochen hätte Neigel eine derart »weichliche« Frage verächtlich abgetan. Doch die Zeiten hatten sich geändert, und nach ein, zwei Minuten erzählte er, daß sein Vater in seiner Kindheit eine riesengroße Schnitzerei von der Zugspitze angefertigt hatte. Er hatte monatelang daran gearbeitet und ein herrliches Kunstwerk hervorgebracht. Eines Nachts fiel dem kleinen Neigel der erste Zahn aus, und sein Vater steckte ihn auf eine der Bergketten der Zugspitze aus Holz und versprach ihm, daß dies ein ewiger Bund zwischen ihm und dem Berg sein würde. Vier Jahre später, als die beiden zum ersten Mal den Berg bestiegen, rutschte Neigel aus und wäre beinah in den Abgrund gestürzt. Durch ein Wunder verhakte sich seine Hose an einem Felsen, und er war gerettet. Sein Vater und er sahen sich wortlos an. Sie wußten, was Neigel das Leben gerettet hatte. Diesen Augenblick auf der Spitze des Berges, diesen durchdringenden Blick zwischen ihm und seinem Vater in der Einsamkeit hoch oben würde Neigel Sergej bringen. Die Künstler wurden gebeten, Momente wie diesen auf einen Zettel zu schreiben, die der verschrobene Physiker sodann den Spiegeln vorführte, bis die Worte von den Zetteln fielen und leblos zerbröselten.

Doch Kasik verstand auch diese Erklärung nicht. »Zeit-Zeit«, sagte er. »Was-ist-diese-Zeit-von-der-ihr-redet?« fragte er ärgerlich, und erst da begriffen sie, daß er genauso unfähig war, die Zeit zu begreifen, wie sie unfähig waren, das Blut, das in ihren Adern floß, oder den Sauerstoff, den sie atmeten, zu begreifen. Kasik sah die Künstler an und fragte, wer von ihnen Sergej sei. Ein verlegenes Schweigen trat ein. Aaron Markus erzählte ihm behutsam, daß sich der Physiker eines Nachts allein zu den Spiegeln begeben und sich selbst vor sie hingestellt hatte. Niemand wußte, was geschah, aber es war anzunehmen, daß die ganze Essenz der Zeit aus seinem Körper und seiner Seele gesogen wurde. Am Morgen fand Otto auf der Wiese Sergejs Kleider und Schuhe. Ein paar Spiegel waren zerbrochen. Die Künstler waren sicher, daß Sergej tot war, aber in den darauffolgenden Monaten erreichten sonderbare Gerüchte den Zoo: Sergej, oder jemand, der ihm ähnlich sah, war in der Niska-Straße nordöstlich des Gettos als Kommandant einer Waffen-SS-Einheit gesichtet worden; man hatte gesehen, wie er – oder sein Zwillingsbruder – in polnischer Polizeiuniform die Vernichtung der Juden, die sich in der Transawja-Fabrik versteckt hatten, beaufsichtigte; dann tauchte er – oder sein Doppelgänger – in allen Zeitungen auf Fotografien von Massenhinrichtungen auf; er wurde sogar auf Fotos erkannt, die einige Jahre zuvor aufgenommen worden waren, als er sich noch in Rußland befand, doch auf den Fotos war er an anderen Orten zu sehen, und er war stets mit irgendeiner Art von Mord beschäftigt. Scheinbar hatte er Kontrolle über die Vor- und Rückwärtsbewegung der Zeit gewonnen, konnte jedoch in allen Zeiten nur eine Aufgabe ausführen. Eine einleuchtende Erklärung ist für dieses Phänomen nie gefunden worden.

s. a. u.: → KASIK, TOD DES; SCHREI

צדק
ZEDEK
GERECHTIGKEIT
S. U.: → MACHT

ציטרין, חנה
ZITRIN, CHANA

Die schönste Frau der Welt. Künstlerin der Liebe.

Als die MONDSÜCHTIGEN (s. d.) Ottos Pavillon erreichten, entbrannte zwischen Fried, Markus, Seidman und Munin eine hitzige Diskussion darüber, wie man Kasik am besten erziehen und ihm, mit Frieds Worten, »die Hauptsache im Leben« beibringen sollte. Es wurde vorgeschlagen, ihm aus dem Alten und Neuen Testament vorzulesen, die Lehren der großen Philosophen vorzutragen, erhabene Musikwerke vorzuspielen (Aaron Markus schlug sofort Beethovens ›Fidelio‹ vor). Otto sagte ruhig: »Er braucht eine Frau« und meinte, man solle den Jungen zu Chana Zitrin bringen. Chana Zitrin stand zu jener Stunde (05.25 Uhr) auf ihrem nächtlichen Posten auf dem langen Pfad vor den Käfigen der Raubtiere. Chana Zitrin: »Bei den Bombardierungen Warschaus verlor ich meinen ältesten Sohn, Dolek.« Wasserman: »Und sie war tatsächlich die schönste Frau auf Erden. Und unter den Falten und der dicken Schicht von Schminke, die sie sich auf Gesicht und Augen schmierte, und den schändlichen Bildern, die sie sich mit Holzkohle und bunter Kreide auf all ihre Körperteile zeichnete, und den Pfeilen auf ihren Armen und Beinen, manche von ihnen mit Jod gemalt, das sie aus Frieds Hausapotheke gestohlen hatte, manche von ihnen mit einem scharfen Messer eingeritzt, das weiße Narben hinterließ, Pfeile, die selbst einem Blinden den Weg zu ihr wiesen, Ihr verzeiht, hinter diesen sieben Schleiern ist unsere Chana wunderschön.« Chana: »Und meine Kleine, Rochke, holte man mir im April 1941 einfach von der Straße weg.« Wasserman: »Ich erinnere mich noch, wie sie in Sommers Kaffeehaus arbeitete, wohin sich meine Sara und ich zu besonderen Anlässen begaben – zu Feiertagen und Geburtstagen –, und Chana, nu, sie konnte lächeln, daß sich einem das Herz weitete. Sie war zu allen liebenswürdig, eine *berie*, und wie sie das Tablett mit den Tassen trug, glücklich das Auge, das sie sah! Wie eine Tänzerin. Und nebenbei flüsterte sie einem ins Ohr, daß der Strudel schon alt sei, *nebbich*, aber wenn Ihr einen kleinen Augenblick wartet, werden die Blintzes gleich fertig sein, die der knausrige Sommer für die Bar-Mitzwa seines Sohnes zubereitet, und er wird sicher auch ein paar Stücke hier im Kaffeehaus verkaufen, denn er wird doch den gefräßigen Gästen seine harte Arbeit nicht umsonst überlassen...« Chana: »Und mein Mann, Jehuda-Ephraim, wurde mir bei der Großaktion im August '42 genommen. Und ich blieb allein. Ohne Eltern, ohne Mann, ohne Kinder. Mein Geburtsort Dinow wurde schon zu Beginn des Krieges zerstört. Nichts war mir geblieben. Nichts. Und nach einem Monat, einem Monat nur, beschloß ich, daß ich keine lebende Tote sein wollte, und heiratete Israel Lew Berkow, Sommers Bäckergesellen. Er spielte Akkordeon und sang gerne russische Lieder. Einmal, zwei Jahre zuvor, als er mit einem Mal seine Frau und seine beiden Söhne verlor, Nechemia und Ben-Zion, sagte er mir, daß er noch immer, trotz allem, was ihm widerfahren war, trotz des Krieges und der Deutschen, das Leben so sehr liebe, daß es ihm nichts ausmachen würde zu sterben, solange er wüßte, daß dieses Leben zum Guten und zum Schlechten weiterginge und Menschen wie er weiterhin diese Lebensfreude und Lebenslust empfänden. So sagte er mir, und ich beschloß, daß ich ihn wollte. Eine Tochter war ihm geblieben, Abigail. Sie war acht Jahre alt. Und wir hatten einen Sohn zusammen. Wir nannten ihn... ach, egal.« Wasserman: »Und auch dieses Kind wurde getötet. In den Armen der Schwester wurde es getötet... sie kehrte an jenem Abend mit ihm vom Kaffeehaus nach Hause zurück, und ein polnischer Wachmann erschoß die beiden einfach so, zum Spaß... nur wenige Minuten vor der Sperrstunde, nu ja... die ganze Nacht lagen die reinen, unschuldigen Kinder auf dem Straßenpflaster. Und Chana und Israel Lew Berkow konnten nicht einmal hinuntergehen, um sie zu holen... Und in jener Nacht war das Maß des Leidens voll...« Chana: »In jener Nacht waren Berkow und ich wie zwei hungrige Tiere. Und wir gebaren unseren Sohn. Dolek. Und meine Rochke. Und dann Nechemia. Und Ben-Zion. Und Abigail. Und unser letztes Kind. Und Berkow schlief immer wieder mit mir. Er konnte nicht genug bekommen. Und wir kratzten und bissen einander, bis das Blut floß. Und wir schwitzten ganze Eimer voll, und wir tranken ganze Eimer voll, damit noch und noch Flüssigkeit in uns ist. Und mein Unterleib war ein riesiger Trichter, ein Füllhorn. Ein Meer, Berge, Wälder und Erde. Und die Kinder strömten aus Berkow und mir heraus und füllten die Straße. Sie füllten das Getto und ganz Warschau. Und unsere Lust war unersättlich. Und draußen wurden unsere Kinder ermordet. Und wir machten neue Kinder. Und dann hörten wir draußen noch mehr Schüsse. Also machten wir neue Kinder. Gegen Morgen begriffen wir, daß wir nicht mehr aufhören konnten. Und dann spürten wir, daß sich alles mit uns mitbewegte. Das Bett und das Zimmer und das Haus und die Straße. Alles hob und senkte sich, wand und krümmte sich, schwitzte und brüllte. Als der Morgen graute, bewegte sich bereits die ganze Welt mit uns. Die ganze Welt tanzte unseren Tanz. Menschen und Bäume und Katzen und Steine. Tanz. Selbst die Schlafenden tanzten im Traum. Traum. Und es war schon klar, daß Gott aufgab. Daß sein schreckliches Geheimnis gelüftet worden war: daß er nur ein Werk kreieren konnte. Daß er uns zur Lust verurteilt hatte. Zur Liebe zum Leben um jeden Preis. Zur Liebe ohne Logik. Und zum Glauben an das Leben. Und zur Sehnsucht nach dem Leben. Ein elender Handwerker. Elend. Er hatte uns seine einzige Schöpfung wie eine Tätowierung eingebrannt. Unserer Seele hatte er sie eingebrannt. Den Bäumen und Bergen. Den Meeren und Winden. Er hatte sie wie einen Fluch ausgespuckt. Er hatte diese Welt erschaffen, um seine Sorgen loszuwerden. Seine Schuld. Seine Krankheit. Und Isreal Lew riß sich von mir los, schleppte sich zum Fenster und warf sich hinunter. Und da wußte ich, was ich zu tun hatte. Ich ging nicht auf die Straße. Nicht auf die Straße. Ich blieb zu Hause. Ich setzte mich vor den Spiegel und schminkte und schmückte mich. Überall. Am ganzen Körper. Und die Leute kamen und sprachen zu mir. Wörter. Sie dachten, ich sei krank. Die ist verrückt, dachten sie. Nichts verstanden sie. Nur Otto. Otto verstand sofort, als er mich sah. Ich hatte beschlossen, schön zu sein. So schön, daß meine Schönheit Ihm, dem Allmächtigen, in die Augen springen würde. In Seine hungrigen Augen. Seine ewig suchenden Augen. Damit Er mich so sehen würde, wie Er die großen Wüsten sah. Die Urwälder. Die Ozeane. Den Himalaja. Damit Er mich sehen würde.« Otto: »Ich holte sie aus dem Frauenasyl, wo ich auch nach Kämpfern suchte, und Tatsache ist, daß ich recht hatte. Die Aufseherin verriet mir, daß sich Chana monatelang auf der Straße herumgetrieben hatte und von Juden und Polen und weiß Gott wem noch vergewaltigt worden war, aber sie hatte immer nur gelacht und sich nie gewehrt, als merkte sie nichts, und zum Glück war sie wegen Anämie und Unterernährung nie schwanger geworden. Aber bei uns im Zoo würde man nicht einmal im Traum daran denken, ihr etwas anzutun, nur Herr Munin schleicht sich immer aus einem der Büsche an sie heran, um ihr zuzuschauen und in aller Stille seine Kunst auszuüben, aber sie bemerkt ihn gar nicht, sie geht jeden Abend, in Hitze und Kälte, nackt den Pfad neben den Raubtieren auf und ab und versucht, Ihn zu verlocken, sie ist ganz vertieft in ihren Krieg mit Gott, und, glaubt mir – es ist kein leichter Krieg.« Wasserman: »Aij, manchmal, in einer schwülen Nacht, spüren wir alle, wie Er dort oben mit sich ringt... die Vorhänge des Himmels öffnen sich ein wenig, und Er schaut verschämt und vor Erregung zitternd herunter. Et! Da schwitzt und bebt das ganze Universum, und das Blut in unseren Adern brennt und fließt, und über Seinen sieben Firmamenten, in Nebel und Wolken gehüllt, hören wir, wie Er sein graues Haupt gegen die Wände schlägt und vor Schmerzen brüllt.« Markus: »In solchen Nächten betört Ihn Frau Zitrin mit all ihren Reizen. Sie wandelt mit langen, weichen Schritten durch den Zoo, dreht die blonden Locken ihrer Perücke und wackelt schamlos mit den Hüften. Ja, Gott im Himmel brüllt wie ein gewaltiger Bulle. Sträubt Sich schmerzvoll wie ein riesiger Kater. Der Mond wird rot, und Sehnen, die dick sind wie Seile, treten auf ihm hervor. Und es weht kein Wind. Nein: die Luft ist reglos, voll duftender gelber Pollen, die den Verstand umnebeln. Im Zoo paaren sich die Tiere mit unwiderstehlicher Begierde. Alte Tiere, denen der Hunger nur noch Haut und Knochen gelassen hat, werden plötzlich von Lust befallen und stürzen sich aufeinander. Auf den trockenen Stämmen von Bäumen, die vier Jahre zuvor bei den Bombardierungen gefällt wurden, keimen lila und rote Knospen. Die Erde bebt: Sie biegt und wölbt sich unter den Füßen. Und dann tanzt unsere Chana, die schönste aller Frauen, ihren Tanz. Sie wirbelt mit geschlossenen Augen, mit einem weichen, zauberhaften Lächeln herum, und aus ihrem Körper tropft Honig, der geheimnisvolle Zeichen auf der Erde hinterläßt... eine Art Liebesbrief, und überall, wo er hintropft, wachsen dichte Büsche mit Flieder und Jasmin, und er liest die Zeichen und verliert den Verstand. Und nicht nur er, befürchte ich...« Munin: »Ha! Ha! Ein Gerechter, der dem Herrn, gelobt sei Er, mit seinem bösen Trieb dient, hat einen höheren Rang als ein Gerechter, der dem Herrn ohne den bösen Trieb dient, so steht es in der *Chronik des Jakob Joseph*, und der Maggid von Meseritz bekräftigt ihn: Ich schuf den bösen Trieb, und ich schuf die Thora als dessen Gewürz, und die Hauptsache ist das Fleisch und nicht das Gewürz, och!! Eine solche Nacht von Frau Zitrin ist mindestens sieben Nächte wert!« Markus: »Aber am Morgen ist alles vorbei. Er gibt nicht auf; Er bekämpft seinen Trieb und meistert ihn. Wir wachen erschöpft auf, in allen Ecken des Zoos verstreut, auf den Wiesen, in den Kanälen, in den Käfigen, umarmen märchenhafte Tiere, die bei Tagesanbruch erschrocken fliehen, und um uns herum auf der Erde sind die Zeichen einer schrecklichen Verwüstung, die Spuren der knirschenden Zähne Gottes zu erkennen: ausgerissene Bäume, der ganzen Länge nach aufgebrochen, die trockenen, porösen Zweige magischer, seltener Gewürzsträucher, Felsen, die von dem furchtbaren Druck zersprungen sind... und unsere Chana? Nun ja. Frau Zitrin schläft zusammengerollt wie ein unschuldiges Baby auf einem Heuhaufen oder unter einem Baum, sie bemerkt Otto gar nicht, der sie voller Mitleid mit seinem Mantel zudeckt, sie träumt von dem Krieg der kommenden Nacht...«

Und es war Aaron Markus, der den fünfundzwanzigjährigen Kasik – auf Ottos Wunsch hin (und Otto verweigert man nichts!) – an der Hand nahm und ihn zu dem Pfad neben den Raubtieren führte. Die restlichen KÜNSTLER (s.d.) folgten schweigend. Der Tag dämmerte. Chana beendete gerade ihren Tanz, und ein Ausdruck der Erwartung und Sehnsucht breitete sich auf ihrem Gesicht aus und flatterte auf ihren geschlossenen Augenlidern. Sie horchte noch einen Augenblick: Vielleicht würde Er heute kommen? Aaron Markus ging auf sie zu, etwas verlegen wegen der unmittelbaren Nähe ihrer grellen, schreienden Blöße, und berührte sanft ihren Arm. Sie erstarrte erschrocken. Der kleine Apotheker flüsterte ihr zu, daß sie nun aufhören könne zu tanzen. Er sagte nur: »Er ist gekommen, Frau Zitrin, Er ist zu uns allen gekommen.« Was in gewissem Sinne auch stimmte. Chana öffnete ihre Augen nicht. Sie wandte Kasik ihr gerötetes, von der blonden Perücke umrahmtes Gesicht wie eine große Sonnenblume zu. Kasik war nur in seine Windel gewickelt – ein kleiner Mann, nach einer ungefähren Messung einundfünfzig Zentimenter groß. Chana öffnete noch immer nicht die Augen. Nur ihre Lippen bewegten sich, als sie lautlos fragte: »Er?« Markus nickte, und sie schien den leichten Windstoß zu hören und lächelte. Munin flüsterte von weitem: »Nu, *a-schokl*, Junge! Lauf und rauf!« Markus sagte: »Riechen Sie ihn, werte Dame?« Sie lächelte wieder wie im Schlaf. Kasiks Geruch wehte aus der Ferne herbei. Der scharfe, frische Duft einer wilden, heftigen Leidenschaft. Einer Leidenschaft, der man sich nicht verweigern kann. Selbst Wasserman, der keinen Geruchssinn hat, schnupperte etwas ganz Feines: »Und ich weiß nicht, Herr Neigel, wie sich Frau Zitrin in all den Jahren das strahlende Antlitz, das Antlitz Gottes ausmalte, wenn Er endlich zu ihr kommen würde, aber ich bin sicher, daß Kasik den richtigen Geruch hatte.« Und Chana Zitrin flüsterte: »Komm.«

Eine gewisse Schwierigkeit ergibt sich bei dem Versuch zu beschreiben, was zwischen den beiden stattfand. Der Leser ist aufgefordert, unter »LIEBE« und »SEX« nachzuschlagen. Es ist natürlich verlockend, an dieser Stelle eine »poetische« Beschreibung zu riskieren, wie zum Beispiel: »Zwischen den beiden entstand etwas, das die Erinnerung, die Logik und die Phantasie zu einer einzigen Woge verschmelzen ließ.« Quatsch mit Soße! Aber folgendes kann mit Gewißheit gesagt werden: 1. Einen Augenblick schien es, als hätten sich die beiden ihr Leben lang gekannt. 2. Und einen Augenblick sahen die beiden wie zwei Fremde aus, die von ihrer Nähe zueinander abgestoßen waren. Aber das genügt anscheinend nicht, und es muß näher ausgeführt werden: Kasik flog ein Sandkorn ins Auge; er beugte sich vor und blinzelte, und als er die Augen wieder öffnete, schaute er irrtümlich in die andere Richtung. Chana hatte noch immer die Augen geschlossen. Die beiden begannen einander zu suchen. Einen Augenblick verdeckte eine Wolke den Mond, es wurde dunkel, und sie verfehlten einander knapp. Nach Dr. Frieds Rechnung gingen dabei vier Monate der Liebe verloren. Dann tauchte der Mond wieder auf, und die beiden fanden sich. Nun hatten sie keine andere Wahl, als sich gegenseitig die Wut und Sinnlosigkeit ihrer Trennung vorzuwerfen, um sich dann einreden zu können, daß ihre Wiederbegegnung ein Wunder und nicht zufällig und trostlos sei wie ihre Trennung. Der unvermeidliche Streit war laut und giftig und hielt volle neun Minuten an, die nach Frieds Rechnung ein halbes Jahr waren. Kasik regte sich plötzlich darüber auf, daß die Bandenmitglieder herumstanden und die nackte Chana anstarrten. Bis dahin hatte er nicht gewußt, daß sie sich für ihre Blöße schämen mußte. Er lief zu ihnen hin und fuchtelte mit seinen Händchen, um sie fortzujagen. Plötzlich stieß Chana ein merkwürdiges, lustvolles Lächeln aus. Das erboste und demütigte ihn. Sechs Minuten. Er kehrte mit hängenden Schultern zu ihr zurück. Die Zeit, die vergangen war, hatte seine Begierde ein wenig gedämpft. Nun sah er sie so, wie sie in Wirklichkeit war – eine häßliche alte Frau. Er beschimpfte sie wegen ihres verbrauchten Körpers, weil es niemand anderen gab, den er beschimpfen konnte. Auch sein eigener Körper war nicht mehr so fest und frisch wie früher, in seiner Jugend, und sein Bedauern darüber verwandelte sich in Feindseligkeit ihr gegenüber, weil er niemand anders hatte. Er wollte sie, ahnte jedoch schon, daß es nicht die Liebe sein würde, die er sich in seiner Leidenschaft ausgemalt hatte. Er ahnte bereits, daß er nie fähig sein würde, ihr die wirklich wichtigen Dinge zu sagen. Wie sehr er sie auch lieben würde, sie würde immer außerhalb von ihm sein. Eine Fremde sein. Er dachte: Ich bin allein. Allein. Wäre sie in jenem Augenblick zu ihm gekommen und hätte ihn in die Arme genommen, hätte er wieder an die LIEBE (s.d.) glauben können, doch auch Chana war in derselben bitteren Bedrückung befangen und beklagte innerlich ihre EINSAMKEIT (s.d.). Sie hatten den Moment verpaßt, da sie einander helfen und Erbarmen empfinden konnten. Kasik betrachtete sie feindselig. Chana bemerkte den bösen Keim in seinen Augen, und ihr Rücken beugte sich. Ihre Hände fielen zu beiden Seiten herab, ihre Brüste hingen lang, schlaff und leer herunter. Das berührte Kasik, und er ging zu ihr hin und umarmte ihre Knie mit seinen kleinen Armen. Da begann sie zu schluchzen. Die ganze Person bebte. Tränen liefen über ihren Körper und löschten die obszönen Bilder auf der Haut, die Pfeile und die Schminke. Das Weinen hatte sie entblößt, und das berührte Kasiks Herz. Er spürte dunkel, daß sie auch ihn beweinte, daß sie die Liebe beweinte, die genommen worden war, noch bevor sie gegeben wurde. Chana Zitrin setzte sich auf die feuchte Erde, Kasik kam zu ihr, setzte sich zwischen ihre Beine und schmiegte sich an sie. In diesem Augenblick witterte er ihren Geruch. Sie spürte es sofort und hörte auf zu weinen. Ein erster Lichtstreifen tauchte am Himmel auf, als hätte jemand eine große Kiste aufgemacht, um hineinzuschauen. Wasserman: »Und um die Wahrheit zu sagen, Herr Neigel, es würde mir schwerfallen, alles, was sich dort zwischen ihm und ihr ereignete, in Worte zu fassen... solche Dinge läßt man am besten ungesagt... ich bin noch nicht ganz frei von Scham... aber ich werde es Euch trotzdem erzählen, denn nur ich bin geblieben, um es zu erzählen.« Also schilderte er, wie Chana Zitrin Kasik wie ein Baby auf den Arm nahm. Sie beschnupperte ihn wie ein Tier und schloß ihre Augen vor Wonne, die schamlos und hurenhaft, aber auch unschuldig war. Dann öffnete sie seine nasse Windel und warf sie fort. Sie begann den kleinen Mann langsam über ihren Körper zu führen – Wasserman: »als machte sie ihn mit jedem Haar, jedem Körperteil und jeder Sehne vertraut, und wir sahen alle genau, daß das, was geschehen sollte, auch tatsächlich geschah, das heißt... Ihr versteht... mit anderen Worten, sein *schmitschikel* richtete sich auf wie ein kleiner *lulav*, und er begann zu keuchen und zu schnauben und zu schwitzen und rot zu werden, und sie, das heißt Frau Zitrin, küßte ihn auf die Augen und Lippen, und dann küßte sie ihn am ganzen Körper, und auch dort unten küßte sie ihn schamlos, und sie öffnete kein einziges Mal die Augen, so versunken war sie in ihre Liebe, ihren Traum, und dann streckte sie sich der ganzen Länge nach auf dem Pfad, auf der harten Erde aus und legte ihn auf ihren Heuhaufen, auf ihren vor Hunger leicht angeschwollenen Bauch, und obgleich Kasik nie etwas darüber im *chejder* gelesen hatte, wußte er genau, wie er seinen Mann zu stehen hatte ... Aij, wie die beiden schwitzten, wie sie glitzerten und strahlten im Mondschein und in den Brillengläsern Jedidja Munins, der keinen Augenblick aufhörte, sich zu reiben und schändliche Dinge zu flüstern, und dann spreizte die Frau ihre Beine, aij, Herr Neigel, sehr weit spreizte sie ihre Beine, und pflanzte ihn mit der ganzen Kraft ihrer Arme *dort unten* tief in ihr Innerstes.« Munin: »Och!!!« Wasserman: »Und glaubt mir, Herr Neigel, er war kaum noch zu sehen! Nur seine winzigen Zehenspitzen schauten krampfhaft angespannt hervor, und nun begann sie ihn von neuem zu gebären, mit Leid und Wonne, ich weiß es, denn ich habe ihr Gesicht gesehen, das glücklich war, voll Sehnsucht und zarter Schönheit, und unten bahnte sich Kasik mit all seiner Kraft einen Weg, explodierte und sammelte sich wieder, rammte gegen die fleischige Mauer ihrer Schenkel, bis er plötzlich ein furchtbares kurzes, hastiges Stöhnen ausstieß. Und es war das erste Mal, Herr Neigel, daß ich erkannte, wie groß die Trauer ist, die in diesem Laut enthalten ist, den wir alle, Männer wie Frauen, in jenen intimen Momenten, jenen Augenblicken der Fleischeslust ausstoßen ... ein gebrochenes Stöhnen der Verzweiflung, von Leid durchtränkt, ein Stöhnen heimlicher Weisheit, das krampfartig aus unserem Innern ausgestoßen und einen Augenblick später vergessen wird ...« Fried: »Und dann geschah es! Das barbarische Verbrechen! Ach, diese Mörderin!« Markus: »Und plötzlich zog Frau Zitrin – niemand weiß woher, vielleicht aus ihrer blonden Perücke – einen spitzen kleinen Gegenstand hervor und begann Kasik mit all ihrer Kraft haßerfüllt und mörderisch in den Rücken zu stechen, einmal und noch einmal – –« Chana Zitrin: »Das ist für die Liebe. Und das ist für die Hoffnung. Und das ist für die Lebensfreude. Und das ist für die Erneuerung. Und das ist für die Schaffenskraft. Und das ist für die Kraft zu vergessen. Und das ist für den Glauben. Und das ist für die Illusion. Und das ist für den verdammten Optimismus, den du uns eingepflanzt hast. Und das ist für – –« Herotion: »Ich war der erste, der begriff, ich stürzte mich auf sie und riß ihr das Messer aus der Hand. Sie stach mich hier und hier. Da. Ist nicht schlimm. Hauptsache, der Kleine ist in

Ordnung.« Otto: »Arme Frau, was hast du getan?« Malkiel Seidman: »Ich! Ich! Ich fühle wieder, wer ich bin! Was ist hier geschehen?!« Fried: »Kasik. Mein Kasik.« Kasik weinte sehr. Feine Strahlen der Zeit schossen aus seinen Wunden. Sein Rükken glich einer Fontäne. Otto bat Fried, rasch die Wunden zu verbinden, »damit er nicht noch mehr Zeit verliert.« Aber bis sich Fried das Hemd von seinem verzweigten Körper (s. u.: → EKZEM) reißen konnte, waren die Strahlen bereits versiegt, und die Wunden schlossen sich. Otto hielt das kleine Messer in der Hand, das Chana all die Monate in ihrer riesigen blonden Perücke versteckt hatte. Erst jetzt begriffen die Künstler, was für einen kühnen und gefährlichen Plan diese starke, schweigsame Frau in ihrer Mitte ersonnen hatte. Otto wog das Messer in seiner Hand. Er überlegte einen Augenblick. Dann sagte er: »Nimm es, Chana. Es gehört ja dir.« Fried: »Otto! Bist du wahnsinnig?!« Otto: »Wir werden uns nicht in die Schöpfung eines wahren Künstlers einmischen, nicht wahr, Albert?« Fried schluckte und stammelte: »Aber… *cholera!* Sie ist gefährlich! Das hast du selbst gesehen!« Otto: »Sie ist nur für Einen gefährlich. Und Er ist nicht einer von uns.« Er reichte ihr das Messer, und sie versteckte es hastig mit einem mißtrauischen, tierischen Blick in ihrer Perücke. Erschüttert und bedrückt gingen die Künstler davon. Kasik schluchzte noch eine Weile, aber den Schmerz hatte er bereits vergessen. Doch seine Begierde nach ihr vergaß er seltsamerweise nicht. Er drehte sich jeden Augenblick um und wollte zu ihr zurück. Seine Hand tastete nach seinem Glied. Er begann zu onanieren (s. u.: → ONANIE). Noch hatte er nicht das wahre Ausmaß seines Verlustes begriffen.

צייר

ZAJAR

MALER

Künstler, der malt.

Kasiks Handwerk in den Jahren, die seiner Beziehung mit CHANA ZITRIN (s. d.) folgten. Dieser Lebensabschnitt gehört ganz und gar der Phantasie von Obersturmbannführer Neigel, und es besteht kein Zweifel, daß der Vorfall, der sich während Neigels kurzem URLAUB (s. d.) in München ereignete

(s. u.: → KATASTROPHE), dabei ein entscheidender Faktor war. Wasserman vermutet, daß Neigel, dessen Leben plötzlich zerstört war, als er mit einem Mal den felsenfesten Glauben an seine Arbeit, seine »Mission« und an die Liebe seiner Frau verlor und die Hoffnung aufgab, je zu ihr zurückzukehren, nun all seine seelischen Kräfte in den einzigen engen Kanal leitete, der ihm noch offen stand – die Geschichte. Wasserman gibt zu, daß ihn zuweilen »das Phänomen der fremden Kraft, die von Neigel ausging«, erschreckte: »Wer ist schon ein Prophet, wer konnte wissen, daß meine elende Geschichte für diesen armen Goi plötzlich zu einem Eckpfeiler des Glaubens werden würde? Aij, Anschel Wasserman, mit deinen eigenen Händen hast du dem Esau das Dritte Testament geschrieben!« Die beiden saßen wie gewöhnlich in Neigels Zimmer, doch diesmal war Neigel derjenige, der die Last des Geschichtespinnens trug: Er redete ununterbrochen, rauchte ununterbrochen und trank. Seine Augen waren stark gerötet, und sein Gesicht glänzte vor Schweiß. Seine Bewegungen waren nicht mehr kontrolliert und berechnet, und er blinzelte hastig und nervös. Gemeinsam suchten er und Wasserman nach einer angemessenen KUNST (s. d.) für Kasik. Etwas, das den großen Hunger stillen würde, den er verspürte, seit er die LIEBE (s. d.) entdeckt und in ihrer Folge – und infolge der Reise der Mondsüchtigen – die Tiefe seiner GEFÜHLE (s. d.) und die Macht von Glück und Leid erkannt hatte. Etwas, erklärte Neigel, das ihm helfen würde, rasch von den Wunden seiner Liebe und von der Enttäuschung und Ernüchterung geheilt zu werden. »Um das LEID (s. d.) in eine SCHÖPFUNG (s. d.) zu verwandeln«, betonte Wasserman und erzählte, daß Kasik nun ein kleiner, aber völlig potenter Mann war, der seine große Liebe zum Leben trotz ihrer Bitterkeit lautstark erklärte. Das Leben erschien ihm noch lang und sicher, voller Glück und Freuden, und er war bereit, hin und wieder den Preis des Schmerzes zu zahlen, den es mit sich brachte. Es sollte an dieser Stelle erwähnt werden, daß es bereits 10.30 Uhr und Kasik ungefähr 40 Jahre alt war. Es war ein wunderschöner, klarer blauer Morgen, und Kasiks Stimme erhob sich laut. Er redete viel: über seine »ewige Geliebte«, über sein bisheriges Leben und seine Hoffnungen für die Zukunft. Es war etwas Blechernes und Gezwungenes in der Art und Weise, in der er sich selbst zu überzeugen versuchte, daß das Leben tatsächlich schön und lebenswert war. Auch seine neue Redseligkeit war ein bißchen peinlich, aber vielleicht war das seine Art, Wunden zu heilen. Jedenfalls bemerkte Neigel Kasiks kleine Widersprüchlichkeiten nicht. Er lauschte sehnsüchtig und war gierig danach, ihm zu glauben. Also setzte Wasserman die Geschichte fort. Er beschrieb, wie sich selbst die alten, von Ernüchterung zerfressenen Künstler dazu verleiten ließen, Kasik zu glauben; wie eine Woge unbändiger Freude noch mehr duftendes Laubwerk auf Frieds Körper sprießen ließ. Neigel nickte zustimmend und goß sich noch ein Glas aus der fast leeren Flasche ein. Wasserman wartete, bis Neigel das Glas geleert hatte, dann gestand er, daß er nicht wisse, welche Kunst er für Kasik wählen solle, in der dieser sein Glück zum Ausdruck bringen könne. Es war Neigel, ausgerechnet Neigel, der eine Fülle von Vorschlägen machte. Wasserman: »Esau sprühte vor Ideen. Nicht aus allen konnte man einen koscheren *streimel* machen, aber es war offensichtlich, daß er von einem neuen Geist beseelt war.« »Ein Maler!« rief Neigel mit dumpfer Stimme und sprach laut seine Gedanken aus: »Ein Maler von Silhouetten? Ein Maler, der über die ganze Wüste malt? Das ganze Meer?« Fiebrig vor Hitze knöpfte er sein Hemd auf. »Er wird ein Maler der Phantasie sein, Herr Wasserman.« Wasserman: »Würdet Ihr so gut sein, mir das zu erklären?« Neigel stellte das Glas ab, lehnte sich zurück, legte die Füße auf den Tisch und faltete die Hände im Nacken. Auf seinem Gesicht breitete sich ein Lächeln aus, wie es Wasserman noch nie bei ihm gesehen hatte: ein Lächeln von jemandem, der sich mit einer schlechten Nachricht abfindet. Ein Lächeln-trotz-alledem. Er erklärte dem jüdischen Schriftsteller, daß Kasik ein Maler sein würde, der weder Pinsel noch Bleistift brauche, der auch ohne Papier malen könne. »Sieh mal dort, Herr Wasserman«, lächelte Neigel und zeigte mit dem Finger: »Richtung Osten, bitte. Zwischen dem Bärenkäfig und dem Tigerkäfig.« »Ah? Was? Hat er den Verstand verloren?« »Siehst du dort die Frau auf dem Pfad liegen? Kennst du sie?« Wasserman kniff argwöhnisch seine kurzsichtigen Augen in Richtung Osten zusammen. Seine Lippen verzogen sich vor Abscheu über Neigels Aussehen und Geruch. Aber dann begriff er blitzartig die Absicht des Deutschen, und seine Augen weiteten sich vor Staunen. (»Aji! Es ist geschehen! Es ist mir gelungen, hörst du, Schloimele? *Schloimele?!*«) Und laut antwortete er: »Aber natürlich, Herr Neigel! Das ist doch unsere Chana Zitrin, nicht wahr? Die schönste Frau auf Erden!« Und dann begann Neigel mit leiser Stimme zu beschreiben, wie sich der Himmel über Chana, die auf dem Boden lag, auftat und eine schwere Wolke von einem messerscharfen Blitz der ganzen Länge lang aufgerissen wurde, und wie Kasik mit seiner bloßen Einbildungskraft die herabsteigenden Füße Gottes malte, erst den einen, dann den anderen, wie Gott über unsere Erde schritt, wie Er mit der schönsten Frau der Welt schlief, und wie sie, Chana, so benommen war von Liebe und Leidenschaft, daß sie das Messer in ihrer Perücke völlig vergaß und nur das Leid Seiner Liebe und Sein Bedürfnis nach ihr empfand. Und dann nahm Neigel den staunenden, ehrfurchtsvoll schweigenden Wasserman zu dem Grabhügel neben den Vogelkäfigen mit, zu Paula, die dort in Schmerz und Wonne ihr Kind gebar, den Fötus des Schreis, und das Kind lebte, und sie lebte, und Frieds Augen füllten sich mit Liebe für Frau und Kind, und als Neigel »LIEBE« (s.d.) und »Frau« sagte, verströmten die Worte in seinem Mund den Geruch von Flehen und Verzweiflung, und er sprach sehr schnell, als fürchtete er, daß die Zeit nicht ausreichen würde, all das zu sagen, was die ganzen Jahre über in ihm gewesen war, all das, was »suspendiert« und »auf Urlaub geschickt« worden war, ja, und »jetzt schau in Richtung Norden, mein lieber Herr Wasserman, dort wirst du Herrn Munin sehen, der mit der schönsten Fr – –«, und als Wasserman seinen Blick in die Richtung wandte, in die Neigels aufgerissene, blutunterlaufene Augen wiesen, sah er, daß die Barackentür offenstand und im Eingang – wer weiß wie lange schon – Sturmbannführer STAUKE (s.d.) stand, mit kahlgeschorenem Schädel, die schwarze Mütze in der Hand, ein hauchdünnes Lächeln um die Lippen. »Aber machen Sie nur weiter, bitte, machen Sie weiter«, sagte er sanft und trat auf seinen Tatzen ins Zimmer. »Das sind ja wahre Märchen aus Tausendundeiner Nacht, die ich in den letzten Minuten hinter der Tür gehört habe, Herr Neigel.« Und weil er Neigel nicht mit seinem militärischen

Rang, sondern mit seinem Ziviltitel anredete, senkte Wasserman seinen Kopf und gratulierte sich ohne Freude, ohne jede Freude zu seinem Sieg.

Und es sollte noch hinzugefügt werden, daß daraufhin ein kurzes Gespräch zwischen Stauke und Neigel stattfand, giftig von seiten Staukes, erstaunlich gleichgültig von seiten Neigels, worauf Stauke ihm die Pistole aus dem Halfter riß und ihm zwei Kugeln im Magazin ließ, eine für Neigel selbst, die andere für Wasserman. Bevor er hinausging, drückte er die Hoffnung aus, Neigel möge zumindest seine Ehrenpflicht erfüllen. Aber als sich die Tür hinter Stauke geschlossen hatte, sagte Neigel fiebrig: »Laß uns fortfahren. Wir haben noch Zeit. Er war ein Maler der Phantasie, unser Kasik, stimmt's? Laß uns weitermachen.«

s. a. u.: → KARIKATURIST

צעקה

ZA'AKA

SCHREI

Lauter Ausruf vor Kummer oder Schmerz, Ruf um Hilfe.

»Der Schrei« ist der Titel des komplizierten Mechanismus aus zusammengelöteten Blechrinnen, der in dem leeren Schweinekäfig aufgestellt war; auch das ein Experiment von SERGEJ (s. d.).Seit August 1942 war in diesen Blechrinnen ein Schrei eingesperrt. Am Anfang brachte er die meisten Zoobewohner um ihren – ohnehin recht schwachen – Verstand. Markus: »In jenen Tagen konnten wir keinen einzigen Gedanken zu Ende denken! Dieser furchtbare Laut verwirrte unsere Gedanken, verschlang unsere Ideen! Aber Otto – ah, Otto, er war nicht bereit, den Schrei aus dem Labyrinth, in dem er gefangen war, zu befreien. Unser Otto ist sehr fanatisch, wenn es um die Rechte seiner Künstler geht.« Otto: »Ihr werdet euch an den Schrei gewöhnen.« Und sie gewöhnten sich tatsächlich an ihn, und zwar so sehr, daß sie allmählich aufhörten, ihn zu hören. Um genauer zu sein, sie bemerkten seine Existenz zum letzten Mal, als der alte Fried sich schwor, Kasiks Leben einen Sinn zu geben (s. u.: → GEBET). Das geschah irgendwann in der Nacht, als Kasik noch jung, noch sehr jung war. Nachdem der erregte Fried mutig beschlossen hatte, nicht zu verzweifeln und mit aller Kraft zu kämpfen, steigerte sich der Schrei eine Sekunde lang zu einem furchtbaren, durchdringenden, herausfordernden Kreischen. Otto, der in seinem Pavillon den Schlaf der Gerechten schlief, lächelte im Traum und sagte: »Hörst du, Fried? Ich glaube, das ist dein Schrei. Du wurdest gerade geboren.« Kasik kam auf der Reise der MONDSÜCHTIGEN (s.d.) an dem Schrei vorbei. Er verstand nicht, was der Haufen Blech im leeren Käfig zu suchen hatte, aber alle sahen, daß er von einer seltsamen Nervosität ergriffen wurde. Sein Gesicht zuckte, und es schien, als würde er von einem starken, unsichtbaren Wind zurückgeworfen. Er versuchte sich wieder dem Käfig zu nähern und wurde abermals zurückgestoßen. Er lief weg. Blieb stehen. Kehrte zögernd, mißtrauisch zurück. Offensichtlich verursachte ihm irgend etwas einen unerklärlichen Schmerz. Er zupfte Fried am Ärmel und verlangte eine Erklärung. Es war Aaron Markus, der ihm auf seine sanfte Art den Zweck des Mechanismus erklärte. Er erzählte ihm, daß Sergej den leeren Käfig der Schweine (die alle bei den Bombardierungen umgekommen waren) benutzt hatte, um ein Blechlabyrinth zu bauen, das viel komplizierter war, als es dem Auge schien: Es bestand aus Verzweigungen und Windungen, die rechtwinklig, wellen- und spiralenförmig, vertikal und horizontal verliefen – Otto: »Was denn, ich gab das halbe Zoobudget für den Kauf von Blech und Aluminium auf den Schrottplätzen an der Weichsel aus. Sergej meinte, daß Aluminium am geeignetsten sei, weil es ausgezeichnete Echos erzeugt, und es war nicht gerade billig, aber mit solchen Dingen spart man eben nicht, wenn man in einem Krieg kämpft.« Sergej hatte das Labyrinth so geplant, daß das Echo darin nicht an Energie verlieren würde. Im Gegenteil: wenn man in die Rohre hineinschrie, nahm der Schrei nach ein paar Sekunden nicht etwa ab und verklang, sondern verstärkte sich mit enormer Geschwindigkeit, er verdoppelte und verdreifachte sich, und innerhalb von wenigen Sekunden füllte sich der Mechanismus mit Schreien und Fragmenten von Schreien und Echos von Schreien, einer dichten, mit hoher Spannung aufgeladenen akustischen Energie, die – zumindest nach dem Ermessen des Erfinders – in einem physikalischen Niemandsland zwischen Ton und Masse lag. Fried: »Der arme Verrückte! Daheim nannte man Leute wie ihn ›Pickholz‹. Dummkopf.« Markus: »Aber mit welcher Begeisterung er über seine Erfindung sprach! Er wanderte auf den Pfaden des Zoos und hielt sich selbst Vorträge, aber wenn er einen von uns erblickte, verschwand er sofort! Eine Sekunde war er da und die nächste weg!« Otto: »Eines seiner Augen war sehr empfindlich, wenn man es ansah, fing es sofort an zu tränen, und dann wurde er rot, und die Worte blieben ihm im Hals stecken. Der Ärmste.« Paula: »Wenn wir wenigstens gewußt hätten, was er durchgemacht hatte, seit wir uns vor fünfzig Jahren trennten, vielleicht hätten wir ihm helfen können, wer weiß. Aber er – nichts. Er blieb stumm. Er benahm sich wie ein Fremder. Wie ein richtiger *fonje*. Und vielleicht, Gott behüte, wie ein Feind?« Otto: »Mit mir sprach er manchmal. Ich weiß nicht, warum gerade mit mir. Er erklärte mir mit furchtbar wissenschaftlichen Worten all die komplizierten Etappen seiner Ideen.« Fried: »›Die vokale Spannung des Schreis‹, so pflegte er immer zum armen Otto zu sagen, und Otto kam danach zu mir und fragte mich, was diese Spannung sein sollte, aber natürlich verstand ich auch nichts davon.« Markus: »Und erst Monate nachdem er sein Experiment mit den Spiegeln (s. u.: → PROMETHEUS) durchgeführt hatte und verschwunden war, begannen wir zu verstehen, ja. Er hatte von der Entwicklung einer enormen Spannung zwischen den anschwellenden Schockwellen der Echos geträumt, die sich hundertfach, ja tausendfach multiplizierten. Nu, was sagt ihr dazu?« Sergej ging im Zoo umher und zeichnete mit den Händen in der Luft die Wellenbewegungen der mit wachsender Trägheit aneinander zerbrechenden Schreie nach, die unendlichen Gabelungen von Kollisionen und Kreuzungen, die gegen die Blech- und Aluminiumwände prallten und wiederkehrten, um in den Echos ihrer eigenen Echos zu explodieren. Fried: »Und die Spannung! Vergiß die vokale Spannung nicht! Ach! Ein kompletter Pickholz!« Otto: »Und was war mit dem Wasserstoff, hast du den vergessen? Er bestand darauf, Wasserstoff in seinen Mechanismus einzuführen, weil er meinte, daß die Echos in Wasserstoff besser rollen... das war schon ein bißchen gefährlich, aber ich erlaubte es ihm...« Munin: »Und die Spaltung? Er sprach doch so viel über ›Spaltung‹, daß ich dachte, vor lauter Anstrengung würde sich gleich ein Ei bei ihm spalten!« Markus: »Nun ja, nachher wurde auch das geklärt. Der Ärmste sprach über die Spaltung des Schreis in vokale Energie und menschliche Trauer...« Anhand der verrückten Aufzeichnungen des Erfinders, die kurz nach seinem Verschwinden entdeckt wurden, stellte sich heraus, daß Sergej tatsächlich geglaubt hatte, daß der menschliche Schrei aus den zwei oben genannten Elementen bestehe. Er vermutete, daß die Menge menschlicher Trauer, die im Schrei enthalten war, nicht noch mehr erhöht werden könne, und konzentrierte daher seine Anstrengungen auf die unendliche Vervielfältigung der vokalen Energie des Schreis, die, wie er hoffte, die menschliche Trauer wie einen Riesenmotor tragen würde. Er prophezeite, daß die Spaltung die Blechrinnen, den Käfig, ja den ganzen Zoo sprengen würden. Paula: »Jesus Maria! Sogar ganz Warschau! Er sagte: ›Dieser Schrei wird sehr weit reichen!‹« Kasik: »Aber-warum?« Markus: »Vielleicht damit ihn in ein- oder zweitausend Jahren irgend jemand irgendwo in einer fernen Welt, in einer der abgeschiedenen Galaxien, hören und sich endlich zu Herzen nehmen würde, was hier bei uns geschieht, denn vielleicht, dachte er, hat man uns ja vergessen... vernachlässigt...« An dieser Stelle sollte erwähnt werden, daß die Idee trotz ihrer völligen Absurdität an andere ähnliche Ideen in der Geschichte der Menschheit erinnert; es gibt zum Beispiel eine Theorie, derzufolge die riesigen Pyramiden der Maja in Mittelamerika erbaut worden sind, um die Aufmerksamkeit der Bewohner ferner Welten auf unsere Welt zu lenken. Sergej selbst glaubte felsenfest an zukünftige Ergebnisse seines Wagnisses. Paula erschrak, als er eines Abends überraschend aus den Büschen sprang, ein Blatt Papier mit dichtgedrängten, in kleinen Ziffern notierten Berechnungen in der Hand, und sie im voraus um Verzeihung bat für den Schaden, den sein Experiment im Zoo anrichten würde. Paula: »Nu, und als dann die Zeit kam, das Experiment durchzuführen, du kannst dir ja vorstellen, mein Junge, daß wir uns alle ziemlich historisch vorkamen.« Kasik: »Und-was-geschah?«

Es sollte nicht unerwähnt bleiben, daß Kasik der Geschichte mit weit aufgerissenen Augen lauschte. Er verstand zwar nicht alles, was gesagt wurde, spürte jedoch das unterdrückte Seufzen im Herzen der KÜNSTLER (s. d.). Man konnte sehen, wie sich der klare Glanz der JUGEND (s.d.) in seinen Augen trübte. Kasik: »Und-was-geschah-und-was-geschah?« Markus: »Etwas Furchtbares geschah. Das Furchtbarste, was geschehen konnte. Eines Tages hatte Panie Professor Sergej sein Labyrinth zu Ende gebaut, und wir versammelten uns alle vor dem Käfig und warteten. Wir waren voller Erwartung. Du kannst es auch Erregung nennen, lieber Kasik, Erregung! Schließlich passiert es nicht alle Tage, daß einer von uns seinen Traum verwirklicht! Und der Professor, der arme Mann, kam aus einem seiner Verstecke hervor, in einen festlichen – wenn auch etwas abgetragenen – Anzug gekleidet, den ich ihm geliehen hatte, mit einer roten Rose im Rockaufschlag. Er stand einen Augenblick da und sah uns ängstlich und argwöhnisch an. Vielleicht dachte er, daß er ein besseres, ein erleseneres Publikum verdient hätte, wir sahen ja damals, leider Gottes, wie ein Haufen armer Verstoßener aus...« Sergej stand da und starrte in die Luft, seine Ohren waren gespitzt, vielleicht in der Hoffnung, den Klang der Fanfaren zu hören, aber dann schüttelte er sich, winkte abweisend und ungeduldig mit der Hand, zog den kleinen Metallstöpsel aus einem der Rohre, die zum Labyrinth führten, und forderte Aaron Markus mit einer leichten Verbeugung auf, in das Rohr zu schreien.

Markus war dazu auserwählt worden, weil der kleine gelehrte Apotheker in den letzten Jahren seine ganze Energie in ein einzigartiges Experiment investiert hatte (s.u.: → GEFÜHLE): die Aufspürung, Klassifizierung und Kartographie sämtlicher Schattierungen des menschlichen Gefühls, die Kennzeichnung der Hohlräume in der Gefühlsatmosphäre des Menschen. Drei Monate, bevor das öffentliche Experiment des Schreis stattfand, war Sergej zaghaft an Markus herangetreten und hatte ihn um Hilfe gebeten. Er klärte ihn natürlich nicht über den Zweck der monströsen Blechkonstruktion auf, die er im Schweinekäfig errichtet hatte, und weigerte sich auch, ihn in die physikalisch-mechanischen Geheimnisse seiner Idee einzuweihen. Er bat nur um eines: Aaron Markus' monumentales Gefühlstalent für sein Experiment ausleihen zu dürfen. Markus: »Nu, es besteht kein Grund, ausführlich zu werden, die Hauptsache ist, daß ich, auf Bitten des Erfinders hin, nach nicht geringer Anstrengung die feine Nuance in meinem Inneren fand, die reinste Oktave der menschlichen Trauer, der furchtbarsten Trauer, das Schluchzen der nackten Seele, und dem fügte ich – wieder auf Bitten des guten Sergej hin – eine feine Note des Trotzes und einen leichten Ton des Protestes hinzu; ich ging wochenlang mit dieser in meinem Inneren widerhallenden Nuance umher, prägte sie mir ein und lernte sie gründlich. Es war tatsächlich ein messerscharfes Gefühl: die Essenz des Schreis...« Um diesen geläuterten Ton zu erreichen, ging der Gefühlskünstler wie ein Bildhauer vor: Er entfernte die Steinschichten, welche die in ihnen verborgene Figur umgaben. Kraft seiner Fähigkeit lokalisierte und brachte er die feinste, die endgültige Saite hervor, die Saite, die in allen Künstlern um ihn herum straff gespannt war. Wasserman: »Die Sehne, mit der jeder Mensch auf Erden seinen einen Pfeil abschießt.« Dann zog sich Markus vier Wochen lang zurück, um die »Kunst des Musizierens« zu erlernen.

Markus: »Und als endlich der große Augenblick gekommen war und Professor Sergej den Stöpsel aus der Rohröffnung zog – was für eine Aufregung das war, Kasik! Was für ein Beben uns alle durchfuhr! Ich legte meinen Mund an die Öffnung – nein! Mein Herz legte ich an! – nu, und dann schrie ich.«

»Und-was-geschah-was-geschah?« fragte Kasik, aber auch Neigel fragte zusammen mit ihm, und die Künstler antworteten durcheinander: Fried: »Was geschah? Etwas Entsetzliches geschah! Die Haare standen mir zu Berge bei Markus' Schrei!« Paula: »Ein Styraxbaum am Rand des Zoos fiel um – traachh! – wie vom Blitz getroffen! Am nächsten Morgen sahen wir, daß innen drin alles ausgebrannt war.« Otto: »Die Kaninchen saugten ihre Fetusse in die Gebärmutter zurück!« Munin: »Und wie die Schlangen aus ihrer Haut fuhren! Fjjuuu!« (Anmerkung der Redaktion: Keiner der Künstler erzählte von der Verzweiflung und Bedrückung, von der er selbst ergriffen wurde, als der Schrei ertönte. Professor Sergej, dem der Schrei anscheinend den restlichen Verstand geraubt hatte, lief auf wankenden Knien zum Rohr, in das Markus hineingeschrien hatte, und stöpselte es hastig zu. Dann rief er den Künstlern mit zitternder Stimme zu, um ihr Leben zu rennen und sicheren Schutz zu suchen, obwohl es keinen sicheren

Schutz zu suchen, obwohl es keinen sicheren Schutz gab, zu fliehen, zu fliehen! Markus: »Nu, mein Schrei begann durch das Blechlabyrinth zu laufen. Zu laufen, sagte ich? Zu galoppieren! Zu galoppieren, sagte ich? Zu fliegen!« Otto: »Ich lief schnell weg und versteckte mich hinter meinem Pavillon und hörte von dort, wie der Schrei durch die Rohre raste«, Markus: »mit all seiner Kraft gegen die eigenen Echos prallte, kreischte, explodierte«, Paula: »Eine Angst hatte ich! Das Herz rutschte mir direkt in die Unterhose, pardon.« Munin: »Er pfiff wie ein böser Wind, wie Lilith, die aus ihrer Hölle geflogen kam! Der Engel Rehatiel auf seinen wilden Pferden!« Otto: »Alles, aber auch alles fing zu beben an, der Käfig, der Zoo, die Erde«, und Wasserman, leise: »Die Welt.« Die Tiere begannen zu heulen. Das Beben jagte auch ihnen Angst ein; sie warfen ihre Köpfe zurück und fingen an zu schreien. Alle liefen weg und versteckten sich. Nur der Erfinder selbst blieb neben dem kreischenden, bebenden Blechrinnen-Mechanismus stehen, hob die Hände zum Himmel und schwenkte sie schnell und kraftvoll, als dirigiere er, ein furchtbares, bitteres Lächeln auf seinem Gesicht, ein wahnsinniges Orchester. »Mehr! Mehr!« schrie er. »Stärker! Stärker!« Wasserman verstummte und senkte die Augen. Listig spannte Neigel Kasik ein, um mit seinem Mund zu fragen, was dann geschah. Wasserman und seine Künstler schwiegen. Kasik: »Warum-sagt-ihr-nicht-was-geschah?« Und Fried: »Sei nicht böse, Kasik, es fällt uns nicht leicht, darüber zu sprechen.« Markus: »In der Tat. Was geschah, fragst du, lieber Kasik? Was geschah – –« Paula: »Nichts geschah. Der Schrei lief dort herum und hörte nicht auf zu schreien. Es gab keine Explosion, keine Katastrophe. Nichts.« Markus: »Nicht einmal richtig schreien können wir.« Fried: »Ja, mein Junge. Es ist genau derselbe Schrei, den du jetzt hörst.« Kasik: »Aber-ich-höre-nichts.« Paula: »Na, kein Wunder! Er wurde ja in ihn hineingeboren, oder?«

קאזיק, מותו של

KASIK, MOTO SCHEL

KASIK, TOD DES

Ereignete sich um 18.27 Uhr, als Kasik nach Frieds Rechnung 64 Jahre und 4 Monate alt war. Durch Selbstmord. Zog den Tod von Obersturmbannführer Neigel nach sich.

Kasiks letzte Jahre waren eine Zeit anhaltender Qualen für ihn und seine alten Freunde. Neigel litt unerträglich, als er davon hörte. Wasserman erzählte seine Geschichte nun ohne jede Logik oder konsequente Handlung, und ohne sich an die heilige Regel der Einheit von Ort und Zeit zu halten. Seine Figuren bewegten sich ständig zwischen dem Warschauer Zoo und dem Vernichtungslager – ein äußerst bedauerlicher Verlust der Kontrolle über die Geschichte –, doch Neigel achtete nicht darauf und verlor kein Wort darüber. Vor ihm auf dem Tisch lag die Pistole mit den zwei Kugeln, die ihm sein Stellvertreter Sturmbannführer STAUKE (s. d.) zurückgelassen hatte. Neigel schien nicht auf die Pistole zu achten. Seine Aufmerksamkeit war gänzlich auf Kasik gerichtet, der einst ein Junge voller Lebenslust war, noch vor wenigen Jahren (s. u.: → MALER) erklärt hatte, daß sogar ein qualvolles Leben einem Nicht-Leben vorzuziehen sei, und sich nun in einen verbitterten alten Mann verwandelt hatte (s. u.: → QUALEN). Er hielt sein Leben für eine bösartige Verkettung von Unrecht, das ihm nicht durch eigenes Verschulden zugefügt wurde. Müde und haßerfüllt suchte er einen Weg, sich ein wenig von der Bedrückung seines Lebens und von der Angst vor dem nahenden Ende zu befreien. Kasik: »Mir-geht-es-schlecht-mir-geht-es-schlecht-ich-will-daß-es-euch-auch-schlecht-geht.« Otto, sanft: »Was willst du, daß uns geschehen soll, Kind?« Und Kasik: »Ich-weiß-nicht-ich-will-daß-ihr-nicht-seid-ich-will-daß-ihr-wie-die-da-eingesperrt-seid.« Fried: »Aber das sind doch Tiere!« Und der zornige, widerliche, kleine alte Mann: »Ich-will-ich-will.« Otto sah ihn traurig an, Fried war – erschüttert. Die KÜNSTLER (s. d.) warteten auf Ottos Urteil. Keiner von ihnen hatte noch Kraft, eine Entscheidung zu fällen. Sie wünschten sich lediglich, daß Otto mit dem Finger schnippen und diesen bösen Traum wie eine Seifenblase platzen lassen würde, obwohl sie ganz genau wußten, daß sie sonst nichts hatten. Und Otto, in Ruhe: »Hilf ihm, HEROTION (s. d.).« Fried schrie auf: »Aber Otto!«, doch der Zoodirektor: »Wir haben dieses Kind hierher gebracht und es ein paar Dinge gelehrt. Wir haben eine VERANTWORTUNG (s. d.) gegenüber seiner KUNST (s. d.), und er wird machen, was er anscheinend machen muß. Das ist bei uns so Sitte, Fried. Das weißt du doch.« Und der Arzt: »Ich habe Angst, Otto.« Und Otto: »Ja. Ich auch. Herotion, hilf ihm bitte.« Herotion wollte sich weigern, aber in Ottos blauen Augen war ein Blick, dem man sich nicht verweigern konnte. Also tat Herotion, was ihm so verhaßt war, und errichtete mit Hilfe der Zauberkraft, die Wasserman ihm vor fünfzig Jahren in einer kleinen Höhle in der Nähe seines Dorfes in Armenien verliehen hatte, einen großen runden Gitterkäfig um Otto Briggs Künstler. Neigel stöhnte, als er das hörte. Er wollte Wasserman um etwas bitten, vielleicht um ERBARMEN (s. d.) mit den Künstlern, doch Wasserman war nicht zu bremsen: Die Geschichte ergoß sich in schnellem, unaufhaltsamem Schwall aus seinem Mund. (Wasserman: »Ich will es nicht abstreiten, die Geschichte mit ihrem bösen Ende schoß wie eine Fontäne aus mir heraus, doch um mir ein gutes und schönes Ende für die Kinder des Herzens auszudenken, hätte ich, Gott behüte, Blut spucken müssen! Wie sehr ich mich doch damals plagte, phantastische Dinge mußte ich erfinden, einen ganzen Jahrmarkt mußte ich mir auf dem *boidem* machen, und jetzt, et, floß es wie Wasser! Böse, furchterregende Worte tanzten auf meiner Zunge wie siebenundsiebzig kleine Hexen, verlockten und verführten mich: Komm, sei böse, erzähl noch mehr, mach dein Herz hart wie Stein, du sprichst die reine Wahrheit, aij, in der Tat. Tausende Male mußte ich leben und sterben, bis ich gelernt hatte, daß das Grauen nur eine Karikatur des Existierenden ist, das wir bereits gewohnt sind. Nichts anderes als eine Übertreibung des Bekannten und Vertrauten... feh!«) Kasik kreiste ein paar Mal um den Käfig und betrachtete die darin Eingesperrten. Dann ging er fort und verschwand im Zoo. An dieser Stelle liefert Wasserman eine etwas ermüdende, kindische Beschreibung der Dinge, die Kasik im Zoo anrichtete – wie er die Käfige öffnete und die Raubtiere freiließ, die grausamen Verwüstungen, die daraufhin stattfanden, wie der Babyelefant Tozinka wie ein Betrunkener herumtorkelte, seine jungen Stoßzähne blutrot, den zerfetzten Schenkel eines Hirsches im Maul... kurzum: Wasserman ließ sich hinreißen, erschöpfte die Situation mehr als nötig. Aus seinem Wortschwall ist nur der Abschnitt erwähnenswert, in dem der Zoo eine Stunde später beschrieben wird, als die Raubtiere bereits gesättigt waren und sich ein gewisses natürliches Gleichgewicht wiederhergestellt hatte: Lebhafte Affen versammelten sich schnatternd um den Käfig der Künstler. Einige von ihnen hängten sich an die Gitter und schauten neugierig hinein. Die Nashörner begannen an den Rosen zu lecken, die Paula ihr Leben lang gehegt und gepflegt hatte. Die zwei alten Elefanten, Tozinkas Eltern, kamen langsam herangestampft und tasteten mit ihren Rüsseln ängstlich den Boden ab, bevor sie ihren Fuß aufsetzten. Der Zoo mit seinen leeren Käfigen, den Tieren und den Künstlern, die zusammen eingesperrt waren, und dem greisen Baby, das in der Ferne im Abendnebel lief, sah im Licht der ersten Sterne wie das Nachtlager einer uralten Karawane aus, die dazu verdammt war, von Ort zu Ort zu ziehen und der entstehenden Welt die Phantasien des Schöpfers zu präsentieren: Menschen, Träume, Tiere, Himmel, erste zaghafte Entwürfe einer gelungeneren Welt als dieser; oder wie ein PLAGIAT (s.d.), aus großer, erstickter Sehnsucht, aber – zweifellos – ohne Talent, mit beklagenswerter Fahrlässigkeit hingestellt, eine kolossale Anstrengung, die jedoch zum ständigen Scheitern verurteilt war, zur ewigen Verbannung auf dem riesigen Schrottplatz des Universums, dem gigantischen Lunapark von Ideen und Hoffnungen, die enttäuscht wurden und rosteten, aber immer wieder neu bemalt und für eine weitere Generation von Kindern in Dienst gestellt wurden. Und nun tauchte Kasik wieder aus dem Nebel auf, ein alter, gebeugter Mann, Büschel von Albinohaaren hinter sich lassend und unablässig furzend – ein Wrack. Wasserman sah Fried an, der Kasik ansah. Der Arzt gab sich selbst die Schuld an allem, was geschehen war. Er hatte zu wenig Zeit mit dem Kind verbracht – er nannte Kasik noch immer das Kind – und es selbst in dieser so kurzen Zeit geschafft, ihm den ›Samen der Verderbnis‹ zu übertragen. Fried: »Vielleicht nicht durch das, was ich ihm sagte, oder durch das, was ich für ihn tat, ich habe mir doch so viel Mühe gegeben, aber – –« Markus: »Aber die schwerwiegendsten Vermächtnisse hinterlassen wir ihnen ohne Worte, mein guter Albert, diese Vermächtnisse sind jenseits der Zeit... es reicht ein Augenblick, um sie zu vermitteln...« Munin: »Gott im Himmel! Schaut euch sein Gesicht an! Es ist voller Blut!« Fried: »Er wurde verletzt.« Wasserman: »Er ist auf Raub aus.« Und

Kasik: »Ihr-seid-hier-seid-nicht-hier.« Otto, sanft: »Aber wo sollen wir hingehen, Kasik?« Und Kasik: »Seid-nicht-hier-vielleicht-seid-ihr-zum-Fressen.« Und Otto: »Nein, ich fürchte nicht.« Und der alte Kasik: »Hab-so-einen-Kleinen-mit-langen-Ohren-gefressen-mir-ist-schlecht-was-wird-sein?« Er sank neben dem Käfig auf den Boden und stöhnte laut. Kasik: »Mir-ist-schlecht-mir-ist-schlecht-warum-ist-das-so?« Wasserman: »Was hätten wir ihm sagen sollen, Herr Neigel? Die Mächte von Leben und Tod wüteten grausam in seinem kleinen Leib. Kasik schlug seinen Kopf gegen das Gitter und weinte bitterlich. Dann erhob er sich, schritt schwerfällig hin und her, fuchtelte mit den Händen, kreischte, ließ Wind abgehen, entleerte den Darm, urinierte, flehte, aij, er fand keine Ruhe.« Plötzlich blieb er stehen. Seine Augen waren rot und erloschen, und er hechelte wie ein Hund: »Will-mit-euch-sein«, sagte er. Alle sahen Otto an. Otto nickte, und Herotion riß ein Tor ins Gitter, ein winziges Tor, das wieder verschwand, als Kasik eingetreten war. Das greise Kind kam mühselig heran und stellte sich zwischen sie. Sie standen still um ihn herum, riesenhafte Dämonen, von Trauer und Ernüchterung zerfressene Statuen. Sie blickten stumm auf das kleine Wesen, das sie sich erträumt hatten, das sie in ihrer Verzweiflung fabriziert hatten. An dieser Stelle hielt Wasserman einen Augenblick inne, und Neigel fragte, wie es dazu kommen konnte. »Was haben wir falsch gemacht?« fragte er, worauf ihm Wasserman mit ernster Miene antwortete (s. u.: → WUNDER, 3.). Kasik stand still, und auf einmal fiel er buchstäblich in sich zusammen, als wäre seine Kraft versiegt. Schwach, mit lautloser Stimme sagte er wieder, daß es ihm schlecht gehe, und bat sie, daß auch sie leiden sollten. Das war das letzte, was in seinem Gehirn, dem alles andere rasch verlorenging, haften blieb. Munin kicherte bitter: »Er teilt alles, was er hat, mit uns. Vielleicht ist er ein Kommunist?« Kasik, der immer mehr vor ihren Augen dahinschwand, ließ nicht locker: »Wie-ist-euch-schlecht-wie-schlecht?«, und Otto, der sich anscheinend verpflichtet fühlte, dieses gräßliche Experiment zu Ende zu führen, als müßte er die bittere Medizin gegen die Krankheit seines Glaubens an den Menschen bis zum letzten Tropfen schlucken, dieser Otto verbarg auch jetzt nichts: »Es geht uns wegen vieler Dinge schlecht, Kasik. Wegen sehr vieler Dinge. Es geht uns zum Beispiel schlecht, wenn wir alt und krank werden.« Seidman, leise: »Und wenn man uns schlägt, und wenn man uns hungern läßt.« Markus: »Und wenn man uns erniedrigt.« Chana Zitrin: »Wenn man uns die Hoffnung raubt. Ja. Und wenn man sie uns macht.« Herotion: »Und wenn man uns die Illusionen nimmt.« Fried: »Und wenn wir allein und wenn wir zusammen sind.« Paula: »Und wenn man uns tötet.« Wasserman: »Und wenn man uns am Leben läßt.« Markus: »Und es geht uns schlecht, wenn wir Böses tun.« Seidman: »Wir sind so zerbrechlich.« Munin: »Richtig, verdammt, richtig. Uns braucht nur ein kleiner Zahn weh zu tun – und schon ist unser Leben nicht mehr lebenswert.« Fried: »Wenn ein Mensch, den wir geliebt haben, stirbt, werden wir nie wieder wirklich froh sein.« Markus: »Unser Glück hängt von einer solchen Vollkommenheit ab...« »Bitte, Herr Wasserman«, bat Neigel plötzlich und ergriff Wassermans Hand (Wasserman: »Es war kein Tod in seiner Hand. Es war eine menschliche Hand. Fünf warme Finger, eine etwas feuchte Hand, vielleicht aus Angst. Finger, die Tränen gespürt hatten, die Tränen des Kindes, das er einst gewesen war, die den Mund eines Säuglings berührt hatten, und sogar, ja, in der Tat, die Schenkel einer Frau.«) »Wir brauchen kein Wunder«, flüsterte ihm Wasserman zu, sein Gesicht dicht vor Neigels Gesicht. »Was wir brauchen, ist die Berührung eines lebendigen Menschen, ist, in das Blau seiner Augen zu schauen und das Salz seiner Tränen zu kosten.« Neigel, in dessen vor Anstrengung verzerrtem Gesicht jeder Muskel krampfhaft zuckte, flehte den Schriftsteller an, die Kinder des Herzens nicht sterben zu lassen. Daß es Kasik nicht gelingen sollte, sie zu töten. Wasserman lächelte müde: »Sie werden nicht sterben. Ihr kennt sie doch schon ein wenig, nicht wahr? Sie sind alle aus demselben unvergänglichen Stoff gemacht. Es sind Künstler, Herr Neigel, Partisanen...« Neigel nickte langsam. Seine Augen waren weit weg und glasig. »Erzähl mir über ihn. Über seinen Tod, Scheherezade. Schnell.«

Wasserman erzählte, wie Kasik zusammenbrach. Wie er sein Leben nicht länger ertragen konnte. Zuletzt bat er Otto, ihm zu helfen, die Welt, in der er lebte, zu sehen. Das Leben hinter dem Gitter, das Leben, von dem zu kosten er nicht mehr geschafft hatte. Auf Ottos Nicken hin riß Herotion ein kleines Fenster in das Gitter des Käfigs. Sichtbar wurde dort jedoch nicht der Zoo, sondern Neigels Lager. (Anmerkung der Redaktion: Und das war kein Wunder. Das Lager war immer dort.) Kasik sah hohe, finstere Wachtürme, stromgeladene Zäune, einen Bahnhof, der nirgendwo hinführte, außer in den Tod. Er roch das von Menschen verbrannte Menschenfleisch, hörte das Schreien und Röcheln eines Gefangenen, der die ganze Nacht lang an den Füßen aufgehängt wurde, das qualvolle Stöhnen eines gewissen Obersturmbannführers Neigel, der mit ihm zusammen eingesperrt war. Wasserman erzählte ihm – mit völlig monotoner Stimme –, wie die Verantwortlichen ihm und seinen Freunden in den ersten Tagen, als er im Lager bei der Leichenverbrennung arbeitete, Benzin gaben, um es auf die Leichenhaufen zu schütten; danach wurde die Arbeit effizienter: Die Verantwortlichen fanden heraus, daß Frauen, vor allem dicke Frauen, besser brannten, und befahlen der Gruppe der Totengräber, die Dicken zuunterst zu legen. Auf diese Weise, vermerkte Wasserman, wurde viel Benzin gespart. Kasiks Augen weiteten sich. Eine Träne brach so heftig hervor, daß sie sein Auge zum Bluten brachte. Er murmelte etwas, und Fried beugte sich über ihn, um besser hören zu können. Dann richtete sich der Arzt wieder auf, in seinen Augen ein Blick des Grauens: »Er will sterben, Otto. Jetzt sofort. Er hat keine Kraft mehr.« Fried sah auf die Uhr: Nach seiner Rechnung waren Kasik noch zwei Stunden und dreiunddreißig Minuten geblieben, um seinen Lebenszyklus zu vollenden. Aber scheinbar war auch diese kurze Zeitspanne mehr, als er ertragen konnte. Fried flehte ihn an: »Warte noch ein wenig, Kasik. Du hast noch ein wenig Zeit. So warte doch. Vielleicht wirst du wieder kräftiger. Vielleicht wirst du es überstehen. Es ist nur eine schlechte Phase. Bitte...« Er spürte die Banalität seiner Worte und die elende Lüge, die in ihnen steckte, und verstummte. Otto schüttelte den Kopf: »Wenn er sterben will, Albert«, sagte er langsam, »werden wir ihm dabei helfen.« Fried verbarg sein Gesicht in den Händen und stieß einen seltsamen Laut aus. Die Künstler wandten ihre Augen ab. Dann bückte sich Fried und nahm Kasik auf den Arm. Der kleine Körper verströmte üble Gerüche der Verwesung. Bei jeder

Bewegung fielen ihm schiefe, gelbliche Zähne aus. Fried, dessen Körperlaub nach frischem Rosmarin duftete, trug Kasik zu der großen Wiese. Zwei vom Weinen gerötete Augen leuchteten flüchtig im Gebüsch auf. Der alte Arzt bückte sich und legte Kasik behutsam in den Kreis der vom russischen Physiker SERGEJ (s.d.) errichteten Spiegel (s.u.: → PROMETHEUS). Der Arzt schien ihm folgen zu wollen, doch Otto spürte es noch rechtzeitig und zog ihn am Ärmel aus dem Kreis. Fried drehte sich zu ihm um und sagte zornig: »Laß mich, laß mich! Wir sind daran schuld!« Doch Otto hielt den Arzt fest, bis er sich beruhigt hatte. Kasik war allein im Spiegelkreis. Nun brach ein kleiner Sturm zwischen den Spiegeln los. Kasik schwoll an und schrumpfte zusammen. Er wurde in die Zeit hineingesogen und wieder von ihr ausgestoßen: Es war deutlich zu erkennen, daß er von einer verborgenen Existenz mit großen Schwierigkeiten verdaut wurde. Seine Gestalt leuchtete in allen Spiegeln auf und verblaßte wieder. Unzählige Möglichkeiten seines Schicksals zeichneten sich in ihnen ab. Otto hätte hinterher schwören können, daß einige der Seitenspiegel – als hätten sie sich verschworen – flüchtige Variationen von unbeschreiblicher Schönheit entwarfen. In der allgemeinen Bewegung der Spiegelungen jedoch wurde nur das Dahinschwinden und Ableben erfaßt. Ein paar Spiegel zersprangen und zerbrachen infolge der außergewöhnlichen Anstrengung, oder vielleicht, weil ihre Fähigkeit, die dunkle Materie des Menschen aufzunehmen, einfach ihre Grenzen hatte. Die Künstler verfolgten reglos, was geschah. Der nahende Tod erweckte in fast allen das gleiche Gefühl: daß es mit dem Tod seine Richtigkeit hat, daß das Leben ein kleiner Gewinn ist, wir jedoch am Ende gegen unseren Willen dem Herrschaftsbereich einer unbekannten, strengen und entschiedenen Macht zurückgegeben werden, die uns ohne ERBARMEN (s.d.) und Mitgefühl vergilt, was uns gebührt. Das Leben, ihr eigenes Leben erschien ihnen plötzlich falsch, schal und sinnlos (s.u.: → LEBENS, SINN DES), und auch diejenigen, die nicht religiös waren, empfanden plötzlich Ehrfurcht vor Gott, und ihnen ungewohnte Gedanken über die Sünden, die sie begangen hatten, und über die Strafe, die ihnen zustand, gingen ihnen durch den Kopf. Nur Aaron Markus überlegte traurig, daß der Tod vielleicht ebenso sinnlos, willkürlich und unerklärlich war wie das Leben selbst. Und als das alte Kind nun endgültig verschwand, begannen die 360 Spiegel einer nach dem anderen erschöpft zusammenzufallen wie die Blätter einer welkenden Blume, die von einem Windstoß getroffen wird.

Wasserman: »Ja, Schloimele, dies alles erzählte ich ihm in den letzten Stunden jener bitteren Nacht. Als ich fertig war, öffnete bereits der Morgen seine Augen. Einige Minuten später verließ mich Neigel. Bevor er sich die Kugel durch den Kopf schoß, ging ich aus dem Zimmer, denn der Mensch hat das Recht, alleine zu sterben. Und als der Schuß fiel, hörte ich, wie sich die Barackentür leise öffnete und Stauke sich höflich räusperte und eintrat.«

קטסטרופה

KATASTROFA

KATASTROPHE

Plötzliches Unglück. Jäh hereinbrechendes Unheil.

So nannte Neigel das, was sich während seines URLAUBS (s. d.) bei seiner Familie in München ereignete. Er hatte einen achtundvierzigstündigen Urlaub erhalten, kehrte jedoch schon nach einem Tag zurück. Wasserman: »Ich arbeitete gerade in meinem schönen blühenden Garten und erfreute mich der ersten Schößlinge – ich hatte nie geahnt, daß ich Talent zum Gärtner hatte –, als Neigel plötzlich zurückkehrte mit einem Gesicht, in dem deutlich das Unglück geschrieben stand. Er sah aus, als sei bei ihm der Tod zum Fenster hereingestiegen. Ich sah ihn, und mein Herz stockte und wurde zu Stein, und in meinem Kopf schwirrte ein dummer, komischer Gedanke: seiner Frau, so dachte ich, gefiel meine Geschichte nicht, deshalb hat sie ihn aus dem Haus geworfen! Aij, in diesem Augenblick glich ich einem Schriftsteller, dem der Verlag sein Manuskript zurückgeschickt hatte... Lieber Gott, sagte ich mir, es stimmt, das Sprichwort – wenn man einen Schlemihl begräbt, zerbricht der Spaten! Aij, schluchzte ich, alles, lieber Gott, nur das nicht, denn was habe ich außer meiner Geschichte?«

Nähere Einzelheiten über diesen unglückseligen Urlaub erfuhr Wasserman erst zwei Tage später, nachdem ihm Neigel die ganze Zeit über ausgewichen war. Er blieb den ersten Tag stets in seiner Baracke, und am Abend, als Wasserman zu ihm kam, ging er hinaus, um einen Rundgang durch das Lager zu machen und seinen Zorn an den Wachtposten auszulassen. Auch am zweiten Tag begegneten sie einander nicht. Wasserman hörte nur die wütenden Schreie, die den ganzen Tag lang aus der Baracke ertönten, während der gesamte Stab einer nach dem anderen dort mit wütenden Gesichtern ein- und ausging. Und siehe da, um elf Uhr abends, als Wasserman schon auf seinem Sack auf dem Dachboden lag und Neigel unten gerade einem jungen Offizier, der um Sonderurlaub bat, die Hölle heiß gemacht hatte, hörte Wasserman plötzlich, wie Neigel ihn rief. Wasserman: »Ich wurde von einer großen Angst gepackt! Meine Knie begannen zu zittern!« Das Schlimmste befürchtend hastete Wasserman die Treppe hinunter (»Ich bin sicher, daß der junge Samuel nicht so rasch zum Priester Eli gelaufen ist!« und trat vor Neigel an. Das Gesicht des Offiziers war grau wie Asche, nach Wassermans Aussage sah er »wie der lebende Grabstein seines eigenen Grabes« aus. Neigel befahl ihm, sich zu setzen, räusperte sich und erklärte mit harter Stimme: »Es gibt keine Geschichte mehr, Scheißmeister! Nicht für Christine!« Und als Wasserman schwieg, erklärte Neigel in demselben Ton: »Sie hat mich verlassen. Für immer.«

Die Augen des Juden weiteten sich erstaunt. Eine Frage, die er nicht zu stellen wagte, tanzte in ihnen. Neigel beantwortete sie: »Nein. Nicht wegen eines anderen. Meinetwegen. Ich habe es dir doch schon gesagt. Wegen dem, der ich einmal war.« Und plötzlich fiel die Maske der Härte ab, sein Gesicht verzog sich vor Schmerz, vor Fassungslosigkeit, und aus der Tiefe seiner verletzten Seele schrie er auf: »Ach, Wasserman, es ist alles kaputt!«

Wasserman, mit einer Sanftheit, der es nicht an einer gewissen gespannten Neugier mangelte: »Hat sie Eure Lüge entdeckt?« Und Neigel: »So könnte man es sagen, ja.« Wasserman, der sich wie ein Dramatiker fühlte, dessen Stück durch einen schlechten Schauspieler ruiniert worden war, explodierte vor Wut: »Ihr hättet Euch etwas mehr anstrengen sollen, Herr Neigel! Ich habe Euch ausdrücklich darum gebeten, meine Geschichte zu lieben und sich um sie zu kümmern, als wäre sie Euer eigenes Kind! Aij, Neigel, Ihr habt mich vernichtet...« Er rang verzweifelt die Hände, rollte mit den Augen und zupfte an seinem Bart. Er war außer sich vor Kummer. Der Faden, der ihn ans Leben band, schien gerissen. Er sah plötzlich matt aus, ein Produkt der Phantasie wie seine Figuren. Innerlich gab er seinem dürftigen Talent die Schuld, aber auch Neigel hielt er für schuldig: Er verdächtigte ihn, daß er »jeden Buchstaben mit deutscher Sentimentalität durchtränkt hatte«. »Nein!« brüllte er plötzlich wie ein verwundetes Tier. »Eine Geschichte wie diese darf nicht sentimental sein, Herr Neigel! Ihr hättet Euch davor hüten sollen! Es ist eine Geschichte über elende, groteske Figuren und über ihre lächerlichen, vergeblichen Mühen und Qualen... warum mußtet Ihr so übertreiben, warum?« Der Deutsche starrte ihn einen Augenblick an, dann winkte er schwach ab: »Nein, du verstehst es nicht. Ich habe ihr deine Geschichte so erzählt, wie sie erzählt werden muß. Genau so, wie sie erzählt werden muß.« »So? Was habt Ihr dann falsch gemacht?« »Genau das«, antwortete Neigel, und der matte Schatten eines bitteren Lächelns spielte um seine Lippen. »Stell dir vor, Wasserman, stell dir vor, ich fahre im Morgenzug von Warschau nach Berlin. Im Erste-Klasse-Abteil, mit drei hohen SS-Offizieren und zwei polnischen Regierungsbeamten. Wir sitzen ein paar Stunden zusammen, rauchen, reden über die Arbeit und den Führer, über den Krieg, und ich sitze da und rede mit ihnen, aber im Inneren rede ich die ganze Zeit mit mir selbst. Wiederhole alles, was du mir erzählt hast: Fried, Paula, der kleine Kasik, die Herzen auf den Bäumen, die bildschöne Frau, die Gott verführt, genau wie du mir gesagt hast (s.u.: → PLAGIAT), ich dachte mir sogar noch einen Verrückten für deine Geschichte aus, meine eigene Idee (s.u.: → RICHTER), ja, du Stück Dreck, du gemeines, hinterhältiges Stück Dreck du, hör zu: sie hat mich verlassen. Etwas Furchtbares ist geschehen. Ich habe einen Fehler gemacht. Aber ich hatte keine Wahl. Es ist einfach passiert. Es war nicht zu vermeiden. Was sind wir bloß für Menschen, Wasserman?« Wasserman, von dem Gejammere angewidert, unterbrach Neigel mit grausamer Ungeduld: »Habe ich das so zu verstehen, daß Ihr meine Geschichte nicht mehr braucht?« Schweigen. Dann hob Neigel seine (niedergeschlagenen) Augen und sagte: »Du... du Arschloch. Du weißt genau, daß ich die Geschichte brauche.

Was ist mir denn noch geblieben außer ihr?« (Wasserman: »Aij! Da brannten meine Wangen wie Feuer. Sein Kompliment ließ mich erröten, denn es war das erste Mal, daß mich ein Deutscher wie einen Menschen verfluchte. Nicht mehr ›Dreckjude‹ in jenem widerlichen deutschen Ton, sondern ›Arschloch‹, wie einen Menschen! Ah, nu was, mir war, als hätte man mir eine Medaille an die Brust geheftet! Als er mich zum ersten Mal ›Herr Wasserman‹ nannte, war ich nicht so stolz wie jetzt!«) Dann erzählte Neigel, wie er in Berlin ankam, wo er an einer langweiligen Arbeitssitzung teilnahm und von dort direkt nach München fuhr. Er traf um fünf Uhr nachmittags ein, und Christine wartete am Bahnhof auf ihn. Es war das erste Mal seit ihrer Trennung, daß sie ihn abholen kam, und sie ließ sich sogar von ihm küssen. (Neigel: »Der Mund einer Frau, Wasserman. Weißt du, ein ganzes Jahr lang hungerte ich hier danach. Ein Jahr lang rührte ich keine Frau an. Weder eine Polin, noch eine der weiblichen Häftlinge, und auch keine von uns. Und glaub mir, ich hatte eine Menge Gelegenheiten dazu, aber ich blieb ihr treu, ja –«, schrie er verbittert und schlug sich gegen die Brust mit einer Faust, die einen Bullen betäuben konnte, »– hier, mit dir hier lebt ein Mann in dem Gefängnis eines treuen Ehemanns! Treu, sag ich dir!«) Christine schlug vor, zu Fuß nach Hause zu gehen, am Wittelsbacher Brunnen vorbei. Neigel war einverstanden. Sie gingen durch die bombardierten Straßen, vorbei an den riesigen Mobilisierungsplakaten der Wehrmacht und an jungen Männern mit amputierten Beinen und erloschenen Augen, und die beiden redeten über das fast-ganz-neue Kleid, das Tine bei der Liquidierung einer bankrott gegangenen Fabrik erstanden hatte, und über einen ihrer Träume, und über Marlene Dietrich und über – – Neigel: »Es war sonderbar, wir sprachen nicht über den Krieg. Überhaupt nicht. Die ganzen Ruinen, die armen Invaliden – als wäre das alles ein seltsamer Fehler, eine Illusion. Alles andere war ein Fehler, nur wir zwei waren wirklich. Wir waren das Leben. Und ich hörte ihr zu. Wie immer war sie diejenige, die sprach, und ich liebte es, ihr zuzuhören. Und jetzt war es mir sogar noch angenehmer, denn über die Kleinigkeiten, die sie mir erzählte, vergaß ich alles, woran ich mich nicht erinnern wollte.« Wasserman: »Mich, Herr Neigel?« Neigel lächelte schief: »Du wirst es nicht glauben, Wasserman, aber dich vergaß ich nicht. Während Tine redete, dachte ich mir manchmal: das muß ich ihm erzählen. Damit er sieht, wer Tine ist. Ja. Du bist mir irgendwie zu einer verdammten Gewohnheit geworden, Wasserman.« (Wasserman: *»Oich mir a chawer!«*) Nachdem sie am Hofgarten vorbeigegangen waren (Neigel: »Dort, in jenem Park, haben wir uns, na, zum ersten Mal... das war vor vielen Jahren.«), gaben sie der Müdigkeit nach, stiegen in den Bus Nummer 55 und fuhren nach Hause. Neigel: »Und dort warteten schon die Kinder bei einer Nachbarin auf mich. Die beiden kletterten an mir hoch, Lieselotte plapperte schon deutliche Worte – ›Papa‹, ›Karli‹, ›Mama‹ –, und Karl erzählte mir vom Kindergarten und fragte, was Papa ihm mitgebracht habe, und Tine sagte, sie sollten die Augen schließen, und steckte mir rasch die Pakete zu, die sie für die Kinder gekauft hatte, und so schenkte ich Karl ein Auto aus Holz, und Lieselotte bekam eine Puppe von mir, die ihre Augen auf- und zuklappen und ›Mutti‹ sagen kann, und dann sagte Tine, Laß uns nach Hause gehen, und als sie ›nach Hause‹ sagte, schaute sie mich so von der Seite an und wurde rot, sie wird immer rot, und wir gingen nach Hause, und wir waren alle sehr aufgeregt.«

Es ist überflüssig, das ganze Treffen zu beschreiben. Das meiste ist hinreichend bekannt: Das Abendessen war einfach, aber festlich. Neigel hatte eine echte Blutwurst mitgebracht, die sein Chauffeur auf dem Schwarzmarkt erstanden hatte, und Tine wurde leicht beschwipst von dem viertel Glas Wein aus der Flasche des Jahrgangs '28, die sie bei ihrer Hochzeit geöffnet hatten und nur zu ganz besonderen Anlässen hervorholten. Dann brachten sie die Kinder zu Bett. Tine ging das Geschirr spülen, und Neigel ging sich waschen. Als er fertig war, zog er sich aus, legte sich ins Bett und wartete auf sie. (Wasserman: »Um die Wahrheit zu sagen, er machte mich verlegen! In sein Bett nahm er mich! Wie ich mich schämte! Wie MALKIEL SEIDMAN (s. d.) steckte ich meine Nase ins Bett des Ehepaares!«) Neigel sah Wasserman an und sagte mit zaghaftem, rechtfertigendem Lächeln: »Denk nicht, daß ich ein großer Don Juan war, Wasserman, ich war keiner. Und die Wahrheit ist, daß Christine die erste war. Da, jetzt weißt du etwas, das nicht mal sie weiß. Verstehst du, ich wollte ihr immer den Eindruck geben, daß ich schon viele Frauen vor ihr hatte...« Wasserman sammelte Kraft, um ihm nur mit einem unglücklichen Lächeln zu antworten. (Wasserman: »Nu was, et! Auch meine Sara, mein Schatz... nu, auch sie wußte es nicht, und ich machte hin und wieder prahlerische Anspielungen, Funken des Hochmuts... und ich war vage und erklärte nichts... aij, die Welt ist voll von armen Kerlen wie uns...«) Dann kam Tine. Sie setzte sich an den Bettrand, trocknete sich die Hände ab und schmierte sie mit einer wohlduftenden Creme ein, und Neigel verschlang ihre einfachen, klaren Bewegungen mit den Augen, und Tine sagte, Laß uns vorher noch ein bißchen miteinander reden, wenn es dir nichts ausmacht, ich glaube nämlich, daß wir uns eine Menge zu erzählen haben, und obwohl Neigel »dort unten brannte, regelrecht brannte vor... na, du weißt schon, Wasserman«, sagte er: »Alles, Tine, alles, was du willst.« Denn er verstehe, so sagte er, daß Frauen manchmal gehemmt seien und ein wenig vor heftigen Ausbrüchen der, na, der Leidenschaft zurückschreckten. »Meine Tine ist zwar in Bayern geboren, aber in solchen Dingen verhält sie sich wie eine echte Rheinländerin, zart, edel und sehr langsam.« Neigel ließ sie erzählen, was ihr in den letzten Monaten auf dem Herzen gelegen hatte, und sagte kein Wort. Ihr feiner Finger wanderte auf dem Laken umher, dicht an seinem Körper entlang, während sie sich von der Last der schweren Wörter befreite. Sie erzählte ihm von dem Schock, den sie erlitten hatte, als sie ihn an jenem Dezembertag im Lager besuchen kam, und wie sie ihn zu fürchten begann, »richtig zu fürchten, und sogar zu hassen, Wasserman. Manchmal, in bestimmten Momenten, fiel es ihr sogar schwer, unseren Karl, der mir so ähnlich sieht, wie früher zu lieben, und sie sagte, sie sei sicher, ich täte das alles nur, weil ich überzeugt sei, daß es meine Pflicht sei, und daß es mir bestimmt zuwider sei, denn im Grunde deines Herzens bist du anders, sagte sie mir, und da wollte ich ihr natürlich über die Bande, über Ottos Bande erzählen, auch um das Thema zu wechseln, denn es fiel mir nicht leicht, alle diese Dinge zu hören, aber Tine legte mir einen Finger auf den Mund und sagte, Laß mich ausreden, ich habe lange darauf gewartet.« Sie erzählte ihm, daß sie vor zwei Monaten beschlossen habe, sich von ihm scheiden zu lassen, und nach einem harten inneren Kampf zu ihren Eltern nach Augsburg gefahren sei, um ihnen ihren Entschluß mitzuteilen, und ihre Eltern »stell dir vor, Wasserman, ihre Eltern verleugneten sie, sie sagten ihr, daß sie sofort das Haus verlassen soll, ihr Vater ist der Chef einer Wäscherei für das Militär, und ihre Mutter ist Mitglied des Augsburger Frauenbundes, und als Tine ihnen von ihrer Absicht erzählte, sah sie, wie sie Angst bekamen. Pure Angst. Als hätte sie eine ansteckende Krankheit. Sie warfen sie einfach hinaus, damit sie nicht auch angesteckt würden, und sagten ihr, daß sie mir, dem Kriegshelden, damit schade und die Wehrkraft zersetze... das waren anscheinend die besten Ausreden, die ihnen in dem Augenblick einfielen, und ihre Mutter lief ihr noch im Morgenrock auf der Straße nach und zischte mit erschrockenem Gesicht, daß sie nicht mehr ihre Tochter sei, daß man sie und die Kinder nie mehr hier sehen wolle, stell dir vor, und sie, eine alleinstehende Frau mit zwei kleinen Kinder, so einsam. Ohne jede Hilfe. Ich habe ja immer alles im Haus gemacht, jawohl, ich schäme mich nicht dafür. Ich liebte es, mich um das Haus zu kümmern. Und nun lastete alles auf ihren Schultern, und du mußt wissen, sie ist keine dreckige Kommunistin, und sie versteht nichts von Politik«, erklärte Neigel in Panik, wobei sich seine Finger bogen und krümmten, »und sie hatte nichts, woran sie sich klammern konnte, keinen Glauben, keine Partei, keine Parolen, sie hatte nicht mal eine gute Freundin, der sie alles erzählen konnte, so war sie, ganz allein, sehr, sehr still, sie wollte nichts mit der allgemeinen Begeisterung zu tun haben, diese Frau, sag ich, Wasserman, ist stärker als wir alle.«

Und dann begann Christine von seinen Briefen zu reden, den neuen Briefen aus dem Lager. Sie erzählte, wie sie die Briefe im Bett gelesen hatte, nachdem die Kinder schlafen gegangen waren, und laut unter der Decke lachte. »Weißt du, was das für mich bedeutet, Wasserman? Ich wußte ja nie, wie ich sie zum Lachen bringen sollte, alles, was ich tun konnte, war, sie in Charlie-Chaplin-Filme mitzunehmen, um sie lachen zu hören, und jetzt sagte sie zu mir: ›Ich las deine Briefe und war gerührt, und ich lachte und weinte, und ich wußte, daß du kein Mörder bist.‹« Sie streichelte sein Gesicht (Wasserman:

»Großer Gott, ihre zarte, schwache Hand auf seinem Gesicht.«) und sprach Worte der LIEBE (s. d.) und des MITLEIDS (s. d.), mein Liebling, sagte sie, ich weiß, was für einen Krieg du in deinem Inneren kämpfst, du bist immer so feinfühlig gewesen, nur ich weiß, wie feinfühlig du wirklich bist, wie sanft und liebevoll du sein kannst, und dann fing sie leise an zu weinen, große, durchsichtige Tränen liefen ihr über die Wange, ein Mensch wie du, sagte sie zu ihm, der in der HÖLLE (s. d.) war und als Sieger hervorgegangen ist, und sie sah ihn durch ihre Tränen hindurch an, und ihm war, als würde er zum zweiten Mal getauft. Neigel: »Und um die Wahrheit zu sagen, stimmte nicht alles, was sie über mich sagte, denn eigentlich weiß sie nichts über mich, nichts über all das, was im Ersten Weltkrieg geschah und danach, in der Partei, und auch hier im Lager, ich bin ja gar nicht aus der Hölle raus, nein, ich stecke ganz tief drin, in all dem Gestank und dem Rauch und dem Gas, mitten in dieser Hölle mit einem Stauke, der schon seit langem hinter mir her ist, und den dummen Ukrainern und den Zügen, die ständig kommen und gehen, jetzt auch schon nachts, man kann ja kein Auge zudrücken vor lauter Lärm, und ich weiß nicht mehr, ob ich das Lager leite, oder ob ich hier ein Gefangener bin, aber als sie durch ihre Tränen hindurch zu mir sprach, vergaß ich alles, ich vergaß die Arbeit und den Führer, und ich beruhigte mich, alles in mir wurde still, und ich wollte glauben, daß mein Krieg schon zu Ende und es wirklich möglich sei, daß alles ausgelöscht und wieder gut werden –« Wasserman: »Und während sie liebevoll zu ihm sprach, vergaß er sein großes Verlangen nach ihr und nahm sie voller Mitleid in die Arme wie ein kleines Küken, oij, wie sie sich an ihn schmiegte, wie ruhig ihr unschönes Gesicht wurde, als er ihr dann antwortete auf die einzige Art und Weise, die ihm geblieben war, indem er ihr die eine Geschichte erzählte, die er noch zu erzählen in der Lage war, denn über sich selbst konnte er nichts sagen, ohne sich wie ein Lügner vorzukommen, er konnte kein einziges Mal »ich« sagen, ohne daß sich in seinem Innern Protest erhob, und so erzählte er ihr von Otto und seinen blauen Augen mit den salzigen Tränen, und wie einige zu ihm kamen, um in seine Augen zu schauen und seine Tränen zu kosten, und er erzählte von Dr. Fried, auf dessen Körper das seltsame Laubwerk blühte, und von dem armen Ilja Ginzburg, der die Wahrheit suchte... er erzählte ihr meine Geschichte mit leiser, ruhiger Stimme, mit völlig ziviler Stimme, und seine Tine lauschte mit verschleierten Augen, mit dem wohlbekannten Blick einer Frau, die bereit ist.« Neigel: »Und da wollte ich sie unbedingt, ich konnte mich nicht länger zurückhalten, aber sie legte ihre Hand auf die meine und sagte, Noch einen Augenblick, bitte. Laß mich dich anschauen und mich an dich erinnern. Ja, so warst du früher. Ich glaube, du bist zurückgekommen, Kurt. Willkommen. Und dann lächelte sie plötzlich und beugte sich über mich, und ich atmete ihren Duft und schrie beinah auf vor... und sie legte ihren Mund an mein Ohr und begann im Flüsterton, mit so einem Lächeln, zu singen: ›Hätten wir nur gewußt / was Adolf plant / wenn er am Brandenburger Tore herrscht‹. Es dauerte eine Sekunde, bis ich begriff, daß das kein Liebeslied war, das sie mir da vorsang, sondern ein provokatives imperialistisch-bolschewistisch-kommunistisch-jüdisches Lied aus den frühen Jahren, als man noch nicht ahnte, wieviel Macht wir haben würden, und meine eigene Frau sang mir nun dieses Lied vor, in meinem Bett! In mein Ohr! Ich erstarrte. Ich konnte mich nicht rühren. Sie spürte es. Sie spürt immer alles. Sie hörte auf zu singen und erstarrte ebenfalls. Ihr Gesicht lag an meinem Hals, und sie rührte sich nicht. Und einen Augenblick atmeten und bewegten wir uns nicht, weil wir wußten, was geschehen würde, wenn wir uns bewegten. Wir bewahrten uns diesen Augenblick, und dann setzte sie sich auf und sah mein Gesicht und erschrak und legte die Hand auf den Mund und fragte mit verzweifelter Stimme, die schwach war wie die Stimme eines kleinen Mädchens: ›Du hast doch vor, damit aufzuhören, nicht wahr, Kurt? Das ist doch alles vorbei, nicht wahr? Du bist doch zurückgekehrt, Kurt, du bist doch zurückgekehrt!‹ Und da fühlte ich plötzlich, wie alles in mir explodierte, der Krieg und meine Arbeit und das ganze Durcheinander, das in letzter Zeit bei mir angefangen hat, und vor allem – die Angst, jawohl, die verdammte Angst vor dem, was Tine von mir will, was sie mich zu bitten wagt, was denkt sie sich, was versteht sie überhaupt, was habe ich denn im Leben außer der Arbeit und der Bewegung, was bin ich denn heute wert, wenn ich meinen Posten hier aufgebe... das wäre mein

Todesurteil! Das wäre Sabotage an der Wehrkraft! Das wäre doch Desertion und Verrat, und so etwas verlangt sie von mir! Tine spürte sofort, was in mir vorging. Sie erhob sich, ihr Gesicht war voller Angst, ach, Wasserman, in ihrem Gesicht war genau die gleiche Angst, die ich hier jeden Tag um mich herum sehe, die gleiche verängstigte jüdische Miene, die mich schon ankotzt, der gleiche Gesichtsausdruck, mit dem du zum erstenmal hierher kamst, und nun tat mir meine eigene Frau das an! Ich weiß nicht, was mit mir geschah, aber plötzlich drehte ich durch, die Angst in ihrem Gesicht kam mir vor wie eine Provokation, wie ein Fluch, und dann die Enttäuschung über mich, und die Verachtung in ihren Augen, und du darfst nicht vergessen, wie sehr ich nach einer Frau hungerte, und dann sah ich nur Blut, alles wurde rot, und ich weiß nicht, was geschah, aber plötzlich war ich auf ihr und riß ihr den Morgenrock runter und – hör zu! – ich habe noch nie im Leben einer Frau gegenüber so eine Begierde und so einen Haß empfunden, und ich war wild und erbarmungslos mit ihr, was für eine Katastrophe, wie ein Hammer ging ich rauf und runter auf ihr und schrie ihr die ganze Zeit ins Ohr, Spionin! schrie ich, Judas Ischarioth! Bolschewistin! Messer im Rücken des Reichs! Ich weiß nicht, wieso mir plötzlich diese Worte aus dem Mund kamen, ich hatte Blut im Mund, Blut von ihrem Mund, und die ganze Zeit ihr erstarrtes Gesicht unter mir, sie versuchte sich gar nicht zu wehren, sie lag mit offenen Augen da wie ein kleines Mädchen und sah mich ausdruckslos an, und dann war ich fertig und zog mich rasch an, Dolche im Herzen, denn so hatte ich es ja nicht gewollt, alles war kaputt, und ich hatte es doch wiedergutmachen wollen, damit sie mir verzeihen würde, denn was habe ich denn sonst, außer ihr und den Kindern, zum Teufel mit dem Krieg, wie ist er bloß in unser Leben und unser Bett hineingeraten, aber mir war klar, daß nun alles zu Ende war. Manche Dinge sind unwiderruflich, weißt du. Ich nahm meinen Koffer und ging aus dem Zimmer, ich hatte nicht den Mut, zu Karl und Liese reinzuschauen, ich hatte das Gefühl, daß ich sie nicht sehen durfte, daß sogar mein Blick sie verderben könnte, und ich verließ wortlos das Haus und ging zu Fuß quer durch die ganze Stadt bis zum Hauptbahnhof, wo ich die ganze Nacht lang auf einer Bank auf den ersten Zug wartete, und als ein Soldat an mir vorbeikam und salutierte und ›Heil!‹ sagte, hätte ich beinah gekotzt, erzähl weiter, Wasserman.«

»Pardon?« Wasserman schüttelte sich. Der Übergang war zu abrupt gewesen. Aber anscheinend hatte Neigel keine Geduld – und vielleicht auch keine Zeit – mehr für die fließenden Übergänge eines kultivierten Gesprächs. »Erzähl weiter, Wasserman«, flüsterte er fiebrig und mit brennenden Augen: »Erzähl mir über Kasik und über die Frau, die Otto für ihn fand (s. u.: → ZITRIN, CHANA), und über das gute Leben, das er haben würde, und behandle ihn mit Vorsicht, Wasserman, gib acht auf alles, was er sagt und tut, mach einen Menschen aus ihm, er soll nicht dumm sein, und er soll keinen Unsinn machen, ja. Mach ihn zu Ottos am meisten gelungenen Künstler, hör nur nicht auf zu reden, Wasserman, denn hier ist ein furchtbarer Krach und ein furchtbarer Gestank, wenn ich atme, stinkt mein Atem nach Rauch, und wenn der Zug pfeifend in die Station einfährt, möchte ich am liebsten aufstehen und weglaufen, von mir aus sollen mich die Wachtposten am Tor erschießen, heute waren Leute bei mir, die ich so laut anschrie, daß ich den Zug nicht mehr pfeifen hörte, aber jetzt bin ich allein, laß mich heut nacht nicht allein, erzähl, nur du und deine Geschichte sind mir geblieben, so eine Katastrophe.«

קריקטוריסט

KARIKATURIST

KARIKATURIST

Karikaturenzeichner.

Der Beruf, den Wasserman Kasik gab, nachdem STAUKE (s. d.) in die Baracke eingedrungen war und Neigel »vorgeschlagen« hatte, einen ehrenhaften Tod zu wählen. Stauke hatte das Zimmer verlassen, um draußen auf den Schuß zu warten, aber Neigel hatte es nicht eilig, sich zu töten, und schon gar nicht, bevor Wasserman die Geschichte nicht zu Ende erzählte hatte. Wasserman traute seinen Ohren nicht, aber Neigel erinnerte Wasserman mit einer Stimme, die flehend und ängstlich zugleich war, daran, wo die Geschichte unterbrochen worden war: »Kasik war Maler. Er half den anderen Künstlern bei der Verwirklichung ihrer Träume. Er sah in allem nur das Gute. Er war glücklich.« »Unglücklich«, verbesserte ihn Wasserman ernst. »Er war äußerst unglücklich.« Neigel sah ihn argwöhnisch an und blinzelte irritiert: »Aber er muß glücklich sein, Herr Wasserman!« »Muß?« »Er muß! Er muß!« flüsterte Neigel mit einem einschmeichelnden, verzweifelten Lächeln, mit dem Kopf zur Tür weisend, durch die Stauke hinausgegangen war: »Einen letzten Gefallen, Herr Wasserman. Kasik war glücklich. Sein Leben, und wenn es auch noch so kurz war, hatte irgendeinen Sinn, nicht wahr? Bitte, Herr Wasserman.« (Wasserman: »Ich betrachtete dieses menschliche Wrack. Ich will es nicht leugnen – ich haßte ihn nicht. In dem Augenblick, als er meine kleine Tirzale vor meinen Augen erschoß, erstarb der Haß in mir. Mein Abscheu, meine Angst, mein Zorn, selbst meine Liebe wurden stumpf. Nur Worte blieben, leere, niederschmetternde Worte, in deren Ruinen ich wie ein letzter Vogel nistete, der Flüchtling eines großen Unglücks, einer Katastrophe. Drei Monate eines Scheinlebens. Eine leere Hülle, die die Toten auszieht und die Zeit in den Latrinen mißt. Ein lebender Toter...«) »Hört zu, Herr Neigel, was ich Euch sagen werde. Ich will Euch nicht wehtun, aber die Wahrheit muß gesagt werden: Kasik war unglücklich. Er war voller Unmut und Zorn, und niemand konnte ihn trösten. Keines seiner Bilder von Himmel und Erde, die er mit seiner reichen Phantasie malte, brachte ihm Erleichterung. Bitterer noch – auch den Künstlern wurde dadurch nicht leichter ums Herz, denn in dem Augenblick, da jeder von ihnen sah, wie er zum Traumgebilde seiner Bilder wurde und dort sein Leidensschicksal bezwang, nahm bereits ein anderes Urteil in Kasiks Innerem Gestalt an, das noch furchtbarer war als das vorherige, eine offene Wunde, die ihn zu verschlingen drohte, aij, dieser Kasik deckte unsere Blößen auf, es war in seinen Augen, und er konnte es nicht aufhalten; wenn sein Blick auf einen von uns fiel, sah er ein elendes Monster, dessen Leidenschaften und Träume sich wie Geweih auf seiner Stirn verzweigten... wie erbarmungslos der Blick des alten Kindes in dem dunklen Moos unserer Seele wühlte! Mit welcher Verachtung er unsere Ideen und hochtrabenden Worte und die Weisheit der Elenden, die wir in all den Jahren so mühevoll gesammelt hatten, von dort hervorholte...

feh, alle Boote, die uns bis zum Rand des Horizontes brachten, um unsere Augen dort neue, verbotene Horizonte sehen zu lassen, ja, in der Tat, unser Kasik wurde ein grausamer, unglücklicher Karikaturist... zornig und lustlos zeichnete er all die Künstler, und sie, die Ärmsten, erkannten sich in seinen Augen und wurden ihrer selbst überdrüssig, denn sie sahen sich als häßliche, überflüssige Gestalten, und Tränen standen in jedem Auge, Tränen der Verzweiflung und der Trauer...«

»Und siehe da«, fuhr Wasserman fort, »während sie weinten, geschah eine Art WUNDER (s. d.), und ihre groteske Häßlichkeit verlor ihren Schrecken. Und wenn ich mich recht entsinne, Herr Neigel, war es der kleine Apotheker, Aaron Markus, der uns damals zu trösten versuchte, indem er uns von der häßlichen Prinzessin Maria aus Tolstois ›Krieg und Frieden‹ erzählte, die nur schön war, wenn sie weinte, wie die japanische Laterne, die unscheinbar und reizlos ist, wenn ihre Kerze erlöscht, aber in all ihrer Schönheit erstrahlt, wenn die Kerze von neuem brennt. Wißt Ihr, Herr Neigel, der arme Kasik konnte diese schönen, tröstenden Dinge nicht mehr verstehen. Häßlichkeit füllte seine Augen... nicht einmal verzeihen konnte er mehr... er war seines Lebens überdrüssig, wie der arme Midas aus der Mythologie: Was immer er berührte, funkelte in dem metallenen Glanz der Bosheit. Ja, Herr Neigel, Kasik war unglücklich: unglücklich, unglücklich, unglücklich.«

רגשות

REGASCHOT

GEFÜHLE

Subjektives inneres Erlebnis.

Bei dem Versuch, diesem subjektiven Erlebnis auf den Grund zu gehen, stellte der Warschauer Apotheker Aaron Markus verschiedene Experimente an, deren Ergebnisse natürlich ebenso subjektiv sind und aus denen keine allgemeinen, objektiven Schlußfolgerungen gezogen werden können.

Aaron Markus war Autodidakt, der sich sechs Sprachen (darunter Arabisch und Spanisch) beibrachte, klassische Musik liebte und als Hobby Partituren für das Opernhaus in Warschau kopierte. Außerdem beschäftigte er sich – in Grenzen –

mit Alchimie. Von allen Leuten, die Otto seit Anfang 1940 in den Zoo brachte, war Markus zweifellos der am meisten gebildete und angenehmste. Er war Witwer, Vater eines Sohnes (Cheskel, Bellas Ehemann) und fünfundvierzig Jahre lang mit einem bitteren, zänkischen Weib verheiratet gewesen, deren Nörgelei sie auf seltsame Körpermaße reduziert hatte. Er betete sie an und redete fast nie schlecht über sie, obwohl sie unentwegt über seine Unbeholfenheit in Geldangelegenheiten spottete, seine lebensuntüchtige Bildung belächelte und sich gegen die Alchimie-Instrumente im Labor seiner Apotheke verschworen hatte. Markus wurde in einem kleinen Städtchen in Galizien geboren und war der erste Apotheker in Warschau, der eigenhändig Naturheilmittel herstellte und verkaufte (er war Vegetarier aus Gewissensgründen). Er war ein zartbesaiteter Mensch, der stets elegant und sorgfältig gekleidet war. Vor dem Krieg pflegte er eine Nelke im Rockaufschlag zu tragen (in die Innenseite des Revers war ein kleiner Fingerhut aus Blech eingenäht, den der Apotheker mit ein paar Tropfen Wasser für die Blume füllte). Nach dem Tod seiner Frau im Jahre 1930 verkaufte er seine Apotheke und zog in eine kleine Wohnung im Zeliboz-Viertel. Seine alchimistische Ausrüstung (Karten, mysteriöse Listen, Alodal zum Raffinieren von Quecksilber, ein »Miriam-Ofen« zum Herstellen von Schwefelwasser, von den Alchimisten auch »göttliches Wasser« genannt), schenkte er einem christlichen Freund, einem Rosenkreuzer. Zu jener Zeit – die persönlichen Beweggründe dafür sind nicht bekannt – begann der pensionierte Apotheker seine erschöpfenden Experimente auf dem Feld der menschlichen Gefühle durchzuführen. Zuerst zeichnete er eine Karte, in die er alle bekannten Gefühle eintrug, sie in Kategorien einteilte, einige der Synonyme, die im Grunde genommen ein und dasselbe Gefühl beschrieben, aussortierte, die Liste in »Gefühle des Verstands« und »Gefühle des Herzens« und diese wiederum in »primäre« und »sekundäre« Gefühle einteilte, um dann sich selbst und seine wenigen Freunde einer gründlichen Untersuchung zu unterziehen mit dem Ziel, die »aktivsten« Gefühle im Seelenleben des Menschen ausfindig zu machen. Wasserman: »Hättet Ihr es für möglich gehalten, Herr Neigel, daß wir Menschen, die Krone der Schöpfung, unser ganzes

Leben lang lediglich von zwanzig oder dreißig Gefühlen Gebrauch machen? Und auf ständige und intensive Weise – lediglich von zehn oder fünfzehn?« Neigel: »Mir reicht das vollkommen. Ich wünsche, ich hätte weniger Gefühle. Hör zu, unsere Ausbilder in der Militärschule hatten recht: Gefühle sind Luxus für Zivilisten. Für Schwächlinge. Mir würden jetzt zwei oder drei Gefühle völlig reichen.« Wasserman: »Euch vielleicht. Aber unser Aaron Markus lehnte sich gegen dieses uns aufgezwungene Elend auf... er sehnte sich danach, einen Weg zu den unerforschten Ländern der Seele zu bahnen, dem Flüstern-und-Raunen, das man im Inneren fühlt und an dem man nicht zu rühren wagt, oij, Herr Neigel, könnt Ihr Euch vorstellen, wie sehr unsere Fundamente erschüttert worden wären, wenn es Markus gelungen wäre, die Entdeckung eines neuen menschlichen Gefühls zu veröffentlichen? Könnt Ihr Euch vorstellen, wie viele großartige namenlose, ursprüngliche Dinge wir plötzlich in uns entdecken würden? Sie würden das neue Gefäß, in das wir gegossen wurden, restlos füllen und ein unzertrennlicher Teil von uns werden. Was für eine evolutionäre Revolution! Und ich spreche hier ja von nur einem Gefühl – was wäre, wenn es zwei Gefühle wären, oder sogar drei?« »Hitler hat eins erfunden«, entgegnete Neigel und erklärte: »Hitler hat uns etwas Neues gegeben. Freude. Jawohl, die wahre Freude der Starken. Ich selbst habe sie einmal empfunden. Das ist noch gar nicht so lange her. Bis du anfingst, mich zu vergiften. Wahre Freude, Wasserman, ohne falsche Gewissensbisse (s. u.: → GEWISSEN), ohne Reue, und die Fähigkeit, mit Freude zu hassen, jawohl, Wasserman, mit Freude all die zu hassen, die gehaßt werden müssen. Das sind Dinge, die vor ihm niemand laut zu sagen wagte.« Wasserman: »Hm, Herr Neigel, so ist das, gewissermaßen. Aber in einer Sache irrt Ihr Euch: sagt nicht, er ›erfand‹ es, sondern er ›deckte es auf‹, er ›entblößte‹ es. Und seht Euch an, was es bewirkt hat. Eine gewaltige Energie erhielt plötzlich einen Namen und eine Ideologie, Waffen und Armeen, Gesetze und Gerichte und eine neue Geschichte, die einzig und allein für diesen Haß ersonnen wurde! Doch ich muß Euch sagen, Herr Neigel, ich fürchte, daß es der kleine Apotheker wahrscheinlich für sich behalten hätte, wenn er solch ein Gefühl, solch einen Trieb aufgedeckt hätte. Immerhin, auf seine leise, bescheidene Art vollbrachte er bemerkenswerte Leistungen.«

Aaron Markus, ein stiller, friedliebender Mann (Wasserman: »dessen eigenes Herz möglicherweise der Stein der Weisen war, den er sein Leben lang suchte, um Metall in reines Gold zu verwandeln«), wurde ein entschlossener und gefährlicher Kämpfer, als er der Hilflosigkeit der menschlichen Gefühle den Krieg erklärte. Es war ihm von Anfang an klar, daß die Schuld bei der Sprache lag: daß die Menschen dazu dressiert waren, nur das zu fühlen, was sie beim Namen nennen konnten; daß sie nicht wissen würden, was sie mit einem starken, neuen Gefühl anfangen sollten und es verdrängen oder fälschlicherweise einem anderen, vertrauten Gefühl zuordnen würden, das einen Namen und eine Bestimmung hat. Auf diese Weise würden sie diesem Gefühl – aus Trägheit, aus Nachlässigkeit und vielleicht auch aus Angst – seine ursprüngliche Bedeutung nehmen. Markus: »Und seine lockenden Rufe. Seine Forderung an sie. Die Feinheiten der Freude und Gefahren, die darin enthalten sind.« Da er viele Sprachen beherrschte, wußte er, daß Menschen, die nur eine Sprache sprechen, bestimmte Gefühlsnuancen nicht kennen. (Anmerkung der Redaktion: Um das zu veranschaulichen, bietet das relativ neue hebräische Wort *»tiskul«* – »Frustration« – ein gutes Beispiel. Das Wort war bis Mitte der siebziger Jahre nicht im hebräischen Wortschatz enthalten, und in der Tat: bevor es in den alltäglichen Wortschatz aufgenommen wurde, waren die Hebräisch sprechenden Leute nie »frustriert«. Sie waren wohl »verärgert«, empfanden in bestimmten Situationen eine tiefe Enttäuschung, aber das Gefühl der Frustration an sich lernten sie erst in seiner ganzen Schärfe kennen, als das Wort aus dem Englischen übersetzt wurde, aus einer Sprache, deren Sprecher schon lange vor den Hebräisch Sprechenden »frustriert« waren. Die Bemerkung des tschechischen Schriftstellers Milan Kundera bezüglich des Wortes *Lítost* dürfte in diesem Zusammenhang interessant sein: Er behauptet, daß sich dieses Wort in keine andere Sprache übersetzen läßt: »es bezeichnet ein unermeßliches Gefühl, ähnlich dem Ton einer auseinandergezogenen Harmonika, ein Gefühl also, das die Synthese mehrerer Gefühle ist: Trauer, Mitleid, Selbstvorwurf und Wehmut.« Im *Buch vom Lachen und vom Vergessen* sagt Kundera: »Ich suche... in anderen Sprachen vergeblich ein Äquivalent; dabei kann ich mir kaum vorstellen, daß man die menschliche Seele ohne das Wort Lítost begreifen kann.«) Der gelehrte Apotheker aus Warschau behauptete ferner, daß der Mensch aufgrund seiner äußerst begrenzten sprachlichen Fähigkeiten dazu gezwungen sei, sich jeden Augenblick immer nur mit einem Gefühl zu begnügen, oder allerhöchstens mit zweien, die zu einem Wortbrei verschmolzen seien. In seinen Augen war das so, »als redeten wir miteinander und zu uns selbst in einer Sprache, die nur aus einsilbigen Wörtern besteht, aus dünnen, armseligen, verräterischen Wörtern, den dummen Hütern eines großen Schatzes, der von Dutzenden, vielleicht sogar von Hunderten namenloser Gefühle wimmelt, von halb-anonymen Empfindungen, ursprünglichen Impulsen, Bedrückungen und unbändiger Freude.« Neigel, mit einem Stöhnen: »So soll es auch bleiben. Es ist besser so.« Und Markus: »Nein, nein, mein werter Herr Neigel, das ist eine Ausflucht, vielleicht sogar – Angst, verzeiht mir, wenn ich Euch das sage. Wir haben doch eine VERANTWORTUNG (s.d.)!« Die konkreten Experimente des Apothekers im Bereich der Gefühle begannen 1933. Wasserman führt genauer aus: »Am 30. Januar des Jahres 1933 Eurer Zeitrechnung.« Er begann mit der Erforschung der Trauer. Laut Wasserman bezeugen Markus' Notizen aus jener Zeit das große Opfer, das von ihm verlangt wurde: Anfangs glaubte er nämlich, daß er seine Forschung zu bestimmten, von ihm festgesetzten Zeiten würde durchführen können. Damals betrachtete er das ganze noch als ein kurioses Hobby, begriff jedoch bald, daß es nur einen Weg gab, es richtig zu machen: nämlich, es zu leben. Wasserman: »Wenn Ihr gesehen hättet, wie dieser optimistische Mensch auf geradezu programmatische Weise immer mehr in der Trauer versank, aij, aij, aij, sein angenehmes, weiches Gesicht glich in jenen Tagen dem Gesicht eines Pferdes, das langsam im Sumpf versinkt. Er trauerte sich zu Tode, wenn man das so sagen darf, um die dunkle Höhle von innen zu erforschen, sie von Unkraut zu säubern, die zugewachsenen Durchgänge zu öffnen und ihnen neue Namen zu geben.« So begann Markus das »Sentimo« zu entwickeln, die neue Sprache der Gefühle, laut Wasserman »voll des guten Willens, wenn auch etwas primitiv«. Es war eine Mischung aus Buchstaben, Zahlen und Geheimzeichen, die niemand außer dem Apotheker verstand. Wasserman: »Aij, Herr Neigel, wie gut ich mich noch erinnern kann an die schweren Tage seiner Reise in die Trauer, seine Abstiege ins Herz der Angst in den Jahren 1935 bis 1938, und die elf Monate, von November 1938 bis September 1939, während derer er allen Schattierungen der Erniedrigung auf den Grund ging; in dieser Zeit stellte er zusätzliche Experimente an, wie ein Schriftsteller, der an einem großen Roman arbeitet und nebenher flüchtig Geschichten notiert, kleine Bastarde der Feder, Späne, die unter die Hobelmaschine fallen, aij, es war ein furchterregender Abstieg ins Dikkicht der Ohnmacht, nun ja, und dazu die Lebensgefahr, in die er sich begab, als er sich in den Abgrund der Abscheu stürzte, wo er – wer hätte das gedacht? – sage und schreibe siebzehn verschiedene Gefühlsschattierungen zwischen Widerwillen und Ekel fand.«

Es scheint, daß die Forschung des Apothekers in jenen Tagen eine andere Richtung einschlug. Tatsache ist, daß OTTO BRIGG (s. d.) ihm zum ersten Mal in einer Straße des Gettos begegnete, als er gerade zwei Waffen-SS-Männern die Stiefel leckte. Otto erinnert sich: »Markus lächelte, er lächelte direkt unter ihrer Nase, er sah so glücklich aus, als hätte er eine Aprikose aus dem Garten des Pfarrers gestohlen! Na, da wußte ich natürlich sofort, daß er einer für uns war!« Otto zahlte den zwei SS-Männern, die Markus erniedrigt hatten, eine hohe Summe für dessen Leben und brachte ihn in den Zoo. Auf dem Weg erzählte ihm Markus von seinen Experimenten, wodurch Otto auch die Bedeutung seines himmlischen Lächelns während der Erniedrigung klar wurde. »Die Zeit ist knapp«, erklärte er dem bewegten Otto, »und in den Monaten, die mir geblieben sind, möchte ich noch ein bißchen Vergnügen haben, und daher jetzt – das Glück.« Wasserman vermutet, daß der Apotheker in jenen Tagen, als das Getto in Schwermut versunken war, durch die Straßen wanderte und es ihm einzig und allein aufgrund seiner seelischen Kraft gelang, »daß Leid und Glück einander die Waage hielten, denn täten sie das nicht, so wären wir alle verloren...« Es sollte vielleicht noch erwähnt werden, daß der

Apotheker während seiner Experimente zahlreichen Gefahren ausgesetzt war. Wasserman: »Wie zum Beispiel sein hastiger, bebender Aufbruch in das Gefühl des Erbarmens, nu, und sein – beinah unverantwortlicher! – Sturz in die Hoffnung. Mein Freund Markus! Ja, ausgerechnet in jenen Tagen wollte er die Hoffnung erforschen ... was für Qualen erlitt er damals! Aber er schreckte vor nichts zurück, und er bahnte sich Schritt für Schritt einen Weg durch den dichten, feindlichen Dschungel unseres Innenlebens. Nur mit dem Sinn der Selbstbeobachtung ausgerüstet, einem Sinn, der fein wurde wie der Fühler eines Schmetterlings und scharf wie ein Messer, bahnte sich Aaron Markus einen Weg, zerteilte das Dickicht in Stämme, Äste, Zweige und Fasern und gab ihnen Namen, wie der erste Mensch im Garten Eden, und so wahr ich lebe, Herr Neigel, ich verstehe nicht, wie er es schaffte, nicht seinen Verstand zu verlieren! Sein Gesicht, das immer so fein und zart war wie das Gesicht eines zufriedenen Säuglings, alterte rasend schnell! Zuerst wurde es finster wie der Rand eines Kochtopfs, hellte sich dann aber wieder auf, und wir begriffen, was mit ihm geschehen war: Wie sich herausstellte, hatte jedes Experiment, jede mentale Vertiefung ein Zeichen, eine Spur, eine Narbe hinterlassen. Aij, das ist das Los des einsamen Künstlers, der die Gefahren mit niemandem teilen kann, versteht Ihr, er fühlte sich verpflichtet, jede Nuance eines neuen Gefühls selbst auszuprobieren, erst dann war er zufrieden und hielt es für gerechtfertigt, sie auf seiner Liste einzutragen und ihnen einen Namen zu geben.« Markus: »Mit großer Erregung notiere ich folgende Dinge: Zwischen ›Angst‹ und ›Grauen‹ habe ich noch sieben andere, mehr oder weniger deutliche Gefühlsschattierungen entdeckt und definiert, alle zweifellos ›primär‹.« Damit waren die Experimente des Apothekers jedoch noch nicht beendet: Seine Kühnheit brachte ihn an einen Punkt, an dem er keine andere Wahl hatte, als noch mehr zu wagen. Es gab keinen Weg zurück, und er selbst dachte mitnichten an Rückzug. Wasserman: »Er begriff, daß er nun weiterführende Experimente anstellen mußte, die noch viel grausamer sein würden, Experimente, die mich noch jetzt mit sieben Schattierungen des Schauderns schütteln, wenn ich an sie denke, Herr Neigel, denn nun begann er, seine ganze heilige Zeit den Paarungen zu widmen...« Aaron Markus begann Gefühle miteinander zu kreuzen, von denen bis dahin angenommen worden war, daß sie einander völlig fremd, ja sogar feindselig gesonnen waren. Der Mann, der sich insgeheim mit bescheidenem Stolz »der Astronom der Gefühle« nannte, versuchte zum Beispiel, die Angst mit der Hoffnung oder die Melancholie mit der Sehnsucht zu paaren. Anscheinend versuchte er auf diese Weise, jedem unangenehmen, schädlichen und zerstörerischen Gefühl ein Quentchen der Erhabenheit, der Erlösung einzupflanzen. Die aufregendste Kreuzung war Wasserman zufolge diejenige, die der Apotheker in Ottos Zoo vornahm: Er versuchte, die Freude an der Bosheit mit dem LEID (s.d.) zu vermischen. Wasserman: »Markus arbeitete nun mit einer seltsamen Hast, als liefe die Zeit ab... er wollte die Bosheit mäßigen, mildern, sie mit den vernünftigen, traurigen Mikroben des Leids infizieren – wer kennt eines Künstlers Herz?...« »Hmpf.« »Aij, Ihr hättet ihn damals sehen sollen, Herr Neigel, wir fürchteten, daß er, Gott behüte, platzen würde, daß er in Fetzen gerissen würde, wie der Salamander, der Chamäleon heißt, den man auf einen bunten Teppich legt... wie ein Sänger, der mit zwei Stimmen gleichzeitig zu singen versucht..., doch er wurde stets mit knapper Not gerettet und kam wie ein Löwe daraus hervor, um seine geheimen Eintragungen in sein Notizbuch zu machen. Und könnt Ihr Euch unseren Zoo etwa ohne Markus vorstellen? Wer sonst hätte den SCHREI (s.d.) schreien können?«

רחמים

RACHAMIM

MITLEID

s.u.: → ERBARMEN

ריכטר

RICHTER

Ein fast unbekannter jüdischer Junge. Bildet eine Ausnahme unter den KÜNSTLERN (s.d.), da er Obersturmbannführer Neigels Beitrag zur Geschichte ist. Richters Geschichte wurde Wasserman in einer der panischen Stunden jener Nacht erzählt, in der sich Neigel das Leben nahm (s.u.: → KASIK, TOD DES); der bedauerliche Mangel einer angemessenen künstlerischen Bearbeitung ist ihr anzumerken. Die Umstände ihrer Entstehung sind wie folgt: Neigel teilte Wasserman erschrocken und verzweifelt mit, daß er »etwas« für ihn habe, etwas, das er sich im Zug nach Berlin, auf seinem Weg in den Urlaub ausgedacht habe. Der jüdische Schriftsteller spitzte die Ohren. »Im Zug«, sagte Neigel, »im Zug habe ich ihn mir ausgedacht. Eine neue Figur. Für Otto, für den Zoo, was hältst du davon?« »Laßt hören«, entgegnete Wasserman. Draußen, in der Ferne, war das trillernde Pfeifen von STAUKE (s. d.) zu hören, der vor der Baracke auf und ab ging und auf den Schuß wartete. Er verlor langsam die Geduld, aber er würde es nicht wagen, hereinzukommen, bevor sich Neigel nicht erschossen hatte. »Was hältst du davon?« fragte Neigel noch einmal flehend. »Er ist ein Junge von ungefähr zwanzig Jahren. Und er – hörst du? – er hat die Sonne ausgelöscht. Jawohl! Die Sonne! Also gib mir einen Namen für ihn, Herr Wasserman, einen guten jüdischen Namen, und rede etwas lauter, ich kann dich plötzlich nicht mehr hören. Was hast du gesagt? Richter? Schön. Soll er Richter heißen. Aber schreib es auf. Ich möchte, daß es aufgeschrieben ist. Er muß in die Geschichte hinein, und merk dir, er gehört mir. Wenn du irgendwann einmal über ihn erzählen solltest, dann sag, daß ich es war, der ihn erfunden hat, ja? Was fragst du? Ich hör dich kaum. Es pfeift wieder. Der Nachtzug ist eingetroffen. Was er machen kann? Ohohoho!!« lachte Neigel mit übertrieben lauter Stimme. »Oho! Was er machen kann? Schreib, Scheherezade, schreib Wort für Wort: Der Junge war in einem eurer Gettos, Lodz zum Beispiel, und er sah dort einige Dinge. Eine Aktion zum Beispiel. Weißt du überhaupt, was eine Aktion ist, Herr Wasserman? Eine Aktion ist – – egal. Vergiß es. Das mußt du nicht wissen. Leb ruhig weiter in deiner Märchenwelt, ja, denn eine Aktion ist keine leichte oder angenehme Sache, sie ist – –« Er stieß einen langen Pfiff aus, vielleicht um das Ausmaß der Unannehmlichkeit einer Aktion zum Ausdruck zu bringen, vielleicht aber auch, um die schrillen Pfiffe der Ukrainer auf dem Bahnsteig zu übertönen, »– – und dort sah er alle möglichen Dinge, und er fing an, in die Sonne zu starren, ja! Direkt in die Sonne, die alles sah und nichts tat. Weder löschte sie sich, noch verbrannte sie die Welt.

Und er starrte direkt ins Sonnenlicht, das habe ich mir im Zug nach Berlin ausgedacht, die Idee kam mir, als ich von hier weg-ging, und am Anfang war es ein grausames Experiment, wie bei allen deinen Künstlern, Männer nach rechts, Frauen nach links! Kinder und Greise ins Lazarett, wo ihr eine kleine Spritze von unserem Doktor Stauke bekommt, eine Spritze gegen die Typhus-Epidemie, die zur Zeit im Osten herrscht, und er starrte direkt in die Sonne, und seine Augen brannten, und er weinte die ganze Zeit, und seine Augenlider wurden ganz geschwollen und füllten sich mit Eiter, aber er hatte sich ja geschworen, ausziehen! Alles ausziehen! Kein Grund, sich zu schämen! Jeder von euch hat das, was der andere auch hat, und siehe da, nach ein paar Tagen begann ihm die Sonne nachzugeben, wirklich, auf der Sternwarte in Berlin bemerkte man das vielleicht nicht, aber was spielt das für eine Rolle. Die Sonne begann zurückzuweichen, und jetzt raus! Schnell! Zum Entlausen! Das waren die schwersten Tage für Richter, denn plötzlich bekam er Angst, rennt, Saujuden, rennt! Angst vor dem Unrecht, das er der Welt zufügen würde, wenn er allen die Sonne wegnähme, aber er war eben ein wahrer Künstler, und darum starrte er die Sonne so lange an, bis sie gänzlich erlosch, die ersten fünfzig rein in die Kammer! Ruhe! Das ist nur zur Entlausung! Und es wurde ganz, ganz dunkel.« Neigel stöhnte, rollte wild seine roten Augen, schwenkte begeistert seine Arme und fragte Wasserman, was er von seinem Beitrag zur Geschichte halte. »Wunderbar«, antwortete der Jude. »Jetzt mach du weiter«, bat Neigel. Wasserman blätterte eine Seite in seinem leeren Notizbuch um und wollte gerade daraus vorlesen, als er plötzlich hörte, wie Fried zu Otto bemerkte, daß der »Beitrag«, daß Richter nicht so recht in das ursprüngliche Konzept der Kinder des Herzens passe, daß es der Figur an Tiefe mangele und sie im Grunde genommen recht ungeschliffen sei. Dann hörte Wasserman, wie Otto dem Arzt leise und entschieden erwiderte, daß er den jungen Richter hauptsächlich aus MITLEID (s. d.) in seinen Zoo auf nehme. Denn – – Otto: »Auch wenn wir die größten und reinsten humanen Ideen suchen, Albert, so dürfen wir trotzdem keinen Augenblick vergessen, Mitleid zu haben, und wenn auch nur mit einem Menschen, einem einfachen Menschen, denn sonst sind wir nicht besser als *sie*, soll ihr Name ausgelöscht werden.«

שטאוקה
STAUKE
Sturmbannführer Siegfried Stauke, geboren in Düsseldorf, Neigels Stellvertreter. Aus den ärztlichen Gutachten, die nach dem Krieg gemacht wurden, kurz bevor es ihm gelang, Selbstmord zu begehen, ist zu ersehen, daß Stauke ein pathologischer Sadist war. Den Ärzten zufolge war Stauke ein höchst intelligenter und völlig gewissenloser Mensch, und keiner von ihnen konnte einen Grund für seinen »ungewöhnlichen suizidalen Drang«, wie sie es nannten, finden: Es gibt keine wissenschaftliche Erklärung dafür, warum sich dieser derart grausame Mann, der im Lager ein erbarmungsloser Mörder war, kurz darauf in ein ängstliches Wrack verwandelte. Die Kette der Ereignisse, die Stauke zum Kommandanten des Vernichtungslagers werden ließen, läßt sich wie folgt schildern: Er war zehn Monate lang Neigels Stellvertreter und hatte es vom ersten Augenblick an darauf abgesehen, an die Stelle des »dummen Bayern« zu treten, wie er ihn nannte, doch es schien, als wollte sein Plan nicht gelingen: Neigel machte seine Arbeit makellos, und es war bekannt, daß ihm Reichsführer Himmler höchstpersönlich wohlgesonnen war. Das war der Stand der Dinge, als Neigel im September 1943 Wasserman als »Hausjuden« in seiner Baracke einquartierte. Stauke nahm Anstoß daran und sagte Neigel sogar, daß »Hausjuden« nicht bei ihrem Herrn wohnen sollten, doch Neigel tat seine Worte wütend ab. Aber allmählich vermehrten sich die Anzeichen: Am Anfang war Stauke (der als gelehrt und gebildet galt, wahrscheinlich wegen seines Doktortitels) überrascht, als sein Vorgesetzter ihm ein paar eigenartige Fragen stellte. Es begann mit seltsamen Erkundigungen über verschiedene Blutkrankheiten. Neigel erzählte etwas von einer kranken alten Tante, aber Stauke merkte sofort, daß Neigel log. (»Leute wie er können nicht gut lügen. Die Adern auf der Stirn schwellen ihnen sofort an, sie kennen nur die Wahrheit. Darum sind sie auch so langweilig.« – Stauke in einem Zeitungsinterview im Jahre 1946). Dann erzählte ihm Neigels Chauffeur von einer mysteriösen Fahrt in die Gegend von Borislav, einer Fahrt, über die Neigel niemandem Bericht erstattet hatte. Nach ein paar Telefonaten machte Stauke den Offizier ausfindig, der Neigel in

Borislav begleitet hatte, und erfuhr erstaunliche Dinge über seinen Kommandanten. Anscheinend interessierte sich Neigel für ein archaisches Produkt, das unter dem Namen »Lepek« bekannt ist, und machte seltsame Anspielungen auf Ölbohrungen, die er in der Umgegend des Lagers als zusätzliche Zwangsarbeit für die Häftlinge einführen wollte. Stauke hob eine Augenbraue und pfiff einen Abschnitt aus dem »Zigeunerbaron« vor sich hin. An demselben Tag rief Neigel ihn zu sich ins Zimmer und stellte ihm scheinbar ganz beiläufig ein paar Fragen über die Migration von Füchsen und den Winterschlaf von Kaninchen. »Das ist für meinen Kleinen, für Karl«, sagte er mit einem unbeholfenen Lachen. »Er interessiert sich plötzlich dafür.« Und schließlich war da noch der beschämende Vorfall mit dem Saujuden, der in der »Himmelstraße« ein Gewehr an sich riß und auf die Wächter zu schießen begann: Alle sahen Neigels zögernde, windelweiche Reaktion (s. u.: → AUFSTAND). Von da an begann Stauke noch genauer auf die sonderbaren Gerüchte der ukrainischen Wachtposten über die ungewöhnliche Beziehung zwischen Neigel und seinem Hausjuden zu achten. Dagusa, der Ukrainer, der vor der Baracke des Lagerkommandanten Wache hielt, erzählte – unter dem Einfluß von nur einer Flasche Schnaps – von Gelächter und anderen Geräuschen, die aus der Baracke drangen – »Als würde dort jemand einem kleinen Kind eine Geschichte erzählen, wenn Sie verstehen, was ich meine, Herr Kommandant.« In dieser Zeit wurde die Verschlechterung von Neigels Zustand offensichtlich. Er vernachlässigte seine äußere Erscheinung, war launenhaft, bekam hysterische Wutanfälle vor seinen Offizieren und erteilte deutschen Soldaten harte Strafen für belanglose Vergehen, kurzum: Stauke hielt die Augen offen. An dem Tag, als Neigel nach München in URLAUB (s. d.) fuhr, traf ein besonderer Abgesandter im Lager ein, um »in äußerster Diskretion« mit Stauke zu sprechen. Der Abgesandte, ein alter Standartenführer von der Zensur, breitete vor Stauke die Kopien von sieben Briefen in der Handschrift des Lagerkommandanten aus. Stauke las die Briefe und brach fast in Lachen aus: Wer hätte gedacht, daß in Neigel, diesem dicken Fleischbrocken, ein kleiner Dichter steckte? Stauke las von einer Bande alter Verrückter, von Herzen, die auf Bäume gemalt wurden, von einem Mann, der die Grenzen aller Menschen überschreiten und ihre Liebe übersetzen wollte, und von einem anderen Mann, der neue GEFÜHLE (s. d.) zu züchten versuchte. Es war alles so lächerlich, albern und absurd, daß Stauke den Zensor beruhigen konnte, daß es sich nicht um die Geheimschrift eines Spions handelte, sondern lediglich die kindischen Kritzeleien eines Offiziers seien, »dessen Nerven etwas überspannt sind.« Stauke bat den Mann, keine Schritte zu unternehmen, da dies der Moral der Soldaten im Lager schaden könne, die ohnehin ziemlich gesunken sei, »seit unser armer Kommandant seine krankhaften Anfälle bekommen hat.« Als der Zensor gegangen war, eilte Stauke zu Neigels Baracke, wo er den Hausjuden wie erwartet bei seiner Arbeit im Garten antraf. (Stauke: »Arbeit? Das war ja regelrechte Sabotage, was er da mit der barmherzigen polnischen Erde anstellte!«) Er versuchte ihn listig über die Beziehung zwischen ihm und Neigel auszufragen, aber der Jude war nicht minder listig und wich seinen Fragen geschickt aus. Nun war Stauke überzeugt, daß zwischen den beiden »ein unheiliger, ein höchst unheiliger Bund« bestand (s. u.: → VERDACHT). Stauke kam auf seine Kosten, als er in jener Nacht in Neigels Baracke eindrang, während dieser in die Beschreibung von Kasiks mitleidigen Phantasiebildern (s. u.: → MALER) vertieft war. Stauke entlud Neigels Pistole (der sich nicht im geringsten wehrte) und ließ ihm zwei Kugeln: eine für ihn, die andere für den Juden. Dann ging er hinaus und wartete vor der Baracke. Er mußte lange warten, zu lange nach seinem Geschmack – fast eine geschlagene Stunde –, bis der Schuß fiel. Nur *ein* Schuß. Das war merkwürdig. Stauke zog seine Pistole und betrat die Baracke. Neigels Leiche lag auf dem Boden. Stauke suchte fieberhaft nach dem Juden. Er fürchtete, daß Wasserman Neigel erschossen und sich nun bewaffnet irgendwo im Zimmer versteckt hatte. Da kam Wasserman aus der Küche herein und sah zu Neigel hin. Stauke trat auf ihn zu und schoß ihm aus kurzer Entfernung eine Kugel durch den Kopf. (Wasserman: »Nu was, ich wünschte mir, daß es zumindest jetzt gelingen würde, denn wozu sollte ich denn nun noch leben? Stauke, Grind auf dem kahlgeschorenen Haupt, hielt den Perlmuttgriff seiner Pistole fest. Ein Tarzan-Dandy ist unser Stauke. Und er schloß nicht einmal die Augen, als er mir die Kugel durch den Kopf schoß, so wie es der arme Neigel stets getan hatte. Er sah mich direkt an. Ich fühlte das Summen in meinen Ohren usw., und plötzlich erinnerte ich mich, daß Stauke Musik liebte. Er hatte sogar ein Grammophon in seinem Zimmer und konnte ganze Opern auswendig pfeifen. Feh! Warum ich mich in diesem Moment daran erinnern mußte, weiß ich nicht, aber da ich mich nun mal daran erinnerte, behielt ich die Sache für mich.«) In der Militärkarte hinter Wassermans Kopf war nun ein großes, häßliches Loch. Stauke starrte verblüfft darauf. Dann sah er Wasserman an und drehte dessen Kopf mit festem Griff nach rechts und links, um die Wunde zu finden. Schließlich sagte er: »Es stimmt also, was man von dir erzählt! Hopfler meinte, daß du nicht sterben kannst, und alle haben ihn ausgelacht. Es stimmt also doch.« Wasserman: »Es stimmt, zu meinem großen Bedauern.« Stauke lachte. Es war eindeutig ein Lachen aus Verlegenheit. »Na schön«, meinte er schließlich, »und wie lautet der Vorname dieses außergewöhnlichen Phänomens?«

Der Schriftsteller wollte schon antworten, als ihm plötzlich etwas einfiel, das ihm das Summen in seinen Ohren zuflüsterte. Einen Augenblick weiteten sich seine Augen erstaunt und widerwillig, aber die Kraft des Befehls war stärker als er, und er antwortete wie vom Teufel besessen: »Anschel Wasserman, Herr Kommandant, aber einst wurde ich Scheherezade genannt.« Stauke runzelte die Stirn. Eine seltsame Röte überzog sein Gesicht: »Schehere...? Woher, zum Teufel, kenne ich den Namen, Wasserman?« Wasserman durchfuhren eine Reihe mysteriöser kleiner Erschütterungen. Es schien, als würde ein harter Kampf in seinem Innern ausgefochten. Er diskutierte mit jemandem. Er protestierte. Er schrie: »Genug! Ich habe keine Kraft mehr! Nicht schon wieder! Und wieso plötzlich Musik? Was habe ich mit Musik zu – – und wie soll ich eine neue Geschichte erzählen? Ich soll wieder eine neue Geschichte erzählen?« Aber sein unsichtbarer Gegenspieler schien erheblich stärker zu sein als er, und der alte Jude in seinem farbenprächtigen Gewand senkte den Kopf und antwortete lustlos: »Rimski-Korsakow war es, mein Herr, der die schöne Komposition namens *Scheherezade* geschrieben hat, aber wenn ich mich ein wenig rühmen darf, so werde ich Euch sagen, daß ich, das heißt, ja, ich schrieb die Musikrätsel für Kinder und Jugendliche im Radio von Berlin ... vielleicht erinnert Ihr Euch? Jeden Mittwochnachmittag? Das bin ich.« Er verstummte erschrocken über die Worte, die ihm entschlüpft waren, und machte dem Vertreter der Redaktion deutliche Zeichen, daß er nicht verstand, was mit ihm geschehen war und warum er diese Dinge gesagt hatte. Doch der Vertreter der Redaktion sah nicht in seine Richtung. Der Vertreter der Redaktion sah Stauke an, Sturmbannführer Stauke, der plötzlich errötete; ein Funke blitzte wie eine Leuchtrakete in seinen Augen auf, und ein Atemzug, der tiefer war als gewöhnlich, füllte seine Brust, kurzum: Stauke war aufgeregt. Es gelang ihm jedoch sehr schnell, seine Erregung zu unterdrücken, und schon breitete sich wieder der alte Ausdruck giftigen Hohns auf seinem Gesicht aus: »Der Verfasser von Musikrätseln für Kinder und Jugendliche, sagtest du? Vielleicht erlaube ich dir einmal, mich mit diesem Unsinn zu ermüden, wenn ich mich zu sehr langweile. Auch ich verstehe etwas von Musik, aber jetzt hör zu: Du ziehst zu mir. Du wirst mein Hausjude. Vielleicht mein Gärtner, Scheherezade? Meine Petunien sind in letzter Zeit in einem erbärmlichen Zustand.« Wasserman, resigniert, mit unendlicher Müdigkeit: »Auch Radieschen sollt Ihr haben, Herr Kommandant.«

תיעוד

TI'UD

DOKUMENTATION

System, das die Aufbewahrung und Lokalisierung diverser Informationen erleichtert.

»Nein«, meinte Ajala, »es wird dir nichts helfen. Du wirst scheitern. Deine Enzyklopädie ist nichts wert. Sie kann nichts erklären. Schau sie dir an: Weißt du, an was sie mich erinnert? An ein Massengrab. Daran erinnert sie mich. Ein Grab, in dem die Körperglieder, alles einzelne Teile, in alle Richtungen ausgerenkt daliegen. Aber nicht nur das, Schlomik. Die Enzyklopädie ist auch die Dokumentation deiner Verbrechen gegen die Menschlichkeit. Und jetzt, da du so weit gekommen bist, ist dir hoffentlich klar, daß du gescheitert bist, daß sogar eine ganze Enzyklopädie nicht ausreicht, auch nur einen Augenblick im Leben eines Menschen zu erfassen. Und wenn du willst, daß ich dir je verzeihe, wenn du dich selbst retten willst, damit wenigstens ein Teil dieses Horrors gelöscht und vergessen wird, dann mußt du jetzt eine neue Geschichte schreiben. Eine gute Geschichte. Eine schöne Geschichte. Ja, ja, ich weiß, ich kenne deine Grenzen: Ich erwarte keine glückliche Geschichte von dir. Aber versprich mir, daß du sie wenigstens mit ERBARMEN (s.d.) schreiben wirst! Und mit LIEBE (s.d.)! Nicht mit dieser Liebe, nicht mit der siehe-auch-unter-Liebe, Schlomik! Lieben sollst du, lieben!«

תפילה

TEFILA

GEBET

Universales religiöses Phänomen, stumme oder ausgesprochene Bitte an Gott.

Fried sprach ein Gebet. Es war 22.05 Uhr, eine Stunde nachdem Otto ihm Kasik zum ersten Mal gebracht hatte. Das Kind, zu der Zeit drei Jahre alt, war, anscheinend von seiner fieberhaften Aktivität erschöpft, gerade eingeschlafen. Fried setzte sich neben ihm auf den Teppich und war ebenfalls erschöpft. Fried: »*Boze moj*, er ist schon drei Jahre alt. Ich habe soviel Zeit verschwendet, bis ich begriffen habe, was geschah.« Und in ihm reifte der Entschluß zu kämpfen. Es war das erste Mal in seinem Leben, daß er zu kämpfen beschloß. Und es mag merkwürdig sein, das von einem Arzt zu sagen, der immer ziemlich streitsüchtig schien, es aber eigentlich gar nicht war: Nach Wassermans Aussage hatte der Arzt sein Leben lang auf einen entscheidenden Kampf gewartet, irgendeine Tat, auf die er sich mit voller Kraft stürzen konnte, die seinem sinnlosen Leben eine Berechtigung geben würde. Übrigens war der Arzt aus diesem Grund ein so leichtes und willfähriges Opfer in jedem Konflikt und Kampf, in den er geriet: Es gab nichts, für das es sich zu kämpfen lohnte, nichts, das er mit Bestimmtheit als gut oder schlecht definieren konnte. Alle Taten eines Menschen kamen ihm – letzten Endes – immer jämmerlich und völlig unbedeutend vor. Selbst wenn sie gegen ihn gerichtet waren, konnte er nicht genug Zorn aufbringen, um dagegen zu protestieren. Dies brachte ihm den Ruf eines arroganten Misanthropen ein. Er wußte, daß er das im Grunde genommen nicht war, begriff jedoch zu spät, daß er nie mehr Gelegenheit haben würde, seine sinnlosen Jahre zu rächen. »Zu spät« heißt: als er mit Paula zusammenzuleben begann. Der Arzt erkannte entsetzt, daß sein ganzes Leben eine BIOGRAPHIE (s. d.) war, die gar nicht die seine war, sondern die Frucht eines anhaltenden Irrtums und müder Zerstreutheit. Verblüfft stellte er fest, daß im Leben ständig kleine, elende Fehler gemacht werden, dumme, fahrlässige Krämerseelen-Fehler. Als ihm das Kind Kasik gebracht wurde, wußte er deshalb schon nach wenigen Augenblicken des Zögerns, daß er kämpfen mußte. Daß es seine letzte Chance war. Und er schwor sich, dem neben ihm schlafenden Kind das bestmögliche Leben zu bieten; ihm der allerbeste Vater zu sein, der allerbeste Freund; ihm alles zu geben, was ihm selbst vorenthalten geblieben war. Otto, der zu jener Zeit in seinem Bett schlief, lächelte vor sich hin: »Ich wußte, daß du kämpfen wirst, Albert.« Und Markus: »Das war ein sehr wichtiger Augenblick, lieber Fried, als du zwischen Beobachten und Handeln wählen mußtest. Zwischen Gewohnheit und Kreativität.« Fried: »Ich werde kämpfen. Ich werde ihm ein sinnvolles Leben (s. u.: → LEBENS, SINN DES) geben. Nur wenige Menschen erreichen das, wenn überhaupt, und dann in einer längeren Lebensspanne als der seinen!« Nachdem Fried diese Dinge ausgesprochen hatte, hörten die KÜNSTLER (s. d.) überall im Zoo, wie sich der im Blechlabyrinth gefangene SCHREI (s. d.) für einen langen, unvergeßlichen Augenblick zu einem kurzen, eindringlichen Kreischen steigerte. Wasserman: »Vielleicht geschah es aus einem Schock heraus oder aus Mitleid, vielleicht war es aber auch sein groteskes Lachen, seine Rache, wer weiß?« Aber Otto flüsterte in seinem Bett: »Hast du gehört, Albert? Das war dein Schrei. Du wurdest soeben geboren.« Fried: »Und der kleine Kasik lag auf dem Rücken, sein helles, weiches Haar stand ein wenig ab, und auf seinem Gesicht, ach, auf seinem Gesicht lag so viel Neugier und Mut, und ich betete, daß ich die Kraft haben würde, die Nacht und den kommenden Tag zu überstehen.« Und er betrachtete das Kind voller Mitleid, in dem schon Liebe steckte, und die Flammen des Schmerzes und der Wonne pflügten die trockenen Schollen seines alten Herzens um, und wieder keimten, wie immer gegen seinen Willen, gegen seine Entschlüsse und alles, was er über diese Welt und ihre Menschen und über dieses Leben, das kein Leben war, wußte – frische Sprossen der Hoffnung in ihm. Er betete, während das Kind auf dem Rücken lag – Markus: »Daß er fähig sein würde, die heftige Leidenschaft für das Leben auf dem Gesicht des Kindes ebenso zu bewahren wie sein herrliches Vertrauen, offen für alles zu sein und an alles zu glauben.« Fried: »Und daß ich ihn nicht vergiften würde mit all dem Haß, der in mir steckt«, Markus: »und mit allem, was ich weiß«, Otto: »und daß ich ihn männlich und mutig und voller Vertrauen heranwachsen lasse«, Fried: »und daß er mir bitte nicht ähneln soll. Er soll ihr ähnlich sehen, Paula.« Und Wasserman hob die Augen zu Neigel und sagte: »Und wir beteten alle um eine Sache: daß er sein Leben beenden würde, ohne etwas vom Krieg zu wissen. Versteht Ihr, Herr Neigel? Um so wenig baten wir, so klein war unsere Bitte: daß ein Mensch sein Leben von Anfang bis Ende leben möge, ohne zu wissen, was das ist: Krieg.«

Juli 1983 – Dezember 1984

Glossar

a-schokl – (jiddisch) ermutigender Ausruf; Ansporn

armilos – legendärer Name eines tyrannischen Königs, der vor dem Kommen des Messias herrschen wird

asa juhr oif mir – (jiddisch) »möge ich so ein Jahr haben«; meist im Vergleich zu etwas Gutem

baigel – (jiddisch) Bretzel

benkale – kleine Bank, Schemel

berie – (jiddisch) geschickte, tüchtige Hausfrau

boidem (jiddisch) – Dachboden

boze moj – (polnisch) »Mein Gott!«

boze swiety – (polnisch) »Heiliger Gott!«

chaimke – eine von Wassermans Bezeichnungen für einen Nichtjuden

chanukka – einwöchiges Lichterfest zur Erinnerung an den Sieg der Juden über die Griechen im zweiten Jahrhundert v. Chr.

chejder – (jiddisch) Thoraschule für Kleinkinder

chejndalech – (jiddisch) vom hebräischen *chen*: »Anmut«; einschmeichelndes, kokettes Verhalten

Chelm – polnisches Städtchen, dessen Bewohner für ihre Einfalt bekannt waren. Entspricht dem deutschen Schilda

do jasnej cholery – (polnisch) wörtlich: »helle Cholera!«, Fluch

dybbuk – Geist eines Toten, der in den Körper eines Lebenden fährt; Dämon

eppes – (jiddisch) etwas

Etzel und Lechi – jüdische Untergrundbewegung gegen die englische Mandatsregierung in Palästina

(a) faig – (jiddisch) wörtlich: »eine Feige«, Ausdruck der Wut oder Verzweiflung

fonje – (polnisch) geringschätzige Bezeichnung für einen Russen

in der erd – (jiddisch) wörtlich: »in der Erde«, figurative Verwünschung: »Mögest du in der Erde begraben sein!«

jagedes – Brombeeren

(a) jiches – (jiddisch) vom hebräischen *jichus* = »edle Abstammung«; hier ironisch gemeint

januka – kleines Kind; junger Sohn eines Rabbiners, der an die Stelle seines Vaters tritt

jeschiwe bachura (jiddisch) – Studentin einer Thora- und Talmudschule; ironisch gemeint, da nur männliche Studenten eine solche Schule besuchen

jingale – (jiddisch) kleiner Junge

kaddisch – Totengebet, das vom ältesten Sohn gesprochen wird; auch Bezeichnung für den Erstgeborenen

kapusniak – (polnisch) Kohlsuppe

kifat – Truhe

krechzen – (jiddisch) stöhnen, ächzen

kvass – russisches Getränk aus Obst oder Brotresten

lamed vavim – sechsunddreißig verborgene Gerechte, die der jüdischen Legende nach in jeder Generation unter den Menschen leben und um deretwillen die Welt trotz ihrer Sündhaftigkeit weiterbesteht

lokschen – (jiddisch) Nudeln; figurativ: Lüge, Märchen

lulav – Palmenzweig; Bezeichnung für etwas langes, dünnes

maggid – Verkünder, Prediger

mamo droga – (polnisch) »Liebe Mutter!«

masel tov – (jiddisch) wörtlich: »gutes Glück«, Glückwunschformel

mazze – ungesäuertes Brot, das während des Pessachfestes gegessen wir

(a) mechaje – »eine Wonne!«

me darf pischen – »man muß pissen«

Meir Har-Zion – berühmter israelischer Kriegsheld der fünfziger Jahre

mesinik – das jüngste Kind in der Familie

mikwe – rituelles Tauchbad

mitzwot – Plural von *mitzwa:* religiöses Gebot, gute Tat

moische grois – (jiddisch) wörtlich: »ein großer Moses«, figurativ: Wichtigtuer

moj boze – s. *boze moj*

naches – (jiddisch) Freude; gemeint ist vor allem die Freude, die Kinder ihren Eltern machen

nebbich – (jiddisch) armes Ding

(a) nechtiger tug – (jiddisch) wörtlich: »ein nächtlicher Tag«; wird benutzt, um etwas Absurdes oder Unmögliches zu beschreiben
ofzeluches – (jiddisch) »aus purem Trotz«
oich mir a chawer – (jiddisch) wörtlich: »auch mir ein Freund«, ironisch: das ist mir ein Freund! *oich mir a politikacker:* auch so ein beschissener Politiker
parszywy zydzie – (polnisch) »Verfluchter Jude!«
polomkes – eine Art Himbeeren
psiakrew – (polnisch) »Hundeblut«, Fluch
pulke – (jiddisch) Hühnerkeule
Rafael Halperin – berühmter israelischer Ringkämpfer der fünfziger Jahre
rogalech – (jiddisch) kleines Gebäck
schechina – die Gegenwart Gottes
Schma Israel – (hebräisch) »Höre Israel«, Anfangsworte eines Gebets, das vor dem Tod gesprochen wird
schmatte – (jiddisch) Lumpen, Lappen
schofar – Widderhorn, das an den hohen Feiertagen geblasen wird
(a) schwarz juhr oif ir – Fluch: »Möge ein schwarzes Jahr über sie kommen!«
schwarzes – (jiddisch) abwertende Bezeichnung für Juden, die aus arabischen Ländern stammen
sibale – (jiddisch) Säugling, der im siebten Monat geboren wurde; Bezeichnung für jemand, der klein und schmächtig ist.
streimel – Pelzhut, der von orthodoxen Juden getragen wird
tamus – der zehnte Monat des jüdischen Kalenders (Juni/Juli)
teffilin – Gebetsriemen
tschulent – Schmorgericht mit Fleisch, Kartoffeln, Bohnen und Eiern, das am Sabbat gegessen wird
teitsch Chumasch – die jiddische Übersetzung den Pentateuchs
treif – (jiddisch) nicht koscher; unrein
was far a miskeit – was für ein mieses Geschöpf
zenna u'renna – (hebräisch) wörtlich: »Kommt heraus und seht.« Die jiddische Version des Pentateuchs, hauptsächlich für Frauen gedacht
wej is mir – (jiddisch) »weh mir!«

zaniedbany – (polnisch) schlampige Person
zores – (jiddisch) Sorgen

Inhalt